Miri Rozovski

3

vriendinnen

WERELDBIBLIOTHEEK · AMSTERDAM

Vertaald uit het Hebreeuws door Sylvie Hoyinck

Omslagontwerp Ron van Roon

Oorspronkelijke titel *Ota haAhava, Kim'at*
© 2005 Miri Rozovski
© 2005 Hebreeuwse editie Kinneret, Zmora-Bitan,
Dvir – Publishing House Ltd.
© 2014 Nederlandse vertaling Sylvie Hoyinck en
Uitgeverij Wereldbibliotheek bv
Johannes Vermeerstraat 63
1071 DN Amsterdam

www.wereldbibliotheek.nl

ISBN 978 90 284 2555 2
E-BOEK 978 90 284 4079 1

Voor mijn kinderen – Noa, Rachelli en Jaïr

PROLOOG

Balli

Koud. Ze heeft het koud. Ze denkt terug aan het laatste moment, Oeri's mouw geurend naar het kampvuur, en de angst. En aan de herrie van de vleermuizen die paniekerig krijsten elke keer dat stemmen van buiten binnendrongen en Oeri's stem van binnen, schor en ijl, als hij ze beantwoordde en zijn stem, laag en gebroken, als hij met haar praatte, en zijn woorden, die door de lucht sneden: wat weet jij eigenlijk van ontwijken, Balli?

Ze denkt terug aan Naäma. Aan het moment waarop ze was opgestaan en hun baby had gespuugd. Wat was er eerst gebeurd? Ze weet zeker, ze weet bijna zeker dat ze eerst opstond en de baby pas daarna spuugde. Balli had naar Oeri gekeken, die zijn blik strak op zijn vingers gericht hield die de gitaar streelden terwijl hij zong: *ik adem, omgeven door jouw armen zie ik in jou een warm thuis en een gezin...*

Balli was opgestaan en zonder erbij na te denken achter Naäma aangelopen. Zonder na te denken over wat er zou gebeuren als Naäma tegen haar zou zeggen, ik heb je hulp niet nodig, niet die van jou, wat er zou gebeuren als ze zou zeggen, het is beter als je hier nu weggaat.

Maar Naäma had alleen maar vermoeid geglimlacht en gezegd, Balli, ik moest juist aan je denken, en daarna had ze de baby in een deken gewikkeld, hem tegen zich aangehouden en gezegd, er is iets wat ik je wil vertellen...

Naäma

Koud. Ze heeft het koud. Ze rilt. Ze denkt aan de kinderen.

Ze denkt aan Itamars ogen. Aan het gehuil van Ruth. Ze rilt. Wie had Ruth op de arm genomen? Breng ze naar mijn moeder, naar mijn moeder in de kibboets*, goed? had ze de agente gesmeekt die haar met ondoorgrondelijke blik de patrouillewagen in hielp en zei, het komt goed, mevrouwtje, om vervolgens tegen de agent voorin te zeggen, rijden maar.

Ik wil je wat vertellen, had ze tegen Balli gezegd. En toen had ze haar verteld dat ze al een paar weken, sinds aangekondigd was dat het Huis gesloopt zou worden, bang was dat hij in zou storten. Dat ze hem twee dagen geleden rare dingen tegen de kinderen had horen zeggen.

En Balli had daar gezeten, nog doorschijnender dan anders, huiverend. Ze had echt gehuiverd. En toen had ze Naäma aangekeken en gezegd, Naäma. O, Naäma.

Stilte. De onverwacht diepe treurnis in Balli's 'Naäma' had haar echt verrast. Naäma had verwacht dat ze haar gerust zou stellen. Daarom had ze het haar verteld. Zodat Balli zou zeggen, o, Naäma, werkelijk. Je weet toch hoe Oeri is, hij trekt het zich verschrikkelijk aan dat ze het Huis gaan sluiten. Meer is het niet. Je weet hoe Oeri is.

Maar dat had Balli niet gezegd. Doorschijnend bleek, een beetje schemerend als het ware, had ze gezwegen en toen zachtjes gezegd, eigenlijk was ik er al bang voor dat zoiets kon gebeuren...

Dat wat kon gebeuren? Naäma begon langzaam maar zeker spijt te krijgen van dit hele gesprek. Waarom besprak ze dit eigenlijk met Balli?

Naäma, ik weet alles, had Balli gezegd, terwijl er een vreemde glimlach over haar bleke gezicht gleed.

Ik heb geen flauw idee waar je het over hebt, had Naäma gezegd.

En dus had Balli haar verteld wat Oeri gezegd had toen hij naar haar moeders sjivve was gekomen. Ze had haar verteld wat Oeri had gezegd en Naäma had haar ogen gesloten en Ruth geknuffeld, terwijl een grote duisternis over alles neerdaalde.

* Zie de verklarende woordenlijst op blz. 347 e.v.

Sjlomkits

Ze had een slecht voorgevoel gehad over dit tochtje. Ze had de hele tijd een slecht gevoel gehad. Ze had tegen Joram gezegd, ik heb een slecht gevoel over dit tochtje, maar Joram had alleen gezegd, rustig maar, Sjlomit. En er was niets geruststellender dan Jorams blikkerige stem als hij zei, rustig maar, Sjlomit. Sjlomkits besefte dat deze discussie verloren was.

Ze lag te slapen toen Balli belde. Ze had een vreemde droom waarin de telefoon maar bleef rinkelen en toen was ze wakker geworden, in paniek, de stilte in huis als Daniël er niet was – en toen de telefoon weer en het drong tot haar door dat het niet in haar droom was geweest, dat het echt was en dat het met Daniël te maken had...

Ze nam op.

Sjlomkits? Balli hier.

Balli? Ben jij mee op die tocht? Is er iets aan de hand? Is alles goed met Daniël? De paniek begon tastbaar te worden. Balli zei, rustig, ik ben mee op de tocht, ja, alles is goed, dat wil zeggen met Daniël. Sjlomkits wilde vragen of hij genoeg had gedronken en of hij een pet op had, maar met dringende stem ging Balli fluisterend verder, Sjlomkits, je moet komen, je moet nu hierheen komen, stap gewoon in je auto en kom nu hierheen...

DEEL I

Balli en Sjlomkits waren bevriend geraakt op Balli's zestiende verjaardag. De vriendschap tussen Naäma en Balli begon toen ze zeventien waren. De vriendschap tussen Sjlomkits en Naäma (en de officiële totstandkoming van het trio) was eigenlijk pas ontstaan in die bewuste nacht waarin Sjlomkits uit Kazerne 80 vluchtte en dat was toen ze negentien waren. Maar Oeri en Balli raakten al bevriend op hun eerste dag op de kleuterschool van Ora, toen Ora – de kleuterleidster – hen naast elkaar zette bij de eerste dagopening, die toen nog 'kring' heette.

De volgende dag was Balli thuisgekomen en had tegen haar moeder gezegd, er zit een jongetje op school, ik wil zijn vriendinnetje worden en ik wil dat hij niet langer met zijn stupide vriendje speelt. Kun jij vriendinnen worden met zijn moeder? Ondanks haar wat hippieachtige verleden aan de Columbia Universiteit en haar uitgesproken sociaaldemocratische opvattingen, was Brenda Rafaëli eigenlijk heel snobistisch, het kwam niet bij haar op om met onontwikkelde vrouwen die geen Engels kenden om te gaan. Maar haar dochter had erom gevraagd en dus zeeg ze een week later met haar smalle achterwerk neer op het puntje van de plakkerige oranje stoel in Geoela Kaplans keuken. Oeri en Balli speelden in de kamer ernaast. De volgende ochtend zei Geoela tegen haar buurvrouw Sara Nachoem, moet je horen, die Brenda, je hebt geen idee wat voor type dat is. Anderhalf uur is ze bij me geweest, zonder zelfs maar een glas water aan te raken. En Sara Nachoem zei, mijn Ohadje zegt dat de dochter van die Brenda een snob is. Maar twee weken later, op dezelfde plek, was Geoela al tot bedaren gekomen. Oeri was bij de dochter van die Brenda geweest, vertelde ze Sara, die in een koekenpan roerei stond te maken, ze hebben een heel mooi huis, alle meubels komen uit het buitenland. Maar Sara liep zonder iets te zeggen naar het balkon en riep: Oeri! Ohadje! Boven komen, 't roerei–met–hüttenkäse is klaar.

Op de eerste dag in de eerste klas was het al duidelijk dat Oeri en

Balli naast elkaar zouden zitten. En zelfs Ohad wist al dat dat zo was, en zijn moeder ook. Maar de stralende hegemonie van de familie Rafaëli raakte een tikje ondermijnd toen Ohads vader Amram met een verbrand gezicht weer thuiskwam nadat hij in de Jom Kippoeroorlog zwaargewond was geraakt bij het Suezkanaal, en drie weken lang buiten bewustzijn en daarna nog drie maanden van top tot teen in het verband in het ziekenhuis had gelegen. Geoela kwam weer iedere dag bij Sara in de keuken zitten en bracht dan volle pannen en bakvormen voor haar mee om die vervolgens van eten ontdaan en overlopend van dankbaarheid en complimenten weer mee terug te krijgen. Hij zegt dat er geen beter eten is dan dat van Geoela, rapporteerde Sara haar wat Amram had gezegd, waarop Geoela glimlachte en zei, die Amram van jou is een slimme vent, dat hij maar beter mag worden. Een jaar later werd de kloof dieper toen Brenda en Balli's vader Mikki meededen aan demonstraties tegen de regering van Golda Meïr. Mijn moeder zegt dat jouw ouders dom zijn, legde Oeri aan Balli uit in de schuilkelder van zijn flat, waar het briefje hing waar Balli 'bauwersgreop' op had geschreven. Diezelfde dag werd de bouwersgroep bijna ontbonden toen Balli antwoordde, en mijn moeder zegt dat jullie primitievelingen zijn. Er klonk iets beledigends, zelfs iets heel beledigends door in dat woord primitievelingen en in de bijtende manier waarop Balli het uitsprak, en hoewel noch Balli noch Oeri eigenlijk wist wat het betekende als je een primitieveling was, besloten ze wederzijds dat ieder van zijn kant nooit meer met de ander wilde praten. Na twee weken maakten ze het weer goed en twee maanden later, toen aan het licht kwam dat Amram al een halfjaar een affaire had met zijn fysiotherapeute, werden alle ideologische verschillen aan de kant geschoven, net als Sara Nachoem, die met drie kleine kinderen alleen achterbleef terwijl Amram en zijn fysiotherapeute naar de nieuwe nederzetting Jamiet in de Sinaï verhuisden om daar hun nieuwe leven op te bouwen.

Oeri en Balli groeiden op zoals in de kinderversjes. 's Winters zaten ze in de woonkamer van de familie Rafaëli televisie te kijken. *Steve Austin. A man barely alive.* 's Zomers zaten ze in de woonkamer van de familie Rafaëli en keken ze televisie. *Zo is 't maar net – van de Schelfzee tot 't Meer van Kinneret.* Samen gingen ze naar de welpen en de padvinderij, samen maakten ze in groep acht het eindwerkstuk, dat 'Onze Buurt' als onderwerp had.

Balli was nog net zoals toen ze zes was: tenger en mooi, met rusteloze groene ogen en doorschijnende, expressieve handen die veel te vertellen hadden.

Oeri, die een gezet, goedlachs kereltje was geweest, veranderde in een in zichzelf gekeerde lange jongen, en net als in zijn goedlachse kindertijd had hij in zijn broeierige tienertijd dat onopvallende vermogen om mensen naar zich toe te trekken. Balli had eens tegen hem gezegd dat iedereen alleen maar dacht dat hij zo slim was omdat hij gewoon niks zei. Maar binnen het kader van de vriendschap tussen Balli en Oeri konden zulke dingen gezegd worden zonder dat het gevolgen had, het maakte deel uit van het kalme, diepe begrip tussen twee mensen die samen zijn opgegroeid sinds de kleuterschool, tussen twee mensen die in alle eerlijkheid en rust ook meedogenloze dingen tegen elkaar zeggen. Zoals na dat spelletje trefbal waarbij Oeri zijn arm brak toen hij een onlogische sprong maakte om de bal te vangen die Balli vanaf de andere kant van het veld naar hem toe gooide.

Sindsdien was Balli (die haar voorliefde voor koosnaampjes van haar moeder had geërfd) hem Kapoeri gaan noemen en als reactie noemde hij haar Inballi-kanni-balli. Langzaam maar zeker begonnen ze bij iedereen die hen kende Kapoeri en Balli te heten, Balli en Kapoeri, Tiedeldom en Tiedeldie, zoals Mikki hen noemde toen ze klein waren, een duo dat overal samen naartoe ging, de één rond en dik, de ander lang en springerig.

Hoewel menige wenkbrauw werd opgetrokken bij de aanblik van die vreemde combinatie, ging die meteen weer naar beneden zodra het duo begon te zingen. Oeri met zijn diepe stem, die met zijn handen de snaren van de gitaar streelde en Balli met haar ijle geluid en haar gesloten ogen tijdens het zingen: *De laatste dag van mij, (de laatste dag van mij), misschien al heel dichtbij (misschien al heel dichtbij), misschien nabij de tijd (misschien nabij de tijd) van tranen en van afscheid...*

Zo af en toe hadden ze ruzie. Zo'n grote, knallende ruzie waardoor bouwersgroepen uiteenvallen en groepen kinderen in twee kampen verdeeld raken. Zoals die keer, aan het eind van groep acht, toen Balli voor het eindfeest voorstelde dat ze er verkleed naartoe zouden gaan en Oeri zei, allereerst is dat geen slecht idee en allertweedst denk ik niet dat hem dat wordt. Balli, die het nooit graag had dat er met gebrek aan enthousiasme op haar ideeën gereageerd werd, zei tegen Oeri dat het allereerst een uitstekend idee was. En ten tweede zei je geen allertweedst. Oeri zei dat je dat wel kon zeggen. Een en ander leidde tot een gemengd resultaat, een eindfeest zonder kostuums en een ruzietje dat ermee eindigde dat Oeri zijn nederlaag erkende en Balli's schooltas naar huis droeg vanaf de dag na de Sjavoeot-vakantie tot het begin van de grote vakantie.

Toen ze aan het eind van diezelfde grote vakantie naar de middelbare school gingen, gebeurden er twee dingen: allereerst verkondigde Oeri aan Balli en Ohad en iedereen dat ieder die hem nog Kapoeri zou noemen, het zou bezuren en ten tweede (niet allertweedst), werden ze op de eerste dag door de nieuwe juf gescheiden. Jullie twee daar, zei ze, jullie houden niet op met kletsen, hè? En na deze plichtpleging nam ze Oeri mee naar achteren, waar ze hem instrueerde plaats te nemen naast een lange, dunne jongen met bril en een half ernstige, half spottende blik. Joram Halevi. Zoon van Chamoetal Halevi.

Joram woonde in een andere wijk, niet ver bij hen vandaan, maar een tikje aristocratischer. Als gevolg van de met Oeri gedeelde schoolbank achter in de klas ging hij samen met hen naar de padvinderij. Hij speelde piano en bij de jaarlijkse zangwedstrijd van hun afdeling vertegenwoordigden ze hun troep, troep Hakessem, met een lied dat Balli had geschreven en dat later het officiële troeplied werd: *Hakessem cha, Hakessem cha-cha-cha.*

Het lied kreeg veel bijval en ze haalden er de eerste plaats mee op het festival. Oeri, Joram en Balli begonnen hun optreden op het landelijke festival dat in de zomer tijdens de volgende Jamboree gehouden zou worden al te plannen. Ware het niet dat op dat moment Jorams moeder Chamoetal in beeld kwam, die de gedachte niet kon verdragen dat haar zoon zijn grote talent en zijn lange, nauwkeurige vingers verspilde aan een stom padvindersliedje. Chamoetal had grootse en gedetailleerde plannen voor Joram, haar enige kind, en het bespelen van een oud orgeltje op een geïmproviseerde bühne aan de rand van het Meer van Kinneret kwam daar niet in voor. Daarom haastte ze zich om hem te verrassen met twee tickets voor twee weken Club Med in Zwitserland, twee weken die precies de datum van die happening, hoe heet dat ook alweer, die Janboelee, overlapten, nou ja, zij kon het toch niet helpen dat ze net precies die twee weken vrij kon krijgen van haar werk? Daar viel niets aan te doen. Oeri en Balli haalden hun schouders op. Balli zei dat ze nooit van haar leven haar ouders zo gemakkelijk hun zin zou geven, en Oeri zei dat zijn ouders nooit 's winters al beslissen over een reis in de zomer. En Balli zei, denk je dat het is omdat ze ons lied stom vindt? Hoe kom je erbij, zei Oeri en daarna vervolgde hij stilletjes, ze heeft er tenminste naar geluisterd. Mijn ouders zijn niet eens naar het regionale festival gekomen.

Even over Jorams moeder, Chamoetal Halevi, en de relatie met haar enige kind. Chamoetal Halevi groeide op in de mosjav Nahalal en was volgens velen het mooiste meisje uit de Emek, toen zij nog jong was en de Emek nog De Emek was. Haar opkomst in de zionistische regeringspartij, toen die nog aan de macht was, voltrok zich duizelingwekkend snel. Op achtendertigjarige leeftijd was ze al plaatsvervangend minister van Arbeidszaken en wie weet tot welke hoogte ze met haar gebruikelijke snelheid had kunnen stijgen en wat het land aan haar verloor, als ze niet op negenendertigjarige leeftijd in verwachting was geraakt van iemand wiens naam ze haar leven lang weigerde te onthullen en ze besloot met alles (of tenminste met het merendeel) van haar activiteiten te stoppen om het kindje op te voeden dat inderdaad steeds groter en prachtiger werd; weliswaar was het jongetje niet zo mooi als zijn moeder, maar wel even slim en getalenteerd als zij en hij wist altijd, precies zoals zij, wat hij wilde.

Zijn zelfvertrouwen, zijn bekende afkomst en zijn grote, vrijwel altijd lege huis maakten van hem een magneet voor groepjes vrienden en ook, of vooral, voor de meisjes uit de groep en voor meisjes in het algemeen. Behalve voor Balli. Balli was niet snel ergens van onder de indruk. En zeker niet van afkomst of mooie huizen. Haar ouders waren dan wel gewone burgers (met een zeker hippieverleden, tenminste in Brenda's geval), maar haar huis was niet minder mooi, indrukwekkend of rijk dan dat van Joram. Ze leken wel wat op elkaar met hun kilte, hun intelligentie en het feit dat iedereen met hen bevriend wilde zijn, en misschien kwam het wel door die gelijkenis dat Balli Joram altijd wat minachtend bezag en Joram altijd lichtelijk spottend naar haar keek.

Maar andere meisjes waren gek op hem, werden gek van hem en gedroegen zich gek om hem. Tijdens het jaarlijkse tripje naar de Sinaï in de negende klas zag Shirley hem in Noeweiba (dat toen Neviot heette) met iemand uit de tiende klas zoenen. Hoewel ze al geen stelletje meer waren, hij en Shirley, nam ze die kus zo zwaar op dat ze de volgende ochtend in Dahab (dat toen Di Zahav heette) naar dat meisje uit de tiende klas toeging en haar hele veldfles, die ze drie dagen geleden van huis had meegenomen, over haar uitgoot zodat het bedorven, verzuurde frambozensap van het gezicht van die meid afdroop, die vervolgens naar Joram rende, zo helemaal plakkerig en zurig en vernederd. Ze verwachtte natuurlijk een ridderlijk gebaar van hem waardoor de vernedering van haar gezicht en uit haar haar zou worden geveegd, maar Joram keek haar alleen maar aan met zijn half geamuseerde, half verveelde blik en zei, nou nou meisjes, misschien moesten jullie wat kalmeren.

Gelukkig dat Ohad er was. Ohad en Joram spraken juist niet met elkaar in die periode, want Ohads vader hoorde bij de evacués uit Jamiet en was mordicus tegen iedere terugtrekking en daardoor werd zijn zoon helemaal gek als hij Joram met mooie woorden over vrede en concessies hoorde praten. Wat weet jij nou helemaal? Jij weet helemaal niks, had hij hem een keer gezegd tijdens een van die discussies, voor jou zijn het alleen maar mooie woorden, wat als het jouw vaders huis zou zijn, dan zou je wel begrijpen dat het allemaal maar woorden...

Joram had er een hekel aan als hij onderbroken werd. Ook als het om het huis van mijn vader en zijn masseuse ging zou ik er hetzelfde van vinden, zei hij, waarop Ohad even zweeg en rood aanliep. Ik zou in jouw plaats mijn mond maar houden, als ik iemand was die niet eens weet wie zijn vader is...

Vanaf dat moment tot aan het jaarlijkse schoolreisje, dat bijna twee maanden later plaatsvond, hadden ze geen woord meer tegen elkaar gezegd. Maar op het schoolreisje, toen met het voorval van Shirley en haar frambozensap, stond Ohad op en nam het meisje met gentlemanachtige hoffelijkheid bij de hand en bracht haar naar de zee, waar hij kalm en geduldig de zurige lucht en vernedering uit haar haar spoelde. Het gevolg was dat die meid uit de tiende klas en hij bijna een heel jaar lang een stel vormden en dat Joram en hij het voor altijd weer goedmaakten.

Je hoeft vriendschap en politieke overtuigingen niet met elkaar te vermengen, legde Joram aan zijn moeder uit die op haar beurt (zonder al te groot succes) aan hem probeerde uit te leggen dat je dat wel moest doen. Júíst wel. En voorts legde hij haar uit dat hij geen puf had voor meisjes. Dat ze hem verveelden. Dat hij geen puf had voor de drama's die ze overal van maakten. Chamoetal probeerde hem uit te leggen (zonder al te veel succes) dat niet alle meisjes zo waren.

Chamoetal begon zich al bijna zorgen te maken.

Maar toen ontmoette Joram Sjlomkits.

Ze ontmoetten elkaar op een winterse zaterdagavond, op een ijskoude verregende Jeruzalemse straat. Er was een demonstratie tegen de inval in Libanon. Joram liep aan kop. Hij liep altijd aan kop met de borden. Een serieuze, slimme jongen op wie je kon bouwen, knipoogden de linkse activisten tegen elkaar met een nimmer verouderend mengsel van ontzag en oprechte vreugde over een stukje roddelpraat. Die winter werden de demonstraties steeds stormachtiger, niet alleen vanwege het weer dat zowel het linkse kamp, dat tegen die oorlog was en zich door geen enkele regenbui liet weerhouden om zijn mening te uiten, als het rechtse kamp geselde, dat die oorlog steunde en zich door geen enkele storm liet weerhouden om dat kenbaar te maken. Ondertussen sneuvelden in de oorlog steeds meer soldaten, terwijl in Jeruzalem mensen in jassen en mutsen liepen te schreeuwen. Naast hen stonden bezorgd en gespannen de mensen van de politie en de Rode Davidster en zelfs de brandweer was er, hoewel alleen God wist welk vuur er zou kunnen uitbreken in die stromende regen.

Bij die demonstratie raakte Joram gewond. Dat was de demonstratie waarbij Sjlomkits en hij elkaar ontmoetten. Het was al afgelopen en hij hielp zoals gewoonlijk met het verzamelen van de borden met BRENG ONZE JONGENS THUIS en DE KEUS LIGT NIET BIJ DE OORLOG, toen de sterke wind vat kreeg op de stapel borden en ze alle kanten op blies. Aan een van die kanten stond Joram, die een kapot bord met daarop alleen nog de woorden 40 KM IS NIET tegen zijn hoofd kreeg.

We zullen nooit te weten komen waar die zin mee eindigde en dat is eigenlijk ook niet van belang wanneer de knappe en verantwoordelijke zoon van Chamoetal Halevi bewusteloos op de natte straat ligt. De linkse activisten keken elkaar vol afgrijzen aan. Laat iemand een ambulance roepen! En Sjlomkits, die dat jaar voor het eerst als vrijwilligster bij de Rode Davidster werkte, kwam uit de ambulance, verbond zijn hoofd en bracht hem weer bij kennis. Nadat hij was bijgekomen zei Sjlomkits kalmpjes, jou ken ik, en ontdekte Joram tot zijn verbazing dat ze bij hem op school in de parallelklas zat en dat ze precies wist wie hij was. Jij gaat altijd om met die rooie, zei Sjlomkits met de precisie van hen die zien zonder zelf gezien te worden, met hem en met dat knappe meisje met haar korte paarse jasje en d'r lange blonde haar.

Daarna arriveerde, buiten adem en geschrokken, Chamoetal. Ze bedankte de linkse activisten met uitgebreide bewoordingen en Sjlomkits met een zacht glimlachje en nam haar zoon mee naar huis, die er op het laatste moment in slaagde Sjlomkits te vragen hoe ze heette en wat haar telefoonnummer was.

Uit pure schrik, bezorgdheid en angst mocht hij van Chamoetal drie weken lang de deur niet uit en zo gebeurde het dat de enige demonstratie waar Joram dat jaar niet naartoe ging, de noodlottige demonstratie was waarbij een gek een handgranaat naar de demonstranten gooide. Misschien werd zo Jorams reputatie gevestigd als iemand die nooit, om wat voor reden dan ook, een demonstratie miste, iets wat in de toekomst nog een voorbestemde betekenis zou krijgen in zijn leven. Hoe het ook zij, direct na de zware sneeuwval ontwaakte Chamoetal uit de oprisping van moederlijke bezorgdheid die haar had overspoeld en kon Joram Sjlomkits komen helpen bij het droogmaken van haar ouderlijk huis. Daar was de zware sneeuwval via het dak binnengedrongen en had alles doorweekt, inclusief de wanden, de kasten en de ingelijste foto boven het dressoir, de trouwfoto van een bleke vrouw met te rode lippen en een man die glimlachend naast haar staat.

En toen was het geschreeuw bij de buren begonnen. Aanvankelijk zei Sjlomkits nog tegen Joram dat hij er maar niet op moest letten, want er werd daar de hele tijd geschreeuwd, maar de waarheid was dat zelfs zij, die toch een meester was in het negeren van geschreeuw, niet kon ontkennen dat het steeds luider wordende tumult iets buitengewoon intrigerends had.

En toen kwam de grote knal. Een knal die door een seconde van stilte werd gevolgd. Een doodse, ijzige, oorverdovende stilte. En direct daarna begon het geschreeuw weer, dat steeds luider en luider werd...

Sjlomkits en Joram gingen naar buiten om te kijken.

De volgende ochtend stond in de krant dat honderden mensen zich tot één uur 's nachts verzameld hadden rond het huis van een jongeman uit Jeruzalem die, in een poging de sloop van een illegale verbouwing van zijn huis te voorkomen, een pistool had getrokken en een schot had gelost en toen door de politie was doodgeschoten. Maar geen enkele verslaggeving in de krant kon die nacht beschrijven zoals Joram hem beleefd had. Joram, die met de paplepel ingegoten had gekregen dat hij al het vreemde, ongebruikelijke en buitengewone moest accepteren voor wat het was. Joram die nooit opkeek van iets vreemds, ongebruikelijks of buitengewoons. Die Joram had daar, wit weggetrokken van schrik, staan kijken.

De mensenmassa bewoog van links naar rechts, van voor naar achter, als in gebed, als in een dans. Een penetrante zweetgeur, ondanks de bittere kou, de verlammende geur van woede en haat en angst. De doodgeschoten jongeman was de zoon van Sjlomkits' lawaaierige buren en hij had alleen maar het balkon van het huis van zijn ouders dichtgemetseld en daarom, om een dichtgemaakt balkon, was er iemand dood.

Het was wel zo dat het op illegale en vooral ondoordachte wijze dichtgemaakte balkon, in combinatie met de vele regen en de zware sneeuwval, ervoor had gezorgd dat alle verdiepingen van de portieken één, twee en drie overstroomd waren. Maar wat dan nog? Ook een kleine onbedoelde zondvloed is het niet waard dat iemand er op die manier voor sterft. Mensen bewogen van voor naar achter, van links naar rechts, woorden van haat, woede en wraak prevelend.

Joram besloot een daad te stellen. Hij sprak ze een voor een aan en probeerde het uit te leggen. Probeerde hun uit te leggen dat dit verschrikkelijk was, natuurlijk was het verschrikkelijk. Hij was persoonlijk tegen elke vorm van bloedvergieten, maar wraak? God verhoede, daar mochten ze zelfs niet aan denken. Hij probeerde ze uit te leggen dat de jongeman die omgekomen was (en van wie Sjlomkits zei dat ze dacht dat hij Jitschak heette, maar zeker wist ze het niet) niet zou willen dat meer mensen elkaar zouden vermoorden vanwege een balkon. Hij stelde voor dat hij morgen en overmorgen langs zou komen en dat ze samen een beargumenteerde brief aan de gemeente zouden opstellen, waarin ze zouden uitleggen waarom alle balkons van het flatgebouw dichtgemaakt zouden moeten worden. Er waren erbij die het nodig vonden zich op te winden, want wie dacht die bebrilde asjkenazi wel niet dat hij was, maar er waren ook mensen die overtuigd werden door Jorams volwassen, verantwoordelijke en vooral deskundige toon.

De volgende dag kwam hij inderdaad, zoals beloofd, terug en ging van deur tot deur bij de buren, en ook de dag na de volgende dag en de dag daarna. Het lijdt geen twijfel dat de hele buurt de renovatie van portieken een, twee en drie aan Joram te danken had en dat dit het begin vormde van wat jaren later laatdunkend de 'wijkrehabilitatie' werd genoemd.

En zo kwam het dat Joram die week dagelijks naar Sjlomkits' wijk toe ging en ook naar haar. En zo kon het gebeuren dat Joram en Sjlomkits erg op elkaar gesteld raakten en hij nooit de tijd of de gelegenheid had om te vragen wie de vrouw op de foto was, of waarom ze op haar lippen beet en nog belangrijker: waar Sjlomkits' moeder verdorie was en waarom zagen ze haar eigenlijk nooit?

Aan het eind van diezelfde maand vertelde Joram de troep dat hij ermee ophield. Hij wou ergens anders jeugdgids worden, ergens waar ze ons echt nodig hebben, niet zoals hier. En dat is zeker in de wijk van dat meisje met die paardenstaart, zei Ohad en Joram zei tegen hem, bek dicht en Balli zei, het is geen paardenstaart maar een vlecht.

Zo ontstond de vriendschap tussen Joram en Sjlomkits, die al snel een diepe vriendschap werd, zoals van Hans en Grietje die vlug, hand in hand, het spoor van broodkruimels volgen. Maar bevriend raken is één ding en verliefd worden is een ander. Beslist een ander ding. Dat gebeurde pas een paar maanden later, op de vooravond van Sjavoeot, of van Sjá-voeot, zoals de mensen in Sjlomkits' wijk het uitspraken.

Jaren later zal Sjlomkits zich afvragen of het wel verliefdheid was geweest. Want van die warme zomernacht herinnerde ze zich vooral de geur van uien en citroen en die herinnering bevatte niets van de prikkelende, verslavende en duizelingwekkende aantrekkingskracht van twee magneten die gedoemd zijn bij elkaar te komen.

Op diezelfde zekere zomeravond zouden ze met z'n allen naar het Meer van Tiberias gaan voor een reünie-optreden van de groep Kaveret, maar op het allerlaatste moment had Sjlomkits laten weten dat ze niet meeging. Ze had keelonsteking. Ze had in bed gelegen en haar vader horen zwijgen op het balkon, terwijl haar keel pijn deed en ze zelfs geen lucht kon doorslikken. Ze had zich herinnerd dat iemand bij de Rode Davidster een keer had gezegd dat uien en citroen eten het beste medicijn was tegen keelpijn en dat had ze gedaan, hoewel het tegen de pijn niets geholpen had en haar alleen maar omgeven had met een verschaalde kookgeur. Ze had haar ogen dichtgedaan en had hem ineens in de deuropening van haar slaapkamer zien staan, lang, blond en glimlachend.

Wat doe jij hier? Sjlomkits was rechtop in bed gaan zitten en had geprobeerd met haar blik de geur van uien en citroen en de stilte op het balkon te verdoezelen.

Ik ben hier om jou te bezoeken.

Ben je niet naar het Meer van Kinneret gegaan?

Jawel, maar ik ben weer teruggekomen.

Waarom?

Joram haalde zijn schouders op. Ik weet het niet, zei hij. Ik had het daar niet naar mijn zin.

Daarna vertelde hij dat hij thuis was gekomen, maar dat er niemand was en dat het huis op slot zat. Hij was vergeten dat Chamoetal naar Rome was voor een geheime ontmoeting met leden van de PLO. Hij wist niet wat hij moest doen. Het had hem een halve dag gekost om van het Meer van Kinneret naar Jeruzalem te liften. Het speet hem dat hij zomaar onaangekondigd langskwam, maar hij had al zijn telefoonmunten aan Ohad gegeven...

Sjlomkits zei dat het goed was. Maar Joram wist wel dat dat niet zo was. Hij kon het in haar ogen zien. Ze vroeg of hij zich wilde douchen en hij wilde dat graag, zei hij. Ze gaf hem een handdoek en hij ging naar de badkamer met het bladderende plafond, waar het naar een bijzonder sterke aftershave rook.

Toen hij nat, blind en naakt uit de douche stapte, ontdekte hij tot zijn schrik Sjlomkits die hem, met haar armen om haar opgetrokken benen heen, op de dichte toiletpot zat te bekijken. Vlug bedekte Joram zijn lichaam met de veel te kleine handdoek die hij van haar had gekregen en allebei moesten ze lachen. Daarna ging ze tegen hem aan staan en kusten ze elkaar. Een lange, diepe kus, eerlijker dan welke eerdere kus dan ook. Heel langzaam kleedde hij haar uit en daar stond Sjlomkits, in zijn ogen prachtig, bevend van kou, keelpijn of van opwinding, en hij nam haar gezicht in zijn handen en zei, ik hou van je, dat weet je toch. De vloer van de badkamer was koud en nat, Sjlomkits rook naar uien en citroen gemengd met tandpasta en van buiten klonken de stemmen van kinderen die elkaar met zakjes water bekogelden.

Daarna verliet Sjlomkits de badkamer en liet Joram zich in alle rust aankleden. Toen hij weer naar haar toe kwam, naar haar kamer, bloosde hij een beetje en zei, ik hoop dat je ouders al slapen en Sjlomkits antwoordde, mijn vader slaapt al, ja. En toen zweeg ze een moment en zei, mijn moeder is hier niet, en ze zweeg nog een moment en zei, je vraagt niet waar ze is...

Joram keek naar haar en ze leek opeens zo klein dat hij haar haren streelde en vroeg, waar is ze?

Niet op een geheime reis naar Rome, dat is een ding dat zeker is...

Ze moesten allebei lachen. Lachen is misschien overdreven. Ze glimlachten.

Ze vertelde hem wat. Een klein beetje. Echt maar een heel klein beetje. Voor een meisje dat al jaren iedere dag opnieuw de leugen over haar moeder ophing, was het moeilijk om alles in één keer te vertellen. Ze vertelde hem dat ze al vijf keer verhuisd waren. Dat ze iedere keer als haar moeders toestand verslechterde en ze hen te schande maakte, naar een ander appartement verhuisden. Ooit, lang geleden, toen Sjlomkits nog klein was, hadden ze in de mosjav van haar vader gewoond, samen met al zijn broers en zijn ouders. Maar haar moeder had gezegd dat ze de herrie die ze maakten niet kon verdragen. Dat het allemaal kwam door de herrie die ze maakten, dus waren ze verhuisd en sindsdien niet opgehouden met verhuizen. Er zijn altijd mensen die van die herrie maken waardoor ze migraine krijgt en waarvan ze zenuwachtig wordt, en daarna is er het kabaal dat ze zelf maakt, dat altijd veel harder is dan alle herrie van de buren bij elkaar. En dat hoorden de buren dan, en die begonnen te kletsen en dan begonnen de bedekte beledigingen en de openlijke beschimpingen, totdat de toestand onhoudbaar werd en ze weer verhuisden. Maar ze woonden nu al vier jaar in dit huis, en haar vader had gezegd dat hij dit keer niet meer vertrok. Basta. Hij had er genoeg van. Hij was er moe van.

Ze vertelde hem over haar moeder. Dat zij, toen ze jong was, het buurmeisje van haar vader en al zijn broers was geweest, maar dat haar moeders moeder toen ziek was geworden en was gestorven en dat haar moeders vader daarna van verdriet ziek was geworden en ook was doodgegaan. Ze was alleen op de wereld achtergebleven en was van het ene internaat naar de andere kibboets gegaan, tot ze op zekere dag tijdens het liften Chazai tegen was gekomen, haar voormalige buurjongen.

Ze waren getrouwd en jaren later hadden ze Sjlomkits gekregen en meteen na haar geboorte was het geschreeuw, de herrie en het zwerven begonnen.

Sjlomkits kwam aan het eind van haar verhaal, dat kinderachtig was, dat wist ze, en vaag, zoveel was haar wel duidelijk, maar uiteindelijk was dit alles wat ze tot haar beschikking had om te proberen het feit te verklaren dat haar moeder nooit glimlachte of blij was en dat ze een onrustige blik had en zich abrupt bewoog wanneer ze vertrok naar waar ze dan ook naartoe ging, terwijl die blik gesloten en traag was als ze terugkwam en datzelfde gold voor haar manier van bewegen.

Maar dat vertelde ze nooit. Tegen niemand. Op de schampere vragen van de kinderen uit de buurt en op school gaf ze gewoon geen antwoord. En toen alle kinderen uit de buurt naar Bnei Akiva waren gegaan, had zij zich als vrijwilligster gemeld bij de Rode Davidster en terwijl iedereen in de wijk naar school ging, had zij besloten dat ze zich per se wilde inschrijven bij die andere middelbare school, die verre. Iedere dag met twee bussen. Maar wie kon nee zeggen tegen dit vastberaden en getalenteerde meisje, dat wist wat ze wilde en het ook voor elkaar kreeg?

Dat was min of meer wat ze had verteld en Joram was op haar af gekomen en had haar omhelsd. Heel kalm, terwijl Sjlomkits haar ogen dichtkneep en bedacht dat het niet zo erg was om het te vertellen, het was zelfs bijna prettig. En daarna had hij iets over zichzelf verteld. Het was het beroemde verhaal dat Chamoetal altijd op feestjes en andere gelegenheden opdiste, over hoe Joram, toen hij klein was – hij was misschien vijf geweest – op de stomme Palestijnse jongen die bij hen het trappenhuis schoonmaakte, was afgestapt en aan hem had gevraagd of hij zijn vader wilde zijn.

Wanneer Chamoetal dit vertelde op feestjes en andere gelegenheden, inclusief imitaties van de stomme jongen, kon je je wel doodlachen, maar vanuit Jorams perspectief was het verhaal niet zo lachwekkend. In feite was het helemaal niet om te lachen. Sjlomkits had zijn nek gestreeld en zich afgevraagd of hij huilde. Aan het slot van het verhaal had zijn stem getrild, dat in ieder geval. Maar ze wist niet of hij had gehuild.

Het was al laat geweest. Ze waren onder de dunne deken op Sjlomkits' bed gekropen en hadden opnieuw gezoend. Er had iets triests in die kus gezeten, die niet zo lang en zo diep was als die in de badkamer. Joram had Sjlomkits omhelsd en was direct in slaap gevallen, terwijl Sjlomkits zijn lichte wenkbrauwen voorzichtig had gestreeld en stilletjes had gezegd, ik zal nooit ophouden van je te houden.

*

Liefde. Haat. Jaloezie. Vriendschap. Innige vriendschap. Vage vriendschap. Groepsvriendschap. Sjlomkits werd de vriendin van Joram en werd op een vanzelfsprekende manier in het groepje opgenomen als 'Jorams vriendin'. Maar als zichzelf werd ze pas twee jaar later opgenomen, op Balli's zestiende verjaardag, net toen Balli het had uitgemaakt met het vriendje dat ze toen had, Tsvika, de zoon van haar vaders vriend en zakenpartner, die in Savjon woonde in een huis met een zwembad en een huishoudster, en die later bekend zou worden als 'Tsviki-Sjiki', de populairste dj in Tel Aviv.

Tot dan toe had Balli Sjlomkits altijd tegemoetgetreden met een mengeling van vriendschappelijkheid en afstandelijkheid, precies zoals haar moeder die van Ohad altijd benaderde. Op Balli's verjaardag, toen iedereen er was en vlak voordat Brenda dienbladen vol taart, pizza en minuscule pannenkoekjes met slagroom, chocola en snoepjes erop naar buiten droeg, hadden Omer en Tomer, Balli's jongere broertjes, hun verjaardagswens voor hun grote zus opgezegd:

Lieve Balli, geweldige, mooie zus,
We wensen dat je altijd geweldig en mooi zult zijn,
Van ons, Omer en Tomer, krijg je een dikke kus.

Mikki zette de tape aan en de muziek begon te spelen: *You can't hurry love, no, you just have to wait, she said love don't come easy, it's a game of give and take...*

Brenda ging rond met het eten, Ohad en Shirley dansten, Joram en Oeri stonden langs de kant te praten over de eed van de achtste klassen, terwijl Balli, bleek, mooi en verdrietig, in de badkamer voor de spiegel stond. Sjlomkits had voorzichtig op de deur geklopt en gevraagd, gaat het met je?

Zoek je het toilet? Dat is de deur naast...

Nee, ik niet. Ik kwam gewoon even vragen of het wel goed met je gaat.

Waarom zou het niet goed met me gaan?

Ik weet niet, ik zag je gezicht daarstraks, toen je broertjes... Toen ze hun gelukswens opzeiden, leek het alsof je zou gaan huilen of zo...

En toen was Balli ook echt in huilen uitgebarsten. Het bleek dat Tsvika had beloofd dat hij zou komen, hij had beloofd dat hij zou komen ook al had Balli hem de sjabbat ervoor verteld dat ze het uit wilde maken, maar toch had hij beloofd dat hij zou komen, en nu was hij er niet en dat kon haar niet zoveel schelen, dat kon haar eigenlijk helemaal niks schelen, zij had het immers willen uitmaken, maar hij had het beloofd, ondanks alles had hij het beloofd, en ze had zelfs gedacht dat als hij zou komen, dan...

Dit was de eerste keer dat Sjlomkits Balli's duizelingwekkende vermogen meemaakte om iets te zeggen en tegelijk het tegenovergestelde te beweren, volledig overtuigd van wat ze zei en ook van het tegenovergestelde, zichzelf en Sjlomkits daarmee allebei overtuigend. Het was de eerste keer dat Sjlomkits van dichtbij te maken kreeg met Balli's vermogen om van iemand te houden en tegelijkertijd ook niet, en vooral met Balli's behoefte om geliefd te zijn, hoewel, of misschien omdát ze die liefde niet beantwoordde.

Voor Balli was het de eerste keer dat ze in aanraking kwam met Sjlomkits' vermogen om die ándere persoon te zien, die voor de spiegel staat maar zichzelf niet eens ziet. En het was de eerste keer dat Balli te maken kreeg met Sjlomkits' vermogen om iemand eindeloos te omhelzen, eindeloos naar iemand te luisteren, iemand ongelooflijk na te staan en tegelijkertijd een zekere afstand te bewaren; een afstand die ervoor zorgde dat er geen scheurtjes ontstonden in de muur van methodische geheimzinnigheid waarmee ze haar leven en levensverhaal had omgeven.

En het was een geweldige vriendschap, perfect en zelfs oprecht, dat wil zeggen de oprechtste, voor zover die twee meiden de waarheid in zich toelieten. De echte waarheid dan, de rauwe, bittere, pijnlijke waarheid zoals Naäma die veel later met zich meebracht als een soort armzalige bruidsschat van iemand die verder niets anders heeft.

Een geweldige vriendschap. Sjlomkits spendeerde uren bij Balli thuis, speelde voetbal met Tomer en Omer, zat bij Brenda in de keuken, sloot zich samen met Balli op in de badkamer. Bij Balli thuis leerde Sjlomkits voor het eerst hoe je met stokjes moest eten, hoe geraspte Parmezaanse kaas smaakte, hoe leuk het was om het Simonspel te spelen en hoe verslavend het was om op een waterbed te liggen (Mikki was de eerste in Israël die zulke dingen importeerde). Op zestienjarige leeftijd kwam Sjlomkits voor het eerst van haar leven in aanraking met een vriendin, liefde en een swingend en opgewekt leven, even opgewekt als het vrolijke lichtgeflikker van het Simonspel wanneer je had gewonnen.

Toen Sjlomkits' moeder die winter weer thuiskwam, was de vriendschap tussen Sjlomkits en Balli een vaststaand feit; onbetwistbaar, alom bekend, opgebouwd uit dat wat echt gebeurd was, wat misschien gebeurd was en wat nooit ofte nimmer zou gebeuren.

Toen Sjlomkits' moeder terugkwam uit het ziekenhuis.
Toen Brenda Sjlomkits tegen Balli hoorde vertellen dat haar moeder uit het ziekenhuis terug was gekomen.
Toen Brenda het gesprek met Balli voerde over: Did you know about her mother?
Toen Balli antwoordde van ja. Dat wist ze. Zo'n beetje.
Toen Brenda er een week lang niet van kon slapen en zelfs Chamoetal erover opbelde, want: You don't play with this kind of things.
Toen Balli aan Sjlomkits (die tot dan toe nog steeds Sjlomit was) de naam Sjlomkits voorstelde.
Toen Lea Brenda tegenkwam op een ouderavond.
Toen Lea tegen Brenda had gezegd, dus jij bent die blonde troel die mijn dochter van me wil stelen?
Toen Sjlomkits tegen Lea zei, ik haat je, ik haat je, ik haat je...
Toen Lea diezelfde nacht al haar kalmeringstabletten innam, alle dertig.
Toen Lea de volgende dag terugging naar het ziekenhuis.

Momenten, momenten, momenten. Los van elkaar. Flarden van herinneringen dwarrelend in je hoofd.

Met Chanoeka werden Sjlomkits en Shirley verkozen tot vertegenwoordigers van de groep in de kibboets, reisden ze voor twee dagen af en ontmoetten ze Gadi Keidar, de begeleider. Toen ze terugkwamen zei Sjlomkits, God verhoede dat die kibboets net zo is als die begeleider, wat een walgelijk type is dat en Shirley zei, hou op schei uit, hij en Sjlomkits bleven maar met elkaar bekvechten. Waarover had je ruzie met hem? vroeg Joram. Over van alles en nog wat, zei Sjlomkits en Shirley zei, maar zijn vrouw was echt heel aardig en zijn dochter ook, wat door Sjlomkits beaamd werd, ja, dat klopt. Zijn vrouw is heel aardig en zijn dochter ook, die is van onze leeftijd en ze heet Naäma.

Balli was er niet bij, bij hen, op die vrijdagavond bij Joram in de tuin, toen Sjlomkits en Shirley hun gedetailleerde rapportage deden over de kibboets, de begeleider, zijn vrouw en zijn dochters. Ze was met Gili en zijn vrienden naar een picknick-met-kampvuur. Gili was Oeri's oudere broer, hij werd die vrijdag negentien en had Balli uitgenodigd; hij had al heel lang een oogje op haar, maar had haar nooit eerder durven vragen. En Balli, die dat allang wist omdat Balli het altijd wist, was erheen gegaan met de gelukzaligheid van iemand die weet dat ze al heel lang begeerd wordt.

Toen het kampvuur al uit begon te gaan, was de discussie begonnen. Balli had gezegd dat ze overwoog om niet in dienst te gaan. Waarom ze dat nou eigenlijk zei mocht Joost weten, want die gedachte was tot op dat moment nooit in haar opgekomen, in ieder geval niet met die stelligheid. Maar ze had het gezegd, misschien alleen maar om te zien hoe alle jongens daar ophielden op hun steak te kauwen, zomaar opeens, halverwege een kauwbeweging, om haar met een mengeling van verbijstering en walging aan te kijken. Gili had gezegd, dat is nonsens, maar Balli had gezegd, voor jou misschien. Doe niet zo kinderachtig, had Gili gezegd, ik durf een wedje met je te maken dat als je naar me luistert, je het zelf zult toegeven, waarop Balli zei, dat is goed. Wat is goed? vroeg Gili toen een beetje verward en Balli zei, dat ik naar je zal luisteren. Dus toen iedereen naar huis ging, bleven zij achter en stak Gili van wal. En net toen hij aankwam bij 'en je moet niet denken dat ik het niet met je eens ben, maar je moet je wel realiseren dat het juist daarom is dat ik', stond Balli op en zag Gili in de oranje gloed van het smeulende vuur hoe Balli haar bloes en daarna haar broek uittrok. Nog mooier dan anders in dit licht, kwam ze in haar bh en slipje naar hem toe, trok hem zijn kleren uit terwijl ze uit alle macht probeerde om niet als van buitenaf naar hen beiden te kijken en tegelijkertijd om met het oranje licht van het smeulende vuur mee te stromen, dat vast en zeker betoverend was.

De volgende dag keerde Gili terug naar het leger. Een week later gebeurde er wat-er-gebeurde. Om halfnegen 's avonds was Gili gaan kakken in de heuvels die uitkijken over Kirjat Sjmona. Het was onduidelijk waarom hij niet naar de wc ging zoals iedereen dat deed, maar Gili had er nooit van gehouden om hetzelfde te zijn als iedereen. Hoe het ook zij, hij was gewoon op weg gegaan en was onoplettend in een gat gevallen dat daar naast de voorpost was gegraven. Niemand weet wat voor een gat dat was of wat het daar deed, maar het was wel duidelijk dat de jongen die de graafmachine had bestuurd waarmee het gat gegraven was, zich onverantwoordelijk had gedragen door er niet volgens protocol hekjes omheen te zetten. Ook was het duidelijk dat de jongen in kwestie naderhand voor de krijgsraad moest verschijnen en schuldig bevonden werd en zijn rijbewijs kwijtraakte, maar wat het allerduidelijkst was: dat Gili, wiens zonen een beetje naar metaal smaakten, dat Gili, Oeri's grotere broer, dat sergeant Gil Kaplan, die voorbestemd was om officier te worden en veel te bereiken, op een avond ging kakken in de heuvels van Libanon, in een gat viel en stierf.

Tijdens de sjivve gingen Balli, Ohad, Sjlomkits en Joram elke dag naar Oeri's huis. Maar Balli ging vaker, misschien omdat ze meer tijd had, of misschien gewoon omdat haar aanwezigheid meer opviel. Voor de familie en de vrienden van Gili zette ze het gezicht op van iemand-van-wie-je-opaan-kunt, ze hielp bij het ontvangen van gasten, deed boodschappen en waste af, noemde Oeri's moeder Geoela en zijn vader Gidoen, omhelsde Oeri zo stevig als ze maar kon, en probeerde niet terug te denken aan de grote opluchting die haar had overspoeld toen Oeri haar had opgebeld en met verstikte stem had gezegd, Gili is dood. En toen Oeri en Balli zelf met elkaar zoenden, haast per ongeluk, in de laatste nacht van de sjivve, was het een langzame, duistere kus, zonder smeulende kooltjes en zonder vreugde.

Ze kusten elkaar op het balkon bij de keuken toen ze samen alle lege colaflessen opruimden die Oeri's vader onveranderlijk weer inleverde bij de kruidenier. Er stond daar een geweldige hoeveelheid flessen. Men had heel veel gedronken tijdens de sjivve, misschien vanwege de borekas die dorstig maakten of misschien omdat deze sjivve in de warmste week van het jaar viel. Ze zaten op de vloer en toen Oeri opstond, stak Balli haar hand naar hem uit en hij hielp haar met opstaan, maar door die beweging viel ze haast tegen hem aan en zo, op het balkon bij de keuken, tussen alle lege flessen, stonden ze onbedoeld tegen elkaar aan – en kusten elkaar.

Balli deed als eerste een stap naar achteren. Met een vlugge en beledigende handbeweging poetste ze de kus van haar mond, terwijl Oeri niets zei en glimlachte met de nieuwe glimlach die hij deze week had gekregen; een krampachtige, vermoeide glimlach.

Liefde-haat-nijd-vriendschap, liefde-haat-nijd-vriendschap, liefde...

Waarom alleen maar liefde-haat-nijd-vriendschap?

En hoe zit het met genegenheid?

En met minachting?

En met behoefte?

En met lust?

En met verlangens?

Jaren later, wanneer Naäma's vader in het ziekenhuis ligt en ze zijn dagboeken heeft gevonden en Balli haar onder ogen moet komen om uit te leggen wat onduidelijk is, lichten al deze woorden in haar hoofd op om meteen uit te doven. Ze realiseert zich dat ze machteloos zijn, die woorden, beperkt en beperkend, en Naäma zegt, geneuk, is dat alles wat het voorstelde? En Balli geeft geen antwoord in de kamer die baadt in een woordeloos, helder licht.

Een maand nadat Gili was omgekomen, was het begonnen. Oeri had besloten dat hij naar de pilotenopleiding wilde en daar hielp geen lievemoederen aan; het hielp niet dat iedereen tegen hem zei dat zoiets helemaal niet bij hem paste, het hielp ook niet dat er mensen waren geweest die simpelweg in lachen waren uitgebarsten zodra ze van zijn voornemen hoorden – dat maakte hem alleen maar vastbeslotener. En het had niet uitgemaakt dat degenen die in lachen waren uitgebarsten werkelijk hadden gedacht dat Oeri een grapje maakte; hij stond immers bekend om zijn droge humor. En het had vooral niet geholpen dat zijn ouders, Geoela en Gid'on, het helemaal geen, of in ieder geval geen geslaagd grapje vonden. Zij, die het aan slapeloze nachten en zorgen niet ontbrak, focusten zich nu helemaal op dit ietwat belachelijke voornemen van Oeri en bestreden dat met zo'n kracht en geestdrift, dat het wel leek alsof Oeri zich er alleen maar in vastbeet om hen vast te houden in die strijd, die hij veel liever had dan het machteloze verdriet en de hopeloosheid van eerder.

Geoela en Gid'on lieten geen middel onbeproefd. Ze hadden gesprekken met Oeri's leraar, met Mikki, met de vrouwelijke officier van personeelszorg van Gili's eenheid, met Joram en met Balli en kwamen ten slotte uit bij de secretaris van de kibboets die hen naar Gadi Keidar verwees, een van de kibboetsbegeleiders die in Jeruzalem woonde en befaamd was om zijn overtuigingskracht. Gadi Keidar nodigde Oeri uit voor een gesprek. Wat er tijdens dat gesprek besproken werd, wat er precies gezegd werd in dat gesprek? We zullen het nooit weten, maar naar de opvatting van velen was dat gesprek het begin van alles, want toen Oeri bij hem vandaan kwam, zei hij twee dingen: hij zei, ik zie ervan af piloot te worden en hij zei, als ik naar de kibboets ga, wil ik dat die Gadi Keidar mijn gastvader wordt.

Sjlomkits was ervan overtuigd dat ze het niet over dezelfde persoon hadden. Het kon niet waar zijn dat Oeri zo enthousiast was over diezelfde Gadi Keidar die zij in de kibboets ontmoet had, met zijn sigarettenstank en zijn smakeloze grapjes. Ze gingen met z'n allen naar hem toe om hem te ontmoeten. Hij woonde in een nauw steegje vlak bij de markt. Oeri liep voorop met de vastberaden tred van iemand die er al eens geweest is en weet hoe hij er moet komen. Maar na een halfuur zei Sjlomkits ineens, volgens mij zijn we al een keer langs deze winkel gekomen, Balli zei dat zij dat ook al dacht, maar dat ze het niet zeker wist en Oeri zei, hoe kom je daarbij, en, alle winkels met tweedehandskleding zien er hetzelfde uit. Misschien.

Maar toen zei Joram, ik weet zeker dat we hier al eens langs zijn gekomen. Ik kan me dat mededelingenbord met al die advertenties voor charitatieve leningen herinneren, Balli vroeg wat dat waren, charitatieve leningen? En Sjlomkits dacht terug aan haar bat mitswa, die alleen gehouden kon worden dankzij de filantropische bijdrage van een charitatieve organisatie in de wijk waar ze toen woonden en ze zei niets.

Oeri was vervelend geworden. Hij werd altijd vervelend als hij wist dat hij ongelijk had. En wanneer hij zich ergerde, werd hij rood. Hij liep rood aan en werd vervelend en zei dat hij prima wist waar hij heen ging en dat als ze nou eventjes hun mond hielden en hem de kans gaven om zich te oriënteren, en op dat moment stak er op de tweede verdieping iemand zijn hoofd uit het raam en zei met schorre stem, jongelui, hebben ze jullie niet verteld dat het verboden is om tussen twee en vier herrie te maken? Iedereen moest lachen en begon de trap naar boven te beklimmen, terwijl Sjlomkits tegen Balli fluisterde, ongelofelijk, dat is hem. Ik kan er niet bij dat dat degene is die... maar ze kon haar zin niet afmaken omdat de deur al openging en ze het grauwe, rommelige appartementje binnenstapten. Gadi zei *Welcome to my little palace*, gaf Oeri een klap op zijn arm en zei, hoe is het, kerel, waarop Sjlomkits moedeloos zuchtte.

Ze gingen in de grote kamer in een kring op het versleten rode tapijt zitten en Gadi zei dat hij zou proberen hun uit te leggen waarom je voor een kibboets zou kiezen in het algemeen, en waarom het hoogstgelegen oord in het land in het bijzonder, terwijl hij zijn ogen niet van Balli af kon houden. Zelfs geen moment. Het bracht haar in verwarring. Zelfs haar. Ze keek naar het vuile tapijt waarop ze zat en schoof nog iets dichter naar de kachel want ze had het opeens koud, maar zelfs toen lieten zijn ogen haar niet los, en ook niet toen de twee oranje strepen van de kachel haar nog verder naderden, en opeens hadden zijn grote, gloeiende handen haar stevig bij de schouders gepakt en haar verplaatst. Het gebeurde allemaal met een duizelingwekkende snelheid en precisie, en Balli stond blozend en verward bij het raam te kijken naar de twee bruine cirkels die in haar sweater waren gekomen met daarin twee knetterende harde ogen, en Oeri zei, had je dat dan niet door? Nog even en je hele sweater was een groot kampvuur geweest, waarop iedereen begon te lachen en aan Gadi uitlegde dat Balli sowieso van een planeet vol dromen kwam en ze vast en zeker nog niet wakker was, en hij zei, dus jij bent Dromerige Hanna? Aangenaam kennis te maken. Dan ben ik jouw reisgenoot, de Dwerg Kresjendo.

Daarna ging hij met een vermoeid glimlachje zitten, terwijl Balli voelde hoe haar sweater nog steeds smeulde, en haar schouders ook. Hij zei, de waarheid is dat ik me ervan bewust ben dat ik oud ben en een beetje belachelijk, zoals ik hier aan jullie kop zit te zaniken over het zionisme en de verwezenlijking daarvan, maar de waarheid is dat ik in die dingen geloof, echt waar, en ik denk dat jullie leven zal veranderen, wezenlijk zal veranderen als jullie in onze arme, afgelegen kibboets komen wonen, die op het uiterste puntje van de uiterste grens van ons land ligt en zoals jullie vast en zeker wel weten: er is niets belangrijker en zinvoller dan het uiterste puntje van de uiterste grens.

De waarheid.

De waarheid ligt, zoals haar dat eigen is, ergens tussen de woorden, de opvattingen en de gevoelens, ze vermomt zich als een kleine vermoeidheid, verschuilt zich achter een haast onzichtbaar glimlachje, want de waarheid is als een half kapotte trui; er zit altijd wel een draadje aan dat, als je het maar te pakken zou krijgen, alles zou ontrafelen of alles zou onthullen, een wollen draad zonder sweater.

En de waarheid was dat niemand in de kibboets had begrepen waarom hij opeens wilde studeren en waarom dat zo nodig de filmacademie moest zijn. De filmacademie! Alsof we hier in Hollywood zitten. Maar de waarheid was dat ze in de kibboets allang wisten dat je je niet te veel met Gadi Keidar bezig moest houden en dat hij al drie jaar lang probeerde weg te komen. En als iemand naar de filmacademie wil, dan heeft het geen zin om tegen hem te zeggen: goed, je mag gaan studeren, maar niet in Jeruzalem – in Tiberias, en niet de filmacademie, maar werktuigbouwkunde. En buiten dat was het de waarheid dat ze er in de kibboets goedbeschouwd goed over nagedacht hadden; iemand moest immers volgend jaar leiding geven aan het kader, dus waarom maken we daar geen combideal van met Gadi om hem te pacificeren. Niemand in de kibboets wilde Gadi Keidar ongelukkig zien en als hij klaar was met die studienonsens van hem zou hij weer gewoon het culturele programma organiseren en van die geweldige bonte avonden op poten zetten, zoals met Poeriem drie jaar geleden, toen iedereen zich als beroemdheid moest verkleden, en hoe geweldig dat was, zoals hij met die blonde krullen op Chava Alberstein had geleken toen hij zong: *Morgen ben ik zo ver weg, kom me maar niet zoeken.*

Maar eigenlijk was het niet de filmacademie die hem dat jaar naar Jeruzalem deed trekken, en zeker niet de kadervergaderingen die onderweg op hem wachtten. Die verzette hij keer op keer, totdat het kibboetssecretariaat hem erop aansprak. En de waarheid was dat hij zelf niet eens wist waarom hij opeens wilde studeren en waarom dat zo nodig cinematografie moest zijn, hij was gewoon gek op die onwillekeurige, met stomheid geslagen blikken van het kibboetssecretariaat en van zijn vrouw, vooral die van zijn vrouw, die zijn plan teweegbracht.

En de waarheid was dat Balli dat wist. Beter gezegd, dat voelde ze. Dat wil zeggen, in de onrust die zich in die nacht in haar roerde, was ze zich ervan bewust dat alles wat hij zei, dat het allemaal alleen maar een dekmantel was, een surrogaat, een alibi voor iets anders, iets waarvan zij die nacht niet wist wat het was, en dat misschien nooit zou weten, iets waar ze met iedere vezel in haar lichaam door aangetrokken werd, zoals een schone slaapster die gehypnotiseerd achter het dwaallicht van de heks aanloopt. Die nacht lukte het haar niet om de slaap te vatten en voordat het ochtend was, stond ze stilletjes op, deed haar bureaulade open en haalde er een tekenblok en potloden uit tevoorschijn. Ze had al twee jaar niet meer getekend sinds die expositie in het jeugdhonk waarbij een van haar tekeningen tentoongesteld en voor veel geld verkocht was. Ze wist niet eens voor hoeveel. Brenda en Mikki waren zo enthousiast door de expositie en de verkoop van de tekening en de spaarrekening die ze met dat geld geopend hadden en bleven daar zo over bezig dat Balli voelde dat ze gewoon niet meer kon tekenen.

Maar nu, in de duisternis van het ouderlijk huis, bij het licht van haar roodachtige nachtlampje, tekende ze dat het een lieve lust was, rode bergen van vuur waardoor sweaters verbrand raakten. Toen ze klaar was met tekenen, was het al bijna ochtend en ze wist dat ze er weer heen zou gaan.

Ze wist de weg nog precies, passeerde de winkel met tweede-handskleding en het informatiebord, beklom de trap en nog voordat ze op de deur had kunnen kloppen, deed hij hem open. En hij zei niks. Ze ging naar binnen. En zijn ogen, weer die ogen die geen moment knipperden. Zwijgend deed hij de deur dicht. Heel zijn lichaam leunde tegen haar aan en Balli rook zijn adem die tot in haar buik doordrong, zoet en scherp tegelijk als zo'n groen menthol-snoepje met suikerkorreltjes erop. En daarna: duizend suikerinjec-ties die op duizend plaatsen in haar geprikt werden en één scherpe pijn die haar aan hem vastpinde, als een koorddanseres op een dun koord, en haar ineens met een zwaai losmaakte, en de val en de op-luchting en de onvoldane holte in haar lichaam die wijd openge-maakt is, die zich de brandende pijnscheut herinnert en alleen op hem hoopt.

Zo heb ik me nog nooit gevoeld, zei ze stilletjes tegen de kruimels onder het vloerkleed die, net als de muizen dat deden bij Assepoes-ter, op elkaars schouders gingen staan om haar toe te fluisteren dat ze op moest kijken. Gadi lag naast haar op zijn rug en ademde met korte, hele snelle ademhalingen, en toen hij omhoogkwam op zijn ellebogen en naar haar keek, toonde zijn kracht zich weer in zijn gezicht, als een masker. Nou ja, het is niet echt een verrassing, je bent tenslotte nog maar een kind, zei hij en Balli ging ook rechtop zitten en voelde zich beledigd zonder te weten waarom. Haar oog viel weer op de foto die boven de groene formica tafel hing en die verscholen ging onder ongeordende vellen papier met een compact schuin handschrift. De foto van een klein meisje met alerte ogen waaraan niets ontgaat en een groot meisje met een glimlach waar licht van afstraalt.

Toen ze naar huis ging, wie weet hoe laat, liep ze langs de winkel met tweedehands kleding en het informatiebord vol goede bedoelingen, ademde de koude avondlucht diep in en veegde met haar mouw autoruiten schoon om naar zichzelf te kunnen kijken. Ook voor deze avond had ze wel geweten dat ze mooi was, iedereen vertelde haar altijd hoe mooi ze was en ze kende de moeilijke blikken van de jongens wel als ze naar haar keken, maar pas nu, in het bleke licht van de straatlantaarns, in de van kou bibberende ruiten van onbekende auto's, voelde ze zich ineens echt mooi, echt, echt mooi.

Kom op, hé, kom nou eens uit die badkamer!

Tomer, hou je kop.

Mama, zeg er wat van!

Balli, kom eruit.

Nou, hier dan, ik ben er al uit. Wat loop je te jammeren als een wijf?

Stop it, please!

Balli keek haar moeder aan, die al aangekleed en opgemaakt was. *Sorry Mum*, zei ze kalm en haar moeder glimlachte, *It's okay, sweety.* Door haar moeders zangerige woorden en die glimlach van haar die luide stemmen kalmeerde, stopte Balli alle gedachten en berouw weg in een speciale doos helemaal achter in haar hoofd en glimlachte terug.

In de week die volgde, kwam Oeri niet langs. Hij was met zijn ouders afgereisd naar Gili's eenheid voor de officiële onthulling van een monument waarop ook Gili's naam prijkte, want bij zulke eenheden wordt er geen onderscheid gemaakt tussen soldaten die echt gesneuveld zijn en soldaten die per ongeluk omgekomen zijn.

Onderweg deed Balli haar best om niet te snel te lopen en de stoffige winkels en lichtgevende informatieborden niet te goed te herkennen. Ohad zei dat hij het nooit van zijn leven goed zou vinden om als watje in een onnodige nederzetting te leven, en Joram zei tegen hem, waarom praat je toch altijd over dingen die je niet begrijpt? Sjlomkits vroeg haar waarom ze zo stil was en Balli antwoordde dat ze hoofdpijn had, en toen ze naar binnen gingen vroeg iedereen wat er met haar aan de hand was, want kijk nou toch hoe bleek ze zag, maar zij zei, niks, ik voel me gewoon een beetje slapjes, en Sjlomkits zei dat Balli hoofdpijn had. Gadi de begeleider bracht haar een glas water en vroeg of ze wilde gaan liggen op het bed in de andere kamer. Heel erg bedankt voor het aanbod, maar nee. Thuis heb ik ook een bed. Ik ben niet helemaal hierheen gekomen om op bed te gaan liggen, zei ze, en het grijs van zijn ogen veranderde geen moment terwijl hij zei, meisjes met gevoel voor humor, dat is precies wat we nu bij ons op de boerderij nodig hebben, en dat herinnert mij eraan dat jullie volgende week voor een druk weekend naar ons toe komen. Elk van jullie zal bij een ander gezin overnachten zodat jullie de kibboetsleden beter leren kennen en andersom zij jullie ook. Toen hij uitgesproken was, glimlachte hij met die omgekeerde glimlach van hem en Sjlomkits zei, iedereen bij een ander gezin? Of kan dat ook in paren? Gadi zei, maak je geen zorgen, meiske, niemand zal jou van je vriendje scheiden, en hij glimlachte opnieuw terwijl hij tegen Balli zei, en trouwens, jij slaapt bij mij thuis. Op het opklapbed.

Op de vrijdag daarna zei Ohad, hij ziet jou wel zitten, ik geef jullie op een briefje dat die Gadi in vuur en vlam staat voor Balli. Balli zei, hou op, hou je mond toch, hebben jullie er niet een keer genoeg van om je met die onzin bezig te houden? En ze keek uit het raam en zag hoe de weg door de snelheid van de bus voor haar ogen vervaagde; ze zag niets anders dan bevende, drabbige lijnen die op haar toegesneld kwamen en onmiddellijk weer verdwenen en hoorde Ohad achter haar tegen Oeri zeggen, moet je horen. Dus die Keidar zegt dat er fantastische vrijwilligsters in de kibboets zijn, maar Oeri gaf geen antwoord en Balli keek naar Sjlomkits en Joram, die met de armen om elkaar heen voor haar zaten en er van achteren uitzagen als een reusachtige inktvis met heel veel armen en benen en twee lachende hoofden.

Twee uur later zat ze naast Oeri op de bruine bank met rood en groen geborduurde kussens die in haar rug prikten. De foto van zijn twee dochters die in het appartement boven de smalle groene tafel hing, waar ze niet aan mocht denken, kwam voor haar ogen tot leven in de gedaante van Naäma die naast hen kwam zitten en onophoudelijk praatte, en mijn vader heeft me zo veel over jullie verteld, jij bent Oeri, toch? En jij?

Balli.

Balli?

Dat is van Inbal. Ja.

Inbal? Ongelofelijk, je hebt er geen idee van hoe graag ik wilde dat ze mij Inbal hadden genoemd toen ik klein was. Papa, hoor je dat? Ze heet Inbal, wist jij dat ze Inbal heette?

Haar vader keek op, keek haar strak aan en zei rustig, nee, dat wist ik niet. Oeri, die naast de twee meisjes zat, had alle roomboterkoekjes soldaat gemaakt en Naäma stond snel op, zal ik je nog wat brengen? Ze zijn heel erg lekker, niet? Dit zijn de allerlekkerste koekjes van mijn moeder, iedereen in de kibboets is dol op deze koekjes, ze noemen ze zelfs 'Galja's koekjes'.

Het is al kwart over zeven, kom, laten we gaan, zei Galja naar wie de koekjes vernoemd waren, terwijl ze vlug opstond en alle bordjes, bekers, kruimels en koekjes in één kille, abrupte beweging bij elkaar veegde. Balli bekeek haar zonder echt naar haar te kijken, zag de magere, puntige schouders en de kortgeknipte nek en haastte zich om haar eigen handen met een bedachtzame, volstrekt niet-abrupte beweging in haar zakken te steken.

Buiten lag het grasveld bezaaid met poppen en slippers, en de gehaaste kortgeknipte nek vroeg aan Gadi, hoe zit dat met Giora en Roeti? Heb je ze gesproken? En Gadi knikte van ja. Dat zijn de buren van hiernaast, ging Galja op dezelfde doelbewuste en gesloten toon verder, ze zijn er even tussenuit en zij, dat wil zeggen zij en Gadi, hadden bedacht dat Balli en Oeri het misschien prettiger vonden om daar te slapen. Alleen maar om te slapen. Want voor de rest zouden ze natuurlijk bij hen zijn, daarvoor had je immers een gastgezin, maar op die manier zouden ze een beetje privacy hebben want de appartementen in de kibboets waren toch al niet zo ruim. Balli keek vanuit haar ooghoek naar Gadi, die naar het pad keek en naar Naäma, die stralend en breed glimlachend met haar onophoudelijk stuiterende jongere zusje Tiltoel aan de hand naast haar liep.

In de eetzaal vroeg Oeri speciale toestemming om bij Ohad en zijn gastgezin te gaan zitten. We zijn geen kapitalisten, zei Gadi, je kunt gaan zitten bij wie je maar wilt, en Balli probeerde tevergeefs Oeri's blik te vangen die met Ohad aan een tafeltje aan het andere eind van de zaal ging zitten. Naast haar ratelde Naäma onophoudelijk verder. Dat is Jossi, hij zit bij mij in de klas en ik kan hem niet uitstaan, en dat is Nili, de dochter van Giora en Roeti, de buren van mijn ouders. Het duizelde Balli van de vele onbekende namen en vreemde gezichten terwijl ze naar Oeri keek die ver weg een opgewekt, luid gesprek met Ohad zat te voeren, en ze probeerde om niet naar Gadi te kijken die stond te smiespelen met een langbenige, gebruinde blondine in een blauw schort dat haar ogen benadrukte. Ze lachte met haar ogen naar hem terwijl ze schnitzels uitdeelde aan alle mensen die met oranje dienbladen voor haar in de rij stonden. Waarom stond je zo lang met Rachel te praten, papa? vroeg Naäma toen hij bij de tafel terugkwam. Ik heb haar gevraagd om aardig te

zijn voor de vrienden van Balli, antwoordde hij. Ik heb verschrikkelijke dorst, zei Balli en draaide haar hoofd af, waar kan ik water
halen? Ze wezen het haar en Balli liep er snel naartoe, wierp onderweg een blik op Rachel en vond dat die, met uw welnemen, een
beetje te oud was voor Ohad of Oeri.

Na het eten kwam Ohad naar hen toe hollen en vroeg, komen
jullie? Oeri zei ja en Gadi zei, misschien kunnen jullie even mee-
komen, dan laat ik jullie het huis van de buren zien, waarop Balli
snel zei, ik ga wel mee, en Naäma zei, wil je dat ik met je meega?
Maar Balli zei, nee, het is al goed, en Gadi zei, niet zo plakkerig
doen, vort. Maar Naäma zei met dezelfde stem als haar moeder,
maar hoe weet ze dan hoe ze daarna bij de gemeenschapszaal moet
komen? Gadi zei, ik laat haar de weg wel zien. Daar hoef jij je geen
zorgen over te maken.

Zwijgend liepen ze naar het grasveld met de poppen. Balli stond
achter hem en keek naar de rij huizen die er allemaal hetzelfde uitzagen en waarin overal een geel, uitnodigend licht scheen, behalve
bij dit huis. Het huis van de buren-die-juist-even-weg-waren, was
gehuld in een diepe, beklemmende duisternis. Gadi bukte en pakte
de sleutel onder een bloempot vandaan en Balli zag zijn rug onder
zijn overhemd in de strepen licht naar haar knipogen als iemand
die probeerde haar in morse een geweldig belangrijke boodschap
over te brengen. Ze volgde hem naar binnen. Binnen heerste een
rustige, weldadige duisternis. Gadi deed geen licht aan, maar liep
direct door naar een andere kamer. Balli liep achter hem aan, het
geurspoor van menthol volgend zoals honden dat in tekenfilms doen
wanneer ze de geur van eten volgen. Vervolgens deed hij de deur
achter zich dicht. Er hing een kraakheldere, onbuigzame geur in de
badkamer, en in de gesteven, overvolle duisternis zocht hij zwijgend
toenadering. Zijn raspende ademhaling was vlakbij, zijn verweerde
hete handen streelden haar gezicht, heel langzaam, en daalden vervolgens, haar bijna niet aanrakend, af naar haar hals, draalden even
op dat ene plekje waardoor je gaat huiveren, onder het haar en gingen
verder naar beneden, naar haar schouders. Langzaam en geduldig
ontkleedden zijn handen haar, gingen kalm en scrupuleus over de
mooie bh die Brenda voor haar verjaardag had gekocht, betastten de
roze bloemen met nauwkeurige grondigheid en scheurden daarna –
in één ruk – alle roze bloemen van haar schouders af en smeten die
op de vloer, verspreid en vernederd. Maar de handen gingen verder
en verder, over haar buik, over het moedervlekje vlak boven haar
navel en de brave, zwijgende knopen van haar broek gingen mak-

kelijk open onder deze handen, die zich aan niets brandden, en waar waren ze nu, en nu, en nu...

Daarna gaf hij haar een kus, één, lange, bloedvergietende kus, om haar vervolgens ineens van zich af te duwen. Balli werd weggestoten en het eerste wat ze voelde was de verblindende klap tegen haar achterhoofd. Ze draaide zich om zodat ze kon voelen waaraan ze zich bezeerd had, een simpel plastic handdoekhaakje, en hoorde hoe de badkamerdeur en daarna de voordeur openging en werd dichtgedaan en hoe vervolgens met de deur van het huis ernaast precies hetzelfde gedaan werd.

Toen ze uit het donkere appartement de zurige lucht van het grasveld en nog iets anders in stapte, was ze al aangekleed en gekalmeerd, bijna gekalmeerd, als iemand die de hele nacht heeft liggen huilen en uiteindelijk in slaap gevallen is om ervan te dromen eindeloos troostend gewiegd te worden. Ze begon het pad af te lopen en realiseerde zich toen dat ze eigenlijk niet wist waar ze naartoe liep, dat wil zeggen, waar die was, die gemeenschapsruimte of hoe dat dan ook maar mocht heten, die plek waar iedereen op dat moment was, waar het rook naar warm bier en lauw gelach. Op de schaarsverlichte paden voelde ze een steekje weemoed, de weemoed van iemand die ergens buiten staat bij een plek waarvan hij niet eens weet hoe die heet, terwijl iedereen anders binnen is en er een gouden, dronkenmakende geur in de lucht hangt.

Ze likte haar beurse lippen af en kauwde er gedachteloos weer op, liet de oud-nieuwe beursheid zich door haar lichaam verspreiden om de scherpe kantjes van de pijn eraf te halen, van de pijn van erna, een scherpe, bittere steek van berouw, een smalle, snijdende belofte van nooit meer, een zwaar hoofd en wee gevoel in haar buik waarin niets meer restte van het donkere, verstikkende verlangen van ervoor. Terwijl ze over het donkere pad liep, realiseerde ze zich in een ogenblik van helder inzicht, dat hij dat ook, dat het voor hem precies hetzelfde was en ze wist dat ze nooit boos op hem zou worden wanneer hij op die of op een andere manier vertrok, tijdens of ervoor of erna, want exact zoals zij, balanceerde ook hij op datzelfde onzichtbare koord waarmee de afgrond is afgezet en waaraan offers gebracht moesten worden.

Ze keek in de richting van het appartement van Gadi en Galja. Er brandde licht. Maar ze kon daar nu niet aankloppen om te vragen waar ze heen moest. Want wat moest ze zeggen als Galja zou vragen waar ze al die tijd was geweest? En wat moest ze doen als Gadi haar met diezelfde afstandelijke, vernietigende blik zou aankijken?

Nee. Ze zou het zelf wel vinden. Ze begon over de paden te lopen die er allemaal hetzelfde uitzagen en die nergens heen leidden en bedacht dat zijn dochter juist erg hartelijk was, heel erg hartelijk, en ze besloot dat ze aardig tegen haar zou doen als ze haar tegenkwam als ze eenmaal die club of hoe-het-ook-maar-heette bereikt had. Ze zou aardig tegen haar doen en ze zou vriendinnen met haar worden, alsof er met die hartelijkheid en met die vriendschap iets goedgemaakt kon worden, met terugwerkende kracht alle vernederingen ter wereld en alle verboden daden goedgemaakt konden worden.

En toen hoorde ze Naäma haar in de verte roepen, Balli, Balli, wat doe je hier? Ik loop je al een uur lang overal in de kibboets te zoeken, mijn vader zei dat je allang naar de gemeenschapsruimte was gegaan. Balli haalde opgelucht adem, gemeenschapsruimte, zo heette het, ja.

Ze kwam de overvolle, tamelijk bedompte ruimte binnen en zag Oeri naast de langbenige blondine zitten met wie Gadi bij het avondeten had staan praten, ze glimlachte naar Naäma en zei, het is verschrikkelijk warm hier, niet? Zullen we anders buiten gaan zitten?

Naäma haalde diep adem en ging akkoord. Bijna met tegenzin.

Ze zaten buiten op de trap met hun lauwe bier en zochten naar een onderwerp om over te praten.

Vertel eens...

Vertel eens...

Ze moesten allebei lachen. Dat was de eerste keer dat hun dat overkwam. Maar het zou beslist niet de laatste keer zijn dat het gebeurde. Ze zouden nog heel veel keren samen, op hetzelfde ogenblik, alletwee hetzelfde zeggen. En ze zouden altijd lachen als dat gebeurde, met datzelfde gevoel van aarzelende emotionele verrassing – dat er op deze wereld nog iemand is die dezelfde gedachten heeft als ik. Bijna op hetzelfde moment. Dan ben ik bijna niet alleen.

Na het lachen vroeg een van hen, het maakte niet uit wie, als eerste, wat wou je nou zeggen, en dan gaf de ander antwoord. Balli wilde iets vragen over de blondine. Naäma vertelde dat ze Rachel heette. Een vrijwilligster uit Engeland...

Ze is knap, zei Balli stilletjes.

Het is een halve zool, zei Naäma luider dan nodig was.

Balli glimlachte om niks in het bijzonder, of in ieder geval niet om iets dat gepast was.

En daarna maakte Naäma handig gebruik van het onderwerp en vroeg naar die jongen die nu naast Rachel zat, dat wil zeggen die jongen die met Balli naar hun huis was gekomen, dat wil zeggen die jongen over wie haar vader maar niet uitgepraat raakte...

Wie, Oeri? Balli haalde haar schouders op en Naäma voelde een steek van jaloezie jegens Balli's welgevormde schouders die ongeïnteresseerd maar elegant opgehaald werden wanneer zijn naam ter sprake kwam.

Ja, hij.

Oeri? Wat... Wat wil je over hem weten?

Weer glimlachten ze allebei.

Op dat moment verscheen een rood aangelopen Sjlomkits, wie het huilen nader stond dan het lachen. Ze kwam naast hen zitten en siste tussen haar smalle lippen tegen Balli, ik moet met je praten, en Balli, die Sjlomkits nog nooit zo bijna in tranen had gezien, sloeg een arm om haar heen en zei tegen Naäma, dit is Sjlomkits, zij is mijn allerbeste vriendin. Naäma die na Sjlomkits' komst bleef zitten zonder antwoord op haar vraag over Oeri die ze niet gesteld had, voelde zich plotseling overbodig, stond op en zei, goed, dan...

Zien we elkaar straks weer? vroeg Balli en Naäma knikte. Allebei zeiden ze *Bye* op exact hetzelfde moment. En weer moesten ze lachen.

Ze is mijn allerbeste vriendin.

Zij. En zij. En ik.

Zij en mijn allerbeste vriendin, en ik.

Toen Naäma weer naar binnen was gegaan, fronste Sjlomkits haar wenkbrauwen. Wie is dat?

Oeri's en mijn kibboetszusje, antwoordde Balli glimlachend, waarop Sjlomkits tot haar volslagen verrassing in huilen uitbarstte. Tussen de snikken door lukte het haar om uit te brengen, vraag maar niet hoe het bij ons gastgezin is. En nu de waterlanders eenmaal begonnen waren, was het moeilijk de kraan dicht te draaien. Er liepen mensen langs. Ze keken naar hen met de verbaasde gelatenheid van mensen die hier thuishoorden en geen mens komt nou eenmaal graag ontroostbaar gehuil tegen op het pad naar zijn huis. Balli stelde voor ergens anders heen te gaan en ze verhuisden naar de speelplein van kleuterschool de Prinia, waar ze op een schommel gingen zitten en Sjlomkits rustig haar verhaal kon doen.

Het bleek dat Joram en zij, volkomen toevallig, de familie Epstein als gastgezin hadden gekregen. De familie Epstein was een bekende en gerespecteerde familie in de kibboetsgeledingen, vader en moeder zowel afzonderlijk als samen, en ook hun vijf dochters, die je maar moeilijk uit elkaar kon houden omdat ze allemaal zo op elkaar leken en omdat men in het gezin Epstein de gewoonte had elkaar Epstein en Epsteinse te noemen. Hoe dan ook, de grote Epstein en Epsteinse kenden Chamoetal goed. Nog uit de Emek. Deze gastvader was zelfs het hoofd van de kibboetsbeweging geweest in de tijd dat Chamoetal plaatsvervangend minister van Arbeidszaken was en ze hadden veel met elkaar te maken gehad.

Maar dat was uiteraard niet waardoor Sjlomkits onophoudelijk moest huilen. Dat kwam doordat die gastouders, zoals gezegd, vijf dochters hadden, en de middelste, die in dienst zat, was zomaar bovenop Joram gaan zitten en had hem zowat uitgekleed, vertelde Sjlomkits. Maar dat Joram geen bezwaar leek te hebben tegen deze agressieve hofmakerij – integendeel – was wat haar pas echt aan het huilen had gemaakt. Hij leek ervan te genieten. En eigenlijk moest Sjlomkits zo verschrikkelijk huilen omdat zowel die gastouders als hun vijf dochters nauwelijks met haar praatten, haar ternauwernood aankeken, haar helemaal niet zagen staan. Ze waren er zo mee in hun nopjes dat Chamoetal Halevi's zoon in hun woonkamer zat, schouder aan schouder met hun middelste dochter, dat Sjlomkits' aanwezigheid voor hen gewoon niet telde en al helemaal niet voor hun dochters. En laten we het vooral niet hebben over die middelste, die in dienst zat.

Maar eerlijk gezegd werden Sjlomkits' onkarakteristieke tranen in werkelijkheid veroorzaakt doordat er iets volmaakts en vredigs in dat uiterst voldane huis in de kibboets heerste, dat er iets oprecht warms uitging van dit zakelijke paar met hun vijf dochters, die er, naar haar zeggen, uitzagen als een reclameposter voor de kibboetsbeweging. Jaloezie, een diepe, brandende jaloezie, de jaloezie van iemand die zoiets niet kent en nooit gekend heeft, was aan haar gedachten gaan knagen. Ze had geprobeerd het vuur te blussen. Ze had geprobeerd Jorams blik te vangen om hem te vertellen dat ze daar weg wilde. Maar Joram had niet naar haar gekeken. Hij ook al niet. Dit was de eerste keer dat Sjlomkits deze karaktertrek van Joram zag: blind zijn voor wat je in de weg zit, zelfs als dat iemand was die bijna in tranen en van binnen verteerd naast je zat.

Toen ze terugkwamen bij de gemeenschapsruimte was daar al veel minder licht en veel minder herrie. En ook Joram was er. Hij liep naar haar toe en zei rustig, waar was je? Ik maakte me zorgen om je. Sjlomkits keerde haar gezicht van hem af en zei, gewoon, ik heb samen met Balli wat rondgelopen, en tot Balli's grote verbazing, die inmiddels wel doorhad dat er dit weekend van alles kon gebeuren, glimlachte Sjlomkits, gaf Joram een hand en zei tegen hem, zullen we gaan slapen?

Ook Oeri stond op. Ik ben doodop, en Balli zei tegen hem, kom op makker, dan breng ik je naar bed, terwijl Naäma zwijgend achter hen stond naast de koelkast die inmiddels was ontdaan van zijn lauwe biertjes.

Toen ze bij het appartement van de buren aankwamen, heerste er in Gadi's huis al volslagen duisternis en terwijl Balli bij de buren naar binnen ging, zei ze tegen Oeri, volgens mij is het licht hier, en daarna – misschien om de zoete geur te laten vervliegen van het knagende gevoel in haar buik dat haar eraan herinnerde wat er geweest was, aan wat verboden was dat er zou zijn, aan wat ze zo heel graag wilde – begon ze te ratelen. Dus, wat zeg je ervan? Hoe vind je het hier, leuk toch? En die dochter van ons gastgezin, Naäma, die is aardig, niet? Volgens mij is ze een beetje in jou geïnteresseerd, of niet? Wat denk jij? Wat denk je? En Oeri, die nog nooit door Balli was gevraagd naar wat hij ergens van vond, zei tegen haar, gaat het wel met je, Bal? Ben je dronken of zo? En zonder te aarzelen, zonder na te denken, om niet door het zwarte, woekerende gat van haar verlangen overheerst te worden, zei Balli tegen hem, zullen we met de armen om elkaar heen gaan slapen?

De volgende ochtend kwam Naäma hen roepen. Oeri en Balli stonden op, stapten samen uit het bed en gingen ieder naar een andere kant van de kamer om zich op te knappen, hun haren te kammen en zich te ontdoen van de overblijfselen van die nacht in elkaars armen. Toen ze buiten kwamen, zat Naäma op de witte schommel te schommelen en zei, hoe lang hebben jullie wel niet nodig? En we moeten opschieten, want straks is het ontbijt voorbij, terwijl Balli bedacht dat ze helemaal geen honger had. Wat? Mijn ouders? Nee, hoe kom je erbij, die zijn daar niet. Naäma lachte om Balli's vraag alsof het een grapje was en legde uit dat haar ouders op sjabbat niet ontbeten omdat ze dan altijd vroeg opstonden, boterhammen klaarmaakten en met Tiltoel op pad gingen in de omgeving. Dat hadden ze ook met haar gedaan toen ze klein was, want haar vader, die is zo verzot op het land... Pas na een paar stappen drong het tot haar door dat ze tegen zichzelf liep te praten en keek achterom. Ze zag Oeri besluiteloos naast Balli staan die het pad knuffelde en de kiezelstenen kuste, waarop Naäma bezorgd naar haar toe rende. Ik wist wel dat ik een keer zou vallen, zei Balli tegen de stenen, en Naäma stak haar een warme zachte hand toe en zei, maar is alles goed met je? Ja? Je bent toch wel in orde?

Op het pleintje voor de eetzaal stonden Sjlomkits en Joram samen met Ohad en Iffi te lachen zoals iemand lacht die bekend is met deze plek, en hij was er ook, een gesloten gezicht tussen duizenden glimlachende hoofden. Papa? Wat doe jij hier? Je zou er toch samen met mama op uitgaan? vroeg Naäma en Gadi antwoordde dat mama en Tiltoel er deze sjabbat alleen op uitgetrokken waren omdat hij hier moest blijven. Ik heb gasten uit Jeruzalem, zei hij tegen Naäma terwijl hij naar Balli keek, die van achteren omhelsd werd door Sjlomkits die er naar informeerde wat er met haar gebeurd was dat haar knieën zo vol modder zaten. Een zware, ruwe hand raakte gekscherend haar schouder aan: keek Dromerige Hanna soms niet waar ze liep?

Ze gingen de eetzaal in, terwijl Naäma met het dienblad voorop liep en als een energieke reisleidster alle gerechten aan Balli en Oeri uitlegde. Hier is de room, we hebben alleen room op sjabbat, dus kun je dat maar beter nemen, en hier zijn de eieren, ik zie dat de roereieren op zijn, maar ze brengen direct wel meer, willen jullie salade of alleen tomaat? Balli voelde spanning in haar buik, onderin, en zei tegen Naäma dat ze eigenlijk helemaal geen honger had en dat ze naar buiten ging. Oeri zei met een mond vol paprika, ik kom eraan, ik pak alleen nog even wat thee. Naäma keek verdrietig naar haar eigen volle dienblad en zei kalmpjes, laat mijn vader je niet opjagen, soms komt hij wat hard over, maar het is geen slechte vent, waarop Balli opgelucht lachte en zei, dat weet ik.

Ze haastte zich naar buiten, trok daar haar trui aan, want ondanks dat het een heldere dag was, was het wel fris, en liep met de anderen achter hem aan. Hij liep snel, dwars over het grasveld en door de modder bij de stallen, totdat ze bij de akkers aankwamen die zich lang en groen uitstrekten vanaf de omheining van de kibboets tot de andere begrenzingen, die gemarkeerd werden door rood, oranje en bruin. Balli ademde diep in en rook de koeien, vermengd met de geur van het natte gras, het ontbijt en de gele pluimen die op de velden wiegden als advertentie voor een oud patriottistisch gedicht. Gadi zei dat hij dacht dat ze nu het beste een wandeling rondom de boerderij konden maken, zodat ze alle bedrijfsonderdelen leerden kennen en dat ze dan ook Libanon in de verte konden zien liggen, dat er vanaf hier mooi en vredig uitzag. En als de jongens straks in dienst zaten terwijl de meisjes hun dienst-zonder-soldij uitdienden, dan konden ze deze kant opkijken en dit kleine stipje zien en denken dat de meisjes aan hen dachten, hoewel dat waarschijnlijk helemaal niet zou kloppen; het lag meer voor de hand dat de meisjes in dat stadium al bijzonder druk aan het flikflooien waren met de vrijwilligers en de mannen die op de boerderij werkten. Sjlomkits trok een gezicht en hij zei, ik zie dat wat ik heb gezegd de meisjes niet bevalt, waarop Sjlomkits zei dat hij de dingen soms bijzonder grof uitdrukte en dat ze daar niet van hield. Hij vroeg, hoezo, omdat ik flikflooien zei? Sjlomkits zei, het gaat niet om het ene of het andere woord, het is de inhoud van wat je zegt. Gadi zei, goed, misschien geldt het niet voor jou, maar we hebben hier heel wat kerels die beslist de moeite waard zijn en ik weet zeker dat jouw vriendinnen daar in ieder geval blij van worden. Balli wierp een blik op Oeri, zag hoe hij met samengeknepen ogen dat gele puntje daar in de verte in zich opnam en ze dacht terug aan Gili en zijn snelle, kille manier van aanraken. Zonder naar Gadi of iemand anders om te kijken, liep ze vlug naar Oeri toe en raakte voorzichtig zijn schouder aan, gaat het? Oeri glimlachte naar haar, huiverde alsof hij koorts had en zei, ja.

Wat is er aan de hand, kinderen? Gadi was snel naar hen toe komen lopen en had zijn ene arm om Balli en zijn andere om Oeri geslagen, is alles in orde? Wat staan jullie hier te smiespelen? Balli zei, niks smiespelen, waarna Gadi de arm die hij om Oeri geslagen had losmaakte en zijn arm alleen nog om Balli heen hield en zei, ik ben dol op dit meisje, en weten jullie waarom? Omdat ze mij doet denken aan mijn vrouw toen we jong waren. Oeri keek naar het punt ver weg in het zonlicht en zei rustig, uw dochter heeft me verteld dat u gewond bent geraakt in de Jom Kippoeroorlog, waarop Gadi een lach uitstootte die gepaard ging met een besproeiing van doorzichtige druppeltjes speeksel en gêne, en bijna als tegen zichzelf zei hij, o, Naäma, Naäma, wat moet er van jou worden. En daarna werd hij serieus en zei, ja. Ik ben gewond geraakt. Een blikje conserven was te warm geworden en ontplofte in mijn gezicht, waardoor ik naar het ziekenhuis moest en op die manier ben ik aan de dood ontkomen in de oorlog.

Iedereen moest lachen, behalve Gadi. En Oeri.

Sjlomkits vroeg, echt waar? Is dat echt waar?

Gadi zei, denk je dat ik zo'n verhaal zou verzinnen? Mijn kameraad, die naast me zat bij het kampvuur en die mijn plaats heeft ingenomen in de tank, is op de eerste dag van de gevechten omgekomen. Op de eerste dag is hij omgekomen.

Oeri glimlachte, een blikje conserven van wat? En Gadi glimlachte. Goeie vraag, jongen. Balli zei rustig, van gezoet sinaasappelsappoeder, waarop Gadi even op zijn lippen beet en terwijl zijn blik van Oeri naar Balli ging en weer terug, zuchtte hij.

Daarna gingen ze terug naar het grasveld tegenover de eetzaal. Oeri ging op het hekje zitten. Balli ging naast hem zitten.

Wat is er aan de hand?

Weet niet.

Wat?

Ik weet het niet. Ik houd niet van deze plek. Iets hier maakt me depressief.

Echt waar? Depressief? Balli keek duidelijk geschrokken om zich heen, wat is hier deprimerend? Kijk eens hoe groen het is. En mooi. En de mensen zijn zo vriendelijk. Had ik je al verteld dat de dochter van onze gastouders naar jou heeft gevraagd?

Dat heb je me verteld, ja, ongeveer negenduizend keer. Om onduidelijke redenen reageerde Oeri boos, wat maakte het uit dat ze dat al een paar keer had gezegd? Dat was toch geen reden om zo boos te doen, dat wist hij zelf ook wel.

Of is het omdat... omdat je vanaf hier Libanon kunt zien? vroeg Balli uiteindelijk.

Nee. Hoe kom je daar nou bij.

Allebei zwegen ze. In de verte zagen ze Tiltoel naast de kortgeknipte nek van haar moeder en het springerige stugge haar van haar vader en Oeri zei, ik weet niet, die Gadi, die is ook niet... Hij is niet wat ik dacht dat hij was. Balli gaf geen antwoord. Ze had het gisteren al gezien. Gadi was van het soort mensen bij wie de aandacht even overdreven is als de afwezigheid ervan. De half-ouderlijke, half-broederlijke genegenheid waarmee hij Oeri tegemoet trad, was veranderd in negeren. Balli wist dat het door haar kwam en besefte dat ze nu niets kon zeggen wat oprecht troostend was of van ware vriendschap getuigde.

Om zes uur 's middags liep Naäma met hen mee naar de bushalte naast de administratie. Ze zag er erg verdrietig en wanhopig uit en Balli wilde maar wat graag iets tegen haar zeggen, maar wat?

Nou, dan...

Bye dan maar.

Allebei tegelijk. Weer.

Jaren later zal Galja proberen zich dit weekend te herinneren en zal er haar niets bijzonders van bijstaan. Ja, het was een beetje ongewoon geweest dat hij er niet samen met haar opuit was getrokken met Tiltoel, maar niet zo ongewoon dat ze zich er zorgen om moest maken. Jaren later zal Galja niet kunnen begrijpen hoe het nou juist toen gebeurd kon zijn, toen ze er zo op voorbereid en op gespitst was geweest en hoe ze al die voorbereiding en alertheid op de verkeerde plek verspild had. Ze had die sjabbat een buitengewoon kalm en goed humeur gehad. Alle vrijwilligers, inclusief Rachel, waren afgereisd naar de rivier de Chatsbani. Galja had ze de bus in zien stappen. Ze had speciaal buiten de eetzaal staan wachten totdat ze allemaal ingestapt waren, totdat ze het verblindend blonde hoofd van de Engelse Rachel had zien vertrekken op weg naar de Chatsbani. Wie had die sjabbat kunnen denken dat het gevaar helemaal niet in die bus in de vakkundige glimlach van Engelse Rachel school, maar juist in een wandeling rondom de boerderij, juist in dat slanke, bleke meisje dat later Naäma's beste vriendin werd. Om eerlijk te zijn had ze haar vanaf het eerste moment al niet kunnen uitstaan, met haar koele, doorzichtige schoonheid, net zomin als Naäma's kruiperige verering van haar, maar ze had geen seconde gedacht dat Gadi... Ik bedoel maar, ze had tenslotte zijn dochter kunnen zijn, zijn dochter, in vredesnaam.

Naäma zal zich dit weekend als de beste kunnen herinneren. Toen was alles begonnen. Nooit zal ze vergeten hoe ze daar met haar vader op het grasveld voor de eetzaal had gestaan en Oeri voor het eerst had gezien.

Hij was met een zware sprong uit de bus gekomen, had heel even met die vage blik van hem naar Naäma gekeken en daarna had de schoonheid die naast hem stond iets tegen hem gezegd en had hij geglimlacht. Er zijn momenten die in je herinnering gegrift staan. Er zijn ook momenten die een heel leven dicteren. Dit was zo'n moment. En jaren later, dat andere moment waarna er geen weg meer terug zal zijn, wanneer Balli haar tent binnenkomt en Naäma tegen haar zegt, ik wil je wat vertellen, en Balli haar huiverend zal aankijken en zeggen, Naäma, o Naäma, ik weet alles al.

Op dat moment zal ze het weten. Ze zal weten dat vanaf dat moment niets meer bij het oude zal blijven, en als ze moet huilen dan zal dat niet zijn om het bedrog en de leugens, maar om dat eerste ogenblik dat ze hem zag met zijn zware tred, de krullen die half over zijn gezicht hingen en die verstilde, trieste glimlach die hij de schoonheid naast hem schonk.

In de loop van de jaren zal ze zich nu en dan afvragen wat er gebeurd zou zijn 'als'. Wat er gebeurd zou zijn als zij niet op die vrijdag naast haar vader had gestaan en hem naar Balli had zien kijken die naast Oeri stond. Maar wat-zou-er-gebeurd-zijn-als is van het soort vragen die nergens toe leiden. Wat gebeurd is, is gebeurd. Naäma had naast haar vader gestaan en had hem zijn wenkbrauwen zien fronsen toen hij die lange jongen met de blonde krullen in het oog kreeg die met grote stappen de bus uit kwam en glimlachte naar de lange, huppelende schoonheid die na hem uitstapte. Dat is wat er gebeurd was. Een moment dat in het geheugen gegrift was en een heel leven zou dicteren.

Het was juist een rustige periode geweest. Misschien omdat Gadi er de hele week niet was, en als Gadi weg was, kon Galja ongestoord het schouwtoneel van het gezinsleven regisseren. Niemand begreep of wist precies wat Gadi daar leerde of waar het goed voor was, maar Naäma herinnerde zich Gadi en Galja's blijdschap toen zijn opleiding goedgekeurd werd; ze herinnerde zich Galja's opgeluchte zucht, want in die periode was Galja net zo alert en gespannen als Naäma op de onderhuidse geluiden die uit haar ouders kwamen.

Maar dat weekeinde had zich iets in haar ontspannen. Nee, dat klopt niet helemaal. De spanning en opwinding waren niet afgenomen, ze hadden zich gewoon op iets anders gericht. En het was bevrijdend geweest om naar iemand te kijken die niet Gadi of Galja was en evenmin het onderwerp van hun ruzies, hun angsten of ontkenningen.

Ze herinnert het zich. Ze heeft het zich al die tijd herinnerd. Hoe ze in de blinkende huiskamer van haar ouders op de bank hadden gezeten, hoe zij de hele tijd onnodige prietpraat had opgehangen om maar niet in de verte naar Oeri te hoeven luisteren die rustig en geduldig een gesprek met Tiltoel voerde over de koeien in de stal. En hoe ze naast de koekjes had gezeten en het nieuwe verlangen dat haar overspoelde had onderdrukt om deze boom van een jongen te omhelzen, net zo lang te omhelzen tot hij weer zou glimlachen. En wel naar haar. En hoe ze later, toen ze met Balli op het trappetje voor de gemeenschapsruimte had gezeten, hoe ze toen op het punt had gestaan, ze het bijna gevraagd had en Balli bijna antwoord had gegeven als dat meisje met die zwarte vlecht en die boze ogen niet alles verpest had.

Toen ze vertrokken waren ging Naäma terug naar haar kamer en voelde ze zich opeens moe en leeg. Naast haar kamer zaten Tsviki één, uit haar klas, en Tsviki twee, die een klas hoger zat. Toen Naäma haar kamer binnen liep, hoorde ze hen over Oeri praten, en ze bleef stilstaan. Zo kwam ze te weten dat Joni, de oudere broer van Tsviki twee, samen met Gili basistraining had gedaan. En zo kwam ze het te weten over Gili.

Het speet haar te horen dat Oeri's broer in Libanon was omgekomen. Ze vond het triest om de gebruikelijke redenen, natuurlijk, maar ook, of misschien wel vooral speet het haar dat door die zo gewone redenen zijn triestheid veranderde in iets wat al te goed te begrijpen en te verklaren was. In iets wat niet met een omhelzing van haar opgelost kon worden. Maar ze zou niet ophouden over die omhelzing te fantaseren en over de mogelijkheid die ze nooit zou krijgen, om de stapels verdriet en woede die steeds feller in Oeri's ogen brandden te laten verdwijnen, tot op dat allerlaatste moment waarop hij zal zeggen, sorry. Sorry, Naäma.

Ook Sjlomkits zal zich dit weekend goed kunnen herinneren. Joram idem dito. Diezelfde sjabbatavond besloot Sjlomkits dat ze het met Joram wilde uitmaken en tegen de tijd dat ze op het centrale bus-station in Jeruzalem uitstapten had ze hoofdpijn van alle zware ge-dachten. Ze keek naar hem. Hij was lang en blank en haar zo bekend als nooit eerder haar iets bekend was geweest. Ze had het gevoel dat de verdedigingsmuur van vergetelheid waaraan ze jaren had ge-werkt op het punt van instorten stond en ze besefte dat ze dat niet kon laten gebeuren. Ze waakte al zoveel jaren over zichzelf. Om sterk te zijn. En doelgericht. En rustig. Om nooit, nooit deze ver-nietigende pijn te voelen, of jaloezie. Om nooit bij anderen in de woonkamer te zitten en zich overbodig te voelen. Ze probeerde die momenten daar in die kibboetswoonkamer met die vijf mooie mei-den en Joram die zich daar zo thuisvoelde, opnieuw te beleven. Nooit meer. Zich nooit meer eenzaam en overbodig te voelen. En niet te huilen.

Gaat het met je? Joram raakte haar schouder aan terwijl hij haar dat vroeg nadat ze uit de bus waren gestapt en met een zekere twijfel noteerde Sjlomkits in zichzelf dat hij om haar dacht. Ondanks alles dacht hij om haar.

Ik niet, zei ze snel voordat ze er spijt van zou krijgen.

Wat niet?

Ik wil dat we uit elkaar gaan, ging ze verder op diezelfde haastige toon, ik wil dat we uit elkaar gaan en ik denk niet dat ik naar het Korps Pioniers ga. Ik ben niet zo weg van deze kibboets...

Joram grinnikte zoals hij altijd deed wanneer hij gekwetst of in verwarring was of allebei. Hoewel Sjlomkits wist dat hij zo deed wanneer hij gekwetst of verward was, voelde ze een onbedwingbare golf van pijn en vernedering opkomen die haar dreigde te overspoe-len en waarin alles zou verzinken. Dus draaide ze zich enkel om en rende weg, probeerde bij hem weg te vluchten, wanhopig en onhan-dig als iemand die kansloos is nu alle muren door één enkel grin-nikend moment ingestort zijn. Misschien dacht ze aan die ene, verlichte, woonkamer of aan die andere, die duistere. Misschien dacht ze niets, dacht ze nergens aan, wilde ze alleen maar daar weg, weg-vluchten, zodat hij haar niet zo overspoeld, weggezonken, volkomen weerloos zou zien.

Hoe dan ook, zonder te kijken – want je kunt niet kijken wanneer je ogen overstromen met natte golven door instortingen – liep ze de weg op waar een buschauffeur het meisje met de rugzak pas op het allerlaatste moment zag en zijn bus met piepende remmen tot stilstand bracht; twee vrouwen in de bus vielen om, drie tanden braken af en één ruit raakte gebarsten terwijl Sjlomkits en haar tas door de lucht vlogen en op de weg landden. Een ogenblik lang stopte de golf en heerste er grote stilte. En opluchting.

En zo kwam het dat ook Balli dit weekeinde nooit zou vergeten, of eigenlijk vooral het begin van de week die erop volgde, want toen was het begonnen; haar vermogen om twee parallelle levens te lei-den was begonnen met de momenten waarop zij begon te liegen en bleef liegen. Haar vermogen om te liegen zonder te bedriegen. Haar vermogen om zich aan twee kanten van dezelfde speelkaart te be-vinden.

Onderweg naar huis wist ze niet, en kon ze ook niet weten, dat op exact datzelfde moment Sjlomkits haar beide benen brak terwijl Joram geschokt en verward, maar toch ook een beetje opgelucht, achterbleef op het centrale busstation naast de Jemenitische falaf-feltent. Hij was van slag door de lelijke gezichten die Sjlomkits sinds vrijdagmiddag naar hem had getrokken, en het besef dat hij blijkbaar fout zat, heel erg fout, zonder ook maar enig inzicht op welk punt dat was, had ervoor gezorgd dat hij zich in zichzelf had opgesloten. Goed beschouwd had hij er geen flauw benul van waarom hij haar schouder had aangeraakt en had gevraagd of alles in orde was toen ze uit de bus waren gestapt en hun rugzakken hadden gepakt. Maar na de mededeling dat ze ermee op wilde houden om er vervolgens als een haas vandoor te gaan, waardoor hij zich alleen maar nog ver-warder en belachelijker was gaan voelen en wat hem nog verder van zijn stuk had gebracht, had hem ook een nieuw, zoetgevooisd gevoel van opluchting en rust bekropen. En toen was het tumult op de weg begonnen en was Joram er samen met de rest van de mensen naartoe gerend om te zien wat er aan de hand was, want zelfs met Chamoetal als moeder die je er goed van doordrongen had dat je nooit met de meute mee moest rennen – als puntje bij paaltje kwam, als de tijd daar was, wanneer iedereen samenschoolde tot een nieuwsgierige, zweterige massa, dan was jij er ook bij – stond je op de rand van de stoep te kijken naar een slank meisje met een vlecht en een rugzak dat op de straat lag en realiseerde je je in een doorslaggevend moment dat je zeker wist dat je haar nooit-nooit-nooit meer bij je weg zou laten gaan.

Nee. Balli had dat allemaal niet kunnen weten.

Ze ging het huis binnen, legde haar rugzak op de grond, rook Brenda's parfum en de geur van het middageten en op het moment dat Brenda naar haar toe kwam en zei, *Hi sweety*, hoe gaat het? Hoe was het? ging Balli in een stoel zitten en zei stilletjes, *I don't feel well, mummy, I think I am sick*, waarop Brenda met een koele rinkelende hand aan haar voorhoofd voelde en zei, *Oh my poor sweety*.

Ze ging naar bed en lag de hele nacht tussen slapen en waken in half te dromen over dat ene moment voordat ze de bus instapte, morgen ga ik samen met de imker terug naar Jeruzalem, had hij haar toegefluisterd, ik zal om acht uur in mijn appartement zijn, toen Oeri had gezegd, hé Balli, hoe zit het? Stap je nog in of niet? En Balli was zonder om te kijken de bus in gestapt.

's Ochtends zei Brenda, wat een vraag, natuurlijk mocht Balli in bed blijven en uitrusten en als ze koorts kreeg of er iets anders aan de hand was, dan moest ze Brenda meteen op haar werk bellen, en die zou dan alles uit haar handen laten vallen en naar huis komen. Want het was wel altijd zo dat Brenda alles uit haar handen liet vallen en naar huis kwam als een van haar kinderen ziek was of haar nodig had.

Zodra iedereen vertrokken was en het huis zich zoals altijd wanneer er niemand was in diepe stilte had gehuld, kleedde ze zich vlug aan en liep naar de bewuste straat. Ze zat naast zijn deur te wachten en hoorde zijn zware passen al vanaf de straat, maar ging niet staan voordat hij voor haar stond en zei, je bent er, met een stem die noch verrast, noch blij klonk, alleen maar een feit vaststelde. En meteen pakte hij haar op en droeg haar als een bruid in de film door de deur die hij open had gedaan. Balli lachte, hé, zet me neer, maar hij luisterde niet en plantte haar op de tafel zoals je dat met een kind doet, haar benen bungelend in de lucht. Met zijn ene hand hield hij haar stevig bij haar nek vast en met de andere maakte hij haar rits open. Balli deed haar ogen dicht zodat Naäma op de foto aan de muur haar niet kon zien. Hij gaf haar kusjes over haar hele gezicht, hield haar hoofd vast zoals je een ijzeren bal vasthoudt die keer op keer tegen de muur gestoten wordt, tot hij ineens met die lage zucht van hem voor haar knielde en zijn hoofd op haar dijen legde als een kind dat verwacht gestreeld te worden. Ze betastte zijn korte grijze haar terwijl haar hoofd pijn deed door het gebonk tegen de muur. Hij richtte zijn blik omhoog, keek haar met zijn dodelijke blik strak aan en zei, draai je om.

Ze had van tevoren bedacht wat ze erna zou doen en inderdaad, toen hij op de klok keek en zei, God, wat is het laat, ik moet rennen want we hebben een regieoefening met de groep, haalde Balli kalm adem en zei, kan ik nog even hier blijven? Gadi haalde zijn schouders op. Hier blijven? Wat moet je hier dan? Balli zei, het is een beetje vreemd als ik nu naar school of terug naar huis ga. Plotseling glimlachte Gadi lijzig en zei, waarom ook niet, je kunt de deur gewoon achter je dichttrekken als je gaat. Nadat ook buiten zijn voetstappen niet meer te horen waren, stond Balli op en begon naakt in het koude appartementje rond te lopen, waarbij ze allerlei kruimels en vuil onder haar voetzolen meenam. Na een half uur kreeg ze honger en trok ze de koelkast open die er even leeg en treurig uitzag als de wanden, op een doorzichtig doosje na dat in het midden op een plank stond. Balli pakte het doosje, haalde het groene deksel eraf, pakte er een gehaktballetje uit en ging dat zitten opeten. Tegen de middag ging ze, nog steeds naakt, bij de telefoon zitten en belde Oeri, die al terug was uit school. Hij klonk in de war en ademloos – waar ben je? Waar zit je? Waar zit je? Zelfs je moeder weet het niet. Heb je gehoord wat er met Sjlomkits is gebeurd?

En zo kwam het dat Balli als laatste te weten kwam dat Sjlomkits met twee gebroken benen in het ziekenhuis lag en dat Joram bij haar zat en zelfs niet weg wilde gaan om zich te verkleden, en waar heb jij eigenlijk gezeten, vroeg Oeri. Ben je ziek? Balli zei dat ze gewoon eventjes alleen moest zijn, dat ze een verschrikkelijk humeur had, waarop Oeri oprecht bezorgd vroeg, is alles in orde? Ja, prima, zei Balli, ik moest gewoon eventjes alleen zijn, ik weet niet, heel dit weekend in de kibboets was me veel te druk. Oeri haalde opgelucht adem, ja, mij ook en Balli vroeg in welk ziekenhuis Sjlomkits lag, bedacht ondertussen hoe ze deze leugen kon bijstellen, aangezien Brenda vast en zeker dat ongewone 'ik moest even alleen zijn' niet voor zoete koek zou slikken. Ze hing op, liep naar de koelkast en liet het doosje ten slotte op de plank staan, hoewel ze er net het laatste gehaktballetje uit genomen had.

*

54

En zo was het dat in dit willekeurige weekeinde niet alleen het zaad van ieders lot geplant was, maar dat in de nasleep ervan met name in de moeder-dochterrelaties zich verrassende verschuivingen begonnen af te tekenen.

Want Balli begon gesprekken met Brenda te voeren waarin ze vertelde dat ze een moeilijke periode doormaakte, ze wist het niet precies, maar dat ze dacht dat het kwam doordat ze toen niet gerouwd had, om Gili. En Brenda, die door haar semi-hippieachtige verleden bijzonder geschikt was voor zulke moeder-dochtergesprekken, zei tegen Balli dat dat heel natuurlijk was *and you know you can always come to talk to me, sweety.*

Want Sjlomkits lag in het ziekenhuis met twee benen in het gips en werd omringd door twee zo hulpeloze, gespannen oudertjes, dat ze erover begon te fantaseren het gips open te breken en uit het raam te springen. Het genot van het moment waarop ze vertrokken terwijl ze dreigden, morgenochtend komen we terug, kon alleen vergeleken worden met het genot van het moment waarop ze de dunne breinaald die haar moeder voor haar had meegenomen, onder het gips van haar linkerbeen schoof om haar ondraaglijk jeukende enkel te krabben.

Want bij Naäma begon in die dagen een gedachtelijn die ze nooit meer kwijt zou raken, een wijdvertakt web van gedachten, een stroomgebied vol woeste plannen en strategietjes waarvan alle smalle, kabbelende kronkelende stroompjes naar de zee, naar het ultieme doel dat Oeri heette stroomden, tot wie en van wie ze toenadering zocht. Jaren later zal Naäma beseffen dat ze, ook toen ze met andere mannen was en van hen hield, ook toen ze maanden, jaren niets van hem vernam en zelfs toen hij haar kwetste zoals alleen hij dat kon, dit doel heimelijk of – voor zover dat kon – openlijk, altijd voor ogen had gehad. Jaren later, wanneer Oeri inmiddels haar man en de vader van haar kinderen is geworden en nog altijd stralend en onaantastbaar is, zal ze ineens inzien dat de hele warboel was begonnen met Galja's idee om Oeri uit te nodigen voor haar verjaardagsfeest toen ze zeventien werd.

Hoezo een verjaardagsfeestje? Ik heb nooit verjaardagsfeestjes gehad...

Nou, dan wordt het hoog tijd dat er wat verandert.

Galja's befaamde doelgerichtheid had haar gebracht waar ze nu was. Naäma had bittere spijt van dat stomme moment van zwakte waarin ze haar moeder verteld had over die ene jongen uit de kerngroep die...

Wie vertelt er nou zoiets aan haar moeder? Aan Galja nog wel, die zich in het onderwerp vastbeet zoals ze dat bij elk nieuw project deed. En het gevolg was dat Naäma moest aanhoren hoe haar moeder haar vader over de telefoon instrueerde om alle jongelui van de kerngroep uit Jeruzalem uit te nodigen voor aanstaande sjabbat, voor Naäma's verjaardagsfeest. Zijn reactie hoorde ze niet, maar uit de kilte die van Galja's woorden afdroop begreep ze dat hij niet overliep van enthousiasme, om vervolgens uit Galja's reactie op te maken dat hij gezegd had dat hij aanstaande sjabbat in Jeruzalem zou blijven, hij had het een en ander te doen voor zijn studie. Naäma keek naar Galja's rug, die zwijgend het gesprek beëindigde en wegliep om de afwas te gaan doen zonder zelfs een blik op Naäma te werpen, die met de half-affe gastenlijst in de hand in de bruine fauteuil bleef zitten. Wie geeft er nou een verjaardagsfeest als je zeventien wordt, ben je soms een klein kind?

Gadi liep inderdaad niet over van enthousiasme. Hij verdacht Galja ervan (paranoïde en, dit keer, onterecht) dat de moederlijke omhelzing waarin zij Naäma en het clubje jongelui van de kerngroep opnam, alleen maar bedoeld was om dat wat hij met Balli had, of niet had, te bederven, kapot te maken en te neutraliseren. De frase 'zoiets als dit was hem werkelijk nog nooit overkomen' klonk hem onoprecht en pathetisch in de oren. Maar tegelijkertijd zat er beslist iets waars in. Zoiets als dit, precies zoiets als dit, was hem nog nooit overkomen. Met niemand. Misschien kwam het door haar jonge leeftijd, of haar schoonheid, of door haar onvolledige overgave, maar hij kon zich niet herinneren dat hij ooit meer naar iets gesmacht had dan naar vrijen met Balli, of dat er iets scherper en schrijnender was dan de schaamte die erna kwam. Hij realiseerde zich best dat het een bevlieging was. Hij besefte allang dat hij geen wilskracht bezat om dergelijke verlangens te weerstaan en hij vreesde het verkwikte gevoel dat de agressiviteit, aangewakkerd door de opwinding, in hem opwekte. Dergelijke bevliegingen waren hem niet vreemd. En toch. Desondanks.

Omdat het er zo voor stond, besloot hij na de laatste keer zijn handen ervan af te trekken. Hij wist dat zulke beslissingen niet veel om het lijf hadden, maar er zat iets bemoedigends in het nemen van het besluit. Als iemand die luid verkondigt dat hij op dieet gaat, om vervolgens direct aan te komen. Hij besloot dat het niet kon. Ze was even oud als zijn dochter, ze zou zijn dochters vriendin kunnen zijn en ze was mooi. Zo mooi. Dit kon hij haar niet aandoen. Maar met heel zijn wezen verlangde hij naar het moment erna, het moment voordat de schaamte om de hoek komt, het moment waarop zij haar ogen sluit en er een stil glimlachje, als van een dromend kind, over haar gezicht glijdt.

Daarom had hij besloten dat het klaar was. Nooit meer. En daarom vatte hij heel Galja's idee van die verjaardag op als een duivelse manipulatie die, als die niet bedoeld was om een einde te maken aan zijn bevlieging, dan tenminste bedoeld was om zijn besluit daar een einde aan te maken aan het wankelen te brengen, en hij wist eigenlijk niet eens wat hem bozer maakte. En ook dat hoorde bij de bevlieging, dat wist hij.

En dus belde hij niemand op, vertelde niemand iets en besloot zich afzijdig te houden van heel die verjaardagsonzin; Naäma was immers al een grote meid en als zij een verjaardagsfeestje wilde organiseren voor haar vrienden, dan mocht ze die, met uw welnemen, zelf uitnodigen. Galja moest maar iets anders vinden om zich druk over te maken en hem een beetje rust gunnen. Een beetje rust.

Balli daarentegen wist het wel. Ze wist dat hij weer zou komen. Ze wist dat het niet afgelopen kon zijn. Ze wist dat zijn handen geen afstand konden nemen van haar ademhaling, die op hem alleen wachtte.

*

Op die sjabbat zei Oeri dat Amit, Gili's teamgenoot die een halfjaar lang de patrouilletent met hem had gedeeld, de hele training lang naast hem had geslapen, samen met hem had gegeten en hetzelfde bestek had gebruikt, bij hen op bezoek zou komen, en misschien moeten we met z'n allen iets doen, waarop Balli zei, waarom niet. Ze kon zich Amit vaag herinneren van de sjivve; een heel lange, heel erg gebruinde jongen die onophoudelijk over het team praatte en over die ene dag dat ze ontdekten dat iemand al hun bestek verdonkeremaand had. 's Middags hadden ze elkaar naast de Jaffapoort ontmoet en waren ze door de steegjes naar beneden geslenterd, waarbij Amit ieder moment stopte om cadeautjes te kopen voor al zijn makkers in zijn team. In één winkel, waar hij naar binnen gegaan was om een zwarte kaffiya te passen en Balli achter hem aan gegaan was om naar djallabia's te kijken, stond hij opeens achter haar, vlak achter haar, en zei, weet je dat Gili onophoudelijk over jou praatte in die laatste periode voordat hij, voordat hij...

Omkwam, schoot Balli hem te hulp met het laatste woord en Amit vervolgde haastig, ik begrijp dat jullie...

Niet echt, zei Balli vlug, want precies op dat moment kwam Oeri het donkere winkeltje binnen en zei, wat staan jullie hier met z'n tweeën te bekokstoven? Kom, laten we gaan, ik doe een moord voor een goede kop koffie.

Ze gingen op rieten stoeltjes zitten en Balli had het gevoel dat ze door Amits gebruinde blikken ieder moment kon gaan gillen. Ik ga even naar het winkeltje daar, zei ze kalmpjes, ik wil een cadeautje kopen voor Sjlomkits omdat ze morgen uit het gips mag. Ze liep naar het Indiase winkeltje aan de overkant en toen ze geurend naar wierook en patchoeli weer naar buiten kwam, zag ze dat de jongens al niet meer op hun gemak op de lage stoeltjes zaten, maar dat ze om heel andere stoelen heen stonden. Toen ze dichterbij kwam, zag ze dat er op de andere stoelen twee mensen zaten met wie de jongens enthousiast in het Engels aan het praten waren, want de ene was Rachel, de Engelse vrijwilligster uit de kibboets, en de andere was Gadi Keidar.

Ohad vroeg, *Will you be here tonight? We can show you the pubs in Jerusalem*, waarop Rachel verward naar Gadi keek en zei, *Tonight I can't, but what about tomorrow?* Gadi haalde zijn schouders op, zijn ogen gaven er geen enkele blijk van dat hij Balli zag terwijl hij haar recht aankeek en zei, *Yes, what about tomorrow.*

Balli stond erbij, hijgend als iemand die een hardloopwedstrijd heeft verloren, zag hoe hun benen elkaar even aanraakten onder het tafeltje en hoorde Gadi zeggen dat zijn dochter Naäma hem had gevraagd om hen uit te nodigen voor haar verjaardag.

Wat zeg je ervan, zullen we afreizen voor haar verjaardag? Balli trok Oeri aan zijn mouw terwijl ze wegliepen en ze was de enige die zich niet omdraaide naar het gekletter van servies dat op de grond uit elkaar spatte waardoor verguld glas en bruine druppeltjes alle kanten op vlogen. De ober snelde heen en weer tussen Rachels lichte jeans en Gadi's vale ribfluwelen broek en probeerde alle scherven en druppels bij elkaar te vegen. Ik kan niet geloven dat hij haar neukt, zei Ohad, wat moet zij nou met die ouwe bok? Heb je dan helemaal niks anders in je hoofd behalve neuken? viel Balli tegen hem uit en liep snel met Amit vooruit, die in zijn ene hand een grote waterpijp droeg en in zijn andere een tasje met grote hoeveelheden kleine rammelende cadeautjes die hij gekocht had voor alle makkers van de training of van het team, Balli wist het al niet meer precies.

Toen ze thuiskwam, was Balli leeg en ze was blij dat haar ouders met de jongens naar een voetbalwedstrijd van Tomers selectieteam waren gegaan. Dat kon ze er net bij hebben, die geforceerde opgewektheid van Brenda's geïnteresseerde vragen, en hoe was het, *sweety?* Wie was er, lieverd? *Oh, it must be such fun!* Maar het huis was leeg en koel. Balli stapte onder de douche om de mierzoete geur van de patchoeli en de explosieve herinnering van de rondspattende koffie van zich af te spoelen, en terwijl ze onder het kokende water stond (Brenda zei altijd dat Balli geen douche nam, maar van zichzelf een *cup of tea* maakte), besloot ze dat ook zij, net als Sjlomkits, niet naar het Korps Pioniers zou gaan. Morgen zou ze met Mikki bespreken dat hij in zijn eenheid iets voor haar moest regelen en misschien zou zij dan straks ook door de steegjes lopen om allerlei souvenirs te kopen voor allemaal soldaten die ze niet kende. Toen ze uit de douche kwam was ze zo verzwakt door gloeiendhete beslissingen en het kokendhete water, dat ze op haar bed gingen liggen en zich op de blauwe golven van haar waterbed liet meevoeren naar een land ver, ver weg van hier, waar alle dromen uitkomen voordat ze veranderen in onbeantwoord verlangen en smart.

Toen ze op de deur hoorde kloppen stond ze op, haar haren springerig en ongekamd en met een vermoeid gezicht als van iemand die teveel haar best heeft gedaan haar dromen uit te laten komen, maakte ze zonder erbij na te denken de deur open. Al sinds ze klein was had haar moeder haar gezegd dat dat niet mocht. Dat je nooit zomaar zonder nadenken of tenminste te vragen 'wie is dat', de deur open mocht doen. Maar dat deed ze dus wel – ze maakte gewoon de deur open en daar stond hij. Hij. Een seconde geleden wiegde ze zich op haar bed nog in de hersenspinsels waarin hij voorkwam en nu stond hij hier, met een gesloten gezicht, gemaskerd door vermoeidheid. Hij trok haar naar zich toe, greep haar vast met zijn koude handen. Hou me vast, hou me alsjeblieft alleen maar vast, zei hij en zo bleven ze tegen elkaar aan staan, aan elkaar vast, met elkaar verbonden, totdat hij verslapte en zwaar ademend op de grond hurkte als iemand die een bijzonder slecht bericht gekregen heeft en niet kan blijven staan.

Vlug kleedde ze zich aan en krabbelde een briefje aan haar ouders (Ik ben naar Sjlomkits. *I'll be back later*). Met de natte, ongekamde haren stapte ze naar buiten waar Gadi nog steeds zwak en leeg naast de deur zat en gaf hem een hand. Sta op, we gaan, waarna hij opstond en achter Balli aan begon te hollen die met de seconde grotere stappen nam. Achter haar houdt Gadi haar hand vast alsof hij zonder haar helemaal niet weet waar hij heen moet, alsof hij helemaal niet weet hoe hij moet lopen, terwijl zij wegrent, weg van dit huis met zijn voordeur, zijn vloer, en alles dat zo bekend is, weg van alles dat haar deze glimlach kan verbieden die trots in haar binnenste huist. Ze gingen in een donker wordend park op het natte grasveld zitten. Balli vroeg, hoe zit dat met jou en Rachel? Gadi keek naar haar, kuchte en zei, en hoe zit dat met jou en puisterige soldaten...

Hij is niet puisterig.

Dat is hij wel.

En trouwens, ik heb niks met hem.

Ik heb ook niks met Rachel.

Leugenaar.

Hij keek haar niet aan. Zijn blik was gefocust op het gras dat een beetje vochtig was, hij beet op zijn volle, gebarsten lippen, stond toen vlug op en liep weg. Balli bleef zitten, keek diep inademend wat in het rond, naar het tweetal hardlopers dat met langzame, gelijke passen op haar afkwam alsof het een danser was, alleen het zwaaiende staartje van de vrouw duidde erop dat het twee afzonderlijke personen waren. Ze hield haar schouders vast en dacht eraan hoe het nou verder zou gaan, en op dat moment zag ze hem grauw van verdriet en verzwakt naar haar terugkomen; de twee hardlopers die door haar gezichtsveld gingen, waren niet meer dan kleurige vlekken.

Hij ging naast haar zitten. Balli zei, Gadi ik... ik was niet van plan dat...

Het is al goed, zei hij. Je hebt gelijk, ik ben echt een leugenaar.

En toen, voordat ze had kunnen bedenken wat ze nu moest zeggen, zei hij, maar jij ook. Wij lijken op elkaar, weet je, we stelen andermans liefde om niks, om één momentje van stilte...

Ik niet...

Niet?

Weer zweeg ze even en dacht na. Niet? Echt niet?

En toen zei hij, het is het gebrek aan rust, wat zou ik niet overhebben voor een beetje rust in plaats van onrust. Toen ik klein was, zei Balli, dachten ze dat ik hyperactief was, en Gadi zei, om heel even te stoppen, een moment stil te staan en van dat moment te genieten, van wat er is, en Balli zei, soms heb ik het gevoel dat mijn leven een onophoudelijke *merry-go-round* is, en deed haar ogen dicht terwijl ze dit Brenda-achtige woord uitsprak met dezelfde perfecte, duizelingwekkende intonatie als die van Brenda zelf. Toen ze haar ogen weer opendeed, was hij vlak bij haar, zo vlakbij dat ze de vlekjes die van onder zijn ogen tot aan zijn oren liepen, het litteken langs zijn kaak en de vlekjes op zijn wangen kon zien. Een rilling van weerzin ging door haar heen vlak voordat hij met de innemende stem van iemand die met angstaanjagende precisie kan lezen wat de ogen tegenover hem in hem zien, tegen haar zei, en daarom kun je niet van me wegvluchten.

Terwijl ze probeerde de golven van vertedering te bestrijden die probeerden de strijd aan te binden met de golven van walging, vroeg Balli rustig, waardoor? Doordat we van hetzelfde soort zijn, antwoordde Gadi en kuste haar opnieuw. Dit keer smaakte de kus naar belofte en rust, naar dit ene moment, waarin de gieter volloopt met water.

'n Houten paard ligt in het duister, 'n houten paard met medaillon, in mijn dromen tsjilpen vogels, vogels uit mijn fantasie, het is alsof ik op het licht loop, met manden vol met dromerij, 'k heb mezelf in zacht fluweel gehuld, als in een jurk voor 'n trouwerij...
Brenda kwam zonder kloppen de kamer binnenlopen, *are you out of your mind?* Het is twaalf uur 's nachts, wat moet dat met die rockmuziek *in the middle of the night* en waarom heb jij die jurk nu aan? Balli verstopte zich onder de jurk zoals ze dat altijd had gedaan toen ze klein was. Waar is Balli? Wie heeft Balli gezien? En ze zei, nee, ik paste hem alleen maar voor het feest dat ik volgende week heb. *What kind of* feest, vroeg haar moeder en terwijl Balli een pyjama aantrok, antwoordde ze, een verjaardagsfeest in de kibboets.

De volgende dag toen ze Sjlomkits bij Joram kwam bezoeken, trof Balli haar, geheel gipsloos, aan in Jorams kamer. Joram zat tegenover haar en samen waren ze bezig het embleem van het Pesachreisje op een gigantisch stuk stof te schilderen. Balli stapte binnen en Joram, die Balli en haar vriendschap met Sjlomkits wantrouwend tegemoet trad sinds het moment dat Sjlomkits hem bijna verlaten had, stond bijna met tegenzin op en streelde haar vlecht, wil je wat drinken? vroeg hij teder en wierp een half oog op Balli toen die nee dank je zei.

Toen hij de kamer uit liep, glimlachte Sjlomkits half-gegeneerd en half-genietend en Balli zei, dus zo geweldig zorgt hij voor je? Sjlomkits zei, hij is fantastisch, echt waar, en Balli dacht terug aan die avond in de kibboets voordat Naäma was komen opdagen, toen ze op de schommel van de kinderen hadden gezeten en het over echte dingen hadden gehad. Daarna kwam Joram binnen met een dienblad met twee glazen cola en een bakje pistachenootjes. Sjlomkits pakte een nootje en zei tegen Balli, ik heb gehoord dat Gili's vriend jouw telefoonnummer heeft gevraagd, en Balli zei, wie? Sjlomkits antwoordde, nou die ene, die gisteren met jullie naar de oude stad is gegaan. Balli kreeg het plots benauwd en stond op om het raam open te doen. De klamme lentelucht stroomde naar binnen. Maar hij is toch hartstikke leuk, niet? stelde Sjlomkits met opzettelijk neutrale stem een vraag die meer een vaststelling was en Balli antwoordde haar met exact dezelfde stem, ja, hij is wel leuk.

Stilte. Sjlomkits en Joram dronken hun cola. Balli keek naar de futloze lucht die zichzelf de kamer in blies en zei, nou, ik moet gaan. Gaan jullie ook naar dat feestje op zaterdag in de kibboets? Sjlomkits en Joram keken elkaar aan als Hans en Grietje nadat ze de heks hadden verbrand en zeiden, nee, echt niet. Balli haalde haar schouders op en zei, ik moet nu echt weg, dus *bye*, kuste Sjlomkits licht op haar wang en vertrok. Haar stappen klikklakten op het tuinpad.

's Avonds zei Oeri dat hij niet ging. Wat nou. Wat had hij daar nou te zoeken, en ook dat Ohad niet ging omdat hij dan bij zijn vader was (die na de evacuatie van Jamiet besloten had dat hij een brave burger werd; zijn nieuwe huis stond in de wijk Pueblo Español van Risjon Letsion) en ook Shirley en Iffi gingen niet. Balli voelde hoe haar keel van teleurstelling werd dichtgeknepen toen Oeri zei, maar we moeten dat dikkerdje wel laten weten dat we niet komen. Balli slikte de neiging in om te schreeuwen, wat nou dikkertje en hoezo laten weten, en zei met haar betoverendste stem zonder daarin een spoortje van de teleurstelling, zullen we toch gaan? Kom, we gaan, goed? Toe laten wij gaan, toe laten we gaan, toe laten we gaan...

Dus gingen ze. Oeri en zij, op vrijdagmiddag. En al snel waren ze op die weg, stonden ze zwijgend te wachten op de witte auto met het kleine embleem met de bijen van de kibboets. De auto arriveerde met een blozende, jubelende Naäma erin. Naast haar zat een jongen die zonder een woord te zeggen reed, terwijl zij de hele weg achterom keek naar Balli en Oeri en onophoudelijk met die warme, melodieuze stem van haar kletste tot Balli's oren ervan tuitten. Ze kon bijna geen adem halen bij de gedachte dat ze hem nu zou zien, en dat hij vast en zeker weer voor een plek had gezorgd waar ze konden slapen, en vannacht, vannacht, wat stond er vannacht te gebeuren. Op het moment dat de auto stopte was er die rilling en Naäma die vroeg, wat is er, heb je het koud? Wil je een trui? Met Naäma's trui aan sjokte ze nietsziend achter hen aan. Naäma nam hen mee naar een barak waarin een aantal jongens en meisjes met hun neus in de weekendkrant jamkoekjes zat te eten. Naäma zei, kijk, dit zijn mijn vrienden uit Jeruzalem, alsof Balli en Oeri een belangrijke trofee waren die ze had gewonnen.

Naäma bleef onophoudelijk jubelkreten slaken, alsof ze haar kleine zusje was, ik ben zo blij dat jullie gekomen zijn, ik denk dat het vast een geweldig feest wordt, morgenochtend, op het grasveld tegenover mijn ouders, en de vader van iemand uit mijn klas is goochelaar en hij zal voor ons optreden, net als op een kinderverjaardag, en 's avonds, 's avonds slapen jullie in mijn kamer op het plein... Waar? Oeri en Balli stelden die vraag in koor, waarop Naäma even haar mond hield en hen, opeens rustig, in zich opnam, alsof ze hen nu pas voor het eerst zag, maar daarna glimlachte ze weer en zei, het plein is het stuk waar onze vertrekken liggen, die van de kinderen.

Naäma zweeg. Balli glimlachte en dacht aan haar moeder bij feestelijke gelegenheden. Hoe ze rondliep met haar perfecte Amerikaanse glimlach op haar gezicht die er van dichtbij uitzag alsof iemand hem erop had getekend. Maar Oeri glimlachte niet en vroeg zich af wat hij hier deed en hoe het kon dat hij zich door Balli had laten meeslepen en hoe verschrikkelijk saai het wel niet was. Naäma maakte berekeningen in haar hoofd, waarom heb ik dit gezegd en niet dat, wat ben ik toch een sufferd en wat zal hij wel niet van me denken, maar daarstraks in de auto heeft hij wel naar me gekeken en misschien is hij wel gewoon verliefd op Balli, en wat is ze mooi, en waarom heb ik niet die zwarte trui aangetrokken die me afkleedt, met deze bloes zie ik eruit als een olifant...

Toen ze in een te zwijgzaam rijtje naar het huis van Naäma's ouders liepen, had Balli het gevoel dat ze een ballon was waaruit bij iedere stap de lucht ontsnapte, alsof er een piepklein, onzichtbaar gaatje in zat dat onzichtbaar bleef, zelfs als de ballon al gerimpeld was en in elkaar schrompelde. Toen ze het huis binnenkwamen, omhelsde Galja Naäma en zei, zonder Balli of Oeri een blik waardig te keuren, dat papa weer migraine had en dat hij helemaal kapot was. Balli, waar alle lucht al uitgelopen was, stond als versteend bij de deur, alsof ze haar straks weg zouden jagen en ze maar beter dicht bij de deur kon staan. Naäma vroeg of hij naar de kliniek was gegaan en Galja antwoordde, je weet hoe hij is – koppig. Gadi kwam uit de douche, zijn gezicht zwart en grauw gevlekt met stoppels als iemand die in de rouw is, omhelsde Naäma en zei, hoi liefje, gaf haar een kus op haar hoofd, nam Galja's hand en zei, ik voel me niet zo lekker. Ik geloof niet dat ik naar de verjaardag ga, ik ga gewoon lekker hier liggen. Galja zei, wacht, ik heb warme kompressen voor je klaargemaakt en gaf hem een teiltje vol stomende handdoeken. Hij ging weer de kamer in en deed de deur dicht. Naar Balli, naar Balli had hij niet eens gekeken dus had hij ook geen tijd gehad om haar gedag te zeggen.

Het feestje voor Naäma's zeventiende verjaardag. Zelden was er een triestere, naargeestiger bedoening geweest vol verwachtingen die op teleurstelling uitliepen. 's Nachts sliepen Oeri en Balli in Naäma's kamer. Haar kamergenote sliep in de kamer van haar vriend, die gestationeerd was op een basis op de Hermon, waardoor er een bed vrij was. Drie mensen, twee bedden en een overvloed aan lusten die de verkeerde kant op gingen. Oeri lag op een slaapzak op de grond, Balli lag in het bed van die meid wier vriend op de basis op de Hermon zat en Naäma sliep in haar eigen, smalle, ongemakkelijke bed. Balli kon de slaap niet vatten. Ze wist toch al dat het met hem nou eenmaal zo ging. Koude en warme elektrische schokken waardoor je niet kon slapen. Ook Naäma kon de slaap niet vatten. Ze voelde hoe de verjaardagstaart in haar buik heen en weer schommelde, samen met de nibbits en marshmellows. Marshmellows! Ze had toch geweten dat ze Galja deze verjaardag niet had moeten laten organiseren. Of die taart. Waarom had ze daar vier stukken van gegeten? Galja's slagroom was altijd te zoet. Altijd. Zelfs haar vader zei dat. Zachtjes stond ze op om naar de gemeenschappelijke toiletten op de gang te gaan. Midden in de nacht kun je wel overgeven. Dan komt niemand het te weten. En daarna is er de grote opluchting.

Oeri was moeier dan hij lange tijd geweest was. Hij had geen idee wat hem zo vermoeid had, de schitterende, loze beloftes die Balli bedacht had, het deprimerende feestje op het grasveld van Naäma's ouders, haar moeder die rondliep als de schooljuffrouw uit de hel, Naäma die onophoudelijk babbelde, of Balli's verschrikte, licht blozende gezicht, alsof iemand haar een klap gegeven had. Hij kroop in de slaapzak en vroeg zich af wat hij eigenlijk gedacht had toen ze met haar enthousiaste stem had gezegd, toe-laten-we-gaan-toe-laten-we-gaan-toe-laten-we-gaan, alsof ze het over een reis naar het carnaval in Rio had in plaats van het verjaardagsfeestje van een of andere rare griet die onophoudelijk naar hem keek met een blik alsof ze ieder moment in huilen kon uitbarsten.

*

De zomer en ook de vakantie waren voorbij, de achtste klas begon, het werd herfst en daarna werd het winter. In Jeruzalem had het drie keer gesneeuwd, in Boven-Galilea vijf keer en ondertussen was Balli ondanks alles Amits vriendin geworden. Hij had haar opgebeld. Op een goede dag had hij haar gewoon opgebeld. Hij had zich verontschuldigd dat hij nu pas belde hoewel Oeri hem allang haar telefoonnummer had gegeven, in de zomer al, en Balli zei, dat geeft niet, ik ben blij dat je belt, en om eerlijk te zijn had ze hierop aangestuurd. De nacht ervoor was ze daar naartoe gegaan. Ze was weer daar naartoe gegaan. Ze was niet echt van plan geweest naar hem toe te gaan, maar ineens was ze er gewoon, daar tegenover de verlichte jaloezieën die haar vanaf boven toegrijnsden. De jaloezieën waren verlicht maar niemand kwam naar de deur toen Balli klopte en ook niet toen ze aanbelde, en dus was Balli op het muurtje aan de overkant gaan zitten wachten. Er kwamen mensen langs. Ook de tijd liep door, het werd donker en koud en de wolken boven haar vertelden haar met een druppel hier en een spatje daar, dat ze bijna openbraken. De mensen die nog op straat waren, holden vlug door met hun hoeden, sjaals en hun gesloten blik die vooruit keek, naar huis, naar de bus, naar waar dan ook, naar een warme verlichte plek, naar een plek waar er op hen gewacht werd. Balli wilde huilen, maar vond dat niet prettig vanwege de man met het accent in de winkel met tweedehands kleren aan de overkant die inmiddels op haar begon te letten, dat ze daar al veel te lang in de kou zat en – misschien wil je binnenkomen, lieve kind?

Nee, dank u wel, had ze geantwoord. Ik heb hier met vrienden afgesproken maar blijkbaar is er iets veranderd. Met vrienden zeg je? De man zuchtte. Die jeugd van tegenwoordig, de hele dag hangen ze buiten rond met vrienden, moet je niet naar school? En wat zeggen je ouders over die vrienden? Door de tweedehands warmte in de winkel smolt het bevroren water in haar ogen, maar ze zei, dat is niks, ik ben een beetje verkouden aan het worden. Ze nieste om die bewering kracht bij te zetten, maar de man leek bezorgder dan ooit. Weet je zeker dat ik geen taxi voor je moet bestellen, meiske? Ik betaal hem voor je, dat komt wel goed, dat kun je me later teruggeven. Nee, dank u, echt, het is al goed, zei ze snel en was de deur al uit met hem achter zich aan, neem het maar, meiske, pak het maar aan, maak je geen zorgen, als je het hebt kun je het me terugbetalen, zei hij en Balli ging naar huis, met het koude, vettige bankbiljet dat aan haar vingers plakte in de zak van de paarse jas die Brenda voor haar had meegebracht uit Londen.

De volgende dag had Amit gebeld. Tot oprechte vreugde van Balli. Ze spraken af om naar de film te gaan. Toen hij arriveerde, was ze zich net aan het aankleden en door de dichte deur heen hoorde ze Brenda's melodieuze stem die tegen hem jubelde, met de speciale jubel die gereserveerd was voor nieuwe gasten. Toen ze naar de woonkamer ging, zag ze hem op de bank zitten met een punt dieetchocoladetaart met drie lagen, terwijl hij aan haar vader uitlegde hoe je een infuus aanlegt. Ik ben ook hospik geweest, zei Mikki en gaf hem een schouderklopje, en Amit, die met zijn vork de restanten slagroom van zijn bordje schraapte, zei: hospik? U? Dat wist ik niet, ik dacht dat u brigadegeneraal was. Brigadegeneraal én hospik. Tevreden leunde Mikki achterover; Balli vertelde dus wel het nodige over hem. O, kijk, onze schoonheid is eindelijk klaar. Met vaderlijke trots glimlachte hij naar Balli die inmiddels in de deuropening stond. Amit stond op en gaf haar een arm, als de prins die Assepoester een arm gaf, waardoor Balli verward glimlachte. Weet je, lieverd, we hadden hier net een heel interessant gesprek.

Ik haat ze. Ze knoopte haar jas dicht, hoewel ze inmiddels al in de stinkende auto van Amits vader zaten. Helemaal niet. Hij wuifde het weg. Het zijn een fantastisch stel mensen, hou op. Balli probeerde zich op haar gemak te voelen op de stoel die onder haar ritselde, raakte de koude ruit aan, probeerde die schoon te maken en meteen haar gedachten te ontdoen van nevelen en mist. Nou, vroeg ze, waar gaan we heen? Ik dacht dat we gezegd hadden dat we naar de film zouden, zei Amit, waarop Balli zichzelf met een Brenda-stem *Great!* hoorde zeggen.

Oeri zag de vriendschap tussen Balli en Amit met verholen jaloezie aan, terwijl Naäma hem ondertussen in stilte aanbad, een liefde die zich steeds verder ontwikkelde als een geestesziekte in een thriller. Een normale jeugdliefde, zogezegd. Maar toen werd het Poeriem. Gewoon Poeriem. Meer dan twintig jaar later zal een vriend van Oeri bij het graf van Jozef het geweer van een soldaat uit zijn handen graaien en wild in het rond gaan schieten, waarbij twintig Arabieren en twee joodse soldaten om het leven komen; waardoor hij indirect en ongetwijfeld onbedoeld, er de oorzaak van zal zijn dat het bruiloftsfeest van Naäma en Oeri volkomen mislukt. Maar dat zal pas meer dan twintig jaar later gebeuren. Bij deze Poeriem waar wij het over hebben, staat geen enkele aantekening van bijzondere nationale gebeurtenissen. Er was feest in de kibboets. Even succesvol als altijd. We hadden al opgemerkt dat Gadi daar meester in was, in het organiseren van dermate geslaagde Poeriemfeesten, dat de kibboetsraad ooit overwogen had om er een business van te maken en er kaarten voor te verkopen. Het was duidelijk dat mensen vanuit heel Galilea naar zulke feesten zouden komen en er grif voor zouden betalen. Maar op de vergadering waren er tegenwerpingen gekomen, het is de laatste veste van onze beslotenheid, werd er gezegd, we moeten niet alles in de uitverkoop doen.

Het thema van het feest was filmpersonages; beïnvloed door Gadi's studie aan de filmacademie. Galja ging als Eliza Doolittle, Giora en Roeti gingen als Bonnie en Clyde, Rachel was James Bond en Gadi was met zijn klokkende rode jurk en blonde pruik een perfecte Marilyn Monroe. Naäma ging niet verkleed. Ze had een cowboyhoed uit de verkleedhoek van Tiltoels kleuterschool opgezet en verscheen met een zuur smoel op het feest om na een half uur alweer te verdwijnen. Maar ze wist niet dat op datzelfde moment een gele Volkswagen onderweg was vanuit Jeruzalem, linea recta naar het feest in de kibboets dat niet open was voor het grote publiek. Het was de kever van Brenda waarin Oeri en Balli en Joram en Sjlomkits en Amit als haringen in een ton gepakt zaten. Precies één tel voordat Naäma de eetzaal verliet, zag ze hen binnenkomen. Sjlomkits was Pippi Langkous, Balli zag er fantastisch uit in de glinsterende zwarte jurk en de schoenen van haar moeder, terwijl Oeri net als Naäma helemaal niet verkleed was; hij had een pruik met gekleurd haar opgezet waardoor zijn sproeten en de lichte roodheid die altijd op zijn wangen prijkte benadrukt werden.

De avond begon er al anders uit te zien. *Give me, give me, give me a man after midnight*, Naäma dronk steeds meer bier en bezwoer zichzelf dat deze avond niet zou eindigen met een heel ruitjesvel uit haar wiskundeschrift vol met Oeri-Oeri-Oeri-Oeri. En inderdaad eindigde deze avond op een andere manier, op een heel andere manier. Het was niet de eerste keer dat de familie Keidar het middelpunt vormde van het een of andere drama, maar het was wel voor het eerst dat Naäma hierin de hoofdrol speelde. Volgens sommigen deed ze dat beter dan haar vader; zelfs hij was een beetje in verwarring gebracht door de hele kwestie. De appel die er geheel onbedoeld in geslaagd was de boom van zijn stuk te brengen. Ze had helemaal niet de bedoeling om hen met stomheid geslagen te laten staan noch ze ergens bij te betrekken, noch aan alle feestgangers (nog een geluk dat er geen kaartjes verkocht waren aan het grote publiek) te vertellen hoe groot haar liefde voor Oeri was en hoe bebloed.

Hier is die kwestie met dat bloeden niet metaforisch. He-le-maal niet. Het vormt een essentieel deel van het verhaal, het drama en de verwarring. Voornamelijk van de verwarring. Er wordt wel over neukpartijen gepraat, dat klopt, maar een meisje van zeventien dat tijdens een Poeriemfeest op het toneel met haar bevlekte onderbroek staat te wapperen, is toch andere koek. We zullen nog wel eens zien of jullie van zoiets niet in verwarring raken. Of er niet naar kijken. Of niet op datzelfde moment bezweren haar allerbeste vriendin te zijn, de allerbeste vriendin van de hele wereld en haar stevig te omhelzen.

Dit is wat er gebeurd was: Naäma dronk en dronk en dronk maar door. Het was tenslotte Poeriem, niet? Ook Oeri dronk een biertje of twee of vijf, en toen Naäma hem benaderde, waren ze allebei zo aangeschoten dat niets meer onmogelijk of eng leek. Ze zei iets over zijn pruik en hij reageerde met iets over haar hoed en Naäma zag zichzelf zijn sproeten belagen. Hij kuste haar terug. Beslist. Voor Naäma was dit haar allereerste kus. Voor Oeri was het de tweede keer dat hij kuste (de eerste keer was immers op het keukenbalkon geweest), maar allebei zoenden ze met zo'n doelgerichte verve dat wie hen gezien zou hebben, gedacht zou hebben dat hier minstens sprake was van beroepskussers. Deze kusscène duurde tamelijk lang. Om hen heen gingen de liedjes verder. *First I was afraid, I love to love*, niemand die zich iets aantrok van dit stelletje dat aan de kant stond te kussen naast het bier. Het was tenslotte Poeriem.

Tegen de tijd dat ze op de vloer van het magazijn voor het keukengerei achter de voorraadkamer lagen, was het al te laat. Hoe ze daar terecht waren gekomen, wie het initiatief had genomen, wie wie de hand had gegeven, wie meegetrokken had en wie meegetrokken was – het waren inmiddels allemaal overbodige vragen. Er is niet altijd sprake van zo'n verdeling tussen initiatiefnemer en volger, soms komt het gewoon zo uit. Het woord 'uitkomen' is hier niet heel erg op zijn plaats, want toen ze op de koude, schone vloer van het magazijn, links van de dreigende kratten vol potten zuurwaren lagen, was het al geen kwestie meer van uitkomen. Behalve misschien uit hun kleding dan. Ze lagen op de vloer. De kussen vol belofte van naast het bier lagen al ver achter hen, ver weg in de herinnering, verdronken onder golven misselijkheid en nuchterheid. Oeri ging als eerste rechtop zitten, mijn God, het spijt me, zei hij tegen de koude vloer, terwijl Naäma boven alles het gevoel had dat ze haar buik wilde verstoppen. Het geeft niet, zei ze tegen haar onderbroek, die ze haastig aantrok. Oeri was al bijna helemaal aangekleed, het was niet mijn bedoeling, dat wil zeggen... deed hij een lallende poging, maar Naäma antwoordde haastig, maar wel de mijne. Instinctief voelde ze aan dat ze moest opschieten, voordat hij helemaal aangekleed was en de benen zou nemen, dus gooide ze er vlug alles uit dat in haar binnenste gevangen hadden gezeten. Ik hou al bijna een jaar van je; ik werd meteen verliefd op je zodra ik je zag, toen je met je tas uit het busje stapte, met je krullen en je geslof. Je hebt iets, er zit iets in je waarvan ik weet, waarvan ik wéét dat het ons met elkaar verbindt; ik kan niet precies zeggen wát, ik weet zelf niet eens wat precies, maar het is er, ik weet dat het er is. Ik hou van je, ik hou gewoon verschrikkelijk veel van je en ik ben blij dat dit gebeurd is, dat wil zeggen, ik heb gewild dat dit zou gebeuren, nou ja, niets precies zó, maar dat maakt me niet uit, het maakt me niet uit, want ik heb het gewild, want jij, want dit was wat ik het allerliefste wilde en met jou...

Plotseling hield ze op. Ze hield op toen hij de laatste veter van zijn schoenen strikte. Ze zag de haastige en geïrriteerde bewegingen van zijn vingers op de schoen die veel te dicht bij haar van onverholen opwinding op en neer bewegende buik stond. Ze hield plotseling op met praten, voelde de tranen en herinnerde zich Jossi, een jongen uit haar klas, die toen ze jong waren altijd zei dat Naäma een bron in haar ogen had, die nu alleen maar groter werd door die stomme herinnering en in een grote huilbui veranderde. Oeri schrok zich rot. Het was nacht en het was donker, rondom stonden allemaal die dozen met conserven en dan die nieuwe bevrijding, daar in zijn onderbroek en de wetenschap dat het gebeurd was, en dat het op die manier gebeurd was, als een snelle zwaardsteek van teleurstelling en opluchting. En dan nu al die tranen, waardoor het bonken in zijn hoofd en zijn misselijkheid alleen maar verergerden.

Er was niets buitengewoons aan dit verhaal. Tot nu toe. Jaren later zal een neef van Ohad een website maken die 'Memoires' gaat heten en een enorme hit zal worden. De site is gebaseerd op jeugdherinneringen als deze en loopt over van eerste liefdes die niet vergeten willen worden en eerste keren, haastige vluggertjes, die niet herinnerd willen worden. Maar toen Naäma naar het feest terugging, tolde haar hoofd net als die keer toen ze als klein meisje te snel van de draaimolen was afgestapt en haar arm in de draaimolen was blijven steken en gebroken was. Ze zag Oeri naast Balli en Amit staan springen aan de ene kant en aan de andere kant stond haar vader al een uur met Rachel te smiespelen. Ze kreeg het gevoel dat ze het niet meer vol kon houden, dat ze de draaimolen die in haar hoofd ronddraaide per se stil moest zetten. Ze kon niet weten dat

Oeri daar alleen maar stond te springen om niet te hoeven naden-ken, om niet de angst te voelen die zich een paar minuten eerder meester van hem had gemaakt, een lege, verpletterende angst die je het zwijgen oplegde. Ze kon niet weten dat hij Balli geen antwoord gaf toen die hem pruilend vroeg, waar was je?

Ze kon niet weten dat Balli's gepruil, dat er alleen maar voor zorg-de dat Oeri nog harder ging springen, kwam door de overkant, ver-oorzaakt werd door Gadi, die daar al een uurlang met die vrijwil-ligster stond te praten, en ze kon niet weten dat haar vader daar niet echt met die vrijwilligsters stond te praten maar vanaf daar naar Balli stond te kijken en naar Amit, en probeerde zich niet te ergeren aan de Engelse stem naast hem die onophoudelijk aan zijn hoofd tetterde, want blijkbaar was Rachel in het strijdlustige sta-dium van het bier en raakte ze alleen maar verder geïrriteerd door Balli's gepruil achter haar. Met ingehouden stem zei ze dat ze precies wist *what the fuck you are doing with that girl* en dat ze zich afvroeg waarom ze niet alles aan Galja zou gaan vertellen. Alles. *What the fuck.*

Nee, dit alles kon Naäma niet weten. Over het algemeen heeft iemand geen weet van alle redenen en omstandigheden die de mal-lemolens rondom aan het draaien maken. Ze stond er alleen maar razendsnel ademhalend naar te kijken en toen Joram en Amit met meer flesjes Gold Star naar Balli, Sjlomkits en Oeri terugliepen en ze gezamenlijk opdronken, klom Naäma het toneel op. Ze betrad het met goud- en zilverpapier versierde toneel, pakte de microfoon en zei, hallo allemaal en goedenavond...

Hallo allemaal en goedenavond, ik wil even iets zeggen. Natuur-lijk keek iedereen naar Naäma. Haar haar zat in de war, ze hijgde een beetje en was rood aangelopen; er was iets vreemds aan haar ui-terlijk, misschien kwam het doordat ze haar bloes verkeerdom aan had, of omdat ze helemaal geen broek droeg.

Hallo allemaal en goedenavond, ik wil even wat zeggen. Naäma begon te praten maar zelfs voordat duidelijk was wat ze wilde gaan zeggen, deed ze nog iets: ze begon zich uit te kleden. Er was niet veel keus in waar te beginnen aangezien ze niet veel aan had, maar om een of andere reden besloot ze met haar onderbroek te beginnen. Ze trok haar onderbroek uit. Ze schrok toen ze ontdekte dat er bloedvlekken in zaten. Ze lachte, zelfs van haar eigen situatie kon ze inzien hoe lachwekkend die was. Daarna barstte ze in huilen uit en gebruikte de bevlekte onderbroek als zakdoek. In dit stadium was men over zijn eerste schrik heen en keek men elkaar aan met een bezorgdheid die vergelijkbaar was met geamuseerdheid. Galja's benen, aan de ene kant van de zaal, zijn verstijfd. Zelfs ademhalen kan ze niet. Ze doet haar ogen dicht. Aan de andere kant van de zaal komt Gadi uit zijn hoekje en rent het toneel op. Hij keurt de toeschouwers geen blik waardig. Hij weet maar al te goed wat Naäma nu voelt. Hij weet exact hoe louterend de opluchting van zo'n ogenblik is waarin je jezelf tot het belachelijke middelpunt van een sappig schandaal maakt. Hij weet precies hoe leeg en hoe pijnlijk die opluchting is. Hij weet het, hij weet het, hij weet het. Met zijn rug naar het publiek omarmt hij zijn bevende dochter en leidt haar van het toneel af.

Wat had ze gezegd? Wat had ze nou eigenlijk precies gezegd? Maakte het wat uit? Woorden zijn immers alleen maar woorden, wat kunnen die nu nog toevoegen aan het beeld van de bibberend huilende naaktheid op een met goud- en zilverpapier versierd toneel?

Had ze het alleen maar gehad over haar liefde voor Oeri, of was ze in haar speech ook ingegaan op andere gebroken harten? Had ze het over haar ouders gehad? Had ze over haar jeugd gesproken? Over de bittere herinneringen aan haar groepje, acht kinderen met een en dezelfde luier aan? Had ze het gehad over de eenzaamheid van iemand die al sinds ze in de luiers liep, aangeduid werd als dat dikke, rare meisje, zo'n kind dat door niemand begrepen werd en waar niemand het geduld voor had, hoewel ze eigenlijk helemaal niet zo dik of raar was en helemaal niet zoveel geduld vergde. Eigenlijk. En wat had dat allemaal met Oeri te maken? Met Oeri in het algemeen of met wat er tussen hen in het magazijn van de voorraadkamer was gebeurd in het bijzonder? Is het een vrouwelijk trekje om alle voorbije gebroken harten, teleurstellingen, eenzaamheid en vernederingen te betrekken bij elk nummertje, hoe mislukt ook, en ook bij die nog zullen volgen?

Jaren later zal Balli het initiatief nemen om voor een vrouwenblad een reeks artikelen te schrijven over exact dat onderwerp. Dat wil zeggen, niet over de specifieke vragen die samenhingen met Naäma en haar daad, maar over de principiële vragen die daaruit voortvloeien. Ze zal niet tot verreikende conclusies komen, maar wel veel brieven krijgen. De redactrice zal een heleboel brieven ontvangen van een heleboel vrouwen die iets willen verbeteren aan, kritiek hebben op, of nog iets willen bespreken in de artikelenreeks en de vragen die daar aan bod komen.

De volgende ochtend brak aan en de verlamming waaraan Galja's benen en denkvermogen ten prooi waren gevallen, ebde weg. Ze realiseerde zich dat er iets niet goed ging met haar oudste dochter. Galja had Naäma gekregen toen ze zelf nog jong, in de war en door kou bevangen was in de kleine, verafgelegen kibboets waar Gadi haar mee naartoe had genomen. Ze was zelf nog bijna een kind geweest, een meiske uit Tel Aviv dat voorbestemd was voor grote dingen, maar dat in werkelijkheid op de koude wind van die winter door de lucht vloog terwijl ze ook nog voor een krijsende, mollige baby moest zorgen. Sindsdien was er, zoals ze dat zeggen, veel water door de Banjas gestroomd, maar waar het haar dochter betrof was Galja nog even verward en hulpeloos als in die eerste dagen.

Naäma weigerde om uit haar kamer op het kinderplein te komen en dus bracht Galja er een blad met middageten naartoe en vroeg haar met de warmste stem die ze kon opzetten wat Naäma dacht dat ze nu moest doen. Naäma zei dat ze het niet wist. Zo ging het nog een paar dagen. Naäma kwam nog steeds niet uit haar kamer en wist het nog steeds niet. En wat betreft Gadi, die was de volgende ochtend uiteraard met de eerste de beste auto naar Jeruzalem gereisd. Na nog twee dagen erkende Galja dat het zo niet door kon gaan. Haar dochter was in alle staten en zij ook, en dan al die blikken op het pad en in de eetzaal. Ze ging Naäma's kamer binnen, deed de ramen en de jaloezieën open en zei tegen Naäma die geschrokken met haar ogen zat te knipperen, ik heb een idee: waarom ga je niet een tijdje in Jeruzalem wonen, bij je vader, in zijn appartement? Een tijdje een andere omgeving, dat kan toch geen kwaad? Ik heb al navraag gedaan naar externe scholen in Jeruzalem en het blijkt dat er daar drie van zijn en ook nog heel goede...

Toen Gadi aan het eind van de week thuiskwam, stond hij tegenover een degelijk voorbereid en goed georganiseerd offensief van de kibboetsraad, de gezondheidsraad, de onderwijsraad en Galja. Het lijdt geen twijfel dat Galja sinds die stormachtige en mistroostige begintijd uitstekend geleerd had hoe ze het tegen Gadi op moest nemen en hoe ze hem moest overtuigen, als dat nodig was. Hij had geen keus, er was geen enkele opening waardoor hij nee kon zeggen, dat hij het er niet mee eens was, dat hij het niet kon, dat hij zijn oudste dochter niet met zich mee wilde nemen om haar op een of andere manier te helpen. Dus belandde Naäma in het koude, smerige appartementje van haar vader in Jeruzalem.

Jaren later, wanneer ze aan de filmacademie studeert, zal een jonge, arrogante stagiair haar vragen wat het beste en het ergste is wat je kan overkomen. Bij wijze van oefening in creatief denken. Naäma zal dan aan dat Poeriemfeest denken en aan alles wat haar dat gebracht heeft. Aan Oeri's aarzelende poging om het goed te maken, aan Sjlomkits' vastberaden pogingen om te helpen, aan Balli's toenadering, waardoor alles in een bijzonder smaakvol en vergevingsgezind licht kwam te staan. En aan dat ene momentje, dat ene vluchtige moment waarop haar vader snel met een lenige sprong het toneel op kwam, alle mensen die rondom naar haar stonden te kijken afschermde en haar omarmde. Die verhullende, beschermende omhelzing, die dekking gaf terwijl hij haar van het toneel leidde. Eén zeldzaam en vlietend ogenblik, vader en dochter die samen omarmd worden door een gedeeld lot, één fluwelen herinnering in een massa stekels, iets unieks om naar terug te verlangen.

Uiteindelijk had zelfs Gadi er vrede mee. Zelfs hij, die de eerste paar dagen mompelend, zwijgend en dreigend in het duistere appartementje had rondgelopen. Naäma kreeg het gevoel dat ze bijna heimwee had naar Galja en haar duidelijke regels, die vooraf bekend waren. Maar op de derde dag, toen Naäma met Balli en Sjlomkits naar de film ging, zag hij het licht. Opeens besefte hij wat voor idioot hij was geweest om te denken dat dit weer een van de duivelse plannen van Galja was, die enkel voor ogen had om hem nog verder in de boeien te slaan. Plotseling had hij spijt van al zijn domheid, waardoor hij niet had ingezien hoe geniaal en geweldig de nieuwe situatie was. Hoe nu, hoewel hij besloten had afstand te nemen van Balli en bij dat besluit gebleven was, en hoewel ze nu een sullige vriend had, Balli desondanks toch weer in zijn leven terugkwam. Daar was ze. In een bijna vanzelfsprekende gedaante, in de natuurlijke manier waarop haar naam van Naäma's lippen rolde, in de geur van de paarse jas die aan Naäma uitgeleend was. Het zachte, warme bewustzijn van misschien, van bijna, kwam terug en overspoelde hem. Het wekte zijn neiging tot vrolijk en belangstellend babbelen waar Naäma zo bijzonder gelukkig van werd dat ze energiek het hele huis schoonmaakte, ook de ramen lapte, rode bloemen in de oude, verkruimelende bloembakken plantte, het hele huis en zijn hart vulde met een vrolijke oranje gloed, de geur van schoonmaken en hoop.

Plotseling voelde ze zich niet alleen. Die nieuwe momenten met Gadi waren er, en de vriendschap met Balli en Sjlomkits, de school waar ze gewoon naartoe kon gaan om te leren zonder dat iemand er wist dat je op je zesde nog in je bed plaste, en Oeri was er. Ze voelde zich gekoesterd zoals nooit tevoren. Elk van hen had zijn eigen reden om haar op die manier te koesteren: Sjlomkits omdat iets in haar zei dat hier iets niet in de haak was en dat het gerepareerd moest worden, Oeri omdat iets in hem zei dat geen enkele vrouw ooit op die manier van hem zou houden en dat was iets wat hij niet moest verspillen, en Balli, och Balli's reden was de moeilijkste en meest complexe van allemaal.

Wat maakte dat Balli toenadering zocht tot Naäma in die eerste paar maanden dat Naäma in Jeruzalem was, aan het eind van de achtste klas? Gadi? Oeri? De lol?

Amit en zij waren net uit elkaar; het was een wederzijds afscheid geweest, zonder gedoe, net als hun verkering. Een afscheid dat gewoon gebeurd was. Zonder dat het ergens verband mee hield. En zeker niet met het feit dat Naäma bij haar vader woonde. Hoe dan ook, op de dag dat zij uit elkaar gingen, was Sjlomkits druk bezig geweest Joram te helpen bij de voorbereiding van de troep-dag en was Balli naar Naäma gegaan. Ze had nog gedacht wat er zou gebeuren als hij opendeed, maar hij deed niet open want hij was er helemaal niet. Naäma deed de deur open en was blij en verrast, haalde Balli in huis, zette haar aan de groene tafel en zei tegen haar, je moet me er alles over vertellen. Alles.

Balli zei dat het gewoon zo gekomen was. Zonder dat het ergens iets mee te maken had. Naäma knikte alsof ze het begreep en Balli vertelde, zonder dat dat ergens mee te maken had, dat hij een beetje, hoe zal ik het zeggen, 'k weet niet, een beetje bizar was, met zijn obsessie voor het leger en doordat hij met sokken aan sliep.

Met sokken? Wil je me vertellen dat hij ook... dat wil zeggen... dat hij alles met sokken aan deed?

Eigenlijk wel.

Ze barstten allebei uit in een bevrijdend, aanzwellend, bulderend gelach. Het idee dat Amit alles, maar dan ook alles, met sokken aan deed, was beslist verbijsterend.

Zo was het begonnen. Met Naäma was het anders, een tegenstelling met de zware, ontwijkende uitweidingen van Sjlomkits en Balli. Met Naäma zat Balli op het kleed in haar kamer, hun rug tegen het bed, om alles te ginnegappen en naar muziek te luisteren met in de ene hand een zakje zoute krakelingen en een bakje creamcheese in de andere (een lekkernij die speciaal was uitgevonden voor die avonden in die roze kamer). *Jesse come home, there's a hole in the bed where we slept.* Jaren, jaren later zal Balli nog altijd de gewoonte hebben om alle nieuwe vriendinnen die ze leert kennen te vragen of ze die zangeres kennen, en ze zal ontdekken dat bijna niemand haar kent, Janis Ian, met haar wazige, trieste blik, wijzer dan alle anderen, die ten slotte als domste eenzaam overbleef. Of ze zaten aan de groene tafel, met diezelfde lekkernij en hetzelfde geginnegap en een onzichtbare spanning, wanneer zei je dat jouw vader thuiskomt?

Geen idee, hoezo?

Gewoon. Wordt hij niet boos als ik zo laat nog hier ben?

Boos? Waarom zou hij boos worden?

'k Weet niet. Mijn vader zou zeggen, lieverd, *sweety*, denk je niet dat jouw vriendinnetje onderhand naar haar huisje moet gaan?

Naäma glimlachte. De imitatie van Mikki was foutloos. Zeg maar tegen jouw vadertje dat jouw dikke vriendin heeft gezegd dat formaat niet alles is, zei ze opeens in alle ernst, waarop ook Balli ernstig werd en zei, je bent niet dik. Naäma keek naar de muur en vroeg stilletjes, echt?

Dat je niet dik bent?

Dat formaat niet alles is.

Balli keek naar de muur en zei, ik weet het niet.

Zeg es...

Wat?

Zeg es...

Wat?

Is het eigenlijk fijn?

Wat?

Nou, al dat gedoe.

Balli glimlachte. En zei niets. En dacht aan Gadi. Aan de nimmer eindigende, onuitroeibare wens om hem aan te raken en door zijn handen aangeraakt te worden, om daar te zijn, tussen hem in, binnenin hem, onder hem, een wens die nooit verzadigd raakte, als een lelijk monster dat hoe meer het eet, des te hongeriger, ongeduldiger en wreder het wordt.

Naäma...

Wat?

Dit was hét moment. Het moment waarop Balli het bijna aan Naäma vertelde. Of in ieder geval is dat zoals ze het zich wenst te herinneren in een verre toekomst die nog komen gaat. Niemand weet wat er gebeurd zou zijn als niet op precies dat moment het gekraak van sleutels in de deur te horen was geweest. Niemand weet of Balli datgene wat niet verteld kon worden, echt, werkelijk aan

Naäma zou hebben verteld. Misschien wel en misschien niet. Maar in de deur klonk het gekraak van sleutels en hij ging langzaam open, zijn hijgende ademhaling en de zucht die zijn uitzinnige blijdschap verhulde, Balli! jou hebben we hier lang niet gezien. En Balli's antwoord dat even succesvol een zelfde blijdschap verhulde, ik ben hier juist vaak. Misschien hebben jullie niet goed gekeken, en Gadi die met een klein glimlachje zei, misschien hebben we echt een bril nodig, we komen immers al wat op leeftijd, en Balli, die nooit om woorden verlegen zat, zei, dwergen worden nooit oud, Gadi, ze veranderen alleen maar. Ze stond op en Naäma, die zich ergens niet op haar gemak voelde door deze uitwisseling van woorden, zei, zal ik met je meelopen naar de bus? En Balli zei, ja.

Jaren later, wanneer Gadi al ver weg en stil in een bed ligt en zelfs zijn ademhaling lichter is, zal Naäma zijn dagboeken vinden, en zal Balli daar onvergeeflijk schuldig zitten. En hoewel ze weet dat het onzinnig is, zal ze desondanks zeggen, ik was wel van plan om het je te vertellen, ik was het echt van plan, maar precies op dat moment kwam hij thuis. En Naäma zal op haar lippen bijten en zeggen, net op dat moment kwam hij binnen. Ja.

Maar op die dag, toen Naäma met Balli meeliep naar de bus, zagen ze eruit als elkaars beste vriendinnen die aan de groene formica tafel hadden zitten praten, en geen enkel geheim, hoe duister ook, vergezelde hen als een schaduw of deed iets af aan de luchtigheid waarmee ze elkaar zoenden, *bye* Namiek, *bye* Baliek, twee goede vriendinnen die elk naar hun eigen huis gingen.

Want van buitenaf zijn geheimen niet te zien.

De volgende dag kwam iedereen bij elkaar in de kleine *pub* die pas geopend was in het steegje en die een teken was van het vernieuwde nachtleven in Jeruzalem. Balli had de groene flatjes aan die Brenda en Mickey voor haar uit Londen hadden meegebracht. Joram liep in zijn nieuwe Adidas-gympen die Chamoetal voor hem had meegebracht uit Zürich. Oeri had zijn oude grijze Allstars aan. Vanbuiten zagen ze eruit als een gewoon groepje zeventienjarigen. Ze zaten daar net als de week ervoor en net als de week die zou volgen. Oeri was inmiddels gaan roken, Joram organiseerde de tegendemonstratie tegen de orthodoxen die buiten aan de overkant demonstreerden tegen de pub en de ontwikkeling die hij symboliseerde, Ohad sprak ieder meisje aan dat langsliep terwijl Iffi het er doorlopend over had naar welke militaire vooropleiding ze zou gaan. Oeri en Naäma zaten naast elkaar, bijna tegen elkaar aan en Balli bekeek hen over het vergulde montuur van haar nieuwe bril die haar nog mooier, flitsender, en slimmer maakte. Van buitenaf zagen ze eruit als een normaal groepje vrienden. Want van buitenaf zijn leugens niet te zien.

Bijvoorbeeld, die ene avond aan het begin van de zomer, toen Gadi Balli had uitgenodigd om de presentatie van zijn film bij te wonen. Diezelfde avond hadden ze met z'n allen afgesproken om naar die pub te gaan ter ere van Sjlomkits' verjaardag. Balli had een grove berekening gemaakt; als de film om acht uur begon en iedereen om negen uur afsprak, kon ze wel een halfuurtje te laat komen met haar stralende – zweverige – verontschuldigende glimlach zonder dat het iemand zou opvallen dat er hier iets vreemds gaande was.

De trappen van de filmacademie waren zwart en het rook er naar verbrand rubber. Balli liep zwaar naar boven, tree voor tree terwijl ze naar voren en naar achteren geduwd werd door aandenderende groepjes jongelui in zwarte kleren en kleurige schoenen. Ze kwam de zaal binnen en ging op de eerste stoel bij de deur zitten, als iemand die stiekem bij een feestje binnenkomt waar ze niet voor is uitgenodigd, in zichzelf formulerend wat ze zou zeggen voor het geval Naäma zou komen en haar zou vragen, wat doe jij nou hier? Maar Naäma verscheen niet en om halfnegen gingen de lichten uit en kwam een lange man het toneel op die iedereen welkom heette. Gadi's film was de derde in de rij en het was al kwart over negen.

Gadi kwam het toneel op en Balli bedacht ineens dat het vreemd was dat ze hem nog nooit gladgeschoren had gezien. Ze vond hem mooi zo, zonder dat grijs met wit gevlekte masker dat zijn glimlach altijd bedekte. Mijn film, zei hij, is een kinderfantasie, want het was jullie vast al opgevallen dat ik het kleinste jongetje van de klas ben, waarop iedereen moest lachen. Het is de fantasie van een dromerig klein meisje dat door niemand begrepen wordt en dat een fantasievriendje uitvindt, een klein mensje weliswaar, maar ze heeft allang door dat formaat niet alles is, en weer moest iedereen lachen, behalve Balli, die inmiddels baalde van zijn vermogen om gesprekken te citeren die hij niet had moeten horen. En toen zei hij, maar dit is een bijzonder serieuze film, want deze film houdt ook rekening met de dwerg, die vandaag verzonnen en morgen vergeten is en die zelf ook dromen en gevoelens heeft. En tegen alle mooie meisjes in de zaal zeg ik nu al, pas op als je met de gevoelens van een dwerg speelt, je weet niet half hoe gevaarlijk dat is. En weer moest iedereen lachen, terwijl hij zelfs niet glimlachte toen hij van het toneel af liep. De film begon. Eerst waren de benen van het meisje te zien en daarna ging de camera verder omhoog naar de rode jurk die ze droeg, naar haar borsten die in de jurk naar voren knalden, naar haar lokken en naar de rood gestifte mond, terwijl Balli zich zat af te vragen aan wie de actrice haar toch deed denken? Hoe kan dat nou, aan Rachel? Deze actrice heeft toch zwart haar en donkere ogen? Ze keek op haar horloge; tien over halftien, stak haar hand in haar tas om het cadeautje dat ze voor Sjlomkits had gekocht te betasten en liep stilletjes weg.

Waar ga je naartoe?

Waarom ben jij niet binnen om je eigen film te kijken?

Die heb ik al duizend keer gezien. Waarom ga je weg? Vind je mijn film zo saai?

Nee, niet saai, hij is...

Wat is hij?

Hij is grof, dat is het.

Grof? Het woord deed Gadi's schouders schudden van een te ontspannen lach en hij omhelsde Balli. Iets in zijn lach, omhelzing en zijn zurige adem maakte dat Balli opnieuw op haar horloge keek en zag dat het al tien uur was. Ze probeerde aan zijn omhelzing, gelach en beschonkenheid te ontkomen, terwijl Gadi zei, maar ik ben een grof mens, wist je dat niet? Weer moest hij lachen, en Balli keek naar zijn ogen en bedacht dat ze die zo, zoals nu, zacht en samengeknepen van het lachen, nog nooit had gezien...

Om kwart voor elf, in een zeker appartement, probeerde ze de andere, halfopen deur en Naäma's geur die in de lucht hing te negeren. Ze ging liggen op de gele matras die haar als altijd met geknars en gekraak verwelkomde, perste haar lippen op elkaar, stelde zich voor dat de matras haar gezicht teder streelde en dacht nergens aan.

Maar toen ze zich naar hem omdraaide en verwachtte hem te zien zoals hij altijd was in de momenten erna – bezwaard, ondoorgrondelijk en gesloten – zag ze de lange rijen doorzichtige mieren die uit zijn ogen stroomden, terwijl zijn schouders opnieuw schokten, zij het niet met de opgewektheid van daarstraks, en zijn woorden, de woorden die hij in de gore matras fluisterde, onvergetelijke, verstikte, gebroken woorden. Ga voor me op de loop, zei hij, ga zo hard mogelijk voor me op de loop, ik ben slecht, kun je niet zien wat voor mens ik ben? Ik ben een klootzak, ik ben het walgelijkste stuk uitschot dat God had kunnen scheppen. Wat is er met jou? Dat je dat niet ziet? Wat moet je eigenlijk met me? Maar Balli gaf geen antwoord, streelde alleen zijn gebroken schouders en bedacht dat ze moest zorgen dat ze daar weg was voordat Naäma thuiskwam.

Maar Naäma kwam die nacht niet terug naar haar vaders koude appartement. Veel later, heel veel later, terwijl Balli allang op de warme golven van haar eigen bed dobberde, belde Naäma haar vader op. Hai pap, ik ben het, zei ze tegen het gemompel waarmee opgenomen werd, het spijt me dat het al zo laat is maar ik wilde je alleen maar even laten weten dat ik vannacht bij Balli blijf slapen, zodat je je geen zorgen maakt.

Bij Balli? Gadi zuchtte of kuchte, bij hem klonk het eender. Geen probleem, schat, en welterusten.

Zo kwam het dat alle leugens juist bij Gadi uitkwamen, die maar al te goed wist dat Naäma helemaal niet bij Balli bleef slapen; die was hier immers niet zo lang geleden bedekt met rode sporen van liefde en huilen vertrokken. Hij begreep niet dat Naäma het nodig vond om hem voor te liegen, want eerlijk gezegd maakte het hem niet zoveel uit waar Naäma bleef slapen en met wie. Maar ergens was hij blij met wat dit kleine leugentje betekende, vanbinnen sprong een klein, mollig stukje rust op en neer door het besef dat hij zich voor het eerst in zijn leven in de warme en veilige positie bevond van degene tegen wie gelogen wordt, in plaats van in de koude, huiveringwekkende positie van iemand die zijn leven opnieuw aan het vormgeven is.

Naäma bleef die nacht bij Oeri slapen. Want Oeri en Naäma deden in die tijd voorzichtige en aarzelende pogingen om te herstellen wat stuk was gegaan op de avond van Poeriem. 's Nachts, na Sjlomkits' feestje dat door Balli's onverklaarde afwezigheid werd gekleurd en een beetje ongezellig was geweest, had Oeri aan Naäma gevraagd of ze wilde dat hij haar naar huis bracht. Het was een warme, geurige zomernacht geweest, zo'n nacht waarin de ziel zich dingen gaat veroorloven, terwijl ze langzaam wandelden en met elkaar begonnen te praten. Luister, zei Oeri, ik wilde je zeggen dat het me spijt van... van die avond toen, en Naäma antwoordde, ik wilde jou ook zeggen dat ik... dat het me spijt zeg maar, waarop ze alle twee besmuikt en opgelucht in de lach schoten. Ik weet niet, soms denk ik dat ik... ik heb het heel moeilijk met toenadering, niet alleen fysiek, hoewel, dat ook. Naäma zei, ja, dat gevoel ken ik.

Daarna vertelde hij over Gili, en dat hij al vanaf de derde klas wist dat Gili altijd in alles beter zou zijn dan hij. Hij vertelde over zijn ouders, die zich gedroegen alsof het leven voorbij was sinds Gili omgekomen was, en het was niet dat hij dat niet begreep, maar... Naäma vertelde dat ook haar ouders, maar zonder dat er God verhoede een gezinslid zou omkomen, zich gedroegen alsof hun leven voorbij was, en dat hij zichzelf er niet de schuld van mocht geven, en dat het natuurlijk was dat broers jaloers op elkaar zijn, dat had er niets mee te maken dat Gili soldaat was geweest en in Libanon was omgekomen.

Nee, hij vertelde haar niet exact hoe Gili was omgekomen. Dat vond hij niet echt gepast. Nee, zij vertelde geen details over haar ouders, dat vond ze niet zo gepast, maar ze genoot met volle teugen van de rol die hij haar plotseling had toebedeeld, van iemand die rustig praat en weet wat ze moet zeggen en zelfs troost kan bieden. Er zat iets opbeurends in haar vermogen om te troosten. Oeri genoot ervan om naast iemand te zitten bij wie je in de ogen kon zien hoeveel ze van je hield, zonder zich af te vragen hoe dat kon of wat er aan haar mankeerde, en alleen maar naar haar kalme stem te luisteren en getroost te worden.

Toen hij vroeg of ze naar zijn huis wilde komen, was het al laat, maar Naäma zei al ja voordat de vraag helemaal gesteld was. Om de indruk die door haar snelle ja in de lucht hing weg te nemen, voegde ze er onmiddellijk aan toe, maar ik moet wel naar mijn vader bellen, ik hoop dat hij het goed vindt. Ja, natuurlijk, antwoordde Oeri, waarop Naäma plotseling naar hem opkeek en voor het eerst zag hoe lang hij was.

Want van buitenaf is liefde niet te zien.

En eenzaamheid ook niet.

Die nacht, de nacht waarin Sjlomkits achttien geworden was, nadat het feestje was afgelopen en iedereen naar zijn eigen huis was gegaan of naar het huis van iemand anders, lag Sjlomkits met wijdopen ogen in bed naar het hoge, fantastische plafond van Jorams kamer te kijken. Joram was al in slaap gevallen en Sjlomkits wist dat deze nacht verloren was. Ze stond op. Ze vroeg zich af wat haar het meest bedrukte: dat Balli niet naar het feestje was gekomen of dat Joram geen verjaardagscadeautje voor haar had meegenomen, misschien wel omdat ze al twee dagen niet naar huis was gegaan, naar haar ouderlijk huis dan. Terwijl daar, dat wist ze, juist wel een cadeautje op haar lag te wachten, ieder jaar, vaste prik, hetzelfde cadeautje: een roze envelop met een gelukwens die haar moeder erop had geschreven – altijd schreef zij die.

Dat is het dan. Zo kwam er een einde aan die nacht, zo gebeurden de dingen die er gebeurd zijn, in die laatste maanden van de achtste klas. In de zomer deed iedereen eindexamen, inclusief de externe Naäma en in augustus maakten ze een tocht in de Golan. Aan het eind van de tocht kwamen ze terecht op het vredesfestival in het natuurgebied Choersjat Tal. David Broza zong er: *Wow, wow, wow, wow, wow, het zwerven roept, 't zwerven, maar het komt goed, het komt goed, ja, soms zit ik helemaal stuk, maar vanavond, o vanavond, ligt bij jou mijn geluk.*

Toen Gadi plotseling verscheen, was iedereen, ook Naäma, verrast en wist niemand zich een houding te geven. Niemand wil midden in een vredesfestival vol zoete hasjlucht en nieuwe hippieachtigheid dat zijn vader, of willekeurig welke volwassene, plotseling verschijnt om hem eraan te herinneren wat wel en niet mag. Maar Gadi zei, kalm maar jongelui, ik ben niet gekomen om te controleren of jullie geen stickies roken. Hij legde uit dat hij daar samen met een paar lui van de filmacademie was en dat ze een documentaire aan het maken waren over de jeugd en hun ambities voor vrede.

Niemand wist wat er in die nacht gebeurd was waarna Oeri niet langer met Balli praatte tot aan de tocht naar de woestijn van Judea, acht maanden later. Niemand wist het. Ook Naäma niet, die een slaapzak deelde met Oeri, totdat hij plotseling midden in de nacht opstond. Hij had dorst. En honger. Hij was er niet aan gewend ongewone trek door een onduidelijke oorzaak te hebben, midden in de nacht. Hij was in zijn rugzak naar koekjes aan het zoeken toen hij iets tussen de bomen zag. Er zijn van die dingen die onprettig zijn om te zien. Er zijn dingen die andere mensen niet hoeven te zien. Er zijn dingen die je niet wilt zien, al helemaal niet zo, midden in de nacht, dingen als een huilende Balli met verwilderd haar en openhangende broek. Ze stond daar tussen de bomen te huilen en Gadi stond met zijn rug naar haar toe. Oeri zag hem zijn broek ophijsen en dichtknopen. Terwijl ze stond te huilen. Oeri bleef nog even staan, draaide zich toen om naar de rugzak en pakte er de koekjes uit terwijl Balli en Gadi tussen de bomen vandaan kwamen. Rondom was alles stil zoals het hoort te zijn om drie uur 's nachts. Oeri had alle biscuitjes al op, ging terug naar Naäma en de slaapzak en deed alsof hij sliep.

De eerste periode dienst-zonder-soldij was een doorslaand succes. Oeri werkte bij de marketing van de honing, Sjlomkits in de kleuterschool, Joram in de kwekerij en Balli bij de groenvoorziening. 's Avonds zaten ze op het gras naast de vertrekken van het Korps Pioniers of tegenover de eetzaal en speelden luidkeels dat ene spelletje, dat altijd lachen is en altijd iemand raakt.

Als hij een kleur is, welke kleur is hij dan?

Als hij eten is, welk eten is hij dan?
Als hij een liedje is, welk liedje is hij dan?
Als hij.

Je kunt altijd een verrassend persoon bedenken, iemand die tot grote hilariteit leidt wanneer geraden wordt dat hij het is. Als hij een kleur is? Zwart. Als hij eten is? Een lychee. Een lychee? Wat is een lychee? Een lychee, toe, weten jullie dat niet meer? Dat is die vrucht waar mijn moeder ijs van maakt. En Oeri zei, is het Naäma? Had je Naäma gekozen? Balli zei, ja.

In oktober, vlak voordat de jongens in dienst moesten, hield Gadi zijn studie in Jeruzalem voor gezien en keerde terug naar de kibboets. Er was een akkefietje geweest, daar op de filmacademie. Er werd verteld dat hij een camera naar iemand gegooid had, en hoe het ook zij, de film over de vredesbeweging werd in de ijskast gezet. Gadi zei dat hij onderhand genoeg had van al die onzin en dat hij naar huis terugverlangde.

De eerste dienst-zonder-soldij was bijna afgelopen en iedereen zei dat het een succes was. Echt. Naäma zei dat ze nog nooit zo gelukkig was geweest als nu in de kibboets, nu zij er waren, Sjlomkits zei dat ze nooit had gedacht dat ze zoveel voldoening zou halen uit het werk in de kleuterschool en Balli bleef met iedereen over van alles praten zonder iemand echt wat te zeggen.

DEEL II

Vriendschap. Hoe kun je weten wanneer die iets echts is geworden, iets waaraan je je vast kunt houden, iets waarover je openlijk kunt praten en zeggen, ik ben zo blij dat we zulke goede vriendinnen zijn, op die manier vriendinnen zijn, en dat het dan een kristalhelder stukje realiteit is, niet een ongrijpbaar, latent ideaal.

Toen Oeri aankondigde dat hij Naäma had uitgenodigd voor de tocht, trok Ohad een smoel, maar Joram zei, waarom niet? Vorig jaar had Ohad ook zijn vriendin meegenomen naar Choersjat Tal. Balli mengde zich niet in dat gesprek tijdens het avondeten in de eetzaal, wellicht omdat ze op dat moment vanuit haar ooghoek Gadi zag binnenkomen. Of wellicht omdat ze zich verre hield van alles wat met Oeri te maken had de laatste tijd, dat wil zeggen: al langere tijd, in feite al zolang de dienst-zonder-soldij duurde, sinds hij opgehouden was met haar te praten tijdens dat ene reisje naar Choersjat Tal.

Niemand wist waarom Oeri niet langer met Balli praatte. Niemand wist het, maar Balli wel.

Naäma was de eerste die het opviel, uiteraard. Er kwam geen eind aan de energie en moeite die ze erin stak of aan de vragen die ze stelde om te proberen deze ongebruikelijke onmin te laten eindigen, maar het was tevergeefs. Tot Balli's grote blijdschap, en misschien ook wel tot die van Oeri, probeerde Naäma niet te achterhalen, niet echt te achterhalen, waar het over ging. Misschien omdat ze diep in haar hart dacht, of hoopte, dat zij de reden van die onmin was. Misschien probeerde ze daarom uit alle macht om die te beslechten, maar ondertussen genoot ze vooral van de essentie, van de essentie van de pogingen zelf; van de essentie van het feit dat ze kon proberen een brug te slaan tussen twee mensen van wie ze hield, zonder dat ze het gevoel had dat haar hele wereld afhing van die pogingen en van het grote, ontroostbare verdriet dat erop zou volgen.

Tijdens diezelfde maaltijd, waarbij Balli niks zei, wist ze dat Oeri Naäma alleen maar voor deze reis had uitgenodigd om zich te distantièren van die mistige herinnering aan die ene nacht in Choersjat Tal en besefte ze dat Naäma vervuld zou worden van blijdschap, dankbaarheid en hoop. Haar keel werd dichtgesnoerd door de greep van iemand die te veel wist en ze zei, Ohad, doe me een lol en laat me van tafel gaan, ik voel me niet lekker. Ze ging naar buiten, ademde de geur van vruchten – die altijd vermengd was met iets anders – diep in en zag, zonder er echt naar te kijken, Gadi en Galja staan applaudisseren voor Tiltoel, die koppeltjeduikelde op het gras.

De nacht van de tocht, voordat Oeri weer met Balli praatte, zaten ze bij het kampvuur. De jongens hadden de bloezen aan die de meisjes voor hen hadden gemaakt, en de meisjes droegen de bloezen die de jongens voor hen hadden gekocht, dus zo kwam het dat iedereen rond het kampvuur in rood-witte bloezen zat met opdruk (bij de meisjes) of met borduursel (bij de jongens), en alleen Naäma een groen-geel geruite bloes droeg.

Ze zaten om het kampvuur en iedereen was al ingedommeld, op Balli, Sjlomkits en Naäma na, die doorgingen met zingen: *Je hebt me omvergeblazen, eeuwig bescherm ik jou. Inbal, je bent van mij, je bent van mij, voor eeuwig van mij, je kunt liefde niet verruilen, ik heb je mijn leven gegeven, ben op mijn knieën gegaan voor jou;* dat liedje bracht herinneringen terug bij Balli. Och, wat waren we dol op dat liedje toen we klein waren, zei ze. Mijn broers en ik dwongen onze ouders om dat liedje elke rit wel tien keer te zingen. Eén keer gingen we met Pesach naar de Sinaï en hebben we volgens mij tot aan Eilat non-stop dit liedje gezongen. Ik snap niet dat ze niet helemaal gek geworden zijn, zei Naäma, ik ben zo dol op ze, op jouw ouders, en Sjlomkits zei, ja, ik ook. Balli zei, iedereen. Iedereen is zo dol op ze. En daarna schreeuwde ze, au! en greep naar haar enkel, die dikker en roder was dan normaal en nog steeds roder werd en verder opzwol. Sjlomkits riep, ze is gebeten, ze is door iets gebeten, waardoor iedereen wakker werd. Joram en Oeri renden helemaal langs de rivier naar beneden om bij de telefooncel hulp in te roepen, terwijl Balli met grote, blauwe ogen naar Sjlomkits en Naäma keek en zei, ik ga dood, ik weet gewoon dat ik doodga. Toen de arts van het natuureducatiecentrum arriveerde, ratelde Sjlomkits haar hele diagnostiek voor hem af, waarop hij met een klein glimlachje tegen haar zei dat haar diagnose misschien wel gedetailleerd, of zelfs briljant kon zijn, maar dat er hier in het gebied voor zover hij wist geen giftige slangen voorkwamen en de laatste schorpioen die hij was tegengekomen, was het sterrenbeeld van een ex-vriendin van hem geweest, en dat Balli naar zijn mening gewoon op een horzelnest was gaan zitten en dat het zomaar kon zijn dat ze allergisch was voor horzels en horzelsteken. Pas om vijf uur 's ochtends, toen de arts vertrok, siste Naäma, wat een droogkloot, en zei Oeri, gaat het met je, Bal? Wil je dat we doorgaan met deze tocht, of zullen we terug naar huis? Balli keek hem aan en zei kalm, ik wil dat we doorgaan.

Er zit iets begrijpelijks in die menselijke neiging om dingen achteraf te ordenen en te formuleren wie iets juist graag of liever niet wilde, waar het zwaartepunt van onze sympathieën zou moeten liggen en waar de incidentele griefjes geplaatst moeten worden. Maar vriendschap of liefde is niet echt meetbaar, en tijdens diezelfde tocht die naderhand voortgezet werd, had Balli het gevoel dat ze van hen hield, van Naäma, van Sjlomkits en van Oeri; ze had het gevoel dat ze zo veel van hen hield als ze maar kon, zo veel als iemand dat maar kon en – voor die persoon – is dat soms te veel.

Jaren later zullen ze in de schemering aan een vuile houten tafel zitten. Naäma zal komkommer en tomaat aan het snijden zijn (voor de kinderen) terwijl Balli op een apart bord hete pepers, wortel en ui snijdt (voor de volwassenen). En Balli zal naar Ruth kijken die bij Naäma's voeten op een matje ligt en stilletjes zeggen, wat is die baby van jullie toch verschrikkelijk zoet, en Naäma zal zachtjes, dank je, zeggen. En Oeri zal op hen afgestampt komen en vragen, dames, hoe zit dat met die salade? De kinderen verhongeren. Waarop Naäma vlug zal opstaan en zeggen, die is klaar, roep iedereen maar dat ze moeten komen...

Maar dat is pas vele jaren later, tijdens de nacht waarin aan alles een einde komt, vlak voordat aan alles een einde komt, als alle spijt nog huist in het kleine privédomein van iemand die haar gedachten voor zichzelf houdt, opdat er niet aan alles een einde zal komen.

Het was aan het eind van de basistraining. Iedereen die op het punt stond de basistraining af te ronden kwam die dag bij elkaar voor een zware, stormachtige vergadering onder de eucalyptusbomen aan de rand van de basis. De eucalyptusbomen waren er allang mee bekend dat de laatste dag van de basistraining moeilijk en stormachtig was. Het zou zelfs een zwarte dag genoemd kunnen worden. De dag waarop de secretarissen van de kerngroepen (en de vertegenwoordiger van de kibboets) van het leger de lijst kregen met namen van de kerngroepleden die in het leger moesten blijven. In de beste socialistische traditie werd de kerngroep geacht uit die lijst te kiezen. Nou ja! Achttienjarige kinderen moeten kiezen wie bij hen mocht blijven en wie in het leger bleef. Het was wreed, en tal van psychologen en deskundigen in de kibboetsorganisatie hadden dat inmiddels onderkend. Daarom – maar dat was een feit dat slechts bij weinigen bekend was – hadden mensen die de kerngroepen vanuit de kibboets begeleidden een dikke vinger in de pap als het erom ging wie er op de lijst kwam te staan. Wanneer bijvoorbeeld de begeleider van de kerngroep namens de kibboets vond dat de aanwezigheid van een bepaald individu noodzakelijk was voor de kibboets, en als hij, bijvoorbeeld, voet bij stuk hield en zelfs tegen de juiste personen zijn stem verhief en dreigementen uitte, kon je ervan uitgaan dat diezelfde persoonlijkheid – zelfs als ze bij de basistraining bijzonder dominant was geweest en op al haar meerderen indruk had gemaakt – niet op de zwarte lijst zou staan.

Op diezelfde koude, heldere sjabbat waarop Joram als secretaris van de kerngroep de lijst van het leger in handen kreeg en stil, haast onhoorbaar, de koude lucht diep inademde, begreep Sjlomkits al wat er aan de hand was. Het verbaasde haar niet. Ze had wel gedacht dat er een kans was, een tamelijk grote zelfs, dat Balli en zij op de lijst zouden staan. En eerlijk gezegd, had ze het zelf tamelijk graag gewenst. Goed, misschien is wensen een te groot woord, maar het lijdt geen twijfel dat Sjlomkits diep in haar hart had bedacht dat het wel leuk zou kunnen zijn. Om niet naar de kibboets terug te keren. Ze voelde zich daar nooit helemaal op haar gemak. Ze dacht dat het wel leuk zou kunnen worden, Balli en zij naar de opleiding voor sectiecommandant. Samen zouden ze erin uitmunten, net zoals ze hier op de basistraining hadden gedaan. Ze zouden samen in de rij bij de eetzaal staan en *Hakessem cha, hakessem cha-cha-cha* zingen, alsof het koffietijd was op het honk.

Er was maar één verontrustende gedachte die in haar opkwam en weer voorbij ging. Wat als alleen Balli op de lijst stond? Hoe moest het dan met het sectiecommandantschap, het officierschap, en dan zouden die meiden in hun uniformbroeken denken dat alleen Balli...? En wat zou er gebeuren als Joram, als secretaris van de kerngroep, invloed zou uitoefenen en haar van de lijst zou laten schrappen? Dan zou ze in haar eentje teruggaan naar de kibboets, zonder Balli en zelfs zonder Naäma, die in diezelfde tijd de cursus voor onderofficier maatschappelijk werk had afgerond en had gezegd dat ze het liefst op Kazerne 80 gestationeerd wilde worden. Nee zeg. Het was een verrassend angstaanjagende gedachte. Nee. Dat was onmogelijk. Dat Balli en Naäma hier op Kazerne 80 zouden zitten en zij naar de kibboets terug zou moeten en een kamer zou moeten delen met Iffi of Shirley of met allebei. Nee, dat was onmogelijk. Balli en zij, iedereen kon zien dat ze bij elkaar hoorden. Met al hun energie, hun kreten, hun ge-cha-cha-cha. Dat kwam alleen maar omdat ze bij elkaar hoorden.

En toen zuchtte Joram en las met zachte stem de namen op de lijst op. Eerst drong het niet helemaal tot haar door. Ze hoorde haar naam. Ja. Haar naam hoorde ze. Maar het leek alsof ze Balli's naam niet hoorde. Ze keek om zich heen. Onder de eucalyptusbomen verderop ontstonden al huilende groepjes. Ze keek naar Balli, die naar de grond stond te kijken, en toen begreep ze het. Ineens begreep ze het. Balli stond niet op de lijst. Balli kwam naar haar toe gelopen. Ze omhelsde haar, maak je geen zorgen, ze moeten nog kiezen wie van de lijst. Maar toen kwam Oeri op hen af en zei met een beetje schorre stem, nee. We hoeven niet te kiezen. Op de lijst van meisjes heeft het leger precies opgenomen hoeveel er... We hebben niks te kiezen. Ze hebben maar één naam opgeschreven.

Wat? Maar... Balli bewoog haar handen met een snijdende beweging door de lucht, maar ze geven toch altijd de mogelijkheid om te kiezen, niet?

Oeri keek Balli aan en zei, blijkbaar niet altijd.

Sjlomkits keek hen beiden aan met een steeds eenzamer wordende blik in haar ogen. Dat kan toch niet, dit kan niet waar zijn, waar is Joram?

Joram stond verderop met de sectiecommandant van de jongens te praten. De sectiecommandant glimlachte. Sjlomkits zei, dit kan toch niet zo zijn, en Balli zei, wacht even, waar is Gadi? Had hij niet gezegd dat hij hier zou zijn? Ik wil met hem praten...

Ja. Dat specifieke groepje eucalyptusbomen had al heel wat tranen zien stromen en heel wat drama's meegemaakt, maar niets had zelfs de oudste en meest ervaren eucalyptussen voorbereid op de scène waarin Sjlomkits in het hek klom, de soldaat op wacht zo'n zet gaf dat hij op zijn gezicht viel en zijn bril brak en, onder dekking van het door de gebroken bril en de bloedende neus van de arme wachtpost veroorzaakte tumult, de naastgelegen boomgaard in rende en verdween.

Balli en Joram renden achter haar aan, maar door de chaos van de kapotte bril en de bloedende neus van de wacht lag de boomgaard er alweer rustig bij tegen de tijd dat ze bij de ingang aankwamen. Het was een bizarre geschiedenis. Zo verrassend dat niemand er wat over kon zeggen. Ze gingen terug naar de eucalyptusbomen. En wie stapte daar precies op dat moment, op dat ernstige crisismoment, met haar reusachtige rugzak uit de bus? Niemand minder dan Naäma, die niet stralender en opgewekter had kunnen zijn. Ze was geplaatst waar ze had gewild. Ze zou op Kazerne 80 haar militaire dienst vervullen. En misschien, misschien, misschien, als ze nog een verzoek mocht doen op deze golf van positiviteit, hoorde Oeri bij 'de pioniers' en zou hij voor de opleiding tot sectiecommandant op dezelfde kazerne blijven, en als hij het dan niet was, dan tenminste Balli.

De crisis bevond zich op het hoogtepunt. Zelfs haar vader was er, en Balli stond op een rustig plekje met hem te praten terwijl haar handen geagiteerd door de lucht wapperden. Daarna ging hij met de hoofdofficier vrouwelijke troepen van de basis praten. Hij glimlachte tegen de tijd dat hij met haar uitgepraat was. Joram en Balli kregen toestemming om de basis te verlaten en Sjlomkits in de boomgaarden te gaan zoeken. Naäma ging naast Oeri zitten, die op een steen aan de rand van het exercitieterrein zat. Leuk is het bij ons, hè?

Naäma keek naar de knerpende steentjes onder zijn grove legerkistjes en zei, en ik was nog wel zo blij dat ze me hier gestationeerd hadden.

Oeri keek op en wierp een lange, verbaasde blik op Naäma. Het was niet voor het eerst dat haar behoefte om bij alles wat er gebeurde en in iedere situatie onmiddellijk te berekenen wat voor haar de winstpunten, en vooral de verliespunten zouden zijn, hem opviel. Hij vond dat dermate sneu dat hij daardoor zelfs een beetje meer van haar hield. Vele jaren zullen voorbijgaan voordat hij doorkrijgt dat het een behoefte is die hoort bij mensen die niet geliefd zijn. De behoefte van verschoppelingen. De behoefte van diegenen die altijd vechten voor nog een kwart puntje, voor nog een verbaasde lange blik die, heel even maar, een liefdevolle blik lijkt te zijn.

Het was al geheel donker tegen de tijd dat Balli en Joram Sjlomkits vonden. Ze zat met haar gezicht in haar handen onder een sinaasappelboom. Balli rende op haar af en omhelsde haar, maar Sjlomkits keek niet op. Verward en afgewezen trok Balli zich terug en maakte ruimte zodat Joram naast Sjlomkits kon knielen en zwijgend haar haren zo teder begon te strelen dat Balli erdoor verrast werd en er zelf een beetje door in verwarring werd gebracht. Ze trok zich nog een paar stappen terug en zag vanaf een afstandje hoe Sjlomkits haar vermoeide, angstige blik naar Joram ophief en hoe Joram haar lange, lange tijd stevig omhelsde.

Balli keerde in haar eentje terug naar de basis. Er stond inmiddels iemand anders op wacht, zonder bril, en het leek of de chaos van die middag er nooit geweest was. Vanuit de verte zag ze Naäma naast Oeri zitten en ze holde naar hen toe.

't Is oké. We hebben haar gevonden.

Wauw. Gelukkig maar, zei Naäma.

Oeri zei niets.

Balli zei, wat een toestand, hè?

Maar wat was er met haar? Wat had ze ineens? vroeg Naäma.

Oeri zei niets.

Waarop Balli maar gauw zei, ik heb het tegen Gadi gezegd, ik heb tegen jouw vader gezegd dat ik best in haar plaats uitgezonden wilde worden, geen enkel probleem...

Mijn vader? Wat heeft mijn vader hiermee van doen?

Oeri stond op. Hij gaf Naäma een kus op haar wang, en terwijl Naäma daar een moment blozend stond te trillen als de droge bladeren van de eucalyptussen, zei hij, nou dag, hoor. Balli zei, wat een mazzel dat we haar gevonden hebben, en Naäma zei, maar wat gaat er nou met haar gebeuren? Wat zullen ze met haar doen? Denk je dat ze iets met haar gaan doen? vroeg Balli. Ze zullen haar voor de krijgsraad slepen, zoveel is wel duidelijk, zei Naäma, dit is het leger, hoor. Balli stapte op de droge bladeren, die gehoorzaam met een droge knak braken. Naäma zei, nou, ik moet ervandoor, ik heb een kennismakingsgesprek met de hoofdofficier vrouwelijke troepen.

Toen Naäma bij de hoofdofficier vrouwelijke troepen binnenstapte, had Chamoetal inmiddels met de minister van Defensie gesproken, die met de districtscommandant van het Korps Pioniers had gepraat, die met de bevelhebber van de basis had gepraat, die met de vrouwelijke officier had gesproken. Ook dat was allemaal nadat Gadi een tweede gesprek met de officier had gehad. De officier glimlachte breed tegen Naäma, dus jij bent de dochter van die geweldige vent? Hij heeft me over jou verteld. Naäma voelde voor de tweede keer die dag een weldadig warme golf over zich heen komen, terwijl de officier vervolgde, luister, we hebben hier een meisje, van wie ik begrepen heb dat jij haar kent. Ik wil dat je vannacht bij haar blijft. Ik weet niet precies hoe ze er geestelijk aan toe is en ze moet hier opgesloten blijven tot haar berechting morgen.

En zo gebeurde het dat Sjlomkits Naäma's eerste casus was en dat Sjlomkits en Naäma een hele nacht bij elkaar waren, zonder te slapen en zonder dat Sjlomkits ook maar een moment ophield met praten. En op die manier werd Naäma de eerste persoon, of eigenlijk de enige persoon, aan wie Sjlomkits alles vertelde.

Ze vertelde haar over de klappen. Over de straffen. Over die keer dat ze drie pillen in haar moeders thee had gedaan, over hoe boos ze waren geworden toen ze het hadden ontdekt, over de straf, over dat ze die hele nacht niet geslapen had toen ze in de donkere douche opgesloten zat, over dat ze er nooit vergiffenis voor had gevraagd. En daarna vertelde ze haar over die keer in de auto, twee jaar later. Haar moeder was juist teruggekomen uit het ziekenhuis. Er had rust geheerst. Het was juist een kalme periode geweest.

Ze waren onderweg terug van de bruiloft van een neef, toen ze op de radio de jingle van het nieuws hoorden. Dat betekende dat het al acht uur was en Sjlomkits bracht zichzelf altijd precies om acht uur naar bed. Ze was hysterisch gaan huilen, waarop Lea, die toen juist een goede periode had, er alles aan deed om haar te sussen. Sjlomkits herinnerde zich dat haar moeder naar de achterbank was geklommen en haar heel stevig had omhelsd, terwijl zij bleef huilen, naar huis, naar huis, ik wil naar mijn bed toe. Ze herinnerde zich ook dat ze net voordat ze in Lea's nietszeggende armen in slaap viel, het gezicht van haar vader had gezien, die via de spiegel naar hen keek, zijn dunne lippen in een zwijgende, bezorgde streep getrokken en ogen waaruit moeheid, pijn en wanhoop sprak. Het was de enige keer dat Sjlomkits zich kon herinneren dat ze door haar moeder omhelsd was, de enige keer dat ze het zichzelf had toegestaan zich zo te laten gaan. Ze wist nooit of ze terugverlangde naar haar moeders geur in die omhelzing in het donkere autootje, want die was altijd vermengd met haar vaders gepijnigde, wanhopige blik in de spiegel.

De volgende ochtend, voordat Sjlomkits' rechtszitting begon, klopte Naäma op de deur van de hoofdofficier vrouwelijke troepen en vroeg permissie om iets te zeggen. En zo gebeurde het dat Sjlomkits' straf omgezet werd van twee weken in de petoet naar twee weken verzwaard arrest op de basis met klusjes voor de sergeant-majoor. En daardoor stonden Sjlomkits en Naäma arm in arm bij de vrouwenverblijven toen Sjlomkits weer bij de kerngroep terugkwam en Iffi in haar plaats naar de officiersopleiding ging, en Sjlomkits zei, ik weet niet waar ik moet beginnen om je te bedanken. Je weet dat dat nergens voor nodig is, zei Naäma, maar ze wisten allebei dat er een nimmer eindigende band van verschuldiging, liefde, opluchting en wederzijdse afhankelijkheid tussen hen gesponnen was. Toen Naäma twee weken later op bezoek kwam bij het pionierskamp, maakten Balli en Sjlomkits op hun kamer een apart bed voor haar uit een oude matras waarvoor Sjlomkits een prachtige hoes had genaaid. Allebei zeiden ze dat dit altijd Naäma's bed zou zijn als ze op bezoek kwam en dat ze vooral vaak op bezoek moest komen, en Naäma zei, dat doe ik, dat doe ik, terwijl ze door het raam zag dat Oeri over het pad slofte. Toen ze met z'n drieën gearmd naar de weg liepen zei Naäma, weet je, ik ben toch zo blij dat wij drieën vriendinnen zijn.

Weer een Poeriemfeest.

Alle leuke feesten lijken op elkaar, maar niet elk feest is het geluk beschoren voorbestemd te zijn om in een bijzonder nare gebeurtenis te veranderen. Dit keer was het feest gezellig en vrij van drama's. *Totdat jij verscheen, was ik wat verdrietig, kom en dans tot aan zonsopgang, zing luidkeels tegen de maan, Avik havou vavanave, avik havou vavanave vavan javou.* En toen bracht Naäma iemand mee.

Het was een zwartharig, mager onderdeurtje dat Ronen heette, maar die door iedereen, Naäma incluis (en naar hij beweerde zijn moeder ook), Ronen de sergeant-majoor werd genoemd. Naäma kon hem niet uitstaan, met zijn langdradige grapjes en zijn korte vingers. Ze begreep niet helemaal hoe ze zich dit had aangedaan door ermee in te stemmen dat ze met hem in haar kielzog naar het feest toeging. Ze hadden samen met thee en de hamansoren die zijn moeder hem had gestuurd in de strafkamer gezeten. Hij had verteld dat hij ooit, drie jaar geleden, een vriendin had gehad uit de kibboets, en dat er niets boven kibboetsfeesten ging (hij kwam zelf uit een mosjav in de buurt van Bet Sjemesj, maar als ernaar gevraagd werd zei hij altijd dat hij uit de regio Jeruzalem kwam). Hij had Naäma daarbij aangekeken met een van iedere verlegenheid gespeende blik en Naäma had gezegd, heb je zin om te komen?

Vind je het leuk als ik kom?

Waarom niet?

De hele weg vanaf de basis naar Kirjat Sjmona deed ze alsof ze sliep en vroeg ze zich af hoe ze zo stom had kunnen zijn, wat ze nu moest doen, waarom nou net het Poeriemfeest, en waarom nou net dit Poeriemfeest, waarvan ze wíst dat Oeri er zou zijn. En Balli. En iedereen. Haar vader had dit feest georganiseerd. Hij organiseerde weer feesten in de kibboets, tot grote vreugde van de kibboetsleden in het algemeen en van Galja in het bijzonder, die het opvatten als een teken dat dat ene Poeriemfeest uit het collectieve geheugen gewist was, of in ieder geval vervaagd. Het thema van het feest was beroemde toneelstukken, en Balli zei dat ze de molenaarsdochter uit Repelsteeltje was. Oeri vertelde dat hij de omslagdoek van Lady

MacBeth was en Naäma merkte op, wauw, wat zijn jullie goed verkleed.

In de laatste paar maanden, sinds ze in dienst zat, had ze zich deze nieuwe manier van praten aangemeten, waarin haar oude kwetsbaarheid verweven was met een nieuw sarcasme dat tamelijk amusant en trefzeker was. Misschien was het dat wat Ronen aantrok. Of misschien ook niet. Misschien had hij alleen maar de bedoeling gehad voor een leuk feest uitgenodigd te worden. Want vanaf het moment dat hij op het feest was (hij was verkleed als Altermanns Primus die zich als Antiochus had verkleed en Naäma was het jankende hondje; waarom mocht hij de Primus zijn, alsof ik een klein hondje ben en geen Griekse koning), had hij haar aan haar lot overgelaten. Het idee van het hondje was van haar geweest, maar daarvoor moesten ze wel samen zijn om het duidelijk te maken: het is van dat toneelstuk, je weet wel, over Chanoeka, *Het was met Chanoeka, Iedereen lag allang op één oor, maar 't eerste kaarsje brandde nog door*, weetjewel?

Maar hij had haar aan haar lot overgelaten. Hij stond te hippen bij de vrijwilligsters. Stond naast de meisjes uit haar klas te dansen. Stond bij Balli en Sjlomkits en iedereen met zijn heupen te draaien. Naäma wist niet of ze in verwarring moest zijn of niet. Of ze zich gekwetst moest voelen door de vrijheid waarmee hij zonder haar op het feest rondhuppelde, of juist opgelucht moest zijn. Of zij het Oeri moest inwrijven dat ze iemand meegenomen had, of het gewoon in stilte voorbij laten gaan.

Ze besloot om het in stilte voorbij te laten gaan. Om twee uur 's nachts, toen zij, Balli en Sjlomkits haar vader hadden geholpen om de eetzaal weer op orde te brengen, stonden ze voor de spiegel in de toiletten bij de ingang naar de eetzaal. Balli's make-up was uitgelopen. Sjlomkits' haar stond alle kanten op. Het hondenkostuum sloeg nergens meer op. Maar ze hadden goeie zin, een beetje lui, een beetje aangeschoten en een beetje lacherig. Ze moesten hard lachen toen Balli vertelde dat ze hem, Ronen (de sergeant-majoor), met de dochter van Jorams en Sjlomkits' gastgezin, die Epsteinse, had zien zoenen, en Naäma zei, met haar? Maar ze is wel drie koppen groter dan hij! Sjlomkits zei, zo lang is ze niet. Balli omarmde hen en zei, denk je dat ze hem ook sergeant-majoor Ronen noemt als ze het aan het doen zijn? Naäma zei, o, Epsteinse, dat is lekker, en Sjlomkits zei, o, sergeant-majoor Ronen, ga door, ga door! Waarop ze alle drie over de grond rolden van het lachen totdat Gadi in de deuropening van het toilet kwam staan en glimlachend zei, gaat het goed hier, meisjes? Balli stond op en zei, het gaat uitstekend, waarop Gadi zijn schouders ophaalde en zei, dus jullie liggen altijd in toiletten op de grond? Naäma zei, hè pap, misschien kun je je mond houden? Gadi zei, horen jullie dat? Ik weet zeker dat ze in de grote stad niet zo brutaal tegen hun lieve vader spreken, en vertrok. Wat een zeikerd, siste Naäma. Balli omarmde hen allebei, en Sjlomkits zei, wat fijn dat wij zulke goede vriendinnen zijn, niet? Ik ben zo blij dat wij zulke goede vriendinnen zijn.

Achteraf bleek dat de korte inzet van Ronen de sergeant-majoor blijkbaar toch nuttiger was geweest dan aanvankelijk gedacht, aangezien Oeri, in de wetenschap dat Naäma ergens kon verschijnen voorzien van sergeant-majoortjes die alle meisjes aan het lachen konden maken, ineens toenadering begon te zoeken. Een ander soort toenadering dan er tot dan toe tussen hen was geweest. Een toenadering die niet leidde tot uitspattingen, maar eerder tot het omgekeerde; een toenadering die eerder vriendschappelijk dan liefdevol van aard was en waarin er meer gecorrespondeerd werd dan echt gepraat. Wat dan wel? Zijn we maatjes geworden? vroeg Naäma in een van haar brieven, maar Oeri antwoordde, maatjes? Laat me niet lachen. Maatjes, dat is oppervlakkig. Wat wij hebben zit in de ziel.

Het is moeilijk te achterhalen wat hij dacht toen hij dat schreef. Of hij deze woorden en hun betekenis precies zo bedoelde. Net als weten wat precies, wat nu net precies hun betekenis is – ook dat is geen gemakkelijke opgave, en misschien zelfs een onmogelijke. Er zijn mensen die denken dat geschreven woorden minder bedrieglijk zijn dan gesproken woorden. Dat is een vergissing. Geschreven woorden kunnen even warm als koud zijn, je raken en tegelijkertijd aan je ontglippen.

Maatjes, dat is oppervlakkig, wat wij hebben zit in de ziel.

Naäma besloot echter om het niet te bederven. Wat maakte het uit waar hij uiteindelijk precies op doelde? Van belang was dat wat zij hebben in de ziel zit. De klik die zij hebben is sterk, onomkeerbaar en ongevoelig voor bederf, en al het andere is irrelevant. Dat is wat ze besloot, en op diezelfde vrijdagmiddag waarop onbezonnenheid en moed in gelijke mate aanwezig waren, stapte ze niet op de bus naar Kirjat Sjmona, maar liep in plaats daarvan naar de bus richting Beer Sjeva, waar ze nog een bus nam en daarna liftend verderging.

Het was zo'n ijzige, grijze winterdag waarop er geen druppel regen viel die de grijsheid kon laten opklaren. Om zes uur 's avonds arriveerde Naäma moe, hongerig en verkleumd bij het pionierskamp, waar ze een bleke, onrustige en verdrietige Balli aantrof.

Sjlomkits en Joram waren op moestuincursus in een ander pionierskamp.

Oeri was naar huis gegaan.

Naar huis? Hoezo is hij deze sjabbat naar huis gegaan? Is hij niet vorige sjabbat al geweest? Balli wierp haar een ijzige, blauwe blik toe en ging weer verder met het lila schilderen van de deurpost van de meisjesbarak. Voor je kwam, had je moeten bellen om te checken of hij er zou zijn, zei de verfkwast die de lucht met zachtpaars en harde woorden bestreek. Naäma zei stilletjes, oké, het maakt niet uit, ik ben ook blij jou te zien, waarop Balli zuchtte en niets zei.

De volgende ochtend zei Naäma dat ze naar huis ging, en Balli zweeg, hoewel het onlogisch was om op sjabbatochtend vanuit het pionierskamp in het uiterste zuiden van het land naar de meest noordelijke kibboets te reizen. Uiteindelijk zei ze alleen maar, wil je dat ik met je meeloop naar de grote weg?

Terwijl ze naar de weg liepen voelde Naäma, ondanks de ijzige wind die buiten blies, hoe vanbinnen kokende wolken van verbijstering en leegte zich vermengden met zware depressiviteit, zwaarder nog dan haar rugzak vol vuile was die deze sjabbat waarschijnlijk niet meer gewassen zou worden (werkelijk, zou Galja zeggen wanneer ze die hele berg zou zien, werkelijk, Naäma! Hoe denk je dat we dit allemaal nog gewassen krijgen als je pas 's middags op sjabbat komt aanzetten?).

Toen ze bij de weg stonden zei Naäma ineens, hij had tegen me gezegd dat hij er wel zou zijn. Ik vroeg hem of hij er zou zijn en toen zei hij van ja. Balli keek over de lege weg en zei, jemig Naäma, wanneer ga je het nou es een keer snappen? Oeri zegt een hele hoop dingen die hij niet zo bedoelt, zo is hij nou eenmaal. En toen Naäma aan de weg vroeg, wat bedoel je precies? antwoordde Balli, ik bedoel dat hij nou eenmaal zo is. Ik bedoel dat hij niet jouw vriend is, dat wil zeggen niet jouw vriendje, waarop Naäma zei, wat, heeft hij soms iets tegen jou gezegd? Balli blies een sissend wolkje adem uit en zei, hij zegt dat je hem de hele tijd opbelt, ja, maar Naäma begreep het nog steeds niet echt. Ik hem de hele tijd opbel? vroeg ze, waar dan? Balli zei, ik weet niet waar, hij zei dat je hem de hele tijd belt en schrijft. Naäma zei, hoe bedoel je de hele tijd? Hij belt ook naar mij en hij schrijft me, hij schrijft heel vaak. In de verte werd de weg gekleurd door een wit vlekje dat een auto was, en Balli zei vlug, als je het mij vraagt, dan raad ik je aan om nu wat afstand van hem te nemen. Gewoon een beetje afstand creëren, en terwijl de auto dichterbij kwam en stopte, zei Naäma, dank je Balli, dank je wel, en Balli zei, *bye* Nam. Toen ze om vier uur 's middags thuiskwam en Galja zei, werkelijk Naäma, hoe denk je dat we dit allemaal nog gewassen krijgen als je nu pas thuiskomt?, Tsipi van de wasserij vermoordt me, plofte Naäma op de bank, deed haar ogen dicht en zei, ik heb verschrikkelijke honger, is er wat te eten?

Galja probeerde nog een keer 'werkelijk' te zeggen, toen Naäma ging zitten en driekwart van een Turks witbrood met hüttenkäse, worst en auberginesalade verorberde. Ik heb sinds gisteren niks meer gegeten, legde ze met een mond vol kaas en worst uit, waarop Galja haastig zei, goed, ik wip toch maar even naar de wasserij, we zullen eens zien wat we kunnen doen. Ze pakte Naäma's rugzak en laadde die met gemak op haar fiets, en Naäma bedacht dat die moeder van haar werkelijk fantastisch was, zo mooi, slank en sterk. En terwijl Galja al met één voet op de pedaal stond, kwam Naäma naar buiten en ging op het pad staan. Mama? Galja zette haar voet weer op het trottoir, wat is er?

Niks. Ik wilde alleen maar even dankjewel zeggen.

Naäma ging weer naar binnen en Galja vertrok, stevig doortrappend met abrubte, precieze bewegingen. Toen ze een uur later terugkwam, waren Naäma's bord en beker afgewassen en zat Naäma zelf met natte haren op de bank. Niemand die kon vermoeden dat ze zich het afgelopen uur had vermaakt met wanhopige pogingen om alles eruit te gooien waarmee ze in haar maag zat, inclusief de worst en aubergines. Het was niet merkbaar dat vlak voordat Galja de paden op haar snelle zwarte fiets doorkruiste, Naäma tot de slotsom was gekomen dat dit het einde was, dat het haar niet meer lukte om te huilen of over te geven en ze in een laatste wanhopige daad nog een keer haar vinger in haar keel stak, waarop alles naar buiten kwam. Helemaal. Alles. Twee grauwe, koude dagen, Oeri die tegen Balli zegt dat zij de hele tijd belt, en alle worst, brood, en knoflook van de aubergines.

Galja stond in de deuropening van de woonkamer achterdochtig de lucht in de kamer op te snuiven, wat is dat voor lucht? Ik heb me gedoucht, zei Naäma, waarop Galja zei, was er water? Nee, zei Naäma, maar ik wilde verschrikkelijk graag douchen, en Galja zuchtte, met deze kou douchen zonder warm water? Waar is papa? vroeg Naäma.

Hij is op herhaling, heb je hem niet gezien?

Hem gezien?

Ja, hij is op herhaling daar vlak bij Gaza, hij zei dat hij op sjabbat misschien zou langswippen bij die vrienden van jou in het pionierskamp.

Nee, zei Naäma zachtjes. Ik heb hem niet gezien. Ik heb hem helemaal niet gezien.

De week hierna gebeurden er verscheidene dingen: Naäma belde of schreef niet één keer naar Oeri. Ze dacht na en rekende uit hoe vaak hij haar geschreven had. En hoe vaak zij hem. Hij heeft mij heel vaak geschreven, zei ze tegen zichzelf. En vroeg zich af hoeveel heel vaak was.

Balli maakte zichzelf verwijten over die ene sjabbat. Over wat ze tegen Naäma had gezegd, over de redenen waarom ze zo helemaal niet blij was geweest om haar te zien, over de redenen waarom ze echt boos was geweest toen ze Naäma's gestalte tegen de wind in zag tornen. Ze besloot dat ze het zou uitleggen, dat wil zeggen, voor zover dat kon. En ze zou haar verontschuldigingen aanbieden. Ja. Ze zou gewoon haar excuses maken.

Oeri begreep niet waarom Naäma opeens zo uit beeld verdwenen was. Eerlijk gezegd, was hij er zelfs een beetje door beledigd. Nou ja, niet echt beledigd, maar diep verbijsterd. Toen er aan het eind van de week tegen hem werd gezegd dat er een gesprek voor hem was in de telefooncel, liep hij er heel langzaam heen, ging met zijn rug naar de telefoon en naar de zin die Balli daar met een zwarte pen op de muur had geschreven gekeerd staan en zei zachtjes, hallo. Een golf van blijdschap overspoelde hem toen hij haar stem hoorde. En toen hij had opgehangen, verzuurde de golf van blijdschap en nam af tot een van oudsher bekend straaltje van een al te bekend gevoel van gebruikt worden. Na haar opgewonden, opwindende hallo had Naäma verteld dat ze iemand ontmoet had, dat ze iets met iemand had. Hij had niet echt geluisterd, eigenlijk. Dus hij wist het niet precies. Hij hing op en de zin die Balli daar had opgeschreven keek hem, treurig en contextloos, aan.

Oj, mama, mama, waarom, waarom, oj, waarom gaf je mij dit leven, oj, waarom zette je me op de wereld, waarom gaf je me een bajespak.

(Balli vertelde dat dat liedje op de radio was, precies op het moment dat ze op een telefoontje van haar moeder wachtte. De waarheid is dat ze het bijna goed vertelde, het liedje was op de radio en zij wachtte op een telefoontje.)

En zo kwam het dat Balli er niet aan toekwam om zich tegenover Naäma te verontschuldigen en uit te leggen dat ze het niet zo bedoeld had, en ze had al helemaal niet bedoeld te zeggen wat ze had gezegd over wat Oeri had gezegd. Maar dat was allemaal al onbelangrijk, aangezien Naäma toen ze op zondag naar de basis terugkeerde, vastbesloten was om verliefd te worden, het maakte niet uit op wie, en het dan niet aan Balli te vertellen. Om Balli helemaal niets meer te vertellen.

Maar puntje bij paaltje gekomen werd geen van alle besluiten in daden omgezet, want aan het eind van die week, toen Sjlomkits en Joram van hun cursus terugkwamen, bleek dat ze daar de Epsteinse, dochter van hun gastgezin in de kibboets, waren tegengekomen die daar dienst deed als officier cursussen-en-begeleiding. En aan het einde van de lange, saaie, overbodige cursus zei Joram tegen Sjlomkits dat hij het uit wilde maken.

Als er veel tijd voorbij is gegaan en de herinneringen oud zijn, is het niet meer van belang of het deze sjabbat of een andere was, deze belediging of een andere. Alles wordt een eenheid doordat een reusachtige mixer een straaltje herinneringen en kruimels van momenten tot een groot homogeen zelfrijzend deeg kneedt. Vriendschap. Een solide en reëel feit dat bevestigd wordt door die ene keer dat... en die andere keer toen...

Toen Balli, Sjlomkits en Naäma Joram met de Epsteinse in zee zagen.
Toen Sjai, op wie Naäma verliefd was geworden, terugging naar zijn vorige vriendin.
Toen Oeri die ene brief aan Balli schreef.
Toen Naäma naar de officiersopleiding ging.
Toen Sjlomkits en Joram terugkwamen.
Toen Balli insubordinatie pleegde tegen de compagniescommandant van het pionierskamp en ook niet naast de vlag ging staan, hoewel hij daartoe wel opdracht had gegeven.
Toen ze veroordeeld werd tot zeven dagen in de petoet.
Toen Balli's vader zijn relaties probeerde te gebruiken om de straf om te zetten naar verzwaard arrest. En toen hij daar niet in slaagde.
Toen Gadi zijn relaties gebruikte om de straf om te zetten naar verzwaard arrest. En toen hij daar wel in slaagde.

Toen Naäma Balli in het weekend gezelschap kwam houden op het hoofdkwartier van het regiment.

Toen zij en Oeri elkaar op zondagochtend per ongeluk tegenkwamen bij de liftersplaats.

Toen Oeri speciaal voor de afsluitingsceremonie van Naäma's officiersopleiding over kwam.

Toen Balli de vriendin werd van de compagniescommandant van het pionierskamp.

Toen Balli en de compagniescommandant uit elkaar gingen.

Toen Balli en de compagniescommandant weer bij elkaar waren.

Toen Gadi's hoofdpijnen weer terugkwamen.

Toen Galja op een congres een therapeute uit Kfar Bloem ontmoette die met energiestromen werkte.

Een expert in hoofdpijnen.

Toen Gadi twee keer in de week naar Kfar Bloem begon te gaan.

Toen hij overging naar drie keer per week.

En naar vier keer.

Toen Gadi's hoofdpijnen verbazingwekkend genoeg overgingen.

Toen Naäma verliefd werd op Steve, de regimentsarts.

Toen Steve Naäma vertelde dat hij verliefd was op Ronen de sergeant-majoor.

Toen Galja van allerlei, niet echt positieve, dingen hoorde over de behandeling met energiestromen in het algemeen en over de therapeute uit Kfar Bloem in het bijzonder.

Toen Balli en de regimentscommandant definitief uit elkaar gingen.

Toen Oeri en Naäma zich voor het Poeriemfeest met als thema spreekwoorden en gezegdes verkleedden als Ach en Wee.

Momenten, momenten, momenten. Los van elkaar. Flarden van herinneringen die in het zonlicht zweven.

*

Er ging weer een jaar voorbij. Zomer, winter, herfst, lente. Balli schoor zich kaal en was zo mooi, dat alle ogen in de eetzaal op haar gericht werden als ze binnenkwam in haar blauwe overall waar haar ogen exact bij kleurden, haar stallaarzen en haar kaalgeschoren hoofd. Alleen Gadi zei, ik vond het lange haar leuker, ik hou van vrouwen met lang haar. Balli dacht terug aan dat ene ogenblik, toen ze naakt voor de spiegel stond en hij, langzaam en voorzichtig, met het scheerapparaat over haar schedel ging terwijl hij haar hoofd vasthield zoals je dat doet met het hoofd van een pasgeboren baby. Ze stak haar slanke, koude hand uit naar zijn gloeiende buik, en Gadi sprong in de lucht als iemand die om vier uur 's ochtends een koude hand tegen zijn warme buik had gekregen en zei, niet nu, Balli, niet nu. Balli stond bij de koeien die zojuist gekalverd hadden en zag hem iets uitgebreid en geduldig in het Engels uitleggen aan twee nieuwe vrijwilligsters. Ze stak haar slanke, koude hand uit om zelf het doorzichtige fluweel op haar hoofd te strelen.

Zomer. De late dienst-zonder-soldij was voorbij, de meisjes zwaaiden af, de jongens keerden terug naar het leger, Sjlomkits ging werken bij de campagnestaf van Teddy Kollek en spaarde voor de reis naar Zuid-Amerika die Joram en zij wilden maken, terwijl Balli na het afzwaaien nog twee maanden in de kibboets bleef, aangezien Gadi's migraines weer terug waren gekomen en iemand de stal moest runnen.

Herfst. Naäma zwaaide af. Zij stelde Balli voor om gezamenlijk een appartement te zoeken, maar Balli zei dat ze het nog niet wist. Ze zei dat ze maar wat graag de kibboets zou verlaten maar dat ze niet zomaar weg kon gaan. Naäma haalde haar schouders op. Ze had nooit geweten dat de stal voor Balli zo belangrijk was.

Winter. Naäma huurde samen met drie andere meisjes een appartement. Balli kwam haar opzoeken en deed de verrassende mededeling dat het voorbij was, over twee weken zat ook zij in de grote stad. Had ik je dat dan niet verteld? Ik ben huisoppas voor een vriend van mijn ouders die een paar maanden in het buitenland is.

Naäma beet op haar lippen. Altijd als Balli zegt, had ik je dat dan niet verteld? met die iets te hoge stem, dan weet ze het al: Balli had het niet verteld. En nadat ze het verteld heeft, volgt een korte stilte, een mengeling van verwarring en jaloezie en klinkt haar eigen stem, zich ervan bewust dat ook hij een tikje aan de hoge kant is, die zegt, wauw, wat goed. Wat leuk voor je.

Zo ging het die winter, voordat Oeri gewond raakte. Ze stonden voor het raam dat uitkeek op de zee in het fantastische appartement waar Balli op paste en Sjlomkits zei zachtjes, welke miljonair woont hier? Geen idee, zei Balli. Een of andere vriend van papa uit het leger. Naäma zei, denk je eens in, elke ochtend wakker worden en dan de zee zo zien. Balli omhelsde hen beiden, kom laten we foto's maken, willen jullie op de foto? Moet je zien hoe mooi we zo zijn.

Ze zette het fototoestel op de ladekast en rende naar hen toe, *say cheese*, en zo kwamen ze met z'n drieën op de foto; Balli glimlachend, Sjlomkits ernstig, Naäma zuchtend, al het bekende, al het zichtbare en alles wat voor het oog verborgen is. Eén helder moment, begin winter.

En zo ging het in de week erna, op maandag. Naäma kwam om zes uur 's avonds thuis na twee werkhuizen en een trappenhuis. Ze had hoofdpijn. Ze ging op een keukenstoel zitten bedenken wat ze met haar tijd zou doen totdat het water in de boiler warm was geworden. Ze klopte op de deur van haar lawaaiige huisgenote en verzocht haar ongeduldig maar beleefd om de muziek zachter te zetten en drukte zonder erbij na te denken op het knipperende knopje van het apparaat naast de telefoon...

Naäma, klonk Balli's stem, Oeri is gewond geraakt. Hij ligt in het Hadassa in Jeruzalem, ik ben onderweg daarnaartoe. Naäma stond aan de grond genageld, rook haar handen die naar schoonmaakmiddel geurden en beefde van top tot teen. Daarna ging ze naar haar kamer, trok een schone trui aan, deed die weer uit en stapte onder de douche. Ze kon niet met handen die naar schoonmaakmiddel stonken naar Oeri gaan, zelfs niet als hij gewond in het ziekenhuis lag. Daarna smeerde ze zich in met bodylotion met de vlugge bewegingen van iemand die een essentiële, plichtmatige taak uitvoert, en daarna kleedde ze zich aan en kamde ze haar haren. Pas toen ze haar jas aantrok was er, ineens, een nieuwe gedachte die ijzig en gloeiend bij haar binnensijpelde. Wat als... Wat als er echt... Wat als hem echt iets overkomen was, terwijl zij hier bezig was de geur van schoonmaakmiddel te bestrijden.

Nee. Dat kan niet waar zijn. Dat kan niet waar zijn. Dat-kan-niet-waar-zijn, ze probeerde zichzelf de hele weg van Tel Aviv naar Jeruzalem te kalmeren met een mantra dat volstrekt niet kalmerend werkte. Toen ze uitgewrongen door de vele vruchteloze pogingen om te kalmeren bij het ziekenhuis aankwam, zag ze hen, miserabel en gebogen, al van verre staan. Geoela en Gid'on verwelkomden haar met een diepe, wanhopige zucht. Waar is Balli? Balli is koffie gaan halen. Geoela en Gid'on slaakten een dankbare zucht. Daarna vertelden ze haar dat Oeri gewond was geraakt door een steen die uit de hemel, of vanaf de heuvels aan de overkant aan was komen vliegen, regelrecht op de jeep af waarin hij reed, en dat hij bij kennis was, maar dat nog niet duidelijk was wat hij gebroken had, zijn tanden, zijn kaak, zijn neus, of alledrie, en dat ze alleen maar konden hopen dat de piep in zijn rechteroor weer over zou gaan.

Het waren de eerste dagen van de intifadah en niemand had zichzelf, zijn ouders of geliefden erop voorbereid dat er zomaar, op een zijweggetje tussen Chevron en Dahaisja, stenen rondvlogen die mensen recht in het gezicht troffen. Het komt wel goed, Naäma omhelsde Geoela voordat ze zijn kamer binnenging, het komt wel goed, hij is alleen maar gewond, hij is alleen maar gewond, hij is alleen maar gewond. Geoela maakte zich los uit de omhelzing en zei zachtjes, ga jij maar naar hem toe, we zullen zien hoe hij tegen jou doet. Naäma zei nog zachter, het komt wel goed, Geoela, dat zul je zien. Maar toen Geoela geen antwoord gaf draaide Naäma zich om en liep langzaam de kamer in waarin zich zes bedden en maar één Oeri bevonden.

Ze liep op het bed af en ging er zwijgend naast staan; ze wist niet wat ze moest zeggen. Wat zeg je tegen iemand van wiens neus in een bloederig verband zit en die je aankijkt met een wazige blik die alle kanten op gaat, ondanks, of misschien wel vanwege het grote verband op zijn rechterwang? Wat zeg je tegen iemand met wie je al zoveel jaren zoveel onuitsprekelijke dingen besproken hebt?

Het komt wel goed met je, zei ze uiteindelijk, zijn grote, sproeterige hand lichtjes strelend. Oeri bewoog zijn hand niet en Naäma voelde zich al weer een klein beetje beter. Het komt wel goed met je. Ze ging naast hem zitten en streelde voorzichtig zijn pijnlijk geschaafde wang, het komt wel goed met je. Heel even keek Oeri haar aan met een gefocuste blik waardoor ze een rilling over haar rug voelde lopen, waarna hij langzaam de woorden vermaalde en ze één voor één uitspoog, zelfs God kan dat niet, weet je dat niet? Naäma kwam nog een beetje dichter naar hem toe en vroeg, wat? Oeri zei het nog een keer, nog langzamer, zelfs God kan het niet. Dit keer verstond Naäma hem en vroeg rustig en met zachte stem, wat kan God niet, Oeri? Maar Oeri deed zijn ogen dicht en zei, ik ben zo moe, Balli, ik ben zó moe. Na een paar minuten, toen hij zeker in slaap gevallen was, stond Naäma zachtjes op en liep de gang op. O, Inballi, hoorde ze Geoela tegen Balli zeggen die haar en Gid'on voorzichtig witte piepschuim bekertjes overhandigde, o mijn lieve Inbal, ga jij met hem praten, ga jij met hem praten, alleen jij kunt tot hem doordringen...

Balli praatte inderdaad met hem. Urenlang. Er brak een vreemde periode aan waarin Balli en Naäma, ieder op haar eigen manier, Oeri omringden; Balli die eindeloos met hem praatte en praatte en Naäma die zijn verband verschoonde, terwijl Oeri, eerst in het ziekenhuis, daarna in het revalidatiecentrum en daarna bij zijn ouders thuis op bed zat te luisteren en zweeg. Oeri was al nooit een grote prater geweest, maar na zijn verwonding werden woorden nog zeldzamer. Oeri vond de daad van het spreken uiterst vermoeiend, nog veel vermoeiender dan de oefeningen die ervoor bedoeld waren om zijn ogen en zijn hersenen weer een normale relatie met elkaar te laten hebben. Richt op dat punt. Zie. Nu gaan jullie dicht. Duisternis.

De avond voordat Sjlomkits en Joram naar Zuid-Amerika zouden vertrekken, kwam Naäma Sjlomkits helpen met inpakken. Weet je, zei ze, ik voel dat die verwonding van Oeri uiteindelijk tot iets heel moois zal leiden, ik heb het gevoel dat we heel erg close aan het worden zijn. Wist je dat hij het niet goed vindt dat iemand anders dan ik zijn verband verschoont? Zelfs zijn moeder mag het niet doen, alleen ik. Ja, ik voel dat we verschrikkelijk close aan het worden zijn.

Sjlomkits keek haar aan met woordeloze bezorgdheid. De dag ervoor had Balli op precies dezelfde plek gezeten en verteld dat ze zich een beetje zorgen maakte, dat ze hoopte dat Oeri niet verliefd op haar werd of zoiets, dat hij rare dingen ging zeggen. Dus wat denk jij? Hoeveel bh's moet ik meenemen? vroeg ze aan Naäma, die haar schouders ophaalde, geen idee, zoveel mogelijk, niet? Sjlomkits legde haar uit dat de man van de reiswinkel aan haar en Joram had uitgelegd dat 'zoveel mogelijk' niet van toepassing was, dat alles afgepast moest zijn, dat de rugzak niet te zwaar of te vol mocht zijn, of volgestouwd met onnodige dingen. En Naäma besloot om niks te vertellen over gisteren. Gisteren, toen ze het verband verschoond had, hadden ze bijna gezoend. Ze had het gevoeld. Ze waren zo dicht bij elkaar geweest. Ze hadden elkaar bijna gezoend, en als Balli niet de kamer binnen was gekomen, hadden ze elkaar zeker gezoend.

Bijna. Bijna is als een wonderdrankje. Eén druppeltje en zelfs de bijna helemaal uitgedoofde liefde herleeft en komt tot bloei. De liefde tussen Naäma en Oeri was er al aan gewend om te overleven op een spatje hier en een druppeltje daar. In de maanden na de verwonding had Naäma het idee dat de druppeltjes groter werden en uitgegroeid waren tot een permanent licht regenbuitje, dat Balli, Oeri en zij een soort gelukkig gezinnetje vormden, klein en gelukkig, bijna gelukkig. Tot de bruiloft van Elazar.

Elazar had op de revalidatieafdeling naast Oeri gelegen, in het bed naast het zijne. Ook zijn jeep was met stenen bekogeld, onder dezelfde omstandigheden, maar zijn verwondingen waren ernstiger dan die van Oeri. Zijn jeep was over de kop geslagen en in een ravijn gestort, waarbij Elazar eruit geslingerd was en alle botten aan zijn rechterkant gebroken en verbrijzeld waren. Het was een lange, magere, hartelijke jongen en Oeri en hij zaten urenlang bij elkaar op de afdeling en begonnen lol te maken. De hoofdzuster noemde hen Abbott en Costello. Oeri zei, kun je je Balli herinneren, die vriendin van mij die hier een paar dagen geleden was? Die is net zo slim en lang als jij. Toen we klein waren zei haar vader altijd dat we Tiedeldom en Tiedeldie waren, waarop Elazar vroeg, waarom nodig je haar niet uit voor mijn bruiloft?

Het incident waarbij Elazar gewond was geraakt, had een week na dat van Oeri plaatsgevonden, twee weken voordat Elazar had moeten afzwaaien en twee maanden voor zijn geplande huwelijk. Op de zondag waarop Oeri en hij elkaar ontmoetten, had Oeri buiten op de bank gezeten na een uiterst vermoeiende, twee uur durende sessie met de oefentherapeute die een bijzonder schelle stem had en die hem, iedere keer dat hij een obstakel de baas werd, met die schelle stem toejuichte, waardoor de piep in zijn oren alleen maar erger werd.

Ondanks het looprek en z'n ene kant die niet meewerkte, was Elazar snel en soepel op hem af komen lopen en had tegen Oeri gezegd, hé kerel, ik wil even met je praten, kan dat? Oeri had één vermoeid oog opengedaan en gezegd dat het goed was. Elazar was naast hem komen zitten en zei, ik had vandaag zullen trouwen. Oeri was rechtop gaan zitten, het spijt me dat te horen, waarop Elazar had gezegd, een huwelijk is een feestelijke gelegenheid, mijn beste, geen trieste. Dat bedoelde ik niet, ik bedoelde dat het afgelast is, zei Oeri. Maar Elazar zei, het is niet afgelast, alleen maar uitgesteld, het ligt allemaal in de handen van de Allerhoogste. Oeri trok een gezicht. Die Allerhoogste, daar heb ik wel van gehoord, ja, zei hij. Elazar keek hem aan en zei met een stralend gezicht, ik heb vannacht gedroomd dat ik je zou ontmoeten.

Weer trok Oeri een smoel. Dat antwoord lag er te dik bovenop. Een magere jongen met een keppeltje en een looprek komt naast je zitten op het bankje buiten de revalidatieafdeling en vertelt je dat hij er vannacht van heeft gedroomd dat hij je zal ontmoeten. Ja, ja. Oeri was moe van de oefentherapie, van mensen en van goede bedoelingen.

Maar toen zei Elazar, weet je? Er zijn dingen die de wereld grote schade berokkenen, en de moeilijkheid is, waarom zijn ze geschapen? Maar weet dat er uit de aard der zaak één positief aspect aan zit. Wát? zei Oeri.

Rabbi Nachman van Bratslav.

Wíe?

Rabbi Nachman van Bratslav. Het *Alef-Betboek*...

Ahhh.

Vannacht heeft hij zich aan mij geopenbaard en me verteld dat ik de kans zou krijgen een rechtschapen vent te ontmoeten die het geloof niet in zijn hart draagt en dat ik erin zou slagen hem de ogen te openen en hem naar het pad van het geloof en van de liefde voor de Heilige, gezegend zij Hij... Oeri deed zijn ogen dicht. Dat ben ik niet.

Wat?

Dat ben ik niet, die rechtschapene. Allereerst ben ik niet rechtschapen en allertweedst lijkt het me niks dat iemand me het geloof terug kan laten vinden... Dat zeg je niet, allertweedst. Oeri glimlachte.

Elazar moest ook glimlachen.

Hoe dan ook, zei Oeri, ik ben helemaal niet van het hervonden geloof en zo... Elazar zei, wie wil jou je geloof laten terugvinden, mijn beste? Weer glimlachte Oeri.

De volgende ochtend vertelde hij aan Balli en Naäma dat er hier iemand was die ze beslist moesten ontmoeten, een heel interessante kerel. Toen Balli en Naäma weer naar huis gingen zei Naäma zachtjes, wat zeg je me daar nou van? Waarvan? vroeg Balli. Hoezo, waarvan? zei Naäma, van die vriend van hem, en Balli zei, ik weet het niet, het is lang geleden dat ik Oeri zo gelukkig heb gezien. Hij was niet gelukkig, zei Naäma, hij praatte gewoon een beetje, waarop Balli zei, nou, dat is ook wat waard, of niet soms?

Drie maanden later, op de bruiloft van Elazar, stond Naäma in de vrouwenafdeling (Balli was niet gekomen, omdat ze juist geaccepteerd was aan de Bezalel Kunstacademie in Jeruzalem en ze bijzonder gestresst was). Ze zag hoe Oeri met een rood gezicht en glinsterende ogen op en neer sprong in de kring het dichtst om de bruidegom heen en bedacht dat Balli misschien gelijk had gehad en dat Oeri nog nooit zo gelukkig was geweest. Na de bruiloft, toen ze zich in het steegje vergisten en onbedoeld uitkwamen bij haar vaders appartement tegenover het winkeltje met tweedehands kleding, keek Oeri haar met een gezicht dat nog steeds rood was en met ogen die nog steeds glinsterden, een moment lang van dichtbij aan; zijn strelende adem rook zoet toen hij Naäma, Naäma, Naäma zei en haar een kus gaf die haar helemaal vulde met een zalvend geluksgevoel.

Later zaten ze op het bankje naast de winkel. Naäma zat gekoesterd in Oeri's omhelzing en terwijl hij haar krullen één voor één over zijn warme vinger liet glijden, vertelde hij haar zachtjes dat hij volgende week, als hij klaar was met revalideren, bij Elazar in het internaat in Kirjat Arba ging werken...

Waar?

In het internaat. In Kirjat Arba. Hij werkt daar onder erbarmelijke omstandigheden en hij zegt dat ze maar wat blij zullen zijn met nog een begeleider...

Zwijgend probeerde Naäma onbeweeglijk te blijven in de omhelzing.

Oeri vertelde dat hij er al heel lang over had nagedacht. Dat die steen en die verwondingen en het feit dat hij desondanks in leven was gebleven, misschien een bedoeling hadden gehad. Ik ben niet net als Gili, legde hij uit, ik ben geen stoethaspel die door een stommiteit omgekomen is, mijn leven heeft zin, een bedoeling, een reden. Mijn leven hier, in dit land, op deze bodem, heeft zin, een bedoeling en een reden.

Naäma zweeg en probeerde onbeweeglijk te blijven in de omhelzing.

Oeri zei, vertel me nou niet dat jij net zo bent als alle anderen. Ik heb nog tegen Balli gezegd dat jij niet als iedereen was...

Net als alle anderen? Naäma begreep het niet.

Net als alle anderen. Net als Joram, Ohad en Sjlomkits. Al die lui die vinden dat iedereen hetzelfde moet denken. En wie niet net zo denkt als zij, heeft geen recht van bestaan.

Ah, dat bedoel je, zei Naäma rustig. Nee, daar had ik helemaal niet aan gedacht. Daaraan had ik werkelijk niet gedacht.

Waaraan dan wel? Oeri begreep het niet, en Naäma realiseerde zich dat ze de vraag die niet gesteld mocht worden, ging stellen. En ik dan? Dat wil zeggen... hoe moet het dan met ons? Oeri sloot zijn ogen en zei, interessant, dat is precies wat ik aan Balli vroeg toen ze me over die studiebeurs vertelde.

Welke studiebeurs?

En zo, op één avond, recht tegenover de jaloezieën van het appartement waar alles was begonnen, begreep Naäma dat Balli een beurs had gekregen voor het uitwisselingsprogramma voor uitmuntende studenten met Kopenhagen, dat Oeri met zielige kinderen ging werken en dat alles in duigen viel.

Ze legden de hele weg naar het centrale busstation af in stilte en toen ze thuiskwam, rende ze meteen naar de wc om de hele waldorfsalade, alle auberginesalade, alle zoete chala, al het kalfsvlees, alle pruimen en alle rijst uit te braken. Drie dagen lang bleef ze overgeven, terwijl haar huisgenotes tegen haar zeiden dat dit zo niet door kon gaan en dat ze naar de dokter moest. De arts in de kliniek vertelde dat er op het ogenblik een vervelend buikvirus rondging, dat het eten op de bruiloft de zaak vast geen goed gedaan had en dat het overgeven weer over zou gaan.

Jaren later, in een van de gesprekken met Oeri, wanneer een grote verbondenheid hen besprenkelt met beloftes in de grote, kale kamer van het half herstelde huis van de hoeve, zal hij het aan Naäma uitleggen. Hij zal zeggen, het is de angst. Je weet niet hoe verschrikkelijk die angst is. Om midden in de nacht wakker te worden met die angst. De depressie. Met de gedachte dat het misschien voor altijd zo is. Dat je de controle verloren hebt. Over je leven. Over je plannen. Over je ogen. Dat je een knecht bent. De knecht van iets waarvan je niet eens weet wat zijn aard is. En je wilt je ergens op storten, het enige wat je wilt is je op iets of op iemand storten, op de wetenschap dat het zin heeft, een reden heeft, op de hoop dat het goed zal komen, op de mogelijkheid om weer ergens controle over te hebben, en op dat moment realiseer je je dat je er niet alleen voor staat, dat je niet alleen op deze wereld bent, dat je een hemelse vader hebt die van je houdt, die je bewaart en die er altijd-altijd voor je zal zijn.

Op de dag dat Balli vloog, viel de eerste regen. Op het nieuws werd verteld dat er in oktober nog nooit zo veel regen was gevallen, voorafgegaan door het tragische en onbegrijpelijke verhaal van een echtpaar dat 's nachts met de auto op de brug over de Ajalon had gereden, door onbekende oorzaak was geslipt en recht in de woeste, modderige rivier terecht was gekomen, en Naäma besloot dat ze moest verhuizen uit het grote lelijke appartement aan de hoofdweg, tegenover die rivier waarin mensen midden in de nacht verdronken.

Ze verliet het appartement en ging samen met een huisgenoot in een klein straatje vol bomen achter het Stadspark wonen. Vanuit Kopenhagen schreef Balli haar dat het klonk als een te gek buurtje, dat ze er goed aan gedaan had om uit dat grote, lelijke appartement te trekken, dat ze Oeri nu maar het beste kon vergeten en een aardige, normale jongen moest vinden voor zichzelf. Iemand die van haar hield. Dat ze het verdiende om een aardige, normale vent te hebben die van haar hield. Ze schreef ook dat het hier verschrikkelijk koud was, maar betoverend mooi en dat alle straten wit waren van de sneeuw, ze vertelde over een zekere Thomas uit Denemarken die gedichten voor haar schreef en over ene Martin uit Duitsland die er ietwat bizarre, woeste seksuele gewoontes op na hield. Ze schreef dat de studie bijzonder interessant was en dat ze veel succes had, en ze vroeg wie Naäma's nieuwe huisgenoot was en of hij wat waard was, wat haar plannen voor volgend jaar waren, en ze vertelde dat Thomas tegen haar had gezegd dat hij nog nooit zo van iemand had gehouden als van haar en dat ze zich afvroeg of ze ooit zó, of zelfs überhaupt, verliefd kon worden en dat het nogal wat was om voor het eerst een onbesneden pik te zien. Balli schreef Naäma iedere week vanuit Kopenhagen. Prachtige lange brieven op vellen van een geel schrijfblok. Hou je taai, schreef ze haar, ik mis je verschrikkelijk en omhels je heel stevig. Heel, heel, heel stevig.

Ook Sjlomkits schreef haar. Niet iedere week en niet op een geel schrijfblok aangezien de omstandigheden in de jungle van Zuid-Amerika niet hetzelfde zijn als die in Noord-Europa, maar ook Sjlomkits schreef dat ze haar miste, ook Sjlomkits zei tegen haar dat ze zich taai moest houden, maar in tegenstelling tot Balli beperkte Sjlomkits zich niet tot gemeenplaatsen. Zij schreef precies wat ze dacht dat Naäma op dit moment moest doen. Dat ze maar beter werk moest zoeken. En een vriend. Dat het beter was als ze, eens en voor altijd, ophield zichzelf te kwellen met Oeri en de spelletjes die hij met haar speelde. Ik weet niet wat hij denkt, fulmineerde Sjlomkits van verre, dat je een soort jojo bent die hij op kan halen en kan laten zakken, net zoals hem de pet staat?

Naäma schreef terug dat het zo niet was. Dat het echt niet zo was. Dat ze ervan overtuigd was dat het geen spelletje was. Dat ze ervan overtuigd was dat wat hij die nacht van de bruiloft had gevoeld oprecht was geweest en dat ze blij was dat ze erbij was geweest, dat ze het samen met hem ervaren had.

Ja, maar jij hebt er niet in één adem bij verteld dat je in een of andere nederzetting ging wonen, schreef Sjlomkits haar terug in haar compacte, gelijkhebbende handschrift, maar Naäma begreep niet wat het een met het ander te maken had. Ze besloot het onderwerp links te laten liggen en vroeg aan Sjlomkits hoe het met haar ging en hoe de reis was, wat door Sjlomkits uitgebreid beantwoord werd. De reis was fantastisch. Fán-tás-tisch. Joram en zij kwamen juist terug van de grote trektocht. Ze hadden twee weken zo rondgereisd, met hun rugzakken, onder begeleiding van een Peruaanse gids die de weg uitstekend kende en ook een paar woorden Engels. Het uitzicht was overweldigend, de mensen geweldig en het eten vreemd.

Naäma las en herlas de brieven van Balli en Sjlomkits keer op keer, maar er is een eind aan papieren omhelzingen. Ze voelde zich eenzaam. Het leek wel of ze zich nog eenzamer voelde wanneer ze een nieuwe brief had gekregen, en ze snapte maar niet waardoor dat kwam. Misschien door wat ze haar vertelden. Misschien door wat ze haar niet vertelden.

Sjlomkits vertelde niet over die ene nacht. Toen ze de brief aan Naäma schreef, was het al twee of drie weken later. Ze waren inmiddels in een andere stad, na de trektocht die ervoor moest zorgen (en dat ook deed) dat alle bezoedelde herinneringen aan die nacht gereinigd werden.

Het was op de tweede dag van de trektocht geweest, na vierenhalf uur flink doorlopen, zonder dat zij en Joram één woord gewisseld hadden, of een van beiden iets gezegd had tegen de kwelling-die-geen-Engels-kende, of tegen de gids-die-een-paar-woorden-Engels-kende, toen ze hijgend en puffend en vol twijfel de top hadden bereikt en de hoge heldere lucht en de overweldigende kracht van de jungle die zich onder hen uitstrekte diep inademden. Dat was het moment waarop Sjlomkits zachtjes had gevraagd, Joram?

Wat?

Kan ik je wat vragen?

Wat?

Dat we niet over die ene nacht praten. Met niemand niet, niet met anderen en niet met elkaar.

Joram had haar een moment aangekeken zonder antwoord te geven en vervolgens, welke nacht? gezegd. Het duurde even voordat Sjlomkits begreep dat hij erbij lachte, en ook zij moest erom lachen, een lach van opluchting en met een gevoel van grote verbondenheid, de lach van twee mensen die samen midden in de jungle een uiterst pijnlijke, duistere nacht hadden beleefd en de ochtend bereikt hadden.

Die nacht zou de kroon op de jungletocht zijn die op zichzelf al de kroon van de Zuid-Amerika reis vormde. De ervaring die je niet mocht missen. Het beste was om met volle maan te komen. Al in Israël in de reiswinkel hadden ze gelezen over dit dorp aan de oever van een rivier dat je alleen kon bereiken door een hele dag en een kwart nacht door het water te lopen. Mensen die er geweest waren, vertelden dat als zo'n reis al een reden moest hebben, dan was het de nacht in dat dorp, daar onder die volle maan. En dat stond ook in de reisgids.

Doornat en uitgeput waren ze er om elf uur 's avonds aangekomen. Ze trokken droge kleren aan in het hutje en voegden zich vlug bij het Australische echtpaar en de twee Duitse meiden die al bij het kampvuur zaten. Ongeveer dertig Indianen in verschillende kledij sprongen met wazige ogen om hen heen. Sjlomkits kreeg hoofdpijn van de tamtam, hun gespring en hun trommels, maar Joram had tegen haar gezegd dat ze wel gek was als ze er vanaf zou zien om van de drank te drinken die op het kampvuur klaargemaakt werd; een drank die gemaakt werd van paardenmelk, water van de eerste regens en van bladeren van een speciale struik die alleen bij dit dorp groeide en waarvan de drank alleen op een vollemaansnacht als deze gedronken mocht worden.

En toen.

Ja toen.

Mensen hadden verslag gedaan van lichtexplosies. Van het glijden over heuvels, van zweven in de vertes. Over een geluksgevoel dat door niets anders, ook niet de poeders en gewassen in de geciviliseerde wereld, verkregen kon worden. Puur geluk. Een nacht vol geluk, zonder dat je de wens of de mogelijkheid hebt om te slapen. Je raakt eindeloos verbonden met de sterren, met het verleden en de toekomst. Zwevend over de heuvels en glijdend in de vertes.

Sjlomkits en Joram, die geen enkele ervaring hadden met poeders en gewassen uit de geciviliseerde wereld, hadden besloten ervoor te gaan. Al in Israël. Al in de reiswinkel. Maar daar, in het bijna verblindende licht van de maan, had Sjlomkits hoofdpijn en voelde ze dat ze bang was. Al dat gespring en dan die tamtam en die ietwat verbaasde blik van de Australische naast haar. Nee. Ze wil niet. Het is niets voor haar. Joram weet dat toch. Zij? Zelfs een glas wijn is haar al teveel. Deze ervaring is niet voor haar. Maar Joram zei dat ze wel gek was als ze niet van de drank zou drinken die in een grote gloeiendhete metalen beker langskwam. En Sjlomkits had diep ingeademd en ervan gedronken.

Aan het eind van de nacht, toen het eerste licht begon te gloren van de ochtend die nog moest aanbreken, was Joram geschokt. Hij was diep geschokt. Nog nooit had hij Sjlomkits in zo'n toestand gezien. Ze lachte en huilde tegelijk. Ze zei dingen die hij niet wilde horen. Over hem. Over zijn lijf. Over hun eerste keer. Over de keer van gisteren. Over waar ze niet van houdt. Over waar ze wel van houdt. Woorden die liever verzwegen moesten worden. Dingen waarvan hij geen idee had dat ze ze wist. Dingen waarvan hij geen idee had dat ze die kon zeggen. Het was alsof hij naast Sjlomkits zat en hoorde dat er geen woorden, maar ezelgebalk uit haar mond kwam. Dit was zelfs nog erger. Hij wist dat hij het zich niet aan moest trekken. Hij wist dat ze het zo niet bedoelde. Hij wist dat ze onmogelijk kon beseffen wat ze zei. Over hem. Over hun eerste keer. Over de keer van gisteren. Over alles. Uiteindelijk, nadat ze een uur lang ononderbroken bij het kampvuur had staan dansen in niet meer dan haar onderbroek, met haar warrige haar net zo wapperend als dat van de indiaanse vrouwen die er enkele uren daarvoor waren geweest, ging ze boven op hem zitten, spreidde haar dikke zwarte lokken uit over zijn gezicht en vervolgens boog ze haar hoofd, met een diepe, hese, angstaanjagende lach naar achteren. Toen ze hem weer aankeek, stond haar gezicht ernstig en bang. Sjlomkits' normale gezicht. Voor het eerst sinds het begin van de gekte van die nacht durfde Joram haar te omhelzen. Zo hield hij haar een tijdje vast, terwijl Sjlomkits zich steeds dieper in zijn armen nestelde. Toen hij haar van zich af zette ontdekte hij dat ze glimlachend lag te slapen.

Jaren later, op een avond dat zij en Balli iets zullen gaan drinken en dan nog iets en nog iets drinken en Sjlomkits gekkigheid zal uithalen en, aangemoedigd door Balli, nog meer gekkigheid zal uithalen en aan het eind van de avond dubbelgevouwen zal liggen huilen op het trottoir voor een deur die weigert open te gaan, zal ze zich dat moment herinneren. Het moment daarna. Eén ogenblik ben je een compleet mens, met een lichte hoofdpijn, en een seconde later blijk je over de kop te rollen, glijd je door een steile, slalommende tunnel en aan het einde daarvan kom je in een wonderland waarin alles mag. Waarin je alles kunt zeggen. Alles mag voelen. Tot in het diepst van je tenen kunt lachen. Tot aan het einde van de nacht kunt huilen. En je weet dat je, hoe voorzichtig je ook bent, uiteindelijk daar terecht zult komen: aan het einde van de nacht en het diepst van je tenen, tot aan de punt van het mes dat onophoudelijk dreigt je leven door te snijden. Zinnige mensen zeggen zulke dingen niet. Zinnige mensen bellen niet om twee uur 's nachts aan de deuren van voormalige geliefden. Zinnige mensen letten op zichzelf en op wat ze vanbinnen voelen en tegen de buitenwereld zeggen. Zinnige mensen houden het moment waarop het ochtend wordt voor ogen. Toen de ochtend aanbrak, hadden Sjlomkits en Joram gigantische buikloop. Het had in het boek gestaan dat dat soms gebeurde, de ochtend erna. Zwijgend aten ze de indiaanse rijstepap die speciaal voor de ochtend erna was. In stilte vouwden ze hun slaapzakken op en begonnen zwijgend aan het vervolg van hun tocht. Zo zwegen ze bijna twee hele dagen, ze zeiden niets anders dan, hoe voel jij je, en jij, of, geef de gids alsjeblieft een seintje dat hij nog een keer stopt. Tot aan die beklimming van de berghelling en Sjlomkits' gefluisterde verzoek.

Daarom schreef ze hierover helemaal niets aan Naäma. Ze kon het niet. Joram en zij hadden elkaar beloofd dat ze niet over die nacht zouden praten. Niet met elkaar en niet met anderen.

En Balli vertelde niets over het bezoek van Gadi en Galja. Voor het eerst sinds ze hun leven met elkaar deelden, waren Gadi en Galja voor twee weken naar Europa afgereisd (in de kibboets was besloten dat ze geen keus hadden; ook zij hadden recht op een beetje buitenland). Galja wilde in die veertien dagen heel Europa doorkruisen, want als je er dan toch bent, moet je het ook goed doen, maar stemde uiteindelijk in met Praag, Boedapest en Berlijn en een korte stop van anderhalve dag in Kopenhagen.

Toen ze terugkwamen, brachten ze het kleine cadeautje van Balli voor Naäma mee. Een kostbare, opengewerkte rode muts en sjaal, zoals die in kille, dure Europese steden gedragen worden. En een brief. Ze schreef Naäma dat haar ouders blijkbaar bijzonder van hun reis genoten hadden en dat het altijd fijn was om landgenoten te ontmoeten als je in het buitenland zat, zelfs als dat alleen maar 'de ouders van' waren. Ze schreef dat ze samen gedineerd hadden in een heel leuk restaurant naast de universiteit en dat de Denen 's middags ongelooflijk veel dronken.

Naäma zat in de woonkamer, omringd door de oude geur van appeltaart en de nieuwe geuren van kartonnen dozen van de duty-free (sigaretten en whisky voor Gadi, parfum voor Galja, deodorant voor Naäma en sportschoenen voor Tiltoel). Nee, in Europa hadden ze bijna niets gekocht. Europa is zó duur. De hele avond zat Naäma de opengewerkte rode wol van de muts en de sjaal, die Balli haar gestuurd had, te betasten, terwijl ze alle foto's en dia's bekeek en de hele video die haar vader in Praag, Boedapest en Berlijn had gemaakt. Nee, in Kopenhagen had hij helemaal niet gefilmd. Aan het einde van de avond deden haar vingers helemaal zeer van het knijpen in de wol, brandden haar ogen van het geflikker van de video en had ze knallende koppijn. Zo knallend, dat ze haar de volgende ochtend bijna naar de spoedeisende hulp in Kirjat Sjmona brachten. Vanuit de andere kamer hoorde ze haar vader paniekerig zeggen, wat moeten we doen, wat moeten we doen, wat moet ik doen, en hoorde ze hoe haar moeder hem snel met stalen stem antwoord gaf, wat valt er te doen, dit is een migraine, niemand weet dat beter dan jij. Ga haar nog een natte handdoek brengen, maak het haar gemakkelijk en niet in huis roken nu.

Het had Balli grote inspanning gekost om deze brief te schijven. Ze zat voor het gele vel en woog ieder woord. Het was moeilijk omdat een groot onstuimig geluk haar de adem benam zodra ze zijn stem hoorde. Want geluk verbergen is het moeilijkst van al. Verdriet kun je verstoppen. Pijn valt af te dekken. Maar geluk – geluk is zo kinderlijk, verwachtingsvol en onbeheersbaar van aard. Geluk verbergen is het allermoeilijkst, zelfs in een brief, en vele gele vellen eindigden in de prullenbak eer de laatste versie met het bier van de Denen en het restaurant naast de universiteit geschreven was.

Toen ze naar Kopenhagen vertrok, had ze geen afscheid van hem genomen. Een maand ervoor was er iets gebeurd dat nooit eerder was voorgevallen en zelfs Balli wist niet waarom. Op zekere dag had hij opgebeld en gezegd dat hij naar Ramat Efal kwam voor een congres voor secretarissen culturele zaken, dat hij daar drie dagen zou zijn, dat wil zeggen dat het de bedoeling was dat hij daar drie dagen was en wat waren haar plannen? Balli vertelde dat ze die avond afgesproken had met Oeri en Naäma, maar dat ze dat kon afzeggen, zou afzeggen, waarop Gadi zei dat hij om ongeveer halfnegen bij haar appartement zou zijn. Om kwart voor elf kwam hij opdagen – maar dat was niks nieuws; tijd was nooit Gadi's sterkste kant geweest – met een overhemd dat rook naar een parfum dat Balli niet herkende – maar ook dat was niks nieuws, want parfums waren juist wel Gadi's sterkste kant. Op de een of de andere manier. Maar Balli had de deur voor hem opengedaan met een gezicht dat grauw was van vermoeidheid. Dat was beslist iets nieuws.

Wat was er aan de hand?

Het spijt me, ik moest voor morgen een presentatie voorbereiden met de cultureel secretaris van kibboets Afikim...

Die ene dame kwam toch ook uit Afikim, niet?

Wie?

Die dierenarts.

Ja.

Wat ja?

Ja, die kwam ook uit Afikim.

Je bent wel gecharmeerd van de dames uit Afikim, of niet soms?

Balli, wat is er aan de hand?

Er is niets aan de hand. Ik heb hier gewoon twee uur lang op je zitten wachten terwijl jij een presentatie voorbereidde met mevrouw de dierenarts uit Afikim...

Balli...

Is het dezelfde?

Wat?

Vertel me dan maar of het dezelfde dame is of niet...

Balli, deze hele scène past niet bij je...

Wat zeg je nu eigenlijk? Tegen mijn vriendin moeten liegen omdat jij gezegd hebt dat je zult komen en dan hier als een suffe trut op je zitten wachten, en naar je glimlachen als je hier dan komt aanzetten terwijl je naar die koe uit Afikim ruikt – dat past wel bij me?

Niet?

Nee.

Stilte. In de loop van de stilte stond Gadi op en zonder naar Balli te kijken en zonder zelfs maar de geringste aarzeling van spijt deed hij de deur open en trok die achter zich dicht. Balli luisterde tot zijn zware, ietwat sloffende stappen helemaal beneden waren.

De waarheid was dat dit inderdaad niet bij haar paste. Eigenlijk wist ze wel dat dit niet bij de regels van hun relatie hoorde; in alle eerlijkheid realiseerde ze zich maar al te goed dat zij meermaals naar hem toe was gegaan terwijl ze naar anderen had geroken, om eerlijk te zijn had ze er geen flauw benul van wat haar ineens was overkomen. Maar wat haar het meest trof, was de rauwe teleurstelling in zijn ogen, net voordat hij vertrok. Ze herinnerde zich dat hij een keer tegen haar had gezegd dat uiteindelijk alle vrouwen deze of gene variant van Galja werden en Balli realiseerde zich dat haar dat nu ook was overkomen. Ze werd diep geteisterd door schaamte en berouw.

Twee weken later kreeg ze de beurs voor Kopenhagen.

En dan ineens gaat, zomaar op een zondagochtend, tamelijk vroeg zelfs, de telefoon. Balli had half slapend opgenomen. Thomas, Martin en zij hadden tot twee uur 's nachts op Martins kamer naar muziek zitten luisteren. De stilte in de hoorn voordat hij sprak. Zijn ademhaling. Balli wist al dat hij het was. Met mij, zei hij terwijl Balli op bed ging zitten en zei, dat weet ik. En uur later was hij al bij haar op de kamer; Galja was naar het Wassenbeeldenmuseum gegaan en hij had gezegd dat hij buiten op haar wilde wachten. Ze hadden om halfeen afgesproken, zodat er drie kwartier overbleef voor zijn bezoek aan Balli. En dat moment dat haar iedere keer opnieuw deed smelten, het moment waarop hij in haar was, haar helemaal vulde, met zijn treurigheid, zijn grijze stoppels, zijn geur, en die pijn die hen verenigde tot een onscheidbare, zwetende, kreunende eenheid. En het moment erna, dat haar al niet meer verbaasde. De snelheid waarmee hij opstond, zich aankleedde, op zijn horloge keek en zijn andere gezicht, dat hij van thuis had meegenomen, weer opzette. Galja vermoordt me als ze uit het museum komt en ik er niet ben, zei hij, waarop Balli haar schouders ophaalde en niks zei. Na al deze tijd wist ze allang dat het eerste woord dat in de kamer zou klinken 'Galja' was. Gadi onderbrak zijn gehaaste aankleden even, keek haar aan en zei, het spijt me van die ene avond, Balli, en daarna ging hij, ondanks de tijd en Galja die straks uit het museum kwam, naast haar zitten en streek uiterst langzaam met zijn hand over haar wang terwijl hij zei, er gaat geen dag voorbij dat ik niet aan je denk. Dat weet je toch? Balli begroef haar neus in zijn lelijke, grijze trui, snoof de geur op van de wasserij van de kibboets en het parfum dat Galja in de duty-free had gekocht en zei, dat weet ik.

's Avonds belde Galja. Balli? Lieverd, dit is Galja, Naäma's moeder. Wij zijn in Kopenhagen en we dachten... We dachten dat je misschien, als je tijd hebt...

Natuurlijk, graag, zei Balli en legde Galja, die ieder woord opschreef, uitvoerig uit waar het restaurant was. Het eten was een nachtmerrie. Galja babbelde onophoudelijk, over Naäma, over Tiltoel, over de kibboets, over de onbedorven schoonheid van Boedapest en Praag, terwijl Gadi zonder ophouden zat te drinken; nog een biertje en nog één. Ze zeiden dat Naäma vast en zeker blij zou zijn met het cadeautje dat Balli haar stuurde. Gadi keek in het zakje en zei, wat? Zit er geen brief bij? Balli schonk hem haar allerliefste glimlachje en zei, jawel, binnenin. In die gele, gesloten envelop.

Om halfeen 's nachts zei ze dat het haar speet maar dat ze weg moest; ze had de volgende ochtend college en anders kwam ze niet op tijd haar bed uit. Er werd gesteggeld over wie zou betalen, en Galja oordeelde dat er geen sprake van was, wat haalde ze zich in haar hoofd, Naäma zou ons vermoorden als ze wist dat we jou zelfs niet op een etentje hadden getrakteerd. Balli trok snel haar jas aan, maar hoewel ze dankjewel, maar het is echt niet nodig zei, stond Gadi erop om haar naar buiten te begeleiden, terwijl Galja zei, ze zegt toch dat het niet nodig is.

Buiten was het verschrikkelijk koud; de geruite gordijnen, de wolken van warmte en bier binnen waren wazig zichtbaar door de ramen van het restaurant. En toen kwam die man, die tandeloze man op hen afgelopen. In beleefd Engels stak hij haar een papier vol foto's van zieke kinderen toe, kinderen die ziek geboren waren, die er niets aan konden doen. Balli duwde tegen de lucht voor de man, en even beleefd en rustig zei ze, *No thank you*. Ze keek vlug naar het beslagen raam van het restaurant en gaf, nog vlugger, een klein onschuldig kusje op Gadi's ruige wang. Terwijl ze wegrende, werd ze achtervolgd door de kreet van de man, *Oh, I wish I could thank you*.

Die man, zonder tanden. Jarenlang bleef hij Balli achtervolgen, die in hem het teken begon te zien dat alle slechts voorspelde. Met zijn beleefdheid, met zijn koude, ideologische doodsstrijd, doordat hij begaan was met zieke kinderen in plaats van met zichzelf. Jaren later zal ze zich hem herinneren, die man, die tandeloze, identiteitsloze man, die vast en zeker al gestorven was aan dezelfde ziekte waaraan al die kinderen op de papieren die hij uitdeelde gestorven waren en dan zal ze denken dat áls, als zij zich anders gedragen had, als ze hem iets had gegeven, een kroon of twee drie, of zelfs maar een glimlach had geschonken...

Jaren later zal ze op een koude beslist on-Europese sjabbatavond met Sjira in de auto rijden. Een jongen, met een pet van Hapoël Tel Aviv en een sjaal van Maccabi Haifa, zal op het raampje van haar auto kloppen bij het stoplicht. Plotseling zal ze zijn gezicht zien door alle druppeltjes en de rode gloed op het raampje, dat ze opendoet, en de jongen zal vragen, waar gaat u heen? Balli zal vlug vragen, hoezo? En de jongen zal zeggen, ik dacht dat u misschien een lifter mee kon nemen, en Balli zal zeggen, een andere keer, terwijl ze haastig het raampje sluit en Sjira er vanaf de achterbank niets van begrijpt. Maar waarom dan, mama, waarom? Stel je nou eens voor dat jij zo buiten loopt, in de kou, en iemand met een auto jou geen lift zou geven. Balli zal haar proberen uit te leggen dat de jongen iets vrijpostigs en opdringerigs over zich had waardoor ze hem niet durfde te laten instappen, en Sjira zal zeggen, ook als hij het netjes gevraagd had, had je hem niet laten instappen. Balli zal haar stevig omhelzen en zich die man in Kopenhagen herinneren en ze zal zeggen, Sjira'le, mijn Sjira'le, wat moest ik toch zonder jou.

Maar dat alles kon ze Naäma niet schrijven in die gele brief. Daarom schreef ze alleen maar dat de Denen veel drinken en dat het altijd fijn is om landgenoten te ontmoeten, dat rood op dat moment de hipste kleur is in de uitverkopen voor de kerst.

Uiteindelijk zal alles in elkaar overlopen. De herinneringen. De liefdes. De boosheid. Net als de schilderijen die Daniël, Sjira, Itamar, de kinderen van Shirley en Iffi en de dochter van Ohad en Sjaron samen zullen maken, voordat aan alles een einde zal komen. Tekeningen op grote vellen wit papier dat Naäma op het tochtje had meegenomen, met de efficiëntie van een moeder wie alles gemakkelijk afgaat. Later hingen ze de vellen op de tenten om te drogen. Balli keek ernaar en dacht, zo is het precies, uiteindelijk loopt alles door elkaar heen en vormt het willekeurige, dikke lagen kleur.

Tegen de tijd dat Sjlomkits uit Zuid-Amerika terugkwam, was Naäma moe en verbitterd. Ze werkte van de vroege ochtend tot de late avond, maar kwam altijd geld tekort en ze had geen flauw idee wat ze het volgende jaar zou gaan studeren of hoe ze die studie zou bekostigen. Ze begreep niet waarom alle ouders hun kinderen konden helpen en waarom het alleen de hare waren die het niet eens interesseerde hoe ze het zou redden. Ze stond er alleen voor. Ze was alleen. Ze was zo verschrikkelijk alleen.

En toen kwamen Sjlomkits en Joram terug. Naäma ging naar het vliegveld om hen te verwelkomen. Ze had appeltaart gebakken, met rozijnen, zoetstof en een snufje bruine suiker, en ze had haar kamer met ballonnen versierd. Maar Joram en Sjlomkits waren bekaf. Ze hadden bijna zestien uur gevlogen en het enige wat ze wilden was douchen en slapen. Ze beloofden dat ze naar haar appartement zouden komen, morgenochtend, als ze waren opgestaan. Of eigenlijk, Sjlomkits beloofde dat en Naäma vroeg zich af of ze daarbij eigenlijk niet dacht dat het nogal wiedes was dat wie thuiskwam van zo'n lange reis, naar huis wilde om te douchen en te slapen.

De volgende ochtend kwam Sjlomkits inderdaad. Terwijl ze daar met Naäma op het bed zat te vertellen over dat ene meisje in Peru, de trektocht in Bolivia en de krabben in Chili waarvan Joram last van zijn maag had gekregen, verlangde Naäma zó erg Balli te zien dat ze het gemis scherp voelde branden. Plotseling kwam het haar voor dat zonder Balli erbij alle woorden die tussen haar en Sjlomkits gezegd werden, leeg en werktuigelijk waren. Plotseling kwam het haar voor alsof er zonder Balli niets van waarde was.

Maar toen vroeg Sjlomkits wat er volgend jaar ging gebeuren.

Ik heb nog niet besloten, antwoordde Naäma. Misschien ga ik

wel naar het universitair voorbereidingsjaar, dat is gratis voor mensen uit de kibboets.

Het voorbereidingsjaar? Waarom zou je dat gaan doen? Dat is bedoeld voor mensen die geen eindexamen hebben gedaan, en dat heb jij wel.

Maar het is gratis als je uit de kibboets komt.

Sjlomkits snakte naar adem. Ze dacht aan die eigenaardigheid van Naäma en geld. Ze bedacht dat zij zelf ook niet wist hoe ze haar studie volgend jaar moest financieren, maar desondanks liep zij niet rond met een uithangbord waarop stond wat voor zielig slachtoffer ze was. Soms kon Naäma zo vermoeiend zijn.

Maar ze zei niks.

De volgende dag kwamen Joram en zij weer naar Tel Aviv, om een appartement te zoeken. Maar ze bleven niet bij Naäma slapen en ze kwamen zelfs geen kopje koffie bij haar drinken, want tegen de tijd dat ze het vijfde appartement hadden bezichtigd was het al verschrikkelijk laat geworden. En Joram wilde terug. Naäma klonk bijzonder teleurgesteld. Heel, heel erg teleurgesteld, en die nacht lukte het Sjlomkits niet om in slaap te vallen. Misschien was dat van opwinding, want toen ze terugkwamen uit Tel Aviv, vlak voordat ze Chamoetals huis binnenstapten, had Joram opeens stilgestaan, haar aangekeken en gezegd, Sjlomkits, ik wilde je wat vragen. Ook Sjlomkits had halt gehouden en gevraagd, wat? En Joram had gezegd, wil je met me trouwen? De vraag klonk zo oprecht en kinderlijk eenvoudig, maar bovenal deed hij haar denken aan hun eerste kus, die kus in de douche met de geur van ui en citroen. Sjlomkits ging op de punten van haar tenen staan en omhelsde hem met alle armen die ze had, terwijl ze zei, ik hou van je. Ik hou zo, zo veel van je.

Toen ze de volgende ochtend wakker werd, besloot ze dat ze vanaf nu een beter mens zou zijn, dat ze opgewektere gedachten zou hebben en haar controle over haar gedachten en haar nachten niet langer zou laten verstoren door duistere, brandende ellende. Ze schreef Balli. Joram en ik gaan trouwen. Hij heeft me gisteren gevraagd. En er overkwam me iets raars op het moment dat hij me vroeg. Ineens realiseerde ik me dat dit is wat ik mijn leven lang gewild heb. Mijn leven lang is dit wat ik wilde. Ze maakte de brief af, stopte hem in een envelop en liep naar het postkantoor om hem te posten. Daarna belde ze Naäma en zei dat ze eraan kwam. Toen ze er was, zette ze haar aan tafel met de brochure van de universiteit en zei tegen haar, niks voorbereidingsjaar of andere onzin. We gaan kijken wat je wilt studeren en daarna bekijken we wel hoe we dat gaan aanpakken met het collegegeld. Dat is goed, zei Naäma en bedacht dat Sjlomkits veranderd was sinds ze terug was. En dat haar humeuren niet makkelijk te verdragen waren. En dan die wisselingen in haar humeur. En weer miste ze Balli verschrikkelijk.

Het is echt wat voor jou om iets met mensen te doen.

Met mensen?

Wat dacht je van psychologie?

Nul kans. Daar word ik niet aangenomen.

En maatschappelijk werk dan?

'k Weet niet. Lijkt me niks. Het klinkt een beetje zielig, niet?

Zielig? Waarom zielig?

'k Weet niet. Het klinkt als de plek waar iedereen zit die psychologie had willen studeren maar niet geaccepteerd werd.

Ieder ander was wanhopig geworden. Maar niet Sjlomkits. En niet vandaag. Het was weer precies zoals vroeger, toen ze klein was en ze precies wist dat de jingle van het journaal de tijd was waarop ze boos moest worden op zichzelf omdat ze niet in slaap was. Sjlomkits wilde weer het meisje zijn dat op tijd sliep. Voor wie een bekend wiegeliedje werd gespeeld, wanneer het nodig was. Dat gelukkig was met wat ze had, omdat ze wat had. En Naäma, met haar eindeloze neerslachtigheid die alleen maar zat te wachten tot een opgewekt persoon die kwam verdrijven, was als een met lichtgevende stenen aangegeven pad, de weg voor de Sjlomkits die ongeëvenaard was als het ging om het verdrijven van neerslachtigheid en spoken.

Misschien kun je je inschrijven voor pedagogiek? Net als ik? Dan studeren we samen.

Pedagogiek?

Waarom niet? Het kan gezellig zijn om samen te studeren.

Maar daar ben ik niet in geïnteresseerd, in pedagogiek.

Zo ging het door. Maar toen kwam de kwestie van geld ter sprake en daar had Sjlomkits werkelijk een goed idee. Ze vroeg aan Naäma waarom die niet naar haar opa en oma ging en het aan hen vroeg. Misschien dat die haar konden helpen. Maar Naäma zei, ik geloof niet dat ze dat kunnen en bovendien heb ik niet echt contact met ze.

Toch ging ze de volgende ochtend naar haar grootouders toe, die zo verheugd waren over haar verzoek dat het wel leek alsof ze hun hele leven hadden gewacht tot iemand met zo'n verzoek zich bij hun aandiende. Ze vertelden dat zij al sinds Naäma's babytijd voor haar studie gespaard hadden. Ze vertelden haar allerlei dingen die ze niet wist. Dat Galja een uitstekende leerlinge was geweest. Dat ze de hele nacht gehuild hadden toen ze verteld had dat ze met Gadi ging trouwen en niet ging studeren. Dat ze gedichten schreef. Gedichten! Galja? Ze lieten haar foto's zien van Galja en Gadi uit de tijd dat ze elkaar pas kenden. Galja zag er prachtig en gespannen uit, en ze keek met haar gebruikelijke concentratie in de lens. Gadi was veel mooier dan nu en keek de andere kant op. Toen Naäma vertrok uit het stoffige, donkere huis van haar opa en oma, had ze een besluit genomen. Ze ging naar de filmacademie en haar eerste film zou ze opdragen aan haar grootouders; voor opa en oma, dankzij hen ben ik die ik ben, ze wist nu al hoe ze het zou formuleren, en ook voor mijn moeder en vader.

Sjlomkits was met stomheid geslagen. Aan de ene kant had ze niet verwacht dat haar advies om hen om geld te vragen zo succesvol zou zijn. Aan de andere kant, de filmacademie? Wat nou filmacademie? Met films kun je niet in je onderhoud voorzien, en Naäma had iets nodig waarmee ze in haar onderhoud kon voorzien. Maar Naäma zei schokschouderend, dit is wat ik besloten heb, waarop Sjlomkits ook haar schouders ophaalde en aan Chamoetal dacht, die gisteren had gezegd dat ze Jorams doctoraal en doctoraat zou financieren en het doctoraal van Sjlomkits. Hé mam, wat is dat voor discriminatie, had Joram gezegd, en wat als Sjlomkits ook haar doctoraat wil halen? Chamoetal had hen beiden priemend aangekeken en gezegd, kinderen, jullie denken toch niet dat ik jullie je leven lang blijf financieren, wel? Op een keer zullen jullie het zonder mij moeten redden, nietwaar? Sjlomkits was opgestaan en had haar op haar koude, strakke wang gekust en gezegd, dankjewel Chamoetal, echt waar. Ongelooflijk bedankt. En Joram had gezegd, we denken erover om te gaan trouwen, mama, waarop Chamoetal haar handen om haar gezicht legde en haastig vroeg, trouwen? Wat nu? Zijn jullie soms zwanger?

Jullie gaan trouwen? Ongelofelijk, ongelofelijk, ongelofelijk – en Sjlomkits bedacht dat ze echt dom was geweest, echt dom was geweest door het Naäma niet nog diezelfde avond te vertellen en te denken dat Naäma zuur zou reageren, dat ze niet blij zou zijn. Waarom had ze toch besloten dat ze het pas zou vertellen nadat de ouders waren ingelicht. En Balli dan, die vast en zeker haar brief al had ontvangen en er zelfs nog niet eens op geantwoord had, terwijl Naäma haar ondertussen nogmaals om de hals viel en haar warm en klef omhelsde, ongelofelijk, ongelofelijk, ongelofelijk. En toen opeens, op hetzelfde vlietende ogenblik in de omhelzing, beseften ze allebei dat Balli's afwezigheid geen gemis was, maar een pluspunt. Je bent een geweldig goede vriendin, weet je dat, zei Sjlomkits, waarop Naäma zei, jij ook. Ineens glimlachten ze allebei een beetje verward, zoals iemand bij zichzelf glimlacht die op straat is uitgegleden en weer opkrabbelt en bij zichzelf denkt, wat ben ik een sufferd dat ik er niet op gelet heb dat het hier glad is. Daarna omhelsden ze elkaar weer en bleven een lang ogenblik zwijgend zo staan, alleen Naäma en Sjlomkits, twee hoeken van een driehoek zonder hoofd.

Sjlomkits gaat trouwen! schreef Naäma nog diezelfde avond aan Balli. Het werd een lange, opgewonden brief die van hot naar her sprong. Sjlomkits gaat trouwen en zij had besloten om naar de filmacademie te gaan en ze had een fantastische ontmoeting gehad met haar opa en oma, die zijn echt zo geweldig, en ze hadden haar allerlei dingen over haar moeders jeugd verteld, en over hoe haar ouders elkaar hadden ontmoet, en het was fantastisch, fantastisch! En ze hadden ook gezegd dat ze haar zouden helpen om haar studie te financieren, wat zeg je daarvan? Alles lijkt opeens op zijn pootjes terecht te komen, nietwaar? En wanneer kom je terug? En stel je eens voor wat leuk het zal zijn om met z'n drieën op Sjlomkits' bruiloft te dansen, kun jij het bevatten? Ze gaat trouwen! Onze allerbeste vriendin gaat een hele echte bruid zijn...

Uiteindelijk verstuurde ze de brief niet. Ze vond hem te onsamenhangend, te enthousiast en stom. Ze zat in de keuken en staarde naar de overenthousiaste brief en naar de restanten van de brioche die ze in de gauwigheid bij de kruidenier gekocht had. Je moest niet naar de kruidenier gaan als je honger had, alsof ze dat niet wist. Ze staarde naar het informatieboekje van de universiteit, naar de regel waarin stond dat je een korte film moest maken of een voorstel voor een korte film moest schrijven, om je in te kunnen schrijven voor de filmacademie. Om drie uur 's nachts lag de brief aan Balli al in de vuilnisbak waar hij thuishoorde en was vervangen door een nieuwe, veel kalmere brief; hier is alles als vanouds, ik heb besloten om volgend jaar naar de filmacademie te gaan, het lijkt me echt iets voor mij, Sjlomkits is fantastisch als altijd, het is zó'n geweldige vriendin, weet je, en hoe is het met jou? Hoe gaat het met de studie? En hoe gaat het met Thomas en Martin en iedereen?

En het voorstel voor een korte film.

Titel van het voorstel: Kool van Tsila
Indienster: Naäma Keidar

Ik wil een film maken over het restaurant van mijn opa en oma, dat een paar jaar geleden gesloten is. Mijn moeder vertelde me altijd dat het een arbeidersrestaurant was, maar ik begreep niet wat daarmee bedoeld werd, een arbeidersrestaurant. Ik dacht dan aan de arbeiders die bij ons op de kibboets kwamen werken. Toen ik klein was, spraken ze Arabisch, en later begonnen ze Thais te praten, maar nooit aten ze de gevulde kool zoals die van mijn oma. Mijn vader zegt dat hij nog nooit gevulde kool heeft gegeten zoals die van oma Tsila. Hij zegt dat hij de eerste dag dat hij daar at, verliefd is geworden op mijn moeder, en mijn opa zegt dat hij wist dat deze jongeman met onze dochter zou trouwen op de dag dat mijn oma hem in de pannen liet gluren.

In de film zal ik mijn ouders interviewen, mijn opa en oma en de vaste klanten van het restaurant die met mijn opa en oma bevriend zijn gebleven. Tussendoor maak ik opnames van mijn oma terwijl ze die gevulde kool klaarmaakt, of eigenlijk, mij leert hoe ik die moet klaarmaken. Aan het eind van de film zal ik die aanbieden aan de mensen van het Italiaanse restaurant dat in het pand geopend is.

Aan het eind van haar eerste studiejaar zal Naäma deze film ook echt maken, in het kader van een oefening die 'locatiefilm' heette, waarbij het hele filmplot op één locatie geconcentreerd moet zijn. Ze zal het idee laten vallen dat ze voor het oog van de camera de beroemde kool leert klaarmaken, maar het hoofd van de filmsectie zal tegen haar zeggen, een arbeidersrestaurant aan de Ben Jehoedastraat dat inmiddels een Italiaans restaurant is geworden? Dat is een fantastische, indrukwekkende, opwindende locatie, en het koken zelf – dat is alleen maar een gimmick, die kun je beslist achterwege laten. Maar als puntje bij paaltje komt, blijkt de film veel minder indrukwekkend en opwindend te zijn dan verwacht, en zal hij al tijdens het monteren in de ijskast gezet worden. Naäma zal nooit leren hoe ze haar oma's gevulde kool moet klaarmaken.

Naäma begon bijna dagelijks bij Sjlomkits en Joram langs te gaan en deed alsof ze Jorams verbolgen blik wanneer hij thuiskwam niet zag. Hai Knoef, Sjlomkits snelde naar hem toe. Hoe is het? Hoe was het in de bibliotheek? Hoe was het op je werk? Wil je wat te eten? Ik heb pasta en salade klaargemaakt, en Naäma is er ook...

Wat vind jij? Sjlomkits liet haar een lila papier zien met in cursief schrift, *WE WILLEN U GRAAG UITNODIGEN VOOR ONZE BRUILOFT*. Naäma zei, dat is mooi. Echt? vroeg Sjlomkits. Want ik twijfel een beetje...

Hoezo twijfel je? Sjlomkits keek naar het papier in haar hand, met aan de ene kant Chamoetal Halevi. Eenvoudig, trots, ongecompliceerd. Chamoetal Halevi. En aan de andere kant: Lea en Jechezkeel Ben Sjitrit. Zo zwaar, zo heel erg zwaar en lang en zo heel erg de grafische symmetrie verstorend.

Maar ze zei er niets over en Naäma zei nogmaals, het is fantastisch, echt. Sjlomkits haalde diep adem en zei, zeg eens, weet jij... weet jij wat Oeri's adres is? Of zal ik de uitnodiging naar het huis van zijn ouders sturen? Naäma keek naar het lege pastabord en naar de fantastische poster die Chamoetal voor Joram en Sjlomkits had gekocht in het Museum of Modern Art in New York, terwijl tranen waarover ze geen controle had op de schets van de huwelijksuitnodiging drupten. Oef, ik weet niet wat ik heb, wat er met me aan de hand is, en wat voor idioot ik ben, moet je nou zien wat een idioot ik ben, zijn naam hoeft maar te vallen en ik begin te huilen, zei ze.

Halverwege de zomer kwam Balli terug. De vriendschap tussen Naäma en Sjlomkits was op zijn hoogtepunt en de voorbereidingen voor de bruiloft in de afrondingsfase. In beide ontwikkelingen nam zij haar plaats in met de natuurlijke gratie die haar eigen was en was het alsof ze er van meet af aan bij was geweest.

Ze zaten op het balkonnetje, Balli met koffie, Sjlomkits met kruidenthee en Naäma met spuitwater, en probeerden de tafelverdeling voor de bruiloft te maken. Joram was gaan slapen, hij had gezegd dat de hele kwestie hem tot wanhoop dreef en dat zijn moeder misschien wel gelijk had, dat ze de gasten zelf moest laten kiezen waar ze wilden zitten. Maar Sjlomkits zei dat dat een puinhoop zou worden. En het laatste wat ze wilde was wel dat er op haar bruiloft voor haar ogen een puinhoop ontstond.

Het was al halfdrie 's nachts. Ze hadden alle gasten ingedeeld. Zes tafels voor de familie van Sjlomkits, zeventien tafels voor de vrienden van Jorams moeder, twee tafels met parlementsleden, inclusief het hoofd van de oppositie, en acht tafels met de vrienden van Joram en Sjlomkits. Vijf voor oude vrienden en drie voor nieuwe; Joram had het afgelopen jaar veel nieuwe vrienden gemaakt, in Zuid-Amerika, bij de voorbereidingscursus psychometrie en op herhaling. Oeri stond ingedeeld bij de tafel van Naäma en Balli. Sjlomkits vroeg vanuit keuken of ze nog wafels met citroen wilden en Naäma keek naar haar benen. Het is het verschrikkelijkst om naar je benen te kijken als je zit want dan zijn ze het allerdikst, en ze zei van nee, Balli zei ja, misschien nog een kopje koffie. Sjlomkits kwam met het dienblad, ging naast hen zitten en zei, wat zou ik zonder jullie moeten, vertel me dat eens? Dan had je de tafelschikking met Chamoetal geregeld, zei Balli, waarop Sjlomkits naar de gesloten kamerdeur keek waarachter Joram lag te slapen en met een even schorre stem als die van Chamoetal zei, maar hoe kom je erbij, kinderen, denken jullie nu echt dat het mij wat uitmaakt waar de gasten zitten? Alledrie moesten ze lachen.

Twee weken voor de bruiloft vroeg Sjlomkits aan Naäma of... of ze bereid was om hun bruiloft te filmen. Echt? vroeg Naäma, je wilt dat ik jullie bruiloft film? Wauw, ongelofelijk, Sjlomkits, ik kan het echt niet geloven...

Die dag had Naäma voor het eerst sinds heel veel maanden het gevoel dat, hèhè, alles op zijn pootjes terechtkwam, dat vanaf nu alles goed zou komen. En inderdaad, vanuit een heleboel invalshoeken bekeken had haar gevoel het bij het rechte eind, hoewel het de aard en essentie van gevoelens is om zich alleen op de uitkomst te concentreren zonder te weten, of zonder te willen weten, welke factoren aan die uitkomst hadden bijgedragen. De videofilm van de bruiloft van Joram en Sjlomkits, bijvoorbeeld.

De film die Naäma voor Joram en Sjlomkits maakte was zo geslaagd dat ze daarna de rest van haar studie financierde met zulke bruiloftsfilms, die ze voor vrienden-van-vrienden van Joram en Sjlomkits maakte, die precies zo'n eenvoudige, korte, op zichzelf staande film wilden. Ook Sjlomkits was ervan onder de indruk. Heel erg. Ondanks haar bange voorgevoelens of de omstandigheden die ertoe geleid hadden dat Naäma op de bruiloft de camera vasthield, die – hoe zullen we dat zeggen? – nogal curieus waren geweest. Maanden voor de bruiloft wist Sjlomkits al precies wat voor film ze hebben wilde en wie die moest opnemen: een film zoals die gemaakt was voor Tsachi uit de kerngroep, die met Jaäla uit de kibboets was getrouwd. Een film die, net als die van alle andere bruiloften en kibboetsfeesten, met veel talent door ene Gadi Keidar gemaakt was. Sjlomkits wist niet precies hoe het kwam, maar om de een of andere reden lukte het haar niet om gewoon tegen Naäma te zeggen, ik wil dat jouw vader onze bruiloft filmt. Of, ik dacht dat we misschien jouw vader konden vragen of hij de film van onze bruiloft kan maken, of, wat vind je? Als ik jouw vader zou vragen of hij onze film kan maken?

Misschien had ze het niet gekund omdat ze wel wist dat Naäma niet blij zou zijn met die vraag. Misschien had ze het niet gekund omdat ze zich er nogal voor geneerde dat ze, ondanks haar openlijke en alom bekende afschuw van Gadi Keidar, wilde dat hij, juist híj, deze belangrijke, eeuwig dierbare film zou maken. Of misschien omdat Balli, toen ze vernam dat Sjlomkits dit wilde, gewoon in lachen was uitgebarsten. Ergens was het Sjlomkits wel eens opgevallen dat Balli altijd in een ontspannener, spontanere lach schoot dan normaal, als Gadi Keidars naam viel. Ooit had ze de bedoeling gehad om haar ernaar te vragen, maar op de een of de andere manier was het er uiteindelijk niet van gekomen. Jaren later, wanneer iedereen het al weet, zal Sjlomkits in eerste instantie boosheid, bedrog en vernedering voelen, maar die maken heel snel plaats voor een gevoel van zware, stille verantwoordelijkheid. Sjlomkits zal met hen allebei bevriend blijven, zoals iemand dat doet die weet hoe je met een rustig, verantwoord handje scherven kunt vastpakken zonder je te verwonden.

Daardoor kwam het dat ze dag in dag uit met deze vraag worstelde, hoewel ze iedere dag opnieuw besloot dat ze hem vandaag zou stellen. Uiteindelijk was het Joram die de knoop doorhakte. Als je het haar morgen nog niet vraagt, zoek ik iemand anders, zei hij. Straks is het te laat. Het is nu al te laat, we trouwen al over twee weken. Sjlomkits, die de laatste tijd het gevoel had gehad dat Joram zich distantieerde en zich onttrok aan alles wat hij 'de hysterie van de bruiloft' noemde, liep glimlachend op hem af. Je hebt gelijk, zei ze. Je hebt volkomen en ontegenzeggelijk gelijk. Nog diezelfde avond belde ze Naäma op. Luister, ik had gedacht, misschien, dat wil zeggen, misschien kun jij of je vader, of allebei, de film van onze bruiloft maken? hoorde ze zichzelf een onbedoelde variatie uitspreken van de zinnen die ze voorbereid had, en Naäma antwoordde direct, echt? Je wilt dat ik jullie bruiloft film? Wauw, ongelofelijk, Sjlomkits, ik kan het echt niet geloven...

Hierna was er al geen weg meer terug. Het was niet meer mogelijk om er zelfs maar op te wijzen dat de enige die eigenlijk wist hoe je bruiloftsfilms moest maken, de enige die dat ook deed en er zelfs mooie films van maakte, Naäma's vader was en niet Naäma zelf. Ze was weliswaar in zijn voetspoor getreden, had zich ingeschreven aan de filmacademie en was bovendien geaccepteerd, maar vanaf daar was het nog een lange weg voordat je daadwerkelijk wist hoe je een film maakt, ook al was het maar een klein bruiloftsfilmpje. Maar er was geen weg meer terug en het was onmogelijk om Naäma's dankbaarheid en enthousiasme te weerstaan. Sjlomkits zei tegen zichzelf (en ook tegen Joram), dat ze wel zouden zien wat er van kwam, dat ze tenminste de wetenschap hadden dat ze Naäma erg gelukkig hadden gemaakt met hun verzoek, en dat dat ook iets waard was. Joram was er niet helemaal van overtuigd. Hij begreep niet wat het fatalisme dat over Sjlomkits was gekomen te betekenen had en waarom hij de vereeuwiging van zijn bruiloft moest opofferen aan Naäma's gevoeligheden en opwinding. Maar zelfs Joram begreep dat het niet verstandig was om vlak voor de bruiloft de confrontatie aan te gaan, niet met de vriendinnen van de bruid of met de bruid zelf.

En zo gebeurde het dat Joram en Sjlomkits aan Naäma vroegen om hun bruiloft te filmen, en zo gebeurde het dat ze dat deed en dat het resultaat, zoals al gezegd, volledig naar wens was en nog meer dan dat, gezien alle factoren die erin meegespeeld hadden.

In de maanden die op de bruiloft volgden, plantte Sjlomkits iedereen die toevallig bij hun langskwam, neer voor die fantastische bruiloftsfilm die Naäma had gemaakt. Vanaf het begin, met het grappige stukje van Sjlomkits die zich aan het aankleden is, tot aan het einde met de dronken gelukwensen van Ohad. Zoals dat gaat bij gedeelde herinneringen werden ook die van Jorams en Sjlomkits' bruiloft opgebouwd en kregen hun vorm; dat het precies was zoals het had moeten zijn, niet meer en niet minder, opwindend genoeg, lachwekkend genoeg en op geen enkele manier vervelend.

Het is onmogelijk om alles in zo'n korte, aardige, op zichzelf staande film te stoppen. Bijvoorbeeld dat de ouders van Sjlomkits stijfjes, gespannen als vreemde eenden in de bijt aan de kant zaten en dat Sjlomkits zich nauwelijks met hen bezighield, of dat het Jorams moeder was die direct na de huwelijksvoltrekking de eerste opgewonden kus van de bruid kreeg.

Wie de film bekeek, ongeacht of dat Balli of Sjlomkits of Naäma zelf was, kon onmogelijk denken aan wat er niet in zat. Zoals Oeri bijvoorbeeld, die helemaal niet naar de bruiloft was gekomen omdat uitgerekend op diezelfde dag de ceremonie van de eerste schooldag werd gehouden op het internaat waar hij werkte. Oeri had met zijn nieuwe, omfloerste stemgeluid aan Joram uitgelegd dat de kansarme kinderen hem harder nodig hadden dan Joram en Sjlomkits en dat hij op afstand blij voor hen was. Sjlomkits had gezegd, hij komt niet naar de bruiloft? Hij-komt-niet-naar-de-bruiloft? Wil je me vertellen dat hij dat tegen je heeft gezegd? Dat hij niet naar de bruiloft komt? Waarop Balli had gereageerd, laat 'm toch, hij heeft op dit moment blijkbaar die afstand nodig, vat het toch niet zo persoonlijk op, en Naäma had gezwegen.

De nacht voor de bruiloft moest ze zes keer overgeven. Het was pas zes uur 's ochtends toen ze overwoog haar vader te bellen en hem te vragen om in haar plaats te filmen. Alleen de angst voor Sjlomkits en haar teleurgestelde blik weerhielden haar hiervan. Maar om halfzes dommelde ze in en sliep ze door tot Balli haar om twee uur 's middags opbelde, lig je te slapen of zo? Kom je niet naar Sjlomkits' hotel om haar bij het aankleden te filmen? Naäma stamelde, ik eh... ik voel me gewoon niet zo lekker, waarop Balli zei, hé Namoesj, lieverd, zal ik een kopje thee voor je komen maken? Naäma slikte haar speeksel door en zei, nee, het lukt wel. Maar Balli stond erop haar op te komen halen om haar naar het hotel te brengen en zat in haar glinsterende, mouwloze rode jurk die ze in een waanzinnige uitverkoop in Kopenhagen gekocht had, in de auto op haar te wachten. Wauw, wat ben je mooi, zei Naäma, maar Balli haalde haar schouders op en zei, onze allerbeste vriendin gaat vandaag trouwen, weet je? Naäma staarde naar de glinsterende rode vlek die Balli's jurk was geworden en zei, komen we niet te laat?

Toen ze in Sjlomkits' kamer arriveerden, was die nog maar half aangekleed. Balli nam de touwtjes in handen, zette de camera op het statief en hen drieën in een rechte lijn, waardoor het gebeurde dat de bruiloftsfilm opent met een half aangeklede bruid, die van de ene kant omhelsd wordt door iemand die onophoudelijk praat en van de andere kant door iemand die onophoudelijk zwijgt.

Maar du moment dat ze de bloeiende tuin in stapte waar de bruiloft gehouden werd, op het moment dat ze de camera uit de auto pakte, voelde ze hoe de betovering van de feestelijkheid haar besprenkelde als was het glinsterend fijn feeënstof en wist ze zeker dat alles goed zou komen. En net als in alle sprookjes, is de heldin altijd de laatste die weet hoe glinsterend, betoverend en alles mogelijk makend dat feeënstof is. Naäma, die op die dag alleen maar hoopte dat de film zou lukken, kon niet vermoeden dat er *Love is in the air* was, zoals dat klonk in het liedje dat het bruidspaar had aangevraagd als eerste nummer na de huwelijksbaldakijn.

De hele bruiloft draafde ze in het kielzog van de bruid en bruidegom, en zo gebeurde het dat ze alleen die mensen filmde die naast Joram en Sjlomkits stonden of dansten, en daardoor kwam het dat

Eli (Alex) Levinski, een goede vriend van Joram (goed in die zin dat ze een maandlang dezelfde controlepost hadden bemand aan de weg naar Ramallah en ze er dezelfde politieke opvattingen op na hielden), die aan de tafel met zijn vrienden uit het leger zat en de enige was die zonder partner was gekomen, op de bruiloftsfilm nauwelijks te zien was. Het was een bijzonder lange vent. Zijn lengte was ergens verbazingwekkend; het zag er een beetje onnatuurlijk uit, alsof die lengte losstond van zijn magere lichaam. Toen het dansen begon, stond Eli met de rest van de vrienden uit het leger op en ging naar de dansvloer, maar dansen deed hij niet, hij stond alleen langs de kant te kijken. Aan het slot van de bruiloft, letterlijk bij de laatste dans, stapte hij op Naäma af en ging glimlachend naast haar staan, zonder iets te zeggen, zonder zijn handen uit zijn zakken te halen, zonder op te houden te kijken. Naäma, die in dit stadium van de avond inmiddels een beetje moe en duizelig was, glimlachte terug. Ze probeerde te schipperen tussen haar professionele verplichtingen, het feit dat dit de laatste dans was, dat Ohad ongelooflijk zat was en onzin uitkraamde die gefilmd moest worden, dat Joram en Sjlomkits eindelijk met elkaar dansten en natuurlijk moest ook dat gefilmd worden, en tussen die jongeman die daar de hele tijd stond en die haar van bovenaf uitnodigende blikken toewierp. Uiteindelijk glimlachte ze opgelaten, waarop Eli een visitekaartje uit zijn zak haalde en er 'Voor de mooie, vermoeide cameravrouw. Eli' op schreef, haar vluchtig op haar wang kuste en vertrok.

Er gingen een paar dagen voorbij. Het visitekaartje van meneer Alexander Levinski, advocaat, bleef in Naäma's zak zitten en stuurde haar vanaf daar onduidelijke prikkelingen. Veel van: aan de ene kant, maar aan de andere kant. Aan de ene kant was hij een beetje anders, ontegenzeglijk, en hoe zat dat met wat Joram had verteld, dat hij op rijm praatte? Maar aan de andere kant had hij iets verteders en had hij onophoudelijk naar haar gekeken. Aan de ene kant was hij wel een vriend van Joram, en was hij zelfs advocaat. Aan de andere kant voelde ze zich niet aangetrokken tot zulke magere mannen, ze hield helemaal niet van magere mannen. Aan de ene kant was het vernieuwend, de rechtstreekse manier waarop hij zich tot haar had gewend; zo anders dan alle gedraai, gekonkel en omtrekkende bewegingen die ze tot dan toe was tegengekomen. Aan de andere kant: Sjlomkits en Joram waren op huwelijksreis in Griekenland en ze kon niet doen wat ze zou willen, dat wil zeggen, Sjlomkits de duimschroeven aandraaien dat ze Joram zou ondervragen over wie of wat hij was en of hij de moeite waard was. Balli zei, natuurlijk, bel ze, waarom niet. Maar haar 'waarom niet' klonk iets te snel, ietwat ongeduldig, als een moeder die 'waarom niet' zegt over het vijfde chocolaatje.

Het kaartje in haar zak jeukte steeds erger en scherper; het werd een echte last en Naäma besloot waarom niet eigenlijk, als puntje dan toch bij paaltje kwam. Ze belde hem op. Nog diezelfde avond hadden ze een afspraak. De volgende dag weer en ook de dag daarna. Hij was inderdaad een beetje apart. Maar Naäma, die eraan gewend was om bij de aparten te horen, genoot ervan om plotseling aan de andere kant te staan, als een klein meisje dat in haar moeders hoge hakken voor de spiegel staat. Ze zat samen met Balli, dronk heel langzaam haar koude koffie en zei, nou goed, hij is een beetje apart. Maar diep vanbinnen wist ze dat ze hem weer zou zien. Want aan de ene kant was er iets lachwekkends aan zijn Hebreeuws dat altijd klonk als een citaat, en zijn ongewone neiging om op rijm te praten, maar aan de andere kant wekte zijn diepgaande kennis en zijn precieze gebruik van de taal bewondering. Het kenmerk van immigranten, zei hij eens tegen Naäma, die grinnikte, ben jij immigrant? Hij was samen met zijn ouders en zus geïmmigreerd toen hij tien was; van hen had hij zijn ambitie, zijn principes en zijn lengte geërfd. In Moskou waren zijn ouders jurist geweest, en ook in Israël hadden ze zich snel en efficiënt geassimileerd. Zijn moeder had een leerstoel aan de universiteit van Beër Sjeva en zijn vader had een kantoor opgericht dat zich toelegde op de zaken van Russische immigranten, dat ongelooflijk snel een bloeiend kantoor van naam was geworden. Zijn oudere zus had rechten gestudeerd als kvv'er en toen ze afzwaaide, waren zij en haar man partners geworden in het kantoor van haar vader. Toen Eli afzwaaide, volgde ook hij, met haast automatische gedweeheid, in het spoor van de familie. Aangezien hij niet in Beër Sjeva wilde blijven wonen en zijn ouders dat volledig begrepen, opende hij een soort filiaal van zijn vaders kantoor in Tel Aviv.

Naäma worstelde ermee wat ze over zichzelf zou vertellen. Ze wist maar al te goed dat iedereen in dit stadium hobbels in zijn leven gladstreek en er een vloeiend verhaal van maakte waarmee bewondering geoogst kon worden. En tegelijkertijd voelde ze zich onmiddellijk klein, ellendig en had ze te veel hobbels om die nog te kunnen verbergen.

Balli had geen enkele twijfel. Ze mocht hem niks vertellen over Oeri, en zeker niet over wat er die ene Poeriem was gebeurd, en over Sjai en zijn vriendin konden ze het maar beter zo weinig mogelijk hebben, net als over Steve en zijn seksuele eigenaardigheden. En over het overgeven kon ze maar beter helemaal niet reppen. Waar kan ik het dan wel over hebben? Naäma grinnikte, niet over de mannen in mijn leven, niet over mijn ouders – Balli onderbrak haar, waarom niet over je ouders? Waarom niet? Wat heb je over je ouders te verbergen? Waarop Naäma weer dat verlangen voelde, dat innerlijke pijnlijke verlangen, naar nog één stukje chocola. Maar uiteindelijk wist ze er een verhaal van te maken waarmee zelfs zijzelf tevreden was; een ongelukkige jeugd in de kibboets, zonder in te gaan op details, ouders die bijzonder Israëlisch waren, verbonden met de grond, van die kibboetsbewoners, je kent het wel...

Nee, Eli kende het niet. Maar dat vond hij juist leuk.

Bij hun vierde ontmoeting keek hij haar ernstig aan en zei, ik wilde je wat zeggen. Wat? Naäma was bedrukt. Deze opening klonk al te bekend, en Eli vlocht zijn handen ineen, legde ze achter zijn hoofd en zei, het klinkt misschien wel excessief, maar Naäma, jou heb ik lief. Zomaar. Met dat handgebaar, dat Naäma in later dagen zal weten te interpreteren als een teken van verwarring, en met die -sief en lief die vermorzeld werden door onherroepelijke beslistheid.

Eli werd verliefd op Naäma met dezelfde inzet en energie als toen hij in de vijfde klas terechtkwam in Israël. Aan het eind van het jaar was hij al de beste leerling van de klas, aanvoerder van het basketbalteam van de school en de enige die de eerste ronde audities doorkwam die de mensen van het kinderprogramma *Ritsjratsj* hielden. Aan het eind van de eerste maand dat hij met Naäma ging, nodigde hij haar al uit om met hem te gaan samenwonen, nam hij haar voor een diner mee naar zijn ouders en het lukte hem om Galja te betoveren en Gadi te irriteren tijdens het tegendiner de week erna. Naäma begreep zichzelf niet. Het was haast te veel van het goede, op de kibboets verschijnen, hand in hand met een jongeman die haar lieveling noemt, en die Galja complimenteerde met 'de uitmuntende taart, die de schoonheid van de gastvrouw evenaart'. Ze werd ook verliefd op hem, ondanks zijn kleine ogen en pompeuze zinsbouw. En zijn lengte. Hij had beslist niets van de zwaarvoetige lompheid die Oeri, Sjai, Steve (en ook haar vader) kenmerkten en waarin zij meende de vleesgeworden mannelijkheid te zien. Maar hij bezat finesse en kalmte en de belofte van normaliteit en Naäma begaf zich op verlichte, niet helemaal bekende paden en genoot van ieder ogenblik. Weliswaar had ze in de eerste paar weken nog het gevoel dat ze er van buitenaf naar keek: dit ben ik niet, eigenlijk ben ik dit niet, het zijn alleen mijn moeders hakken die me te groot zijn waardoor ik zo'n dame word. Maar de weken regen zich aaneen, zoals dat gaat met weken, en werden maanden; een en daarna nog een. En maanden hebben die eigenaardigheid: als iets zich maandenlang voortsleept, wordt zelfs het allervreemdste gewoon.

Er brak een nieuwe periode aan. Naäma's verjaardag vierden ze met z'n drieën, Balli, Sjlomkits en Naäma, in het café dat onlangs naast Jorams en Sjlomkits' huis geopend was. Buiten viel een lentebuitje, binnen zat Naäma met blozende wangen van warmte en opwinding haar cadeautjes open te maken: Balli had een rood nachthemd voor haar gekocht en Sjlomkits een geweldige cd van een Griekse zangeres die in het Turks zong met een stem die je aan het huilen kon maken. Ze aten (Naäma alleen salade: nul punten bij de Weight Watchers. Ze was opnieuw begonnen daarnaartoe te gaan en was al tweeënhalve kilo kwijtgeraakt), dronken, lachten en haalden herinneringen op. In diezelfde nieuwe periode leek het dat de gesprekken over ooit allemaal gevoerd waren. Dat de gesprekken over ooit, met alle gewichtigheid en klefheid van dien, hoorden bij een ver en kinderlijk verleden. Nu waren ze echte vrouwen. En dus praatten ze over werk en studie, vertelde Sjlomkits dat ze erover dacht om misschien volgend jaar over te stappen naar psychologie, zei Balli dat ze uitgenodigd was om voor de krant te schrijven en Naäma dat ze misschien voor een weekendje naar Barcelona zouden gaan.

Ieder gaf de mooie, slimme, fantastische, juiste respons die paste bij de tijd en de plaats en bij wat er verteld werd.

Soms blijven de dingen die je het liefst wilt zeggen je zwaar en onuitspreekbaar achter in de keel hangen. Soms blijven de dingen die je het liefst wilt zeggen in je mond steken. Sjlomkits had het gevoel dat dit niet de plek was, hier in dit nieuwe café met de verjaardag, de wijn en de gepaste reacties, om opeens te beginnen over wat zij wilde, wat ze zo heel graag wilde. Een kind. Dat er een kind zou komen dat alles goed zou maken.

En Balli vertelde niet dat Oeri haar vorige week had gebeld. Dat hij veel beter en helderder had geklonken, dat hij naar haar appartement was gekomen, ze naar de film waren gegaan en daarna wat hadden gedronken, waarna hij was blijven slapen en pas de volgende ochtend was teruggegaan naar Kirjat Arba. Ze vertelde het niet. Waarom niet? Soms lijken de belangrijkste dingen overbodig en irrelevant in het schemerige licht van een café dat doordrenkt is van wijn en verjaardagscadeautjes. Wat kon ze zeggen? Dat de manier waarop hij sprak krachtig, indrukwekkend klonk? Nou goed, zijn overtuigingen waren, zeg maar – anders. Niet zoals die van ons. Balli had geprobeerd met hem te discussiëren, daar mankeerde het niet aan, maar later had ze het opgegeven. Iedereen heeft recht op zijn eigen overtuigingen, had ze het voor zichzelf geprobeerd te verklaren, niet iedereen hoeft overal op exact dezelfde manier over te denken. En in plaats van over politiek te praten, hadden ze het over zichzelf gehad, over hun jeugd, over de vis die ze klaarmaakte, over allereerst en allertweedst, en over Naäma en Eli die aan de Herzlstraat een rood lederen bank en twee fauteuils hadden gekocht.

Rood leer? Wil je me vertellen dat Naäma een rood leren woonkamerameublement heeft?

Ja.

Wat ja?

Ja.

Oeri had gezwegen en Balli ook.

En toen had ze gezegd, je weet hoe Naäma is.

Hoe?

Nou ja, zo is ze. Een mengelmoes.

Oeri had moeten lachen, ik zweer het je, dat is de goeie definitie. Zo is ze precies. Een mengelmoes.

Het was al laat toen Balli onverhoeds liefdevol en intiem had gezegd, ik heb je gemist, wist je dat? Oeri had gezucht en rustig verteld dat hij, tsja, nogal verdrietig was geweest nadat ze naar Kopenhagen was gegaan. Ze zeiden dat het een soort depressie was, hij wist het niet precies, hij snapte niks van dat soort dingen, hij was naar Kirjat Arba verhuisd, naar het internaat en in plaats van dat hij daar kinderen begeleidde, had hij daar begeleiding gekregen. Het was hem soms dagenlang niet gelukt om uit bed te komen. Balli haalde diep adem en begon te zeggen dat... Nou ja, ze had nou eenmaal die studiebeurs gekregen en daar had ze geen nee tegen kunnen zeggen en bovendien al die relaties, met hem en met Naäma en...

Oeri had haar onderbroken. Laat dat, Balli, je hoeft het niet uit te leggen. Ik vertel het je alleen maar. Jij hoeft helemaal niks uit te leggen.

Daarna had hij gezegd, soms stuurt de Heilige gezegend zij Hij, zorgen op de weg van een mens, maar hij laat hem niet vallen, laat hem niet vallen, laat hem helemaal niet vallen, en dan – wanneer de zorgen voorbij gaan en de lucht opklaart – begrijp je iets nieuws.

Balli had het niet begrepen.

Oeri had gezucht. Het is dat gevoel dat je er niet alleen voor staat.

Dat je niet alleen op deze wereld bent. Dat je iemand hebt op wie je terug kunt vallen.

Balli had het nog steeds niet begrepen, op God? Weer had Oeri gezucht. Ik bedoel de Heilige gezegend zij Hij. Ja. Als je gelooft, dan begrijp je dat je nooit echt zult vallen.

Balli had gezwegen. Om een of andere reden herinnerde ze zich een oud liedje dat Oeri en zij ooit samen hadden gezongen, met de gitaar. *Waar domoors dwars door dromen benen, lopen engelen op hun tenen.* Ze wilde geen domoor zijn die dwars door dromen beende of op het geloof stampte. Daar waar kersverse rechtvaardigen over de Heilige geprezen zij Hij beginnen, houden oude zondaars beschaamd hun mond.

Daarna gingen ze slapen. Nee, wat denk je wel? Natuurlijk niet samen. Oeri had in de woonkamer op de grond geslapen en Balli in haar eigen kamer in haar bed. Hoe kom je erbij, samen? Daarom vertelde ze niet over die ontmoeting. Er viel gewoon niets te vertellen.

En Naäma vertelde niet over haar vader.

Twee weken daarvoor was het Gadi in zijn rug geschoten. Nou goed, dan was het hem in zijn rug geschoten, dat is toch niet iets om over naar huis te schrijven, zelfs niet voor Gadi Keidar, wiens vermogen om te lijden bij de allergeringste van het land hoorde, zoals Galja dat altijd zei. Maar juist in deze periode was Galja veel vriendelijker en minder scherp dan normaal, vooral tegen Naäma, die op de kibboets rondliep met een vriend die weliswaar een tikje vreemd was met zijn lengte, maar ondertussen was hij toch maar advocaat, en tamelijk succesvol zo te zien, en hij hield heel veel van Naäma. Ze begon er aandacht aan te schenken: aan Naäma's dieet, aan de kilo's die eraf gingen en ze probeerde zelfs interesse te tonen in haar studie aan de filmacademie (want al sloeg je haar dood, ze zou nooit van haar leven begrijpen wat Naäma bezield had om naar de filmacademie te gaan. Zelfs Gadi had immers ontdekt hoe overbodig en nutteloos dat was). Ook tegenover Gadi begon ze een nieuwe zachtheid te vertonen, die wellicht opwelde uit de rust die hij uitstraalde, een nieuwe, broze rust.

En toen ineens was er, midden op de dag, in de stal, die pijn in zijn rug geweest die hem de adem benam. Gadi had op de vloer liggen schreeuwen van de pijn, en de verpleegster van de ziekenpost die erbij geroepen was, was zo geschrokken van het geschreeuw (Gadi Keidar had altijd geweten hoe hij moest schreeuwen als dat nodig was), dat ze geen moment geaarzeld had en een ambulance had laten komen.

Drie dagen later had Naäma het tellen dat ze bij de Weight Watchers had geleerd, gelaten voor wat het was, pasta met room en pepers gemaakt en ook nog een appeltaart zoals van Galja gebakken en die met een bolletje ijs ernaast geserveerd, zoals Brenda dat deed. Eli had gezegd, de taart is met niets te vergelijken, mag ik mijn dankbaarheid met een zoen laten blijken. Naäma had geglimlacht en het staartje wijn uit de fles in de koelkast voor hen beiden ingeschonken met bewegingen die haar niet eigen waren. Ze had niet gewacht tot zijn hand haar bloes open zou maken, maar had hem gewoon uitgetrokken en was in haar beha boven op hem gaan zitten, zonder acht te slaan op zijn grijze trui die in haar buik prikte, of op de wankele keukenstoel, die net als Eli nogal verrast werd door Naäma en haar nieuwe passie. Maar de stoel was niet zoals Eli, die zich, zoals hem eigen was, met nauwkeurige precisie aan de nieuwe omstandigheden aanpaste; de stoel had moeite de nieuwe toestand te accepteren en vooral het gewicht te verdragen van die nieuwe toestand en de bewegingen die ermee gepaard gingen. Het kon Naäma niet schelen om op de vloer verder te gaan nadat de stoel het had opgegeven en door zijn poten was gezakt, maar dit was het punt waarop er een eind aan Eli's aanpassingsvermogen kwam. Ze verhuisden naar het bed, zonder de trui, en aan het eind, toen Eli ietwat verbaasd en bijzonder onder de indruk bijna weggedommeld was, was Naäma naast hem rechtop in bed gaan zitten en in huilen uitgebarsten.

Wat is er? Eli schrok verward wakker. Hij was het niet gewend meisjes aan het huilen te maken, en Naäma zei, mijn vader heeft kanker.

Dit alles vertelde Naäma die avond niet, op haar verjaardag. Waarom niet? Omdat de artsen hadden gezegd dat het een kleine tumor in de longen was en dat ze die op tijd hadden ontdekt. Dat Gadi een sterke kerel was en dat hij dit te boven kon komen. Niet dat Naäma dit een van de artsen zelf had horen zeggen, maar ze had Galja de woorden van de artsen tot in den treure horen herhalen. Ze had het de meiden juist wel willen vertellen. Ze was ervan overtuigd dat ze het die avond dat ze eindelijk weer eens bij elkaar waren na een veel te lange periode van haastige telefoontjes en berichten op antwoordapparaten, zou vertellen. Maar plotseling leek het haar onnodig, jankerig, het zou de avond bederven. Ze dacht aan alle verjaardagen die door Gadi of Galja of hen beiden verpest waren en besloot dat ze dit keer de avond anders wilde laten verlopen, dat ze aan het eind van de avond op het trottoir zou staan met een tas vol cadeautjes en kusjes.

De geliefde, de liefhebbende vrouw, de vrouw van wie gehouden wordt.

En wat was het leuk hè, om weer eens met z'n drieën bij elkaar te zijn, net als vroeger.

De volgende dag waren ze naar het Rambam-ziekenhuis in Haifa gegaan. De arts die Gadi geopereerd had, bleek een oude vriendin van Eli's ouders te zijn, nog uit Moskou. Eli had gezegd, in dat geval zijn we in goede handen. Galja had hen met een vermoeide blik aangekeken en gezegd, jullie hadden niet hoeven komen, echt niet.

Daarna waren ze naar Gadi's kamer gegaan. Daar lag hij dan, grauw en kortademig en zei met schorre stem, jullie hadden niet hoeven komen, echt niet. Naäma had gevraagd hoe hij zich voelde, en Gadi had grinnikend gezegd, fantastisch, en Naäma had verteld dat Eli de arts die hem geopereerd had kende en dat hij gezegd had dat we in goede handen zijn. Gadi had hen beiden een moment aangekeken, gezwegen en toen gezegd, vertel eens, Naäma, weet Balli dat ik ziek ben?

Balli? had Naäma gevraagd.

Gadi had gezwegen en zijn ogen dichtgedaan.

Ik weet het niet, dat wil zeggen, het is lang geleden... We hebben elkaar al een tijd niet gesproken, ze heeft het verschrikkelijk druk nu met haar nieuwe baan bij de krant, dus ik weet niet... Waarom vraag je dat?

Ik weet niet waarom, ik had een heel vreemde droom in de nacht na de operatie, of ervoor... Geen idee, plotseling was ze...

Toen was Galja de kamer binnengekomen en had Gadi zijn mond gehouden en zijn ogen dichtgedaan. Een paar minuten later had Naäma Eli met haar ogen gewenkt. Nou papa, voel je snel beter, had ze gezegd en had zich, om een omhelzing vragend, over hem heen gebogen. Gadi had zijn sterke, koortsige armen naar haar uitgestoken en haar stevig omhelsd. Heel erg stevig, en had met schorre, zachte stem gezegd, tot ziens mijn dochter. Rijden jullie voorzichtig, ja? had Galja gezegd, het is al verschrikkelijk laat.

Op de terugweg naar huis was het al donker. Naäma had naar buiten gekeken en gezegd, Eli?

Wat is er?

Niks. Ik wilde je alleen maar bedanken.

Niets, niks en niemand gingen naar het strand en het was laat, niet en niks verdronken, dus wie is het die er nog staat?

Naäma had gezucht en niets gezegd en Eli had naar hetzelfde buiten gekeken waarop haar blik gefocust was en had gezegd, ik probeerde je alleen aan het lachen te maken, je had gewoon kunnen zeggen dat ik ermee moest staken, en Naäma had weer gezucht en niets gezegd.

De volgende ochtend had ze drie besluiten genomen: om Oeri te bellen, om naar het maatschappelijk werk te bellen en om Balli te bellen. Het maatschappelijk werk was bezet, in de telefooncel van het internaat in Kirjat Arba werd niet opgenomen en bij Balli kreeg ze het antwoordapparaat.

Nee, ze had geen bericht ingesproken.

En zo kon het echt gebeuren dat Balli helemaal niet wist dat Gadi ziek was. Er waren momenten waarop ze er plotseling bij stilstond en dacht, wat gek, het is al heel lang geleden sinds... Maar in de loop der jaren had haar verhouding met Gadi wel vaker, soms tamelijk lange stiltes te verduren gehad, vooral als hij een andere interesse had. Elke stilte veroorzaakte bij Balli een steeds toenemende wervelstorm van onrust en opluchting vermengd met een soort irritatie, die pas ging liggen wanneer ze zijn stem weer hoorde. Zijn stem, hijgend en verdrietig, en de hare. Maar nu, juist in deze maanden, voelde ze een nieuw soort duizeling. Misschien was dat omdat ze na Kopenhagen in hun ontmoetingen aanvoelden dat het niet zou lukken los te komen van de neerslachtigheid die tussen hen gehangen had bij dat ene diner. Of misschien omdat ze zelf tot over haar oren opging in nieuwe interesses die minstens even dronkenmakend en duizelingwekkend geurden.

Chilik Granot. Haar redacteur bij de krant. Degene die haar onder zijn hoede had genomen en haar cultiveerde zoals hij dat kon, die haar het ene na het andere voorpagina-artikel gaf, die haar aan al zijn vrienden voorstelde en haar op al zijn feesten uitnodigde. Nee. Hij was niet verliefd op haar. Chilik Granot had meer interesse in meisjes jonger en mooier dan Balli, en dan vooral als ze aanmerkelijk minder slim waren dan zij. Nee. Zijn belangstelling voor Balli was anders. Op een vreemde en verwrongen manier deed ze hem aan zichzelf denken toen hij nog jong en onbreekbaar was zoals zij. De manier waarop hij haar koesterde had bijna iets vaderlijks, terwijl Balli die omhelzing op een haast verwende, toegewijde, kinderlijke manier aanvaardde, die anders was dan alle zwijgende omhelzingen van alle mannen die ooit om haar heen hadden gedraaid. En nu, nadat hij haar had voorgesteld aan Tirtsa Tirosj, helemaal. Tirtsa Tirosj was haar carrière begonnen bij de plaatselijke krant die Chilik twintig jaar daarvoor had opgericht, toen het oprichten van een plaatselijke krant waaghalzerij werd gevonden, een soort beroepsmatige zelfmoord die alleen Chilik kon plegen. Sindsdien waren er heel wat Diet Cokes geschonken bij redactievergaderingen en hielden hele netwerken van lokale kranten zich bezig met gemeenteraadsleden en riooljournalistiek, maar Chiliks krant was de eerste geweest en Tirtsa een van zijn eerste correspondenten. Onvermoeibaar zat ze bij gemeenteraadsvergaderingen en interesseerde ze zich voor wat het hoofd van de afdeling inspectie te zeggen had op een manier die zelfs het hoofd van de afdeling inspectie verbaasde. Haar grote succes was te danken aan haar vermogen om mensen aan de praat te krijgen, vooral mensen die een grote bek hadden en grofgebekt waren zoals de burgemeester, en hun uitspraken te ontlokken die nooit bedoeld waren om in de krant gepubliceerd te worden. Tirtsa Tirosj was klein van stuk, zag er aardig uit, had kort haar en een iel, beetje kinderlijk stemmetje. Niemand had kunnen vermoeden dat 'dat kleintje', zoals de burgemeester haar placht te noemen, in feite een naar publiciteit en krantenkoppen hakende journaliste was. Toen de waarheid eenmaal over de voorpagina gepleisterd was, was het al te laat. Later werd ze correspondente van de belangrijkste bijlage van de krant die door Chilik werd geredigeerd. Haar profielschetsen, ongeacht van wie, waren altijd sensationeel, scherp en lotsbepalend voor het onderwerp van haar bijdrage, die regelmatig zijn huidige of toekomstige positie verloor door een opeenvolging van uitspraken waarvan hij geen idee had dat hij ze gedaan had. Voor Balli waren de uitjes met Chilik en Tirtsa, vooral in de nachten dat ze de krant naar bed hadden gebracht, een duizelingwekkende, bevrijdende ervaring, in lichtheid gedrenkt. De vriendschap tussen Chilik en Tirtsa scheen haar toen toe als het volledig tegenovergestelde van alle vriendschappen die ze kende: open, belangeloos, liefdevol maar niet dwingend, bevrijdend en bevrijd. Ze zat hen te bekijken terwijl ze lachten om de nauwkeurige bewoordingen en spitsvondigheden die tussen hen heen en weer gingen en koesterde zich in het besef dat ze bij hen aan tafel hoorde. Het was helemaal niet nodig om zelf iets te zeggen, om te bewijzen dat ze ook aan het spelletje meedeed, of het ging winnen, en ook dat was voor Balli een duizelingwekkende, bevrijdende, dronkenmakende ervaring vol lichtheid. Ze voelde zich als een klein kind dat de handen van papa en mama vasthield, twee sterke handen die haar hoog in de lucht zwaaien, van je een twee drie...

Chilik zei dat het waar was, dat Tirtsa zijn allerbeste vriendin op de hele wereld was, dat zij een zeldzame vriendschap deelden.

Uniek. Heel erg bijzonder. Ooit hadden ze zelfs overwogen om samen een kind te krijgen, waarop Balli met een zekere bezorgdheid vroeg, wat? Jullie? Jullie zijn samen geweest? Chilik schoot in een diepe zware onstuitbare lach. Hij lachte misschien wel veertig minuten lang. De secretaresse van de redactie en ook twee of drie correspondenten kwamen binnenlopen om te vragen of alles in orde was, terwijl Balli met een beduusde glimlach tegenover hem zat. Ze had geen flauw idee waarom hij moest lachen of wat er zo grappig was, maar het leed geen twijfel dat er iets aanstekelijks was aan iemand die veertig minuten onophoudelijk lacht. Uiteindelijk hield hij ineens op met lachen en zei in volle ernst, nee, we zijn nooit samen geweest, en Tirtsa valt niet op mannen.

Vandaag de dag klinkt dat misschien banaal, maar destijds, in de jaren tachtig, had Balli het gevoel dat ze Amerika opnieuw ontdekt had. Zij, Columbus en Simone de Beauvoir. Maar Tirtsa, anders dan Chilik, werd heel beslist verliefd op Balli. En Balli werd, zoals haar dat eigen was, verliefd op de mogelijkheid.

In de nacht dat de eerste Irakese scudraket viel, kusten ze elkaar. Een kus is slechts een kus en de geschiedenis wijst immers uit dat in die tijd veel mensen elkaar kussen gaven die onvoorzien waren. Al die angst, al die ontploffingen, dat brengt mensen nader tot elkaar, en er wordt zelfs beweerd dat het stimulerend is.

De dag ervoor had Tirtsa Balli al bij haar thuis uitgenodigd, en uit de geschiedenis blijkt immers dat in die tijd veel mensen anderen bij hen thuis uitnodigden. Niemand wilde alleen naar het oorlogsgebulder luisteren, zelfs al was dat ver weg, in communiqués en in het Engels, en dan was er al dat gedoe met die beveiligde kamer en die gasmaskers. Tirtsa bracht de douche in gereedheid. Balli zei dat er niks zou gebeuren, en als Mikki niet in de rij was gaan staan om voor haar het laatste model gasmasker te bemachtigen, had ze zelfs dat niet gehad. Terwijl ze stijf gearmd met Tirtsa op de vloer van de douche zat en hun beider ademhaling door het masker huiveringwekkend hoorde echoën, bedacht ze dat ze hem moest bedanken, die vader van haar. En toen klonk de inslag en deed Tirtsa haar masker af en zei, ik ga eruit om de radio te halen. Balli, die tot dan toe Tirtsa had uitgelachen dat ze net als Mikki en de rest van de wereld in een staat van fictieve paniek was gebracht die vast en zeker gecreëerd was door een door de wol geverfde importeur van afplakband, raakte nu in een echte, acute, volstrekt niet fictieve paniek. Toen Tirtsa met het radiootje in de ruimte terugkwam, drukte Balli zich zo stevig tegen haar aan dat zelfs Tirtsa, die niet in 'en-

en' geloofde en altijd wist te melden dat seksuele geaardheid net zoiets was als politieke overtuiging, dacht, nou, misschien.

Nadat op de radio gemeld was dat men water moest drinken, de kamers kon verlaten en kalm moest blijven, dat er inderdaad sprake was geweest van een raket die in Ramat Gan was ingeslagen, maar dat de slotsom was dat de situatie heel goed was, aangezien dit zomaar een raket was geweest – een gewone raket, een raket die alleen degene doodde op wiens kop hij neerkwam zonder miljoenen onzichtbare en dodelijke moleculen te verspreiden die iedereen zouden doden – verlieten ze de afgesloten douche, deden hun maskers af en keken elkaar, hijgend maar ongedeerd, aan. Balli barstte in lachen uit, god wat een nacht, kom dan doen we de televisie aan, nemen een sigaret en waar is de wijn gebleven die we eerder hadden?

Ze zaten op de oranje bank in de woonkamer, hoorden de wind en de zee buiten, en binnen de nieuwsflitsen op de radio, zagen op de televisie de woordvoerder van het IDL water drinken en namen zelf nog wat wijn. Tirtsa bracht een deken waar je onder moest kruipen en een sigaret die je zelf moest draaien. Op de radio werd gezegd dat men zich kon ontspannen. Op de televisie werd gezegd dat men zich moest ontspannen. En dus ontspanden ze zich. Tirtsa vertelde Balli over Jorams moeder, van wie iedereen wist dat ze al sinds jaar en dag de minnares van de president was. Balli zei dat het lachwekkend was om in zulke termen over Jorams moeder te denken. Ze dacht aan Gadi, aan hun laatste keer samen in de auto van de dierenarts en heel even voelde ze een pijnlijke steek van gemis. Tirtsa, die Balli's zwijgzaamheid opvatte als een positief teken van hernieuwde toewijding, kwam zachtjes dichterbij en tegen de tijd dat Balli zich ineens realiseerde dat Tirtsa's aangename trekken op enkele centimeters afstand van het hare zweefden, was het te laat om nog terug te trekken en liet ze zich de zachte uitnodigende kus welgevallen.

Een paar uur later werd Balli gewekt door de nerveuze geluiden van haar pieper. Ze reikte over Tirtsa heen die naast haar lag te slapen en las Chiliks mededeling, waar ben je? Ik heb je nu op de redactie nodig. Ze keek naar Tirtsa en haar ronde borsten die omhoog en omlaag bewogen, en kleedde zich haastig aan. Schuldgevoel en een doffe zwaarmoedigheid maakten dat ze vertrok zonder Tirtsa wakker te maken. Ze schreef een briefje: 'Ik kon niet slapen. Ben naar huis gegaan. Je lag te slapen als een roosje dus wilde ik je niet wakker maken. Ik zie je morgen weer. Kus, kus.'

Ze wist niet of ze zich schuldig voelde omdat dat is wat je voelt

nadat je je hebt verloren en je hebt ontkleed in een moment van tederheid en bent aangeraakt door de handen van iemand bij wie je
helemaal niet de bedoeling had om je te ontkleden, om die aan te
raken of om je door zijn handen te laten vertederen. Of haar handen,
net zoals het uitkomt. Of omdat het kwam door deze laffe, leugenachtige manier van terugtrekken. Bijna elk woord op het briefje was
een leugen, en dat wist ze. En als het erop aankwam, hield Balli
niet van liegen. Of misschien was dit allemaal omdat Chilik haar
naar de redactie geroepen had. Haar en niet Tirtsa.

In ieder geval kon ze die reden op haar buik schrijven en laten
voor wat hij was op het moment dat ze op de redactie arriveerde.
Chilik verwelkomde haar warm, bood haar zijn Diet Coke aan (ik
heb nog maar drie blikjes en we worden hier belegerd, dus drink
wat) en vroeg op vaderlijke toon, en wie heeft jou tegen de raketten
beschut vannacht?

Niemand. Balli keek hem recht in zijn ogen. Ik was bij Naäma.

Naäma, Naäma, help me eens, is dat die dikke vriendin van jou
die naar de filmacademie gaat?

Ja. Die.

Jammer, jouw verlies. Het was nou juist een nacht om met een
onbekende te neuken.

Balli trok het gezicht dat van haar verwacht werd, heb je me daarvoor om vijf uur 's ochtends hiernaartoe geroepen?

Nee, mijn schoonheid. Niet daarvoor. Kom, breng me mijn drankje en luister naar wat ik je wil voorleggen...

Hij stelde haar voor een dagelijkse column te schrijven: een oorlogsdagboek van een vrijgezelle jongedame in Tel Aviv, en Balli zei,
een oorlogsdagboek van een vrijgezelle jongedame in Tel Aviv?
Daarvoor heb je me om vijf uur 's ochtends hiernaartoe laten komen?

Chilik antwoordde, wat heb jij toch met dat vijf uur 's ochtends.
Dan heb ik je om vijf uur 's ochtends uit je bed in de woonkamer
van je dikke vriendin en haar vreemde vriend gehaald. Maar buiten
dat, geloof me, dit is een gouden idee. Het zal een hit te worden. Je
zult niet weten wat je overkomt. Balli aarzelde enigszins. Ergens
vond ze dat ze een serieuzere journaliste was dan dat, maar uiteindelijk ging ze ermee akkoord. En er viel niks op af te dingen, Chilik
Granot was altijd geniaal als het ging om het vinden van commu-
nicatiegimmicks; Balli's column werd een hysterisch succes. Mensen sloegen de krant open en zochten als eerste de column van 'Daniëlla Daniëlli', de humoristische vrijgezelle dame uit Tel Aviv. De

rest van de oorlog bracht Balli haar tijd door op de redactie, die in
het hart van Tel Aviv lag en in theorie direct getroffen kon worden
door een raket, net als ieder ander gebouw. En inderdaad was vanuit
Balli's kamertje aan het eind van de gang het luchtalarm uitstekend
te horen, net als het gefluit vlak voor de ontploffing en het nieuwe,
oorverdovende gekrijs van de raketten in de buurt, het afweerge-
schut, en de grote ontploffing waarin altijd iets angstaanjagends zat
waardoor je opsprong, maar dat toch bevrijdend was: die is neerge-
komen. En wel ergens anders. Ook Tirtsa werkte zich een slag in
de rondte en er kan met zekerheid gezegd worden dat het volgende
wat mensen na het dagboek van Daniëlla Daniëlli in de krant op-
zochten, de hartverscheurende en huiveringwekkende interviews
waren die Tirtsa aanleverde, van de man die samen met zijn twee
katten een hele nacht onder de puinhopen had gelegen tot aan de
brandweercommandant van de kazerne in Ramat Gan, die instortte
en met een lichte zenuwinzinking opgenomen moest worden toen
de oorlog bijna was afgelopen.

Eind maart werd bij Gadi nog een tumor ontdekt. Weer klein,
weer op tijd, maar op een problematischer locatie: in zijn hoofd.
Naäma, die juist de afsluitende film van het tweede jaar moest draai-
en, besloot *Chirurgie 1* te maken, een emotionele korte film in mi-
neur die ervoor zorgde dat het hoofd van de vakgroep Film voor het
eerst acht sloeg op de gevoelige, zwaarmoedige studente die hem
gemaakt had. Ze had juist veel talent, zag hij, jammer dat ze zich
niet wat meer opdofte. Gadi was onder de indruk. Al die voorbere-
dingen om hem heen zorgden ervoor dat hij het gigantische verband
om zijn hoofd, zijn trillende handen en de duizeligheid vergat. Vrijwel moeiteloos betoverde hij Naäma's studievrienden, maakte ze
aan het lachen, praatte met hen en bietste stiekem hun sigaretten.
Galja was niet onder de indruk. Al die voorbereidingen rond zijn
bed, hoe kon hij op die manier uitrusten? Naäma was verbaasd te
ontdekken hoe gemakkelijk en prettig het was om via de lens van
een camera die je kon uitzetten, naar haar vader en moeder te kijken.
De artsen zeiden dat de operatie geslaagd was en dat er een kans op
genezing was, waarop Galja met een zuinig mondje zei, laten we
het hopen, laten we het hopen. Gadi zei, ze hebben een flinke knaap
uit mijn hersens gepeuterd, hebben jullie dat gezien?

Balli kwam niet naar het ziekenhuis. Zelfs niet één enkele keer.
En dat ondanks dat Naäma, die inmiddels psychologische ondersteuning had gezocht en die met behulp van haar therapeut had besloten Balli dit keer alles te vertellen en haar ook uitdrukkelijk,

openlijk en standvastig te zeggen: ik wil dat je met me meegaat naar het ziekenhuis, Balli, ik heb je daar nodig, je bent mijn allerbeste vriendin, en zelfs mijn vader verwondert zich erover dat je niet komt. En dat had ze ook tegen haar gezegd. En Balli had gezegd dat ze met haar mee zou gaan. Natuurlijk. En ze had Naäma lang, bijna plakkerig omhelsd en gezegd dat ze zeker wist, dat ze bijna zeker wist dat het wel goed zou komen. Ze wist het zeker. En Naäma had haar geloofd, hoewel ze de laatste tijd, met hulp van haar therapeut en ook met Eli's hulp, dingen zag bij Balli die ze eerder niet gezien had – het ietwat gemaakte lachje, de behoefte om door iedereen de hele tijd bewonderd te worden, haar onvermogen om echt te luisteren –, maar desondanks had ze vertrouwen in haar en in de lange, kleffe omhelzing. En in de belofte dat het allemaal goed zou komen. En in de belofte dat ze mee zou gaan. Maar Balli kwam niet. Zelfs niet één enkele keer. Naäma voegde dit toe aan het lijstje grieven tegen Balli, dat met de beleefde hulp van haar therapeut en Eli steeds langer werd. Ze besloot openlijk uit te spreken wat ze voelde. Om het een keer openlijk uit te spreken. Mijn vader heeft een operatie aan zijn hoofd ondergaan en je bent niet gekomen, zelfs niet één enkele keer, om me bij te staan en me te vragen hoe het met me gaat. Jij? Die toch weet hoe moeilijk het voor me is om in het ziekenhuis te vertoeven met mijn vader en mijn moeder, terwijl je weet dat Tiltoel in India zit, en zelfs al was ze hier, dan zou dat nog niks uitmaken, terwijl je weet hoe alleen ik voor dit alles sta en...

Een verhelderend gesprek. Dat was wat uiteindelijk voortkwam uit zo'n lijst met grieven. Een verhelderend gesprek. Balli zei dat het haar speet, dat Naäma gelijk had dat ze zo enorm met zichzelf bezig was de laatste tijd dat het gewoon verschrikkelijk was. En dat ze om vergiffenis vroeg.

Vergeef je me?

Nou ja, wat? Heb ik een keus?

Naäma vergaf het haar en voelde zich voor gek gezet; het voelde alsof ze weer in het gat was gegooid dat ze zelf had gegraven. Ze had de bijna onbeheersbare behoefte om tegen Balli te schreeuwen, hou toch op, hou toch op met dat gemaakte lachje, dat overdreven gekoketteer, wees eens een keer eerlijk, wees nou eens voor één keer eerlijk. Maar uiteindelijk lukte het haar die neiging te onderdrukken. Uiteindelijk zei ze niets van dit al, voelde ze zich voor gek gezet en besefte ze dat Balli het niet kon, dat ze gewoon niet eerlijk kon zijn. Balli kon de waarheid niet vertellen: dat ze al een week niet kon slapen van spanning en angst. Ze kon de waarheid niet vertellen: over hun ontmoeting in haar appartement de avond voor de operatie, die in feite de eerste keer was dat ze in elkaars armen in slaap waren gevallen en zo de hele nacht hadden geslapen en 's ochtends in dezelfde houding ontwaakt waren, heel dicht bij elkaar en zich bewust van alles. En ze kon niet zeggen dat Gadi uitdrukkelijk gevraagd had, meer dan eens, of ze niet naar het ziekenhuis wilde komen. Ik wil niet dat je mij zo ziet, met het verband om een hoofd. Ik wil het niet. Ik wil het niet.

Daarom zei ze alleen maar tegen Naäma, je hebt gelijk en het spijt me, kun je me vergeven? Naäma voelde zich boos en leeg, zoals iemand zich voelt nadat zij en haar lijst met klachten onderuit zijn gehaald en zei, nou ja, het is al goed, ik ben blij dat we met elkaar gepraat hebben.

*

Aan het eind van de zomer ontmoette het drietal elkaar weer in hetzelfde café, dat inmiddels van eigenaar en naam veranderd was maar zich nog steeds op dezelfde plek naast Sjlomkits' huis bevond. Het was Balli's verjaardag. Naäma had een prachtige foto van hen drieën voor haar ingelijst, van de picknick aan zee die Ohad had georganiseerd voordat hij naar Australië vertrok, en Sjlomkits had een Engels boek van een Indiase schrijver voor haar gekocht. Dit keer hadden ze het juist uitgebreid over Gadi en zijn ziekte. Naäma's film was inmiddels klaar en het hoofd van de vakgroep had haar verteld dat hij geweldig was. Sjlomkits en Balli deelden zijn mening en ze hadden wat om over te praten. Balli had hoe dan ook een onkarakteristieke aanval van openhartigheid en vertelde over Tirtsa en die ene nacht, en over hoe het sindsdien een beetje ongemakkelijk was aangezien er ineens een soort spanning in de lucht hing, een verwachting en een emotionele lading die zij op geen enkele manier kon beantwoorden, waarop Naäma droogjes opmerkte, je haat het wanneer mensen iets van je verwachten, en Sjlomkits er kalmpjes aan toevoegde, ja, maar het probleem is dat het daar op de een of de andere manier altijd op uitdraait. Balli's ijskoffie rammelde in het glas toen ze het snel verzette en ze op een toon waarin een nieuwe verdedigende noot meeklonk, zei, wat wil dat zeggen, dat het daar altijd op uitdraait? Wat bedoelen jullie precies?

Sjlomkits' uiensoep lag onaangeroerd in de kom terwijl ze antwoordde, dat op de een of andere manier mensen altijd iets van jou verwachten hoewel je vooraf al hebt gezegd dat je dat niet geven kunt. En Naäma voegde eraan toe, nee, niet niet-kunt, maar niet-wilt. Balli zei, ik weet het niet, ik weet niet hoe ik altijd zo in de problemen kom. Het was haar aan te zien dat voor haar de sfeer helemaal kapot was en ze er geen zin meer in had. Er heerste alleen nog stilte tussen hen, een beetje triest en ellendig, als een verjaardag waaruit de gezelligheid verdwenen was.

Een halfjaar later, toen Naäma zwanger raakte (ze had maar twee pillen vergeten, maar dat was blijkbaar genoeg geweest), was het Ella, Eli's zus, die met haar meeging naar de dokter. Eli was juist op herhaling. Balli had het verschrikkelijk druk met Daniëlla Daniëlli te zijn en aan Sjlomkits kon je in dat stadium niets kwijt over ongewenste zwangerschappen. Naäma kon Ella niet uitstaan, net zo goed als Ella haar niet uit kon staan. De relatie tussen hen beiden was kil en achterdochtig, net als tussen Naäma en de rest van Eli's familie, die Naäma bezag als een mollige jongedame zonder stralende toekomst in het verschiet en met een neiging tot hysterie. Volstrekt anders dan zij zich gewenst hadden voor prins Alexander.

Maar Eli was op herhaling, Naäma had niemand om mee te nemen, hij had de eenzaamheid in haar stem gehoord en de enige oplossing die hij had kunnen bedenken was om met zijn zus te gaan praten. Dit was wel het laatste wat Naäma nodig had. Ze was al van plan geweest om Jaëlli, een studievriendin, mee te nemen, toen Ella ineens belde en met haar afstandelijke, plechtstatige stem zei, Alex heeft met me gepraat, het lukt hem niet om vrij te krijgen en hij heeft me gevraagd om morgen zijn honneurs waar te nemen.

Naäma werd verscheurd tussen de aandrang om haar op dezelfde officiële, plechtstatige manier dankuwel, maar u wordt vriendelijk bedankt, te zeggen, en de behoefte om aardig te zijn en er daardoor voor te zorgen dat ze wat meer van haar hielden. Of überhaupt van haar hielden. Dus zei ze, wauw, Ella, dank je wel, eerlijk waar, maar ik wil je niet tot last zijn. Maar Ella zei, niets van wat Eli van me vraagt, valt mij te zwaar.

Toen ze Naäma thuisbracht nadat alles voorbij was, zei ze, maar nu ben je wel voorzichtig, ja? Naäma probeerde uit te leggen dat het maar twee pillen waren geweest, alles bij elkaar, twee pillen maar, en dat haar dat nog nooit was overkomen, hoewel ze een chaoot was, maar juist omdat ze zo chaotisch was, lette ze juist extra goed op met dit soort dingen, waarop Ella met iets meer warmte dan normaal zei, het is al goed, het is al goed, ik zei alleen maar dat je vanaf nu voorzichtig moet zijn, meer niet.

Terugkijkend is met zekerheid vast te stellen, voor zover dergelijke dingen bijna zeker vast te stellen zijn, dat die twee vergeten pillen het begin van het einde van Eli en Naäma vormden. Maar Eli en Naäma wisten dat nog niet en konden niet weten wat achteraf terugkijkend vast te stellen was. Hun blikken waren in dit stadium vooruitgericht en toen de herhaling van Eli voorbij was en hij moe en vuil thuiskwam, wachtte Naäma hem daar op met een nieuw, roodachtig kapsel dat, zo zei iedereen, uitstekend bij haar ogen paste. Ze had gekookt (het eten is uitmuntend en je haar zit in punten) en bij de bevroren chocoladetaart bediende ze zich van die bekende openingszin, ik wilde je wat zeggen, en Eli dacht bedrukt, laat haar mijn verrassing nou niet bederven, maar Naäma ging zitten en zei glimlachend, ik heb besloten wat ik wil doen voor mijn afstudeerfilm.

Eli glimlachte terug. Naäma praatte maar door, maar hij luisterde niet echt. Hij was zo opgelucht dat ze niet tegen hem had willen zeggen wat hij gevreesd had, en dat hij dus toch een knieval kon maken, zoals hij van tevoren bedacht had, en volkomen spontaan zijn ogen sluiten en zeggen, Naäma, mijn lieveling, ik wilde vragen, wil je mijn trouwring dragen?

Naäma was sprakeloos. Ze had zich dit moment zo vaak voorgesteld en nu ineens, nou net nu, midden in een zin van haar, terwijl ze hem net aan het vertellen was wat het hoofd van de vakgroep twee dagen geleden bij de scenariocommissie over haar voorstel had gezegd. In haar hoofd streden twee gedachten om de eerste plaats; een die zei, het is gebeurd. Hij heeft me gevraagd. Hij. Heeft. Mij. Gevraagd. De andere gedachte zei, ja maar ho even, ik was midden in een zin, en waarom vindt hij altijd dat hij en zijn liefde belangrijker zijn dan al het andere?

Uiteindelijk won de eerste gedachte. Hij heeft me gevraagd. Ze stond op en kuste hem langdurig, met warmte, tederheid en liefde, zoals het iemand betaamt die zojuist een huwelijksaanzoek heeft gekregen. De andere gedachte zat vernederd en platgewalst in een hoekje terwijl Naäma haar arm uitstak en het licht uitdeed.

Berichten op de elektronische secretaresse van Balli. De eerste, een lijzige stem.

Balli? Dit is Sjlomkits. Heb je Naäma gesproken? Nou ja, bel me...

De tweede, een stem bruisend van opwinding.

Hai Boelboel, dit is Naäma, ik heb je (en de stem werd nog bruisender, zodat het leek dat hij zo ver zou stijgen dat hij buiten de oevers zou treden) iets te vertellen, bel me.

Nog één.

Balli? Waar zit je? Ik ben het weer, ik móét je spreken. Bel me.

Vierde bericht. Begint met zo'n zwaar ademende stilte, waarin je je niet kunt vergissen.

Dag meisje, waar zit je? Ik zou mijn leven geven om met je te praten (iets wat klonk als een grinnik of een kuch of de combinatie van beide), nou ja, niet echt mijn leven, ondertussen, maar ik wil... Waar hang je eigenlijk uit? Ik probeer het al een paar dagen. Heb je het gehoord van mijn dochter? Wat zeg je daarvan? Ik hoop dat ik niet sneef voor de bruiloft of zo, nou goed, laten we elkaar een keer spreken, dag.

Zo hoorde Balli over de bruiloft van haar allerbeste vriendin, via een omweg, verpakt in een diep, cynisch geblaf, zoals het hem eigen was, onbewust van de schade die hij ermee aanrichtte.

Maar dit keer liep Naäma over van gelukzalige en euforische vreugde, en voelde ze niets van de remmingen die Balli's vreugde temperden. Na alle omhelzingen, verklaringen, voorzichtige vragen en kussen hield Balli even stil en haalde diep adem. Ga je Oeri uitnodigen? vroeg ze zachtjes, en Naäma antwoordde met gewone stem, ik weet het niet, ik heb er nog niet over nagedacht, maar ik denk van wel, hoezo? Lijkt het je niks? Balli antwoordde, ach ja, waarom ook niet, eigenlijk.

Oeri. In die tijd had niemand van het groepje echt contact met hem. Interessant hoe iemand zo kan verdwijnen dat je nauwelijks meer aan hem denkt. Zelfs als die persoon Oeri is, zelfs als het de Oeri is die vroeger tussen hen beiden in stond en als een reflector de schittering de ene keer naar de een en de andere keer naar de ander kaatste. En dan ineens: niks meer. Niets. Niemand die nog contact met hem heeft. Niemand die weet of hij nog steeds op het internaat zit of niet, of hij nog steeds dat grote keppeltje draagt of niet, of hij nog steeds die schittering in zijn ogen en die zachte, omfloerste stem heeft van iemand die weet dat hij nooit zal vallen.

En toch, om de diepe, eenvoudige, pijnlijke waarheid te bekennen, was Oeri niet echt verdwenen. Niet uit Naäma's gedachten, in ieder geval. Want eerlijk gezegd ging er geen dag voorbij zonder dat ze aan hem dacht. Een korte, voorbijgaande, haast automatische gedachte. Wat hij gezegd zou hebben, wat hij gedaan zou hebben, hoe het zou zijn als hij hier was, hoe het zou zijn als hij van haar zou houden. Van allerlei volstrekt onconstructieve gedachten. De jonge, ernstig kijkende psycholoog van het maatschappelijk werk had haar geholpen om Balli te zien voor wat ze was. En ook haar ouders. En om Eli te waarderen voor wat hij was. En hij had haar geholpen om het braken de baas te worden, of tenminste te begrijpen wat het te betekenen had. En hij moedigde onconstructieve gedachten niet aan en dus deed Naäma haar best om die niet te hebben, of hem daar in ieder geval niet over te vertellen.

En toen kwam de avond van de verkiezingen. Ineens, om halftwaalf 's nachts werd er op de deur geklopt. Naäma, Eli en Sjlomkits, die in de woonkamer zaten met bier en knaagvoer en een rechtstreekse uitzending met *stand-up comedy* vanuit de studio van Net 1, hoorden het kloppen in eerste instantie niet. Werd er gebeld, of niet? Uiteindelijk was het Sjlomkits die het opviel, in de pauze waarin de uitzending van de studio overging naar het opgewonden feestgedruis in de Jarkonstraat. Naäma zei, misschien is het Balli, liep naar de deur, deed die open met het gewone gebaar van iemand die de deur gaat opendoen voor haar vriendin die gezegd had dat ze misschien zou komen. Niet iets waar je over na moest denken of je aandacht bij moest houden. Niet eens even het haar achter het oor vouwen, niet eens even de bloes afschudden die onder de krummels van zonnebloempitten zat, zelfs niet even de zoute lippen aflikken vanwege diezelfde krummels. Niets van dat al. Gewoon de deur opendoen.

En toen.

Oeri.

Naäma.

Wat doe jij hier? Dat wil zeggen, ik wist niet dat... Ik wist niet dat je zou komen.

Altijd, altijd, verraste hij haar zodat de eerste zin die uit haar mond kwam nogal idioot en beduusd klonk. Zo'n zin waarvan je je naderhand de hele nacht kunt afvragen, wat bezielde me om dat te zeggen, wat doe jij hier? Ik wist niet dat je zou komen? Hoe verzin je het.

Oeri kwam binnen, met zijn nieuwe, bezadigde glimlach. Met excuses voor het late uur, ja ik hoop dat het in orde is, zei hij. Ik was eerst naar Joram en Sjlomkits gegaan en ook naar Balli, maar ze waren niet thuis.

Naäma wilde vragen hoe hij haar adres wist, maar besloot haar mond te houden. Het vleide haar dat hij haar adres kende. Dat in al die maanden van stilte en verdwenen zijn, hij dingen over haar wist. Dat ze een vriend had. Dat ze met hem samenwoonde. Op dat en dat adres.

Jaren later, op een warme, aangename avond op het halve dak van hun huis, zal ze hem ernaar vragen en Oeri zal antwoorden, Ik wist het niet.

Hoe wist je dan hoe je er moest komen?

Ik had Balli gebeld en die had me het adres gegeven.

Naäma zal een moment aarzelen en dan vragen, maar waarom... Zeg maar, wat deed je eigenlijk in Tel Aviv die avond? En Oeri zal naar de hemel kijken en zeggen, goed. Het was de gedenkdag van Gili, en je weet hoe ik op die dag ben...

En Naäma zal terugdenken aan de laatste gedenkdag van Gili, twee maanden eerder, en aan de nacht die erop volgde, waarin Oeri op precies ditzelfde dak had gezeten en meer en meer ouzo had gedronken. En hoe hij om vier uur 's ochtends aan de waslijnen had gehangen en geschreeuwd had, Gili! Gili! Ik haat je, hoor je me? De bergen rondom gaven hem zwakjes antwoord, uh, uh...

Maar in die nacht van beloftes en revoluties riep Oeri niks. Hij was in een vreemde stemming, dat wel. Een stemming die Naäma in later dagen maar al te goed zou leren kennen, die stilte voor de duistere, gierende storm. Naäma was in verwarring, Sjlomkits was kil en Eli was beleefd en bloemrijker dan normaal. Nou? Zijn jullie gelukkig, of wat? Hebben jullie gewonnen, of wat? zei Oeri en wendde zich daarna tot Eli, dus jij bent die beroemde Alexander van Naäma? Je moet weten dat Balli je eindeloos bewondert...

Om halftwee vertrok hij. Sjlomkits bleef om Naäma te helpen met opruimen. Naäma rende geagiteerd en kopverloren door de kamer heen en weer, pakte glazen en asbakken bij elkaar en er viel niet met haar te praten. Hij is wel een beetje veranderd, niet? probeerde Sjlomkits desondanks, waarop Naäma halfslachtig antwoordde, Oeri is altijd een beetje anders, toch? Daarna keek ze naar Eli die haar zwijgend opnam en met koortsachtige snelheid om de stilte op te vullen vervolgde ze, hoeveel zetels heeft de Merets-partij uiteindelijk gehaald? Tien of meer? Hebben jullie gehoord wat Rabin zei? En kijk eens, kijk eens, kijk eens, daar is Joram. Waar precies? Achter die man met de vlag die staat te springen...

Het werd zomer. Balli schreef de laatste column van Daniëlla Daniëlli, die liet weten dat ze naar India ging om zichzelf te zoeken. De waarheid is dat Balli nergens heen ging, maar gewoon een nieuwe baan aangeboden had gekregen van Tirtsa Tirosj, die een aanbod had gehad van een rijke, gestoorde uitgever om een damesblad te beginnen zoals in het buitenland, een blad dat alleen maar ging over koken, shoppen en hoe je je vent moest houden. Tirtsa aarzelde niet (het was een gigantische uitdaging) en ging weg bij Chiliks krant (waarvan sowieso steeds vaker het gerucht ging dat die opgedoekt zou worden). Dit alles had Chilik nog kunnen vergeven. Misschien. Maar Tirtsa ging te ver door aan Balli voor te stellen om samen met haar te vertrekken. Het salaris dat ze noemde was ongeveer, of precies, drie keer zo veel als wat Balli bij de arme, spitse krant van Chilik kreeg. Balli accepteerde het voorstel en Chilik vaardigde een compromisloze zwijgban uit tegen zijn allerbeste vriendin in de hele wereld en zijn protégé, die 'hun zelfrespect voor geld hadden verkwanseld'.

Sjlomkits was inmiddels net zwanger. Ze had het nog tegen niemand verteld. De revolutie die in de verkiezingsnacht had plaatsgevonden, betekende ook een persoonlijke revolutie voor Joram, of tenminste een grote stap vooruit in zijn carrière. Vanuit de studentenvakbond kwam hij linea recta terecht in de wandelgangen van de regering. Zijn moeders relaties waren niet nadelig, uiteraard, en Joram werd de assistent van de minister zonder portefeuille voor Arabische Zaken, een positie die nog razendsnel in betekenis zou toenemen naarmate het vredesproces voortgang kreeg. Joram was blij dat Sjlomkits in verwachting was, natuurlijk was hij blij. De afgelopen twee jaar, waarin ze maar hadden geprobeerd en geprobeerd en geprobeerd en het erop geleken had alsof alle gedachten, hoop en emoties uit Sjlomkits' hoofd waren verdwenen en het alleen maar gevuld was met die kinderwens, waren niet gemakkelijk geweest. Dat ze er niet in slaagde zwanger te worden, had Sjlomkits opgevat als een soort oervloek. Ze weigerde ervoor behandeld te worden, zoals Joram had voorgesteld, en ze weigerde om de spanning eraf te halen, zoals Naäma haar aangeraden had. In zijn algemeenheid weigerde ze naar elke vorm van advies te luisteren en had ze geen boodschap aan goede bedoelingen. Ze wilde gewoon een kind. Nu. En snel. Ze was niet voorbereid op hindernissen in deze kwestie. Ze vond dat ze recht had op een gezin en dat ze er recht op had om te krijgen waar ze recht op had. Uiteindelijk lukte het. God mag weten waarom. Uiteindelijk werd ze gewoon zwanger en kon ze weer ademhalen en Joram? Joram was blij, uiteraard, na twee zulke jaren was het duidelijk dat hij blij zou zijn, ware het niet dat. Ware het niet dat hij net de job van zijn leven had gekregen op het kantoor van de premier, waardoor hij exact twee fantastische redenen had om blij te zijn, wat nou blij te zijn, gewoonweg gelukkig te zijn.

Naäma begon aan haar afstudeerfilm te werken, Alle gezinnen, een film over de kibboets, een persoonlijke documentaire, die de afrekening met haar persoonlijke spoken uit het verleden combineerde met een breder, maatschappelijk statement over de veranderingen in de Israëlische maatschappij, zoals het hoofd van de vakgroep het in zijn precieze bewoordingen gedefinieerd had. De film zou beginnen en eindigen met een zeer persoonlijke monoloog van Naäma, die in een jasschort boven op de gigantische vuilnisbak zou zitten achter de voorraadkamer van het magazijn. Haar openingsmonoloog zou beginnen met 'Toen ik klein was vertelde mijn moeder me dat alle gezinnen aan deze kant van de boerderij woonden en alle vrijgezellen aan die kant'. De afsluitende monoloog zou ze in de stal houden, terwijl ze de laatste koeien die nog over waren aan het melken was, aangezien op dat moment (en dat is geweldig voor de film, had het vakgroepshoofd gezegd) de stal zich in de laatste stadia van ontmanteling bevond.

Ineens groeiden ze naar elkaar toe. Het is moeilijk te achterhalen wat veroorzaakt dat mensen naar elkaar toe of uit elkaar groeien, welke schaduw van de wind, of welke vlaag van herinnering. Maar die zomer, vlak voordat alles uitkwam, groeiden Naäma en Balli opnieuw naar elkaar toe. Nieuwe innigheid is altijd gevoelig, vervult de lucht met nerveuze verwachtingen en haastige, compacte woorden, de woorden van mensen die elkaar zo goed kennen dat ze de ander kunnen aanvullen en zijn gedachten al kennen.
Ze zaten in Balli's kamer. Naäma vertelde over het vaste familiediner bij Eli thuis. Over zijn tante die had gezegd 'een grote bruid is een bruid met klasse', en over Eli's moeder die had gezegd 'iedereen bewondert de bruid altijd, maar bij ons zullen ze de bruidegom bewonderen'.
Balli gaf Naäma een aai, je hebt het, hoop ik, toch niet als een belediging opgevat, en Naäma zei van niet, dat ze er al aan gewend was en dat ze wist dat ze diep in hun hart blij waren dat Eli en zij samen waren. Het was meer dat ze zo'n gewoonte hebben om te denken dat niemand goed genoeg voor hen is, waarop Balli zei, als het mijn zoon was, zou het beste wat ik voor hem kon wensen zijn dat hij met iemand zoals jij zou trouwen. Naäma zei, wil je een bagel met zachte kaas? Balli zei, ach ja, waarom niet, en Naäma zei, maar ik heb alleen magere kaas ik weet niet of dat wel zo lekker is...
De volgende ochtend gingen ze naar Benni, Naäma's kapper. Ze

genoten allebei van de herverdeling van de rollen die tussen hen had plaatsgevonden. Benni, met zijn onuitputtelijke stroom gebabbel, hield niet op onder de indruk te zijn van de schoonheid van 'jouw vriendin', zoals hij Balli noemde, terwijl Naäma stilletjes, maar vol trots glimlachte. Balli zei dat ze ultrakort geknipt wilde worden, en Benni zei dat hij twijfelde, over het algemeen was hij geen voorstander van zulke dramatische veranderingen, maar Naäma zei, maak je niet druk, ze heeft dat al eens eerder gedaan, toen we in dienst zaten. Je hebt er geen idee van hoe goed haar dat staat. Uiteindelijk moest Benni toegeven dat hij er inderdaad geen idee van had gehad hoe goed het Balli stond, die kritisch in de spiegel keek en zich ervan bewust was dat het nieuwe kapsel inderdaad haar ogen deed uitkomen, net als haar koele perfecte bleke teint. Naäma maakte van de gelegenheid gebruik en besprak met Benni (opnieuw) hoe hij haar voor de bruiloft zou kappen.

Daarna maakten ze een eerste verkennende ronde in de jacht op een bruidsjurk. De definitieve datum voor de bruiloft was nog niet vastgesteld en Naäma moest nog acht kilo afvallen voor ze op het gewicht was waarop ze vond dat ze mocht trouwen, maar er is geen belangrijker en gecompliceerder kwestie dan een bruidsjurk, en je kunt je er niet vroeg genoeg in verdiepen.

De zomer liep al op zijn eind, de drukkende, feestelijke warmte van september hing in de lucht en ondertussen gebeurden er een aantal verschillende, op zichzelf staande dingen: Sjlomkits had een bloeding en werd opgenomen op de zwangerschapsbewaking, Brenda vierde haar vijftigste verjaardag, Eli werd geplaagd door existentiële vragen en bij Gadi keerden de hoofdpijnen terug.

Sjlomkits. Misschien dat toen, tijdens haar lange, moeilijke zwangerschap, de kiem werd geplant van de grote en onverwachte wending in Sjlomkits' vooraf geplande levensloop. Die eenzaamheid. Dagenlang lag ze alleen in haar bed aan dit kind te denken dat langzaam en aarzelend in haar buik groeide. Ze dacht eraan hoe graag ze het wilde, ze dacht eraan hoe alles binnenkort, nog lang niet, helemaal anders zou zijn, wanneer de tweede hindernis gepasseerd zou zijn: een kilo en de drempel van zes maanden. Joram was verschrikkelijk hard aan het werk, net als Balli en Naäma. Ze kwamen om de andere dag langs, soms los van elkaar, maar meestal samen. Ze brachten dan iets lekkers mee dat Sjlomkits niet opat omdat ze er geen trek in had, maar zij wel, en dan zaten ze op haar bed te kruimelen en brachten haar nieuws van het leven buiten: de trouwjurk die nog niet gevonden was, Balli's nieuwe baan. Sjlomkits moest zich dan beheersen om niet te zeggen, sorry, maar dat interesseert me niets, het enige wat me nu interesseert is het schepsel dat hier in mijn buik groeit en hoeveel het nu weegt, en, en... Joram kwam 's avonds, en soms 's nachts. Hij was tenslotte assistent van de minister zonder portefeuille voor Arabische Zaken en dat nog wel in dit kabinet dat dol is op Arabieren, zoals Oeri dat destijds op de avond van de verkiezingen had geformuleerd. Drie keer per dag belde hij op vaste tijden en Sjlomkits vermoedde dat hij zijn horloge instelde om hem eraan te herinneren, want hoe waren die vaste tijden anders te verklaren? Maar aan de andere kant, wat maakte het eigenlijk uit. Hij belde en vroeg dan, hoe gaat het schat, wat heb je gegeten en welke film heb je gekeken, welke film heb je gekeken, welke film heb je gekeken. Om de andere dag bracht hij een stapel films mee uit de videotheek en was er wat trots op dat hij had bedacht om de video naar de slaapkamer te verplaatsen, tegenover haar bed. Sjlomkits vond het ook een goed idee, maar iets in haar kwam ertegen in opstand dat het onderwerp 'films' in velerlei opzichten voor Joram de vervolmaking van al zijn goede zorgen voor haar en haar werkeloze bedlegerigheid was gaan betekenen. Maar zij bedankte hem, uiteraard, en probeerde zelfs de ene na de andere film te bekijken, zoals hij van haar verwachtte. Maar ook hem vertelde ze niet, zoals dat vrouwen eigen is, dat ze het moeilijk vond om zich te concentreren, na te denken, of zelfs maar naar iets te kijken wat niets te maken had met dat wat ze in haar buik voelde. Op wat ze in haar buik voelde was ze enorm gespitst. Chamoetal had drie boeken voor haar gekocht over zwangerschap en bevalling en Sjlomkits, serieus en grondig als altijd, was expert geworden op het gebied van zwangerschappen en het intact houden ervan. Ze kwam haar bed niet uit. Nauwelijks. Ze vroeg niet om hulp, nauwelijks. Ze lag daar maar in bed te wachten tot het kindje eindelijk ging groeien. En pas na drie weken belde ze Lea en Jechezkeel, haar moeder en vader, om het te vertellen. Hun bereidheid om te helpen was als een springvloed van lauwwarme potten eten en kleffe bezorgdheid. Sjlomkits lag daar te liggen, een gevangene van haar buik, en keek ernaar, naar die twee mensen. Ze was al zoveel jaar gewend om hen van een afstandje gade te slaan, met de koele kritische blik van een buitenstaander. Maar ineens waren ze anders. Zo op haar gericht, zo gefocust, dat het om te huilen was. Ze realiseerde zich maar al te goed dat ze op hun bezoekjes wachtte, dat ze alleen bij de gedachte aan het eten dat ze mee zouden brengen al honger kreeg, en ze haatte zichzelf er enorm om. Ze had immers al in haar jeugd gezworen dat ze hen nooit nodig zou hebben. Hen niet en niemand niet. Maar aan de andere kant, te midden van die eenzaamheid, met de ontspannen bezoekjes van Balli en Naäma, de gefocuste zorgzaamheid van Joram en de boeken van zijn moeder, waren er ineens deze twee mensen die alleen naar haar keken, alleen naar haar. Aan wie af te lezen was dat het enige wat ze wilden was haar gelukkig maken, en dat was precies wat ze wilde, dat was het enige wat ze wilde, niets anders, alleen maar dat dit kindje zou groeien en in leven zou blijven.

Lea en Jechezkeel waren uiterst toegewijd in hun bezoeken. Zodra ze terugkwamen van Sjlomkits en ze de pannen hadden uitgeladen, stond Lea al stil te bedenken wat ze voor het volgende bezoek zou koken. De volgende dag stond ze dan de hele dag in de keuken met Jechezkeel aan haar zijde, klaar om naar de kruidenier gestuurd te worden of een pan van boven te halen. En de dag daarna, vroeg in de ochtend, stond hij eerder op dan zij om de pannen in het kleine autootje te laden, goed vast te binden zodat er onderweg niets zou knoeien en de riemen nog eens extra vast te maken, waarna hij weer naar boven ging, twee koppen thee maakte en Lea wekte. Lea en Jechezkeel beleefden al enkele jaren een relatief goede periode, maar pas nu kon Sjlomkits dat zien. De geneeskunde had vorderingen gemaakt. De medicijnen waren specifieker en minder belastend geworden en sinds enige tijd kreeg Lea een uitstekend medicijn waardoor ze rustig bleef, zonder ups en downs of plotselinge schommelingen middenin de nacht. Het bracht haar en Jechezkeel, een beetje aan de late kant, in een normaal levensritme. Vanuit datzelfde ritme konden ze alleen maar met hopeloze en lede ogen erkennen dat ze hun Sjlomit al lang geleden verloren hadden, in die moeilijke jaren van geschreeuw en zwijgzaamheid. Maar nu opeens had ze iets nodig en opeens was ze anders, zonder ijzeren zelfbeheersing en gespannen woede in haar stem, gaf ze zich over aan de rode gehaktballetjes en hun zorgen voor haar, aan hun bezoeken en keek ze hen aan met een warme glimlach in haar ogen, net zoals vroeger, toen ze nog maar een klein meisje was en de wereld nog niet vergaan was.

Twee dagen voor de vooravond van Rosj Hasjana zei de arts tegen Sjlomkits dat ze wel weer mocht opstaan, maar voorzichtig, en waren Lea en Jechezkeel voor het eerst zomaar te gast op de begroeide binnenplaats en in de wijdopen armen van Chamoetal Halevi. Het eten was geweldig, de sfeer was goed en Sjlomkits' ogen ontweken hun omhelzing als vanouds.

Bij Eli was de existentiële crisis begonnen met een toevallige ontmoeting met Zjenia, een vroegere vriendin van hem. Zjenia had samen met hem rechten gestudeerd en had hem verlaten lang voordat hij Naäma ontmoette, en hij had nooit verlangend of met spijt over haar gesproken. Zjenia was net als hij. Een immigrante van lang geleden met nieuwe ambities. Naäma daarentegen was precies zijn tegenovergestelde, met haar sproeterige warhoofderigheid, haar haastige en lichtvoetige taal, het natte grasveld bij het huis van haar ouders en haar vaders droge humor. Hijzelf twijfelde er niet aan dat Naäma de betere keus was, maar desondanks was hij licht gekwetst door de manier waarop Zjenia hem verlaten had; dat was verrassend en snel geweest en daarmee ook een beetje vernederend. Ook dat ze, naar het zich liet aanzien, succesvoller was geweest in het postuniversitaire leven, droeg daaraan bij. Ze kwamen elkaar tegen in de kantine van de rechtbank. Eli had een zaak afgerond van een cliënt wiens hond een voorbijgangster had gebeten en maakte een notitie dat geen van zijn argumenten de rechter ervan had overtuigd om de voorbijgangster minder schadevergoeding toe te kennen. Vermoeid zat hij zich bij een glas lauw spuitwater in de kantine af te vragen waarom mensen zulke roofdieren als die hond in huis hielden. Ineens had ze voor hem gestaan, gekleed in een zwarte pantalon en een witte bloes. Ik ga trouwen, had hij snel gezegd, hoewel hij, terwijl hij het zei, al wist dat het klonk als misplaatste opschepperij. Zjenia schonk hem haar zuinige glimlachje, waaraan hij zich altijd een beetje had geërgerd. En hoe zit het met jou? vroeg hij. Ze nam hinderlijk langzaam een slokje koffie en zei rustig, ik ga naar Oxford, voor mijn doctoraat.

Diezelfde avond waren Naäma en hij bij Balli uitgenodigd voor het avondeten. Ook Joram en Sjlomkits zouden er zijn, dat wil zeggen, ze waren uitgenodigd, maar uiteindelijk verscheen alleen Sjlomkits, aangezien het Joram niet lukte zich eerder vrij te maken van zijn werk. Daar zat Eli in het gezelschap van de drie musketiersters, zoals hij ze noemde, naar hun ontspannen gebabbel te luisteren. Te ontspannen naar zijn smaak en gemoedstoestand van die dag, en hij begreep niet wat hij daar te zoeken had, de enige haan in een ren vol kippen die de hele tijd over allerlei mensen kakelden die hij niet kende, die heel erg veranderd waren, of niet, of die heel erg lelijk geworden waren, of niet.

Dat is niet waar, we zijn niet zo leeghoofdig als jij ons nu beschrijft, zei Naäma beledigd, toen hij haar in de auto naar huis de reden van zijn zwijgzaamheid uitlegde. Eli gaf haar een aai over haar bol en zonder haar aan te kijken zei hij, ik heb besloten het kantoor op te doeken.

Naäma's verbazing kon alleen geëvenaard worden door die van zijn ouders, die de volgende dag ingelicht werden, en haar pogingen om hem van zijn besluit af te brengen deden niet onder voor de hunne. Hoe het ook zij, zij of zij, niets kon hem ertoe brengen zijn rare beslissing te veranderen. Hij sloot het kantoor. Hij wilde geen advocaat zijn, ze konden zelf zien dat hij er niet zo goed in was. Hij wilde zijn leven niet verspillen aan honden (met muilkorf) die mensen hadden gebeten. Hij wilde iets heel anders gaan doen. Wat bijvoorbeeld? Dat wist hij niet. Misschien timmerwerk of tuinieren of zoiets, iets wat je met de handen doet, met je handen en niet met je hoofd.

Hoe kom je erbij. Kraam toch niet van die lariefarie uit.

Wat?

Wat, wat?

Lariefarie uitkramen?

Hou toch op.

En wat dan nog als ik gewoon een sukkel ben die niet weet wat dat is, lariefarie...

Hou op!

Naäma schrok van de intensiteit van haar schreeuw. Van de intensiteit van de teleurgestelde en liefdeloze woede die ze in zich had, van de intensiteit van haar wrok. Ook Eli schrok ervan. Ineens stond er een nieuwe, bittere wetenschap tussen hen in, naakt en lelijk. De wetenschap van het einde.

Met Rosj Hasjana gingen ze voor twee dagen naar het strand, om wat ruimte te maken in het hoofd en te ontspannen. In een klein tentje aan de rand van een kleine inham ten noorden van Chof Dor hielden ze op met ruzie maken. Zelfs de zee had inmiddels alle hoop laten varen.

In diezelfde tijd werd, op Brenda en Mikki's gazon, een feest gehouden. Officieel was het om de verjaardag van Brenda te vieren, die vijftig werd maar eruitzag als veertig. Ze vond het belangrijk dat iedereen zou zien hoe ze eruitzag. De officieuze aanleiding was dat de kinderen in hun omgeving begonnen te trouwen en dat Brenda's vriendinnen zonder uitzondering in de weer waren met menu's, kapsels en feestjaponnen, terwijl de kinderen van Brenda en Mikki geen van drieën tekenen vertoonden dat ze van zins waren zich op die manier te settelen. Er waren nog andere aanleidingen: haar facelift, waardoor ze werkelijk nog mooier was geworden dan ze vroeger was, en Mikki's dieet en sportieve prestaties. Samen waren ze een stel waarvan het jammer was als je hen verwaarloosde, en dit feest kwam precies op tijd om enige verwaarlozing ongedaan te maken, zo daar al sprake van was. Het feest werd in hun achtertuin gehouden. De cateraar was dezelfde als die Shirleys bruiloft had gedaan (Brenda en Shirleys moeder hadden contact gehouden), de dj was dezelfde als op Iffi's bruiloft (Mikki en Iffi's vader speelden elke sjabbat samen basketbal), en Brenda had erop gestaan dat Balli al haar vrienden uit zou nodigen, *all of them*, inclusief Tirtsa *and all.*

Maar Tirtsa was afgereisd naar Parijs om daar Rosj Hasjana te vieren, Naäma en Eli waren naar zee gegaan om het bij te leggen en Sjlomkits hoefde dan wel niet meer het bed te houden, maar om helemaal naar Jeruzalem te rijden en dat nog wel zonder Joram (ja, op het kantoor van de minister zonder portefeuille wordt ook op de vooravond van Rosj Hasjana gewerkt), dat was niks voor haar. En zo kwam het dat Balli in haar eentje in de achtertuin van haar ouders op de schommel zat. Omer stond niet ver van haar vandaan met zijn recentste vriendin, terwijl Mikki druk bezig was hen aan iedereen voor te stellen. Omer was op twee universiteiten en een hogeschool gesjeesd, maar hoe het ook zij, toen hij bij zijn vader ging werken werd duidelijk dat hij een *salesman* in hart en nieren was, zoals zijn vader dat uitdrukte. De beschamende voorvallen op de universiteiten en de hogeschool werden vergeten toen het hem lukte om, zoals Mikki dat zei, zelfs aan oude vrouwtjes van negenennegentig een levensverzekering te verkopen. Hij bezat die charme van de kerel die niet zo erg slim is, maar o zo knap. Zijn toetreding tot het verzekeringsagentschap Rafaëli maakte het plaatje van de succesvolle firma en Zn. compleet, en Mikki was gelukkig. Er was maar één punt waarop Omer niet voldeed aan zijn vaders visie: hij wisselde sneller van vriendin dan zijn vader tijd nodig had om hun beenlengte in te schatten. Het hielp niets dat zijn vader hem uitlegde dat je het meest genoot wanneer je wist dat je thuis altijd iemand had van wie je op aankon. Omer beweerde dat hij op deze manier het meest genoot. En nu leek het Balli toe dat haar vader het huidige vriendinnetje vlug aan iedereen voorstelde, alsof hij ervan overtuigd was dat hij er daarmee voor kon zorgen dat ze meer werd dan zomaar een voorbijgaande vlam en zou gaan passen in het patroon van degene die altijd thuis is.

Tomer en zijn vriendin daarentegen ontkwamen niet aan Brenda's greep; onvermoeibaar vertelde ze al haar gasten over Tomers vriendin, *she plays in the Royal Shakespeare Company.* Tomer was beveiligingsbeambte bij El Al in Londen en in die hoedanigheid had hij zijn vriendin Sheila ontmoet, die inderdaad bij de Royal Shakespeare Company speelde, zij het dat ze niet een van de sterren was. Ze was heel knap, die Sheila, heel indrukwekkend en een heel erge sjikse. Mikki lag er niet van wakker. Brenda, die over het algemeen verantwoordelijk was voor het Jodendom in huis, werd niet warm of koud van deze onkoosjere verbintenis. *He is just a boy*, zei ze tegen Mikki, *leave him*, en bovendien, *she is so pretty.*

Balli tikte met haar voeten op het gazon en bedacht dat het beter was geweest als ze toch iemand had meegenomen.

Af en toe kwamen vriendinnen van haar moeder op haar af. Dus het is waar? Jij werkt voor dat blad? Niet dat ik het lees, ik heb geen tijd voor zulke bladen; 's ochtends bij de koffie lees ik *Ha-arets* en 's avonds voor het slapengaan alleen maar boeken, maar jullie blad is beslist aardig, echt heel aardig. Soms zie ik het liggen bij de kapper, weet je.

Ja, ik weet het.

Het was Balli al eens opgevallen, die neiging van dames van een zekere standing om zich ervoor te schamen dat ze het blad van begin tot eind spelden.

En toen zei een vrouw, ik heb jouw cheffin op de televisie gezien, wat is die knap. En Balli zei, ja, ze is echt zo knap, en de vrouw vroeg verontrust, klopt het dat ze nooit getrouwd is? Nooit? Klopt dat?

Balli zei dat dat klopte en diezelfde vriendin van Brenda was daar oprecht bedroefd over. Zo'n mooie vrouw. Wat zonde, nietwaar? Balli maakte een onduidelijk hoofdgebaar dat zowel uitgelegd kon worden als 'ja' en als 'nee'. Ze gaf geen antwoord en voelde zich net als vroeger, toen ze nog een klein meisje was en iedereen tegen haar zei hoe geweldig haar moeder was en alleen zij zich een beetje voor haar schaamde, voor haar tamelijk luide, schelle stem en de manier waarop ze bijvoorbeeld 'Menahem Beidzjien' zei in plaats van Menachem Begin, alsof het over een plezierreisje ging. Ze keek om zich heen. Iedereen zag er even mooi en verzorgd uit als haar ouders. Blijkbaar deed iedereen even goede zaken als Mikki. Of misschien hielden ze alleen maar contact met de mensen wie het goed ging. Ze wierp een blik op haar horloge. Nul kans om nu weg te gaan zonder dat Brenda tot in het diepst van haar ziel beledigd zou raken. Ze ging naar het buffet, at een gevulde paddestoel, een zalmrolletje en een versierde tomaat. En toen kreeg ze hen in het oog. Oeri's ouders, klein, gerimpeld, ietwat versleten en overduidelijk bij de rest uit de toon vallend. Oeri, die naast hen stond, viel nog meer uit de toon: met zijn lange, wilde haar en zijn baard die alle kanten op krulde.

Ze liep op hen af. Hé, Balli. Oeri raakte haar schouder zacht aan, terwijl Geoela haar onmiddellijk overviel met Inballi, hoe is het met je, we hoorden dat je het prima doet, zoals altijd. Je moet weten dat ik iedere week jouw blad lees, van voor tot achter...

Balli was bijna opgelucht toen Brenda met een overdadig vriendelijke glimlach op hen af kwam stevenen als een kleuterleidster die zich tot de moeilijkste kinderen van de kleuterschool wendt, Geoela, Gid'on, *I am so glad you came, really*.

Balli en Oeri bleven achter, naast elkaar en naast de tafel met desserts. Oeri zei, je moeder heeft er een geweldige *celebration* van gemaakt voor zichzelf en Balli zei, ja, dat is het goede woord, *celebration*. Ze gingen met een glas wijn samen op het gras in het donkerste eind van de tuin zitten en roddelden als twee kleine kinderen over de gasten. Zij is lelijk en hij is een dwerg en kijk eens naar die idioot met die sigaar daar, en zie je de moeder van Iffi, nou ja, Iffi's moeder, die ziet er altijd afzichtelijk uit...

Balli ging nog twee glazen wijn halen. Toen ze terugkwam zei Oeri, maar jouw moeders tuin is wel prachtig, hoor, en Balli zei peinzend, nou ja, het is Brenda's kindje, die tuin.

En toen zei hij ineens, ik ga met de jongens uit het internaat een boerderij beginnen.

Een boerderij?

Een boerderij. Je weet wel. Met beesten. Bomen. Grond. I-a, i-a, o.

In Galilea?

In de buurt van Sjchem.

Waar?

In de buurt van Sjchem.

Aha.

Wat aha?

Niks.

Balli wist dat direct de vaste preek zou volgen die begon met 'wie anders denkt dan jullie' en die eindigde met 'maar jij? Jij? Ik had niet gedacht dat jij net als alle anderen zou zijn'. Ze kreeg weer het nieuwe, storende gevoel dat ze zich moest verantwoorden voor een zondeval die aan haar kleefde en die op hol dreigde te slaan, dus ging ze er haastig toe over om met zakelijke interesse te vragen naar het waarom van ineens een boerderij en wat heeft dat met de kinderen van het internaat te maken. Oeri legde haar uit dat hij er al lang over aan het nadenken was, en aangezien ze nu alweer dreigden het internaat te sluiten, was hij tot de conclusie gekomen dat dit de juiste tijd was en dat die kinderen alleen met liefde te redden waren. Hij en de begeleiders en de paarden op de boerderij zouden hun familie worden, hun tweede familie, of hun eerste, het was maar net hoe je het bekeek. Want hij geloofde er rotsvast in dat liefde kan redden en hij had echt het gevoel, werkelijk het gevoel dat hij die kinderen wat te bieden had. Oeri stopte een moment terwijl hij een sigaret opstak en Balli zei kalmpjes, sinds wanneer rook jij? Al een tijdje, zei Oeri. Balli zei even kalm, het is heel indrukwekkend wat je allemaal vertelt over die kinderen, maar Oeri zei, het is niet indrukwekkend, het is de waarheid. En hij vertelde haar over dat ene jongetje dat drie maanden lang geen woord had gezegd. Vanaf de dag dat ze hem naar het internaat hadden gebracht, was er geen klank over zijn lippen gekomen. Oeri nam de jongen mee om samen met hem in de timmerwerkplaats te werken. Op zekere dag had de jongen van restjes hout een huisje gebouwd, had dat mee naar buiten genomen en het huisje in brand gestoken en ook bijna de hele timmerwerkplaats. Maar Oeri was er en hij had het vuur geblust en de jongen geknuffeld die hem gezegd had, vanaf nu ben jij mijn vader, vanaf nu ben jij mijn echte vader. En toen was hij in huilen uitgebarsten, niet het kind, maar Oeri. Het was voor het eerst in zijn leven dat hij zo gehuild had.

Wat een verhaal, zei Balli en Oeri vroeg of ze nog wat wijn wilde. Toen hij terugkwam, zei Balli plotseling, Naäma's vriend wil ook timmerman worden.

Naäma's vriend? Die is toch advocaat, of niet?

Nee. Hij is ermee opgehouden.

Op het hoogtepunt?

Op het dieptepunt.

Het was al kwart voor twaalf. Twee glazen wijn later kwam Geoela vertellen dat ze gingen. Oeri keek Balli vragend aan en Balli zei snel, ik kan je later wel thuisbrengen, als je wilt, maar als je moe bent... Oeri zei, nee, het is goed, waarop Geoela zich uit de voeten maakte, zo snel als haar dikke, korte benen en de ongemakkelijke schoenen die ze speciaal voor het feest aan had gedaan dat toelieten.

Ze zwegen even. Ik kan hem niet goed velen, zei Oeri ineens, en Balli vroeg, wie?

Naäma's vriend.

Ik ook niet.

Balli aarzelde even voordat ze dat zei. Op de een of andere manier voelde het alsof ze Naäma daarmee verried. Ze keek voor zich uit, zag haar vader staan met een glas whisky in de hand dat bijna het decolleté van een lange blondine raakte en ze zei, excuseer me een momentje...

Ze ging naar het toilet, rook de fijne geur van de zeepjes die Brenda daar opgehangen had, bekeek zichzelf in de spiegel en waste haar gezicht. Toen ze bij Oeri terugkwam, waren Brenda en Mikki's gasten inmiddels aan het dansen op langzame nummers uit de jaren zestig en Oeri en Balli begaven zich op het pad richting het verleden, vol nostalgie en verhalen uit hun jeugd. De rups. De vissen. De bemoeizucht. De valstrik die ze hadden gezet voor Ohads broer. Bij nader inzien was het een vergissing, want om twee uur 's nachts, in Balli's auto, beneden bij het flatgebouw van zijn ouders, kon het pad van de nostalgie alleen maar leiden naar die kus waarover nooit gesproken was.

Oeri zei, soms was ik er helemaal niet zo zeker van dat het echt gebeurd was. Dan dacht ik dat ik die kus verzonnen had met al dat gedoe van de sjivve. Het is echt gebeurd, hoor, zei Balli met een glimlach. Ik weet het nog precies, naast het krat met lege colaflessen. Hoe bedoel je, ernaast? Oeri glimlachte niet. Erin toch zeker?

Zijn glimlach was zo bekend en zo intiem, dat Balli er een rilling van bekende vertrouwdheid van kreeg. Ze zette de motor uit, speelde even met de gele sleutelhanger en zei, ongelofelijk! Het is verschrikkelijk laat. Ik moet echt mega vroeg opstaan morgen, waarop Oeri het portier opendeed en zonder verder iets te zeggen dan zijn oké, *bye* Balli, kort zwaaide in de frisse Jeruzalemse nachtlucht en verdween in de kille, stille duisternis onder het flatgebouw precies op de plek waar de bouwgroep haar eerste vestiging had gehad.

Ze was trots op zichzelf. De hele weg naar huis was ze trots op zichzelf. En omdat ze zo trots op zichzelf was, vergat ze dat zij het was geweest die op haar horloge had gekeken, maar dat het Oeri was geweest die het portier had opengedaan en uitgestapt was. Hij had niet omgekeken en niet gezien dat ze een beetje beduusd en zelfs een beetje beledigd was geweest, als een klein kind dat niet begrijpt waar de vonken zijn gebleven.

De volgende ochtend stond ze vroeg op, zoals gevraagd was, en ging naar de redactievergadering om daar het voorstel te doen voor een speciale bijlage over vroegere liefdes, hoe verlokkelijk maar overbodig die waren. Tirtsa keek haar met flonkerende ogen aan en zei, dat vind ik zo heerlijk aan jou, je houdt nooit op te schitteren. Aan het slot van de vergadering rende Balli naar haar kantoor, deed de deur dicht en belde Naäma op. Het 'je raadt nooit wie er gisteren op het feest van mijn ouders is verschenen' rolde al bijna van haar tong, maar Naäma onderbrak haar op lage, schorre, gehaaste toon. Mijn vader is gisteren in coma geraakt.

Zo lag Gadi drie weken lang in het ziekenhuis, verbonden aan duizend en één apparaten en ontkoppeld van zichzelf. Met grote, diepe integriteit wijdde Balli zich aan Naäma, maar als Naäma de kamer verliet, wierp ze steelse blikken op Gadi, alsof ze vreesde of hoopte dat hij, du moment dat Naäma de kamer verliet, uit bed zou komen, alle slangetjes zou loskoppelen, bitter, doorrookt en pretentieloos als altijd op haar af zou komen en zou zeggen, wat doe je hier.

Alleen van jou heb ik echt gehouden, in mijn hele leven. Dat had hij tegen haar gezegd, toen, in die nacht dat ze in elkaars armen in slaap gevallen waren. Mijn leven loopt ten einde, dus ik vind het niet meer eng om het te zeggen, had hij gezegd, en het te beseffen, alleen van jou heb ik echt gehouden. In dat hele weggegooide leven van mij. Balli had geprobeerd hem op zijn mond te zoenen, maar hij had zijn gezicht afgewend. Hij wilde praten nu. Nu had hij willen praten.

En daarna waren ze in elkaars armen in slaap gevallen. 's Ochtends voordat hij opstond had Balli op het bed naar hem zitten kijken, naar zijn ietwat hoekige gezicht, naar zijn lippen met hun lijnen van bitterheid en schamperheid, naar de vlekken bij zijn oren. En ze wist dat ze er niet aan mocht denken, niet nu terugdenken aan wat er was geweest en wat er had kunnen zijn. Niet tellen wat er verspild was, niet turven waar je spijt van had. Ze had het gedicht in zijn schuine, onleesbare handschrift in het boekje dat hij voor haar meegebracht had, nogmaals gelezen, zelfs de woorden zullen langs ons heen gaan, zelfs de tranen zullen aan ons voorbijgaan. De tijd zal elk van ons op zijn beurt inhalen.

*

Naäma wilde huilen. In de tijd dat Gadi in coma lag, wilde Naäma heel graag huilen. Balli stond naast haar, omarmde haar, vervulde alles wat haar in dat ophelderingsgesprek verweten was dat ze naliet en negeerde alles wat op dat moment absoluut genegeerd moest worden. Naäma genoot van de omhelzing. Beslist. Ze nestelde zich in Balli's tere, krachtige omhelzing, kneep haar ogen dicht en wilde huilen, wilde zo graag huilen. Maar het lukte haar niet. En toen. Toen ging alles kapot. Toen werd alles ontdekt, kwam alles uit en ging alles kapot.

Naäma had tegen Galja gezegd dat die even naar huis moest gaan, om andere kleren aan te trekken, even op krachten te komen en uit te rusten. Galja was gegaan. Na twee uur had ze het gevoel gehad dat de muren op haar afkwamen. Dat was niet echt iets zorgelijks. Meer een soort sluipende angst en de wetenschap dat die eenzaamheid slechts een voorbode was van de toekomst. Ze besloot om wat op te ruimen. Ze was Gadi's werkkamer binnengegaan, waar al twee maanden niemand was geweest. Ze had de jaloezieën en het raam opengedaan, de bezem gehaald, de vloer geveegd, stof afgenomen met een droge doek en daarna met een natte, en toen had ze bovenin, achter de zwarte koffer op de hoogste plank van de boekenkast, een grote stoffige stapel papieren en schriften zien liggen. Ze had niet de bedoeling gehad om te snuffelen. Je kon erop vertrouwen dat Galja echt volstrekt niet de bedoeling had gehad om te snuffelen. Ze had de papieren en de schriften gepakt om ze een beetje uit te schudden, om ze met de droge en de natte doek een beetje van het stof te ontdoen, maar toen was het schrift uit haar handen gevallen waarop met pen heel klein in een hoekje BALLI stond. Arme Galja. Het was een speling van het lot dat Galja, die in de jaren dat ze haar leven met Gadi deelde meestentijds op haar qui-vive, argwanend, verbitterd en waaks op de loer had gelegen, nu een vochtige doek over deze tikkende bom haalde en met bijna hartverscheurende naïviteit het stapeltje schriften in een tasje stopte om de volgende dag mee te nemen naar het ziekenhuis.

De volgende ochtend kwam ze bijna ontspannen zijn kamer binnen. Naäma lag op een stretcher te slapen en Gadi lag waar hij altijd lag. Voorzichtig maakte ze Naäma wakker, popje, popje, opstaan, ik heb een lekkere sandwich, een kop goede koffie en amandeltaart voor je meegenomen. Naäma ging met halfdichte ogen rechtop zitten en at gehoorzaam de sandwich met omelet en haring en dronk de zoete koffie, en om de overheersende zilte smaak van de haring niet te proeven, at ze een stukje van de amandeltaart en nog één. En nog een half.

Popje, kijk eens wat je doet, zei Galja met onkarakteristieke tederheid, waarop Naäma haar hand terugtrok van de andere helft van het stuk taart. Ze was al bij de deur toen ze Galja achter zich hoorde

zeggen, zeg liever, wacht even. Ik heb gisteren een beetje opgeruimd, in de studeerkamer, en toen vond ik iets van Balli...
Van Balli? Naäma begreep het niet.
Ja. Een stel oude schriften. Blijkbaar heeft ze die een keer aan
papa gegeven om te lezen, weet ik veel. Het ziet er heel oud uit.
Hoe dan ook, wil je het aan haar geven? Ik wilde het niet zomaar
weggooien...
Naäma pakte het tasje aan.
Toen ze thuiskwam, was Eli er niet. Sinds hij in de timmerwerk-
plaats was gaan werken stond hij heel vroeg op en kwam hij be-
hoorlijk laat thuis, en Naäma vond die regeling uitermate prettig.
Ze ging in de woonkamer zitten en vroeg zich af hoe laat het was.
Zou ze al naar Balli kunnen bellen of was het nog te vroeg?
Het kon.
Maar Balli was niet thuis. Hé Bal, hoe is het? Waar hang jij op
zondagochtend uit? Nou goed, bel me. Ik wilde gewoon even met
je kletsen en mijn moeder heeft trouwens een stapel oude schriften
van jou meegenomen uit de kibboets, ik weet niet, iets wat je blijkbaar ooit eens aan papa hebt gegeven. Hoe dan ook, help me eraan
herinneren dat ik het voor je meebreng als we elkaar zien...
Zonder er erg in te hebben, raakte ze het tasje aan. En toen, in
een opwelling, in een opwelling van een fractie van een seconde,
haalde ze het stapeltje eruit. Een stapeltje schriften, bij elkaar gehouden met een elastiek. BALLI stond er in blauw op de rug, in het
compacte, schuine handschrift van haar vader. Wie weet wat ze op
dat moment dacht. De gedachten die opkomen op zo'n cruciaal moment zijn doorschijnend en worden ingekleurd door wat erop volgt.
Misschien dacht ze alleen maar even te spieken. Even te spieken
naar de dingen die haar allerbeste vriendin tien jaar geleden had geschreven, dat is toch geen grote zonde. Wat kon er nou helemaal
staan dat zij niet wist? Misschien stond er wel wat over Oeri in.
Iets over het contact tussen Balli en Oeri. Nou, niemand die kan
beweren dat dat niet interessant is.
De woede.
Snel, ziedend, allesverslindend. Naäma voelde hoe alles in haar
naar boven kwam, een razende werveling die één grote orkaan van
kwaadheid werd. Dit was niet de diepe pijn van een afgewezen liefde, niet de onontkoombare kramp van een vernedering, niet de
briesende boosheid van ruzies met Eli. Niets van dit al. Nu was er
sprake van woede. De allesomvattende gerechtvaardigde woede van
iemand die bedrogen is; het was een nieuwe emotie voor haar. Ze

liet zich meevoeren door de totaliteit van deze nieuwe emotie; voorbij de grote pijn die hij veroorzaakte, had hij ook iets bevrijdends en louterends. Niets. Niets was zo pijnlijk, volkomen en hopeloos geweest als het moment waarop zij haar vaders dagboek had gelezen en zich een ijzige leegte in haar ziel had geboord, hoe ze weer, hoe ze altijd, hoe het nooit veranderde, hoe overbodig ze was.

Jaren zullen voorbij moeten gaan voordat Naäma in een verbijsterend, bestraffend moment inziet dat al die woede, heel dat wanhopige gevoel van overbodigheid helemaal niet op Balli gericht had hoeven zijn. Degene die haar van meet af aan het gevoel had gegeven dat ze overbodig was, was de man met wie alles begonnen was, de man met wie altijd alles begon: haar vader. Haar vader kon alleen maar zo liefhebben dat je je overbodig ging voelen.

Maar die middag. Naäma zal die middag nooit vergeten; het heldere licht dat door de ramen naar binnen kwam, haar vader die daar heel zachtjes lag te ademen, als een kind van wie de ouders ruzie aan het maken zijn en dat onder de dekens kruipt om niet te storen, om het niet te horen, om er helemaal niet eens te zíjn.

Ook Balli zal hem niet vergeten, die kille middag aan het begin van de herfst. De lucht rook naar groene mandarijnen en naar de belofte van regen. Balli spijbelde vroeg van haar werk en maakte een stop bij de minimarkt naast het ziekenhuis waar ze een grote zak bagels en een reusachtig pak roomkaas kocht. Toen ze de kamer binnenkwam, zat Naäma in de stoel naast het bed. Haar gezicht werd verlicht door het heldere licht dat door de ramen scheen. Hoe gaat het? Hoe is het met hem? Hoe is het met jou? Naäma's kus was koel, haar blik dodelijk.

Balli haalde een stoel van de gang en ging naast Naäma zitten. Hoe is het? vroeg ze weer, terwijl ze probeerde de ijzige sfeer die in de kamer hing te negeren. Ze haalde de zak met bagels tevoorschijn en maakte hem open. De zak scheurde met veel kabaal helemaal en tientallen bageltjes vielen eruit en rolden over de vloer. Balli boog zich voorover om ze op te rapen, toen Naäma, die met haar benen omhoog zat, plotseling zei, hij hield een dagboek bij.

Wat? Met haar ene hand steunde Balli op de vloer, in de andere had ze een aantal bagels vast, terwijl ze zo van onderaf naar Naäma opkeek. Toen Naäma geen antwoord gaf, vroeg ze nog een keer, wat voor dagboek? Wie hield een dagboek bij?

Naäma gaf geen antwoord. Balli bleef haar van beneden af aankijken, maar stond toen op en liep naar het vuilnisbakje aan de andere kant van de kamer. Ze gooide er alle goudkleurige kruimels in, veegde haar handen af om ook de kruimels die waren blijven plakken eraf te krijgen en pas daarna bewoog Naäma haar ogen in de richting van het bed, waar een enkele man in coma onzichtbaar lag te ademen.

We zijn al zo lang vriendinnen. Vriendínnen! Naäma sprak het 'dín' zo uit dat je er bijna rillingen van kreeg. Balli huiverde. Had je me dat niet kunnen vertellen, had je dat nou niet een keer kunnen vertellen, aan mij? Terwijl je bij hem in de keuken met mij over neuken zat te praten, toen kon je het me niet vertellen, aan mij, je allerbeste vriendin, alsof...

Ik wilde het wel aan je vertellen, eerlijk waar. Ik was van plan om het je te vertellen, maar...

Maar wat?

Precies op dat moment kwam hij thuis, en ik...

Hij kwam precies op dat moment thuis. Ja. En jij was net precies van plan om het me te vertellen. Ja. Iedereen zegt me al zo lang dat jij geen echte vriendin bent, en ik...

Naäma schokschouderde en hield haar mond. Balli stond daar haar uiterste best te doen om niet door haar benen te zakken, terwijl haar hoofd op zoek was, op zoek naar iets om te zeggen, wat moest ze zeggen, wat viel er te zeggen, dat hij een dagboek had bijgehouden, Gadi heeft een dagboek bijgehouden, Naäma weet het, wat weet ze eigenlijk, wat kan ik zeggen, wat heeft hij geschreven, hij heeft over haar geschreven, wat heeft hij over haar geschreven...

Wat heeft hij geschreven?

Wat?

De woede. Aanwakkerend, laaiend en vernietigend.

Hij schreef over jou, Balli, over jou. En ik weet alles.

Balli zei niets. Wat is alles eigenlijk. Wie kan nou alles weten. Dus zei ze, ik kan niks zeggen ter verdediging, Naäma. Ik heb het nooit geweten, ik heb het nooit begrepen, dit alles is gebeurd zonder dat ik daar invloed op had...

Ja. Dat heb ik gelezen. Met of zonder invloed, het was een bijzonder heftige aangelegenheid tussen jullie, of niet?

Weer zei Balli niets. Dus dat is wat hij opgeschreven had? En Naäma zei, dat was toch alles wat het was, of niet soms? Neukpartijen in trappenhuizen? Een veelheid aan momenten van geborgenheid, van verbondenheid en van wanhoop over iets wat niet beëindigd kon worden, vulden Balli's ogen. Ze keek weg, als ze nu maar niet ging huilen, terwijl helder, zwijgend licht de kamer vulde.

En toen stelde ze de vraag. Stilletjes, vlug, met de urgentie van iemand die niets meer te verliezen heeft, kun je het me laten lezen? Alsjeblieft? Naäma wierp haar hoofd in haar nek en lachte. Een lelijke lach. Een aanwakkerende, laaiende, vernietigende lach. Balli haalde diep adem en rook een soort branderige lucht, misschien afkomstig van Naäma's wangen, misschien afkomstig van het avondeten dat men inmiddels op de gang aan het uitdelen was, of misschien was het de geur van de waarheid die na zo veel leugens eindelijk naar buiten kwam. Nee. Zei Naäma toen ze uitgelachen was. Nee. Ik kan het je niet laten lezen, Balli, terwijl ze het laatste woord bijna in haar mond afbeet, B-a-l-l-i. Balli keek naar Gadi, die naast hen op bed lag, aan de beademing, het zwijgen opgelegd, volkomen verslagen, terwijl Naäma naar de vloer keek waarop nog steeds her en der eigengereide bageltjes lagen en langzaam zei, ik denk dat het het beste is als je hier nu maar gewoon weggaat.

DEEL III

Sjlomkits beviel op de dag dat Gadi stierf. Je kunt ook zeggen: Gadi stierf op de dag dat Sjlomkits beviel. Hoe dan ook, ongeacht de volgorde waarin je het zegt, wat er gebeurde, was dat deze twee grote, betekenisvolle, in essentie onomkeerbare gebeurtenissen volstrekt toevallig op dezelfde dag vielen. En zo kon het gebeuren dat Naäma daar in haar eentje stond, met het papier dat ze thuis volgeschreven had. Uiteindelijk las ze het niet voor, want het verdriet en de tranen benamen haar de adem en snoerden haar keel dicht en ineens had ze het gevoel dat het geen zin had. Galja was juist erg teleurgesteld. Galja vond dat het heel erg gepast was om 'een paar laatste woorden tegen haar vader te zeggen', maar Naäma kreeg het gewoon niet voor elkaar. Daar stond ze, alleen, te kijken hoe ze het kleine zwarte pakketje dat eens haar vader was geweest, lieten zakken in het niet al te grote gat dat Schwartz van de kippenschuur samen met een Thaise arbeider uit de stal had gegraven en ze had het koud.

Ze stond daar alleen. Wat is alleen? Alleen is een subjectief gevoel. Als iemand zich alleen voelt, hoe kun je daar tegenin gaan? Als Naäma daar in de wind stond en alleen maar zag wie er op dat moment niet was, wat zou het dan helpen om haar te vertellen wie er allemaal wel waren? Eli bijvoorbeeld, die was er wel. De hele tijd. Samen met Galja functioneerde hij als een goed voorbereide, op elkaar afgestemde rouw-eenheid en Naäma wist dat ze dankbaar moest zijn, maar de zwaarmoedigheid was haar naar de keel gevlogen en ze wilde alleen maar haar ogen dichtdoen om Galja, stralend in het licht van legitiem lijden, niet te hoeven zien. Of Eli, die eindelijk een afgebakende taak had gekregen: alle mensen te organiseren, nog een heetwaterketel halen uit het magazijn met feestartikelen, Naäma over haar bol aaien, zoals dat moet, zoals dat hoort, zoals dat geschreven staat in een geheim wetboek: 'Hoe je te gedragen bij de begrafenis van de vader van je toekomstige vrouw.' Het was niet aardig, het was onaardig om zo te denken. Het paste bij Naäma. Verlangen naar wie er niet was en degene die er wel was terzijde schuiven. Naäma dacht aan Oeri, die niet gebeld had na de brief die ze hem twee dagen na haar ruzie met Balli had geschreven. Ze was ervan overtuigd geweest dat hij zou bellen, maar dat had hij niet gedaan. Misschien had hij de brief niet gekregen, misschien woonde hij daar al niet meer, misschien kon het hem niet schelen. En nu, wat nu? Nu maakte het al niet meer uit, of het zou niet meer uit moeten maken.

Ze dacht aan Balli, of die het wist, en een flintertje spijt stak haar toen ze bedacht dat Balli het misschien helemaal nog niet wist, Balli, over wie hij zoveel mooie en verschrikkelijke dingen had geschreven, Balli van wie hij zo gehouden had. Ook hij. Zelfs hij.

Ze dacht aan Sjlomkits, die uitgerekend vannacht zo nodig weeën moest krijgen. Ze had zo lang gewacht, zo goed opgepast met deze zwangerschap, gewacht en de dagen geteld tot en met de negende maand, dus wat zou er nou helemaal gebeuren als ze nog een paar dagen langer zou wachten? Naäma was zich ervan bewust dat dergelijke gedachten onlogisch waren en dat niemand in de hand had wanneer de weeën begonnen, en hoe dan ook, niemand had toch kunnen weten dat dit Gadi's laatste nacht zou zijn. Maar desondanks stond ze daar in de gure wind en voelde zich verraden en in de steek gelaten.

Op de dag dat Sjlomkits beviel, of de dag dat Gadi stierf, of de dag dat die beide dingen gebeurden, had Balli een knallende, volstrekt gerechtvaardigde maar volkomen overbodige ruzie met Tirtsa. Het bleek dat het gezegde dat ellende nooit alleen komt, helemaal waar was. In de afgelopen twee weken, sinds ze van Naäma gescheiden was, had Balli tevergeefs geprobeerd met Sjlomkits te praten en die naar haar kant over te halen, en ook om de telefoontjes van Oeri te ontlopen. Hij had misschien drie keer gebeld. Of vier keer. Of vijf keer. Ze wist het niet meer precies. Ze hield het niet bij. Het was niet dat ze expres niet opnam als hij belde. Ze was gewoon niet thuis. En het klopt wel dat ze misschien één of twee keer wel thuis was geweest, maar toch niet had opgenomen. Dat was laat op de avond geweest. Ze was moe, zo verschrikkelijk moe. En verdrietig. De dagen gingen aan haar voorbij met eindeloze malende gedachten, holle gesprekken met zichzelf, met een steeds verder verspreidende, niet aanwijsbare, angstaanjagende pijn, en met pogingen om met Sjlomkits te praten. 's Avonds, als ze al thuis was, was ze afgepeigerd en wilde ze niet praten. Al helemaal niet met Oeri, die weliswaar met een afstandelijk en trots *bye* Balli uit de auto was gestapt, maar die haar nu voortdurend belde, God mag weten waarom. Het kwam niet bij haar op dat hij het wist. Dat Naäma het hem verteld had. Die gedachte, hoe logisch die ook was, kwam gewoon niet bij haar op. En toen, in het vijfde, of zesde bericht, ze wist het niet want dat hield ze niet bij, zei hij met zachtere stem dan normaal, je kunt wel opnemen, hoor. Ik weet dat je er bent en ik bel niet op vanwege... Het heeft niets te maken met onze ontmoeting op die ene sjabbat, ik bel je omdat ik een verschrikkelijk verdrietige en verwarde brief van Naäma heb gekregen. Je hebt haar kapotgemaakt, Inbal, ik hoop dat je je dat realiseert.

Inbal. Die naam was een klap in haar gezicht, vervreemdender en pijnlijker dan de dunne haat die van de woorden afdroop. Balli ging naast de telefoon op de grond zitten, rillend, opgejaagd, in de wetenschap dat ook Oeri.

Diezelfde avond sprak ze af met Sjlomkits, die na vijf dagen eindelijk even tijd voor haar had gevonden. Uiteraard was ze al helemaal op de hoogte. Uiteraard had ze in die vijf dagen dat ze geen tijd had gehad om Balli te ontmoeten, wel tijd gehad voor Naäma, om alles te horen en zelfs om een gedeelte van de dagboeken te lezen.

Dat was het allerpijnlijkst. Meer nog dan dat niemand haar wilde horen, naar haar kant van het verhaal wilde luisteren, dat misschien niet zo meelijwekkend en correct was als Naäma's gerechtvaardigde kant, maar toch. Er zat wel iets in, en ze kenden haar immers, ze waren al jarenlang elkaars vriendinnen, ze wisten dat zij niet... ze wisten dat als die hele affaire al die tijd had geduurd, en als ze het al die tijd niet voor elkaar had gekregen om het te vertellen, dan was dat toch een teken. Een teken waarvan eigenlijk? Balli wist het zelf niet eens. Ze voelde alleen maar de zwijgende pijn van het buitengesloten zijn steeds meer wringen in haar keel, wriemelen en met zichzelf in de knoop raken.

Je hoeft me niets uit te leggen, zei Sjlomkits die mooi, bol en lichtvoetig tegenover haar zat, ondanks de extra vijfentwintig kilo die ze tijdens haar zwangerschap aangekomen was, en ondanks haar gigantische buik die bijna beangstigend ver naar voren stak. En Sjlomkits zei dat haar moeder had gezegd dat dat gebeurt als je in verwachting bent van een jongetje, en dat Joram en zij al een naam hadden bedacht, maar dat ze die nog niet verklapten.

Sjlomkits, zeg, ik wil... Ik wil het wel hebben over wat er is gebeurd met Naäma, ik...

Je hoeft me helemaal niks uit te leggen.

Het is geen kwestie van uitleggen, het is niet alsof ik iets uit te leggen heb, ik wil gewoon... ik zou gewoon graag willen...

Balli zag Sjlomkits' benen onder tafel op en neer wippen met wat ze als ongeduld opvatte, en ze kreeg een gevoel dat zich nog vaak zou herhalen in de maanden die volgden. Ze had het gevoel dat het uur U aangebroken was, dat haar tijd om was, dat ze nú iets doen moest. Snel. Want nog even en het was te laat.

Sjlomkits, het spijt me. Het spijt me oprecht dat ik het je niet heb verteld.

Het is al goed, Balli.

Nee. Dat is het niet.

Nee. Dat is het inderdaad niet.

Maar ik kon het niet vertellen. Geloof je me dat ik het niet kon vertellen? Ik kon het gewoon niet...

Balli. Meester in formuleren, maar nu niet in staat om woorden aan elkaar te breien tot een hele, begrijpelijke zin. Het lukte haar niet om het uit te leggen. Het lukte haar zelfs niet om te zeggen waar het pijn deed, of hoeveel, en hoeveel ze van hem hield, hoeveel ze eerlijk, echt van hem hield en hoezeer ze dat niet kon toegeven, zelfs niet tegenover zichzelf.

Mij ben je geen uitleg schuldig, Balli. Sjlomkits speelde met het koordje van de gebloemde zwangerschapsbloes die ze droeg, Balli speelde met haar armband en zei niets. Ze zag Sjlomkits' been langzaam op en neer wippen en dan stoppen en herinnerde zich die keer op het waterbed, nog voordat Naäma in hun leven was gekomen, toen Sjlomkits en zij alleen nog maar met z'n tweetjes waren. Ze had haar iets gevraagd over haar moeder of over haar kindertijd, ze wist het niet meer precies, en Sjlomkits had met haar vlecht gespeeld en gezegd, er zijn dingen waarover ik liever niet praat. Balli had haar destijds aangekeken, had naar dat meisje gekeken dat precies wist waarover ze wilde praten, en keek nu naar deze vrouw, die precies wist waarover ze niet wilde praten. Kleintjes zei ze, Sjlomkits, wil je wel mijn vriendin blijven, alsjeblieft?

Sjlomkits had haar ogen verbaasd opgeslagen, niet meer jouw vriendin zijn? Waarom zou ik jouw vriendin niet meer zijn? Omdat je me niet verteld hebt dat je met Gadi Keidar neukt? Balli glimlachte dunnetjes en Sjlomkits vervolgde, Balli, het is niet dat ik het niet wist, we wisten het immers allemaal. Iets. Iedereen, behalve Naäma, misschien. Maar dat doet er niet toe. Ze is verschrikkelijk gekwetst. Je kunt je voorstellen dat ze verschrikkelijk gekwetst is, of niet? Stel je eens voor dat jij iets vindt dat jouw vader heeft geschreven en dan ontdekt dat jouw vader al jarenlang met... weet ik

174

veel, jouw vader met mij ging, zou je daardoor niet over de rooie gaan?

Balli haalde zwijgend haar schouders op. Ze kreeg de knagende drang om sarcastisch te vragen wat ze haar eigenlijk het meest kwalijk nam: wat er geweest was, of dat ze niet had verteld wat er geweest was. Maar ze besefte dat ze nu die knagende drang tot sarcasme niet de vrije hand kon laten, dat ze nu stil en voorbeeldig moest zijn. Voor een keer stil en voorbeeldig zijn, terwijl Sjlomkits verder ging, dat wat geweest is, is geweest, Balli. Je kunt het nu niet meer terugdraaien. Maar doe nou alsjeblieft niet zo paranoïde, alsjeblieft, ik heb genoeg aan mijn hoofd met Naäma. Balli keek weg en zei, wat hebben jullie besloten over de briet mila? Sjlomkits zei met een warmere stem, hou op, Chamoetal wil dat we het ergens in een of andere kliniek van een artsenvriend van haar laten doen, en mijn ouders hebben de zaal in de mosjav waar mijn opa en oma wonen al besproken, want dat is traditie in mijn vaders familie, en Joram zegt dat hij helemaal geen Briet wil...

En jij?

Ik? Ik weet het niet. Ik wil alleen maar dat het kind eruit komt zodat ik kan zien of hij in orde is. De rest maakt me niet zoveel uit.

Balli boog zich naar haar toe en streelde zachtjes over de buik die op zo'n gespannen manier naar voren stak dat het bijna onbehoorlijk was en zei stilletjes, het komt allemaal in orde, Sjlomkits, je zult het zien, alles komt op zijn pootjes terecht. Sjlomkits zei, ja, dat zegt Naäma ook, en stond haastig op. Daar zat Balli, nog halverwege een streling, en realiseerde zich: ook Sjlomkits.

Toen ze naar huis ging was ze moe. Zo ongelooflijk moe. Moe van het glimlachen. Moe van het praten. Moe van de juiste dingen zeggen. Moe van de geijkte dingen zeggen. Moe van schuld en van boosheid. Wat zou Gadi van dit hele gedoe zeggen? vroeg ze zich af en ze wist dat hij niks troostends zou zeggen. Hij zou gegrinnikt hebben. Hij zou iets gezegd hebben waardoor ze zich ervoor zou schamen dat zij een deel van het drama vormde. Hij verafschuwde drama's. Hij zei altijd dat Naäma haar oma's vermaledijde neiging tot dramatiseren had geërfd. Ze dacht na over wat Sjlomkits had gezegd. Over wat Oeri had gezegd. Je hebt haar kapotgemaakt, Inbal, en hoe zou jij je voelen als jouw vader zoiets gedaan had. Eenmaal thuisgekomen ging ze linea recta naar bed. Met kleren en al.

En dat was de reden dat ze vergat naar de redactievergadering te komen.

Dus Tirtsa nu ook nog. Dat ontbrak er nog maar aan. Ze hadden afgesproken om te lunchen voor de vergadering die in de plaats was gekomen van de vergadering die afgelast was omdat Balli niet was komen opdagen. Balli had een conveniënt en overtuigend verhaal voorbereid: ze had niets van deze redactievergadering geweten. Niemand had haar op de hoogte gesteld. Ze was zich ervan bewust dat ze daarmee een zware beschuldiging uitte jegens Roniti, Tirtsa's secretaresse, die, als Tirtsa het zou geloven, als ze Balli écht zou geloven, het risico liep haar baan te verliezen, maar ze wist ook dat ze geen keus had. Er zijn van die kwesties waarbij je geen keus hebt en je geen rekening kunt houden met anderen. Ik ben niet op de hoogte gesteld van die vergadering, Tirtsa, ik wist er gewoon niets van, ik weet niet wat Roniti de laatste tijd heeft, maar ze is niet zo erg gefocust...

Tirtsa knikte en Balli wist niet of ze haar geloofde of niet en of ze verder moest gaan met haar verhaal, of niet. Wie het gelijk aan zijn kant heeft, hoeft niet uit te weiden met verklaringen over zijn gelijk. Ze zaten te lunchen in een smerig arbeidersrestaurantje achter de redactie, dat Balli herinnerde aan Naäma's verhalen over het arbeidersrestaurant van haar opa en oma. Ze zat ongemakkelijk heen en weer te schuiven op haar wiebelige oranje stoel, terwijl Tirtsa hapjes nam van alle te zure salades die op niet al te schone schoteltjes op tafel werden gezet. Nili heeft me verteld dat dit het beste restaurant van Tel Aviv is, zei Tirtsa glimlachend en Balli wist dat er straks een indrukwekkende-hedonistisch-pseudobescheiden beschrijving zou volgen van Tirtsa's nieuwe liefde, genaamd Nili, die chefkok was in uiterst uniek restaurant dat geopend was in de kippenschuur van een mosjav in de buurt van Nes Tsiona.

Ik denk dat dit het is, ik denk dat ik de ware gevonden heb, fluisterde Tirtsa terwijl een grijsbesnorde man met een norse blik hun een bordje rode saus bracht. Balli brak een stukje brood af, doopte dat in de saus die te dik, te scherp en te rood was en zei, dit restaurant bevalt me helemaal niet. Tirtsa zei, je hebt je mening al klaar terwijl je nog niet eens geproefd hebt. Balli keek haar aan en dacht, wie zegt dat eigenlijk, ik heb de ware gevonden? pakte haar bestek, rammelde ermee op haar bord en op dat moment, precies op dat moment, ging haar pieper af.

Bericht van Joram. Sjlomkits is bevallen, alles is in orde.

Balli glimlachte. Sjlomkits is bevallen van een zoon. Tirtsa veegde haar lippen af en zei, Sjlomkits? Balli stond op, ik moet naar haar toe. Weer veegde Tirtsa haar lippen af. We hebben een redactievergadering om halfdrie. Je weet dat we om halfdrie een redactievergadering hebben. Balli ging weer zitten en probeerde een glimlachje tevoorschijn te toveren, wat opwindend, niet? Het is verschrikkelijk opwindend, mijn allerbeste vriendin heeft een kind gekregen. Tirtsa zei, ik dacht dat die ene, hoe heet ze ook weer, die mollige, dat dat jouw beste vriendin was, en Balli staarde naar de man met de grauwe snor zonder antwoord te geven.

Tijdens de redactievergadering werd beslist over het feestelijke nummer ter ere van het begin van de winter, want de winter was immers voor de vrouw hét seizoen om van te smullen. Vier middenpagina's met mode voor de winter, twee voor schoenen, één voor laarzen en een interview met een dichteres.

Toen de vergadering afgelopen was, pakte Balli snel haar spullen bij elkaar, en ze was al bij de deur toen Tirtsa met haar kleine, smekende, ietwat kinderlijke stemmetje riep. Eh, Balli? Blijf nog even, ik wil met je praten.

Onwillig kwam Balli terug.

Wat is er?

Ga zitten.

Ze ging zitten, met haar rug naar alle omslagen die de muren van Tirtsa's niet zo heel ruime maar bijzonder verzorgde kantoor sierden.

Luister.

Balli knikte. Tirtsa zweeg nog even, waardoor het moment door de stilte gevuld werd met dramatiek.

Luister. We voelen het hier al een hele tijd. Je bent niet echt... ik weet het niet, je bent er niet echt bij. Misschien heb je er genoeg van. Misschien interesseert het je niet genoeg. Maar je bent er niet helemaal bij en we betalen je een smak geld, zoals je weet, en niet vanwege je mooie ogen, ook al zijn die prachtig...

Onder tafel zat Balli met haar benen te wippen. Dat Tirtsa had besloten met haar te praten à la Chilik, hun gemeenschappelijke vriend-vijand, voorspelde weinig goeds. Ze zei, maar Tirtsa, ik heb het je toch uitgelegd, ik wist niet van de vergadering van gisteren, wil je dat we Roniti erbij halen en het bij haar navragen? Ze heeft me niet op de hoogte gesteld. Tirtsa liet haar kleine glimlachje zien en zei, het gaat niet over de vergadering van gisteren, Balli, en dat weet jij ook. Balli wist het, en ze wist ook dat ruzie met Tirtsa of haar baan verliezen het laatste was wat ze deze week, na Naäma en Oeri en Sjlomkits, kon gebruiken. Maar desondanks gebeurde het. Balli hoorde zichzelf tegen Tirtsa zeggen wat ze precies van haar dacht, over haar en over haar afhankelijkheid, en over haar liefdes en over haar banden met Chilik en met Roniti en met dinges-hoe-heet-hij van de sandwiches. Maar Tirtsa wond zich er niet over op. Ik doe hier niet ter zake, Balli, zei ze. Ik ben niet een van jouw vriendinnen met wie je om de andere dag ruzie maakt en het weer bijlegt. We hebben het hier over jouw werk, en jouw werk staat, hoe zullen we het zeggen, niet in verhouding met het geld dat je er-voor krijgt, *it's as simple as that*. Balli realiseerde zich dat Tirtsa wist dat door het Engels alle lucht uit haar wegliep, daar kon je vergif op innemen. Maar afijn, ook zonder lucht zei ze, je hebt gelijk. Het is waar dat dit hele onderwerp van een elegant, intelligent da-mesblad op de hoogste kwaliteit mc-papier me eigenlijk nooit zo geïnteresseerd heeft en ik heb het dan ook alleen voor het geld ge-daan. Maar blijkbaar ben ik er minder goed in dan andere mensen om mijn ziel te verkopen aan de hoogste bieder, en hierna viel er niet veel meer te zeggen. Tirtsa vroeg of ze nu Roniti erbij zouden halen om het over de vergoedingen te hebben, maar Balli zei van niet. Ze ging nu naar het ziekenhuis, naar haar allerbeste vriendin en de baby.

Sjlomkits lag mooi en tevreden op bed een lelijke, doorschijnende baby te zogen. Balli boog zich voorover om haar te zoenen en zei, het spijt me dat ik nu pas kom, maar Sjlomkits zei met haar be-deesde stem die nu nog bedeesder was, het is al goed. Balli rook in-eens de geur van de rode saus van die middag aan haar handen en dacht dat ze te smerig, haast onrein was om hier naast de bedaarde Sjlomkits te zitten die haar kindje wiegde, en ze zei, ik moet even mijn handen wassen. Toen ze vers geurend naar zeep in de kamer terug was, zei ze, ik kreeg Jorams pieperbericht midden in de redac-tievergadering; zodra die klaar was ben ik hierheen gerend...

Sjlomkits keek haar met grote ogen aan, onderbrak de ongebrui-kelijke stroom verontschuldigingen en zei, dus je was niet bij de be-grafenis.

De begrafenis? Welke begrafenis? Wie is er dood?

Sjlomkits verplaatste haar gerimpelde baby naar de andere kant, keek Balli aan en zei rustig, Gadi.

Balli bleef nog even bij Sjlomkits, luisterde met een half oor naar de verhalen over de bevalling, drie uur met persweeën, en de ver-loskundige, Joram, Jorams moeder, en de hele nacht, een aaneen-schakeling van details waaruit ze kon opmaken dat het niet mak-kelijk was geweest, dit hele gedoe. Het tolde haar allemaal door het hoofd, Sjlomkits' verhalen, de ruzie met Tirtsa, dat ze geen werk meer had, en Oeri en Naäma. En daartegenover – een groot zwart gat.

Zijn dood had haar verrast, hoewel, als je erover nadacht was zijn dood een van de minst onverwachte dingen die hij in zijn leven had gedaan. Desondanks was ze verrast. Want in de laatste paar weken was het laatste waar ze over had nagedacht het gegeven dat hij op sterven lag. Hij was zo levend aanwezig in al die scènes die zijn dochter met haar overdreven dramatische inslag veroorzaakt had. Hij was zo levend in alles wat hij had geschreven en wat ze nu zeker nooit meer te lezen zou krijgen. Hij was zo levend in zijn liefde, die ineens ontdekt was en alles kapot had gemaakt. En nu was hij dood.

Ze probeerde aan hem te denken als dood. Dood zoals de doden, klein, verdroogd en zwijgend. Het was onmogelijk. Ze probeerde zich zijn laatste maanden voor de geest te halen, in het ziekenhuis, toen de wildheid en hartstocht die hem aan haar gebonden hadden in hem al niet meer herkenbaar waren, maar het lukte haar niet. Iedere poging om zich het ziekenhuis te herinneren liep stuk op de vestingwal van Naäma's toegeknepen ogen die haar buitensloten, en haar woorden. Ik denk dat het het beste is als je hier nu maar gewoon weggaat. Ze probeerde zich de eerste keer te herinneren, destijds, zoveel jaren, herinneringen en liefdes geleden. Die eerste keer, daar in het Jeruzalemse flatje met de bladderende muren, en zijn grote handen die haar leerden zichzelf zo lief te hebben, en meer nog, zo te haten.

Brenda had haar een keer verteld dat als ze doodging, dat ze dan wilde ze dat er niet zo'n lelijke gedenkkaars voor haar werd aangestoken, maar een mooie kaars, met een aangename geur. Toen Balli thuiskwam stak ze een kaars aan in de vorm van een hart die ze als cadeautje voor Rosj Hasjana had gekregen van Tirtsa en het team van het tijdschrift, en die veel te zoet naar badkamer rook. Balli ging op haar knieën op te vloer zitten en probeerde te huilen, maar een zware depressie hield haar tranen tegen; ze besfte dat dit het dan was; het was een overduidelijk, onweerlegbaar voldongen feit: ze was alleen op de wereld en nu was het voorgoed.

Ze ging op de koude vloer liggen, dommelde weg en lag zo tot vijf uur 's ochtends te slapen, zonder een enkele droom. Maar om vijf uur werd ze wakker omdat ze geen adem kon halen of kon slikken. Haar hoofd drukte zwaar op haar schouders, die pijn deden, net als haar rug, die pijn deed tot aan haar voeten. Het is maar een streptokok, meiske, zei de vriendelijke, oude arts van de kliniek, die niet begreep waarom de jongedame die tegenover hem zat zo moest huilen, het was immers maar een streptokokje, daarvan waren er miljoenen, helemaal in dit jaargetijde. Maar Balli kon niet ophouden met huilen. Nog nooit, nog nooit van mijn leven heb ik zo'n pijn gehad. De vriendelijke arts beloofde haar dat ze zich met antibiotica morgen al weer zo goed als nieuw zou voelen. Ga naar huis, lekker je bed in en vraag je vriend om zoete thee met een scheutje whisky voor je klaar te maken, zei hij. Balli keek hem met rode, vermoeide ogen aan en zei, oké.

Ze ging naar huis, maakte voor zichzelf zoete thee met een scheutje whisky erin, kroop in haar bed en hoorde buiten de eerste regen neerkomen. Ze herinnerde zich die ene keer dat haar ouders in het buitenland waren geweest en dat Naäma bij haar geslapen had en 's nachts over de bank had gekotst. 's Ochtends hadden ze de bank in de tuin gezet en toen was de eerste regen gevallen en had alle sporen van braaksel weggewist, en ook alle gouddraad in de bekleding van de bank die Brenda in Italië had gekocht. Brenda moest huilen toen ze terugkwam en zag wat Naäma en de regen voor kwaad hadden gedaan aan het gouddraad van haar bank. *O my God*, zei ze snikkend. *Nama! I never liked that girl.* Balli sperde haar ogen gepijnigd open, Nama, Nama, waar ben je nu...

Naäma zat nu in de bus. In de bus? Midden onder de sjivve van haar vader? Nou, dat was precies wat haar moeder gevraagd had toen Naäma ineens, zonder enige waarschuwing vooraf, besloot dat ze het niet kon verdragen om hier te blijven, ze ging terug naar Tel Aviv.

Galja huilde tweeënhalf uur lang. Wat zullen de mensen wel niet zeggen die morgen komen condoleren en zien dat jij er niet bent? Na die zinsnede was Naäma al niet meer tegen te houden. De boosheid. Een bleke, geïrriteerde King Kong die alles wegsmeet dat toevallig zijn pad kruiste. Is dat wat jou interesseert, wat men zal zeggen? Wat men zal zeggen? Wat men wel niet zal zeggen? Vertel ze maar dat jouw echtgenoot met mijn allerbeste vriendin neukte, dan zullen we wel eens zien wat ze daarover te zeggen hebben...

Instinctief liet Galja de luiken zakken. Schreeuw niet zo, alsjeblieft, zei ze en ging verslagen zitten, wat zei je? Waarop Naäma alles eruitgooide. Alles. Galja hoorde het zwijgend aan, en aan het eind, toen Naäma alle woorden gespuid had en die in een smerig, stinkend spoor over de vloer gesmeerd waren, was het juist Tiltoel die opstond van haar zitplaats op het kussen op de vloer, naar de bevende Naäma toeliep en haar omarmde. Galja bleef zitten waar ze zat en zei kalmpjes tegen de eettafel, ik zie niet in wat dit er allemaal mee te maken heeft dat je niet op de sjivve bent, maar doe wat je goeddunkt, ik weet het onderhand allemaal niet meer...

Naäma pakte haar tas en vertrok. Om elf uur 's avonds arriveerde ze in Tel Aviv. Eli kreeg bijna een beroerte toen ze het huis binnenkwam. Hij begreep niets van haar haperende, hese uitleg.

Omdat jouw moeder je op de zenuwen werkt, zit jij geen sjivve voor je vader?

Wat hebben jullie toch, jullie allemaal, met die sjivve?!

De hele nacht ruzieden ze, en 's ochtends pakte ze opnieuw de bus naar Kirjat Sjmona, vastbesloten om Galja's gezicht te redden als ze er aankwam. Maar toen ze arriveerde was het huis al vol troosters en Galja ontving haar met een vluchtig, kil glimlachje, o, daar is ze, ik zei toch dat ze zo zou komen. Ze omhelsde haar en Naäma glimlachte terug, terwijl ze zei, Hallo Nachtsje, hoe is het? En hoe is het met tante Meïra?

Zo ging het de hele week. Naäma voelde zich net een verloren, dronken pingpongbal en al wilde ze het, al wilde ze het echt wel, het lukte haar niet het gestuiter en gedraai te stoppen. Ze wilde kalmeren. Ze wilde om haar vader rouwen, zoals dat hoorde. Ze wilde zich verontschuldigen. Maar het enige wat ze voelde was de razende, trotse woede die alles tenietdeed.

Deze woede droeg niet bij aan de gebarsten relatie met Eli, maar desondanks, of misschien wel juist daardoor, spraken ze steeds vaker over de trouwerij. Eli had besloten dat hij nog steeds niet had beslist wat hij wilde worden als hij groot was, maar hij wist wel dat hij wilde trouwen, en wel nu. Dat wel. Alle ruzies van weleer, het gevoel dat het einde nabij was met Rosj Hasjana – het was allemaal verdwenen. Hij wilde trouwen en hij wilde het nu.

Naäma bedacht dat niemand haar ooit op die manier had gewild. Maar Eli's moeder vond dat het geen pas gaf om te trouwen voordat het rouwjaar voorbij was. Galja daarentegen vond dat ze het niet moesten uitstellen, zelfs geen maand, en Naäma en Eli moesten zien dat ze tussen die beide tegenstrijdige meningen van hun moeders door laveerden. Het zou september worden, wat inderdaad een uitstel betekende, maar aan de andere kant niet in de orde van grootte van een rouwjaar. Op die manier werd weliswaar niet helemaal aan de eisen van beide moeders voldaan, maar werden die ook niet geheel terzijde geschoven.

De uitnodigingen werden verstuurd. Eli had die opgesteld, en Naäma realiseerde zich dat ze zich de bewoording niet precies kon herinneren, alleen het gewicht. Uitnodiging-voor-de-trouwerij-rij-

rij. Maar nog voordat de uitnodigingen bij de geadresseerden op de mat vielen, deelde Naäma Eli mee van niet. Eigenlijk niet. Wat niet? vroeg hij. We gaan niet trouwen, antwoordde ze.

Het afzeggen van de trouwerij ging niet via de post maar door middel van snelle, eenduidige telefoontjes. Want als je rechtdoor rijdt, kun je je soms veroorloven om je handen van het stuur te halen, maar als je rechtsomkeert maakt, en zeker als dat zo plotseling is, kun je maar beter het zekere voor het onzekere nemen.

Balli vernam via Sjlomkits dat de bruiloft was afgezegd; ze zei ineens haastig, bijna tussen neus en lippen door, ze heeft de bruiloft afgezegd.

De hele afgelopen periode was het Balli en Sjlomkits gelukt met vaste regelmaat contact te houden, waarbij de vragen-die-niet-gesteld-waren omzeild werden, zoals: waarom heb je het me eigenlijk niet verteld. Waarbij zinnen-die-niet-de-waarheid-vertelden omzeild werden, zoals: je bent me geen enkele uitleg schuldig, Balli. Waarbij dingen-die-niet-gedaan-hadden-hoeven-worden omzeild werden, zoals: de brief die Balli aan Naäma had geschreven op de avond dat het nieuws over de begrafenis haar bekend was geworden, een brief die Sjlomkits persoonlijk aan Naäma overhandigd had en die in dezelfde staat – in gesloten envelop – aan Balli geretourneerd werd. Ga maar weg nu.

Soms struikelden ze en stonden dan per ongeluk op zo'n mijn, maar dat gebeurde alleen op bijzonder moeilijke dagen, zoals die verschrikkelijke, verstikkende dag waarop Naäma de brief terugstuurde. Maar wat zei ze? Wat zei ze dan? Wat heeft ze precies gezegd? Ongewild vroeg Balli meer dan ze wilde weten, en gaf Sjlomkits ondanks zichzelf meer antwoord dan ze had gewild.

Ze zei dat ze geen enkel contact meer met je wilde, ze zei dat ze graag wilde dat ook ik...

Dat ook jij... wat?

Dat ook ik geen contact met je heb.

Wat? Heeft ze dat gezegd?

Balli keek Sjlomkits zwijgend aan, die haar ogen neersloeg en zei, nou ja, later begreep ze wel dat we uiteindelijk volwassen mensen zijn en...

Jij en ik waren al vriendinnen voordat we haar zelfs maar kenden, hoorde Balli zichzelf heel onvolwassen, misschien zelfs wel kinderachtig zeggen. Sjlomkits keek haar met kalme ogen aan vanachter de bril die ze na de bevalling was gaan dragen. In die ietwat pijnlijke stilte hoorde Balli alle gesprekken, het gelach en de bagels met roomkaas weerklinken die alleen van haar en Naäma geweest waren en die Sjlomkits erbuiten gelaten hadden. Ze raakte Sjlomkits' vlecht aan en zei, Sjlomkits, ik... maar Sjlomkits stond op en zei, ik moet nu gaan, we hebben een afspraak op het consultatiebureau. Nadat ze vertrokken was bedacht Balli dat het grootste verschil tussen Naäma en Sjlomkits 'm net precies zat in de snelheid waarmee Sjlomkits opstond, die kleffe bedankjes of gewoon intimiteit niet kon verdragen. Ze dacht terug aan die ene avond, dat zij en Naäma zich buikpijn hadden gelachen toen ze over Sjlomkits en Joram begonnen waren en ze zich hadden voorgesteld hoe die twee samen in bed waren. Naäma had gezegd dat Joram in haar ogen een nette kerel was, en Balli had gezegd, net? Net? Een nette kerel? En alleen al de combinatie van die twee woorden, op zichzelf, had hun buik laten bruisen met duizenden belletjes slappe lach die opborrelden en waar geen einde aan kwam. In de pauzes tussen het geborrel had Balli gezegd dat Joram in haar ogen niet meer was dan die slanke jongen die achter in de klas naast Oeri zat, dat hij volgens haar onwijs saai was en dat ze niet begreep wat Sjlomkits haar hele leven met hem moest. Maar ik dacht dat ze verschrikkelijk dol op elkaar waren, had Naäma gezegd. Wat wil dat zeggen, dol op elkaar? had Balli gezegd, ze zijn aan elkaar gewend, dit is wat ze kennen, waarop Naäma op peinzende toon had gezegd, zoals mijn ouders. Balli had hoger dan normaal gezegd, jouw ouders? Hoezo dat? En daarna, terwijl ze diep en bedachtzaam uitademde en haar stem weer op de normale toonhoogte bracht, had ze gezegd, misschien wel, eigenlijk, wat weet ik er eigenlijk van. De belletjes waren geluidloos geknapt.

Woorden die met N beginnen. Nieuwsgierig, Netanja, Na-Nach-Nachman Meoeman, Naäma. En dan – Sjlomkits, die tussen neus en lippen door ineens zegt, ze heeft de bruiloft afgezegd. Balli keek op en staarde haar aan. De vraag wie? hing uitnodigend in de lucht. Want als iemand iets zonder verband zegt, dan nodigt dat uit om naar het verband te vragen, maar ze wist maar al te goed over wie het ging en ze wist niet wat ze verder kon vragen. Ze zaten bij Sjlomkits op het kleed, prins Daniël de Eerste, zoals Joram hem noemde, lag naast hen. Een groot, mollig, goedlachs kindje met bruine krullen en zwarte ogen, de ogen van een boefje, had Chamoetal gezegd. Sjlomkits streelde zijn krullen en zei, ik geloof dat hij honger heeft. Sowieso had Sjlomkits continu het idee dat het kindje honger had en zoals jonge moeders dat doen, maakte ze met haar ene hand haar voedings-bh los, haalde met de andere haar tepel tevoorschijn die ze in zijn mondje stopte, onverstoorbaar, of er nu andere mensen bij waren of niet.

Het resultaat van dit alles was dat het kindje groeide, bol werd en aankwam en nu met genietende halen lag te drinken. Balli keek van hem weg en vroeg, waarom? Sjlomkits haalde haar schouders op, ik heb geen idee. Om je de waarheid te zeggen begrijp ik de laatste tijd niets van Naäma. Daarna keek ze Balli aan en vroeg, wil je even wat water uit de keuken halen, alsjeblieft?

Toen Balli wegliep, kon Sjlomkits eindelijk ademhalen. Eigenlijk kon Sjlomkits niet verdragen wat er van Balli en Naäma geworden was, van hen samen en van elk van hen afzonderlijk. Maar waar het Naäma betrof, was ze nog een beetje vergevingsgezind. Gedeeltelijk omdat Naäma zelf ook schrok van het verdriet en de woede, en gedeeltelijk omdat ze zich herinnerde (en altijd zou herinneren) dat Naäma er voor haar was geweest. Toen. Toen niemand anders dat was.

Maar ondanks dit alles was er iets in Naäma's eisende verdriet dat ze de laatste maanden ontwikkeld had, dat Sjlomkits leegzoog en haar afstootte.

Om van Balli maar niet te spreken. Wat haar betrof: die hele nieuwe manier van doen was volstrekt ongepast, zoals ze daar stond met het glas water, zonder erop te letten dat ze het bijna over Daniël heen goot, en Sjlomkits aankeek met die afwachtende, geslagen blik van haar. Als het over Balli ging, werd Sjlomkits ongeduldig. Om niet te zeggen: boos. Want, het zou Balli en Naäma nogal verrassen als ze het zouden horen, Sjlomkits kon zich niet zo bezighouden met of interesseren voor heel dat bizarre en overbodige verhaal van Balli en Gadi en alles wat daarvan geworden was. Want Sjlomkits had nu het kindje waarop ze zo lang had gewacht, en ze had nu de nimmer eindigende plicht om van hem te genieten en voor hem te leven. En dat bleek minder eenvoudig te zijn dan men zei.

En dan was er nog die kwestie van Balli en het tijdschrift dat ze voor Sjlomkits meegebracht had. Balli zei, je hebt een postnatale depressie, maar Sjlomkits zei, ik ben niet depressief, ik ben gewoon moe. Jij zou ook moe zijn als je iedere twee uur op moest staan om te voeden. Ik bedoel niet dat je zwaar depressief bent, zei Balli, ik bedoel dat er zo'n fenomeen bestaat, dat vrouwen die pas bevallen zijn een beetje *down* zijn, en dat gaat over. En Sjlomkits zei, ik ben helemaal niet *down*, waarop Balli zei, ik zal het tijdschrift meebrengen dat we twee maanden geleden over dit onderwerp hebben gemaakt. En ze had het inderdaad voor haar meegebracht. Sjlomkits had het van voor naar achter uitgespeld en had daarna zo'n afschuwelijk humeur gehad, dat het maar goed was dat Joram die avond pas om halfeen thuiskwam. Als hij eerder was geweest, zou Sjlomkits vast en zeker al haar boosheid over hem uitgestort hebben, terwijl die eigenlijk Balli toekwam, tenminste, dat vond Sjlomkits. Het tijdschrift irriteerde haar dermate dat het maar nauwelijks lukte om het niet in stukken te scheuren. Echt waar. De adviezen hoe die depressie te boven te komen en de verhalen van beroemde vrouwen die het meegemaakt hadden. Wat haar het meest irriteerde was het stukje uit het boek van een actrice. Sjlomkits was al bezig het vileine commentaar te formuleren dat ze naar het tijdschrift zou sturen: dat niet iedereen die in een film in een rode bikini kon schitteren, ook in staat was een boek te schrijven. Maar wat haar het meest irriteerde, zo geïrriteerd had dat ze bijna moest huilen, was het interview van Balli met een vrouw die haar beide kinderen verdronken had in het bad.

Balli had speciale toestemming gekregen om haar in de gevangenis te interviewen. Haar foto prijkte op de voorpagina: een kleine vrouw met kort haar en donkere ogen. Ze deed Sjlomkits voornamelijk aan een bepaalde zangeres denken, van wie Balli ooit eens een lp had gehad. *I learned the truth at seventeen, that love was meant for beauty queens.*

Balli had alle vragen gesteld die gesteld moesten worden. Wat dacht je toen je het deed, wat hadden ze gedaan, hoe voelde jij je, waarom heb je het gedaan, waarom heb je geen hulp gezocht, mis je ze? Mis je ze? Mis je ze?

Sjlomkits had al die impertinente, neerbuigende, veroordelende vragen gelezen en bedacht dat ze nooit van haar leven, maar dan ook nóóit iets aan Balli zou vertellen. Ze dacht na over de laconieke antwoorden van de vrouw; die had precies als haar moeder geklonken in de eerste dagen nadat ze weer was thuisgekomen, en ze kon niet ophouden naar de omslagfoto te kijken, naar het opgejaagde, magere lichaam, naar de droge lippen en naar haar ogen, die diepe zwarte poelen vol pijn.

Ze wist niet precies wat haar nu zo irriteerde aan het interview. Ze wist alleen dat ze Balli na het lezen dingen toewenste die ze echt niet meende. Drie dagen lang sudderde ze in deze woede, over hoe Balli, die er geen flauw benul van had wat het was om moeder te zijn, die er geen flauw benul van had hoe het was om de godganse dag alleen te zijn met een krijsend kind, of met twee dochters die herrie maken, die er geen benul van heeft wat het betekent om te lijden, die helemaal nergens benul van heeft... hoe ze van alle mogelijke vragen de impertinentste, stomste vraag stelt...

Is dat wat je haar te vragen had? Of ze er soms spijt van heeft?

Balli zei niets. Het laatste wat ze nu nodig had, was ruzie met Sjlomkits over een interview van maanden geleden met een of andere krankzinnige vrouw.

Vind je het tactloos om zoiets te vragen?

Dat is niet tactloos, Balli, dat is achterlijk. Dat is het.

Oké. Kan zijn. Je hebt gelijk.

Wat een geluk dat Daniël op dat moment weer begon te huilen. Het gesprek werd afgebroken en zou pas jaren later hervat worden, nadat Sjira geboren is. Dan zal Balli het begrijpen. Ze zal begrijpen wat Sjlomkits haar die dag had geprobeerd duidelijk te maken, en Sjlomkits zal haar alleen maar een knuffel geven en zeggen, hou op met die onzin nu, Balli. Nu moet je wat slapen voordat je onderuitgaat. En Balli zal zich door haar naar bed laat brengen, haar de deken over zich heen laten leggen, haar de jaloezieën dicht laten doen en ze zal denken, wat een geluk dat ze, ondanks alles, nog altijd Sjlomkits heeft.

Op dringend advies van Chamoetal begonnen Sjlomkits en Joram aan relatietherapie. Dit was na de scène geweest die Sjlomkits met Joram had geschopt tijdens de Briet. Chamoetal had niet geweten waar ze zich had kunnen begraven, en klopte de dag erna om tien uur aan Sjlomkits' deur. Sjlomkits was ervan overtuigd geweest dat het de mohel was. Hij had gezegd dat hij langs zou komen om te kijken hoe het met Daniël was en om halfnegen had Sjlomkits hem al gebeld om te vragen hoe laat hij kwam. Het leek haar dat de huid rond om het verband een beetje gezwollen en warm was. De mohel had gezegd dat hij zou komen en Sjlomkits had de deur gretig opengemaakt, enkel om Chamoetal met een gespannen, gesloten blik op haar gezicht op de stoep te vinden.

Hoe is het? Hoe is het met de kleine? Hoe is het met jou? Wil je thee? Wil je rusten zodat ik op hem kan passen? Er was iets zo verrassends, bijna overweldigends aan de reeks zorgzame vragen, dat Sjlomkits de neiging had moeten onderdrukken om nee te zeggen en zomaar de deur in Chamoetals gezicht dicht te doen. Maar in plaats daarvan had ze haar binnengelaten, voor hen beiden een kop thee gemaakt, haar Daniël laten vasthouden en gedaan alsof ze ging rusten. Want er was iets aan Chamoetals overweldigende juistheid dat haar zo gespannen had gemaakt dat ze haar vermoeidheid erdoor vergat. Precies op dat moment was de mohel gearriveerd. Sjlomkits was uit de slaapkamer gekomen. Wat, ben je opgestaan? had Chamoetal haar berispt. We kunnen het ook prima zonder jou. Sjlomkits had niets gezegd en naast de mohel staan kijken hoe hij het verbandje eraf haalde, de ietwat bloederige wond bekeek van Daniël die niet huilde, hem voorzichtig opnieuw verbond en tegen haar had gezegd, alles is in orde, moedertje. Je kunt er gerust op zijn. Jouw kindje doet het fantastisch.

Sjlomkits was in huilen uitgebarsten. Misschien was dat omdat hij zei dat alles in orde was. Misschien omdat hij had gezegd dat Daniël fantastisch was. Misschien was het om het sprongetje dat haar hart had gemaakt toen hij haar moedertje had genoemd. Hoe dan ook, ze was in huilen uitgebarsten en nadat de mohel vertrokken was en Daniël in zijn wiegje gelegd en in slaap gevallen was, was Chamoetal naast haar gaan zitten en had gezegd, zie je, Sjlomit, ik heb erover nagedacht en ik denk dat jullie in therapie moeten...

Therapie? Wat voor therapie? Sjlomkits was geschrokken. Wat was er niet in orde met Daniël dat ze met hem in therapie moest?

Relatietherapie, had Chamoetal gezegd, waarop Sjlomkits stilletjes gezucht had, aha, ze heeft het over Joram en mij.

Is het om wat er gisteren gebeurd is?

Ja. Chamoetal stond op. Ja, Sjlomit, dit is om wat er gisteren gebeurd is. Ik denk dat jullie... Om je de waarheid te zeggen, denk ik dat je je niet ten volle realiseert welke verantwoordelijkheid Joram draagt in het kader van zijn rol als adviseur van de minister. Ik denk dat je er geen kijk op hebt wat het betekent om zo'n taak op zo'n jonge leeftijd te krijgen, ik denk dat je moet leren inzien dat Joram niet zo'n moetsjie-poetsjie partner is die 's nachts zijn bed uit komt om een flesje te geven. Dat moet je gaan inzien, hoe eerder, hoe beter.

Dus gingen ze in relatietherapie. Het eerste onderwerp dat ter sprake kwam was, natuurlijk, wat er op de dag van de Briet gebeurd was. Wat er aan de hand was geweest, was dat Joram een verschrikkelijk belangrijke afspraak had gehad met de adviseur Arabische Zaken van de Amerikaanse minister van Defensie. Het was de bedoeling dat zij, twee jonge goed opgeleide carrièretijgers, de koppen bij elkaar zouden steken en beslissen wat ze met heel die Arabische kwestie zouden gaan doen, vanuit zowel Amerikaanse als Israëlische zijde. Acute aanleiding voor de ontmoeting was de afgrijselijke aanslag die eerder die week in Tel Aviv had plaatsgevonden. Een verrassend moordlustige aanslag. Net nu? Terwijl alle kwesties met de Arabieren en de vredesonderhandelingen zo goed vooruit gingen?

Nou ja, toen had Joram vergeten dat er een briet was. Hij was het niet echt vergeten, laten we de dingen wel juist weergeven. Natuurlijk had hij onthouden dat zijn zoon besneden zou worden, hij was alleen vergeten dat het precies op dezelfde dag en bijna op dezelfde tijd was als zijn bijeenkomst. En het was waar dat toen Sjlomkits hem om halftwaalf 's avonds iets had gezegd over de briet en de zaal en de mosjav van haar opa en oma, het een beetje laat was om de assistent van de Amerikaanse minister op te bellen. Weliswaar was die op dat uur nog niet in slaap maar in de weer met nachtelijk vertier in een van de Jeruzalemse restaurants die uitkeken op de oude stad, maar dan nog kon zijn agenda geen dramatische veranderingen op het laatste moment velen.

Na een flinke huilbui en een fikse ruzie belde Joram om kwart over twaalf toch maar op. Hij bofte dat hij achter twee flessen wijn en een aperitiefje aan kwam, want de man accepteerde Jorams gestuntel met het grootste begrip. En dat ondanks dat bekend was dat de Amerikanen weinig ophadden met de Israëlische wispelturigheid op het gebied van afspraken, ontmoetingen en agenda's. De ontmoeting werd een halfuur vervroegd en Joram zei dat hij linea recta naar de zaal in de mosjav zou komen. Hij zei toch dat hij op tijd zou zijn, dus waarom moest ze dat steeds blijven vragen?

Puntje bij paaltje: hij was komen opdagen. Anderhalf uur te laat. De mohel stond al op het punt te vertrekken. Hij had nog een briet, in Petach Tikva. Toen Joram de zaal binnenkwam met zijn verontschuldigende glimlach vol goede wil, had hij Sjlomkits langdurig omhelsd en haar ondertussen, het spijt me, het spijt me verschrikkelijk toegefluisterd.

Nou, de man heeft gezegd dat het hem speet. Kun je hem dan niet vergeven? En verdergaan? Moet je daar dan een kwestie van maken, en dat nog wel voor de ogen van de gasten? Chamoetal had door de grond willen zakken, en dat terwijl het overgrote deel van de gasten van Sjlomkits' vaders kant waren.

Dus gingen ze in relatietherapie. Joram zei dat Sjlomkits overdreef. Dat ze gewoon overdreef. Het was niet waar dat hij de briet vergeten was, en het was niet waar dat hij niet blij was met de baby, en ook niet dat het hem niet interesseerde. Ze overdreef en hij had een beetje genoeg van haar overdrijvingen. En van haar eisen. En van haar beschuldigingen.

Sjlomkits huilde.

Joram zei dat het hem speet, dat het hem echt speet, dat hij niet wist wat hem bezielde. Hij stond gewoon zo onder druk. Hij had het gevoel dat hij zoveel spanning niet aankon. Misschien moest hij zijn baan eraan geven. Ja. Hij zou zijn baan opgeven en iets anders zoeken. Iets minder veeleisends. Hij zou meer thuis kunnen zijn. Samen met de vrouw van wie hij hield en het kind waar hij zo verschrikkelijk blij mee was.

Sjlomkits huilde.

Over mijn lijk, zei Chamoetal. Je weet, zei ze tegen Joram, dat ik me nergens mee bemoei. Ik bemoei me er nooit mee, maar in dit geval zeg ik tegen je: *Don't you dare!* Je baan eraan geven? Wat denk je dat er in de buitenwereld op je ligt te wachten? En waarvoor? Het wordt tijd dat Sjlomit inziet dat het niet anders is. Moeders zijn verantwoordelijk voor het grootbrengen van de kinderen. Zo is het altijd geweest en zo zal het altijd blijven. Met alle respect voor het feminisme en het sjmeminisme. Hoe denk je dat ik jou helemaal in mijn eentje grootgebracht heb? Niet door te huilen, geloof me. En überhaupt, iemand moet Sjlomit, met haar bekende neiging tot overdrijving en hysterie, kalmeren.

De therapeut vroeg Sjlomit hoe ze tegenover een behandeling met geneesmiddelen stond.

Sjlomit huilde, huilde en huilde.

Uiteindelijk werd er besloten dat ze een weekendje weg zouden gaan. Naar het schitterendste hotel in Eilat. Chamoetal en Sjlomkits' ouders zouden op Daniël passen. Dat zou prima gaan. Zei Joram. Doe nou maar rustig. Je bent niet eerste moeder die tweeënkwart dag op stap gaat. Joram en Sjlomkits zouden erop uitgaan, genieten, uitrusten en eventjes samen zijn. Joram en Sjlomkits gingen erop uit, rustten uit, genoten en waren eventjes samen. Sjlomkits las het boek dat de therapeut haar had aangeraden, een verzameling essays van een bekende theoretisch feministe over vrouwelijkheid, partnerschap en moederschap. Joram las Churchills biografie. Ze praatten wat. Ze zoenden wat. Ze sliepen in elkaars armen en liepen gearmd naar het ontbijt. Arm in arm en gebruind kwamen ze thuis en troffen daar Daniël slapend aan in de Maxi Cosi met een halflege fles babymelk naast zich. Het bleek dat hij pertinent geweigerd had Sjlomkits' gekolfde melk in een fles te accepteren, maar babymelk wel, en zelfs met graagte. Trek het je niet aan, Sjlomit, zei Chamoetal, Joram is zelfs geen seconde gezoogd en kijk eens hoe mooi hij is opgegroeid.

Te midden van dit alles is het begrijpelijk dat Sjlomkits er niet voor Naäma kon zijn op de manier waarop die dat nodig had of zoals het hoorde. Maar de waarheid is dat als Sjlomkits een moment van rust had gehad om over dingen na te denken, dan zou het haar zijn opgevallen dat Naäma – in tegenstelling tot wat je zou verwachten of wat hoorde – helemaal niet om hulp of steun vroeg en in feite zo weinig mogelijk vertelde over wat er eigenlijk met haar aan de hand was.

En in die tijd was er heel veel aan de hand met Naäma. Ze had de bruiloft afgezegd. Ze had Oeri ontmoet. Ze had hem nog een keer ontmoet. En nog eens. Eigenlijk, om precies te zijn was de volgorde: ze had Oeri ontmoet. Ze had de trouwerij afgezegd. En daarna had ze Oeri nog een keer ontmoet. En nog eens. En nog eens.

De eerste ontmoeting met Oeri vond plaats op een zekere ijzig koude, betoverende avond nadat de sjabbat was uitgegaan. Naäma had werk gekregen. Een vaste baan met een salaris en een titel. Galja vond het geweldig. Ook Sjlomkits had gezegd 'wat mooi', Eli had gedacht dat het hoog tijd werd, en alleen Naäma wist dat deze baan net zoiets was als wanneer ze in de kibboets over haar hadden gezegd dat ze 'schattig' was. Naäma koesterde een diepe haat tegen het etiket 'schattigheid' dat haar al op de crèche opgeplakt was. Ons 'schatje'. Schatje, zo had ze een keer aan Balli uitgelegd, noemen ze een meisje waar niks over te vertellen valt. Balli had geknikt, dat klopt, maar zo ben jij helemaal niet.

Niet? Wat ben ik dan?

Balli had geglimlacht. Jij? Jij bent de slimste, dapperste, grappigste, verdrietigste persoon die ik ooit van mijn leven ontmoet heb. En je bent mijn beste vriendin.

Niet aan terugdenken, niet aan terugdenken, niet aan terugdenken. Hoeveel moeite moet een mens doen alleen maar om niet terug te denken aan de dingen die hem overspoelen op een zekere ijzig koude avond na het uitgaan van sjabbat, onderweg naar Jeruzalem. Naäma, die een baan had gekregen als docent producties bij de vakgroep Film, zat achterin bij de zelfingenomen student. Ze waren op weg naar Jeruzalem met een kleine videocamera. Twee weken eerder had het hoofd van de vakgroep in hoogsteigen persoon Naäma opgebeld, die door een lichte opwinding gegrepen werd toen ze zijn stem hoorde. Ik wilde je iets voorstellen, had hij gezegd. Nadat ze zijn voorstel had aangehoord, had Naäma, met plezier, met plezier, gezegd. Docent producties bij de vakgroep was een verantwoordelijke, zij het beetje saaie functie. Naäma had zich gerealiseerd dat deze functie alleen aan de allerschattigste van allemaal werd aangeboden, maar had de baan toch geaccepteerd. Sowieso begon ze genoeg te krijgen van al dat achter bruiden en bruidegoms aandraven, vooral nu, nu haar eigen bruiloft naderde, en vooral nu, nu haar vader er inmiddels niet meer was om haar films te bekijken en met zijn half cynische, half bewonderende grinnik te zeggen, je weet toch dat je talent hebt, dochtertje?

Dus nu was ze in de al te schone auto van een al te briljante student onderweg naar een of andere demonstratie in Jeruzalem, want deze briljante student had het briljante idee opgevat om juist de minderheid te filmen die de anti-demonstraties hield. Naäma vond het een onzinnig idee. Ze dacht eraan dat ze deze weg naar Jeruzalem haatte en waarom had ze geen jas bij zich.

Ze stapten uit de auto. Er was iets surrealistisch, bijna belachelijks aan de demonstratie van oudere jongeren met lang haar en in opgepoetste jeans, die hun steun wilden betuigen aan de premier en zijn beslissing om honderd of tweehonderd, Naäma ving het niet precies op, mensen van de PLO terug te halen naar Israël, mensen van wie hij een jaar eerder persoonlijk had besloten om ze uit te wijzen naar Libanon. Aan de overkant van de straat stond een groepje dat op het eerste gezicht tamelijk veel gelijkenis vertoonde met de pro-demonstranten, ware het niet dat deze mensen gekomen waren om de premier en zijn beslissing tegen te houden. Uit hun protestborden was op te maken dat elk van deze honderd of tweehonderd ballingen die verzocht werd terug te komen, een gevaarlijke terrorist was die ten minste één joods kind vermoord had, zo niet meer. Naäma ging op het koude trottoir zitten en dacht aan het legendarische verhaal van de ontmoeting tussen Sjlomkits en Joram. Een diep, vermoeid verdriet overspoelde haar, een verdriet dat alleen door wanhoop en verspilling veroorzaakt kon worden.

Het begon weer te regenen. Aan de ene kant van de weg probeerden de demonstranten zich onder een paraplu te persen en in het bushokje dat toevallig daar stond. Aan de andere kant van de weg lette men helemaal niet op de regen. Ze stonden in een kring om iemand heen die gitaar speelde en zongen een wat wilde versie van een bekend en bijna alledaags liedje. *Heel de grote wereld, is 'n heel smalle brug, 'n heel smalle brug, 'n heel smalle brug. Heel de grote wereld, is 'n heel smalle brug, heeel smaaalle brug, en het be-langrijkste is niet bang te zijn, heel niiiet bang te zijn.* Terwijl ze daar stond te kijken naar het vreemde groepje dat vol overtuiging in de regen stond te zingen tegenover het spaarzame groepje pro-demonstranten, zei ze bij zichzelf dat die briljante student blijkbaar tamelijk briljant was, dat zijn idee wel iets had, iets sprankelends, zoals het hoofd van de vakgroep dat uitdrukte – en toen, exact toen, terwijl de zachte, bijtend koude regen toenam, zag ze hem.

Hem. Hem. Hij was anders. Anders dan ze zich hem herinnerde. Maar hij was niet anders door zijn baard en peies, of door zijn glanzende ogen. Nee. Dat had ze allemaal al gezien op de avond van de verkiezingen. Hij was anders omdat Oeri in Naäma's herinnering gebleven was zoals ze hem de eerste keer had gezien, een verwarde jongen die afwisselend hardheid en zachtheid uitstraalde. En nu was hij ineens hier, half hippie en half kolonist, en alleen zijn lippen waren onveranderd, vol, groot en glanzend.

Toen Oeri haar in het oog kreeg, hield hij midden in het liedje op en de jongens om hem heen volgden zijn voorbeeld. Daar stond Naäma, midden in de regen, roodgloeiend te blozen van opwinding. Hij liep op haar af. Naäma, Naäma, Naäma, zei hij en Naäma voelde zich weer datzelfde mollige meisje dat niet wist waar ze haar glimlach moest laten.

Zo, en hoe gaat het met jou?

Het gaat min of meer. En jij?

God is genadig.

Een moment stilte. Wat zeg je hierna?

Ik... Het spijt me dat ik niet heb geantwoord op je brief.

Dat is wel goed.

Maar ik heb haar wel gebeld.

Wie?

Balli.

Balli?

Ja, nadat ik jouw brief had gekregen. Toen heb ik haar gebeld.

En?

Niks. Ze nam niet op.

Geluidloos liet Naäma haar adem ontsnappen, het doet er al niet meer toe.

Plotseling barstte er een plensbui los boven hun hoofden, en alle demonstranten, zowel de tegenstanders als de anti-tegenstanders, haastten zich om te schuilen onder de geïmproviseerde luifel van de agenten die het gebouw bewaakten. Het groepje van Oeri riep naar hem en Oeri zei, ik kom, ik kom. Haastig zei Naäma, goed, *bye*, en liep weg door de regen, zonder verder op hem te letten of achterom te kijken, als de heldin in een oude, melancholieke film. Ze liep door, zocht met haar ogen de gele, glanzende auto van de student en stapte in zonder aandacht te schenken aan de protestborden, toen hij haar plotseling riep.

Naäma draaide zich met overdreven snelheid om, gleed uit en kwam bijna plat op het natte trottoir terecht. Oeri pakte haar snel bij haar schouders, alles in orde?

Ja, ja, ja...

Hoor eens... Ik wilde je zeggen, bel me eens, als je zin hebt, we hebben een echte boerderij, de kinderen en ik. Ik zou het leuk vinden als jullie kwamen.

Ik zou het leuk vinden als jullie kwamen.

Een boerderij? Wat, zitten we in Texas? zei Sjlomkits en voegde er snel aan toe dat, nee, ze peinsde er niet over om daarnaartoe te gaan. Wie weet op welke grond van welke arme Arabieren hij die boerderij van hem had gesticht, en ze had al het nodige gehoord over het verwilderde uiterlijk van die hippieachtige kolonisten die op die boerderijen woonden, en waar zei Naäma ook alweer dat ze hem tegengekomen was?

Naäma liet het onderwerp varen. Ze had er geen zin in om het te vertellen. Ze legde de telefoon neer en keek naar Eli die nog rustig lag te slapen en niet wakker was geworden, hoewel Naäma expres met veel kabaal had overgegeven en toen ze in bed stapte bijna, per ongeluk, het nachtlampje op zijn hoofd had doen vallen. Maar hij had zich alleen maar omgedraaid en in zijn slaap een diepe zucht geslaakt. Ineens besefte Naäma dat ze niet de rest van haar leven tegen hem aan wilde moeten kijken.

Er bestaan mensen die hun hele leven doorbrengen zonder ooit zo'n moment te hebben waarop je een moedig, angstaanjagend en bevrijdend besluit moet nemen. Maar wie zo'n moment wel tegenkomt, weet dat het eerst heel even bijtend en desastreus voelt, maar dat er daarna steeds meer fluweelzachte ogenblikken van warme, koesterende opluchting voorbijkomen. De opluchting van iemand die het flakkerende, knipperende lichtpuntje aan het eind van de tunnel al ziet.

*

De winter liep ten einde, een zoete, dronkenmakende geur kwam langs in de lege kamers van het appartement waar Naäma naartoe verhuisd was, want ze was niet ingegaan op Eli's beleefde aandringen en had niets uit hun gezamenlijke appartement meegenomen dat niet al van haar was geweest toen ze erin trok. En dat was heel weinig. Naäma had het verschrikkelijk druk: met het vullen van de lege flat, met het coördineren van producties, met het opsnuiven van deze nieuwe geur, met het aan niemand vertellen dat ze op vrijdagmiddag naar Jeruzalem ging en dat ze om half twee bij de lifthalte van het congrescentrum Binjanei Haoema zou staan wachten op een wit vrachtwagentje met een grote vent met krullend haar en een warrige baard achter het stuur die als hij stopt zal zeggen, Naäma, Naäma, Naäma, ik was ervan overtuigd dat je uiteindelijk niet zou komen. En zij zal zeggen, dan heb je je blijkbaar vergist. En hij zal antwoorden, me blijkbaar vergissen kan ik als de beste.

Misschien kan het alleen maar op deze manier. Misschien kan de ware liefde alleen maar bloeien in een grote stilte, in een ondoordringbare bel, in de eenzaamheid van noodzaak en wilskracht. Zo begon de liefde tussen Oeri en Naäma helemaal van voren af aan. Stilletjes. Zonder dat iemand blij of afgunstig kon zijn over hun geluk of hen kon aanmoedigen of dwarsbomen. Als twee drenkelingen van een gigantisch, gezonken schip. Hele nachten hadden ze in de ijzige zee gezwommen en waren elk apart ergens op een verlaten, maar droog eiland aangespoeld. Ze probeerden aan de nieuwe situatie te wennen, dat ze alleen op de wereld waren achtergebleven op dat eiland, dat weliswaar verlaten was, maar ze zaten tenminste op het droge. En toen, opeens, hadden ze elkaar gevonden. De liefde die tussen hen zal opbloeien, is natuurlijk, rustig en vanzelfsprekend. Of de mogelijkheid had bestaan dat ze niet van elkaar zouden houden? Dat ze elkaar niet zouden omhelzen? Dat ze elkaar niet bij de hand zouden nemen?

Redding, zegt rabbi Nachman, komt voort uit eenzaamheid. En wat is een betere redding dan liefde, ware liefde, uit een partnerschap dat misschien niet vanaf het prille begin in de sterren geschreven stond, maar nu wel. Onder dit uitspansel vol sterren, op het dak dat Oeri half op zijn boerderij gebouwd had. Eronder lagen drieëntwintig kinderen en twee begeleiders te slapen. Ook Oeri sliep er meestal. De bovenste verdieping was voor hem bestemd en voor het gezin dat hij zou stichten. Maar ondertussen had hij geen gezin en was de bovenste verdieping half afgebouwd en nog half open.

Ze was er al drie keer geweest, daar boven op dat dak, onder de sterren, met een half oor luisterend naar wat Oeri vertelde. Oeri, die ooit zo zwijgzaam was geweest, praatte nu heel veel. Over de kinderen van het Huis, over de liefde die hij hun schonk, over de liefde die hij van hen terugkreeg, over Tanja, die er twee maanden over had gedaan om een enkel woord te zeggen, één enkel woord! Over Moria van Elazar die tegen hem had gezegd, nadat ze Tanja een keer had meegenomen naar de lessen die ze op vrijdag aan vrouwen gaf, toen had ze tegen hem gezegd, Oeri, dit meisje heeft een verdriet in haar hart dat niet van deze wereld is. Je moet haar een mogelijkheid geven om dat te uiten. En hij vertelde hoe Tanja uiteindelijk tegen hem gezegd had, ik moet je iets vertellen, en het hem had verteld. Over haar tweelingzus. En over hoe zij de kast op haar tweelingzus had laten vallen toen ze twaalf waren en ze ruzie hadden gemaakt over een toffee die onder de kast gerold was. Sindsdien had ze niet meer met haar ouders gepraat, kun je dat bevatten? Het arme meisje had zes jaar lang niet met haar ouders gepraat, was in haar eentje naar Israël geëmigreerd, had God mag weten waar rondgezworven en zelfs nadat haar ouders geïmmigreerd waren, had ze nog steeds niet met hen gesproken. Maar Moria en ik zijn samen met haar naar ze toe gereden, we zijn er met haar naartoe gereden en we hebben haar gesteund, we hebben haar van begin tot eind gesteund en we zijn met haar mee het huis ingegaan, en wat kan ik je zeggen? Geloof me dat niemand van ons ooit zo gehuild heeft als we die dag deden.

Naäma geloofde hem. En zei geen woord. Ze dacht aan Moria van Elazar en aan de vrouwen in de kibboets die ook zo genoemd werden, Galja van Gadi. Oeri ging verder, en toen we daar vertrokken begreep ik iets, begreep ik iets over mezelf en over mijn leven, en ik ben linea recta vanuit Asjdod naar mijn ouders gereden. Ik ben naar binnen gegaan en ik heb tegen ze gezegd, ik wil jullie iets zeggen, iets wat ik nooit tegen jullie gezegd heb, en ik zei tegen ze, ik wil dat jullie weten dat ik ook nooit ophoud met om hem te treuren.

Om wie?

Om Gili. Die klootzak. Hoe hij zomaar opeens dood kon gaan, in een tel. En ons hier kon achterlaten met alle...

En wat zeiden ze?

Wie?

Jouw ouders.

Die zeiden helemaal niets. Ze moesten huilen. Het was een dag met non-stop huilen, die dag. Naäma keek naar hem en naar zijn woorden die zacht en glinsterend in de lucht zweefden, en onderdrukte de neiging om hem te strelen. Hem en zijn woorden met hun betovering van inzicht. Van iets wat iemand anders wel weet en jij niet.

Wat er zo mooi is als je ergens inzicht in krijgt, weet je, is dat als je één ding snapt, je ineens nog iets snapt en nog iets en op een goede dag sta je 's ochtends op en zie je het hele plaatje...

Wat wil dat zeggen?

Wat wil dat zeggen? Ik zal je vertellen wat dat wil zeggen, dat wil zeggen dat als je snapt dat er daarboven iemand is die op je let, die echt op je let, niet toevallig een beetje, en dat je niet alleen bent – nou, op het moment dat je dat snapt, dan begrijp je ook dat hij er al die tijd al geweest is, hij was er al die tijd al, de hele tijd was hij er. Ook lang geleden, zelfs toen je er nog geen benul van had dat hij er was. Bijvoorbeeld Gili; het was geen toeval dat hij in het donker liep en viel, dat was geen toeval, hij had zo een, hoe zal ik het zeggen, een blinde vlek, omdat hij zo graag wilde slagen, iets wilde bereiken, de beste wilde zijn, en hij... Wist je dat hij met Balli heeft gezoend, voordat hij...

Hij?

Hoezo? Wie nog meer?

Jij. Niet? Jij hebt met haar gezoend nadat hij...

Oeri glimlachte. Ik zweer het je. Wat ben je toch een schatje dat je altijd alles onthoudt. Zei hij. Daar hou ik van. En Naäma glimlachte terug, terwijl ze vergat dat ze het haatte, echt haatte als men tegen haar zei dat ze schattig was. Oeri pakt haar koude handen vast en zei, ik ben zo blij dat je er bent. Echt.

Lang en aanwezig banjerde Oeri door zijn grote huis, een spoor van bewonderende blikken van de jongens en meisjes die er woonden in zijn kielzog. Naäma zag zichzelf in hen, tien jaar geleden, even klein en verloren. Ze werd vervuld door een fantastisch, specifiek gevoel van voldoening toen ze zich realiseerde dat ze ook haar op die manier bekeken. Want zij hoorde bij hem, bij Oeri, bij de man die opgegroeid was tot de man die haar vader had kunnen zijn, maar het niet was. Ze kon er maar beter niet aan denken nu. Helemaal niet. Ze stond in de keuken, op vrijdagmiddag, sjabbatavond, zoals ze dat daar noemden, roomboterkoekjes te bakken, rook de geur van het eten dat Oeri had neergezet voor het sjabbatmaal en wist dat niemand, helemaal niemand zou kunnen begrijpen hoe dat voelde. Dat zij, Naäma Keidar, hier in de geïmproviseerde keuken van een half af huis ergens aan het end van nergens stond en zich thuis voelde.

Ergens aan het end van nergens was wat overdreven, dat wist

Naäma maar al te goed. Ze was niet helemaal onwetend, ondanks haar desinteresse in demonstraties. En het was niet alsof ze geen vragen stelde. In de toekomst zal ze zich de vraag stellen en die zelf met nee beantwoorden, het was niet waar dat ze geen vraagtekens zette. Dat had ze wel gedaan. Ze had alle geëigende vragen gesteld. Ze had gezien wat er gebeurde onderweg ernaartoe. Ze hoorde over de ruïnes waarop het half afgebouwde huis was gebouwd. Ze wist dat er nog heel veel dingen waren waar ze geen weet van had. Ze wist precies wat ze moest vragen. Alleen waren de antwoorden minder helder dan de vragen. Maar niets, helemaal niets kon wedijveren met dat zoete, versgebakken gevoel van sjabbatavond op een plek waar je zo gewenst bent.

Er zullen misschien mensen zijn die haar gispen. Misschien zelfs zeker. En misschien zelfs terecht. Jaren later pas, als ze eraan toe is om te proberen het uit te leggen, zal ze zich realiseren dat er dingen zijn die niet te gispen zijn. Die niet uit te leggen zijn. Waarvoor je je niet kunt verontschuldigen. Liefde. Of God. Of verlangens. Er zijn dingen die onverklaarbaar zijn.

Ze zaten op het dak, samen met zijn kinderen. Zo noemde hij ze, zijn kinderen. Oeri speelde gitaar en zij zongen, *Knocking on heaven's door, Heel de grote wereld, is 'n heel smalle brug,* en *Wat heb ik, wat heb ik, wat heb ik, ik lig met mezelf overhoop.* Naäma keek naar de kinderen en ervoer ineens een grote, koesterende liefde voor elk van de jongens en meisjes, vooral voor Tanja, die met gesloten ogen naast Oeri zat te zingen. Naäma rilde toen ze ze opendeed; wat was ze mooi, wat had ze grote ogen, wat waren ze blauw. Naäma wendde haar blik af en vroeg zich af of ze Oeri ook aan Balli's ogen deden denken. Na het zingen gingen de kinderen hun eigen weg en bleven Naäma en Oeri achter op de groene deken. Ze keken naar de lucht waar grijze wolken op hun gemak ronddreven en alle sterren bedekten en weer tevoorschijn lieten komen, vooral die ene grote, schitterende ster die recht boven hen aan de hemel stond.

Naäma vroeg aan Oeri of dat de Poolster was en Oeri zei, om je eerlijk te zeggen, heb ik geen flauw idee. Ik ben verschrikkelijk slecht in dat soort dingen, dat weet je wel. Naäma moest glimlachen, vooral om dat 'dat weet je wel'. Ik dacht dat je met de jaren misschien beter was geworden, en Oeri antwoordde, ik ben wel beter geworden, maar niet daarin.

En toen had ze gezwegen. Achter haar zei Oeri, weet je, dit is de eerste keer dat ik het gevoel heb dat ik je wil zoenen, maar dan ook echt, en Naäma wist niet of ze blij moest zijn met dat 'echt' of beledigd moest zijn door 'de eerste keer'. Maar dat doe ik niet, ging Oeri verder, weet je dat? Ik ga dat niet doen, want ware liefde kenmerkt zich door beheersing en juistheid.

En toen zei hij met zo'n zachte stem dat Naäma hem nauwelijks hoorde, weet je, ik heb het nooit iemand verteld, maar in de tijd nadat ik naar het internaat was gekomen, toen Balli naar Kopenhagen was gegaan...

Ja? vroeg Naäma gespannen zonder dat ze wist waarom.

Ik had het... In het begin had ik soms zware dagen. Het lukte me niet eens meer om m'n bed uit te komen. Maar later. Later, toen ik begreep dat alles in orde zou komen voor me, toen op een nacht... op een nacht heb ik over jou gedroomd.

Wat droomde je dan? vroeg Naäma, nog steeds gespannen.

Ik droomde dat ik iemand ontmoette die heel oud en wijs was. Ik weet niet wie het was. Hij zag eruit als rabbi Nachman, maar die was het niet, ik weet dat hij het niet was. Het was iemand die ik kende, iemand die ik echt goed kende. In ieder geval, wie het ook was, hij maakte me wakker, midden in de nacht maakte hij me wakker en sprak met me over jou.

Wat zei hij? vroeg Naäma terwijl ze naar Oeri's grote voeten keek die gestoken waren in kleurige sokken die een van de meisjes van het Huis voor zijn verjaardag had gebreid...

Hij vertelde me dat je ware liefde niet mag verspillen.

Die nacht sliepen ze zelfs geen minuut. Ze lagen boven op de deken op het dak naar de sterren te kijken, terwijl Oeri praatte. En toen ik je op die ene zaterdagavond na de sjabbat tegenkwam in Jeruzalem, vertelde hij haar, toen voelde ik het ineens, toen voelde ik het ineens vanbinnen, voelde ik hoe blij ik was om je te zien, voelde ik hoe het helemaal geen toeval was dat ik daarnaartoe gegaan was. Want ik was helemaal niet van plan geweest om naar die demonstratie te komen, maar uiteindelijk, op sjabbatavond, had ik besloten om naar Jeruzalem te gaan, om even bij mijn ouders langs te wippen waar ik al heel lang niet geweest was. En toen ineens zag ik jou, en je zag er zo schattig uit in je trui, en met je rode neus, en ik was ineens zo blij om je te zien, en toen begreep ik het plotseling: er bestaat geluk dat je niet moet verkwanselen.

Naäma raakte langzaam, weloverwogen, een voor een, zijn vingers aan en zei niets. Oeri vlocht zijn vingers door de hare, bevrijdde ze... en vervlocht ze weer, terwijl hij zei, Naäma, Naäma, Naäma.

Naäma deed haar ogen dicht, ademende diep in, glimlachte naar de sterren en zei geluidloos, dank u, God, dank u.

*

Op andere plekken ging het leven verder zoals altijd. Sjlomkits besloot volgend jaar weer aan het werk te gaan. Ze zette een advertentie: kindermeisje met referenties gevraagd, en maakte een afspraak met haar rayonhoofd op het ministerie van Onderwijs. Na drie afmattende dagen van sollicitatiegesprekken met kindermeisjes, waarvan zelfs de meest ervaren kandidaten geen vragenlijst van vijf pagina's en een kleine persoonlijkheidstest hadden verwacht, trok Sjlomkits haar zwarte bloes en zwarte pantalon aan, deed Daniël in de draagdoek en ging naar haar gesprek met het rayonhoofd. Ze wist dat het hoofd dol op haar was, en ze wist dat men op het kinderdagverblijf waar ze gewerkt had, aan de andere kant van de stad – in een wijk die ooit goed was geweest maar waar tegenwoordig alleen nog nieuwe immigranten en heel oude immigranten woonden – al met smart op haar terugkeer gewacht werd. Het rayonhoofd was inderdaad heel blij haar te zien en bewonderde Daniël zoals dat van haar verwacht werd, en had zelfs het idee dat Sjlomkits heel blij zou zijn met het nieuws dat ze voor haar had: het kinderdagverblijf waar ze had gewerkt stond op het punt gesloten te worden. In het afgelopen jaar, toen Sjlomkits er niet werkte, was aan de overkant een nieuw, niet gemeentelijk kinderdagverblijf geopend. Een gratis kinderdagverblijf waar de kinderen ook nog twee, zeer degelijke, ouderwetse warme maaltijden kregen. Maar, en dit was het goede nieuws: de oude kleuterleidster in de wijk waar Sjlomkits woonde, stond op het punt met pensioen te gaan en het rayonhoofd wilde Sjlomkits voorstellen die baan te nemen. Het was meer geluk dan wijsheid, zo'n goed kinderdagverblijf en maar een minuutje van jouw huis. Sjlomkits dacht dat ze barstte. Háár kinderdagverblijf. Dat ze zo gekoesterd had en waar ze trots op was. Is ze er een jaar niet en dan stort de hele zaak in...

Joram en zij zaten op het bed; zij zat was te vouwen en hij las de krant van die ochtend. Huil je? vroeg hij verbijsterd. Sjlomkits stond snel op, in de ene hand al Daniëls shirtjes en in de andere al zijn broekjes. Nee, hoe kom je erbij dat ik huil, zei ze. Ik snap gewoon niet hoe het gekomen is...

Joram dook weer in zijn krant. De kinderen in Kirjat Sjmona slapen al een hele week in de schuilkelders. Dan ga je toch naar een

199

ander kinderdagverblijf. Dat is toch geen probleem. Dat is de lol als je in dienst bent van het ministerie van Onderwijs, toch? En buiten dat, het lijkt me maar wat gemakkelijk voor jou om op een kinderdagverblijf in de buurt te werken, niet? Dat vind jij toch het belangrijkst, nietwaar? Sjlomkits stond voor hem, Daniëls shirtjes in de ene hand, de broekjes in de andere, en gaf geen antwoord. Wat snapte hij er nou van. Wat wist hij nou helemaal. Ze had gedacht dat ze iets echts en waardevols had gedaan in dat kinderdagverblijf. Ze had in zichzelf geloofd. En nee, dat het gemakkelijk voor haar was, was niet wat zij het belangrijkst vond. Helemaal niet.

Midden in de nacht ging de telefoon. De minister aan de lijn. Op datzelfde moment werd in het kabinet besloten operatie Gerechtigheid voor allen uit te voeren. De vliegtuigen van de luchtmacht waren al klaar om op te stijgen en het was zeer noodzakelijk dat de minister zonder portefeuille voor Arabische Zaken en zijn assistent aanwezig waren in een hotel in Metoella.

In de week die erop volgde, blies het IDL honderden terroristennesten, tientallen vluchtelingenkampen en duizenden huizen op. Sjlomkits hield op sollicitatiegesprekken te voeren met kindermeisjes en ging weer naar het rayonhoofd.

De kranten brachten feestelijke edities uit, radio en televisie hadden speciale uitzendingen, rijen nieuwe vluchtelingen, de plundering van Hezbollah, en natuurlijk het gelijk, de afstraffing, en dat de kwaliteit van leven voor de inwoners van Galilea niet langer meer aan de goden overgeleverd zal zijn. De minister zonder portefeuille voor Arabische Zaken hield ervan geïnterviewd te worden en deed dat ook uitstekend. Zijn loyale assistent hielp hem trouw de juiste dingen te zeggen, met de juiste intensiteit en in het juiste verband.

Tijdens het gesprek met haar rayonhoofd, deelde Sjlomkits mee dat ze ontslag nam. Het kwam haar niet goed uit om nu in een ander kinderdagverblijf te gaan werken. Ze kon niet begrijpen hoe haar project zo naar de galemiezen kon zijn gegaan. Het rayonhoofd was verbaasd, project? Welk project? Een kinderdagverblijf is een kinderdagverblijf is een kinderdagverblijf, of niet? en ook lichtelijk beledigd. Ik had gedacht dat je bijzonder blij zou zijn om werk te krijgen in je eigen wijk, zei ze. Weet je wel hoeveel leidsters staan te trappelen om in dat kinderdagverblijf aan het werk te gaan? Maar Sjlomkits' besluit stond al vast.

En toen kwam Joram weer thuis, moe maar voldaan. In de kranten stond dat er uitzicht was op een staakt-het-vuren en tegen de tijd dat Joram opstond was het al sjabbat. In de woonkamer zat Daniël in zijn Maxi Cosi naar zichzelf te glimlachen. Sjlomkits zei dat ze een beslissing had genomen.

Wat? Een kinderdagverblijf beginnen? Zelf? Het was zo'n buitengewoon idee dat Joram er de krant van gisteren voor op de grond moest leggen. Zelf? vroeg hij opnieuw. Sjlomkits legde uit dat als ze toch al crècheleidster was, dat ze dan liever zelfstandig was en Daniël nog een jaar bij zich kon houden. En bovendien, waarom niet? Er was veel vraag naar zulke kleinschalige, kwalitatief goede kinderdagverblijven, en dan kon zij doen wat ze graag deed en een normaal salaris verdienen, niet zo'n schamel loontje...

Joram keek haar aan. Hij begreep ineens dat iets in haar in opstand was gekomen. Met zijn politieke overlevingsinstincten wist hij dat dit niet het goede moment was om zijn eerlijke mening, of welke waarheid dan ook, te uiten. Misschien is het echt een goed idee om een kinderdagverblijf te beginnen, zei hij en glimlachte. Vol warmte en dankbaarheid beantwoordde Sjlomkits zijn glimlach, stond op en omhelsde hem. Joram gaf haar een knuffel, het is misschien echt een geweldig idee. Ook Balli vond het juist een goed idee. Dat wil zeggen, zelfstandig zijn, doen wat je wilt, zelf beslissingen nemen, wat was er eigenlijk beter dan dat? Ze zaten boven op de nieuwe flyers die Sjlomkits van plan was in de wijk te verspreiden. Balli bekeek met verbazing de gedetailleerde en ongecompliceerde insteek die Sjlomkits voor haar plannen had gebruikt. Dacht aan zichzelf. Waarom leek het haar dat anderen direct op hun doel af gingen terwijl zij in eindeloze cirkels de staart die ze ooit had gehad achternaliep? Ze dacht over Tirtsa en haar vriendin, die ze vorige week bij de Super Pharm tegengekomen was. Hoe gaat het met je? Goed. En met jou? Fantastisch. Tirtsa vroeg niks, al was haar aan te zien dat ze stond te popelen van nieuwsgierigheid, en Balli vertelde niet dat zij haar nieuwe baan bij het nieuwe programma van de nieuwe zender opgezegd had. Ze vertelde niet dat ze al twee maanden geen werk had. Echt helemaal geen werk. Ze glimlachte alleen maar, alles gaat goed, fantastisch, we spreken elkaar, terwijl Tirtsa's vriendin met een rode fles conditioner in haar hand naast haar stond en Balli met jaloerse ogen bekeek.

Snel liep Balli naar de kassa, betaalde en voelde hoe de neerslachtigheid de overhand kreeg. Ooit had ze zulke blikken leuk gevonden, die de vriendinnen-van op haar geworpen hadden. Blikken die al zoveel gehoord hadden over hoe krachtig, energiek en mooi ze was. Blikken die zelf probeerden te peilen hoe krachtig energiek en mooi ze was. Blikken met een mengsel van afgunst en bewondering. Maar nu merkte ze dat het haar vermoeide. Ze vond het vermoeiend om het doelwit van afgunst te zijn en nog vermoeiender om het doelwit van bewondering te zijn. Ze had er genoeg van. Ze had genoeg van al die ogen die haar opnamen met haat, met jaloezie, met gedachten die zo verschilden van wat ze over zichzelf dacht. Ze had er genoeg van om te zijn wat ze niet was, maar meer nog om te zijn wat ze wel was. Een lange sjabbat zonder plannen stond voor de deur. Balli zat naar de vloer te staren net zoals ze gedaan had op die ene avond, toen ze gehoord had dat Gadi dood was en overwoog om toch maar naar haar ouders te gaan voor het avondeten, of toch eigenlijk maar niet, ze bedacht hoe graag ze nu gewoon iemand zou willen kunnen bellen, iemand die Naäma heette, en zeggen, hé Naam, wat doe jij vandaag, het was interessant om te weten wat ze gedaan had vandaag en met wie, en of ze ook aan haar dacht.

Ik denk dat het het beste is als je hier nu maar gewoon weggaat.

Naäma dacht op dat moment juist niet aan Balli. Dat wil zeggen, eigenlijk dacht ze wel aan haar. Soms is een gedachte in omgekeerde richting ook een gedachte. Want terwijl Balli nog op de vloer van haar appartement zat en oprecht gemis voelde, zat Naäma op een stel kussens in het huis van Elazar en Moria naar Moria te luisteren en bedacht hoe slim ze was en hoeveel ze op Balli leek terwijl ze eigenlijk zo anders was. Ze bedacht hoe blij ze zelf was om hier te zijn en naar Moria's wijze woorden te luisteren en niet tegenover Balli te zitten en haar wijze woorden aan te horen die, eigenlijk, misschien helemaal niet zo wijs waren. Ze waren in ieder geval minder instructief dan wat Moria te melden had. En zeker was dat God er niet aan te pas kwam.

Moria en Elazar woonden in een caravan met een voortent eraan, samen met nog drie stellen en twee gezinnen. In de tent van Moria en Elazar lagen van tentflap tot tentflap tapijten en kussens. Daar zaten de meisjes op bij hun wekelijkse les, als ze zich laafden aan Moria's lessen, waarin een brede en indrukwekkende kennis van poëzie, literatuur en Tora verweven werd en die, zoals Moria dat stelde – en Naäma was het daarmee van harte eens – volkomen relevant was voor het leven van elk van de meisjes. Waarom zit je te glimlachen? Moria onderbrak haar predikatie een moment. Alle meisjes in de ruimte keken naar Naäma, die zoals altijd moest blozen wanneer ze in verwarring werd gebracht en zei, zomaar, nergens om, ik bedacht me gewoon hoe blij ik ben dat ik hier zit.

Toen bij Balli de telefoon ging, stond ze juist op van de vloer om te gaan douchen en daarna verder te beslissen wat ze zou gaan doen, of niet. En op dat moment ging de telefoon. Balli was ervan overtuigd dat het Brenda was, *hello sweety*, ik wilde je alleen maar sjabbat sjalom wensen, *have a nice weekend...* Maar het was niet Brenda aan de lijn, maar juist Chilik Granot. Chilik Granot? snel zette Balli de juiste stem op. Goedenavond Chilik Granot. Jij ook, *my lady.* Ze had geweten dat hij zou bellen. Ze had geweten dat hem vroeg of laat ter ore zou komen dat ze haar nieuwe baan had opgezegd. Ze wist dat er ook voldoende tijd verstreken was sinds die ene ruzie. Ze had geweten dat hij het goed zou willen maken, haar weer onder zijn vleugel nemen en haar, opnieuw, het voorstel te doen om bij de krant te komen werken. Maar Chilik vroeg niet eens hoe het met haar ging. Luister es, Balli, ik heb wat gehoord, ik moet het je vertellen. Balli haalde diep adem, wat hadden ze hem kunnen vertellen? Maar hij vervolgde, die vriend van jou, hoe heet hij ook maar weer, de zoon van Chamoetal Halevi... Joram? Wat is er met Joram gebeurd? Nog niks, maar we hebben een spetterende scoop op de voorpagina dat de premier onwettige vergoedingen heeft ontvangen, en die Halevi, die zit tamelijk diep in die kwesties verwikkeld. Joram? Wat zeg je nu eigenlijk, dat Joram... Tot over zijn oren. Hoezo? Heeft hij wat tegen je gezegd? Nee, hoe kom je erbij. Wat dacht je dat hij tegen mij zou zeggen? Weet ik niet. Hij is niet bereid met mijn verslaggeefster te praten, ze zit hem al twee weken achterna. Ik dacht dat jij me misschien zijn huisadres kon geven. Chilik, Chilik, Chilik, je bent toch ook geen snars veranderd, of wel, dacht Balli, gesterkt doordat niet zij het onderwerp van de roddel was die Chilik ertoe had gebracht om over hun brouille heen te stappen. En doordat Joram een beetje in de problemen zat en doordat ze weer het middelpunt van een kleine kwestie was. Niet zo'n heel kleine kwestie, eigenlijk, en nou nog eens zien wat Sjlomkits gaat doen met die onverstoorbare blik van haar. Zonder er verder over na te denken gaf ze Chilik het adres. Dank je, Bal, zei hij. Misschien kun je een keertje langskomen? Dan lunchen we samen of zoiets? Balli kende die niet-gemeende uitnodigingen van Chilik, en ze herkende de haast in zijn stem wanneer hij eenmaal het doel bereikt had waarvoor hij belde. Misschien, zei ze snel, ik moet nu gaan, kus kus, schat.

Schat. Als dat niet het laatste was dat op Chilik Granot van toepassing was, dan scheelde het niet veel. Balli hoorde de lichte onechtheid in haar stem en dacht dat ze blij zou moeten zijn dat ze het weer had, net als vroeger. Maar terwijl ze zich voor de spiegel stond aan te kleden en te dubben over wat ze aan zou doen, want wat trek je aan als je onaangekondigd naar oude vrienden gaat om ze te vertellen dat het plafond op het punt stond op hun hoofden neer te storten. Ze voelde hoe de rozegetinte namaak van weleer van vorm en kleur veranderde in de depressiviteit van nu. Plotseling werd ze vervuld van een diepe, schrijnende zelfverachting. Wat deed zij nou zo aardig tegen die Chilik, die altijd plezier beleefde aan de ellende van anderen, vooral als het beroemdheden waren. Waarom was ze nou zo aardig tegen hem na die onredelijke zwijgban die hij over haar had uitgevaardigd, alleen omdat ze ontslag had genomen om ergens anders meer te kunnen verdienen. En waarom vertelde ze hem niks dat waar was, echt waar was over haarzelf, over haar leven, over hun vriendschap die plotseling – poef – als een zeepbel uit elkaar gespat was en waar niets meer aan herinnerde behalve een paar druppeltjes zeepwater op de vloer. Ze wist maar al te goed waarom. Vanwege die andere zwijgban, die redelijke, rechtvaardige zwijgban. Vanwege Naäma, die niet een typisch speeltje was dat je kon gebruiken, zoals Chilik. Vanwege die ene zin, die ze niet uit haar gedachten kon bannen. Die zin waarna de stilte volgde.

Zo kwam dit hele affairetje op Jorams hoofd neer, net een ballonnetje gevuld met water zoals Sjlomkits' buren naar elkaar plegen te gooien met Sjavoeot. Joram had de verslaggeefster van Chilik Granot niet zomaar genegeerd. Hij was er zó verbaasd over, verbijsterd, er zó niet op voorbereid dat mensen slechte dingen over hem konden denken of zeggen, en dan ook nog slechte dingen die met geld te maken hadden... Hij, Joram Halevi, die zich nooit druk had gemaakt over geld en nooit had begrepen wat anderen deden, en ineens – boem. Stront en kou en heel veel onbeantwoorde vragen. De periode van dit affairetje zal mettertijd 'de financieringsaffaire' gaan heten. En na verloop van tijd zal die wegsterven, net zoals hij was opgebloeid. Maar in het begin was het paniek. Ineens werden dingen duidelijk.

Het bleek dat dit niet zomaar een politieke revolutie was geweest. Allerlei mensen hadden er heel hard aan gewerkt dat dit zou gebeuren. Joram was bijvoorbeeld een van die mensen, die het hele budget van de 'nieuwe immigranten', de 'doven' en de 'blinden' van de studentenafdeling had overgeheveld om de verkiezingscampagne mee te financieren. Het bleek dat ook de 'blinden' een groot, buitengewoon kapitaal hadden dat bijeengebracht was uit bijdragen op naam van een blinde studente uit Frankrijk. Maar dat was nog niks. De grootste beerput had te maken met het geld van 'het verbond voor gelijke kansen in het onderwijs', waarvan zowel hij als Sjlomkits lid waren, dat tot doel had een reeks kinderdagverblijven op te zetten in nieuw gestichte gemeenten en in achterstandswijken.

Goed, niet alles klopte van wat er beweerd werd, natuurlijk, het klopte niet helemaal, of in ieder geval niet helemaal precies.

Joram had inderdaad van allerlei geld gebruik gemaakt om de verkiezingscampagne te helpen financieren dat niet exact voor dat doel geoormerkt was. En dus? Nee, in alle ernst, en dus? Heeft hij iets van iemand gestolen? Heeft hij het in eigen zak gestoken? Heeft hij er op enigerlei wijze persoonlijk van genoten? Natuurlijk niet, en wie impliceert dat hij de belangrijke taak die hem direct na de verkiezingen werd toegewezen, gekregen heeft vanwege diezelfde financiële middelen, die impliceert iets leugenachtigs, smerigs en lelijks. Iedereen wist natuurlijk dat Joram die taak niet had gekregen vanwege iets dat hij had gedaan, maar alleen, enkel en alleen, omdat hij de zoon van Chamoetal Halevi was. En Chamoetal Halevi was nog altijd niet vergeten door een groot deel van de mannen die op allerlei sleutelposities zaten. Nou ja, goed. Het is niet echt fraai om geld dat bijeengebracht is door de vader en moeder van een blind meisje ten behoeve van blinde studenten naar de verkiezingscampagne te sluizen. Niet fraai, echt niet. Tut, tut, tut. Maar om die kwestie nu zo op te blazen? Het naar buiten te brengen alsof er hier een tweede Watergate aan het licht gebracht werd?

Sjlomkits merkte dat ze het natte diepvrieszakje dat boven hun leven uit elkaar was gespat een beetje vanaf de buitenkant bekeek; alsof je op een regenachtige dag in een glazen kamer naar al dat water zat te kijken terwijl je de geur van nattigheid kon ruiken en je de vochtigheid die ermee gepaard ging haast kon voelen.

Sjabbatmiddag in de tuin bij Chamoetal. Chamoetal Halevi was niet het soort vrouw dat net deed alsof er niets aan de hand was als dat niet het geval was. Uit principiële, pragmatische, ideologische overweging was bij Chamoetal altijd alles gewoon. Ze had het nooit zo ver geschopt als ze zich onderweg had laten hinderen door allerlei kleine tegenslagen. Dat is ook wat ze Joram probeerde te vertellen, terwijl hij bleek en slapjes naast haar zat en niet echt luisterde. Als onderdeel van de onverstoorbaarheid die Chamoetal tentoonspreidde, had ze een klein verjaardagsfeestje georganiseerd voor Joram die juist die sjabbat achtentwintig geworden was. Zelfs Ohad en zijn Australische vriendin die op bezoek waren in het vaderland, zouden komen.

Vooralsnog was nog niemand gearriveerd. Sjlomkits stond naast de schommel en liet Daniël schommelen. Chamoetal praatte onophoudelijk. Die verslaggever Ben-Sjabbat van de *Jediot Acharonot*, daar heb ik altijd al eens een klacht over willen indienen. Morgen bel ik Ruben van *De Stem van Israël* en dan zeg ik hem, waar gaat het heen met de verslaggeving, dat je zomaar iets publiceert zonder het te checken? Luister, ik dacht dat we misschien met Joske moeten praten, je weet wel, hij heeft nog steeds ingangen daar bij de publieke omroep, hoewel hij al met pensioen is...

A-pa-pa-pa-pa, riep Daniël terwijl de schommel heen en weer zwaaide. Joram stond op, kwam naast Sjlomkits en de schommel staan. Wat vind jij? Sjlomkits hield de schommel van Daniël en de spatjes van leedvermaak die stiekem in haar blik waren geslopen tegen en zei, ik denk dat het de taak van de media is om dingen naar buiten te brengen. Je hebt geen reden om ineens boos te zijn omdat het nu tegen ons gericht is. Chamoetal zuchtte misprijzend en bekeek haar met haar ijzig blauwe ogen, net zoals die eerste keer, elf jaar geleden, toen Sjlomkits verschrikt en opgewonden op een sjabbatmiddag in de tuin had gestaan en Joram had gezegd, mama, ik wil dat je Sjlomit leert kennen.

Om ongeveer half vier begon men te arriveren. Balli was er al toen Naäma kwam. Ze stond naast de appeltaart en naast Chamoetal, die nog steeds onophoudelijk praatte. En die vriend van jou, zei ze, die Chilik, gajes van de bovenste plank, een cultuurbarbaar die niet eens weet wat journalistiek is...

En toen kwam Naäma de tuin binnen. Stralend en beeldschoon in een wijde, lange jurk. Terugkijkend zal Balli tegen zichzelf zeggen dat dit licht, dat Naäma omringde als de sleep van een bijzonder feestelijke baljurk, alleen veroorzaakt kan worden door liefde of door God, of door een combinatie van beide. Terugkijkend zal Balli tegen zichzelf zeggen dat alleen Oeri deze brede, tevreden, zelfbewuste glimlach op Naäma's gezicht had kunnen toveren, en dat ze dat had moeten weten. Maar ze wist het niet. Ze was druk in de weer met doen alsof ze bezig was door een gesprek te beginnen met Sharon, Ohads nieuwe vriendin, die over alles een uitgesproken mening was toegedaan, die ze onbekommerd en zonder enige bescheidenheid in haar perfecte Engels verkondigde aan wie het maar horen wilde. Dus deed Balli net alsof ze het maar wat graag wilde horen. Doen alsof was Balli altijd gemakkelijk afgegaan, en uit haar ooghoek volgde ze Naäma met haar wijde jurk en stralende glimlach. Van haar kant deed Naäma minstens evenveel moeite om haar glimlach niet te laten breken voor Balli's staalblauwe ogen die haar schaamteloos volgden. Ze speelde langdurig met Daniël met de bal, smolt toen hij Ma-ama zei, alsof zo'n klein kind iemands naam zo snel zou kunnen opvangen en haar zo noemen. Ze praatte met Sjlomkits, luisterde ernstig naar wat Chamoetal te zeggen had en vertelde aan niemand dat Oeri, te voet, onderweg was vanaf het huis van zijn ouders, en dat zij... Dat zij inmiddels iets waren dat 'zij' genoemd kon worden, iets wat sterker was dan wat iemand erover zou kunnen zeggen of bekritiseren. Sterker dan alle scherpe woorden van Sjlomkits. Iets wat onmogelijk uitgelegd kon worden en onmogelijk nog langer niet gevoeld kon worden.

Eigenlijk was Naäma wel van plan geweest om er tegen Sjlomkits iets over te zeggen. Zodat het niet zo'n volkomen verrassing zou zijn. Zodat er iemand was die haar met een wetende en bemoedigende blik zou aankijken. Maar Sjlomkits was gespannen en afstandelijk en Naäma voelde dat dit niet de juiste plek was. Ineens had ze bijna spijt van de hele onderneming, van het hele plan dat Oeri zou komen, als verrassing, juist daarnaartoe zou komen, juist als iedereen er was, juist als Balli er was, en iedereen met vijandige blik zou kijken, naar hem, naar hen, naar wat er van hem, en van hen, was geworden. Maar in feite was het nu al te laat om spijt te hebben. Op datzelfde moment liep Oeri de hem zo bekende route van zijn ouderlijk huis naar het huis van Jorams moeder, alsof er niet twintig jaar voorbij was gegaan. Twintig jaar, en zoals men zegt, er was in de tussentijd wel het nodige gebeurd.

Maar toen kwam Oeri binnen en liep, terwijl alle ogen op hem gericht waren, regelrecht op Naäma af, omhelsde haar en fluisterde, hé, ik heb je gemist. Op dat moment verdween alle spijt als sneeuw voor de zon en kreeg Naäma weer dat bijzondere gevoel dat ze ook ervaren had op de tweede sjabbat bij Oeri in de keuken; het gevoel dat ze gekoesterd werd, als een oud wiegeliedje dat in je hoofd neuriet, als het thuiskomen in een thuis dat je nooit hebt gehad.

Na twee uur had Oeri genoeg rondgelopen en met iedereen gepraat, zelfs met Sharon. *I heard a lot about you,* zei ze en stopte. Oeri zei glimlachend, *I heard you think that I'm the enemy.* Sharon was even in verwarring gebracht, waardoor Naäma en Balli moesten glimlachen en hun glimlachjes elkaar een enkel moment ontmoetten, net als vroeger. Die Oeri toch, zelfs die onmogelijke Sharon wist hij van haar stuk te brengen, net als Ohad met zijn gebrek aan tact en zijn behoefte om alles tegen iedereen te zeggen, en Chamoetal, die liever doodging dan een kolonist in haar huis te laten. En dat nog wel op sjabbat.

Oeri. Met zijn oude kalmte, zijn nieuwe kracht en zijn glimlach, zei, luister even, we willen jullie wat vertellen. Jullie weten dat Naäma en ik, jullie weten dat het bij sommige liefdes jaren duurt eer ze rijp zijn, en Naäma en ik, wij zijn nu samen, en ik dacht dat dit de goede plek was om haar te vragen...

Gespannen zei Naäma, mij wat te vragen?

En Oeri zei, of je met me wilt trouwen. Wil je met me trouwen, Naäma?

Iedereen moest lachen, op Balli na, die daar maar stond, terwijl haar heldere ogen ineens met grijze wolken betrokken. En iedereen moest lachen, behalve Naäma, die daar, mooi en ernstig, stond en zachtjes zei, ja. Dat wil ik.

Balli lag op haar rug in bed en kneep haar ogen dicht, die meteen weer opengingen, alsof iemand haar vermogen had weggenomen om op te houden met denken en op te houden met voelen en gewoon haar ogen dicht te doen en in slaap te vallen. Wat wilde ze nou helemaal? Slapen? Het was al halfdrie, maar geen flard van rust maakte aanstalten om naderbij te komen, alleen steken en flitsen en gebonk in haar hoofd en in haar ademhaling als verre troms die blijven waarschuwen voor een gevaar dat allang is gearriveerd. Oeri en Naäma gaan trouwen. Zonder te weten waarom, herinnerde ze zich haar verjaardag, op het kinderdagverblijf van Ora, toen alle kinderen haar feliciteerden: dat je maar veel cadeautjes en taartjes mag krijgen. Alleen Oeri had gezegd, dat je altijd Balli mag zijn, en was op haar afgekomen om haar te omhelzen. Balli had de omhelzing ontweken door op Brenda's knieën te klimmen, terwijl Ora had opgemerkt, zo jong nog en nu al verlegen?

De wetenschap dat er altijd iemand is die met een zachte, allesomvattende blik naar je kijkt, is verslavend. Het is moeilijk om het zonder te doen, maar Balli realiseerde zich dat het niet daardoor kwam dat ze nu niet kon slapen. Ze wist dat het niet kwam doordat hij gisteren continu haar blik had ontweken, dat ze nu niet kon slapen. Ze wist maar al te goed dat het kwam doordat hij alleen maar op die manier naar haar kon kijken en haar zo niet aan wilde kijken. Ze wist als geen ander dat de zachte, liefhebbende, ja openlijk liefhebbende manier waarop hij gisteren naar Naäma had gekeken bij hun kitscherige toneelstukje, anders was. Als Oeri naar Balli keek, had hij een doordringende, gefocuste blik waarmee hij alles zag. Toen hij gisteren naar Naäma keek, waren zijn ogen gevuld geweest met tederheid en liefde, maar ook met vermoeidheid en verslagenheid. Als iemand die de eindstreep haalt, maar ineens helemaal niet meer weet waar de wedstrijd om ging.

Dus waarom had ze zo'n pijn? Om Naäma? Om haar boosheid, waarbij niets erop wees dat die aan het afnemen was, of dat er sprake kon zijn van vergiffenis? Balli wist dat dat het niet was. Het was niet om Naäma. De pijn die veroorzaakt werd door Naäma's gerechtvaardigde boosheid, was het soort pijn dat nooit voorbij zou gaan, daarvan was ze goed doordrongen. Het was een gerechtvaardigde, geoorloofde pijn en die zou ze ook als zodanig verdragen, omdat het zo was. Er school een grote triestheid in het gebrek aan hoop op vergiffenis van Naäma's kant, maar na die triestheid waren ook andere tonen te horen, tonen van opluchting. Voor iemand die al zoveel jaar gewend was om blikken, woorden en gedachten weg te stoppen, betekende het feit dat alles nu bekend was, dat er onder de blikken of tussen de woorden geen leugens meer scholen, een zekere opluchting. Ondanks alles.

Dus waarom dan? Om zeven uur 's ochtends drong het tot haar door dat het weer een keelontsteking was. Ze wist dat de arts in de kliniek tegen haar zou zeggen, popje, deze antibiotica neem je tot het eind, ja? Ook als je je weer beter voelt, ja? En ze zal gedwongen worden om te jokken: ja, want ze kon hem toch zeker niet uitleggen dat ze nooit iets helemaal tot het eind volhield?

Maar er zijn van die voorvallen waarbij het toeval zijn romantische reputatie eer aan doet. Dit was een van die voorvallen, hoewel Balli dat nog niet kon weten. Want op die dag ontmoette ze Assaf voor het eerst, een ontmoeting die in dit stadium doodnormaal en stomtoevallig was. Ze zat op haar beurt te wachten toen een andere dokter uit de spreekkamer kwam, een veel jongere en tamelijk knappe dokter zelfs. Hij had haar blauwe medische dossier in de hand en riep, Inbal Rafaëli. Balli stond op en liep achter hem aan de kleine spreekkamer in waarvan op de deur stond: DR. DAHAN (de oorspronkelijke dokter Dahan, die van het naambordje, was feitelijk Assafs oom, die hem meteen na het behalen van zijn bevoegdheid het werk bij de kliniek bezorgd had. Zo hoefde de directrice van de kliniek geen geld te verspillen aan een extra naambordje). Hoe dan ook, Balli ging naar binnen, ging tegenover de jonge dokter Dahan zitten en sperde haar mond wijd open toen hij zei, zeg eens aah..., en zuchtte diep. Ze knikte toen hij vroeg of ze een attest nodig had voor haar werk, hoewel ze geen werk had en dus ook helemaal geen attest nodig had, en bedankte hem vriendelijk. We mogen aannemen dat ze hem bedankte voordat ze vertrok en ja, ze vroeg ook wat er aan de hand was met de andere dokter...

Assaf glimlachte. Je bent al de derde die dat vraagt vandaag. Alles is goed met hem, hij is mijn oom en hij is op vakantie op Mykonos. Balli ging naar huis en zwoer dat ze de Rafapen mega die hij haar had voorgeschreven, helemaal op zou maken. En dat is wat ze deed. Tot en met het allerlaatste tablet. Het waren tien koortsige dagen, waarin de pijn in haar keel steeds verder afnam, maar die andere pijn niet. Die werd steeds erger en luider, eiste meer en meer troost, genoegdoening en bewijzen, en gunde Balli geen enkele rust. Ze belde Chilik op. Ze moest drie keer een bericht achterlaten voordat hij haar terugbelde. Hoe zit het met dat middagje dat je me beloofd had? vroeg ze zo elegant en luchtig mogelijk als haar kwijnende keel het toeliet. Nee, hij had geen tijd die middag. Hij moest een krant afmaken vandaag, zei hij. Maar hij zou het fijn vinden om haar morgenavond te ontmoeten. Morgenavond laat, eigenlijk, om halfelf in het restaurant onder zijn flat. Goed dan. Balli wist uitstekend wat deze afspraak te betekenen had. Chilik sprak met meisjes af in het restaurant onder zijn flat wanneer hij geen zin had om te investeren in een echt uitje, met een net pak en wat dies meer zij. Balli wist ook dat Chilik wist dat zij wist wat deze afspraak te betekenen had, en eerlijk gezegd kon het haar niet schelen. Ze besefte dat er geen werk, of in ieder geval geen echt werk zou voortvloeien uit deze ontmoeting in het bijzonder of Chilik Granot in het algemeen, maar dat maakte haar niet uit. Ze wilde hem alleen maar horen zeggen dat ze mooi was, dat ze schitterend was, dat ze wat waard was, om dan weer terug naar huis te gaan met deze kleinoden tegen de nieuwe pijn, die dan wat zou kalmeren en even zou zwijgen. Er was geen kunst aan om Chilik Granot zover te krijgen dat hij haar vertelde dat ze mooi en schitterend was. Ten eerste vond hij dat vast en zeker echt, en ten tweede liep hij altijd over van moeiteloze complimentjes die hem nergens toe verplichtten, zelfs, of misschien vooral, aan het adres van de meisjes van het restaurant onder zijn flat.

Tegen de tijd dat Balli Chiliks appartement verliet, was het al midden in de nacht. Blijf je niet? had hij mompelend gevraagd en Balli had geantwoord, je weet dat ik niet in slaap kan vallen op vreemde plekken. Chilik had wat onduidelijks gehumd; je kon moeilijk van hem verwachten dat hij om twee uur 's nachts, na een nummertje en een pijpbeurt – hij was geen zeventien meer – zich zo'n klein en onbeduidend detail herinnerde dat Balli hem jaren geleden had verteld. Dat kon je onmogelijk van hem verwachten en dat deed Balli dan ook niet. Ze liep van zijn treurige appartement naar beneden, naar de vuile straat, terwijl ze alles wat hij tegen haar gezegd had in haar hoofd liet rondgaan. En ook het neuken was niet slecht geweest, moest ze toegeven, en dat vond ze nog veel erger. Ze had zich niet eens gestoord aan de geur van de zuurtjes waar hij onophoudelijk op sabbelde sinds hij gestopt was met roken. Heel even stond ze naast het restaurant onder zijn flat te dubben of ze met de taxi naar huis zou gaan of lopend, en ineens wist ze het weer: dat restaurant. Het restaurant dat Chilik haatte. Het restaurant waar ze die avond oranje gnocchi in groene pesto had gegeten, dat was het restaurant dat ooit van Naäma's opa en oma was geweest. Ze stond op de hoek van de straat en voelde de gnocchi in haar buik samen met de zuurtjes en Naäma de salsa dansen – en zomaar, op de stoep naast het restaurant, braakte ze die hele danspartij uit.

De volgende dag lag ze de hele dag in haar bed, wat haar hoofd er niet van weerhield om samen met haar buik rond te blijven tollen. Ze belde naar de kliniek om te vragen of dat met de antibiotica te maken had, maar dokter Dahan was er niet en de arts die er wel was, zei haar dat het geen enkel verband met elkaar hield, mevrouwtje, geen enkel verband.

Toen de misselijkheid over was, stond de sjabbat voor de deur. Balli zat op haar balkon met Chiliks bijlage en een kop koffie. Haar horoscoop beloofde haar dat er deze week iets ging gebeuren. Uit de richting van het strand klonken ontspannen geluiden, *sjabbatochtend, 'n mooie dag, mama drinkt een boel koppen koffie, papa die leest een heleboel krant, een heleboel krant...*

Ze nam nog een slokje van haar inmiddels lauw geworden koffie en stond op om het huis binnen te gaan, toen ze hen zag, twee rijen zilveren, gouden, rode en paarse bollen die met afgemeten stappen regelrecht naar haar toe kwamen. Twee rijen van ballonnen, met vlammende harten en lachende gezichten van Mickey en Minnie Mouse die alle kanten heen keken, hun grote roze oren heen en weer hobbelend op het ritme van de stappen. Pas toen ze recht onder haar balkon doorliepen zag Balli de drie meisjes die de ballonnen vast hadden, drie glimlachende, spichtige meisjes, één wat mooier, één wat minder mooi, één duidelijk slim. Ze liepen langzaam, onbezorgd en rustig. Balli had een beetje medelijden met hen, want ze wisten nog niet dat alles naar de gallemiezen zou gaan, dat de ballonnen zouden knappen of in de lucht wegzweven of gewoon van ellende zouden verschrompelen. En ze realiseerde zich dat de meisjes zich niet konden voorstellen hoe dat zou zijn, als het zover was, als sjabbat de schrik van de week werd en de nacht de schrik van de dag. Ze liep naar binnen, sloot de balkondeur en daarna de jaloezieën. Uit de richting van het strand bleven de luidsprekers niet aflatend gillen, *Hoort dat ik leef, ik leef nog steeds, ik sla mijn ogen nog op naar het licht...*

Ze belde Tirtsa. Die was niet thuis. Ze liet geen bericht achter. En toen herinnerde ze zich hem. Joav, meende ze. Ze wist het niet zeker. Die rooie van de afdeling externe betrekkingen van wie Joram een keer verteld had dat hij om haar telefoonnummer had gevraagd. *Don't you dare*, had Balli destijds tegen Joram gezegd.

Ze vroeg zich af of het wel tactvol was om Joram en Sjlomkits nu te bellen over mannenkwesties en vervolgens besloot ze dat er niets aan te doen was, het leven ging verder. Sjlomkits zou haar bij zoiets vast met plezier behulpzaam zijn. Sjlomkits nam op met een kilheid die nauwelijks te verdragen was. Er is niks aan de hand, zei ze, ik ben gewoon moe, Daniël krijgt tandjes en hij heeft de hele nacht niet geslapen. Balli bedacht dat Sjlomkits soms onuitstaanbaar was zoals ze een heel gedoe maakte van iedere trivialiteit die Daniël overkwam. Ze bedacht dat ze een vergissing had begaan door haar te bellen.

De kilte in Sjlomkits' stem had uiteraard niets te maken met Balli of haar brandende mannenkwestie. Die sjabbat hadden Sjlomkits en Joram echt ruzie gehad, een fikse, knallende ruzie waarbij alles gespuid werd. Een ruzie die in feite het tegenovergestelde was van alle ruzies die ze tot dan toe in hun leven samen hadden gehad, ruzies die door anderen gekenschetst zouden worden als twistgesprekken, of zelfs discussies, simpelweg kleine tijdelijke en plaatselijke meningsverschillen. Maar op deze sjabbat niet. Deze sjabbat werd er zo geschreeuwd dat zelfs Daniël, die eindelijk in slaap was gevallen, er wakker van werd.

Ze waren thuisgekomen van de lunch bij Chamoetal. De sfeer aan tafel was goed geweest. De afgelopen week was bijzonder dramatisch verlopen voor de premier, zijn ministers en hun assistenten. Hamas had een soldaat gekidnapt en heel het land had de adem ingehouden tot zijn mislukte ontzetting. Maar aan het eind van de week stonden de kranten vol met reportages uit het veld, interviews met de familie van de gekidnapte soldaat (die bij de actie was omgekomen), met de families van de officier en zijn drie manschappen (die eveneens omgekomen waren) en met redactionele stukken die de volwassen, verantwoordelijke en toch niet kruiperige of paniekerige houding van de premier bejubelden. Geen woord over de financieringsaffaire.

Chamoetal had het dessert geserveerd en verzucht, ik wist wel dat ze die hele ellendige affaire links zouden laten liggen op het moment dat zich iets anders, iets echt belangrijks voordoet. En op het moment dat de kranten er geen aandacht meer aan besteden, dan zul je zien dat ook de politiek het laat voor wat het is; ze hebben immers eigenlijk geen zaak. Dat ze geen zaak hebben, dat weet ik wel zeker, had Joram gezegd, daarom wilde ik de strijd aangaan. Ach, had Chamoetal gezegd, ik ben een oude vrouw, wat weet ik nou helemaal, maar in dezen dacht ik toch echt dat ik gelijk heb. Je kunt je maar het beste gedeisd houden en wachten tot de golf voorbij is. En nu is hij voorbij. Denk je? had Joram gezegd. En Chamoetal had gezegd, ik weet het zeker, mijn kind, ik weet het zeker.

Toen ze naar huis gingen was Joram ontspannener en zorgelozer dan hij lange tijd geweest was. Sjlomkits had besloten om van die luim gebruik te maken en had tegen hem gezegd, weet je nog dat we het erover gehad hebben dat ik een kinderdagverblijf zou openen? Ik heb eens zitten rekenen, om te starten en voor de inrichting heb ik twintigduizend sjekel nodig... en ik had gedacht dat ik misschien wat van het geld kon gebruiken dat we hebben overgehouden van de bruiloft.

Het is lastig te weten te komen wat Joram ertoe bracht haar recht aan te kijken en zonder zijn zelfverzekerde en alwetende toon te wijzigen te zeggen, Sjlomkits, luister naar me, je kunt dat geld dat we over hebben van de bruiloft niet gebruiken.

Niet? Waarom niet?

Omdat ik het gebruikt heb.

Jij hebt het gebruikt? Waarvoor?

Luister, jij moest het bed houden vanwege je zwangerschap, je werkte niet, je wilde dingen hebben, videofilms en zo, wat dacht je, dat ik miljoenen verdien? Ik ben ambtenaar bij de landelijke overheid...

Jij hebt het geld van de bruiloft gebruikt voor die paar video's die ik per week keek?

Volgens mij waren het er niet een paar...

Joram, ik ben niet achterlijk...

Ik heb niet gezegd dat je achterlijk bent...

Zo was het begonnen. Relatief volwassen. Maar het was heel laag bij de gronds geworden. Tot aan het gegeven dat zijn moeder de hele bruiloft en de huur van hun nieuwe appartement had gefinancierd.

Huur? Maar dit is haar appartement.

Zie je? Ze heeft zelfs nooit huur van je gevraagd, hoewel je hier wel woont.

Sjlomkits wist niet wat haar eerder overspoelde, de belediging, het gevoel bedrogen te zijn of de vernedering. Of alles tegelijk. Ze begreep nog steeds niet waar al het geld aan opgegaan was. (Dat was deels voor de nieuwe auto gebruikt en deels als lening aan Chamoetal verstrekt, die in die tijd een fantastisch huis in Toscane gevonden had. Een kóópje. Een koopje in Toscane is niet iets dat je links laat liggen, zelfs niet als je enkele tienduizenden dollars tekortkomt, en dan is er niets voor de hand liggender dan het aan die pracht van een zoon te vragen die je hebt grootgebracht. Het was alleen maar een lening, natuurlijk. Er werd overeengekomen dat ze na een jaar zou beginnen met terugbetalen. Maar Joram had zich er om een of andere reden niet toe kunnen brengen om Sjlomkits de simpele waarheid omtrent de verblijfplaats van het geld te vertellen en kon, om diezelfde reden, ook niet uitleggen dat de verwachting was dat het terug zou komen).

Sjlomkits had voor het keukenraam staan beven en dacht, wat nu, wat nu, wat nu, en exact op dat moment belde Balli, die zoals altijd zorgeloos en ontspannen klonk. Wat wist Balli nou. Wat begreep zij nou helemaal. Ze hoorde haar ongeduld toen ze Daniëls tanden als uitvlucht gebruikte en gaf haar snel door aan Joram, zoals Balli haar gevraagd had. Op haar lippen kauwend ging ze weer voor het keukenraam staan en wist dat ze niet zou gaan huilen, ze zou niet gaan huilen zoals vroeger, in de vergeten tijd. Ze zou voor het keukenraam in het niets staan staren, op haar lippen kauwen en nooit huilen.

En Balli? Balli kreeg het telefoonnummer van Joasj (hij bleek geen Joav te heten). Ze belde hem op en ging nog diezelfde avond met hem uit in een cafeetje vlak bij zijn huis.

Blijkbaar heeft elke kerel in Tel Aviv een cafeetje of restaurant in de buurt van zijn huis, dacht ze meesmuilend toen ze er arriveerde en tamelijk afstandelijk ging zitten, verbaasd te ontdekken hoeveel sproeten hij had, terwijl zij vlekjes haatte. Dus hier breng je alle meisjes naartoe met wie je uitgaat? Ze koos ervoor om met zo'n aanval te beginnen, maar Joasj antwoordde, nee, niet allemaal, alleen die ik heel erg leuk vind, en Balli moest glimlachen. Maakte een aantekening dat deze afspraak de goeie kant op leek te gaan, ze zou straks beladen zijn met zinsneden die ze zich wilde herinneren. En dat was inderdaad het geval. Ook hem verliet ze midden in de nacht. In vergelijking met de nacht met Chilik kon samenvattend gezegd worden dat er minder lichamelijk genot was geweest, maar dat er meer aardige, strelende zinnen uitgesproken waren die bijna overtuigden dat het goed zou komen.

Toen ze die nacht thuiskwam, zag ze het antwoordapparaat flikkeren. Tirtsa. Een beetje onsamenhangend, warrig en verbijsterd. Hai Balli, dat ben jij, dat wil zeggen... ik zag dat ik een gesprek gemist had en... ik drukte op de terugbeltoets en... ik kwam bij jou terecht. Goed, je bent er niet, dus *bye*.

Balli grinnikte. Ze dacht aan Tirtsa's prekerige redactionele stukken. Ze ondertekende altijd met: de uwe, hoogachtend, Tirtsa. Altijd probeerde ze iets waardevols te schrijven met een feministische inslag, zoveel als het damespubliek van het blad kon verteren. Balli herinnerde zich het haast hysterische stuk uit de begintijd van de terugbeltoets. Tirtsa had geschreven dat er sprake was van een ellendige en waardeloze technologische vernieuwing, die ons alleen maar bangerikken brengt die geen bericht achterlaten. Balli werd ernstig. Dan was zij de bangerik en Tirtsa de verliezer. Dat was oud nieuws. Daar had je geen overbodige technologie of redactionele stukken met zwierige ondertekeningen voor nodig. Haar veronderstelling dat Tirtsa's vriendin haar had verlaten, bleek de volgende dag juist te zijn, en nog diezelfde avond zat Balli, goed voorbereid, met Tirtsa en twee glazen wijn, op Tirtsa's geweldige balkon.

Tirtsa zei dat ze spijt had van wat er was gebeurd. Haar vriendin bleek ziekelijk jaloers te zijn, vraag me niet wat ze allemaal gedaan heeft, en niet alleen wat jou betrof. De ene scène na de andere, en uiteindelijk doet ze dan de mededeling dat dit het niet helemaal is en gaat. Zomaar ineens. Tirtsa zuchtte. Je kunt maar beter alleen zijn – hetgeen Balli beaamde, ik ben tot exact diezelfde conclusie gekomen.

Tegen de tijd dat ze vertrok, was het al bijna ochtend. Ik kan niet in slaap vallen in een vreemd bed, hoorde ze zichzelf haast verontschuldigend tegen Tirtsa fluisteren. Dat was die week geweest. O ja, en de volgende dag, toen ze op weg was naar een sollicitatiege-sprek dat Sjlomkits voor haar geregeld had bij een vereniging ter preventie of ter bevordering van zus of zo – wie kon dat nou allemaal onthouden –, was ze Amit tegen het lijf gelopen. Hij was tegenwoor-dig jurist, en werkte bij de vereniging ter bevordering of preventie van het een of ander. En hij was getrouwd en hij had een tweeling van anderhalf. Vluchtig liet hij wat foto's zien en Balli zei, fantas-tisch, zonder zelfs maar te kijken. En ze glimlachte. In die week, nou ja, in die week was alles logisch. Toen hij diezelfde middag haastig uit haar bed stapte en met diezelfde fabelachtige glimlach die ze zich van de middelbare school herinnerde zei, we houden contact, liep Balli snel achter hem aan naar de deur en deed die op slot. Haar hoofd was ontdaan van gedachten, haar gedachten waren ontdaan van herinneringen, haar herinneringen waren ontdaan van die eisende pijn, die haar iedere week van haar stuk wist te brengen, of misschien kwam het door de antibiotica, of misschien door alle-bei.

Zeven sollicitatiegesprekken, negen hele slaappillen en nog vier hal-ve, drie telefoontjes naar Naäma die al afgebroken werden voordat ze klaar was met het nummer, en vier weken later werd Balli weer midden in de nacht wakker, wat op zich niets nieuws was, maar dit keer door een ander, verrassend, stekend gevoel. Ze had honger. Ze ging naar de keuken, vouwde een pita open, sneed tomaten en komkommer, bakte een omelet en ging zitten eten. Midden in de nacht een Israëlisch ontbijt. Vijf pita's en twee omeletten later, ter-wijl ze aan de tafel zat en het restje mayonaise van haar vork likte, realiseerde ze zich ineens dat ze een heel pak pita's had opgegeten. Een tevreden, voldaan gevoel verspreidde zich in haar buik en in haar glimlach, terwijl ze een beetje verward terug ging naar bed. Want er was iets aan dit nachtelijke gedrag dat verandering schreeuwde, en niet zomaar verandering, maar definitieve verande-ring, waarvan deze blije honger midden in de nacht slechts het ui-terste puntje vormde, als het laatste stukje pita in een bijna lege pot mayonaise. Maar 's ochtends werd ze wakker alsof het een wilde nacht vol drank geweest was. Haar hoofd bonsde op het ritme van de misselijkheid in haar buik en Balli lag in bed en had bittere spijt van alle mayonaise, alle pita's en omeletten. Ze had zelfs spijt van de tomaten en de komkommer. Op die zware, bonzende ochtend was er niets over van die vrolijke, gezonde, onverklaarbare eetlust van die nacht en Balli begon zich, voor het eerst, af te vragen wat er met haar aan de hand was. Ineens begon ze zich zorgen te maken. Misschien had ze een gevaarlijke, ongeneeslijke ziekte, die zich stiekem in haar lichaam had genesteld en nu in allerlei verschillende symptomen tevoorschijn kwam? En waarom voelde ze zich zo moe? Waarom lag ze hele ochtenden te slapen in een diepe, zware slaap waarvan ze niet uitrustte? Maar dokter Dahan de Eerste ('je bent al de derde die het vraagt. Ik heb er al haast spijt van dat ik mijn neef hier heb laten komen werken. Alle dames zijn naar hem op zoek') bekeek haar resultaten en grinnikte. Je bent in verwachting, popje.

Zo kwam het dat in Balli's herinnering de zwangerschap waaruit Sjira voortkwam, altijd met mayonaise gegarneerd was. Ze wist niet wie de vader was van het kind dat ze in haar buik had, en dat wilde ze ook niet weten. Wat maakt het uit, ik ga toch abortus laten plegen, zei ze telkens weer tegen zichzelf in de eerste paar dagen, wanneer het haar lukte om met zichzelf in gesprek te komen. Dat was in die tijd niet zo eenvoudig, aangezien ze de meeste tijd rondreed in een carroussel van misselijkheid, angst voor misselijkheid, of de onrustige slaap die erop volgde. Wat maakt het uit, ik ga toch abortus laten plegen, zei ze tegen zichzelf, zich ervan bewust dat er geen andere mogelijkheid bestond. Ze was in verwachting, God mag weten van wie, en wie wil dat zelfs maar weten. Ze was ongepland en ongewenst zwanger, ze had geen werk en geen partner en in dit stadium kon ze het zich niet eens veroorloven om zelfs maar over kinderen te fantaseren. Toch wel, dat kon wel. Fantaseren kon altijd, bleek, en in de paar heldere momenten die de misselijkheid haar toestond, merkte ze dat ze erover nadacht hoe fijn het zou zijn om met – o, wat jammer dat het niet...

Na twee weken besloot ze om een heroverweging te maken. Ze maakte er gebruik van dat de misselijkheidscarroussel even stilstond. Ze bekeek zichzelf in de spiegel. Een beetje bleek, maar niet al te erg. Ze besloot te bellen naar de redactrice van de vrouwenbijlage met wie Chilik haar in contact had gebracht en die haar had voorgesteld om freelancer te worden voor het onderwerp 'zonen' of zoiets. Het spijt me dat ik niet eerder teruggebeld heb, maar ik ben zo verschrikkelijk ziek geweest. De redactrice vertelde dat de vacature voor het onderwerp 'zonen' al door een andere dame vervuld was, maar misschien kunnen we wat voor jou verzinnen, zei ze en ze maakten een afspraak voor de volgende dag. Balli was zich ervan bewust dat ze nu niet moest gaan nadenken, niet mocht nadenken, verboden na te denken en belde meteen haar gynaecoloog en maakte een afspraak voor de volgende dag, direct na de afspraak met de redactrice. En na dit alles ging ze uitgeput op haar rug liggen, want niet nadenken is bijzonder vermoeiende arbeid. Ze deed haar ogen dicht en liet haar gedachten de vrije loop; een schuimende en dampende golf verlangens en deernis over alles wat had kunnen zijn stak zijn kop op tot aan haar ogen en spoelde vanaf daar terug.

De volgende ochtend stond ze op en kleedde zich mooi aan, deed make-up op om haar bleekheid te verhullen en was zelfs tevreden met wat de spiegel naar haar terugkaatste toen ze er onderweg naar buiten een laatste blik in wierp. Maar toen lag er, in haar postbus, een witte envelop, een gewone envelop, ware het niet dat de lengte ervan bij haar van meet af aan argwaan wekte. Op de envelop prijkte in blauw een rond, bekend handschrift. Ter attentie van mevrouw Inbal Rafaëli. Onderweg naar de auto maakte Balli de envelop snel open, als iemand die zich naar het werk haast, iemand die geen tijd heeft om stil te staan bij lange, witte enveloppen die in blauw beschreven zijn met een rond, bekend handschrift. Gadi Keidar z.n. en Galja, en Geoela en Gid'on Kaplan verheugen zich de bruiloft van hun kinderen Naäma en Oeri aan te kondigen, die dan en dan plaats zal vinden. Zo God het wil. Gadi Keidar z.n. en Galja, en Geoela en Gid'on Kaplan. Geen woord van de eigenares van het blauwe, ronde handschrift. Geen enkel woord van de bruidegom. Gewoon een uitnodiging die in een envelop geschoven en verstuurd was, alsof het niks was. Balli voelde dat ze geen lucht had. Niet 'alsof ze geen lucht kreeg', niet 'als iemand die geen adem meer kreeg'. Nee. Ze voelde dat ze geen lucht had. Ze had geen lucht. Ze dacht dat ze op het punt stond te stikken. Zomaar, bij het stoplicht, onderweg naar de redactie, naar een afspraak met de nieuwe redactrice van het vrouwenkatern die haar een aanbod wilde doen om als freelancer een bepaald onderwerp te doen, tegen betaling uiteraard, maar een heel schamele uiteraard, er wordt bij ons ongekend bezuinigd, zei ze met een stralende blonde glimlach tegen Balli. Balli glimlachte naar haar terug en zei dat ze met plezier een proefstukje zou schrijven en haar dat toesturen, waarom niet? En zonder dat ze er erg in had, legde ze haar hand op haar buik en zei dat het haar speet, maar ze moest nu rennen.

Het dure parfum van de redactrice-voor-vrouwenonderwerpen-bij-wie-ongekend-bezuinigd-werd bleef bij Balli tot aan de lift, waardoor ze zich genoodzaakt voelde haar neus met haar bloes te bedekken. De laatste tijd kon ze parfums niet verdragen, vooral niet als ze haar boven alles deden denken aan het speelse en ontspannen *Good morning* van Brenda. Brenda. Het was niet verstandig om nu aan Brenda te denken. Aan haar reactie, aan haar gezicht dat het verdriet en het verwijt zal verhullen, aan de afwijzing die ingekleed wordt in een oppervlakkige omhelzing, je moet doen wat je wilt, *sweety*, zal ze ten slotte met neergeslagen blik zeggen. Het was niet verstandig om nu aan Brenda te denken. Dat maakte haar aan het huilen. Het laatste wat ze nu nodig had, was een huilbui. Ze moest helder nadenken, ze moest een beslissing nemen. Balli voelde dat haar gedachten werden ingekleed door een nieuw ontwaakte verantwoordelijkheid, alsof iedere beslissing, maar dan ook iedere beslissing die ze van nu af aan zou nemen, verknoopt was met dit kind, waarvan de toekomst bepaald moest worden tussen dure parfums, goedkope uitnodigingen voor een huwelijksplechtigheid en een jongedame die niet eens iemand had aan wie ze het kon vertellen.

Ze overwoog om het aan Sjlomkits te vertellen. Nou ja zeg. Om het met Sjlomkits over een abortus te hebben was zoiets als haar vragen of ze bereid was een atoombom in haar koelkast te verstoppen. En trouwens, Sjlomkits deed de laatste tijd zo koel tegen haar, zonder dat ze wist of dat door Naäma kwam of niet, maar ze durfde het niet te vragen. Balli wist niet dat Sjlomkits en Naäma zelf nauwelijks meer contact hadden, terwijl Naäma niet wist dat Sjlomkits en Balli elkaar nauwelijks spraken. Die winter doolden ze alledrie rond in een loos vacuüm van verpieterende vriendschap.

Balli paste zich daadkrachtig aan de nieuwe situatie aan: ze zocht werk, ze zocht een arts, ze won advies in bij Tirtsa en bij een vriendin van Tirtsa en bij nog iemand die ze niet kende, maar die een organisatie ter ondersteuning van alleenstaand ouderschap of zoiets had opgericht. Ze wikte en woog hoe en wanneer ze het haar ouders zou vertellen. Ze vond nieuwe vriendinnen: Tirtsa's vriendin die zelf ook een dochtertje had, en de vrouw van die organisatie die eigenlijk tamelijk vervelend was, maar die veel kennis had en vooral veel positieve energie en positieve ervaring met Balli's beslissing, die steeds verder uitkristalliseerde.

Sjlomkits en Joram gingen terug naar de relatietherapeut. Sjlomkits vertelde dat ze zich nog nooit zo bedonderd had gevoeld, en Joram zei dat het hem speet, hij zag in dat hij een fout had begaan, hij had zich niet gerealiseerd hoe belangrijk het geld voor haar was en hij beloofde dat hij het terug zou betalen. Terugbetalen? Sjlomkits snapte het niet, waar kun je het van terugbetalen? Ik dacht dat we het allemaal opgemaakt hadden, en Joram zei, ik weet niet waar ik het vandaan moet halen, ik zal een lening aanvragen of iets, ik vind wel een oplossing, het laatste wat ik wil is dat jij je bedonderd voelt. Sjlomkits glimlachte. De therapeut glimlachte ook, en Joram zei dat hij dacht dat het eigenlijke probleem was dat Sjlomkits zich een beetje eenzaam had gevoeld het afgelopen jaar, sinds... Nou ja, één van haar vriendinnen had min of meer het geloof hervonden, en haar andere vriendin, daar was een probleem mee of een ruzie, tussen die ene en die andere – om kort te gaan, ze waren geen vriendinnen meer, terwijl ze alle drie onwijs goede vriendinnen van elkaar waren geweest, en hij dacht dat Sjlomkits zich daarom zo voelde.

De therapeut keek met een vragende blik naar Sjlomkits, die haar schouders ophaalde, ik weet het niet, ik geloof niet dat het klopt en bovendien, met Daniël, en met het nieuwe kinderdagverblijf dat ik wil openen, en met die ene keer per week dat Joram en ik alleen met zijn tweetjes uitgaan – ik heb helemaal geen tijd voor vriendinnen. Echt niet.

En Naäma? Naäma had het gevoel dat ze het helemaal gevonden had. De liefde. God. Haar blik op de wereld. Ze had het gevoel dat er niets uit de oude wereld was dat ze miste. Ze hield van de kinderen van het Huis en zij beantwoordden die liefde zoals alleen deze kinderen dat konden (dat zei Oeri). Ze hield van Moria en Elazar die haar met trotse glimlachjes omringden, alsof haar hele nieuwe bestaan van hen afhankelijk was en door hen veroorzaakt was. Ze hield van Geoela en Gid'on en van de nieuwe vertrouwelijkheid die voelbaar was in hun zeldzame omhelzingen. Ze hield van Galja, die zich ondanks alles voor deze bruiloft inzette en zelfs haar trouwjurk ter beschikking stelde (er moest een stuk in de rug gezet worden, zowel voor de kuisheid als om hem passend te maken voor Naäma, maar Galja deed dat met haar precieze gouden handjes). In feite was de toenadering met Galja het werkelijke toppunt van Naäma's nieuwe stralende bestaan. Het was wel te begrijpen. Iemand die opgroeit in een tijd die niet eenvoudig is, ontwikkelt een moeizame relatie met haar moeder, die zelf ook al geen makkelijke persoon is, en door de omstandigheden van haar leven met de ongemakkelijke man met wie ze getrouwd is, wordt het allemaal nog moeilijker en ingewikkelder.

Tussen Naäma en haar wijde kleren en Tiltoel en haar kleurige kleding had Galja simpelweg besloten meer en meer haar mond te houden en aan te zien hoe haar dochters op zoek gingen naar de kracht van godsdienst en de rust en iets om zich aan vast te klampen, in de wetenschap dat zij zelf geen deel uitmaakte van die zoektocht.

Op een avond had Naäma haar gebeld en met feestelijke stem aangekondigd, mama, we willen je uitnodigen om naar het Huis te komen, om daar met ons op sjabbat te zijn...

Waarheen?

Naar het Huis, je weet wel. Van Oeri, daar waar hij woont.

Dat internaat?

Ja.

Woon jij daar ook?

Nee, mama, ik woon daar niet. Ik woon in Tel Aviv. Voorlopig. Maar ik zal er deze sjabbat ook zijn.

Galja gaf geen antwoord en Naäma zei, mama, alsjeblieft, je zult zien, je zult zien dat er daar iets speciaals is, je zult zien dat je ervan geniet.

Galja gaf niet direct antwoord. Niet direct antwoord geven is een uitstekende zet. Het voorkomt een hoop rampen. Ik zal erover denken, zei ze, en na een niet al te lange pauze vertelde ze Naäma, luister, popje, het spijt me maar dat is niets voor mij. Niet om er naartoe te rijden, niet om er te zijn, niet deze sjabbat. Het is niets voor mij. Ik heb er respect voor dat jij... Nou ja, ieder heeft het recht om te geloven wat hij wil, maar het is niets voor mij.

Naäma was teleurgesteld. Haar teleurstelling was in haar stem te horen. Goed, mama, het is goed, *bye*. Maar Galja was juist trots op zichzelf. In haar ogen had ze de hele situatie uitstekend afgehandeld. Ze had niet laatdunkend gedaan. Ze had geen kritiek geuit. Ze had haar werkelijke mening voor zich gehouden. Ze had alleen maar gezegd dat het niets voor haar was. Iedereen heeft het recht om te geloven wat hij wil, en zij ook. Toch?

Diezelfde avond besprak Naäma het met Moria, die haar vertelde dat ze het niet moest opgeven, dat haar moeders zegen nodig was voor de verbintenis tussen haar en Oeri, die haar vertelde dat het vijfde gebod twee keer genoemd wordt, en dat is niet zomaar. In Exodus wordt een lang leven beloofd aan wie het vervult, en in Deuteronomium is er niet alleen sprake van een lang leven, maar ook van een goed leven, en dat was geen toeval, zei Moria, die helemaal niet in toeval geloofde.

En daarom werd er de volgende dag al, voordat de zon onderging, onverwacht bij Galja op de deur geklopt. Oeri en Naäma stonden, een beetje gespannen en een tikje opgewonden, op de stoep. Het maakt niet uit wat ze zegt, of wat ze doet, had Moria gezegd, wat belangrijk is, is dat jij blij bent om haar te vertellen dat jullie gaan trouwen, wat belangrijk is, is dat je van binnenuit, oprecht blij bent.

Naäma deed haar best om van binnenuit oprecht blij te zijn en was verbaasd te ontdekken dat het werkte. Het werkte gewoon. Aanvankelijk was Galja gereserveerd. Ze hield niet van verrassingen en ook niet van verrassingsbezoek. Maar ongetwijfeld was ze minder verbaasd over het onverwachte bezoek dan over de warme, niet aflatende, innige omhelzing van Naäma, die Galja's lege armen haast omhoog dwong om haar te omhelzen.

Maar toen ze hen naar de bushalte vergezelde, had ze een nieuw, bevrijd en aangenaam gevoel. Ze voelde dat ze werkelijk blij voor hen was. Ze voelde dat ze werkelijk van die verregende, oudste dochter van haar hield die naast haar huppelde. En ze voelde zich ook werkelijk geliefd door haar dochter. Door haar dochter en haar toekomstige echtgenoot. Dat gevoel was zo fijn, bevrijdend en nieuw dat Galja haast wilde huilen.

De volgende dag sprak Naäma Moria weer en ze bedankte haar. Een flink aantal dagen liep ze rond met het euforische gevoel van iemand wie het gelukt was het grootste obstakel in haar leven te overwinnen. Van iemand wie het gelukt was om de hoogste berg te beklimmen en ook weer heelhuids naar beneden te komen, van iemand die zonder nadenken van haar moeder kon houden, zonder berekenend te zijn, zonder zich bewust te zijn. Van iemand wie het gelukt was die liefde door haar moeder beantwoord te zien.

Moria zei dat dat de beloning was voor ware liefde voor de Heilige gezegend zij Hij. Dat liefde liefde met zich meebrengt. En Naäma sloot haar ogen en merkte dat ze hem weer bedankte, Hij (moge Hij gezegend zijn) in de hemel, aan wie alles te danken is.

Maar boven alles, boven alle liefde, blijdschap, het licht in haar nieuwe leven, hield ze van hem. Van Oeri. En van de oude Oeri die verborgen zat in de nieuwe Oeri, van de zwijgende Oeri, van de pratende Oeri, van de Oeri die haar heel stevig knuffelt en zich dan terugtrekt, van de Oeri met wie elk moment is als een ritje in de achtbaan. Ineens ga je langzaam, word je omhelsd, dan hang je op de kop in een looping en dan sta je opeens stil. Ze hield van het rustmoment ervoor en van het rustmoment erna. Ze hield zelfs van het moment dat ze op de kop hing. Ze hield van hem. Van zijn nabijheid. Van de wetenschap dat ze straks, nog eventjes, nog eventjes, en dan was ze de zijne. Helemaal.

De bruiloft van Naäma en Oeri vond drie dagen na Poeriem plaats, een maand nadat Balli eindelijk haar ouders en Sjlomkits had ingelicht en het zelfs aan Chilik had verteld (bij hem stond ze zich toe de waarheid een beetje te rekken en ze zei tegen hem dat ze al vijf maanden heen was en... Ja, ze was al in verwachting toen zij...). Chilik was blij. Hij was zelfs opgewonden. Het was niet echt duidelijk of dat kwam omdat Balli in verwachting was of omdat het hem gelukt was om het met een zwangere te doen, maar hoe het ook zij, er was sprake van opwinding en zelfs van vertedering. Hetgeen Balli niet voorbereidde op de reacties van haar ouders en van Sjlomkits, die volstrekt anders waren dan wat ze verwacht had of gedacht had te weten.

Sjlomkits. Balli was ervan overtuigd dat die heel blij zou zijn, en als dat niet om haar geluk was, dan wel om de wetenschap dat er nog een kind in deze wereld geboren zou worden, of omwille van de gedachte dat zij en Balli weer tijd met elkaar konden doorbrengen en over dingen praten waarover moeders praten. Maar Sjlomkits zuchtte en kneep haar smalle lippen op elkaar, die het afgelopen jaar bleker geworden leken te zijn.

Ben je niet blij?

Natuurlijk ben ik blij. Je bent in verwachting. Je staat op het punt om een kind te krijgen, hoe zou ik dan niet blij kunnen zijn?

Maar waarom doe je dan zo?

Ik weet niet, Balli, een kind is niet een baan die je eraan geeft als je er genoeg van hebt. Het is niet als... Het lijkt in niks op wat jij kent.

Balli voelde de brandende angst in haar maag en zei haastig, niemand weet hoe het is voordat hij ermee in aanraking komt, toch? En Sjlomkits zei aarzelend, ja, dat is zo, wat zit ik je nou bang te maken. Er brak een echte glimlach vol blijdschap door en ze zei, ik ben heel blij voor je Balli, echt waar. En Balli dacht, waarom kan ze toch nooit iets oprechts zeggen, zonder te beseffen dat dit nou net de enige manier was waarop Sjlomkits iets oprechts kon zeggen, iets dat echt waar was.

Daartegenover stonden Brenda en Mikki. Na het gesprek met Sjlomkits wachtte Balli bijna een week voordat ze de moed bij elkaar schraapte om het haar ouders te vertellen. Ze was ervan overtuigd dat Sjlomkits' intimiderende samenknijpen van de lippen nog maar een voorbode was van wat haar te wachten stond als ze het haar ouders vertelde. Maar tot haar verbazing glimlachten Brenda en Mikki alleen maar, een unanieme, brede, oprecht gelukkige glimlach. Want eigenlijk wilden Brenda en Mikki al heel lang een kleinzoon of kleindochter om mee te pronken en te kunnen verwennen, om weer zo'n onuitgesproken, volkomen zuivere liefde voor te kunnen voelen. Ja, ze hadden zich de geboorte van hun eerste kleinkind niet helemaal zo voorgesteld. Ze hadden gedroomd over eerst drie trouwerijen, over twee schoondochters en een schoonzoon, over drie ordelijke huishoudens van hun drie kinderen, die fantastisch opgegroeid waren. Maar ook kinderen die fantastisch opgroeiden in een huis waarin alles erop toegespitst was om perfect te zijn, kunnen je verrassen. Balli, noch haar beide broers, maakten iets waar van de fantasieën over bruiloften en ordelijke huishoudens van hun ouders. Met hunkerende ogen zagen ze hoe al hun vrienden, ook diegenen die niet getracht hadden zo'n ordelijk en perfect huishouden op te bouwen als het hunne, opgewonden onder baldakijnen of gebedsmantels stonden bij huwelijken en Briets – en hoopten ze op een wonder. Maar kijk, op een aangenaam warme sjabbat werd hun hoop vervuld in de vorm van een onverwachte en ietwat agressieve mededeling van Balli; en zij liepen glimlachend op haar af om haar te omhelzen, *Oh baby, isn't it exciting?* zei Brenda, en Mikki zei, dat het allemaal goed voor ons mag uitpakken. Dagenlang erna haalde Balli het '*Oh baby*' en vooral het 'voor ons' van het 'mogen uitpakken' in haar herinnering naar boven, waardoor ze over straat liep met een nieuw gekoesterd gevoel, dat alle beloftes die erin schuilgingen met liefde verpakte. Een nieuw zelfvertrouwen was zichtbaar in haar tred. Niet langer het oude zelfvertrouwen dat steunde op haar koele schoonheid en haar vlugge antwoorden. Nee. Dit keer was er sprake van een ander soort zelfvertrouwen, het zelfvertrouwen van iemand die er niet alleen voor staat. Maar Balli wist dat ze er eigenlijk wel alleen voor stond, helemaal alleen, dat ze – met alle respect voor Brenda en Mikki en hun blijdschap – moederziel alleen was. En toch werden al haar angsten en twijfels gesust door een strelend gevoel van feestelijkheid.

In de tussentijd had ze werk gevonden bij een actualiteitenprogramma van een vriend van Chilik, die, geheel los van de zwangerschap-waarmee-hij-niets-van-doen-had, de ambitie had opgevat om haar te helpen werk te vinden. Misschien omdat hij van Tirtsa, met wie hij het inmiddels ook weer had bijgelegd, had vernomen dat ze misschien een beetje spijt had van de manier waarop Balli's ontslag was verlopen en vooral van hoe zij zich tegenover haar had gedragen. Chilik had overduidelijk de ambitie om ervoor te zorgen dat de beide dames zich niet weer zouden verenigen. Balli begon te werken als onderzoekscoördinator voor het tweewekelijkse actualiteitenprogramma, en zo kwam het dat het haar niet lukte om naar Naäma en Oeri's bruiloft te gaan. De bruiloft viel drie dagen na Poeriem,

toen heel het land nog op zijn grondvesten schudde van de moord-
aanslag door Oeri's vriend, die besloten had een daad te stellen, het
vredesproces met lijken te stoppen en het Graf van Jozef in Sjchem
ingeslopen was, het geweer van een soldaat had gesnaaid en uiteindelijk doodgeschoten was. Voor het programma waar Balli bij werkte, hadden ze een speciale uitzending gemaakt over het Graf van Jozef en de Joden die zich in die buurt hadden gevestigd. En terwijl
Oeri's vrienden nog heen en weer pendelden tussen de begrafenis
en de bruiloft, ging Balli de ander kant op; de heuvelachtige kron-
kelweg maakte haar misselijk en ze kon maar niet besluiten wat
het was dat ze uit wilde braken: opluchting of teleurstelling over
de wetenschap dat ze er die dag niet bij zou zijn.

De speciale uitzending was om vijf minuten na middernacht afgelopen. Balli was moe, een beetje onder de indruk van de complimenten die de programmaregisseur het nodig had gevonden haar te
geven, maar vooral voelde ze zich zoals op die avonden dat ze de
krant naar bed brachten, het lijf verdoofd en gewikkeld in een plak-
kerigheid die ruikt naar een mengsel van sigaretten en zweet, met
afwisselende golven van adrenaline en diepe uitputting. Ze leunde
met haar hoofd tegen het gewapende glas van de taxi die haar te-
rugbracht naar Tel Aviv en had een ongewone droom over de voor-
zitter van het kantoor, een bekend en gerespecteerd journalist, die
niet ophield met naar haar te lonken en zich er niet voor schaamde
haar heup te strelen. In haar droom was hij Oeri, die onder de huwelijksbaldakijn stond. Zijn bruid was echter niet Naäma maar Galja, en op het moment dat hij het doosje met een ring opendeed, haalde hij daar geen ring uit tevoorschijn maar een heel erg hardgekookte
en heel erg dode goudvis. En toen schrok Balli helemaal in de war
wakker, en zag dat ze al op de Ayalonweg waren; over tien minuten
zou ze thuis zijn, wat een geluk dat ze de boiler vanochtend aan
had gelaten.

Ze wist niet dat, terwijl zij sliep, tegenover haar taxi een auto de
andere kant op reed. In die auto zat een jong stel dat zojuist getrouwd
was; ze zaten op de achterbank en lieten het aan Elazar over om
hen te vervoeren. Ze waren gelukkig, en een beetje dronken, en toen
Oeri zijn hand onder Naäma's jurk stak, was die zacht en vochtig.
Naäma sloot haar benen over zijn hand heen, pakte zijn hoofd vast,
trok het naar zich toe en fluisterde zachtjes, ik hou van je, ik hou
van je, ik hou zo veel van je...

De hele rit deden Moria en Elazar hun best om geen acht te slaan
op wat er achter in de auto gebeurde, om zich op de weg te concen-

treren, want op deze wegen moest je goed opletten. Iedereen haalde opgelucht adem toen ze bij het Huis arriveerden, dat door de kinderen met ballonnen, bloemen en kleurige lichtjes was versierd. Oeri stapte uit de auto en zei tegen Naäma, die op het punt stond om uit te stappen, nee, nee, nee, boog zich naar haar toe, tilde haar op en droeg haar in zijn armen van de auto tot aan de deur. Daar zette hij haar neer, hijgend, vlak voordat ze van de trap af rolden, terwijl Elazar zei, voorzichtig jongelui. Oeri zei, kom op, gaan jullie, en Moria zei, gefeliciteerd! Ze reden weg en Oeri en Naäma gingen naar boven naar de half affe kamer en daar... Daar kleedde Oeri haar heel langzaam uit. Toen hij haar lichtblauwe onderbroek had uitgetrokken, nam hij die voorzichtig in zijn hand, rook eraan, gaf er een kus op, een grote natte kus, en zei, ik hou van je, weet je dat? Naäma kreeg niet de kans te antwoorden, want Oeri pakte haar beide handen, hield die boven haar hoofd en zoende haar steeds opnieuw, totdat ze geen lucht meer had. Daarna ging hij langzaam verder, zoende haar hals, haar tepels, haar navel, streelde haar weer met zijn warme, wat vochtige handen, totdat ze niet meer kon, totdat ze niet meer wilde, totdat ze helemaal niets meer wilde, en op dat moment, dat zij niets anders was dan een willoos lichaam, op dat moment voegde hij zich helemaal bij haar, met heel zijn zware, geliefde, volmaakte, beetje vochtige en warme lichaam, en een harde kreet spoelde door het huis en veroorzaakte storm in de kamers.

Toen ze daarna hijgend en bezweet in elkaars armen lagen, zei Oeri, het is maar goed dat de kinderen niet hier zijn, ze zouden zich rotgeschrokken zijn van jouw kreten, en Naäma zei, als ze hier waren geweest had ik dat niet gedaan. Oeri glimlachte, toen, toen bij Poeriem, toen schreeuwde je ook, en Naäma zei, echt niet, en Oeri zei, jawel, ik herinner het me nog. Naäma streelde zijn krullen en zei, misschien. Oeri streelde haar haren en zei, ik ben zo gelukkig dat we, en Naäma zei haastig, ik ook. Oeri glimlachte, ik bedoelde te zeggen dat ik blij ben dat we... Dat we elkaar niet hebben aangeraakt tot aan deze nacht. Naäma zei, ik ben daar ook blij om, ik ben blij met alles, waarop Oeri zijn ogen dichtdeed en zei, Naäma, Naäma, Naäma.

De volgende ochtend week Sjlomkits af van haar nieuwe gewoonte en belde Balli. Vraag maar niks, zei ze tegen haar, wat een nachtmerrie gisteren op die bruiloft. Ze vertelde dat Joram en zij, met alle respect voor Oeri en hun oude vriendschap, besloten hadden niet nog eens een hele avond door te brengen in het gezelschap van mensen die baden voor het zielenheil van die gestoorde moordenaar.

Ze vertelde dat er niets vrolijks aan de hele bruiloft was geweest. Dat het een soort politieke demonstratie was geweest van een wereldvreemde, vervolgde minderheid. Ze vertelden dat Oeri van het begin af aan dronken was geweest en onzin had uitgekraamd. Balli vroeg wat hij had gezegd en Sjlomkits zei, ik weet het niet, ik heb niet echt geluisterd, hij zei iets over hoeveel hij van Naäma hield en van dit land en van die psychopaat die geschoten had, die blijkbaar een vriend van hem was geweest met wie hij in de synagoge het gebedsboek had gedeeld. En Balli vroeg zachtjes hoe het met Naäma was, en Sjlomkits zei Naäma? Naäma zag er prachtig uit. En gelukkig ook. Ik denk dat ze gelukkig was. Balli zei niets, en Sjlomkits zei, als het niet om Naäma was geweest, geloof me, dan was ik nog voor de huwelijksceremonie gevlucht. Balli dacht aan Naäma met haar glimlach die alle liefdes zegende, en aan Galja's getuite mond en Oeri's rossige baard en vroeg aan Sjlomkits, weet ze het? terwijl ze de roze bloes betastte die Brenda in Raänana voor haar gekocht had in een winkel speciaal voor de betere zwangerschapskleding, en Sjlomkits schokschouderde terwijl ze zei, ik heb niks verteld, hoezo? Gewoon, zei Balli, ik was benieuwd, en ze dacht, dat is dat. Naäma en zij; er was niets meer wat hen ooit nog tot elkaar zou kunnen brengen, niets om het gat mee te vullen dat tussen hen in gaapte. Als twee mensen die ieder aan een kant van de rails staan en elkaar alleen maar van een afstandje kunnen zien zolang er geen trein voorbijkomt die alles verbergt.

DEEL IV

Balli beviel in dezelfde week waarin Sjlomkits verliefd werd. De vaststelling 'X werd verliefd op Y' is een beetje gevaarlijk, want hoe kunnen we immers weten wanneer het ontstaan van dat ongrijpbare onzichtbare vluchtige ding dat liefde wordt genoemd, precies plaatsvindt. Maar Sjlomkits wist het. Sjlomkits, met haar geordende manier van doen, wist ook de chaos te organiseren waarin haar leven terechtkwam vanaf het exacte moment waarop zij verliefd werd op Natan, de kleuterleider die bij haar was komen werken nadat Dana, de vroegere kleuterleidster, ongepland zwanger was geworden.

Sjlomkits had het kinderdagverblijf twee straten van haar huis vandaan geopend, in het gebouw naast de gemeentelijke crèche die ze aangeboden had gekregen. Het geld dat ze tekortkwam voor de inrichting en om speelgoed en aanverwante artikelen te kopen, had ze van haar ouders gevraagd en gekregen, die om een lening hadden gevraagd bij de bankdirecteur die had gezegd, zeker, zeker, waarom niet? Maar hoe zit dat precies, dat jullie zeggen dat het voor jullie dochter is? Is die niet getrouwd met de zoon van hoe-heet-ze-maarweer van de Arbeiderspartij?

Jechezkeel en Lea legden hem uit dat dat inderdaad zo was, dat alles – godzijdank – in orde was met hun dochter en met haar man en met het zoontje, moge hij gezond zijn, dat ze hadden gekregen. Alles was prima in orde, maar hun dochter... Ze wil een crèche beginnen.

Een crèche? Die jeugd van tegenwoordig, hè? zei de bankdirecteur glimlachend, het is wat. Carrière maken is het enige waar ze aan denken.

De crèche werd geopend. Het feestje bij het begin van het jaar – met heliumballonnen met de namen van de kinderen erop die buiten werden opgelaten om weg te vliegen – was een doorslaand succes. Nog diezelfde dag werd Sjlomkits overspoeld door verzoeken van ouders die over de crèche gehoord hadden en zich wilden inschrijven, en tegen de tijd dat het Chanoeka werd, besefte ze dat ze het niet alleen kon. Ze nam een extra leidster en een assistente aan, verdubbelde het aantal kinderen en had het prettige, voldane gevoel van iemand die op de juiste plek terecht is gekomen. Ze kon werken, succesvol zijn, geld verdienen en ook nog de hele dag bij Daniël zijn. Soms vroeg ze zich 's avonds af, voordat ze in slaap viel, of het te veel van het goede was. En toen deelde Dana, de andere leidster, mee dat ze in verwachting was. Gefeliciteerd, Sjlomkits gaf haar een warme omhelzing, maar Dana weerde haar omhelzing verward af, en dat betekent dat... dat we naar Peters ouders in Zuid-Afrika zullen gaan.

Zomaar. Sjlomkits realiseerde zich dat ze had moeten luisteren naar wat men tegen haar gezegd had en een oudere leidster moeten aannemen, die al een gezin en kinderen had. Ze was bang geweest dat een oudere leidster haar zou overvleugelen, en kreeg daarvoor Peter en Zuid-Afrika midden in het jaar op haar bord.

Net nu. Nu. Twee maanden voor het eind van het jaar moet ik een nieuwe leidster zien te vinden.

Wat?

Een nieuwe leidster. Je weet wel. In plaats van Dana. Die reist af naar Zuid-Afrika.

Dana? Vertelde je niet dat ze in verwachting is?

Sjlomkits keek Joram verbaasd aan. Dat heb ik verteld, ja. Dat klopt.

Diti, haar aardige assistent-leidster wier moeder al vijftien jaar de vaste hulp en kok van Chamoetal was, stelde voor dat zij de eerste selectie zou maken. Lieve Diti. Sjlomkits was dol op haar, hoewel ze iets afwerends had, en ze wist niet of dat kwam doordat ze haar moeder en Chamoetal voor ogen had. Chamoetal zei altijd 'Eliza is mijn allerbeste vriendin' en 'ik zou niet weten wat ik zonder haar zou moeten' en ze omhelsde Diti's moeder altijd op een ruwe en heerszuchtige manier. En hoewel Sjlomkits wist dat het waar was, dat Chamoetal het zonder Eliza echt niet zou redden, voelde het aan alsof iemand opzettelijk aan het liegen was, en ze wist niet precies tegen wie, ze wist alleen maar dat het haar verschrikkelijk irriteerde.

Diti leek als twee druppels water op haar moeder: haar glimlach, haar diepe lach, haar onbegrensde warmte, maar zij irriteerde Sjlomkits niet. Bij haar was er geen sprake van erkentelijkheid of overbodige gedienstigheid. Integendeel. Ze had de fiere houding die bewondering en jaloezie opwekte, van een meisje dat omringd met warmte, een diepe lach en glimlachjes opgegroeid was. Zij hield werkelijk van Sjlomkits. Meer nog: ze adoreerde haar. Sjlomkits voelde dat aan, ze voelde de vervulde blikken van Diti als ze het kinderdagverblijf en de manier waarop Sjlomkits de kinderen kalmeerde en met de moeders sprak, bewonderde. Je bent zo rustig, zei ze. Ze zaten op de oranje blokken op het speelplein, en Diti had koffie en zelfgebakken cheesecake voor hen meegebracht (ja, ze had beslist het baktalent van haar moeder geërfd). Het was juist na een ochtendconfrontatie met een van de problematischer moeders, eentje die altijd wat te op te merken had. Sjlomkits had aandachtig naar deze moeder geluisterd, die boos was omdat haar kind de Engelse kring had gemist, aangezien niemand haar had verteld dat de Engelse kring van donderdag naar maandag was verschoven. Sjlomkits had uitgelegd dat ze persoonlijk het briefje met de roosterverandering in de tassen had gestopt, maar de moeder herhaalde dat niemand haar op de hoogte had gesteld en als ze het geweten had, dan had ze Katsir nooit meegenomen naar de tandarts op de dag dat de Engelse kring was, ze betaalde immers meer dan genoeg voor de Engelse lessen, meer dan genoeg, meer dan...

Sjlomkits had de reeks genoeg-meer-dan-genoegs met haar zachte stemgeluid onderbroken. Weet u wat? Dan betaalt u volgende maand helemaal niets voor de Engelse kring, had ze gezegd, de kosten zijn voor ons, en het spijt ons van de onduidelijkheid. Zomaar. Ineens. Een onverwachte wending. De sleutels rinkelden in de verzorgde handen van de moeder die ineens met haar mond vol tanden stond. Oké, zei ze plotseling, dat lijkt me *fair enough*.

Daarna ging ze met hen op het oranje blok op de speelplaats zitten en terwijl ze een stuk van Diti's taart opat, zei ze, heel rustig, wat zal ik jullie zeggen, ik ben dol op dit kinderdagverblijf, dol. Het speet Diti dat Sjlomkits niet de hele zin hoorde, want net op dat moment stond ze op om Chen en Ben uit elkaar te halen die ruzie maakten over de paarse schommel.

Nadat de moeder vertrokken was, zei Diti tegen haar, is het je wel eens opgevallen dat jij nooit, maar dan ook nooit schreeuwt? Sjlomkits moest glimlachen en Diti zei, lach me niet uit maar... Soms kijk ik naar jou en dan denk ik, ik zou willen dat ik net zo kon worden als jij...

Sjlomkits glimlachte, een beetje confuus, en zei, zoals ik? Geloof me dat je dat niet wilt zijn zoals ik, en bovendien, wat is er mis met wat jij in huis hebt? Diti zei, je méént het! Heb je het niet door?

Heb je niet door dat je echt, maar dan ook echt iets bijzonders bent? Als ik zie hoe je met de kinderen praat en hoeveel geduld je hebt, en dan die kalmte en die glimlach van je... Weet dat ik dit niet zomaar zeg, echt niet, dit zeg ik niet zomaar... en opeens moest Sjlomkits aan Chamoetal en aan Diti's moeder denken. Ze stond op terwijl ze zei, ik bedenk ineens dat ik nog posters moet maken voor het pyjamafeestje, en in de war gebracht, haastig het kinderdagverblijf in liep. Diti keek haar na en bedacht dat het haar weer niet gelukt was om haar, Sjlomkits, te vertellen wat ze werkelijk voelde en vond, dat ze gewoon zo verschrikkelijk dol op haar was en dat het enige wat ze wilde was dat Sjlomkits dat gevoel beantwoordde, als een grote zus, als vriendin, als iemand met wie je over alles kunt praten. Sjlomkits liep naar binnen, ging op de vloer zitten en begon een slapend kind in pyjama te tekenen, terwijl het door haar hoofd schoot dat ze Diti echt eens op sjabbat bij hen thuis moest uitnodigen.

Daarom ging Sjlomkits akkoord toen Diti voorstelde dat zij sollicitatiegesprekken zou voeren met de leidsters die klaarstonden om Dana te vervangen. Ze zou in ieder geval de eerste schifting maken. Diti kweet zich enthousiast en vol eigendunk van haar taak. Ze stond erop om Sjlomkits verslag uit te brengen van elk telefoongesprek dat ze had gevoerd. Maar eerlijk gezegd waren er niet veel gegadigden, want wie zoekt er nog werk aan het eind van het jaar? Maar op maandag, toen Sjlomkits met Daniël terugkwam van zwemles, belde Diti helemaal opgewonden en enthousiast op, ik heb het, ik heb het, ik heb het, je gelooft nooit wat ik voor ons gevonden heb...

Ze had een kleuterleider gevonden, bleek. Sjlomkits hoorde Diti's opgewonden stem en glimlachte, het meisje was beslist met de jongeman ingenomen, maar ook zij zag wel wat in het idee dat er op hun crèche een man zou werken. Een man was goed voor de PR. Dat maakt indruk op moeders. En bovendien, kleuterleiders worden niet ongepland zwanger.

Sjlomkits sprak af dat ze hem de volgende dag zou ontmoeten. Dat was weliswaar haar vrije dag en er was niets hinderlijker dan op je vrije dag sollicitatiegesprekken te moeten voeren voor je werk, maar Diti zei dat hij nog meer aanbiedingen had lopen en dat ze hem er gewoon van móésten overtuigen dat hij bij ons moet komen werken. En ze verzuchtte, je gelooft niet wat voor ogen hij heeft, mijn God, wacht maar totdat je zijn ogen ziet, en Sjlomkits zei, oké, zeg maar tegen hem dat hij morgenmiddag naar de crèche komt. Dank je, dank je, dank je, Sjlomek, zei Diti, waarop Sjlomkits, die er een grondige hekel aan had als Diti haar Sjlomek noemde, reageerde met, ik wil hem alleen maar ontmoeten, ik beloof niks. Maar Diti zei, je zult zien dat je weg bent van hem, je zult het zien.

Maar de volgende dag was er de hoest van Daniël. Hij hoestte al twee weken en dokter Lifsjits had gezegd dat er van die kinderen zijn die aan het begin van de zomer juist alle winterziektes oppikken, maar die ochtend, toen Joram en Sjlomkits al bijna bepakt en bezakt de deur uit waren, spuugde Daniël alle slijm en snot over haar uit en kon hij eindelijk weer een beetje ademhalen. Stil maar, stil maar, mijn liefje. Sjlomkits streelde het bezwete hoofdje van Daniël, die helemaal niet huilde en eerder blij en opgelucht leek nu hij weer adem kreeg. Kom lieverd, Sjlomkits nam Daniël mee naar de douche terwijl Joram zei, ik moet nu rennen, ik heb een afspraak om negen uur. Sjlomkits antwoordde, ik ook, met een nieuwe kleuterleider. Joram gaf geen antwoord, stond alleen van zijn ene been op het andere te wippen, zoals hij altijd deed als hij ongeduldig was en Sjlomkits zei, het maakt niet uit, ik red me wel. Ze kleedde Daniël uit, deed hem in bad, nam zijn temperatuur, sponsde zijn benen grondig af met azijn om de koorts te laten zakken en gaf hem ook nog twee theelepeltjes paracetamol, want dat had dokter Lifsjits, die niet alleen homeopathisch maar ook regulier arts was, gezegd. Ze maakte een fles zoete thee voor hem, deed de televisie aan, deed de video van *Peter Pan* aan en zette hem ervoor. Daarna belde ze Diti's moeder Eliza op, die sinds ze met haar gezin naar Ramat Gan was verhuisd, af en toe door haar gevraagd werd als het echt nodig was. Eliza zei dat ze om een uur of één, halftwee bij haar kon zijn. Sjlomkits keek op de klok, keek naar Daniël en zei, één uur halftwee is prima.

Maar uiteindelijk kwam ze te laat voor haar afspraak met Natan. Uitgerekend voor de afspraak met hem en uitgerekend zij, die punctueel was en nooit ergens te laat kwam.

Een klok is maar een klok, die heeft niks te willen. Je kunt geen symbolisme ophangen aan de batterij van een versierde klok die in de keuken hangt en er soms mee ophoudt. Eliza was er op tijd, Daniël sliep en Sjlomkits wierp een blik op de klok en zag dat het precies halftwee was. Ze deed haar horloge om, maakte voor Eliza en zichzelf een kop koffie en zag opeens in een flits vanuit haar ooghoek hoe laat het was op haar pols, vijf voor twee. Vijf voor twee! Goeie genade! Ze had om twee uur met hem afgesproken...

Zomaar. Soms komt een mens te laat op een afspraak die zijn leven zal veranderen, terwijl hij daarvan nog onkundig is. Soms weten batterijen van klokken beter dan wij dat een bepaalde tijd op een willekeurige dag, om twintig over twee op een warme, hoesterige middag, geen gewoon tijdstip is, niet eens een tijdstip, enkel een uniek moment. Sjlomkits kwam de crèche binnen en zag hem als een klein kind op de groene schommel zitten, terwijl Dana en Diti om hem heen fladderden als twee opgewonden Tinkerbells. Ze was niet van hem onder de indruk. Niet van zijn grijze lange haar dat in een losse paardenstaart gebonden was, niet van zijn wat smoezelige spijkerbroek, niet van zijn ietwat scheve glimlach. Hij deed haar aan iemand denken. Ze kon zich niet voor de geest halen wie, maar ze wist wel dat hij haar aan een fout persoon deed denken. Ze liep op hem af. Het spijt me vreselijk, zei ze met haar Sjlomkitsterigste stem, het spijt me van de vertraging, maar mijn klok stond stil. Natan lachte. Een hese lach. Raspend, als een kuch. Hij stak haar een koele hand toe. Je klok stond stil? Wat is dat voor smoesje? Sjlomkits bewoog haar klamme hand en zei, niet mijn horloge, de keukenklok. Natan voelde de kilte in haar woorden, gebaarde met zijn arm naar de oranje schommel en zei, het is niet erg, ik vergeef het je, maar je moet wel onthouden dat ik het als eerste vergeven heb. Sjlomkits ging braaf op de oranje schommel zitten en zei, oké, laten we het over het werk hebben.

Ze spraken over het werk. Sjlomkits vertelde dat ze veel eiste. Ze legde uit dat het salaris niet hoog was, maar wel fair. Het is precies hetzelfde salaris als ik mezelf toebedeel, zei ze terwijl ze hem recht aankeek, in de hoop dat hij zou zeggen dat het geen geld was, dat het niet voor hem was, dat hij haar bedankte, maar nee dank je wel en tot ziens. Maar dat zei hij niet. Hij zei dat de crèche geweldig was. Nee, hij zei niet geweldig, hij zei hartverwarmend. En Sjlomkits vond het hartverwarmend dat hij zei dat haar crèche hartverwarmend was. Ze luisterde naar zijn verhalen over muziekkringen en over de jongleerartikelen die hij importeerde, over zijn huwelijk dat op de klippen gelopen was, over de muziek die hij maakte maar waarmee hij nooit iets commercieels zou doen, over hoe graag hij kinderen wilde en hoe hij dat compenseerde door met hen te werken. Ze vond hem oké, toch wel, ondanks haar eerste indruk vond ze hem oké en een kleuterleider die gitaar kon spelen en mondharmonica en fluit bij kabalat sjabbat – het feestelijke begin van de sjabbat – kon een gouden greep zijn. Ineens hield hij op en keek haar aan. Diti had gelijk, zei hij terwijl hij snel schommelde, zijn benen hoog in de lucht stak als een kind, je bent echt geweldig. Sjlomkits glimlachte, wees voorzichtig, val niet, maar Natan zei: wees jij maar voorzichtig. Ietwat verward zei Sjlomkits, ik ben niet zo aan het schommelen, waarop Natan licht geamuseerd antwoordde, nou en?

Vanuit haar ooghoek zag ze de ouders komen om hun kinderen op te halen, en Diti, die de kinderen gedag zei – *bye* schat, *bye* lieverd, *bye* vogeltje – maar haar ogen geen moment van haar en van hem en van het geschommel afwendde. Ergens ver weg in haar gedachten wist ze dat er iets gebeurde wat niet zou moeten gebeuren, maar het lukte haar niet om op te staan. Pas om kwart voor vijf, toen Diti zei, nou... dan ga ik maar, scheurde Sjlomkits zich los van haar plaats en zei, o God, kijk dan hoe laat het is. Ik weet niet wat ik heb vandaag. Ze wierp Diti haar moederlijkste en zelfverzekerdste glimlach toe en zei, ik spreek je op een later tijdstip nog, en zonder Natan aan te kijken voegde ze eraan toe, en ook met jou, dat wil zeggen één van ons. Morgen zal één van ons je bellen.

Heel de weg naar huis probeerde ze te bedenken aan wie hij haar deed denken. Ze reed haastig naar huis, verwachtte op voorhand Eliza's droge rapportage al, waarin flarden kritiek niet verdoezeld zouden worden; het kind is ziek en zijn moeder schommelt op een oranje schommel alsof er niets aan de hand is. Bezorgd kwam ze binnen en gaf Daniël een knuffel, die koortsig en verbaasd voor de televisie zat en bedankte Eliza hartelijk, die tegen haar zei, voor jou? Voor jou ben ik altijd bereid om te komen helpen, hoe is de afspraak met die kleuterleider verlopen? Uitstekend, antwoordde Sjlomkits. Diti raakte maar niet over hem uitgepraat gisteren, vertelde Eliza. Sjlomkits snaaide het restje van de bloemkool met puree van Daniëls bordje en terwijl ze zich installeerde voor Wendy die terugvloog uit Nooitgedachtland, realiseerde ze zich ineens aan wie hij haar de hele tijd had doen denken.

Het kan toch juist een gouden greep zijn, niet? zei ze die avond tegen Joram toen ze op het balkon zaten (op dinsdag kwam Joram vroeg thuis, dat wil zeggen om halfzeven, en aten ze samen met Daniël). Maar deze specifieke avond was Daniël, die niet lekker was, al om tien over zes in slaap gevallen en kon hij niet van de wekelijkse papatraktatie genieten. Joram en Sjlomkits zaten alleen aan de dis van salade, omelet en geroosterd brood. Wat vind je ervan? vroeg ze. Is het niet leuk? Dat hij kan spelen bij kabalat sjabbat op vrijdagmiddag? Dat is waar het me al die tijd aan ontbroken heeft, aan muziek...

Jorams dilemma over wat hij nu moest zeggen zonder zijn desinteresse te laten blijken voor de wending die het gesprek aan het nemen was, werd opgelost doordat zijn bieper ging. Dank aan degene die dat apparaatje had uitgevonden waarmee je op elk moment beschikbaar was voor het echte leven en gesommeerd kon worden. Joram ging telefoneren met wie hij moest telefoneren. Er bleek een crisis te zijn bij het ministerie van Wetenschap: de assistent van de hoofdwetenschapper, een representatieve intellectuele Arabier, had besloten ontslag te nemen. Jorams aanwezigheid was vereist. Sjlomkits ruimde de tafel af en besloot dat ze Diti vanavond zou zeggen dat ze hem op de hoogte kon stellen.

Ze maakte een kop koffie voor zichzelf en ging op de witte bank zitten, met haar voeten op de salontafel zoals ze dat Daniël verbood, pakte de telefoon en belde Balli. Vraag maar niks, maar ik heb vandaag een kleuterleider ontmoet die... Maar Balli's stem beefde van opwinding en spanning toen ze antwoordde, vraag maar niks, maar ik heb al een halfuur van die krampen in mijn buik. Sjlomkits probeerde de teleurstelling in haar stem te verhullen, toen ze zei, weeën, weeën? Of is het weer net als vorige week? Balli was inmiddels in de achtste maand en was al drie keer op de verloskamer geweest. Twee keer samen met Sjlomkits en één keer alleen. Sjlomkits kon het niet schelen om midden in de nacht op te staan, schoenen en een trainingspak aan te trekken en in grote haast naar Balli te rijden, die de deur lijkbleek en met een bezorgd gezicht open deed. Het spijt me dat ik je weer eens zo oproep, maar ik weet zeker dat dit – auwauwauw, hier, precies nu, had ik er zo één. Maar op de verloskamer werden ze met kille achterdocht ontvangen, terwijl Sjlomkits door de ramen de hemel buiten in grijzig lichtblauw zag veranderen en zich volledig uitgeput voelde en verlangde naar de zurige lucht van Daniël wanneer hij wakker werd.

Nee, dit keer is het echt, ik weet het zeker, zei Balli zwaar ademend. Sjlomkits vernam opgelucht dat Brenda en Mikki al onderweg waren en zei niets. Ik vond het niet prettig om jou nog een keer lastig te vallen. Balli legde Sjlomkits' zwijgen verkeerd uit, die zei, lastigvallen? Hoe kom je erbij? En: je weet toch dat ik dat met plezier doe, en: bel me om te vertellen wat er aan de hand is, zelfs als het midden in de nacht is. Ze hing op, haalde haar voeten van de tafel, stond op om haar kopje in de schone gootsteen te zetten en belde Diti. Eliza vertelde dat Diti niet thuis was, moest ze haar wat doorgeven? Sjlomkits antwoordde, nee, niks, ik spreek haar morgen wel.

Eliza vroeg, hoe is het met het jonkie? Een beetje beter, denk ik, zei Sjlomkits. Eliza, die net iets op het vuur had staan, zei, goed lieverd, dan zie ik je morgenochtend, zoals we hebben afgesproken. Moet ik iets voor je meenemen? Niks, zei Sjlomkits, dank je wel, welterusten voor straks.

Ze stond even in haar prettige keuken om zich heen te kijken, op zoek naar een kruimeltje vuil dat Daniël op de vloer of op een stoel had laten vallen, iets waarop ze zich kon storten met een doekje om het schoon te maken en weg te poetsen, net zoals ze dat wilde doen met de onrust die zich ineens in haar had ontpopt en die weinig goeds voorspelde. Maar er was geen vuiltje te bekennen, dus ging ze op de brandschone vloer zitten, deed haar agenda open en vond daar het telefoonnummer dat Diti in haar vrolijke, ronde handschrift had opgeschreven.

Hallo? klonk het rond aan de uiteinden, een beetje geschroeid...

Hai, met Sjlomit, hoe...

Hai Sjlomit. Ik zat net aan je te denken.

Ik heb nog een paar vragen, voordat ik, voordat we een beslissing nemen...

Vragen. Later zal Sjlomkits zich afvragen hoe het had kunnen gebeuren. Hoe ze van technische vragen over werktijden, formele opleiding en niet-formeel talent, bij een gesprek over zijn vader terecht waren gekomen.

Zijn vader, die hem regelmatig lens sloeg, wat alle kinderen in de buurt konden zien en waarvoor ze hem uitlachten en hem de volgende dag op school ook sloegen. Nee, Natans moeder raakte hij met geen vinger aan en ook zijn beide zusjes niet, alleen hem sloeg hij. Zijn grote zoon, zijn grote teleurstelling. Wat hij ook deed, hoe succesvol hij ook was, hoeveel hij ook verdiende, voor zijn vader was hij altijd de teleurstelling en een afgang. Wanneer hij het huis uit was gegaan? Hij was gevlucht. Op z'n veertiende was hij gewoon naar het eerste het beste internaat gevlucht dat hem hebben wilde. En zo was het gekomen dat hij uiteindelijk officier werd in een militair internaat, en toen hij een jaar of zestien was, toen hij naar huis was gegaan voor de vakantie, had zijn vader hem een klets gegeven. Zomaar, aan tafel, op vrijdag, om iets wat hij gezegd of niet gezegd had, wie herinnerde zich zulke dingen. Maar die vrijdag was hij opgestaan, had hij tegenover hem gestaan en rustig gezegd, Avram, van je leven zul je me niet meer aanraken, hoor je me? Van je leven niet meer! Hij was het huis uit gelopen en had die nacht ergens in een park in Netanja geslapen, maar sindsdien, sindsdien had hij hem met geen vinger meer aangeraakt. Nee, hij leefde niet meer, hij was zeven jaar geleden al overleden...

Sjlomkits zei niets. Ze dacht aan haar vader. Aan haar moeder. Aan de straffen. Ga van tafel, ga naar je kamer. Ga naar de badkamer en kom er niet uit totdat je precies weet wat je misdaan hebt, en je hoeft niet te zeggen dat het donker is, natuurlijk is het donker, wie zulke dingen doet en haar moeder zo tergt, die moet in het donker zitten. Ga nu rustig weg zodat ik je niet hoor, zodat je moeder je niet hoort, zodat vooral je moeder je niet hoort, je hebt gezien wat er gebeurt als ze zo getergd is...

Dwars door haar eigen gedachten heen hoorde ze Natan vertellen dat hij blijkbaar daarom geen kinderen had. Al die herinneringen die ze nooit vergeten, al die pijn door jou, al die verantwoordelijkheid. Maar Sjlomkits zei, nou, dat is toch geen reden. Reden of niet, zei Natan, ik, die ervan overtuigd was dat ik 's werelds beste vader zou zijn, zal uiteindelijk nooit vader worden. Sjlomkits zette haar correcte, gesloten, alwetende stem op en zei, dat word je wel. Dat word je vast en zeker wel. Natan vroeg, volkomen ongerelateerd, hoe oud ben je? En toen bleek dat ze een week na elkaar waren geboren, met twee jaar ertussen. In zijn voordeel. Zie je? Ik ben ouder dan jij, dus je hoeft er geen gedoe van te maken, zei hij, waarop Sjlomkits zei, maar dat is anders bij vrouwen. Hou op zeg, zei Natan, kom me niet aan met die biologische klok, ik kan er niet tegen om dat ook van jou te moeten horen. Sjlomkits zei, waarom? Heb je iets tegen de biologische klok? Ik heb er niks tegen, zei Natan, het is die klok die mij als een gestoorde achternazit...

Sjlomkits moest lachen.

Natan zei, je hebt een mooie lach, weet je dat?

Sjlomkits vond op dat moment nog dat hij een beetje te ver ging met zulke vertrouwelijke ontboezemingen. Ze deed een stapje terug. Goed, luister, wat betreft de werktijden, wat ik voor ogen had...

Wat is er aan de hand? Heb ik je laten schrikken?

Nee, nee, het is al goed...

Heeft jouw vader je ook geslagen?

Daar schrok Sjlomkits wel van. Zo vol oprechtheid, waar iets vleiends en aangenaams in zat, en dan ineens zo'n vraag. Hoe durfde hij. Zelfs Joram waagde het niet haar dat te vragen, en dan komt hij, die brutale vent met zijn grijze paardenstaartje die denkt dat hij een mobiele leugendetector is...

Luister, ik...

Ik moet mijn excuses aanbieden –

Op hetzelfde moment dat zij haar 'ik' zei, zei hij ook zijn 'ik' moet mijn excuses aanbieden.

Nee, echt, ik moet je mijn excuses aanbieden, soms ben ik vreselijk vrijpostig, dat weet ik. Ik weet niet wat me bezielde om je zomaar met die vragen te overvallen, ben ik je soms aan het verhoren? Kennen we elkaar eigenlijk? Het spijt me, het is gewoon, jouw manier van luisteren, je luistert zo goed, en ineens had ik het gevoel dat er ook naar jou geluisterd moest worden...

Wat?

Het spijt me, goed? Vergeet het allemaal maar, oké? Ik ben gewoon een idioot, oké?

Sjlomkits zei niets.

Vergeef je het me? Vergeef je het me, alsjeblieft?

Een mobiele leugendetector, die overloopt van smekend gebabbel dat je hart laat smelten zonder dat je er erg in hebt.

Sjlomkits haalde diep adem. Het is al goed, er is niets gebeurd...

Hoe heet jouw man?

Joram.

Ach ja, Diti vertelde me dat, hij van de universiteit en die kwesties...

Sjlomkits moest erom lachen. Ja, zo ongeveer.

En daarna zei ze, zonder te weten waarom, ja. Dat wil zeggen, nee. Dat wil zeggen, het was niet mijn vader die me sloeg, het was mijn moeder die...

Om vijf voor half twee 's nachts zei Natan, ik heb al jaren niet meer zo met iemand gepraat, weet je dat? En exact op dat moment werd Daniël met een doordringende, vurige kreet wakker. Snel stond Sjlomkits op en kneep haar ogen dicht. Ik moet ophangen, legde ze uit. Mijn zoontje is wakker geworden, en ze voelde zich net als Assepoester op het moment dat het een minuut na middernacht is en haar koets uit elkaar spat in duizenden stukjes pompoen.

Wat zou er zijn gebeurd als Sjlomkits niet op die bewuste avond op de vloer had gezeten? We mogen aannemen dat er dan niets was gebeurd. Dat wil zeggen, dat de aardbol gewoon om zijn as was blijven doordraaien, dat Balli Sjira ter wereld had gebracht, dat Daniël om halftwee 's nachts gloeiend van de koorts wakker was geworden en dat Joram om tien over twee thuis was gekomen, nadat Daniël weer in slaap was gevallen. Alles was gebeurd zoals het vanzelf zou gebeuren, alleen zou één telefoongesprek niet zijn gevoerd. Hoe belangrijk en veelbetekenend kan een telefoongesprek zijn? Nou, heel erg, zo bleek. Soms is een reeks willekeurige cijfers en een 'hallo' voldoende om de aardbol uit zijn gewone, weloverwogen baan te laten schieten en hem met een dronkenmakende leugenachtige snelheid te laten draaien.

De volgende dag vertelde ze Diti dat ze een besluit had genomen. Ze dacht niet dat een man als kleuterleider zo'n goed idee was. Kinderen hadden een vrouwelijke, moederlijke figuur nodig, iemand die hen aan hun moeder deed denken. Misschien was het een idee om de onderwijzeres Engels te bellen, die had heel veel contacten bij heel veel crèches, die kon hen vast wel iemand anders aanraden...

Lelijke, duistere teleurstelling verspreidde zich over Diti's gezicht. Maar ik dacht dat je enthousiast over hem was, zei ze zachtjes, met pruillippen zoals Daniël die ook had wanneer hij van verre iets zoets in het vizier kreeg. Ik was ook enthousiast, zei Sjlomkits, zeker, het is een fantastische kerel, maar later, 's avonds, heb ik er nog eens over nagedacht en heb ik besloten dat het niet gepast is. Het is niet gepast, Diti, zei ze ineens met onkarakteristieke tederheid. Geloof me dat het op deze manier beter is voor ons allemaal.

Diti's verdrietige blik bleef haar de hele dag bij en toen ze thuiskwam, voelde ze zich uitgeput en vermoeid; zo had ze zich al heel lang niet meer gevoeld. Vlak voordat ze in slaap viel op het kleed van Daniël, bedacht ze dat Diti tamelijk irritant was, met die verdrietige blik en die pruilende lippen van haar. Je kon wel bedenken wat er zou gebeuren; ze zou met hem uitgaan als ze zo weg van hem was, en hem opbellen en uitnodigen om ergens koffie te gaan drinken of zo, en wat wilde hij eigenlijk van haar, van Sjlomkits, en waarom denkt iedereen toch altijd dat zij hun problemen voor ze moet oplossen...

De volgende dag zei ze dit ook daadwerkelijk op haar openhartige manier tegen Diti, en Diti zei, ik weet niet, ik heb nog nooit wat met een jongen gehad. Iemand opbellen is niet precies iets met hem beginnen, zei Sjlomkits, we leven niet in de negentiende eeuw, waarop Diti haar met haar gewone onschuldige blik aankeek en zei, misschien...

Twee dagen later kwam ze 's ochtends vroeg op Sjlomkits af, nog voordat die haar tas en Daniël neer had kunnen zetten en zei, raad eens?

242

Wat?

We hebben vandaag een afspraakje, Diti's stem stierf weg, opgewonden en geschrokken tegelijk. Ik heb hem gisteren gebeld, zoals je gezegd had, precies zoals je gezegd had, en vandaag hebben we een afspraakje, om een kop koffie te gaan drinken, net zoals je gezegd had, precies zoals je gezegd had. Sjlomkits zette Daniël en haar tas neer en zei vermoeid, fijn, ik ben echt blij voor je, want ik had het gevoel dat ik je teleurgesteld had met mijn beslissing om hem niet... om hem niet bij ons te laten werken. Jij kunt me nooit teleurstellen, Sjlomek, zei Diti, dat weet je toch.

*

Zoals gezegd: Balli beviel in dezelfde week dat Sjlomkits verliefd werd en we hebben een uitgebreide beschrijving gegeven van het begin van Sjlomkits' verliefdheid. En inderdaad hebben we die andere, minstens even dramatische gebeurtenis een beetje verwaarloosd: Sjira's geboorte, die in exact diezelfde tijd plaatsvond. Het spreekt vanzelf dat deze volgorde willekeurig is en geen indicatie van belangrijkheid, er is immers niet vast te stellen wat belangrijker is: verliefdheid of de geboorte van een kind. Beide zijn een realiteit die ergens uit ontspringt, met beide is betovering, pijn en grote vreugde verbonden. Alleen is liefde een betovering die in de lucht zweeft, terwijl een kind, zoals bekend, iets heel anders is. Ook een dochtertje, ook het prachtige baby'tje (en waar die bos zwart haar vandaan komt? we zullen het nooit weten) dat Balli, nog bevend van de weeën en het harde werk, in haar armen hield. *Hi sweety*, hoorde ze zichzelf met Brenda's stem zeggen, en ze barstte in huilen uit.

Sjira woog vijfenhalf pond toen ze geboren werd, na een korte, makkelijke bevalling. Dat is wat Mikki doorgaf aan iedereen die interesse toonde en ook aan degenen die dat niet deden. 'Een korte, makkelijke bevalling' is uiteraard iets dat een man zegt die geen flauw benul heeft van de onverdraaglijke zwaarte of duur van een bevalling, hoe kort en makkelijk die ook was. Inderdaad had de bevalling zelf maar drie uur geduurd, want het bleek dat Balli dit keer, beïnvloed door het gegrinnik van de verloskundigen en Sjlomkits' koele blikken bij eerdere bezoeken aan de verloskamer, tot op het allerlaatste moment had gewacht. Tegen de tijd dat ze bij het ziekenhuis aankwam, was het onmogelijk de weeën voor iets anders te houden, of ertussenin goed adem te halen. Ze kon zelfs geen ruggenprik meer krijgen. Mikki had professor Sjochat gebeld, een oude bekende en Brenda's particuliere gynaecoloog en die was gekomen, hoewel hij normaal gesproken niet kwam kijken bij bevallingen midden in de nacht. Hij kwam eigenlijk alleen kijken als het binnen zijn gewone kantooruren viel. Op mijn leeftijd mag ik het mezelf inmiddels wel toestaan om niet midden in de nacht achter iedere vrouw aan te rennen bij wie de benen gespreid worden, placht hij dit op zijn eigen unieke wijze uit te leggen. Maar Mikki was echt een oude vriend uit het leger, en die had uitgelegd dat zijn dochter niets wilde weten van een bevalling in een privékliniek, maar nu, zonder ruggenprik...

Mikki had geagiteerd geklonken. Professor Sjochat had samen met hem al veel meegemaakt, waaronder twee oorlogen, maar hij had zijn stem nog nooit op die manier horen beven. Goed, ik kom eraan, zei hij tegen hem, geef me even de hoofdzuster daar. De hoofdzuster en de rest van het team bereidden zich in feeststemming voor vanwege de verwachte komst van de arts die-nooit-midden-in-de-nacht-kwam, terwijl Brenda met haar koele hand de bezwete hand van Balli vasthield en tegen haar zei, *He is coming, Dani Sjochat is coming,* alsof enkel de komst van de professor de ondraaglijke pijn draaglijker zou maken, alsof dat Balli zou helpen om adem te halen, alsof daardoor de tranen zouden ophouden, of de rillingen in haar lichaam en al die andere verschijnselen die Balli vastbesloten was geweest niet te ondergaan. Al jaren sprak ze nauwelijks met Brenda en Mikki, vertelde ze hun zelden iets, hield ze hun op een geciviliseerde afstand waar iedereen wel bij voer, en nu waren ze hier en moesten ze haar onbeheerst zien rillen en huilen, en waarom had niemand haar dit godverdomme verteld? Waarom had ze gedacht dat langdurige weeën, zweet en tranen alleen bij bevallingen in *Het kleine huis op de prairie* hoorden? Waarom had ze zich voorgesteld dat het tegenwoordig anders ging, waarom had ze Brenda's hand zo verschrikkelijk hard nodig, wilde ze die koele, verzorgde hand op haar druipende voorhoofd?

Yes you can, sweety, of course you can. The professor is on his way.

En toen was daar dat rode, geplooide baby'tje, met haar zwarte manen die glinsterden in het licht. Balli hield haar in haar bevende armen, hoorde zichzelf *Hi sweety* zeggen en barstte in huilen uit. Brenda was juist buiten bij Mikki om een rondje telefoontjes te plegen en toen ze terugkwam, schrok ze bij het zien van haar grote *sweety*, die bitter zat te huilen. De bevalling was toch kort en makkelijk geweest, alles was nu toch in orde, nu was het toch de tijd om te lachen, om trots en blij te zijn, wat was dat nou met die waterlanders? Balli droogde snel haar tranen en schonk haar moeder het juiste glimlachje toen Brenda het baby'tje overnam en haar met de bewonderenswaardige handigheid van een grootmoeder in haar armen wiegde. Ze wierp een blik op Balli, die uitgeput in het bed lag en zich ineens wat overbodig voelde. Nou, hoe gaat ze heten? vroeg ze, waarop Balli rechtop ging zitten, voor zover de katheter dat toeliet en zei, ik zat aan Sjira te denken. *Sjira, Sjira, why not,* zei Brenda. *Sjira is nice.* Ze lachte breeduit naar het baby'tje en zei met die stem die speciaal voor kinderen gereserveerd is, *What do you say, sweety? Are you Sjira? Are you?* Balli sloot langzaam haar ogen en zei tegen zichzelf, Sjira, Sjira, mijn Sjira.

De weken, of misschien zelfs de maanden die volgden, zal Balli zich later herinneren als een onduidelijke opeenvolging van stilte en herrie, kou en warmte, van voortkruipende, verlammende angst en overspoeld worden door ontwapenend geluk. Sjira was een rustige, stille en geweldige baby, maar ook rustige, stille en geweldige baby's hebben die babyachtige neiging om midden in de nacht om onverklaarbare redenen ontroostbaar te gaan huilen. Het huilen van baby's midden in de nacht is oorverdovender en raakt je dieper dan wanneer datzelfde huilen overdag zou gebeuren. Want overdag is er licht, zijn er telefoonnummers en mensen die op visite komen, tochtjes naar buiten in de nieuwe kinderwagen, en de luiertas, en het moederlijke loopje vol tevredenheid. 's Middags, als het niet te warm is, kun je op je gemak door de straten wandelen, zoals vrouwen dat doen die op hun gemak door de stad wandelen met in de kinderwagen een baby'tje met gitzwart haar. Maar 's nachts. O, 's nachts. Die duisternis en die stilte, die minstens even dreigend is als het gehuil dat heel eventjes is opgehouden, even dreigend als het gehuil dat zo meteen weer begint. Iedereen had haar erop voorbereid. Daarop wel. Zelfs Brenda. Op de vermoeidheid van de eerste maanden. Daarover praat men vrijelijk. Maar niet over de angst en niet over het ontroostbare gehuil en niet over de slaap die niet komen wil in de eerste maanden, ondanks de bekende vermoeidheid van die periode. Daarover had niemand het gehad en ook had niemand het erover gehad dat ze soms naar dit mooie kindje stond te kijken met haar zwarte manen en haar blauwe ogen die nog menig hart zouden breken, zoals Mikki dat zei, en een vreemd gevoel van verrassing over haar rug kroop, alsof iemand een pakketje op haar drempel had achtergelaten, o God, het is een baby. Mijn kleine baby'tje.

Balli, die nooit echt had geweten hoe het was om met iemand samen te zijn – al was ze ook nooit echt alleen geweest – realiseerde zich in het voorbijgaan in die eerste paar maanden, dat dit het dan was. Vanaf nu was ze met z'n tweeën, was ze altijd samen met, was ze altijd de moeder van. Je zult altijd iemand naast je hebben, *sweety*, zei ze een beetje teleurgesteld tegen zichzelf, alsof iemand haar had beloofd dat heel die kwestie van het moederschap veel meer voldoening zou geven. Maar op dat moment deed Sjira haar ogen open en zag Balli zichzelf in het blauw weerspiegeld staan met een tedere glimlach die overliep van liefde, en verdwenen alle woorden onder een dikke, fluwelen kalmte.

De volgende dag kwam Sjlomkits. Het was halfzeven 's avonds en Balli had al vanaf drie uur op haar zitten wachten. Ze wist uiteraard dat Sjlomkits pas om vier uur klaar was met werken, maar vanaf drie uur begon ze op haar te wachten. Ze wist niet wat er met Sjira aan de hand was, die sinds die nacht onrustig was en alleen maar bij Balli op de arm wilde zijn, en ook dat alleen maar als Balli in de kamer heen en weer liep. Die moeheid. Balli herinnerde zich dat ene verhaal dat ze hadden moeten leren voor hun eindexamen, over een dienstmeisje dat moe was en alleen maar wilde slapen. Ze herinnerde zich het haast hysterische gelach dat in de klas was uitgebroken toen ze het verhaal hadden gelezen, kom op, ze heeft hem uiteindelijk wel gewurgd, had Ohad gezegd. Sjlomkits had zich met een ijzige blik naar hem omgekeerd, begrijp je dat nu pas?

Die vermoeidheid. Alleen maar willen slapen. Een jongetje dat niet ophoudt met jammeren. Een meisje in dit geval. Ze kon niet wachten tot Sjlomkits zou komen. Echt niet wachten. En toen ze arriveerde, stond een lijkbleke Balli in de deuropening Sjira monotoon te wiegen die inmiddels diep in slaap was. Is alles in orde? zei Sjlomkits. Balli? Je ziet eruit als een spook. Waarop Balli in huilen uitbarstte en zei, ach Sjlomkits, ik ben zo blij dat je er bent, ik ben zo blij dat je er bent, ik wacht al de hele middag op je, ik zat al op je te wachten, ik wil je zo graag vertellen, ik wil je vertellen dat je gelijk had, je had gelijk toen die keer dat we ruzie hadden over die krankzinnige vrouw met dat bad...

Wat?

Het 'wat' van Sjlomkits was een beetje geschokt. Balli klonk als iets dat pijnlijk bekend was maar vergeten, maar Balli, die zo moe was dat ze alleen nog maar door kon draven, legde het uit. Kun jij je die vrouw herinneren die ik geïnterviewd heb? Waarover je zo boos werd? Aan wie ik had gevraagd of ze er spijt van had? Sjlomkits begreep het. Ineens begreep ze het. Ze glimlachte naar Balli terwijl ze Sjira voorzichtig van haar overnam en haar met een vloeiende beweging in haar wiegje legde. Balli stond verbaasd te kijken hoe Sjlomkits onbekommerd overeind kwam en hoe er geen kik uit het licht schommelende wiegje klonk. Hoe kon het dat als zij Sjira weglegde, het wiegje al op zijn poten stond te schudden nog voordat ze helemaal rechtop stond? Ze zei, je had gelijk, je had volkomen gelijk toen, maar Sjlomkits legde warme handen om haar heupen en leidde haar voorzichtig weg en zei, hou op met die onzin nu, Balli. Nu moet je wat slapen voordat je onderuit gaat. Balli liet zich door haar naar bed brengen en toedekken, en terwijl Sjlomkits de jaloezieën dichttrok bedacht Balli dat ze mazzel had dat ze Sjlomkits had, dat ze ondanks alles nog altijd Sjlomkits had. Toen ze wakker werd zat Sjlomkits met Daniël op de bank een verhaaltje voor te lezen. Daniël schaterde om het ei, dat ei, dat is niet van mij. Het wiegje was stil en in diepe rust, en Balli zei, dank je wel Sjlomkits, je hebt er geen idee van hoe dankbaar ik je ben, en Sjlomkits zei, ik denk juist van wel. Balli was ineens van haar stuk gebracht door dat 'juist van wel' waar een spoor van bitterheid in naklonk, en ze zei snel, zeg eens, wie had dat verhaal geschreven dat we op de middelbare school moesten lezen, over dat dienstmeisje dat alleen maar wil slapen. Sjlomkits antwoordde, ik geloof dat het Tsjechov was, en Balli zei, ik wist wel dat jij het zou weten, jij weet altijd alles.

Daarna maakte ze thee voor hen beiden en chocomel voor Daniël. Terwijl ze in de keuken zaten te drinken, stond Sjlomkits even op om de melk uit de koelkast te halen omdat Daniël om 'nog een melkje met choco' had gevraagd. Met haar hoofd in de koelkast zei ze, weet je? Ik heb iemand ontmoet, een kleuterleider, en hij... Hij doet me enorm aan Gadi denken. Aan Gadi? Balli schrok ineens van die naam, alsof een kind plotseling boe!!! tegen je roept, waardoor je opspringt, hoe onlogisch ook. Ja, ging Sjlomkits verder, hij eh... Ik denk erover om hem aan te nemen op mijn crèche, maar toch, ik weet het niet, hij doet me sterk denken aan Gadi, en op een of andere manier zit me dat niet helemaal lekker. Sjira maakte aanstalten om wakker te worden, en Balli probeerde uit te rekenen hoelang zij en hoelang Sjira had geslapen toen Sjlomkits zachtjes zei, we hebben gepraat, ongelooflijk hoeveel we gepraat hebben, ik geloof niet dat er ooit iemand zo naar me geluisterd heeft en me begreep. Wat? zei Balli, die opschrok uit haar gedachten en de berekening van hoeveel uur ze had verdaan met slapen, wat? Met wie heb je gepraat? vroeg ze. Sjlomkits antwoordde langzaam, zoals wanneer je iets aan kinderen uitlegt, met Natan? Die kleuterleider? dat had ik je toch gezegd, die uiteindelijk niet bij mij komt werken. En toen Balli niets zei ging ze verder, over onze ouders. Wist je dat hij zich net als ik verstopte in de ruimte tussen de kast en de deur als zijn vader kwaad werd, nou ja, bij hem was het zijn vader die kwaad werd, bij mij was het mijn moeder – Gadi had helemaal geen vader, wist je dat? onderbrak Balli haar abrupt, hij had helemaal geen vader, zijn vader was overleden toen hij nog een baby was, en zijn moeder is kort daarna hertrouwd, en hij heeft zijn hele leven in internaten gewoond, wist je dat? Hij had geen thuis, hij heeft nooit een thuis gehad, wist je dat?

Ze zei het boos. Alsof het Sjlomkits' schuld was dat Gadi nooit een thuis had gehad. Alsof dat op zichzelf staande gegeven Sjlomkits aanviel die rustig zei, hij deed me aan Gadi denken, en dat zit me niet helemaal lekker, op een of andere manier.

Sjlomkits keek haar niet aan. Nee, dat wist ik niet, zei ze zachtjes, terwijl Sjira in de andere kamer een enkele, korte kreet slaakte. Het ziet ernaar uit dat ze wakker wordt, zei Sjlomkits en pakte Daniël met een zwaai op, kom, zullen we naar huis toe, Daniël? En Daniël zei, huis toe, huis toe. Balli, die de holle angst voor Sjira's humeurige ontwaken en voor de muren die niets terugzeiden voelde, zei, waarom heb je zo'n haast? Met een afstandelijke, ijzige stem antwoordde Sjlomkits, ik heb vanavond een ouderavond. Ik wil ze kennis laten maken met de nieuwe kleuterleidster die ik heb gevonden, ik heb uiteindelijk een fantastische leidster gevonden, vind ik. Uit de andere kamer klonk nog een kreet en Balli zei, ja, het ziet ernaar uit dat ze echt wakker wordt.

Maar op de ouderavond deed zich een onverwacht probleem voor. De nieuwe kleuterleidster stelde zich voor en vertelde opschepperig dat ze volgende maand ging trouwen. Er stond een moeder op en zei, vergeef me dat ik het vraag, misschien vind je het heel brutaal, maar ik ben algemeen directeur van een van de grootste kledingbedrijven in het land en ik heb lang geleden al geleerd dat brutalen de halve wereld hebben. Wat ik wilde vragen is, als je deze zomer trouwt, hoe weten we dan dat je niet binnenkort zwanger wordt? De nieuwe kleuterleidster was van haar stuk gebracht. Ik heb, dat wil zeggen, niet op dit moment, nou ja, niet exact...

Je moet begrijpen, onderbrak de moeder die daarnaast algemeen directeur was, en die er niet tegen kon als dingen niet precies gedefinieerd waren, we hebben hier al te lijden gehad van een dame die ongepland zwanger is geworden en dat komt ons niet goed uit, dat wil zeggen, dat komt niet goed uit voor onze kinderen. We willen een vast, positief team in de crèche, dat lijkt me toch een heel legitieme verwachting, nietwaar?

Rondom klonk instemmend gemompel, maar een treurig uitziende moeder die ontslagen was en die een hartgrondige hekel had aan de zelfgenoegzaamheid van de algemeen directeur, stond op en zei, het spijt me dat ik je dit moet zeggen, Liora, maar ik vind het echt hondsbrutaal wat je nu doet...

Het werd ruzie. Het groepje ouders dat meestal rustig en beschaafd was, merkte dat het verzeild was geraakt in een avond vol geschreeuw. Inclusief tranen (van de algemeen directeur, die weliswaar spijkerhard was maar elk mens heeft emoties, en van de nieuwe kleuterleidster, die geen idee had waar dit allemaal vandaan kwam, en van Diti, die meestal zo gestresst raakte van ruzies dat ze moest huilen). De ouders raakten verdeeld in een groep die aan de kant van de algemeen directeur stond en die dol op haar waren, of vonden dat ze onuitstaanbaar was maar op principiële gronden gelijk had, en een groep die de kant koos van de droef uitziende ontslagen dame die absoluut volkomen toegewijd was aan haar kinderen. De discussie ging door tot halfeen 's nachts. Uiteindelijk slaagde Sjlomkits erin de gemoederen aan alle kanten tot bedaren te brengen, en iedereen had het gevoel dat ze een beetje overdreven gereageerd hadden, maar als het om onze kinderen gaat, dan zijn we nu eenmaal niet echt rationeel te noemen.

De volgende ochtend belde de nieuwe leidster Sjlomkits op en vertelde dat ze er nog eens over had nagedacht, en dat ze niet dacht dat het werk op zo'n crèche, of hoe dan ook bij een crèche, iets voor haar was. Sjlomkits keek Diti aan, die verder ging met het opvouwen van de handdoeken, en zei tegen haar, kom, laten we die man opbellen en zeggen dat het wel doorgaat.

Zo gebeurde het dat Natan uiteindelijk toch op de crèche kwam te werken, en zo kwam het dat Sjlomkits vergat dat ze met Naäma had afgesproken, en daardoor kregen Sjlomkits en Naäma ruzie.

Echte ruzie. En het kwam allemaal door Galja. Of door de hormonen (hormonen zijn net als moederschap, zo'n ding dat je te allen tijde de schuld kunt geven).

Het was in die periode dat Naäma besloot haar baan bij de vakgroep Film op te geven. Ze had besloten dat ze zelf een film wilde maken. Over Oeri en de kinderen van het Huis. Galja vond het een onzalig idee. Wie gaf er nou een vaste baan bij een goede werkgever als de universiteit op, voor helemaal niks?

Geloof je niet dat ik goede films kan maken?

Dat heb ik niet gezegd. Dat heb ik helemaal niet gezegd. Ik heb alleen maar gezegd dat je zo'n goede baan op zo'n goede plek niet opgeeft, en dan nog wel voor helemaal niks.

Hoezo voor helemaal niks? Ik wil een film maken.

Een film. Ook goed. Kun je dan niet een film maken en werken tegelijk?

Waarom doe je toch altijd zo denigrerend over wat ik belangrijk vind? Waarom?

Denigrerend? Ik?

Er volgde een diepe, benauwende stilte.

Ze kwamen juist terug van de ceremoniële onthulling van de grafsteen voor Naäma's oma, die een maand daarvoor overleden was en op haar verzoek naast Naäma's opa was begraven. Het was een vroege zomerdag, zo'n dag waarop de zon recht op je nek scheen en één grote, kokende, kwade, zwetende bal van je maakte.

Na de gedenkdienst gingen ze naar het huis van Naäma's opa en oma. Dat huis aan het eind van de boulevard dat Naäma zich zo goed herinnerde uit haar jeugd. Ze was er al heel lang niet meer geweest, in dat huis dat de grote vakanties opfleurde en de pijn wat wegnam in de ogen van het meisje dat zo haar best deed om de hele tijd naar haar ouders te kijken, naar haar ouders te kijken om te zien of er aanwijzingen waren dat er storm op komst was, om de aanwijzingen dat er storm op komst was te herkennen en dan heel zoet te zijn. Zoete kinderen kunnen stormen tegenhouden. Dat is tenminste wat ze denken in hun moeizame en uitputtende kindertijd.

Het huis van opa en oma was even donker als ze zich herinnerde uit haar jeugd en Galja maakte een tocht van kamer naar kamer terwijl ze de ramen en jaloezieën opengooide en alles uitschudde wat ze toevallig op haar pad vond. Dekens, servetten, keukendoeken, een oud shirt van Gadi dat Naäma en Tiltoel ooit eens voor zijn verjaardag hadden gemaakt, DE BESTE PAPA stond erop gedrukt.

De opdruk was al aan het schilferen en nu restte er nog maar de helft van een gele smiley en wat brokkelige halve letters. Dit shirt was, net als Gadi's andere kleren en bezittingen, in razernij bijeengegraaid en overhandigd aan de Filippijnse hulp die de laatste jaren bij Naäma's oma had ingewoond. Diezelfde hulp die in Galja's voetspoor liep en wier armen volgeladen werden met nog meer oude spullen, oude lappen, het stof en de herinneringen. *I want to throw everything*, zei ze tegen haar, *do you understand me? Everything!* De Filippijnse gaf geen antwoord, of als ze dat wel deed, was het onmogelijk haar te horen vanonder de berg kleren. Met weerzin en afschuw schudde Galja haar hoofd, het was moeilijk te herkennen of het vanwege het huis was met zijn duisternis, het stof en de geur van medicijnen dat bij Galja zo'n weerzin opwekte, of vanwege de foto's van de bruiloft van haar en Gadi die op de dressoir in de woonkamer stonden, samen met een foto van Naäma verkleed als kaboutertje en een van Tiltoel toen ze twee was. Misschien kwam het door de eindeloze hoeveelheden stof. Wat een slons, fluisterde Galja tegen Naäma terwijl de Filippijnse naar beneden liep om de eerste ronde weg te gooien. Ik heb altijd wel geweten dat ze lui was. Moet je kijken, ze heeft hier niet één keer gezogen, niet één keer.

Naäma pakte met een wijds, beschermend gebaar de kabouterfoto van de dressoir alsof ze bedoelde de foto te behoeden voor Galja's opruim- en weggooiwoede en vroeg haar terloops, bijna terloops, gemaakt terloops, wie staat er op deze foto? Is dat Tiltoel of ben ik het?

Galja zuchtte. Ze wist wel dat ze Tiltoel had moeten vragen haar te helpen bij het opruimen van het huis, niet Naäma. Want Naäma had ondanks alles de neiging om te blijven hangen in herinneringen en emoties. En herinneringen en emoties waren, net als de oude kooklucht, onlosmakelijk met deze sombere muren verbonden. Maar Tiltoel was net op een meditatiecursus en Galja had niet het geduld om te wachten tot zij haar innerlijke gedachtewereld opgeruimd had en zich had losgemaakt van alle verlangens, want Galja verlangde ernaar om die hele kwestie van dit huis achter zich te laten. En snel.

Dat ben jij.

Naäma was zich ervan bewust dat ze iets deed wat ze niet zou moeten doen. Als het zo is dat liefde liefde voortbrengt, dan brengt klagen klachten voort en ongewenste vragen ongewenste antwoorden. Maar ze kon zich niet inhouden. Ze richtte haar blik op Galja en vroeg rustig, vertel me eens, waarom zijn jullie toen niet gekomen?

Wat?

Galja, net bezig de verzamelde medicijnflesjes op de tafel bij elkaar te pakken, deed de vuilniszak dicht en vroeg aan Naäma, wat? Waarom zijn jullie toen niet komen kijken, bij die opvoering? Waarom waren opa en oma bij die opvoering van de toneelclub, en jullie niet?

Galja bukte zich om een paar ongehoorzame medicijnflesjes te pakken die op de grond waren gevallen en keek Naäma vanuit die houding met samengeknepen ogen aan. Ik weet niet meer waarom, ongetwijfeld was er een reden voor, het is niet dat we het vergeten waren, er was iets...

Naäma wierp haar een korte, bittere blik toe, ik heb niet gezegd dat jullie het vergeten waren of wat dan ook, ik vroeg waarom.

Eigenlijk was deze niet onverwachte woordenwisseling tussen moeder en dochter nog minder onverwacht dan we op het eerste gezicht zouden denken. Want eigenlijk herinnerden ze beiden maar al te goed wat dat 'iets' was geweest waardoor Gadi en Galja niet bij die opvoering hadden kunnen zijn. En omdat ze zich dit allebei zo goed herinnerden, was de stilte tussen de zinnen veel onaangenamer en zwaarder dan wat de woorden achter de gekunstelde neutraliteit letterlijk zeiden.

Galja een Gadi waren niet naar de uitvoering gekomen omdat Gadi in die tijd weer eens bepakt en bezakt klaarstond om het huis te verlaten. Dit keer richting Sima, een gescheiden vrouw uit Kirjat Sjmona die enige tijd als vervangend kleuterleidster op Tiltoels crèche had gewerkt. Galja's ongeplande zwangerschap was bedoeld om Gadi's plannen te dwarsbomen, die dit keer voet bij stuk hield en Galja ondubbelzinnig mededeelde dat hij dit kind niet wilde. Ik wil het niet! Begrijp je wat dat betekent, ik wil het niet? Wil het niet. Snap je? Wil! Het! Niet!

Deze elegante discussies vonden plaats binnen gehoorsafstand van Naäma en Tiltoel die deden alsof ze niets hoorden, maar alle vraagtekens, uitroeptekens en iedere stille traan die in de lucht of op de wangen verdampte, registreerden.

De abortus werd afgesproken op de dag van de uitvoering. En ziekenhuizen zijn nou eenmaal niet de meest flexibele instellingen; je kunt daar niet echt aankomen met, ik wil de abortus die ik eigenlijk helemaal niet wens, verzetten omdat mijn dochter een uitvoering heeft die mij eigenlijk niets kan schelen. Maar paradoxaal genoeg kwam alles uiteindelijk goed terecht, want in het ziekenhuis ontmoette Gadi een vriendin van hem van de middelbare school, Jaëlli, die hoofdzuster was op de afdeling verloskunde van het ziekenhuis. De ontmoeting met Jaëlli was zo prettig en verheugend dat zij Sima en haar fantastische gehaktballetjes die Gadi in Kirjat Sjmona wachtten, deden vergeten.

Jaëlli was, godzijdank, getrouwd en zelfs (relatief) gelukkig, en daarom was haar aanwezigheid minder bedreigend dan die van de Sima's op deze wereld, die alleen maar wachtten tot ze andermans echtgenoot konden roven. Dus kon je zeggen dat het een goede gok was geweest, en alleen Naäma bleef zitten met haar onafgesloten verwijt. Wat een hitte, zei Galja zachtjes, na een half uur gespannen stilte waarin alleen de haastige tred van de Filippijnse te horen was geweest, die de trappen op en af liep met de zakken die Galja voor haar gevuld had, en Naäma zei nog veel zachter, ik ben in verwachting.

Galja onderbrak de vuilniszakkenwedloop een moment. Popje, wat geweldig. Wat geweldig. Ik ben zo blij. Wat geweldig.

De blijdschap probeerde in het kleine appartement een plekje te veroveren tussen de bergen stof, de stilte en het verwijt, maar het lukte niet helemaal. Een klein blijdschapje, wat heeft die nou helemaal voor kracht?

Toen Naäma daar uitgewrongen, bezweet en humeurig vertrok, haatte ze zichzelf om hoe de dag zich had ontwikkeld. Ze wist niet waarom haar dat overkomen was. Het had haar niet hoeven overkomen. Niet haar, niet nu, helemaal niet nu, net nu het erop leek dat alles goed aan het komen was. Ze was blij dat ze tenminste met Sjlomkits had afgesproken. Moria had haar gezegd dat ze dat moest doen. Ze had gezegd dat het belangrijk, heel belangrijk was om contact te houden met oude vrienden. Ze had gezegd dat je de geografische, ideologische en religieuze afstand geen breuk mocht laten veroorzaken tussen oude vrienden. En Naäma had zich, zij het met enige onwil, van haar plicht gekweten. Nu bedacht ze dat het maar goed was dat ze naar Moria had geluisterd en met Sjlomkits had afgesproken. Dat was precies wat ze nu nodig had. Ze zouden met z'n tweeën in dat cafeetje aan zee gaan zitten, zoals toen, en Naäma zou haar over haar zwangerschap vertellen en Sjlomkits zou oprecht blij voor haar zijn.

Maar Sjlomkits was op datzelfde moment op de crèche, met Diti en Natan. Diti fladderde als een hyperactieve vlinder van de een naar de ander en haar lach vulde de ruimte met van kleur wisselende fonteinen. Sjlomkits luisterde naar Natan en de ideeën die hij had (eens per week een geleide visualisatie, elke dag tien minuten meditatie en karatelessen voor beginners) en bedacht dat ze soms van iedere mug een olifant maakte en waarom ze toch zo van hem geschrokken was? Hij was gewoon zo'n type dat openstond voor de wereld, meer niet. En wat een geluk dat er met die ene kleuterleidster was gebeurd wat er was gebeurd, en dat hij nu hier was. Hij was hier en Diti was ontzettend gelukkig. En hij zou de kinderen karate leren en meditatie en hij zou ze begeleiden in hun visualisatie, en dat was wat er belangrijk was, dat de crèche de beste zou zijn die er was, dat was belangrijk, en dat was wat er zou gebeuren.

En Naäma zat daar, in dat cafeetje aan zee, en wachtte.

Een seconde voordat Sjlomkits arriveerde was ze al opgestaan om te vertrekken. En toen was Sjlomkits blozend en stralend binnengekomen, met de glimlach van iemand die een geheimpje heeft en niet als iemand die een uur en een kwartier te laat op een afspraak verschijnt.

Ze maakte excuses, vraag niet wat voor dag ik gehad heb, ik moest naar een bespreking met de nieuwe kleuterleider die bij me komt werken, terwijl Naäma dacht dat ze bijna ging ontploffen en vrij snel daarna ontplofte ze ook echt. En wanneer iemand als Naäma, die veel emoties in zich heeft, ontploft – dan blaast dat alle kanten op, fragmenteert in kleine, eenvoudige projectielen die weliswaar niet dodelijk zijn, maar beslist kunnen verwonden.

Sjlomkits was juist blij geweest toen ze aan haar afspraak met Naäma had gedacht. Dat was net wat ze nodig had; aan zee zitten met een koude koffie samen met een vriendin aan wie ze uit zou kunnen leggen, we hebben gepraat, ongelofelijk zoveel als we gepraat hebben. Ik geloof niet dat er ooit iemand op die manier naar me geluisterd heeft en het begreep. Een vriendin die het begreep. Een vriendin die niet, zoals altijd, met zichzelf bezig was. In plaats daarvan kreeg ze een koude douche met: ik moet altijd op je wachten en waarom denk je dat je mijn tijd kunt verspillen en waarom verneder je me, je hebt me altijd al gekleineerd...

Ik heb jou altijd gekleineerd?

Jullie hebben me altijd gekleineerd!

Wij?

Ja. Jullie.

Wie zijn die jullie?

Oef, werkelijk, Sjlomkits, hier heb ik nu geen puf voor.

Jij hebt geen puf?

Balli werd niet met name genoemd, net als Oeri's naam niet uitgesproken werd, terwijl Jorams naam in dit verband uiteraard niet ter zake deed, maar Sjlomkits had het gevoel dat Naäma iets anders wilde zeggen dan wat ze eigenlijk zei, en het laatste waar ze nu behoefte aan had was over één kam geschoren te worden met Balli en Oeri. Naäma had het gevoel dat als het dan eenmaal zo ver was, dan moest het maar; als ze oud verdriet boven liet komen om zijn zegje te doen – dan kwam er steeds meer, onophoudelijk, werd de huid steeds verder weggepeld, nog een laagje eraf en nog een, totdat het rauwe vlees tevoorschijn kwam, roze, vochtig en schrijnend, zo schrijnend dat alleen huilen nog een optie was.

*

In juli begon Natan op de crèche te werken. In september schreef Sjlomkits Daniël in bij een andere crèche, want het is niet gezond voor een kind om zijn hele leven bij zijn moeder op de crèche te zitten. Alle moeders waren meteen de eerste dag onder de indruk van Natan. En ook op de tweede en de derde dag. Ze kwamen 's ochtends binnen, iets giecheliger dan normaal, en moesten hem écht even vertellen dat Asjtar gisteren gezegd had, mama, doe je ogen dicht en stel je voor dat je een scheepje bent op de zee...

En daarna kwamen ze bij Sjlomkits langs, gaven haar een hartelijk en vriendschappelijk schouderklopje en zeiden tegen haar, we zaten gisteren toevallig 's avonds bij vrienden en toen hadden we het erover hoe blij we zijn met deze crèche. Dat wil zeggen, we waren altijd al tevreden, maar dit jaar, met die nieuwe begeleider, zijn jullie gewoon een perfect team! En dan glimlachte Sjlomkits bescheiden en zei, het is allemaal aan Diti te danken, waarop Diti deels trots, deels opgelaten en deels hoopvol haar schouders ophaalde.

Natan en Diti werden, ondanks haar goede hoop, geen paar. Maar aan de andere kant werden ze ook geen onpaar. Hoewel dat op het eerste gezicht misschien niet herkenbaar was, behoorde Natan bij het soort mannen dat het smalle schemergebied tussen belofte en afwijzing met zekerheid weet te betreden. Het schemergebied waarin je, als je dat in de vingers hebt, van beide werelden kunt genieten, in ieder geval totdat je weer alleen achterblijft. Als ontwikkelde complexe man die naar binnen toe ademde en naar buiten toe visualiseerde, was Natan tamelijk slecht thuis in alles wat met relaties met vrouwen te maken had. Hij werd steevast verrast wanneer een vrouw het schemergebied binnenstormde met deze of gene eis, wat meestal resulteerde in een definitief afscheid van alle ademhalingen, visualisaties en beloftes. Wat betreft de beloftes is het van belang erop te wijzen dat hij nooit iemand iets beloofde, en dat hij het altijd voor elkaar kreeg om de verraste, verongelijkte partij te zijn, een klein beetje het slachtoffer, degene die vroeg, heb ik je wat beloofd? Heb ik je ooit iets beloofd waardoor je me nu zo aanvalt?

Altijd. Maar met Sjlomkits niet. Want Sjlomkits was anders. In het begin wilde ze niet. Of zo gedroeg ze zich tenminste. Ze was altijd vriendelijk, respectvol en rechtdoorzee met hem, maar hield consequent een zekere afstand die zei, ik ben hier de baas en jij werkt alleen maar voor mij. Al zijn pogingen om opnieuw toenadering tot haar te zoeken zoals in dat ene telefoongesprek, al zijn pogingen om meer voorstellen te doen voor ontwikkelingen met betrekking tot de kinderen en de activiteiten in de crèche, liepen stuk op diezelfde hoge, ondoordringbare muur van vriendelijkheid, uitgesprokenheid en respect, een muur zonder enige barst waar hij spatjes betovering door naar binnen kon laten druppelen. Natan voelde hoe zijn behoefte om de druppeltjes betovering naar binnen te laten lopen uitgroeide tot een groot verlangen dat iedere ochtend in hem ontwaakte wanneer hij haar rechte, evenwichtige gestalte de crèche binnen zag komen met een stralende, respectvolle en vriendelijke glimlach, terwijl ze zei, goedemorgen, jongelui! Ze noemde hen jongelui, Diti en hem. Diti genoot intens van dat koosnaampje. De gedachte dat zij en Natan twee geliefde kinderen waren die door Sjlomkits begroet werden, overgoot haar met het vertrouwen dat het goed zou komen, dat het nog wel goed zou komen, dat Sjlomkits' kalmte hen nog tot een twee-eenheid zou maken. Natan meesmuilde. Hij hoorde de kleinerende bijklank van dit koosnaampje maar al te goed, een kleinering die bedoeld was om hem te laten weten, ik sta hier en daar sta jij, laat het maar uit je hoofd om toenadering te zoeken.

Maar soms, heel soms, vooral als het hem lukte om met de kinderen te ravotten zonder erbij na te denken wat ze van hem vonden, ving hij Sjlomkits' blik die op hem rustte en sprong er een minuscuul vonkje over van haar ogen naar haar glimlach, een vonkje dat onmiddellijk uitdoofde. Maar Natan voelde en wist het.

En toen had Natan een idee. Om op sjabbat een familie-uitje te organiseren. Een tochtje is een verbindende ervaring, legde hij

Sjlomkits uit, die onmogelijk binnen de crèche valt te bewerkstelligen. Het bleek dat hij bij gelegenheid ook reisleider was, en de keus viel op de Carmel-regio (ik ben bekend met de Carmel, legde Natan aan Diti uit, daar heeft mijn ex me ten huwelijk gevraagd), en er werd een datum geprikt: de eerste sjabbat in november. Diti maakte een grote poster die ze op de deur van de crèche ophing, met een keurig nette, gedetailleerde lijst etenswaren ernaast. De moeders stonden met hun rinkelende armbanden bij de deur en zeiden, wat een geweldig idee, gewoon fantastisch, wie heeft dit bedacht?

Maar toen Joram de dag voor de tocht meedeelde dat hij niet mee kon, begon alles verkeerd te lopen. Het was niet dat hij niet wou, maar hij kon gewoon niet. Die avond stond er een grote demonstratie in Tel Aviv op stapel, een demonstratie om steun te betuigen aan Jorams regering en haar beleid, en Joram als assistent van de minister zonder portefeuille voor Arabische Zaken werd geacht de speech te schrijven voor de minister zonder portefeuille, die later herinnerd zal worden als de laatste speech vóór de toespraak van de premier. (Wat willen wij? Wat willen we nou eigenlijk? Dat de zon opgaat? Dat de ochtend gloort? Dat onze kinderen opgroeien op een plek waar hoop leeft?) De speech was al geschreven, maar de minister zonder portefeuille had nog suggesties, verbeteringen en veranderingen, en Joram en hij hadden afgesproken dat ze daar de volgende ochtend aan zouden gaan zitten – ondanks dat het sjabbat was en ondanks dat de minister zonder portefeuille een familievader bij uitstek was met een grote eerbied voor de waarden van het gezin en de verplichtingen die daaruit voortvloeiden.

Sjlomkits kon het niet bevatten. Joram zei dat ze het niet echt probeerde en weer stapten ze in diezelfde valkuil, waar je, als je er eenmaal ingestapt was, keer op keer vanzelf weer in terechtkwam. De valkuil van de cirkelruzie: je begrijpt het niet – nee, jij begrijpt het niet – ik begrijp het uitstekend – ik ook – nee, jij snapt er niks van – nee, jij snapt het niet...

Cirkelruzies dijen uit. Iedere keer worden ze een beetje breder, klammer, dragen meer woorden, meer pijn en meer spijt in zich mee. Vooral meer spijt. Want een cirkelvormige ruzie is net als een muistroom in zee. Je weet niet dat je erin terecht bent gekomen totdat je ermiddenin zit, en als je eruit komt – als het je lukt om er levend uit te komen – haal je oppervlakkig, hortend en stotend adem en kom je lucht tekort, en raak je vervuld met spijt over de stompzinnige blindheid en willekeur waardoor je er om te beginnen in terecht was gekomen.

En zo overkwam het Sjlomkits dat ze Joram ervan beschuldigde dat hij haar niet waardeerde...

Ik heb geen waardering voor jou? Ik? Wie heeft je geholpen om een beurs te krijgen? Wie heeft je de hele tijd gezegd dat jij je doctoraal moest halen? En ik heb geen waardering voor je? Hoe kun je nou zoiets beweren?

Sjlomkits nam een grote hap lucht. Waarom ben je tegen mijn crèche?

Ook Joram nam een grote hap lucht. Ik ben niet tegen jouw crèche, waarom zeg je dat? Ik ben heel erg blij dat je uiteindelijk de crèche hebt geopend en dat het je goed afgaat en dat... Ik vind het iets geweldigs.

Ga dan met ons mee op het familietochtje morgen.

Ik kan niet, snap je dat niet?

Nee, dat snap ik niet.

Hij ging niet mee. Het tochtje was fantastisch. Het was een zachte, warme herfstige sjabbat. De geur van de pijnbomen en de wind die vanaf zee kwam, streelde en verwarmde hen terwijl ze aan het slot van de tocht gingen zitten met alle taarten die de moeders hadden meegebracht (de algemeen directeur van het kledingbedrijf had bananenbrood gebakken, de moeder met het droeve gezicht had amandelkoekjes gemaakt. Diti had haar moeders beroemde brioche meegenomen en Sjlomkits had de chocoladetaart gemaakt die Daniël het liefst had). Ze zaten tot zes uur 's avonds te zingen, *Hé Vanja, o Vanja, waarom ben je weg, Vanja*, en ook *'t Begon met die ouders van mij, jong en lui waren zij*. Zo'n soort medley die zowel de kinderen als de ouders aansprak en waardoor iedereen aan de grond gekluisterd bleef, met de geur van de pijnbomen en de wind die van zee kwam. Sjlomkits zat naast Natan, haar vlecht bungelde op haar rug, haar ogen veranderden naar de kleur van glad, trillend fluweel, en ze knepen samen als ze met haar slanke handen glimlachend Daniëls hoofd streelde. Haar lichaam bewoog op de klanken van het lied, raakte bijna-wel-niet dat van Natan, die naast haar zat met de fluit, de gitaar en de trommel. Diti zat mismoedig, teleurgesteld en bedrogen tegenover hen. Wat ze zag, wat zij wist dat ze wist dat ze zag, beseften Sjlomkits en Natan zelf nog niet. Maar zij wel, ze voelde de harmonie in hun zang, ze zag hun lichamen elkaar naderen, afstand nemen, ze kon de elektriciteit aanraken die van de gitaar naar Daniëls krullen stroomde, ze zag de glimlach nog voordat die de lippen deed plooien, het lied nog voordat het begon, en ze wist het. Toen ze naar de parkeerplaats liepen, lukte het haar maar nauwelijks zich ernaartoe te slepen. Ditoesj, is alles in orde? Sjlomkits was op haar afgekomen en legde een koele hand op haar schouder, waardoor Diti opschrok, ik ben gewoon moe, zei ze, terwijl ze haar hoofd wegdraaide. Het was niet uit boosheid dat ze haar hoofd wegdraaide. Zelfs niet uit jaloezie. Het was de geur van opwinding die Natan in zijn omgeving verspreidde, de geur van de belofte van betovering die nu van Sjlomkits af kwam op een manier die Diti onverdraaglijk vond. Ze begreep niet dat niemand er acht op sloeg. Dat Sjlomkits zich niet schaamde. Dat de lucht ingeademd bleef worden.

Toen ze bij de crèche arriveerden, was het al avond. Daniël was in slaap gevallen, Natan hielp Sjlomkits hem in haar auto te leggen. Sjlomkits stapte de auto in en gespte Daniël in zijn stoeltje achter haar. Ze rook de zoete geur van zijn zweet, van de pijnbomen, van de zeewind en hoorde Natan buiten vragen, Ditoesj, heb je een lift nodig? En Diti, die stilletjes antwoordde, nee, dank je, ik heb mijn ouders al gebeld, mijn vader komt me halen, terwijl Sjlomkits deed alsof ze nog steeds in de weer was met de gordel van Daniëls stoeltje die allang vastzat. En pas toen de hele parkeerplaats leeg was, ontdaan was van alle auto's van alle ouders en ook van Diti's vader, die luid had geroepen, hoe gaat het, Sjlomit? Hoe komt het dat je niet bij die grote demonstratie bent met de rest van de edele geesten?... toen de hele parkeerplaats leeggelopen was, stapte Sjlomkits uit in de koude, zwarte nacht, schonk ze Natan een glimlachje en zei, dank je, Natan. Bedankt voor alles, het was... het was gewoon fantastisch. Natan keek naar de uitrit en naar de lege parkeerplaats en weer naar de uitrit en zei zachtjes, Sjlomkits.

Sjlomkits keek naar Daniël, die diep in slaap was, en naar de lege parkeerplaats en naar de gesloten crèche en naar de uitrit en zei, wat?

Ik weet dat dit van de gekken is, ik wéét dat dit van de gekken is, ik heb vast en zeker spijt op het moment dat ik het je heb gezegd, maar ik ga het je toch zeggen, ik ga het je zeggen en het kan me niks schelen, want ik weet dat jij het weet, ik weet dat jij weet dat ik verliefd op je ben...

Sjlomkits zei niets. Natan kon aan haar zien dat ze haar woorden probeerde te kiezen. Het spijt me. Ik weet dat ik je dit niet had moeten vertellen...

Sjlomkits onderbrak hem. Dat klopt. Dat had je inderdaad niet moeten doen.

Ben je boos op me?

Sjlomkits schonk hem een glimlachje, de intens stralende glimlach die alleen van een vrouw kan komen die op dat moment vervuld is van verlangen. Nee. Ik ben niet boos op je. Hoe kom je erbij? Kom, laten we het gewoon vergeten. Laten we het vergeten en daarmee is de zaak af.

Ze stapte in haar auto en startte, zonder vooruit te kijken naar Natan, die op zijn motor geleund stond en haar nauwlettend gadesloeg, geconcentreerd, net als Daniël wanneer hij door het vergrootglas dat Chamoetal voor hem gekocht had naar de mieren zat te kijken.

Ze waren zich er niet van bewust. Ze wisten niet dat die avond alles op zijn kop gezet zou worden, alles zou veranderen, ineen zou storten. Ze konden niet weten dat om halfelf, toen Sjlomkits al thuis was gekomen en Daniël had gewekt, in bad had gedaan en weer naar bed had gebracht, dat toen zij inmiddels al gedoucht had, toen ze met een kop thee op de witte bank zat, de telefoon zou gaan. Sjlomkits nam op en wist dat hij het was, nog voordat hij zijn stem liet horen wist ze dat hij het was, en hij zei, heb je het gehoord? Sjlomkits was even van haar stuk gebracht, heb ik wat gehoord? De eerste gedachte die door haar achterhoofd schoot, was Diti, maar Natan zei rustig, premier Rabin is neergeschoten bij die demonstratie. Sjlomkits sprong op van verbazing, wát? terwijl ze thee over haar handen knoeide. Ik moet Joram bellen, en dat is wat ze deed. Onmiddellijk. Maar Joram nam niet op. Ze liet vijf berichten achter op zijn bieper, en pas na de vijfde belde hij haar, vanaf het plaatsje naast de SEH van het Ichilov-ziekenhuis. Ik kan nu niet praten, zei hij, en Sjlomkits kon het tumult om hem heen horen, ik kan nu niet praten, het is hier een gekkenhuis. Met trillende handen belde ze Natan weer op, ja, het is waar, ik heb net met Joram gesproken, het is waar. Natan zweeg een moment en Sjlomkits was op die dag nog niet alert op de stiltes tussen hen. Op die dag was de stilte gewoon een stilte, een moment zonder gepraat tussen twee mensen die een slecht bericht hadden gekregen. Na een kleine stilte zei hij, ben je alleen? Gaat het? Wil je dat ik kom? En toen Joram om drie uur 's nachts bekaf, uitgewrongen en verdrietig thuiskwam, was de woonkamer inmiddels ontdaan van alle koffiekopjes, was de televisie uit, stond de asbak geleegd en afgewassen op de aanrecht en was er geen spoor meer te bekennen van de omhelzing die Natan en Sjlomkits hadden gedeeld bij de deur terwijl achter hen op de televisie de omroeper met een ernstig gezicht op de klok keek. Er was geen spoor meer te bekennen van de kus die erop was gevolgd en het was niet te zien dat precies daar, in de schone, opgeruimde woonkamer, ontdaan van alle restanten van zoenen en van vuil, een kuil gegraven was, een grote kuil die steeds groter zou worden, zou verdiepen en uitdijen totdat het een heuse krater was geworden. Een grote, uitgedroogde krater van hunkering.

Iedereen had de volgende dag rooddoorlopen ogen. Iedereen gedroeg zich een beetje vreemd. Mensen liepen huilend op straat. Tenminste, in de straat van Sjlomkits en Joram. Alleen Sjlomkits zweefde op een pluk watten, was zich er door de zoete nevelen die haar omhulden van bewust dat er iets verschrikkelijks gebeurd was, dat mensen huilend over straat liepen, dat niets meer zou worden zoals het eens was geweest. En daarmee doelde ze niet op Joram, en zijn oren die ineens erg opvallend waren, of zijn stem die opeens een beetje nasaal klonk, of zijn woorden die zo versleten... en zo overbodig klonken. Hij vertelde alles. Hoe hij naast de minister van Volksgezondheid had gestaan toen ze achter zich ineens iets hadden gehoord dat op een schot leek. Joram had meteen geweten dat het een schot was. De minister van Volksgezondheid en ook zijn staatssecretaris hadden tegen hem gezegd, hoe kwam hij erbij, zo klonken schoten niet. Daarna hadden ze Tsachi, de beveiliger van de premier, gezien die als een gek in de richting van de auto rende, en toen hadden ze wel door dat er iets aan de hand was. Er was zeker iets aan de hand. Daarna, in het ziekenhuis, waren ze Chamoetal tegengekomen die hartverscheurend had gesnikt op de vlezige schouder van de minister van Volksgezondheid, en had gezegd dat ze met de vrouw van de premier ging praten, hoewel zij en de vrouw van de premier geen woord meer met elkaar gewisseld hadden sinds ze ruzie hadden gemaakt in de zomer van '76, toen Chamoetal in een interview in *Ha-arets* kritiek had geuit op de burgerlijke levensstijl van de premier en zijn vrouw.

Sjlomkits maakte roerei klaar voor Daniël terwijl Joram verder vertelde over de nacht ervoor, met de verplichte zijsprongen naar de geschiedenis. Afwezig ging haar hand omhoog en streelde haar gezicht. Jorams ietwat nasale stem veranderde in een onduidelijke brij en Sjlomkits stond op en zei, ik moet naar de crèche.

Naar de crèche? Joram wilde niet denigrerend klinken. De ruzie van eergisteren stond hem nog bij. Hoezo opeens naar de crèche? Niemand die vandaag zal komen.

Ik weet wel dat er vandaag niemand komt, legde Sjlomkits hem gespannen uit, maar ik heb een hoop dingen die ik moet afhandelen en zo'n vrije dag als vandaag komt me uitstekend uit...

Ze stond al in de deuropening toen Joram Daniël opmerkte die op de grond zat te spelen met de zevenhonderd stukken lego die Chamoetal voor hem had gekocht voor Rosj Hasjana. En Daniël dan? vroeg hij.

Wat is er met hem?

Neem je hem niet mee?

Nee. Ik zei toch dat ik een hoop dingen te doen had, hoe moet ik dat voor elkaar krijgen met Daniël erbij?

Sjlomkits stapte de snikkende straat op en ging lopend naar de crèche, zwevend boven op grote plukken watten, als iemand die een hoop af te handelen heeft. Een drukke dame met een ernstig gezicht zoals dat op een zwarte dag als deze betaamt. Niets in haar snelle, doelbewuste tred verried het feestelijke gevoel dat haar binnenste oplichtte, dat schitterde, flikkerde en overliep van vrolijkheid.

De dag erna. Ook op andere plekken liepen mensen met rode ogen rond, zij het niet precies om dezelfde redenen. Bij het Huis van Naäma en Oeri bijvoorbeeld. Ook daar had men niet geslapen, en niet vanwege de spontane vreugdekreten die een paar kinderen van het Huis hadden geslaakt toen Moria van Elazar had opgebeld om te vertellen wat er was gebeurd. En ook niet vanwege het felle, boze geschreeuw van zoiets-wil-ik-niet-horen, niet bij ons, wij verheugen ons om niemands dood, zelfs niet als we een grief tegen die persoon hebben, dat Oeri diezelfde kinderen die blij waren toebulderde. Het slaapgebrek in het Huis kwam ook niet voort uit de spanning waaraan Naäma al wekenlang ten prooi was, want op diezelfde zondag, exact diezelfde zondag, was het de bedoeling dat ze zou beginnen met filmen voor haar documentaire over Oeri en de kinderen van het Huis, een film waarvoor ze een productiebeurs had gekregen uit een fonds speciaal voor filmproducties over dit en andere maatschappelijke segmenten.

Om halfvijf 's ochtends werden Naäma, Oeri en de kinderen van het Huis gewekt door dreigend geklop op de deur. Oeri rende naar beneden om open te doen, waarna vijf mannen in burgerkleding maar met militaire gezichten met veel misbaar, waarschuwingen en stampende zware schoenen het huis binnenstormden. Naäma en de kinderen stonden er geschrokken bij, nee, ze kenden niemand die had gezegd dat hij de premier zou gaan vermoorden, *isn't that amazing*, grinnikte Oeri in een imitatie van de imitatie-Dame Edna van dat grappige televisieprogramma, waardoor de kinderen van het Huis moesten glimlachen. En Naäma ook.

Maar Oeri werd weer ernstig, ondanks dat jullie denken dat alle kolonisten hetzelfde zijn, en de langste van de burger-militairen die binnen waren gekomen zei, oppassen, rooie, we zijn niet gediend van grapjes vandaag. De hele kwestie laaide hoog op en eindigde ermee dat Oeri in de civiele patrouillewagen werd geschoven, met zijn handen in de boeien.

Naäma wist zich geen raad. De kinderen waren zich lam geschrokken. Een deel van hen had hun echte vader al eens in zo'n patrouillewagen gezien en dit hele gedoe was niet voordelig voor hun geestelijke herstel. Maar 's ochtends ging ze bij de telefoon zitten en belde Eli op, die bijzonder aardig, vriendschappelijk en de juiste persoon was om te helpen en haar vertelde dat hij en Zjenia de volgende week gingen trouwen. Wat geweldig, zei Naäma en meende het ook, en Eli verwees haar met liefde naar zijn vader, voor wie zo'n mediagenieke, actuele zaak het beste was dat zijn firma zich wensen kon in deze periode.

*

Na die ene dag was alles daadwerkelijk veranderd. Mensen zeiden, niets wordt meer het oude, en ze hadden gelijk. Toen de rouwperiode voorbij was en men zijn routine weer oppakte, verscheen Diti niet op het werk. Eliza belde op en meldde dat haar dochter ziek was. Ze kwam haar bed niet uit. Ze at niet. Volgens de arts kon het een psychosomatische reactie zijn op het trauma van de avond na sjabbat, maar Diti zei dat ze zich 's middags al niet lekker had gevoeld. Om het zekere voor het onzekere te nemen, had hij haar antibiotica en vijf dagen rust voorgeschreven, en nu sliep ze dan. Ze had aan Eliza gevraagd of die met Sjlomkits wilde praten, en Eliza zou in Diti's plaats zijn gekomen om Sjlomkits te helpen op de crèche, ware het niet dat ze naar Chamoetal moest, want vanavond zouden de minister van Volksgezondheid en zijn vrouw bij haar komen eten om de toekomst die niet zou zijn te bewenen en om zich aan het verleden vast te klampen, en Eliza moest koken.

Alles was echt veranderd. Sjlomkits lag op haar zij, in Natans verwaarloosde appartementje en sloot haar ogen. Natan streelde haar rug, vanaf haar nek tot aan haar billen, treuzelde bij elke keer dat ze trilde, en nam haar in zich op, terwijl een stralende, zachte grijsheid zich vanuit zijn ogen door de kamer verspreidde. Hij raakte haar vlecht aan en brak met één snelle beweging het elastiekje dat hem bijeenhield en daarna kneedde hij het dikke, zwarte haar zoals iemand deeg kneedt, als iemand die ervan houdt om deeg op een heel speciale manier te kneden.

Het staat je geweldig mooi, dat losse haar zo, zei hij ineens en Sjlomkits draaide zich naar hem om. Waarom draag je het altijd vast? vroeg hij terwijl Sjlomkits zich over hem heen boog, zonder echt te luisteren, zonder hem echt aan te raken, en haar losse haren bedekten haar gezicht toen Natan zich naar haar ophief en haar met zichzelf verbond met een grijze, zachte kracht, een tedere, intense kracht die littekens bedekte en hiaten vulde.

Of zo leek het tenminste. In eerste instantie heeft de liefde die bedrieglijke eigenschap op een dikke materie te lijken die hiaten vult. Die dé hiaten vult. Diezelfde gestolen herfstige middag, toen Daniël bij Sjlomkits' ouders was gelaten – die hun geluk niet op konden door de eer en de verrassing – en Sjlomkits voor de spiegel stond in Natans nogal beschimmelde badkamertje en zichzelf erin bekeek, bedacht ze dat alle hiaten gevuld waren en dat het haar geweldig stond, zo met haar haren los, en dat alles nu anders was.

Natan klopte op de deur. Wil je koffie? Hij had een beetje haast, zo bleek. Ik heb yogales om halfzeven. Sjlomkits zei van niet. Ze moest nodig naar huis.

De volgende ochtend kwamen ze elkaar tegen op de crèche. Goedemorgen, goedemorgen, goedemorgen allemaal, kom dan gaan we met zijn allen, samen naar die fijne crèche, de zon straalt aan de hemel, mijn ogen stralen mee, ik wil een liedje zingen, wie doet er mee? Goedemorgen, goedemorgen, goe-de-mor-gen allemaal.

Sjlomkits deed haar best om niet naar Natan te kijken, niet naar zijn ogen en niet naar zijn handen. Ze probeerde zich op haar taak te concentreren, iets wat ze altijd heel goed kon, maar ze merkte dat die poging jammerlijk faalde. De kinderen arriveerden en Sjlomkits verwelkomde hen met haar ochtendglimlach vol geduld. Natan ontving hen met zijn fameuze kalmte (een moeder zei dat het fantastisch was – sinds hij op de crèche werkte, schreeuwde haar kind niet langer. En hij was niet alleen opgehouden te schreeuwen, hij vertelde ook dat Natan had gezegd dat rustig praten het allerhardst klonk. Zó lief.

Ze waren het altijd eens, een tweeledige overeenstemming die zowel voor Natan als het kind goed uitpakte). Diti kwam ook deze ochtend niet opdagen. Sjlomkits kon het niet opbrengen om haar te bellen en te informeren of ze nog kwam en haalde opgelucht adem toen ze Eliza's vertrouwde stem aan de andere kant van de lijn hoorde. De kinderen kregen ontbijt. Sjlomkits stond met de hoorn in de hand in een hoekje van de crèche naar Natans paardenstaart te kijken, Natan die van hot naar her rende terwijl hij boterhammen uitdeelde. Wie wil pindakaas? bijna iedereen, wie wil chocolade-carobpasta? bijna niemand, wie wil er tahina? niemand. Van ver weg schetterde Eliza's bezorgde stem in de hoorn. Ze is nog steeds ziek, ja. Nee, we weten niet wat het is, Sjlomkits, als we wisten wat het was, zou ik dat wel gezegd hebben. Sjlomkits probeerde de ongeduldige ondertoon in Eliza's stem te negeren, dus het is geen griep? Misschien is het wel die ene ziekte, die heel ongemerkt toeslaat, de kus-ziekte, het lijkt me...

Nee. Dat is het niet. Eliza's gedecideerde antwoord maakte het vervolg van dit gesprek onmogelijk en ook Natans paardenstaart, die nu in Sjlomkits' richting wees, maakte dat deze stroeve dialoog niet voortgezet kon worden. Goed, dus... probeerde ze de zaken samen te vatten, maar Eliza maakte het haar makkelijk. Luister, ik denk niet dat ze binnenkort terugkomt op het werk, zei ze kortaf. Ik denk dat je moet omzien naar iemand anders.

Toen de kinderen naar buiten naar het plein gingen, liep Natan met hen mee. Sjlomkits deed de afwas, veegde de vloer en maakte het deeg voor de chala. Wat een geluk dat ze erop gestaan had dat Diti haar leerde het deeg klaar te maken zoals haar moeder dat aan Diti had geleerd, want vandaag was het vrijdag en aan de ouders uitleggen dat Diti ziek was en naar het zich liet aanzien de komende tijd niet zou werken, dat was één ding, maar om te vertellen dat er geen chalot waren, dat was wel even iets anders. Sjlomkits kneedde het deeg en moest opeens gaan zitten toen ze door een golf angst werd overspoeld, wat had ze gedaan, wat had ze gedaan, wat had ze gedaan?

De dikke, zachte chalot stonden op een dienblad en Sjlomkits legde er een theedoek overheen om ze naar verwachting vanzelf te laten rijzen en daarna maakte ze voor zichzelf een kop koffie en een grote kop thee voor Natan en ging naar buiten. Ze ging naast hem staan en zei zachtjes, Diti heeft ontslag genomen. Dat wil zeggen haar moeder heeft namens haar ontslag genomen.

Wanneer?

Zojuist.

Wat vertel je me nu? Zei ze ook waarom?

Sjlomkits keek naar het perk met tuinkruiden en tomaten van de crèche zonder antwoord te geven en Natan rende weg om Rotem het jongetje en Rotem het meisje uit elkaar te halen die ruzie maakten over wie als eerste in de boomhut mocht. Nadat hij hen tot een redelijk compromis over de verdeling van de hut had gebracht (zij maakte haar kamertje naast de ladder en hij het zijne bij het raam), kwam hij weer naast Sjlomkits staan die inmiddels op het kleine stoeltje was gaan zitten en een diep neerslachtige blik in haar ogen had.

Dus wat zullen we doen? vroeg Natan ineens met zijn tederste stem, waardoor Sjlomkits haar betraande, verbaasde blik naar hem opsloeg, wat zullen we doen. Hij vroeg niet, wat ga je doen, hij vroeg niet, wat denk je te gaan doen, hij zei niet tegen haar, je moet iemand anders zien te vinden om haar te vervangen. Hij vroeg wat zullen we doen. Met vijf kleine woordjes, die in Natans hoofd wellicht niet tot het uiterste doorgedacht waren, had hij hen als eenheid gedefinieerd die zich er als eenheid doorheen sloeg, waarop als eenheid de last van de schuld en verwijtbaarheid drukte. Sjlomkits glimlachte naar hem en stond op, ik hou van je, zei ze rustig en Natan zei, wauw.

Straks breekt voor ons sjabbat weer aan, die fijne sjabbatsdag, moeder maakt veel lekkernijen voor die fijne dag, kom, kom, g'zegende, dag van rust, dag van sjabbat, kom maar binnen, kom maar binnen, koningin sjabbat.

Natan speelde de muziek. De moeders smolten. De vaders zongen mee met een mond vol chala. Weliswaar waren Sjlomkits' chalot harder uitgevallen dan die van Diti, maar niemand klaagde erover. Sjlomkits zei met een brede glimlach, luister even, ik heb een minder leuke mededeling. Onze Diti is erg ziek, het lijkt erop dat ze pfeiffer heeft, en dat is geen gevaarlijke ziekte zoals jullie weten, maar wel erg besmettelijk en heel langdurig. Ze kan de komende tijd niet werken en zondag zullen we beginnen een nieuwe assistente te zoeken. We hebben vandaag met de kinderen tekeningen en kaarten voor haar gemaakt en wie daar zelf ook nog een wens aan toe wil voegen: dat zal haar zeker blij maken.

Daarna had ze grote haast. Vrijdag is een drukke dag en de route van haar crèche naar die van Daniël stond altijd vol met files. Meestal bleven Diti en Natan achter om op te ruimen, maar Natan had gezegd dat het hem niet uitmaakte om het alleen te doen, het maakte hem echt niet uit. Maar eigenlijk was dat een leugen. Er was iets deprimerends aan de devotie op vrijdagmiddagen op de crèche. *Wie is dol op sjabbat, papa en mama, wie is dol op sjabbat, opa en oma, wie is dol op sjabbat, ik en jij en jij, wie is dol op sjabbat, ja, wie niet?*

Hij bleef alleen achter in de lege crèche. Het is niet zo prettig om een gesloten crèche schoon te boenen, vooral niet op vrijdagmiddag wanneer iedereen zich naar huis spoedt als mensen die iets hebben om zich voor naar huis te spoeden. Hij zette de stoelen op de tafels en dweilde de vloer met sop en dacht terug aan het pakket dat Ariadne, de moeder van Tom, die een cateringbedrijf had, voor Sjlomkits had meegebracht. Geloof me, je gasten zullen zich er de vingers bij aflikken, had ze met haar zware accent tegen Sjlomkits gezegd, die vlug had gevraagd, maar het is wel koosjer, toch? Het is toch echt koosjer? Natan, die juist het magazijn binnenkwam om zijn gitaar te pakken voor de verwelkoming van sjabbat, zei, wat is koosjer? Ariadne, de moeder van Tom die een cateringbedrijf had, schonk hem haar puurste glimlach en zei, Sjlomkits krijgt fromme gasten vandaag. Ze zijn niet echt vroom, zei Sjlomkits, en ook geen echte gasten, waarop Natan snel zei, goed, ik begin met de verwelkoming.

Het ergerde hem om eraan terug te denken, Sjlomkits' verwarde, schuldige blik had hem geïrriteerd, alsof ze hem wat verschuldigd was, alsof ze geen gasten mocht hebben, vroom of anderszins. Het irriteerde hem dat ze later tegen hem had gezegd, het spijt me dat je... dat je dat allemaal moest horen over mijn gasten enzo, en hij was blij dat hij haar snel van repliek had gediend, waarom denk je dat het mij wat uitmaakt of je gasten hebt? Sjlomkits' beduusde, schuldige blik was alleen beduusder en schuldiger geworden en dat had hem nog meer geïrriteerd, maar ergens had hij het ook prettig gevonden.

Hij was klaar met het schoonmaken van de crèche, maakte voor zichzelf een kop thee die hij staand opdronk en herinnerde zich hoe Diti altijd nog een half bakblik met chalot maakte 'voor de groten' zoals hij dat noemde, en hoewel hij tegen haar had gezegd dat hij een hekel had aan de geste, had dat haar er niet van weerhouden om die vette chala te maken, in een zakje te stoppen, er NATAN op te schrijven en dat op dit tijdstip, als de crèche al leeg was en alleen zij tweeën er nog waren, aan hem te geven terwijl ze hun thee dronken en over niks bijzonders kletsten. Plotseling had hij honger. Hij deed de koelkast open, haalde het brood eruit en besmeerde het met roomkaas. Ineens miste hij Diti een beetje.

Sjlomkits kwam thuis met een humeur om op te schieten. De files, de hitte en Daniël die op dit uur van de dag enorm lastig kon zijn. Ze had het gevoel dat ze Natan niet goed had uitgelegd dat ze niet zomaar gasten had vandaag, dat wil zeggen, ze had wel gasten vandaag, maar dat was niet zomaar, en dat wilde niet zeggen dat ze zo'n type was dat aldoor maar gasten uitnodigde, hoewel ze zo af en toe wel mensen uitnodigde... Ze voelde dat ze met zichzelf in de knoop lag. Ze stond in de keuken bindsla klaar te maken en uit te rekenen wanneer het oké was om hem te bellen en hem een en ander uit te leggen, of niet, en zichzelf te beloven dat ze vanaf nu... vanaf nu zou ze alleen nog dingen doen die haar goed uitkwamen en alles wat haar niet goed uitkwam, niet te doen, zoals de uitnodiging voor dit diner, dat haar helemaal niet goed uitkwam.

Het hele verhaal was begonnen toen Ohad met Sharon en hun baby een bezoek aan Israël had gebracht en ze voor hem een feestje hadden gegeven en vergeten waren om Oeri uit te nodigen. Gewoon vergeten. Ohad had zijn moeder het lijstje gegeven en zij had iedereen gebeld. Het was niet duidelijk waar de vergissing erin geslopen was, tussen Ohad en zijn moeder of tussen zijn moeder en de telefoon, maar wat zeker is, is dat het nummer van Oeri er niet bij stond en dat Naäma en Oeri niet uitgenodigd waren. Het was Ohad pas opgevallen toen het feest al was afgelopen, toen hij met Sharon de cadeautjes openmaakte en toen had hij het vervelend gevonden, heel, heel vervelend. In feite had hij zich tamelijk schuldig gevoeld en Ohad was niet van het soort mensen dat op natuurlijke wijze met schuldgevoelens omging. Maar Sjlomkits wel. Zij was er al zo aan gewend schuldbewust te zijn over alles wat met Naäma te maken had, sinds die ene vermaledijde dag dat Natan bij de crèche was gekomen. De ontmoeting die slecht was begonnen en verkeerd was verdergegaan, was relatief goed geëindigd. Ze hadden elkaar een kus gegeven. Ze hadden elkaar omhelsd. Ze hadden sorry tegen elkaar gezegd. Sjlomkits had uitgelegd dat er verschrikkelijke toestanden waren op de crèche en dat ze enorm gestresst was. Er was vandaag een nieuwe kleuterleider gekomen, maar ze wist het nog niet. Ze was er niet van overtuigd dat ze de juiste beslissing had genomen. Het speet haar verschrikkelijk. Naäma wist toch dat als het niet zo'n idiote situatie was, dat ze dan nooit zo te laat zou zijn gekomen. Ja, zei Naäma, dat wist ze. En ook voor haar, legde ze uit, was het een rare tijd. Ze had vandaag het huis van haar opa en oma leegge-ruimd en Galja had haar zo op de zenuwen gewerkt dat ze er gek van werd en... nou ja, dan was er nog iets, ze was in verwachting. Sjlomkits reageerde zoals het hoorde. Grote blijdschap. Opwinding. Een knuffel. De belofte van drie gigantische zakken met positiekle-ding (die nog niet terug waren van Balli, maar dat vertelde Sjlom-kits niet). Maar sinds die ontmoeting voelde Sjlomkits iedere keer iets kriebelen als ze aan Naäma dacht. Ze verweet zichzelf dat ze niet meer belde om te vragen hoe het met haar en met de ochtend-misselijkheid was. En toen had Balli op een dag gebeld. Heb je ge-hoord wat er is gebeurd? vroeg ze. Het was in die tijd dat alles te-gelijk gebeurde en het duurde even voor Sjlomkits begreep dat Balli het niet had over de moord op de premier en ook niet over de naakte, gladde rug van Natan. Nee. Ze had die ochtend in de krant gelezen dat Oeri blijkbaar was opgepakt. Oeri? Waarom Oeri? Hoe moet ik dat nou weten? Ze pakken daar op het ogenblik links en rechts men-sen op.

Die dag vergat Sjlomkits het, eerlijk waar, maar de dag daarop herinnerde ze het zich weer en belde Naäma op, die levendig en minder paniekerig klonk dan ze verwacht had. Ze vertelde dat Eli's vader het allemaal afhandelde en dat hij geweldig was, en dat ze gis-teren degene die het onderzoek leidde had gesproken en dat hij min of meer met zoveel woorden had gezegd dat Oeri over een of twee dagen vrijgelaten zou worden.

En inderdaad, een of twee dagen later werd Oeri vrijgelaten en toen, precies toen, sloeg de pech toe met wat er met Ohad en het feestje gebeurde. Precies toen. Ohad ontwikkelde een soort obses-siviteit, het lijkt net alsof we hem buitensluiten omdat hij een ko-lonist is of zo, het lijkt net alsof we hem ook van iets verdenken, man, we lijken wel een stel grote klootzakken, zei hij. En hij koos nou net Sjlomkits uit om daarover te praten. Niet dat hij een andere keus had. Joram zat tot over zijn oren in het werk, en Balli, nou ja, zelfs Ohad met zijn befaamde gebrek aan tact begreep dat hij niet bij Balli moest aankloppen. En dus praatte hij erover met Sjlomkits. Keer op keer op keer, totdat ze, zonder dat ze er erg in had of wist waarom, tegen hem zei, wil je dat ik ze uitnodig? Wil je misschien dat ik ze gewoon uitnodig? Voor het avondeten? Dan zeg ik dat het ter ere van jullie is.

De afspraak werd gemaakt voor donderdag, want Oeri en Naäma kwamen nooit op vrijdag, maar toen kondigden Geoela en Gid'on aan dat ze Oeri en Naäma een cadeau wilden geven, omdat hij was vrijgelaten na zijn arrestatie. Ze wilden hun een weekendje in een hotel in Tel Aviv cadeau doen, bijvoorbeeld in hotel Moria dat vlak aan zee lag, waar zij vorig jaar vertoefd hadden met de vereniging van ouders die een kind verloren hadden, waarvan zij lid waren en die van tijd tot tijd een reisje organiseerde in Israël of in het buitenland. Hotel Moria stond aan het eind van de laan waaraan Joram en Sjlomkits' huis stond. Zonder meer op loopafstand. En zo was het gekomen dat het etentje verschoven was naar vrijdagavond, waarvan iedereen had gevonden dat het veel makkelijker was en veel beter uitkwam en Oeri had gezegd, ik zei het toch, uiteindelijk komt het allemaal goed.

Bleef alleen de kwestie van de kasjroet over, die ervoor zorgde dat Sjlomkits de pastei besteld had bij Adriana, die zowel een moeder van de crèche als een geweldige banketbakker als de vrouw van een bekende reformrabbijn was en derhalve altijd alleen maar koosjer kookte.

Daarom had ze Balli ook niet uitgenodigd. Dat wil zeggen, niet vanwege de pastei, maar omdat Ohad erop had gestaan dat het een intiem etentje zou worden en niet weer een feest waar iedereen bij was, want wat had het anders voor zin en hoe moest hij dan uitleggen dat hij ze niet had uitgenodigd voor het echte feest. Sjlomkits ging ermee akkoord. In werkelijkheid had ze er niet zo erg over nagedacht, sinds drieënhalve week dacht ze eigenlijk nergens meer zo erg over na. Ze ging op een keukenstoel zitten en droogde haar natte handen af. Ergens ver weg, misschien uit de badkamer aan de andere kant van de muur, hoorde ze de stemmen van Joram en Daniël en ze wist dat ze zometeen in de keuken zouden verschijnen; Daniël nat, zonder kleren, met die heldere blik van hem en Joram nat, in de kleren en met een vermoeide blik. Maar nog heel even, nog heel even, ze bewoog haar hand heen en weer onder haar rok. Nog even, nog heel even, heel even en genoeg...

Het etentje verliep goed. Niemand bracht de premier ter sprake, de oude noch de nieuwe, en ook niet de omstandigheden waardoor er een wisseling had plaatsgevonden. Niemand noemde het feestje dat er geweest was en zelfs Sharon, die er uitgesproken ideeën over het Midden-Oosten op na hield, was voorzichtig en hield het algemeen. Daarna vertelde Naäma over haar film. Ook hier probeerde iedereen (met succes) onnodige obstakels te omzeilen. Naäma vertelde dat de film een a-politieke maatschappelijke boodschap moest worden, maar omdat ze precies de dag na de moord, toen Oeri opgepakt was, begonnen was met draaien...

Ik besterf het! Sjlomkits! Ik ben helemaal dol op die koekjes van jou! Absoluut dol! bulderde Ohad met een mond vol roomboterkoekjes. Sjlomkits glimlachte, dat zijn niet mijn koekjes, debiel, die heeft Naäma gemaakt. Naäma, natuurlijk, zei Joram, weet je dat niet meer? Toen we de eerste keer op de kibboets kwamen, hebben we die koekjes die haar moeder had gemaakt allemaal verorberd, en Naäma zei, de eerste keer dat jullie naar de kibboets kwamen, waren alleen Oeri en Balli bij ons thuis. Sjlomkits zei glimlachend, zeg eens, is er iets dat niet in dat geheugen van jou is opgeslagen en gearchiveerd?

Die momenten, na het avondeten, waren heldere momenten. Sjlomkits voelde hoe alle zwaarmoedigheid en verlangens waarmee ze de laatste paar weken tot barstens toe vol had gezeten, uit haar wegvloeiden en hoe ze weer luchtig en zuiver werd, zich weer natuurlijk door het huis bewoog dat van haar was, met deze mensen die ze bijna haar hele leven al kende. Een opgewekte ontspannenheid overviel haar. Naäma en zij stonden in de keuken de afwas in de machine te pakken. Sjlomkits vroeg hoe het met de ochtendmisselijkheid was en Naäma zei dat het goed ging. Daarna keek ze Sjlomkits met een geconcentreerde blik aan en zei ineens, je ziet er goed uit, weet je dat? Heb je iets gedaan? Nee, zei Sjlomkits, niks. In de woonkamer ging Sharon door met het instrueren van de mannen over de excursie door de oude stad die de dominee die samen met haar aan de universiteit had gestudeerd, voor hen in elkaar had gezet, Oeri merkte op, het is een dominee, wat begrijpt hij nou van onze stad, en Ohad zei, wat is het verband? Wat is het verband? zei Oeri, wat is het verband? Dat is zoiets als wanneer een vent die jij helemaal niet kent, jou vertelt dat hij je vrouw begrijpt. Wat? vroeg Sharon. Jeruzalem is de vrouw van het volk Israël, zei Oeri, en Joram zei, zullen we op een ander onderwerp overgaan? Naäma haalde diep adem en wilde vragen hoe het met Balli was, en hoe haar kindje was en of ze het allemaal voor elkaar kreeg, maar Sjlomkits gooide de resten van de sla al in de vuilnisbak en haastte zich terug naar de woonkamer. Naäma hoorde haar vragen, willen jullie aardbeien, jongens? *Strawberries, Sharon!*

Nadat iedereen was vertrokken, gingen Sjlomkits en Joram naar bed. Het was gezellig, niet? vroeg ze en hij antwoordde, ja, het was gezellig. Ik ben blij dat het ons lukt om contact met ze te houden, zei Joram, hoewel dat werkelijk niet makkelijk is. Nee, dat klopt, antwoordde Sjlomkits, dat is echt niet makkelijk, die Sharon, die nooit haar mond houdt...

Ik bedoelde Oeri en Naäma.

Ik ben dol op Naäma, ze is mijn vriendin. Nogal wiedes dat ik contact met haar houd.

Het was Joram al opgevallen dat de meest onschuldige opmerkingen bij Sjlomkits de laatste tijd een antwoord ontlokten dat te luid was. Met een decibelniveau dat voelbaar ingehouden was.

Ik weet dat je dol op haar bent. Ik ben ook aan Oeri gehecht.

Stilte.

Ik hou van je.

Ik ook.

Sjlomkits deed het licht aan haar kant van het bed uit en keerde zich naar de duisternis. Joram aarzelde een paar seconden, hij was in de war gebracht en wist niet waarom. Gloedvolle liefdesverklaringen en liefdevolle woorden waren nooit deel geweest van het repertoire tussen hem en Sjlomkits, maar iets in haar korte 'Ik ook', in haar hand die vlug het licht uitdeed, in haar rug die naar hem toe gedraaid werd nog voor de duisternis de hele kamer had kunnen vullen, iets in dat alles maakte dat hij even aarzelde, als iemand die een klap heeft gekregen en het eerste moment niet zeker weet of dat echt een klap was of een streling of dat er per ongeluk iets was gebeurd. Joram besloot dat er iets per ongeluk was gebeurd. Ik wil nog even wat lezen, goed? vroeg hij aan Sjlomkits' rug en knipte het lampje aan zijn kant van het bed aan. Sjlomkits gaf geen antwoord en Joram vatte dit op als een 'ja'.

Veertig minuten later, toen Sjlomkits zijn regelmatige ademhaling hoorde, deed ze haar ogen open en keerde zich naar hem toe. Als hij slaapt lijkt hij op Daniël, dacht Sjlomkits, met die ietwat verwende pruillip en die kin die meetrilt met zijn ademhaling. Ze voelde een diep, groot verdriet in zich opwellen. Ze stond op, pakte voorzichtig de krant van Jorams buik en zijn bril van zijn neus terwijl ze besloot dat ze zondagochtend, bij de eerste mogelijkheid tegen Natan zou zeggen dat het voorbij was. Gewoon voorbij. Ze wist niet wat haar overkomen was, maar wat er gebeurd was, had niet hoeven gebeuren. Ze waren volwassen mensen, ze konden blijven samenwerken. Ze deed haar ogen dicht maar kon de slaap niet vatten. Ze stond weer op. Misschien was het beter om het hem nu te vertellen. Ze pakte de telefoon. Liep het balkon op. Kwam weer terug. Ging op Daniëls stoel zitten aan het eind van de keuken, belde en luisterde. Hallo, dit is het nummer van Natan, je kunt een bericht achterlaten.

Ze ging weer naar bed zonder in slaap te vallen. Jorams ademhaling ging regelmatig. Ze stond op om te kijken of Daniël onder de dekens lag. Dat lag hij. Ze ging weer naar bed. Ze stond op om te kijken of Daniël nog ademhaalde. Dat deed hij. Ze ging weer naar bed. Ze stond op om een glas water te drinken. Benieuwd of hij sliep toen ze belde of niet thuis was. Benieuwd waar hij was. Nee. Helemaal niet benieuwd. Wat was daar interessant aan? Zijn leven interesseerde haar niet, ze had haar eigen leven, dat was interessant genoeg. Ze herinnerde zich ineens dat ze Naäma niets over haar zwangerschap had gevraagd. Oef. Wat had ze toch de laatste tijd, ze snapte niet wat haar de laatste tijd bezielde. Ze ging weer naar bed. Tegen de tijd dat ze in slaap viel was het bijna ochtend.

Op ongeveer dat tijdstip vertrok Natan naar het dak van Gali of Galja of Dalja, hij wist het niet meer precies. Er was heel veel herrie geweest op het feestje toen zij hem benaderd had en hem gevraagd had of hij bij haar wilde komen. Ze zei dat de poeders die in de stad rondzweefden nu de lucht in vlogen. Dali of Galja of Dalja, het is niet dat hij het echt niet meer wist, natuurlijk wist hij het wel, op een normale dag en een normaal tijdstip zou hij precies weten hoe ze heette, ze hadden een tijdje wat gehad samen, een paar maanden geleden, en sindsdien liepen ze elkaar in allerlei omstandigheden en op feestjes en bij gelegenheden tegen het lijf. De hele nacht bij haar op het dak, zijn hoofd tolde er al van, maar zelfs met een tollend hoofd vol poeder wist hij dat hij niet nog een keer met haar in bed zou belanden. Goeienacht schat, zei hij tegen haar, waarop zij hem vlug op zijn mond zoende, maar hij zei opnieuw, haastig, goeienacht, dat wil zeggen, goeiemorgen en Gali of Dalja of hoe-ze-ook-maar-mocht-heten ging giechelend op de grond zitten. Ook haar hoofd tolde. Natan ging weg en was trots op zichzelf vanwege zijn zelfbeheersing, maar toen hij thuiskwam, draaide de spiegel bij de deur snel rond en weerkaatste keer op keer een vermoeide, slanke man in een oude jas en achter hem draaide het enigszins lege, enigszins rommelige, enigszins smerige huis en hij dacht ineens terug aan Sjlomkits' blik waarmee ze dit huis inspecteerde, hij dacht terug aan Sjlomkits die op het bed zat te lachen terwijl hij op een been rondsprong om zijn sokken uit te doen, en hij vroeg zich af of het mogelijk was om nu terug te gaan naar het huis van Dali of Galja of Dalja of hoe-ze-ook-maar-heette. Hij ging op zijn rug liggen en besloot om hier en nu een einde aan het verhaal te maken. Hij had genoeg sores aan zijn kop, zoals dat heet, problemen moet je niet opzoeken, die vinden jou wel, zoals dat heet, beter een grote knecht dan een kleine baas, of andersom, zoals dat heet. Die poeders die in de stad rondzweven kunnen je naar de hemel laten vliegen maar je ook in gemeenplaatsen laten denken.

Zo gaat dat met de liefde. Die begint met een klap. Doet beloftes, zonder woorden, als de oermoeder van de vervulling legt ze alle hiaten het zwijgen op. En dan ineens, poef, draait de kamer om, wordt de telefoon niet beantwoord en in plaats van opgevuld te zijn, steken de hiaten hun kop omhoog en kraaien victorie.

*

Elf maanden later wordt Naäma's film vertoond in de Cinematheek in Jeruzalem. De maanden die aan de vertoning voorafgingen had Naäma, met Itamar in een draagzak op haar buik gebonden die met elke ademhaling op en neer ging, in het kamertje gezeten dat Oeri beneden voor haar had gemaakt. Voor haar, op het scherm van de computer, zag ze Oeri en het was vreemd en bizar en aangenaam tegelijk om te weten dat die lichte, lange, overweldigende man in de film haar man was. Van tijd tot tijd mopperde Itamar en dan haalde ze hem uit de draagzak en bekeek ze hem met evenveel verwondering en adoratie als waarmee ze naar de man op het scherm keek.

De film begon de nacht erna, dat wil zeggen de vroege ochtend erna. Op het moment erna. Toen Naäma en de kinderen zonder Oeri in het Huis achterbleven. Naäma had de camera aangezet en de kinderen hadden gepraat. De film eindigde met een zeer emotioneel moment, toen Oeri op een zekere nacht terugkwam met een gewond, halfdood paard dat hij op de weg aangetroffen had vlak bij de afslag naar het dorp beneden. Naäma vond het een fantastisch voorbeeld van Oeri's vermogen om te redden wat op het eerste gezicht verloren leek. Sinds die historische ochtend had Naäma een ongekende, heldere, duidelijk omlijnde motivatie gevonden om haar film te maken. Want Naäma's wens om een film te maken had net zo geschommeld en geweifeld als haar zelfbeeld, maar die ochtend, toen ze alleen met de kinderen was achtergebleven, had ze gevoeld dat ze net als zij hevig geschrokken was, maar tegelijkertijd sterker en volwassener; op dat moment, toen Oeri er niet was, had ze zich gerealiseerd dat zij in het huis nu de rol vervulde van degene die het allemaal wist en dat ze geen enkele zwakte of angst mocht tonen. Dat besef en de grote, trotse verantwoordelijkheid die ermee gepaard ging, zorgden ervoor dat ze begon in te zien dat deze film, haar film, een reden, een doel en een bedoeling had. Misschien is dat de reden waarom de film, toen die voltooid en vertoond was, bijzonder dodelijke recensies kreeg en overbodig geacht werd.

Eén recensente, die bekendstond om haar radicale opvattingen, schreef dat de film vooral leek op de infomercials van weleer of de bruiloftsfilms van tegenwoordig. En daarmee legde ze, onbedoeld, de vinger op een van de gevoeligste plekjes van Naäma, die altijd gevreesd had dat haar verrassende succes op het gebied van bruiloftsfilms het toppunt van haar kunnen was. Een andere recensent, die zeer goed thuis was in alles wat met documentaires te maken had, was nog stelliger. 'Het is verbazingwekkend, zelfs verbijsterend dat een respectabele instelling als de Cinematheek erin toegestemd heeft deze slechte, kitscherige film te vertonen,' had deze geleerde, spitsvondige, gecertificeerde recensent geschreven en Naäma had drie dagen lang onophoudelijk gehuild. Oeri begreep niet waar alle gedoe voor nodig was, en wat dan nog als iemand iets had geschreven? En bovendien, wat had je dan verwacht? Weet je dan niet dat ze nooit onbevooroordeeld naar een film over kolonisten kunnen kijken? Naäma, die de film vanaf het eerste begin had gemaakt om een eind te maken aan de verongelijkte toon die nu duidelijk in zijn stem klonk, probeerde te protesteren. Maar het is geen film over kolonisten! Dit is een film over jouw project en over de kinderen in het Huis. Dit is een film met een maatschappelijke boodschap, het is helemaal geen politiek statement, maar Oeri lachte schamper. Wees niet zo naïef en begrijp het nou eens, zei hij, zo bekijken ze ons nou eenmaal, en het maakt niet uit wat we doen. Zelfs als we naar de maan gaan, zullen ze zeggen 'dat ze nederzettingen gaan stichten op de maan'. Itamar begon te huilen en Naäma was naar hem toegegaan, terwijl ze nadacht over het hoofd van de vakgroep, die voor de vertoning was uitgenodigd maar niet was gekomen, en over Sjlomkits die weliswaar was gekomen maar zonder Joram en niet was gebleven voor de receptie na de film, en over Galja, die met Itamar op de arm op de receptie had gestaan en tegen iedereen die bij haar kwam staan had gezegd, het is allemaal onbelangrijk, geloof me, alles is onbelangrijk, behalve dit hier, en dan wees ze op het kale bolletje van Itamar.

Geoela belde op. Hoe gaat het ermee, hoe is het met het kleine manneke, wordt hij al zwaarder?

Naäma gaf beleefd en rustig antwoord en zag door het raam hoe

Oeri de kinderen van het Huis verzamelde en iets tegen hen zei wat ze niet kon verstaan.

Sinds Oeri gewond was geraakt en alle veranderingen die hij doorgemaakt had, bezagen Geoela en Gid'on hem van een afstandje met stille bezorgdheid en een schietgebedje dat het niet erger zou worden. Hun blik werd versluierd door acceptatie en verdriet wanneer ze naar hun enig overgebleven zoon keken; ze hadden met dezelfde ingehouden, verdrietige bezorgdheid gereageerd toen hij aankondigde dat hij in Kirjat Arba ging wonen, toen hij meedeelde dat ze het huis en vooral de keuken koosjer moesten maken als ze wilden dat hij bij hen zou eten en ook toen hij had aangekondigd dat hij met Naäma ging trouwen. Alleen op de zwangerschap, of nauwkeuriger gezegd, op Itamars geboorte hadden ze kunnen reageren met oprechte blijdschap, die ineens vrolijk spartelend boven kwam drijven. Maar net als de eerste regen, die boven begint met de geur van vernieuwing en hoop en beneden aankomt om alleen maar te ontdekken dat hij niets meer is dan een modderig, smerig laagje op de ruiten van auto's, zo veranderde ook deze blijdschap in een glibberig, smerig omhulsel van modder. Midden onder de filmvertoning had Naäma zich omgedraaid en Geoela zien zitten, met gesloten ogen en haar hoofd op Gid'ons schouder, zachtjes snurkend.

Ja, hij is aangekomen. Nee, hij heeft geen krampjes. Ja, hij slaapt heel goed. Nee, Oeri is buiten met de kinderen. Ja, ik zal het doorgeven. Dank je wel, Geoela. Tot ziens. Naäma hing op en voelde zich verdrietiger en eenzamer dan ze zich lang had gevoeld. Aan de andere kant van het raam lachten de kinderen om een grapje dat Oeri blijkbaar verteld had, en toen ging de telefoon weer. Zonder erbij na te denken nam Naäma de hoorn op. De belangrijkste telefoontjes zijn de telefoontjes die je onnadenkend aanneemt.

Naäma?

Ja?

Stilte. Een moment van stilte. Vanaf beide kanten van de telefoonlijn werd gespannen ademgehaald.

Balli hier.

Dat weet ik.

Ik bel je omdat... ik heb jouw film gezien en... en... ik wilde je zeggen dat ik hem geweldig vond.

Echt waar?

Ik vond hem geweldig.

Ik... ben blij dat te horen.

Ik... ben blij het te zeggen.

Nou, dan...

Bye, dan maar.

Bye.

De hoorn werd opgehangen. Aan twee kanten van de Groene Lijn zaten twee vrouwen in een rommelige kamer met babyspeelgoed met gedachten die alle kanten uitgingen, afgebroken werden, hijgende gedachten die proberen het te snelle tempo van de gebeurtenissen af te remmen. Ze wisten beiden dat ze alletwee te snel hun *bye* hadden gezegd omdat ze allebei wisten dat geen van hen de eerste wilde zijn die het zei. Ze wisten beiden dat het te vroeg was geweest. Ze hadden allebei nog zoveel te zeggen, te vragen, te horen. Ze bleven allebei zitten met de brandende hoorn in hun hand, schokkend van herinneringen. Maar aan één kant was er een van hen die als eerste bij haar positieven kwam. Ze pakte de telefoon en belde zonder erbij na te denken.

Hoi.

Hoi.

Wil je met me afspreken?

Aan de andere kant van alle lijnen glimlachte een vrouw breeduit en gelukkig. Oprecht gelukkig.

Ja. Dat wil ik.

Ze spraken af bij Balli thuis op maandagmiddag. Naäma moest toch naar de tandarts. Nee, ze zou zonder Itamar komen. Helaas, dat is waar, maar aan de andere kant waren Itamar en Sjira niet op een leeftijd dat ze echt een band met elkaar zouden hebben, nog niet.

Balli deed de deur open, gekleed in een oranje jurk met een groene legging eronder. Haar haren waren nat en ze was even mooi als Naäma zich haar herinnerde, ondanks de donkere kringen onder haar ogen en het kleine glimlachje waarvan Naäma niet wist aan wie dat haar deed denken, aan Brenda of aan Galja of aan hen beiden. Balli's appartement was exact zoals ze het zich herinnerde en Naäma ging met een plof op de fauteuil zitten die ze een keer met z'n tweeën hadden versjouwd vanaf de plek waar ze hem op de terugweg vanaf het strand hadden zien staan, naast de vuilcontainers van een klein huis. *Old MacDonald had a farm, i-a, i-a, o* begon Naäma's achterwerk te spelen en ze stond vlug op terwijl Balli verontschuldigend glimlachte en zei, sorry, dat is het kussen dat Tomer voor Sjira uit de Verenigde Staten heeft meegenomen, als je erop gaat zitten begint het te spelen.

Sjira kwam de kamer binnen. Een plaatje, met schitterende ogen, in een groene jurk in dezelfde kleur als haar moeders legging, met twee goudkleurige vlinderspeldjes en een roze scepter. Ik ben Sjira, wie ben jij? vroeg ze aan Naäma met haar perfecte kleine stemmetje.

Ik ben Naäma.

Ben je een vriendin van mijn moeder?

Naäma moest glimlachen. Balli moest glimlachen. Sjira wachtte ernstig op een antwoord.

Ja. Ik... Ik ben een vriendin van je moeder. Zei Naäma uiteindelijk.

Mijn moeder is een schatje, merkte Sjira gedecideerd op. Naäma liep over van verbazing, geweldig zoals ze praat, hè? Dat is toch heel erg vroeg, niet? En Balli moest glimlachen, ja. Wil je koffie? Thee? Iets anders...

Alleen water, zei Naäma. Balli bracht water voor haar.

Het begon goed. Balli vroeg naar Itamar. Naäma liet een foto zien.

Wat een snoepje.

Ja. Hij is schattig.

Heel lief. (Korte stilte) Maar hij lijkt helemaal niet op jou.

Helemaal niet. Iedereen zegt dat hij op Oeri lijkt maar eerlijk gezegd zie ik dat niet.

Ja. Hij lijkt wel een beetje op Oeri. Iets in zijn jukbeenderen, denk ik en in zijn ogen.

De stilte die dreigde te vallen werd door Naäma met veel woorden opgevuld, zoals haar dat eigen was. Over Oeri, die heel graag een meisje had gewild, zo graag een meisje had gehad, maar uiteindelijk was het een zoontje geworden, niet dat hij niet van hem hield, hij was helemaal gek op hem, je weet hoe Oeri is en hoe hij er totaal voor gaat, maar hij had zo graag een meisje gehad, maar goed, misschien nu... en ze raakte met een ietwat verwarde glimlach haar buik aan.

Balli was oprecht verrast. Blijkbaar vertelde Sjlomkits echt niks. Wat? Je bent in verwachting?

Ja.

Wauw. Wat... Balli zocht het juiste woord dat voldoende bewondering uit zou drukken zonder kritiek, wat een tempo.

Het was niet helemaal gepland, Naäma had het gevoel dat ze Balli enige eerlijkheid verschuldigd was.

De niet-geplande kinderen zijn het geweldigst, Balli keek in de richting van de andere kamer, waar de stem van Sjira te horen was die haar ongehoorzame poppenklasje de les las.

Naäma keek de kamer rond. Ooit was hij veel opgeruimder geweest. Tegenwoordig hingen het kinderspeelgoed en de kleertjes rond met Balli's tas en zonnebril en een oude plaat van Rivka Michaeli vertelt een verhaal. Ze wilde Balli alles vragen en alles vertellen, en een vinger in haar keel steken en stinkende, dikke, kleverige golven van pijn en gemis en boosheid naar buiten laten komen. Ze wilde het gevoel van erna hebben. Brakke opluchting. Moeizame ademhaling. En lachen. Ze wilde zo graag weer samen met Balli lachen. Ze wilde haar naar de film vragen. Wat ze ervan dacht. Wat ze er nou echt, echt van dacht. En of ze de recensies had gelezen, en wat ze van de recensies vond, wat ze er echt, echt van vond...

En hoe... En hoe red je het? Is het niet moeilijk? De woorden die haar ontschoten waren onvoorbereid, onverwacht en ongewild. Alsof Galja ineens de kamer binnen was gekomen, zomaar ineens, en daar stond met haar half-vragende-half-eisende stem en zei, is het hier niet een beetje benauwd om een kind groot te brengen? Waar slaapt ze eigenlijk?

We slapen samen. In mijn kamer.

Balli stond abrupt op, in een verdedigende houding (er was iets demonstratiefs aan de kalme, ronde manier waarop Naäma op haar fauteuil zat).

Wij hebben ook nog geen kamer voor de kinderen, zei Naäma vlug, dat wil zeggen, Oeri is bezig er een te bouwen, want we wonen in zo'n halfkapot huis, dus Oeri is een van de kamers aan het opknappen en dat wordt de kamer voor de kinderen.

Goed voor jullie. Ik heb geen halfgesloopte kamers om op te knappen.

(Naäma bedacht dat ze iets te zeggen moest bedenken wat goed was. Iets wat dit gesprek van dit fatale spoor af zou brengen waar zij het heen geleid had.)

Waar werk je tegenwoordig?

(Vergissing. Grote vergissing. Naäma wist niet dat in de tijd dat zij en Balli geen contact met elkaar hadden, heel het onderwerp van Balli's bezigheden en carrière extreem gevoelig was geworden. Naäma dacht in haar onschuld dat ze het ideale gespreksonderwerp had gevonden.)

Ben je gekomen om een onderzoek uit te voeren voor de kinderbescherming of ben je op bezoek?

(En het bezoek stond, door alle goede bedoelingen, verwachtingen en het gemis waarmee het beladen was, op het punt om in te zakken en in duigen te vallen.)

Het spijt me. Ik weet niet wat ik moet zeggen. Ik wil gewoon weten hoe het met je is. Ik wil al heel lang gewoon weten hoe het met je is.

Je had gewoon kunnen bellen.

(Balli had er genoeg van om de gastvrouw spelen. Ze had zin om alle kruiken te laten barsten.)

Dat klopt. Dat had ik kunnen doen.

En dat heb je niet gedaan, dus kom me nou niet aan met dat 'en hoe red je het?' van je moeder.

(Dit was wreed en Balli was zich daarvan bewust. Het was beledigend. Om tegen Naäma te zeggen dat ze als Galja klonk. Het was beledigend, hoewel het wel raak was, of juist daarom. Naäma reageerde op de belediging zoals een lichtknopje reageert als erop gedrukt wordt. Met een eenvoudig automatisme. Zonder er onnodige emoties of aparte gedachten aan te wijden. Je drukt op een knopje en het licht gaat aan. Zo reageerde Naäma.)

In jouw plaats zou ik nu niet mijn moeder erbij halen, vergeet niet dat jij het was die...

Naäma had moeite de woorden te vinden en Balli kwam haar te hulp.

Dat jij het was die loog, bedroog, neukte, bezoedelde. Ja, Naäma, ja, dat ben ik. Ben je na al die tijd, helemaal hiernaartoe gekomen om me dat te zeggen? Heb je er geen genoeg van, vertel me dat eens? Heb je niks nieuws aan je hoofd? Je bent getrouwd, je hebt een kind, je bent weer in verwachting, en het enige wat je me te zeggen hebt is dat ik een smerige hoer ben die vaders verleidt.

Dat heb ik niet gezegd.

Dat is wat je bedoelde.

Helemaal niet.

Weet je wat? Het is me te veel. Dit is me echt te veel. Ik weet niet waarom ik er eigenlijk mee heb ingestemd dat je zou komen. Ik had het kunnen weten.

(Stilte. Diepe stilte. De misselijkheid trok zich naar binnen terug en sloot de deur, liet aan de buitenkant alleen een dichte, zwijgende muur achter van woorden die niet meer uitgesproken zouden worden.)

Sjira kwam de kamer binnen, weifelend, en Balli stond op en nam haar op de arm, hé meiske, zullen we een bad gaan doen?

Sjira knikte, een beetje gespannen, zoals kinderen aan de periferie van een ruzie dat doen en vroeg, met jouw vriendin? Nee. Balli keerde haar rug naar Naäma, mijn vriendin moet nu naar haar eigen huis.

Naäma ging naar huis. Ze voelde zich niet zo goed. In feite voelde ze zich verschrikkelijk slecht. Ze lag de hele nacht over te geven en dat was ongewoon en ernstig, zelfs voor een vrouw in de derde maand en zelfs voor iemand die haar hele leven al moest overgeven door beledigingen. Oeri was geweldig. De hele nacht was hij bij haar, waste haar gezicht, maakte thee, gaf haar water, droogde haar gezicht af en waste het nog een keer, maakte de vloer schoon, onvermoeibaar, zonder walging of paniek. Misschien is het iets wat ik gegeten heb, zei Naäma en Oeri zei, of het is een virus, het maakt niet uit wat het is, het belangrijkste is dat je eroverheen komt, je moet sterk zijn nu. Toen Itamar wakker werd ging Oeri naar hem toe, verschoonde zijn luier en keek vragend naar Naäma, die er verzwakt en volkomen leeg bij zat en zei, geef hem maar een fles. En hij had Itamar een fles gegeven die alles accepteerde wat men hem gaf, of het nou een fles, een tepel of een speen was, zo'n gemakkelijk en rustig kind was het. Oeri wiegde hem in zijn armen en zei, mama voelt zich niet zo lekker, dus we moeten haar een beetje rust geven, oké, manneke?

De volgende dag was het al morgen tegen de tijd dat ze opstond. Stroef hobbelde ze naar de andere kamer. Itamar sliep. In de half-affe kamer stond Oeri de kast te schilderen die ooit van Gili was geweest en daarna in de kamer-die-van-Gili-was-geweest had gestaan en nu overgeschilderd werd in een optimistisch wit dat bij de kinderkamer in aanbouw paste. Hoe voel je je? vroeg hij zonder van de kast op te kijken, wel goed, geloof ik, zei ze. Toen ze hem vertelde dat Balli eergisteren gebeld had, werd hij nijdig. Hij werd gewoon nijdig. Naäma had Oeri zelden boos zien worden. Over het algemeen hield hij zich op de vlakte, was hij gesloten en liet hij niks merken. Maar boos worden? Zelfs toen Ebi, het meest verwilderde jongetje van het Huis, alle tomatenplantjes uit de grond gerukt had, was Oeri niet boos op hem geworden. Uiterst kalm en beheerst had hij hem gezegd naar het kalmeerkamertje te gaan en daar niet uit te komen totdat hij begreep wat hij had gedaan en waarom. Zo was Oeri. Maar toen Naäma hem vertelde dat Balli gebeld had, werd hij boos. Hoe komt ze eigenlijk aan ons nummer? zei hij, en hoe haalt ze het in haar hoofd om hierheen te bellen en wat wilde ze eigenlijk, wat wil ze nou van ons en denkt ze nou echt dat het ons ook maar iets kan schelen wat zij van de film vindt?

Dat was twee dagen geleden geweest. Ineens leek het heel ver weg. Toen, twee dagen geleden, was Naäma blij geweest met een reactie van Oeri. Ze was zo blij geweest dat ze zich er niet toe had kunnen brengen om hem te vertellen dat ze haar nog een keer gebeld had. Dat ze met haar had afgesproken.

Nu er binnen in haar buik een kokende pijn borrelde, bedacht ze dat ze het hem had moeten vertellen. Ze moest het hem vertellen. Dingen die niet verteld worden, blazen van nature steeds verder op en nemen de concrete vorm aan van een ware leugen, hoewel het geen leugens zijn maar enkel dingen die niet verteld zijn, en niemand die dat beter wist dan Naäma. Ik ben gisteren bij Balli geweest, zei ze rustig en Oeri onderbrak de eentonige beweging van boven naar beneden van zijn hand die de kwast vasthield waarmee hij alle tekortkomingen van de kast en alle pijn die eraan kleefde overschilderde met een optimistische kleur wit. Hij stond met de kwast in de hand waarvan witte verf met kleine, glanzende spatjes op de vloer droop, zijn ogen waren samengeknepen, zijn lippen trilden licht en zijn stem was rood van woede. Ik wist het. Zei hij ziedend. Ik wist wel dat je niet zomaar buikpijn had. Zodra je terugkwam van de dokter, had ik al gezien dat het niet zomaar was. Ik wist het.

Hij stopte een ogenblik en keek haar aan.

Als ik het geweten had, had ik het niet goed gevonden dat je naar haar toe ging.

Naäma fixeerde haar blik op de witte spetters die zich als tranen over de vloer verspreidden en gaf geen antwoord terwijl Oeri de kwast nog steeds vasthield en haar met diezelfde blik bleef aankijken waarin beschuldiging en bestraffing in even grote delen vermengd waren. Weet je wat jouw probleem is, Naäma? zei hij terwijl hij haar de rug toe keerde, weet je dat? Hij ging verder met het schilderen van de kast. Jouw probleem is dat je niet weet wie goed voor je is en wie niet.

*

Men zegt dat Israël geen herfst kent. Waar, o waar zijn de Amerikaanse roodgekleurde bladeren die de grond bedekken met een prachtige deken en de belofte van gesmolten hitte? Waar, o waar is die Europese straffe, koude wind die verre sneeuw en bevroren vergezichten belooft? Niet bij ons. Maar wie dat beweert weet niet helemaal waarover hij het heeft. Wie dat beweert heeft geen herfst meegemaakt waarin de dagen van koud naar warm wisselen, met het zich ontvouwende genies van een meisje dat om de andere dag ziek is en om de andere nacht koorts heeft, en wanneer haar temperatuur omhoog gaat, dan gaat hij ook ver omhoog. Die eenzaamheid van een klein meisje dat de hele tijd ziek is, die angst in de nacht als de thermometer dreigt te ontploffen, als haar ademhaling zo snel en angstaanjagend is.

Wat had Sjira in die anderhalve maand niet gehad? Waterpokken, griep, oorontsteking, een virus zonder koorts met overgeven en diarree, weer griep, een virus met overgeven en diarree en koorts, weer oorontsteking, een bijensteek die heel erg dik werd en een zich ontwikkelende honingallergie. Je wilt echt niet alleen zijn 's nachts met een meisje waarvan de ademhaling veel te snel en te oppervlakkig is, en dan die overheersende angst voelen dat er iets niet goed is, dat jij iets doet wat niet goed is, dat het alleenzijn, jouw alleenzijn ervoor zorgt dat je de verkeerde beslissingen neemt en dat iemand daarvoor nog de prijs zal betalen.

De ochtend trof hen zij aan zij uitgestrekt in Balli's bed aan, op Balli's gezicht waren de sporen van bezorgdheid uitgesmeerd als verkoekte make-up, de sporen van het koortszweet op Sjira's gezicht waren niet meer dan een geur en een herinnering. Zonder haar ogen open te doen voelde Balli dan aan het voorhoofd van haar dochtertje en meteen daarna stond ze op, waste haar gezicht en ging zitten om zich vast voor te bereiden op de manoeuvres van de volgende strijd. Ze moest op haar werk laten weten dat ze weer niet kwam, ze moest dokter Dahan bellen die haar gezegd had hem op de hoogte te stellen als Sjira weer ziek werd, ze moest naar de kruidenier, ze moest koffie hebben, wat voor weer was het vandaag, vanuit huis leek het kouder te worden, maar als je je hoofd naar buiten stak, voelde je een warme wind, in de verste verte niet herfstig.

In Londen hadden Tomer en zijn Engelse vriendin een zoontje gekregen en Brenda en Mikki waren daar voor anderhalve maand naartoe gegaan. Anderhalve maand is niet zo lang voor mensen die afgereisd zijn om bij hun pasgeboren kleinzoon te zijn, maar Balli voelde het iedere dag en merkte hoe ze met de dag bozer en verbitterder werd. Zij (Tomer en zijn Engelse vriendin) hadden daar *plenty* hulp, haar ouders en haar zussen, terwijl zij hier eenzaam en alleen was, en dat ze zomaar afreisden, haar hier achterlieten, in haar eentje in een herfst die maar raak deed en niet consistent was en met een dochtertje waarbij het juist voorspellen van haar gezondheidstoestand voor de volgende dag even kansrijk was als het voorspellen van de eerstvolgende regen of de eerstvolgende woestijnwind of allebei.

Hallo? Brenda ontspannen aan de lijn vanuit het buitenland. *Sweety, how are you?*

Balli vertraagde haar antwoord een ogenblik. Om Brenda te laten weten dat er tussen en onder de regels iets schuilging.

I am fine, mummy.

And the baby?

She is fine.

Brenda was te ontspannen, te druk en te content om verstoppertje te spelen met Balli. Ze belde alleen maar om nog eens na te vragen welke schoenmaat Sjira had. Ze ging vandaag met Sheila uit, *to do some shopping*, en ze wilde een jas voor Sjira kopen en ook een paar schoenen.

Balli legde de telefoon neer, even leeg als het vloerkleed van Brenda wanneer de hulp er met de stofzuiger overheen was geweest. Met vlakke, hopeloze stem liet ze een bericht achter op het werk dat ze ook vandaag niet zou komen. Ze wist precies welke gezichten daar getrokken zouden worden, ze wist dat ze kon wachten op de dag waarop ze tegen haar zouden zeggen dat het hun speet, echt heel erg speet, maar dit was een tweewekelijks actualiteitenprogramma en ze hadden blijkbaar een jongere productieassistente zonder kinderen of andere verplichtingen nodig, iemand die zich er volkomen aan kon wijden, en zij, nou ja, met haar talenten zou ze vast en zeker een baan vinden die beter bij haar paste. Vast en zeker.

Ze dacht aan het superhippe appartement van Tomer en Sheila, aan hun Engelse baby'tje dat zowel een moeder als een vader als een Engelse opa en oma had en ook nog een opa en oma die speciaal uit Israël overkwamen om om hem heen te draaien en hem met zoete, geroutineerde liefde te wiegen.

Ze dacht aan Naäma, hoe die hier, in deze fauteuil, had gezeten met die nieuwe glimlach op haar gezicht die goed paste bij de wijde jurken die ze droeg. Ze dacht aan de voldane woorden die zeiden, Oeri is helemaal weg van Itamar. Volkomen gek van hem, en over het vervolg, het semi-verontschuldigende, nou ja, je weet hoe Oeri is en hoe hij er met alles totaal voor gaat.

Je weet hoe Oeri is. Zijn enthousiasme. Een totale vader. Elk woord kwam op Balli over als een scherpe speldenprik die in haar niet-gelukzalige glimlach gestoken werd, in het uiterst dunne, bijna gescheurde vlies van haar leven, met de niet-bestaande, niet-totale vader van haar dochter en van die ene liefde waarover niets goeds te zeggen viel, waarover niets gezegd kon worden dat voldoening of tevredenheid of een glimlach ontlokte.

Gadi. Gadi had de vader van haar dochter moeten zijn. Gadi, die de grootvader van Naäma's kinderen had kunnen zijn. Gadi, die zoveel dingen had kunnen en had moeten zijn maar van wie uiteindelijk niets anders over was dan een schimmige, pijnlijke herinnering waarover niets gezegd kon worden dat een glimlach of voldoening ontlokte, over wie helemaal niets gezegd kon worden. Die alleen al door genoemd te worden alles kapotmaakte.

Sjira werd wakker. Haar glimlach. De verwende manier van zich uitrekken, de manier waarop ze zich opkrulde in Balli's armen, die voelde hoe die dierlijke verbondenheid haar weer vervulde met diezelfde kruimels die Brenda's stem had meegenomen naar Londen. Hoi lieverd, hoe is het met je? Sjira glimlachte. Hoi mama, met mij is het goed, en met jou? Balli gaf haar zo'n stevige knuffel dat ze haar haast fijnkneep, het gaat uitstekend met mij, wil je ontbijt?

Zo gaat dat. Het gaat net als een weersomslag, het heen en weer slingeren tussen alle 'wel' en 'niet', tussen alles wat weggenomen, afgebrand en verborgen en alles wat gegeven, vervuld en gekoesterd is. Die ochtend, een moment lang, terwijl Sjira en zij zaten te ontbijten zonder koffie en zonder chocomel (we moeten even langs de kruidenier op weg naar de kliniek) voelde Balli een steek van opluchting, een kleine Pooh van hoop, het is de herfst maar, en het gaat wel over.

Maar na een uur en veertig minuten, terwijl Sjira in al haar gloeiendhete breekbaarheid al over haar heen geplakt lag en de rij in de kliniek geen enkel teken van krimp vertoonde, voelde ze weer de bekende woordeloze wanhoop. Sjira jammerde, naar huis, naar huis, ik wil naar huis en Balli streelde verstrooid haar hoofdje en zei, we gaan zo, we gaan zo, schatje, straks roept de dokter ons, en ineens moest ze terugdenken aan de nacht waarop Sjira geboren was, aan Brenda's koele hand, *It will soon be over, sweety, the professor is coming.* Ineens had ze het gevoel dat ze niet meer kon, dat ze het niet meer volhield, met die hitte van Sjira en van de temperatuur in de wachtkamer, het wachten, de herinneringen, en ze stond op, hees Sjira op de arm en fluisterde, kom, we gaan, popje, kom, we gaan gewoon naar huis en ze begon in de richting van de uitgang te lopen. Toen ze al in de deur stond hoorde ze 'Sjira Rafaëli' en om eerlijk te zijn wist ze niet zeker of ze dat hoorde, ze was al in gang om te vertrekken. Maar toen zei Sjira enthousiast, mama hij is hier! Balli vroeg vermoeid, wie is hier, poppedijntje? Sjira zei met heldere stem, alsof ze nooit koorts had gehad, de dokter die met mij wil trouwen.

Dr. Dahan zei dat het hem verschrikkelijk speet vanwege de rij. Eigenlijk was hijzelf nu op herhaling. Hij was er niet. Maar je bent wel hier, zei Sjira, en met enige verwarring zag Balli dat Sjira bijna flirtte met de dokter van wie ze in alle eerlijkheid met al zijn rustige, bedaarde welgemanierdheid, niet onder de indruk was.

Diezelfde avond belde hij op om te vragen hoe het met het meisje ging en of de koorts weer teruggekomen was. Balli zei dat Sjira al lag te slapen, maar vast en zeker heel blij zou zijn om te horen dat dr. Dahan gebeld had. Dr. Dahan zei dat hij Assaf heette. Hoi Assaf, zei Balli en Assaf zei, hoi Inbal. Balli zei dat ze Balli heette.

Na twee maanden, op de eerste heldere dag van die winter, gingen ze samenwonen.

Sjlomkits kwam om haar te helpen met inpakken. Ze hadden elkaar al heel lang niet gezien, wie heeft er nog tijd met alle ziektes, kinderen en het werk? Via de vaste dagelijkse of tweedagelijkse telefoontjes hoorde Balli met een half oor Sjlomkits' verhalen over van alles wat er bij haar op de crèche gebeurde, maar eigenlijk luisterde ze niet echt, dat wil zeggen, ze luisterde natuurlijk wel, maar niet heel goed. Hoe dan ook, niets had haar voorbereid op wat ze zag toen ze die dag de deur voor Sjlomkits opendeed. Voor de deur stond een vrouw die in alles op Sjlomkits leek, met grote donkere ogen, een warme glimlach, in de grijze jas die ze een keer samen gekocht hadden, gecombineerd met de kleurige sjaal die Balli een keer in New York voor haar had gekocht. Bijna Sjlomkits, maar toch niet. Ze was anders. Ze had geen vlecht meer. Sjlomkits' beroemde vlecht. Haar haren waren in een korte rechte coupe geknipt, waardoor haar hoge jukbeenderen prachtig uitkwamen en ook haar ogen, die straalden op een manier die door geen enkel kapsel veroorzaakt kon worden. Balli deed een stap naar achteren, in de richting van haar rommelige en half ingepakte appartement, keek naar haar slanke handen, naar de oude trui die ze droeg en die Sjlomkits zelf voor haar had gebreid tijdens de dienst-zonder-soldij, en zei, Sjlomkits, niet te geloven, jij zonder vlecht.

Want tot op dat moment was Sjlomkits geen schoonheid geweest. Of werd ze tenminste niet als schoonheid gezien. Niet door Balli, niet door zichzelf, en niet door haar omgeving. In het prille begin van de dienst-zonder-soldij had ze het gedicht van Alterman op posterformaat naast de spiegel op de muur geplakt, *Ik zweer het, mijn ogen, we zullen steeds weer naar haar kijken, want 't is haar stem die ons meer verrassen zal.* Ze had het overgeschreven van Naäma, die het had overgeschreven uit een boek dat ze in haar vaders appartement in Jeruzalem had gevonden. Toen Ohad Jorams kamer binnenkwam en dit gedicht aan de muur zag hangen, had hij langdurig moeten lachen. Dat past niet bij je, had hij met oprechte warmte gezegd. Waarom niet? had Sjlomkits verdedigend gevraagd terwijl ze een blik in Jorams richting wierp die een boek over de Spaanse Burgeroorlog zat te lezen, 'k weet niet, antwoordde Ohad, het past gewoon niet bij je om je vast te klampen aan het lijflied van de lellikerds zoals de rest van de lellikerds dat doet. Sjlomkits had opnieuw naar Joram gekeken die in zijn boek verdiept was en helemaal niet luisterde en derhalve ook niet kon protesteren, *er zijn genoeg vrouwen die mooier lijken, maar toch is zij 't schoonst van al.*

Een week later blies de wind de poster op de grond en daar bleef hij verkreukeld en een beetje gescheurd liggen tot het eind van de dienst-zonder-soldij, omdat Sjlomkits zich er een beetje voor schaamde, zonder te weten waarom. Misschien omdat ze wist dat Ohad wist dat ze het gedicht van Naäma had gekopieerd terwijl er aan Naäma en aan haar openlijke liefde voor Oeri in die tijd niets was dat het kopiëren waard was, al helemaal niet in de ogen van Ohad of de andere jongens van de kerngroep en ook niet in die van Sjlomkits. Maar de tijden veranderden en nu stond Sjlomkits hier voor Balli's neus en zei, we hebben elkaar in geen eeuwigheid gesproken, terwijl ze die speciale glimlach liet zien, die als het ware de grenzen van het gezicht overschreed en de omgeving bezwangerde met de te sterke geur van geluk en nog iets; die glimlach deed Balli juist denken aan Naäma en aan die dronken glimlach die ze op haar gezicht had gehad bij dat ene Poeriemfeest, op het toneel. Alle verliefde vrouwen glimlachen op dezelfde manier.

En zo kwam het dat Balli, die op de half ingepakte doos in haar half ingepakte appartement zat, het hele verhaal te horen kreeg en luisterde, dit keer echt aandachtig luisterde. Sjlomkits' verhaal golfde naar buiten, met zinnen die als een stroom begonnen en eindigden in de ondiepe kabbeling van een zucht en een glimlach, en toen zoenden we, ineens waren we aan het zoenen en hij deed me wat, ineens deed hij me wat en toen viel ik voor hem, ik realiseerde me dat ik gewoon voor hem gevallen was.

Gewoon?

Balli kon zich niet inhouden. Verliefd worden op een kleuterleider die bij jou werkt terwijl je Sjlomkits bent en getrouwd met Joram, is niet echt wat je noemt gewoon, wel? Maar Sjlomkits was al ver weg, achter duizenden zinderende sluiers van kussen, aanrakingen en ineensen en registreerde de onaangename toon in Balli's vraag niet, die hem zelf juist wel hoorde en onmiddellijk probeerde te verzachten, te verfijnen, opnieuw te benaderen; zij zou niet zo zijn als Naäma met haar afgemeten, bijtende, veroordelende stem, zij zou een echte vriendin zijn zoals echte vriendinnen horen te zijn. Zij zou luisteren, het omarmen, zij zou het begrijpen. Ze zou het gewoon begrijpen.

De liefde begrijpen. Is het mogelijk de liefde te begrijpen? Nadat Sjlomkits weggegaan was, bleef Balli achter met haar half ingepakte dozen en een vaag verdriet. Nee. Misschien is verdriet niet het goede woord. Misschien is neerslachtigheid beter. Aan de ene kant kon je haar begrijpen, ze was al sinds mensenheugenis bevriend met Joram en deze hele kwestie plaatste haar in een wat onaangename positie. Aan de andere kant kon je haar ook begrijpen, want als iemand de kamer binnenkomt die zo vol is van herinneringen, aanrakingen en mooie woorden, dan laat dat de ander een beetje leeg, een beetje verdord, een beetje onnozel achter. Balli kende dat gevoel maar al te goed, vooral met Naäma, maar met Naäma was het anders want haar liefdes waren altijd een beetje hopeloos en triest en je kon altijd weten dat het niet goed zou aflopen. Met Sjlomkits was dat niet het geval. Want Sjlomkits vroeg niet om medelijden. En ook niet om begrip. Ze wilde zich gewoon ontdoen van een zware, stralende last die ze in zich droeg en ze had al haar schitterende stralen uitgegoten in Balli's half ingepakte huis en was vertrokken.

Maar toen ze bij de deur stonden en Sjlomkits al haast had omdat onder het mom van 'Balli helpen inpakken' ze ook naar Natan moest gaan, vroeg Balli haar ineens, weet Naäma het? Sjlomkits schudde met een nieuwe, kokette beweging haar korte haar en zei, ja. Ze weet het. Balli wilde vragen wat ze had gezegd en wat zij ervan vond, wat ze ervan vond, en hoe kon het dat je het haar verteld hebt, dat je het haar eerst verteld hebt en hoe kan het dat ze zich niet van jou gedistantieerd heeft, jou niet veroordeeld heeft, jou niet, maar Sjlomkits was al weg, op weg naar-waar-ze-zich-naartoe-haastte. Langzaam sloot Balli de deur.

Ja. Naäma wist het. De omstandigheden waaronder ze het te weten was gekomen waren anders, volstrekt anders dan Balli zich voorstelde. Maar uiteindelijk klopte het wel. Toen Sjlomkits het aan Balli vertelde, was Naäma al op de hoogte.

Het was drieënhalve week na Naäma's bezoek aan Balli geweest. Naäma liep rond met een depressie die haar, boven op de gewone misselijkheid, ook nog ademhalingsmoeilijkheden bezorgde. De arts had gezegd dat het wel gebeurde dat een zwangerschap astma veroorzaakte. Oeri verschanste zich in stilzwijgen. Het was Naäma duidelijk dat hij weigerde haar te vergeven, maar het was haar niet helemaal duidelijk wat precies. Zij weigerde ook om zichzelf te vergeven, en ook hier was het haar niet helemaal duidelijk wat precies. Boosheid mengde zich met gemis dat zich mengde met vernedering, die zich mengde met spijt en wat daaruit voortkwam was een woordeloze depressie.

En Oeri zweeg. Drieënhalve week lang zweeg hij. Niet helemaal, uiteraard. De verplichte dingen werden door hen uitgewisseld, goedemorgen, welterusten, hoe voel je je vandaag, ik heb pasta met tomatensaus voor jou en de kinderen klaargemaakt, vandaag kom ik laat thuis want ik ga naar Jeruzalem om de vader van Meni te ontmoeten.

Prima, wil je dan langs de biologische winkel gaan en die thee tegen misselijkheid voor me meenemen.

Dat is goed.

Geen woord over Balli, over de film, over zijn ongedefinieerde boosheid die plotseling opgekomen was en nu overliep in het grote zwijgen. Hele nachten lag Naäma wakker, en keek ze naar hem, ze formuleerde volzinnen om tegen hem te zeggen, schreef twee brieven zonder dat het haar lukte iets uit te spreken. In haar hart met hem praten was een ding, daar was ze wel aan gewend, dat had ze immers jarenlang gedaan, maar voor hem gaan staan en gewoon aan hem vragen, hou je van me, hou je eigenlijk van me? Dat was moeilijk en onmogelijk, hij had het immers nooit gezegd. Naäma had het gevoel dat ze niet nog zo'n blik kon verdragen, zoals toen, met die druppelende kwast in zijn hand. Ze had het gevoel dat ze bereid was de rest van haar leven in deze stille duisternis te blijven als ze die blik niet toegeworpen zou krijgen, die blik waar de druppeltjes verwijt en bestraffing van afdropen en alles bevlekten.

Naäma besloot er met Moria over te praten. En daarna besloot

ze van niet. Ze wist niet wat het was, maar er was iets wat haar ervan weerhield naar Moria te gaan en haar alles te vertellen. Dat wil
zeggen, alles. Over Balli en over haar vader. En over Oeri. Ergens
had ze het gevoel dat Moria met haar vriendelijke ogen, haar eindeloze kalmte en haar heldere overtuiging van wat goed en fout was,
haar verwrongen, perverse verhaal niet zou kunnen verteren. Ze
had het gevoel dat de perversiteit ook aan haar zou blijven kleven
en haar zou bezoedelen, terwijl ze zo graag, verschrikkelijk graag
kalm en van vlekken ontdaan wilde zijn zoals Moria. Zo'n vrouw
die weet hoe ze moet geven, die weet hoe ze moet ontvangen, die
weet hoe ze moet liefhebben.

Maar toen, boven op al het andere, was er het incident met Geoela.

Ik heb een verzoek, zei ze met bevende, gedempte stem, die eigenlijk Geoela's normale stem van alledag was, maar dan aange-
scherpt tot een diepe, betraande toon die onweerstaanbaar was wanneer het ging over gevoelige kwesties. Gevoelige kwesties is een
ruime definitie. Bij Geoela was alles een gevoelige kwestie, zoals
bijvoorbeeld de gammele kast; het overschilderen ervan met witte
verf was onderwerp geweest van intensieve onderhandelingen en
pas toen Gid'on zich erin gemengd had en zei, kom, hou op, Geoela,
laat die kinderen, wat kan het je schelen of ze die krakkemikkige
kast schilderen of niet? had Geoela haar mond gehouden, maar pas
nadat ze diep ademgehaald had als iemand die haar tranen wegslik-
te, zei ze, goed. En toen belde ze Naäma met die gedempte, bevende
stem en zei ze, ik wilde iets met je bespreken, als dat goed is. Naäma
sloot vermoeid haar ogen, dat is prima. Ze spraken af dat ze elkaar
de volgende keer dat Naäma naar de gynaecoloog zou gaan in Tel
Aviv zouden ontmoeten en zo zat Naäma samen met Geoela in het
eerste het beste café dat ze zagen, naast de praktijk.

Daar zat ze, haar ogen dichtknijpend tegen het sterke syntheti-
sche licht dat uit de halogeenlampen brulde, een stevige, dikma-
kende beker chocola in haar handen naar Geoela's bevende gedempte stem te luisteren. Ze hadden erover gedacht, Gid'on en zij, toen...
toen Itamar geboren werd hadden ze het niet willen vragen. Ze hadden gedacht dat het te vroeg was, dat het allemaal te snel ging. Ze
hadden haar nog niet goed genoeg gekend. Maar nu... nu ze in verwachting van haar tweede was, hadden ze erover gedacht. Ze wilden
wat vragen. Ze hadden al met Oeri gesproken en hij had gezegd dat
het goed was. Ze waren zich ervan bewust dat het een grote gunst
was. Ze moest niet denken dat ze zich daar niet van bewust waren.

Dat waren ze. En toch – ze wilden vragen of het kindje Gili kon heten als het geboren werd...

Naäma hield haar chocolade, waar zoete, dikke dampen uit opstegen, met beide handen vast. Ik weet het niet, zei ze rustig, het is niet zo eenvoudig. Geoela zweeg. Uit haar ooghoek zag Naäma haar een zakdoek tevoorschijn halen en onzichtbare tranen afdrogen. Naäma zuchtte, ik zal het er met Oeri over hebben, goed? Maar wij hebben het al met hem besproken, haastte Geoela zich nogmaals te zeggen, we hebben het al met hem besproken en hij zei dat hij het goed vond. Naäma stond op met een hoofd dat even hard ziedde als kokende chocolade die op het vuur vergeten is en zei, helaas heeft hij het niet ook met mij besproken. Ik maak ook deel uit van het geheel, weet je, het is niet genoeg als Oeri zegt dat het goed is.

Dit was een schot voor open doel. Natuurlijk wisten ze dat, zei Geoela snel. Daarom had ze ook deze afspraak gemaakt. Ze had zelf aan Oeri gevraagd om niets te zeggen, ze wilde het zelf met haar bespreken, ze smeekte Naäma om niet boos te worden op Oeri, het was zijn schuld niet, zij was het geweest die hem verzocht had het niet met Naäma te bespreken, zij had het hem gevraagd...

Geoela holde op haar korte beentjes achter Naäma aan. Naäma keerde zich, massief, tollend, om en zei, al goed Geoela, ik heb het begrepen. Ik ben niet boos. Ik ben op niemand boos. Ik zal erover nadenken, goed? Ik zal erover nadenken, en nu moet je ophouden om achter me aan te hollen, alsjeblieft, ik heb gewoon haast...

Geoela droop af, vervuld van ellende en goede bedoelingen, terwijl Naäma in haar ogen die oude, heimelijke, vernederendste teleurstelling van allemaal zag, of dacht te zien, de teleurstelling dat Naäma Naäma was en niet iemand anders. Niet iemand anders, die slank, mooi en lang was, met blauwe ogen en snelle, intelligente handgebaren, die steevast wist wat ze moest antwoorden, altijd wist wat ze moest antwoorden op een manier waardoor je nog meer van haar ging houden, altijd meer, en nooit ergens spijt van had.

Naäma stak snel een hand op en stapte zonder om te kijken in de eerste taxi die stopte. Station Noord, alstublieft, zei ze tegen de chauffeur, zich als altijd verbazend over de naam, die deed denken aan de metro's uit Balli's verhalen en in niets leek op deze plek die naar oude mandarijnen en bepiste onderbroeken stonk. Maar toen de taxi bij het laatste stoplicht kwam, daar waar je de rijen bussen al kunt zien staan wachten op hun beurt om eindelijk uitgezonden te worden, hun vleugels te spreiden, naar de snelweg te rijden en op weg te gaan naar hun bestemming, naar waar dan ook, naar elders, moest Naäma diep zuchten en zei tegen de chauffeur, wacht even, eigenlijk wil ik ergens anders heen. Kan dat? Kan wat, ergens anders heen? vroeg de chauffeur en keek achterdochtig in de spiegel. Ik wil ergens anders heen, is dat goed? vroeg Naäma bijna in tranen en de chauffeur zei schokschouderend, waarom niet, schat, waar je maar naartoe wilt.

Naäma gaf het adres van Sjlomkits op. Ze kende het adres niet precies, maar ze wist welke straat het was. Ze zei tegen de chauffeur dat ze het wel wist te vinden als ze er eenmaal waren. De chauffeur haalde opnieuw zijn schouders op. In zijn werk kwam je allerlei vreemde vogels tegen en deze dame zag er niet uit alsof je bang voor haar moest zijn. Inderdaad herkende ze het huis toen ze eenmaal in de straat waren en ze betaalde precies het bedrag van de rit. Ze stapte vlug en doelbewust uit de taxi, als iemand die 'gewoon haast had' om ergens te komen, als iemand op wie ergens gewacht wordt. Als iemand die gewenst is. Maar Sjlomkits was niet thuis. In plaats daarvan trof Naäma tot haar verbazing een oudere vrouw aan die haar ergens bekend voorkwam. Het duurde een paar seconden eer ze zich realiseerde dat het Sjlomkits' moeder was. In de afgelopen maanden had Sjlomkits steeds meer bezigheden buiten werktijd gekregen. Zo gaat dat als je een eigen zaak hebt, dat is algemeen bekend, en omdat de verhoudingen met Eliza en haar familie een beetje bekoeld waren, merkte Sjlomkits dat ze steeds vaker aangewezen was op de hulp van haar ouders, die er speciaal voor overkwamen, een uur te vroeg zelfs, en nooit overbodige vragen stelden. Ben jij niet dat meisje uit de kibboets? vroeg Lea glimlachend aan haar, maar Daniël zei, het is geen meisje, oma, het is de mama van Mitamar, waarop Naäma de glimlach beantwoordde. Kom binnen, kom binnen, wat sta je daar nou in de deuropening?

Naäma ging naar binnen. Waar is Mitamar, vroeg Daniël en Naäma zei, hij is thuis. Alleen? Daniël schrok en Naäma stelde hem gerust, nee, tuurlijk niet. Samen met zijn vader. Lea legde uit dat Sjlomkits naar de crèche was gegaan om het Chanoekafeest van volgende week voor te bereiden, vroeg of Naäma haar wilde bellen op de crèche en Naäma zei van ja. Maar de crèche was in gesprek, dus dronk Naäma een glas water en nog een, bewonderde Daniël, ging naar de wc, probeerde opnieuw de crèche te bellen, maar die was weer in gesprek. Een van de kinderen heeft vast en zeker de hoorn van de haak gelegd, zei Jechezkeel plotseling en Naäma bekeek hem eens, een lange man met een mager gezicht dat al niet jong meer was en ze voelde een diep verdriet in zich opkomen. Ze wist niet of dat om hem was en de enkele, eenzame opmerking die hij maakte, of om haarzelf en dat haar vader nooit in haar woonkamer zou zitten en samen met Itamar een lego-toren zou bouwen.

Lea vroeg of ze ernaartoe wilde, naar de crèche, want het was niet ver en Sjlomit zou het vast fijn vinden, en Naäma zei, ik weet niet, het is maar twee straten van hier, zei Jechezkeel. En ineens bedacht Naäma dat ze hun, ook hun, misschien in de weg zat en ze stond snel op. Ja, ik wip er wel even langs, alleen maar om hallo te zeggen, zei ze en pakte haar glas op om het in de gootsteen te zetten, ben je gek geworden? Lea liep achter haar aan en snaaide het glas uit haar hand, terwijl Jechezkeel zei, luister je? Ik leg je uit waar het is, de tweede straat links, en dan rechtsaf, en dan zie je het al, er is een bosje...

De uitleg klopte precies. Ze was er tamelijk snel en het verbaasde haar de crèche nagenoeg donker aan te treffen. Ze klopte op de deur, maar er kwam geen enkele reactie, hoewel er binnen ergens licht scheen. Er waren ook geluiden, maar niet echt duidelijk. Als het geluid van haastige blote voeten. Als gefluister. De hele toestand was een beetje vreemd. Naäma klopte opnieuw aan en probeerde zelfs de deur open te doen, maar die was op slot en toen zag ze de speelplaats en de groene autobanden. Ze klauterde op de banden, die net zo hoog waren dat ze door het raam kon kijken. Door het raam zag ze het magazijn met de kleurpotloden en vellen papier, Sjlomkits' rug, donker en naakt, haar haar dat ineens heel kort leek en haar armen die iemand een snelle opgeluchte omhelzing gaven, en de man die ze omhelsde, die beslist niet Joram was en beslist niet aangekleed, met lang en onverzorgd haar en ogen die waren gesloten in een langzame, bezwaarde zucht die Naäma ergens aan deed denken, maar ze wist niet meer waaraan. Ze had ook geen tijd om het zich te herinneren aangezien de man ineens zijn ogen opendeed en voordat Naäma de kans had gehad om van de groene autobanden af te klauteren en bij het raam vandaan te gaan dat uitzicht gaf op het magazijn met de stiften, had Sjlomkits zich naar haar omgedraaid en zei met verstikte stem, Naäma, mijn God, wat doe jij hier?

Zo was Naäma het te weten gekomen. Enerzijds was het niet de elegantste manier waarop je je vriendin ervan op de hoogte stelde dat je een minnaar had, anderzijds moeten we erkennen dat zowel

Naäma als Sjlomkits er met succes in slaagde over de grote verwarring heen te stappen, zodat ze ten slotte met z'n drieën op het kleed in de crèche zaten en Natan zei, dus jij bent Naäma. Ik heb veel over je gehoord, waarop Naäma zei, slechte dingen? En Sjlomkits zei, vreselijke dingen. Ik heb gehoord, zei Natan, dat je een verschrikkelijk mooie film hebt gemaakt. Naäma keek Sjlomkits glimlachend aan met de glinsterende ogen van iemand die een positief compliment heeft gekregen en Sjlomkits beantwoordde die glimlach met de glinsterende ogen van iemand die graag de juiste indruk wil maken.

Daarna ging Natan weg. Nou? Naäma haalde haar schouders op, nou... Waarop Sjlomkits vlug de leegte vulde die door de niet-gestelde vraag in de lucht bleef hangen.

Ik weet het niet, Naäma, ik weet het echt niet, ik hou zoveel van hem, ik heb nog nooit zo van iemand gehouden.

Denk je... Denk je dat je van Joram gaat scheiden? Er klonk een vage angst door in die vraag, alsof Naäma's lot afhing van een scheiding die er al of niet zou zijn, alsof ze een klein meisje was dat naast haar moeder op de ruige bank zat en terwijl ze spritsen in de thee doopte, stilletjes vroeg, denk je dat jullie gaan scheiden, en haar moeder zich met een abrupte beweging naar haar keert en zegt, hoe kom je erbij, en: wat haal je je niet in je hoofd, en: wie heeft je dat idee gegeven?

Maar Sjlomkits keerde zich niet met een abrupte beweging naar haar om. Ik weet niet, zei ze, de waarheid is dat ik het echt niet weet, en Naäma kon aan haar gezicht zien hoezeer ze het niet wist. Ze ging dichter naast haar zitten en zei, Sjlomkits, je weet toch dat ik er altijd voor je ben, wat er ook maar is. Sjlomkits kroop dichter tegen haar aan, begroef haar kortgeknipte hoofd in Naäma's wijde jurk en rook de vage geur van zweet, kooklucht en zoete parfum, en ze hief haar hoofd op en zei, dank je.

Toen ze vroeg hoe het met haar ging, stonden alle sluizen al zo ver open dat Naäma onmogelijk het gebruikelijke antwoord 'goed' kon geven, zoals ze van plan was geweest. Ze vertelde het hele verhaal. Over Geoela eerder die dag, over Balli drieënhalve week geleden (wat Sjlomkits verbaasde, want Balli had er met geen woord over gerept), over de stomme ruzie die ontstaan was tijdens het bezoek aan Balli, over Oeri's boosheid en de stilte sindsdien. Sjlomkits zat even heel stil en zei toen, weet je wat? Ik denk dat heel die liefde van Oeri voor Balli onzin is, het is onzin en zo moet jij er ook over denken.

Wat? Naäma keek Sjlomkits achterdochtig aan. Haar naakt in het gezelschap van haar minnaar te zien was één ding, maar om haar die liefde die alles had vormgegeven te horen ontkennen, was iets volkomen anders. Ja, vervolgde Sjlomkits de nieuwe revolutionaire gedachtegang, ja. Dat denk ik. Een liefde die niet geëffectueerd wordt bestaat niet echt.

Het is niet dat ik denk dat hij nog steeds van haar houdt, zei Naäma, het is gewoon dat het lijkt alsof zij er altijd ergens tussen zit, waar ik ook heen kijk, daar is ze, in het centrum...

Ze is helemaal nergens, Namiek, ze leeft haar eigen leven en geloof me dat dat niet glansrijk is. Laat haar met rust. Laat haar een keer met rust. Laat het los. Ga naar huis, naar Oeri, en praat met hem.

Wat moet ik hem zeggen?

Ik weet het niet. Wat wil je hem zeggen?

Dat weet ik niet.

Buiten was het al helemaal donker en Sjlomkits werd overvallen door rusteloosheid. Zal ik je helpen met de versieringen? vroeg Naäma maar Sjlomkits stond op en zei, nee. Ik ga naar huis. Ik doe het allemaal morgen wel in de loop van de dag. Hoe laat is het feestje? vroeg Naäma, die probeerde bij Sjlomkits aan te haken en haar verstrooide gedachten aan elkaar te koppelen, maar Sjlomkits zei afwezig terwijl ze naar buiten keek naar de donkere, sombere avond die te vroeg inviel, op donderdag, geloof ik.

Zoals altijd belde ze vanaf het centraal busstation in Jeruzalem naar Oeri. Maar in het Huis werd niet opgenomen. Ze probeerde het opnieuw. Pas bij de vierde keer nam Anat de telefoon op. Eindelijk, verzuchtte Naäma, wat is er met jullie aan de hand? Waarom nemen jullie niet op? Waar is Oeri? Anat zei dat Oeri er niet was. Nee, ze wist niet waar hij was, hij was die middag weggegaan en nog niet terug gekomen. Nee, ze hoefde zich geen zorgen te maken, Itamar was bij haar. Hij was dik in orde. Ze was de hele tijd bij hem. Waarom ze de telefoon niet had opgenomen? Ze had geen puf om ieder moment naar beneden te lopen, en ze was ervan overtuigd dat het Moria weer zou zijn. Ze had al vier keer gebeld en gevraagd of Naäma haar wilde bellen. De wind stak op, venijnige vlagen regen begonnen op het dak van de telefooncel te kletteren en Naäma hoorde het niet zo goed, maar ze had dat gevoel, dat gevoel dat ze ook gehad had toen ze zes was en zoek was geraakt op de promenade van Netanja, op de derde avond van de jaarlijkse vakantie. Dat gevoel dat er iets naars staat te gebeuren, staat te gebeuren, staat te gebeuren – en dan gebeurt.

De relatie tussen Moria en Naäma was zo goed, intiem en warm als de relatie tussen een leerling en zijn meester kan zijn. Moria was Naäma's baken in alles wat te maken had met de verhoudingen tussen mensen en de verhoudingen met de Heilige, gezegend zij Hij. Ze gaf antwoord op al haar existentiële en halachische vragen, alsook op filosofische vragen over geloof en liefde. Het was haar aard om gewoon antwoord te geven aan wie ook maar een vraag stelde. In vele opzichten verving ze meerdere personen die tekort hadden geschoten in Naäma's vroegere leven: Galja, de vriendinnen en zelfs haar ernstig kijkende therapeut, die Naäma's vragen nooit met dezelfde kalme beslistheid had beantwoord als Moria.

Maar de afgelopen paar maanden had er tussen hen iets scheef gezeten. Naäma was ervan overtuigd dat het was sinds de dag dat ze Moria verteld had dat ze weer in verwachting was. Ze had Moria's verfijnde trekken zien verstrakken terwijl ze haar uiterste best deed om te glimlachen, ze had de woorden gehoord die poogden vreugdevol te zijn, zoals het hoorde, zoals het gepast was, zoals het een vrouw als zij betaamde. Naäma had haar willen omarmen, had tegen haar willen zeggen, het is niet eerlijk, ik weet dat het niet eerlijk is. Ze had willen zeggen dat ze het besefte, dat ze besefte dat die elkaar snel opvolgende zwangerschappen bijna impertinent waren, dat ze zich ervan bewust was dat Moria en Elazar al acht jaar... en nog steeds werden ze in hun wens door de Heer beproefd en dat zij en haar ochtendmisselijkheid blijkbaar deel uitmaakten van die beproeving. Als het aan haar lag zou ze het met de Heer op een akkoordje gooien en tenminste een deel van haar overdadige, haast onlogische vruchtbaarheid van Oeri en haar naar Moria en Elazar overhevelen. Maar met de Heilige, gezegend zij Hij, kun je het niet op een akkoordje gooien net zoals je niet tegen Moria kon zeggen, ik kan ook jouw vriendin zijn, een echte, waardevolle vriendin met wie je kunt praten over de dingen die je voelt, en evenmin kon je je verontschuldigen voor een kind dat in je buik groeit, zelfs al was het helemaal niet gepland.

Daarom was het een beetje verontrustend dat ze Naäma al vier keer had gezocht. Moria was niet van het soort dat vier keer belde om niks. En waar was Oeri? Ze belde twee keer, vergiste zich iedere keer in het laatste cijfer en zei ten slotte tegen zichzelf, doe eens rustig, kom op. Langzaam en weloverwogen belde ze opnieuw en Moria zei, Naäma? Waar ben je? Oké, wacht daar op me, ik kom je halen.

Voor de tweede keer die dag zat Naäma in een te schel verlicht café met een beker te zoete chocola. Buiten was het harder gaan regenen, binnen nam de angst steeds grotere vormen aan. Wat kon er zijn? Wat kon er zijn? Wat zou Moria weten? Wat kon Moria weten dat Oeri ertoe had gebracht uit het huis te verdwijnen precies op de dag dat Naäma er niet was. Al was Anat een uitstekende babysitter en wist Naäma dat ze plichtsgetrouw en verantwoordelijk op Itamar lette, dan nog, waarheen was hij verdwenen? En wat had dat te maken met Moria's gespannen stem? Ze had het onmiskenbare, bijna vanzelfsprekende voorgevoel dat het iets met Balli te maken had. Misschien had Moria ontdekt dat Sjira eigenlijk Oeri's dochter was? Zou dat kunnen? Zou het überhaupt kunnen? En waarom zou Moria dat onthullen? Nee, dat kon niet waar zijn. Lauw en bleek danste de chocola in de beker en Naäma dacht terug aan Sjlomkits' woorden, laat haar met rust. Laat haar een keer met rust. Laat het los. En de herinnering bleef rondmalen zoals herinneringen dat kunnen; in Naäma's geestesoog verscheen de slanke naaktheid van Sjlomkits en van Natan die elkaar als twee kinderen omhelsden en ineens moest ze aan Oeri en zichzelf denken, toen ze zelf nog twee naakte kinderen waren geweest die elkaar omhelsd hadden. Ze voelde dat dit het einde was, dat ze niet meer kon, dat ze niet langer kon wachten, er waren al twintig minuten voorbij en Moria had gezegd dat ze met een klein uurtje hier zou zijn, Naäma stond op, betaalde en liep de regen in.

Toen Moria arriveerde, stapte Naäma nat tot op haar hemd in de auto. Moria glimlachte naar haar, heb je in de regen staan wachten? Gek, ik had toch gezegd dat ik naar binnen zou komen om je te halen. Naäma, die vastbesloten was om te strijden in de wetenschap dat ze straks vast en zeker alleen achterbleef op een promenade vol gebruinde mensen die Frans spraken en waar een koets met een witte pony ervoor stond op de plek waar haar vader en moeder een paar tellen geleden nog hadden gestaan, zei, wat een onzin, en: ik ben niet van suiker, en: ik was wat gespannen, ik was een beetje gespannen, dat wil zeggen, wat is er aan de hand, Moria? Je moet me vertellen wat er aan de hand is.

En Moria vertelde. Het bleek dat Oeri en Elazar naar de grot waren gegaan in de heuvel die tussen het Huis en de boerderij van Elazar en Moria lag. En toen was er iets gebeurd. Ze wist niet precies wat. Het scheen dat iemand hen had aangevallen. Elazar was gewond geraakt. Hij was gewond aan zijn arm, het was niet ernstig, leek het, maar het was angstaanjagend, blijkbaar, en er had veel bloed gevloeid, schijnbaar, en ze waren in paniek geraakt, Oeri en Elazar waren blijkbaar enorm in paniek geraakt. En nu waren ze dan op de boerderij van Moria en Elazar, en er was al een arts bij, een vriend van hen uit Givat Hatamar, en die was bezig Elazar te verbinden, dat wil zeggen hij had hem al verbonden en hij had gezegd dat het niet ernstig was, het was geen ernstige wond, tamelijk oppervlakkig naar het scheen, en dat het alleen maar angstaanjagend was geweest vanwege al het bloed.

Naäma haalde diep adem. En Oeri?

Oeri is in orde, zei Moria, dat wil zeggen hij is niet gewond of zo. Hij is gewoon heel erg geschrokken. De arts heeft hem iets gegeven om te kalmeren en nu slaapt hij. Als hij wakker werd zouden ze hem naar huis brengen, maar nu, nu lag hij te slapen en daarom was zij gekomen om Naäma naar huis te brengen en het haar te vertellen.

Naäma haalde nogmaals diep adem. Ik dacht... Ik dacht dat ze niks op ons tegen hadden, die lui in het dorp. Moria keek naar de natte weg. Zij hebben niks op ons tegen, zei ze, totdat ze dat wel hebben, en wie weet wie of wat hen heeft lopen opjutten.

En daarna zei ze, luister, nog even, we willen niet dat dit naar buiten komt.

Wat niet?

Wat er gebeurd is. Met Elazar. Ook de kinderen van het Huis niet.

Niet? Waarom niet?

Omdat... Omdat je weet hoe het op het ogenblik is. Ze zoeken ons.

Wie zoekt ons?

Iedereen. De politie. De veiligheidsdienst. De kranten. Ze kunnen zomaar opeens besluiten ons met veel operationele bombarie te ontruimen. Of jullie. Om tegen de Amerikanen te kunnen zeggen, kijk eens hoe we die fanatieke kolonisten bestrijden.

Naäma sloot haar ogen, wanneer kwam er een einde aan die ellendige dag? Ze wilde alleen maar naar huis, Itamar in haar armen nemen, hem dicht tegen zich aandrukken en ademhalen, maar Moria ging verder, het wordt ellende als ze weten dat er iets is voorgevallen tussen ons en die kolerelijers. Dat wordt niets dan ellende.

Naäma stapte met knikkende knieën uit de auto toen ze bij het Huis aankwamen. Ze zag de kinderen op het erf staan naast het veulentje dat Sjlomtsion en haar naamloze partner hadden gekregen (in het begin had hij – zoals te verwachten was – Menasjè geheten, maar door Jeremy, het Amerikaanse jongetje, was dat bij de kinderen verbasterd tot een woord dat alleen giebelend en fluisterend gezegd werd en Oeri had besloten dat dat geen pas gaf. Hij had de naam van het paard veranderd in 'Jehoeda', maar Meni's vader heette Juda en Meni was zo beledigd geweest dat hij de heuvels in gevlucht was en een hele dag lang zoek gebleven. Het maakte niet uit hoe vaak Oeri probeerde hem uit te leggen dat paarden voor ons als broeders zijn, wat ook blijkt uit het feit dat we ze de meest geliefde namen in Israël geven, maar Meni liet zich niet overtuigen en het paard kreeg opnieuw een andere naam, 'Sjomron'. Vanwege de vele namen werd het uiteindelijk dat ene paard, de manke, ja, die zwarte, die Oeri halfdood op de hoofdweg van het dorp daar beneden had gevonden).

Stilletjes liep ze naar boven. Itamar lag op zijn rug in zijn bedje tegen het mobiel te brabbelen dat boven hem hing. Hoe was hij? vroeg ze zachtjes aan Anat, die antwoordde, geweldig, zoals altijd. Stil en tevreden en genoeglijk. Hoe kom je toch aan zoveel tevredenheid, kindje? vroeg ze, toen ze Itamar optilde, hem losrukte van het springerige ding dat hem zo betoverd had en in bad deed. Ze deed hem een pyjama aan, ze maakte een fles voor hem klaar. Ze ging in de schommelstoel zitten en gaf hem de fles, ze rook de zoete geur die van hem af kwam, de zurige lucht van de fles en de geur van de regen die van buiten kwam, en daarna stond ze op en liep met hem door de kamer, heen en weer, heen en weer, tilde hem nog eens extra dicht tegen zich aan, zijn zoet-zurige geur diep in zich opsnuivend alsof die geur het antwoord op alles in zich droeg.

Daarna vielen ze in slaap, Itamar en zij. In het grote bed.

Het was al bijna ochtend toen Oeri de kamer binnenkwam, met een spoor van natte moddervoeten achter zich aan. Buiten heerste een zwarte, woordeloze, regenachtige duisternis; Oeri deed geruisloos zijn jas uit en keek nogmaals naar Naäma en Itamar die zij aan zij met de armen om elkaar heen in het grote bed lagen, toen hij door een onverwachte kriebel zo hard moest niezen dat Naäma er wakker van werd. Ze ging rechtop zitten en zei zachtjes, Oeri, en Oeri antwoordde even zacht, Naäma, alsof alle woorden in de wereld verdwenen waren en alleen deze twee namen over waren die ze heen en weer aan elkaar doorgaven, als een geheime code die alleen zij kenden. Ze ging bij hem staan, omhelsde hem en vroeg, is alles goed met je? Is alles goed met je? Is alles oké? Oeri plofte intussen zwaar op het bed neer, deed de veters van zijn zware, van modder druipende schoenen los en zei, ja.

Het was zeker doodeng?

Ja, Naäma, het was doodeng, hoe had je het je dan voorgesteld?

Naäma zei niks. Weer die boosheid.

Het belangrijkste is dat het zo is afgelopen, zei ze ten slotte, nog een geluk dat er niks ergers is gebeurd.

Ja, zei Oeri.

Is Elazar in orde?

Ja.

Is hij thuis?

Ja.

Naäma ging naast hem zitten en omarmde hem opnieuw. Ik was zo geschrokken, zei ze. Echt waar, en hadden we niet gezegd dat jullie niet naar die grot toe zouden gaan, weet je nog dat we het daarover hebben gehad toen Itamar geboren was, toen hebben we afgesproken dat... maar Oeri ging op het bed liggen, deed zijn ogen dicht en zei, ik moet slapen.

Maar je hebt toch geslapen, niet? Je hebt zojuist toch geslapen? Moria vertelde dat je lag te slapen...

Naäma, zullen we het daar morgen over hebben, ik moet nu slapen.

De rust daalde neer op het grote, half afgebouwde huis, waar in het onderste gedeelte vijftien verlaten jongens en meisjes lagen te slapen die het geluk hadden gehad dat Oeri hen had gered, terwijl het bovenste gedeelte het slaapgedeelte van Naäma, Oeri en Itamar was.

In die neergedaalde rust bleef Naäma naast het bed staan waarin Oeri lag, ze bleef staan en keek door het raam naar de natte duisternis buiten. Deze dag ontpopte zich als de zuiverste vorm van alle promenades in Netanja. Ze zou achtergelaten worden en dit keer zou er niemand met een bezorgd gezicht tussen de gebruinde toeristes door komen rennen, daar is ze! Daar is ze! Gadi, hier is ze, het kind is hier...

Kalm zei ze, ik weet dat je niet van me houdt. Ik wil dat je weet dat ik weet dat je niet van me houdt en als je wilt zal ik... Als dit kind geboren is, dan gaan we uit elkaar als je dat wilt.

Gedurende enkele minuten die niet lang duurden maar Naäma eeuwigheden toeschenen, zei Oeri niks. Ze stond in het donker naast hem en durfde niet naar hem te kijken, hoorde alleen zijn ademhaling, en de sirene die in haar hoofd afging: wiew-wiew-wiew, gevaar-inkomend-gevaar-inkomend, groot verdriet onderweg hierheen, zet de ambulances en brancards vast klaar, houdt de tranen tegen...

En toen hoorde ze het. De tranen. De tranen die in het echt naast haar geplengd werden, diep en intens verdrietig. Maar het waren niet de hare. Ze keerde zich naar Oeri en zag dat hij opgekruld meegevoerd werd in het snikken van iemand die weet dat het grote verdriet dáár is en er niet meer aan valt te ontkomen.

Toen keek hij haar aan, probeerde het snikken te bedwingen en zei, Naäma, Naäma, Naäma, met een stem die zachter en dierbaarder was dan ooit tevoren. Naäma beet op haar lippen en zei, wat? Weer snikte Oeri en daarna zei hij, Naäma, mijn Naäma, ga niet bij me weg alsjeblieft. Alsjeblieft ga niet bij me weg. Ik hou van je, Naäma, ik hou zo veel van je, ga alsjeblieft nu niet bij me weg.

Hij bleef tot aan de ochtend zo huilen. Naäma was in eerste instantie verrukt door deze onverwachte ontwikkeling van een nachtmerrie tot iets dat zoeter was dan zelfs dromen konden verzinnen, maar begon in paniek te raken nu de lucht achter de ramen verbleekte en het gehuil nog steeds niet opgehouden was. Ik ga niet, ik ga niet, ik ga niet bij je weg. Ze was inmiddels zelf ook gaan snikken toen haar omhelzingen het wanhopige, schokkerige, onverwachte en onbegrijpelijke huilen van Oeri niet kalmeerde. Om vijf uur 's ochtends werd Itamar wakker en keek verwonderd naar zijn ouders, die opgeblazen waren van de tranen en van de beloftes, gezalfd met een nieuwe-oude-nieuwe liefde. Naäma en Oeri stonden een moment rustig naar het kleine, rossige kindje te kijken dat op het grote bed naar hen opkeek terwijl een langzame streling van liefde boven hen doorbrak als een zonnestraal door een wolk.

Maar enkele uren later stond Naäma geschrokken midden in de keuken, met een groot bakblik vol kip die de oven nog in moest naast zich en een plas water die zich om haar voeten vormde. In het ziekenhuis zeiden ze dat er niks aan de hand was, dat wil zeggen: er was wel iets aan de hand, maar het was niks bijzonders. Het overkwam heel veel vrouwen. Eén op de vijf. Of één op de acht. Naäma kon zich de statistieken niet precies herinneren. De artsen zeiden dat ze er niet te veel achter moest zoeken. Het was nou eenmaal gebeurd. Ze weigerden haar te vertellen wat het geslacht van het kindje was dat ze verloren had. En ze wist dat ze verdriet zou moeten hebben, ze besefte dat ze geacht werd bitter te huilen, dat ze moest rouwen, maar niets kon het stralende, feestelijke gevoel beteugelen van de eindeloze knuffels en omhelzingen die ze in die tijd van Oeri kreeg, van de warmte die hij uitstraalde, van dat geluk, dat leek op alle wonderen tegelijk en al het andere verdreef.

Gadi had Balli ooit eens verteld over een kindermeisje uit Metoella dat haar neus uit het raam stak en zei, nou, nou, het wordt geen makkelijke dag vandaag voor ons, volgens mij kun je maar beter je auto starten vandaag want ik heb het gevoel dat er een probleem zal zijn met de elektrische apparatuur. Het grappige aan dit hele verhaal was dat ze meestal gelijk had, en zelfs als het Gadi lukte om de auto te starten en zelfs als hij heelhuids de kibboets bereikte, was er onderweg iets kapotgegaan, als het niet de auto was, dan wel de computer in de stal, en als het niet de computer in de stal was, dan wel Galja's koelkast en het was moeilijk te bepalen wat ergerlijker was: melken zonder computer, Gadi die er geen benul van had hoe je een lekke band moest vervangen of de taart met stukjes chocolade-ijs van Galja die op het punt stond te smelten.

Die winter hing er beslist iets in de lucht. *Love is in the air, everywhere you look around.*

Balli en Assaf bijvoorbeeld. Balli's liefde voor Assaf ontwikkelde zich langzaam, haast ongemerkt, bijna zoals de schildpad die hij voor Sjira had meegebracht. Die schildpad die in de hoek van de grote doos stond die hem was toegewezen en met zijn kleine bolle oogjes naar het stuk kool keek dat Sjira hem gegeven had, keek en keek en keek, en ondertussen viel het helemaal niet op dat hij ook nog kroop. Kroop en kroop en kroop, tot Sjira diezelfde avond schrok, Saffi, Saffi, waar is de schildpad? Mijn schildpad? Is mijn schildpad verdwenen? Maar Assaf ging naar haar toe en Balli, die in de andere kamer was, en ook de schildpad die onder de handdoek zat die in de doos lag, hoorden het aangename, kalmerende gefluister, hij is hier, schoonheid, natuurlijk is hij er, wat dacht je? Dat zo'n verstandige schildpad als hij bij zo'n fantastisch meisje weg zou lopen?

Zo ging het ook met Balli's liefde. Die was verstandig en langzaam, en had geen enkele intentie om uit de doos te vluchten die eruitzag alsof hij was voortgekomen uit Brenda's meest rooskleurige dromen.

Er was nog iets anders. Balli was niet in Assaf geïnteresseerd zoals ze in andere mannen in haar leven geïnteresseerd was geweest en in ieder geval verrukte hij haar niet op die manier, maar met zijn rust, zijn geduld, zijn langzame en voorzichtige wijze van toenadering zoeken wist hij haar te raken zoals nog nooit iemand was gelukt. Haar echt te raken. Er zat iets ontwapenends in de grondige toewijding waarmee hij haar aanraakte en steeds weer raakte, onophoudelijk, onvermoeibaar en in zekere mate tegengesteld aan zijn beheerste manieren die hem zo geliefd maakten bij Brenda.

De eerste nacht in hun nieuwe appartement, toen Sjira bij Brenda en Mikki logeerde, ploften ze uitgeput op het bed en toen ze onder de deken kropen, werden ze bedolven door tientallen krijtjes, stiften en kwasten. Op dat moment herinnerde Balli zich dat ze bij het inpakken, toen de dozen op waren, een gedeelte van de spullen in lakens en slopen had gestopt. Ze stonden op en begonnen alle kleurtjes te verzamelen, en Sjira had – natuurlijk – heel veel krijtjes en minstens evenveel stiften en potloden, toen Balli iets zachts en aangenaams op haar rug voelde. Verrast draaide ze zich naar Assaf om en zag dat hij een zilveren stift in zijn hand had, en hij zei glimlachend, waarom beweeg je? Nou is mijn hele tekening bedorven, waarop Balli gehoorzaam op haar zij ging liggen; om twee uur 's nachts waren ze allebei van top tot teen bedekt met plakkaatverf en stift, en ook de wand naast het bed zat onder de onbedoelde verfspetters. Vlak voordat ze in slaap vielen zei Assaf dat hij de wand morgen zou witten, maar de volgende ochtend waren ze het allebei vergeten en zo bleef de wand naast het bed altijd geschilderd in het roomwit dat Balli voor het nieuwe appartement had uitgekozen, gestippeld met onbedoelde verfspetters die haar, zelfs nadat Assaf vertrokken was, aan die eerste nacht in het appartement herinnerden, toen de lucht bezwangerd was met liefde en tedere penseelstreken.

De volgende ochtend kreeg ze een nieuwe baan aangeboden. Zoals Brenda dat zei, *That's the way it is, baby*, wanneer de zaken goed komen, dan komen ze goed. Op de ochtend van het sollicitatiegesprek stond ze voor de spiegel te dubben of ze haar haar vast zou doen of niet. Vanuit de keuken hoorde ze Assaf en Sjira samen een omelet maken, 'melèt met sladuh' zoals Sjira dat vroeger noemde. Die klaterende stemmen uit de keuken, samen met de zware geur van de omelet en haar eigen aangeklede gestalte in de spiegel zorgden ervoor dat Balli ineens moest glimlachen zonder te weten waarom. Een klein, vluchtig glimlachje van tevredenheid en rust. Ze besloot haar haar op te steken, want dan zag ze er serieuzer uit, en liep naar de keuken om de koffie te drinken die Assaf voor haar gemaakt had. Weet je, Sjira'lè? Mama gaat vandaag heel veel werk krijgen.

Ik ga geen werk krijgen vandaag, ik ga alleen op gesprek.

Je gaat het gewoon krijgen.

Balli hield van die eigenschap van Assaf. De wetenschap dat je kreeg wat je wilde, alleen omdat je het zo wilde. Het was niet zozeer zelfvertrouwen of een levensfilosofie, maar zo zat hij gewoon in elkaar. Balli hield van die eigenschap, maar er was iets anders wat haar stoorde; ze keek naar Assaf en Sjira die salade van hetzelfde bord zaten te eten en voelde zich ineens, opnieuw, een beetje overbodig. Ze wist dat het onzin was om zich zo te voelen, maar desondanks zei ze, hé, is er ook nog wat salade voor mij? En Sjira zei, nee! En Balli zei, nou moe, waarop Sjira zei, het is niet erg, we maken wel nieuwe voor je. Balli glimlachte en dacht terug aan de afgelopen winter, aan Sjira's gehuil 's nachts, aan de vermoeidheid en de duisternis, en ze keek voldaan naar het licht dat in het nieuwe appartement opkwam. En toch. Er zijn van die gedachten, hoe kinderachtig, onzinnig of onnozel ze ook zijn – die onafwendbaar opkomen.

Ze kreeg de baan. Als de dingen goed komen, komen ze gewoon goed. Het was een geweldige baan. Met een klein beetje stress, maar niet al te veel, redelijk interessant, maar niet zo dat je er gek van werd. Werk. Eindredacteur van *Hoe staat het ervoor?*, een dagelijkse nieuwsuitzending voor kinderen in de middag, een vernieuwend idee van het hoofd van de nieuwsafdeling: een nieuwsuitzending voor kinderen maken. Een klein team, twee onderzoekers, ondersteuning vanuit de centrale nieuwsafdeling en Balli. Een klein kantoortje aan de rand van de drukke, lawaaiige redactie. Balli bracht een foto en een vaas bloemen mee en mensen kwamen het kantoortje binnen: correspondenten, redacteurs, het hoofd van de nieuwsafdeling. Sigaretten, automatenkoffie en de half-vermoeide-half-onverschillige blik van mensen die elke dag naar dezelfde plek toe gaan: mens, wat had ik een moeite om vandaag mijn bed uit te komen, nog een kopje koffie? Sigaret? Een nieuwe trui die de jukbeenderen en de rust benadrukt van de vrouw die een bed heeft waar het moeilijk uitkomen is 's ochtends, die zegt, ik moet even naar de crèche bellen, vragen hoe het met Sjira gaat, ze was verschrikkelijk aan het hoesten vanochtend, en Assaf. Assaf, die zo nu en dan belt en zegt, schoonheid, weet je wel dat ik je mis?

Balli liet een foto van Assaf en Sjira zien aan de productieassistentes en ook aan Tsipi, de procudente van de uitzending.

Alledrie zeiden ze dat Sjira een plaatje was. Iedereen was het erover eens dat Assaf een stuk was. Niemand wilde geloven dat Assaf en Balli nog maar minder dan een jaar bij elkaar waren. Jullie zien eruit alsof jullie zo'n gelukkig gezinnetje vormen, zei Tsipi, zo'n volmaakt gezinnetje. Balli glimlachte breed en voldaan en registreerde toen Tsipi's smalle ogen die de foto opnieuw onderzoekend bekeken, en werd door een grote paniek overspoeld. We zijn echt niet zo volmaakt, hoe kom je erbij, zei ze, je hebt er geen idee van wat ik allemaal doorgemaakt heb, echt geen idee.

En toen kwam het bericht.

Het lichaam van een Arabische herderin is gevonden door een van de kinderen van het Huis, het niet-officiële tehuis voor kinderen die weggestuurd waren uit het pedagogisch systeem, gevestigd in het verlaten hoofdkwartier van de Britse politie, twee kilometer buiten Sjchem. Het internaat is opgericht door Oeri en Naäma Kaplan. Oeri Kaplan, die bekendstaat als een van de extremere figuren onder de kolonisten op de Westelijke Jordaanoever, is ongeveer twee jaar geleden opgepakt op verdenking van betrokkenheid bij de moord op de premier. Ook de pupil die het lichaam heeft ontdekt en die niet bij naam genoemd mag worden, is een bekende van de politie en is diverse keren opgepakt. Ongeveer een jaar geleden was hij, samen met enkele andere jongens, betrokken bij een incident waarbij een zakje urine naar de minister van Buitenlandse Zaken werd gegooid.

De sprong die Balli maakte was zo onverwacht dat Tsipi's kop koffie uit haar hand viel, brak en vele druppels koffie in het rond spatten die de tafel, de ochtendkranten en Balli's nieuwe trui bevlekten.

Het speet Tsipi verschrikkelijk. Balli rende naar het toilet om te proberen de vlekken uit haar trui en uit haar gedachten te spoelen, maar in plaats van dat de vlekken eruit gingen, verspreidden ze zich nat en weerbarstig verder in de trui. Haar gedachten daarentegen verstrooiden zich tamelijk makkelijk. Neem de telefoon, bel erheen, instrueerde Balli een van de productieassistentes. Noem mijn naam niet. Vraag of je Naäma te spreken kunt krijgen. Zeg dat we er een team heen willen sturen.

Naäma nam op. Nee, dank u, we zijn er niet in geïnteresseerd om nu met iemand te praten. Ja, het kind dat het lichaam heeft ontdekt, is een kind van het Huis. Ja, het is een geweldig kind. Gevoelig. Nee, ik heb u al gezegd, we zijn er niet in geïnteresseerd om de kinderen bloot te stellen of blootgesteld te zien, dank u wel en goedendag.

Balli zei tegen de productieassistente dat ze nog een keer moest bellen. Om naar Oeri te vragen. Hij was veel vriendelijker, rapporteerde de productieassistente later, veel, veel aardiger. Hij zei dat hij met plezier met hen wilde samenwerken, hij zei dat het kind dat het lichaam had gevonden een geweldige jongen was en als hij geen spreekverbod had, zou hij vrijelijk met ons praten, maar ondertussen kunnen we een van de andere meisjes te spreken krijgen, Anat of zo. Hij had alleen verzocht niet naar hun familiegeschiedenis te vragen en hij erop vertrouwde dat we daar verantwoordelijk mee zouden omgaan. Hij heeft gezegd dat we over een halfuur terug moesten bellen, dan zou Anat bij de telefoon zitten wachten. Heb je mijn naam genoemd? vroeg Balli achterdochtig. Echt niet, antwoordde de productieassistente, je had toch gezegd dat ik dat niet moest doen?

Toen Anat in de studio aankwam, schrok Balli ervan toen ze zag hoe jong ze eigenlijk was. Nauwelijks zestien, meer niet. Ze sprak snel en vloeiend, en pas aan het eind van het interview realiseerde Balli zich dat die manier van spreken haar aan Sjlomkits van vroeger deed denken, bij wie de woorden elkaar vol vurige overtuiging zonder enig vraagteken opvolgden. Ze vertelde over haar rondgang door andere instituten, ze vertelde over de dag waarop ze Oeri had ontmoet, ze vertelde over haar vriendinnetje, dat drie maanden lang geen stom woord had gezegd en ook vandaag haar mond nog niet zou hebben opengedaan, als ze Oeri niet had ontmoet. Ze vertelde dat Oeri en Naäma niet als haar ouders waren, ze waren echt haar ouders, ze zei dat ze iedereen zulke ouders toewenste, biologisch of niet. Balli stond tegenover twaalf schermen in de regiekamer en merkte ineens dat ze zichzelf onder haar dunne trui een kneepje gaf, een scherpe pijn van het kneepje dat ineens ophield, verspreidde zich door haar lichaam, vanaf haar buik tot aan de tranen die in haar keel zaten. Het was een fantastisch interview. Binnen twee minuten hing Chilik aan de lijn. Schoonheid! Ik wil het nummer van dat meisje, en zeg eens, die Oeri, is dat niet dat knaapje dat zijn hart aan jou had verpand?

Ja, dat is hem.

Je meent het, de vrienden die jij erop nahoudt, ik zeg het je...

Bij de avondvergadering werden Balli en haar team geprezen door de hoofdredacteur van het journaal die zei dat hij niets lelijks wilde zeggen over het Jeugdjournaal, maar hij hoopte dat hij niet tot conclusie moest komen dat dit team en deze redactrice verloren waren gegaan voor het middagjournaal. Na de vergadering klampte hij haar aan bij de lift. Zijn blauwe ogen bekeken het nieuwe truitje ongegeneerd, ik heb daarstraks met Chilik gepraat, ik heb hem bedankt dat hij jou aangeraden heeft.

Balli wilde protesteren. Die Chilik en zijn behoefte om bij alles met de eer te gaan strijken. En deze baan had ze gekregen zonder dat hij er ook maar iets mee te maken had gehad, maar ze glimlachte naar de eindredacteur en zei, Chilik en ik zijn al heel lang bevriend.

Dat heb ik gehoord.

Hij had iets onaangenaams in zijn ogen, die staalblauw van kleur waren. Wat is er met je truitje gebeurd? Hij raakte haar schouder lichtjes aan.

Ah. Dat? Dat is niks, ik heb eerder koffie over me heen gekregen.

Een kille, dreigende golf van ongemak en onrust deed haar lichaam rillen toen ze in de lift naar beneden ging, maar toen ze haar huis binnenstapte, met Sjira die gekleed in de nieuwe, roze jas (waar met flonkerende gouden en zilveren lijnen Assepoester op getekend was) die Brenda voor haar gekocht had, en met Brenda die naar haar glimlachte, *How are you, my little sweety? You look so nice. Oh my God! What happened to your lovely sweater?* – ging de kille bijtende golf voorbij en werd ze weer vervuld van dat nieuwe gevoel, dat aanvoelde als een glimlach van Brenda, het gevoel dat de dingen allemaal precies op hun plaats waren.

*

Op de dag dat Assaf Balli ten huwelijk vroeg, zei Natan tegen Sjlomkits dat hij het niet meer kon opbrengen, dat deze hele geschiedenis hem te veel werd en dat hij haar smeekte om er niet over na te denken, om er zelfs niet over te denken om Joram te verlaten. En zeker niet om hem.

Sjlomkits zei dat dat duidelijk was. Dat het in ieder geval niet om hem zou zijn. Natan zei dat het de grootste fout van haar leven zou zijn als ze het überhaupt deed. Jullie hebben een kind, zei hij, denk aan jullie kind, en Sjlomkits strekte haar hand uit om zijn zilveren lokken te strelen, maar hij stond snel op, trok een T-shirt aan, bond zijn haren in een staart en zei, deze hele geschiedenis wordt me te veel, Sjlomkits, ik wil dat we ermee ophouden.

Ook Sjlomkits stond op, kleedde zich zwijgend aan, pakte zwijgend haar tas en ging zwijgend bij de deur staan. De spiegel in de hal kaatste het beeld van een vrouw met een verward kapsel en geschrokken ogen naar haar terug, terwijl Natan op zijn ietwat versleten bank bleef zitten en zich niet naar achteren omkeerde. Ze deed de deur open en vertrok. De manier waarop ze vertrok had iets elegants. Iets fatalistisch. Twee jaar lang had deze liefde de kop opgestoken, had dimensies, volume, aanwezigheid gekregen als iets dat bestond, dat aanwezig was, maar alles wat er is en aanwezig is, kan ook verloren gaan als je niet oppast, als je niet voldoende oppast, en Sjlomkits had gedacht dat ze voldoende opgepast had.

Maar die dag besefte ze dat zoiets als 'voldoende oppassen' niet bestaat en toen ze naar huis ging, rechtop en zonder achterom te kijken, voelde ze opluchting. Ja. Het eerste gevoel dat haar vervulde was kalme en rustgevende opluchting. De opluchting van iemand die zo lang voorzichtig is geweest en nu de ogen kon sluiten, de ogen kon sluiten en midden op straat kon lopen huilen.

Er ging een maand voorbij. Sjlomkits zal nooit, echt nooit weten hoe die maand voorbij ging. In haar herinnering is die opgetekend als een lang ogenblik, als oogleden die niet kunnen knipperen, als een glimlach die zo breed is dat je niet meer weet hoe je hem van je moet laten afglijden.

Natan zei dat hij blij was dat ze het zo hadden kunnen afsluiten, op zo'n prettige manier. Dat hij zich voor het eerst van zijn leven als een volwassen mens had gedragen en dat dat aan haar te danken was, dat was duidelijk aan haar te danken, aan haar kalmte, haar wijsheid en haar volwassenheid, en Sjlomkits zei, we moeten het hebben over het eindfeest, ik wil dat we iets groots doen voor het eindfeest; Natan begreep dat zij het niet wilde, ze wilde niet over hen en over wat er geweest was praten, en dat respecteerde hij, want dankzij haar had hij geleerd zich als een volwassen en verstandig mens te gedragen, hij respecteerde dat en verder zouden ze nooit meer een woord reppen over wat er was geweest, of over de rode vurige tongen van pijn die zich steeds verder vormden in Sjlomkits' onbewuste gedachten en die de onuitgesproken woorden steeds meer schroeiden.

Op de dag dat Assaf Balli ten huwelijk vroeg, werd Oeri opnieuw gearresteerd. Het was op woensdagavond, midden in het verjaardagsfeestje van Meni, dat tevens het herenigingsfeestje was van Meni met zijn vader, die hij twaalf jaar lang niet had gezien. Meni was juist bezig (niet geheel moeiteloos, maar met heel veel goeie bedoelingen) met het voorlezen van de dankbrief die hij Oeri had geschreven, een brief die verhaalde over hoe zij elkaar vier jaar geleden ontmoet hadden, een brief die verhaalde over hoe Oeri hem de tafels had geleerd, een brief die verhaalde over hoe Oeri ervoor gestreden had dat Meni niet de schuld kreeg, dat hij er niet in betrokken moest worden, dat hij niet in verband moest worden gebracht met het lichaam dat hij, bij toeval, gevonden had, een maand geleden toen hij op het paard zonder naam had gereden, het paard dat Oeri hem had beloofd te geven op de dag dat hij uit dienst zou afzwaaien. Het was echt een gevoelige brief, zo gevoelig dat zelfs Meni's vader, die toch niet gemakkelijk emotioneel werd, tot tranen toe geroerd werd en toen – precies toen – verschenen vijf witte ongemarkeerde auto's op het erf, kwamen met piepende remmen tot stilstand op maar enkele meters van de prachtig gedekte tafels die Naäma en de meisjes hadden verzorgd.

Tien mannen met kortgeknipt haar en zonnebrillen op stapten allemaal tegelijk uit de auto's en het zwarte paard, zonder naam, schrok zo van alle herrie, geschreeuw en chaos dat het het touw waarmee het aan de stal was gebonden brak en weggaloppeerde; onderweg denderde het door de bedden met organische groenten, waarbij het groene tomaten en kleine stukjes meiknol naar alle kanten liet opspatten.

Ze wierpen zich op Oeri. Een andere beschrijving bestaat niet. Alle kortharige kerels met zwarte zonnebrillen die er waren, wierpen zich gewoon op Oeri, zonder acht te slaan op de kreten-smeek-bedes-tranen-geduw van de kinderen van het Huis of de gasten op het feest (inclusief Meni's vader, die toch wel vaker met agenten te maken had gehad, maar zo'n beestachtig gedrag nog nooit van zijn leven had gezien). Ze legden hem over een van de auto's en boeiden zijn handen achter zijn rug toen Naäma aangerend kwam, Oeri, Oeri, Oeri!

Niet dichterbij komen, een van de mannen duwde haar met een snelle armbeweging weg en Oeri zei, voorzichtig, het is een vrouw.

Wat zeg je? De lange man duwde Oeri snel terug op de motorkap, was je ook zo'n gentleman voor die arme vrouw in die grot?

Naäma hapte naar adem, welke vrouw, waar heeft hij het over, maar op datzelfde moment hoorde ze achter zich een scherpe kreet en bekend gehuil. Ze draaide zich om, zag Itamar geschrokken en stil aan de voet van de trap staan terwijl er bloed van zijn voorhoofd droop en begreep meteen wat er gebeurd was. De kleine, stille Itamar, dit kind dat geleerd had mee te wuiven met de wind en met de liefde die altijd van zijn ouders kwam, was nu in paniek zo snel zijn kleine beentjes hem dragen konden achter zijn moeder aangerend die in paniek naar zijn vader toe rende, maar de trap had te veel treden gehad, zijn moeder had te snel gerend en hij was naar beneden getuimeld. Het was geen lange trap, vier of vijf treden maar. Maar hoog. En Itamar was er vanaf getuimeld en tot stilstand gekomen, stil, geschrokken en keek naar zijn moeder en naar zijn vader terwijl er langzaam bloed van zijn voorhoofd drupte. Naäma draaide zich om en rende met een snelheid die haarzelf verraste naar hem toe en tilde hem op. Zo, met hem krijsend en bloedend in haar armen, liep ze het huis in, buiten adem, zonder zelfs maar een enkele vluchtige blik achterom te werpen naar al die vreemde kerels met hun harde blikken en hun haastige bewegingen, of naar alle kinderen van het Huis die in verwarring rondom stonden, of naar Oeri die daar een beetje verbijsterd naar haar verdwijnende rug stond te kijken.

Terwijl zij in de douche tegen Itamars hoofdwond stond te mompelen, stop, stop, alsof dat gemompel het bloed ertoe kon bewegen op te houden met stromen, voelde ze plotseling die pijn, een pijn die anders is dan alle andere liefdes. De pijn van de bloedende wond op het voorhoofd van de ander alsof het jouw wond is, het besef dat jouw leven, jouw geluk, jouw ziel vanaf nu tot in eeuwigheid afhankelijk zijn van een wond die open is gegaan op het voorhoofd van iemand anders, iemand die niet Oeri is.

Toen ze een halfuur later naar buiten kwam, was Itamars voorhoofd nog steeds aan het bloeden, maar minder, en was het buiten rustig. Vier van de vijf witte auto's waren er al niet meer. En ook Oeri niet. Vermoeid keek ze in de richting van de kinderen van het Huis die bij de stal stonden. Anat en Tanja waren aan het huilen. Meni's vader was aan het schreeuwen. Meni stond aan het eind van de stal en streelde de hals van Sjlomtsion. Naäma knuffelde Itamar, die rillend en vochtig onder de handdoek op zijn hoofd tegen haar aan stond en dacht uitgeput, wat moet ik nu, wat moet ik nu, wat moet ik nu...

Pardon? Zijn zachte stem maakte haar aan het schrikken. Ze maakte een sprongetje en Itamar begon weer te huilen. Het spijt me, het was niet mijn bedoeling u te laten schrikken.

Naäma schraapt haar keel. De lange man die tegenover haar stond, keek naar Itamar en beet op zijn lippen, het kind moet naar een dokter, zei hij, waarop Naäma de greep waarmee ze Itamar vast had verstevigde en koeltjes zei, we hebben een vriend die dokter is, hier, in Givat Hatamar, die zal ik bellen. De lange man keek naar een onzichtbaar punt op de muur en zei, ook hij is opgepakt. Een onzichtbare drilboor van angst en eenzaamheid begon de lucht in trilling te brengen en de man zei, ik heet Jankol, ik zou u nu echt graag behulpzaam willen zijn, het kind moet naar een arts, wilt u dat we de arts van het hoofdkwartier van onze eenheid laten komen?

Hij wees naar een rijtje witte gebouwen die langs de rand van de horizon stonden en Naäma herinnerde zich de gesprekken die Oeri met de kinderen van het huis had gevoerd: het gevaarlijkst zijn de mensen van de veiligheidsdienst, met van die vriendelijke ogen die aan jouw kant lijken te staan; onthoud dat ze nooit aan jouw kant staan, had ze hem een keer horen zeggen. Ze tilde de handdoek van Itamars voorhoofd waar de grote bloedende wond haar aangaapte terwijl de lange man naast haar in de portofoon sprak, Simi, Jankol hier, ik heb hier een kind met een gat in zijn hoofd, stuur met spoed een arts deze kant op.

*

Woensdagavond. Sjlomkits zat voor het vel papier waarop ze de aankondiging van het eindfeest had geschreven voor de ouders, we willen het fantastische jaar dat we hebben gehad afsluiten met een magisch feest vol dromen. Volgende week verandert onze crèche in een koninklijk paleis en alle gasten wordt verzocht gekleed als prinsen en prinsessen te verschijnen. Vriendelijke groet, Koning Natan en Koningin Sjlomit.

En precies op dat moment – Naäma's telefoontje. Buiten adem. Het: vraag maar niks. Het: mogen Itamar en ik een paar dagen bij jullie logeren?

Het: 'goed' dat haast fluisterend uit haar mond kwam was zo zwak dat iemand die minder wanhopig was dan Naäma de hint had begrepen. Maar Naäma was wanhopig. Buiten adem, het braken dat weer teruggekomen was, Itamar die geen moment haar rokken losliet en die gedachten, die gedachten die ze nu niet kon denken.

Eli's vader had haar tot haar volslagen verrassing meegedeeld dat hij Oeri dit keer niet wilde vertegenwoordigen. Naäma hoorde walging in zijn stem toen hij zei, kijk meisje, het komt niet goed uit. Het komt dit keer gewoon niet goed uit. Hij gaf haar een ander telefoonnummer. Van iemand anders. De man was uiterst vriendelijk bij hun eerste telefoongesprek, beleefd en zelfs geestdriftig. Maar nadat hij Oeri ontmoet had, klonk hij anders. Niet dat hij van de opdracht afzag. Maar er zat een zure ondertoon in zijn stem, als van iemand die wist dat hij iets ging doen waarvan hij later spijt zou krijgen. In ieder geval kreeg zij Oeri niet te spreken, zelfs geen moment, en ook de gearresteerde Elazar en Moria niet. Moria's vader, die iedere avond samen met haar op het pleintje buiten de gevangenis wachtte, was razend. Wat een mazzel dat zijn advocaat er vlug bij was geweest en een publicatieverbod had aangevraagd. Mazzel! zei hij, anders had je eens moeten zien hoe het er hier was toegegaan, hoeveel krantenkoppen ze hadden gemaakt over onze rug, die helden van de media. Naäma dacht aan haar advocaat en aan zijn beleefde, afstandelijke frasen, terwijl Moria's vader doordraafde, het komt allemaal door hem, zei hij, die premier, moge zijn naam weggevaagd worden, dat ze mijn hand mogen afhakken als ik nog een keer op hem stem, dat opportunistische stuk vreten dat graag omhelsd wil worden op het gazon voor het Witte Huis, terwijl wij, wij, wij het zijn die er de prijs voor betalen, wij zijn het lam dat hij offert, wij! Ze moesten zich schamen om een vrouw zomaar op te sluiten die midden in haar vruchtbaarheidsbehandeling zit...

Naäma haalde even heel rustig diep adem, dus Moria onderging een vruchtbaarheidsbehandeling. En ze zei, maar het belangrijkste is dat ze niet hebben gedaan... wat er gezegd wordt. Ze hebben het niet gedaan. Ze zijn geen moordenaars, dat is wat belangrijk is, ze hebben niemand vermoord, en dat is de waarheid, zij weten dat dat de waarheid is, maar Moria's vader zei, meiske, wees niet zo naïef, de waarheid heeft nog nooit iemand geholpen in dit land.

De ochtend na de arrestatie hadden alle kinderen van het Huis besloten dat ze naar Jeruzalem zouden gaan om een zitstaking te houden tegenover de Russische wijk en Naäma bekroop een nieuw verstikkend gevoel van urgentie. Ze moest hier weg. Ze moest nu hier weg. Ze vroeg, om een uur of één, halftwee, is dat goed? Sjlomkits vond het goed. Natuurlijk had ze ja gezegd, maar nu waren ze er en het was zo warm, en Sjlomkits was niet thuis. Naäma probeerde een berekening te maken. Sjlomkits' crèche sloot om kwart voor twaalf, die van Daniël misschien een kwartier later, maar nu was het al tien voor twee, tien over twee, al vijf over halfdrie...

Itamar was doodop. Naäma ging op de stoep voor het huis zitten en wiegde hem in haar armen, terwijl ze probeerde om niet terecht te komen in die bekende, verleidelijke, ziedende stroomversnelling die haar gelijke niet kende, die stroomversnelling van eenzaamheid, zelfmedelijden, neerslachtigheid en brandende pijn, die op de loer lag.

Om kwart voor drie arriveerde Sjlomkits; ze keek even met een verwarde blik naar Naäma alsof ze probeerde zich te herinneren wie deze vrouw was en waarom ze op de stoep voor haar huis zat, en viel haar vervolgens om de hals, hetgeen niet minder vreemd was dan haar blik, en zei, Namoeli, Namoeli, Namoeli, och, het spijt me zo...

Naäma zei dat het al goed was, maar Sjlomkits bleef volhouden dat het dat niet was. Ze gingen naar binnen, Itamar werd wakker en stond vastgeklampt aan Naäma's knieën, Daniël, die niet geslapen had, stond vastgeklampt aan Sjlomkits' knieën en zo stonden ze in Sjlomkits' keuken: een tweekoppig monster, twee uitgeputte vrouwen met tranen in hun ogen met twee huilerige kinderen die hun geen bewegingsvrijheid lieten.

Sjlomkits maakte thee voor zichzelf en schonk water in voor Naäma en toen de kinderen eindelijk zover waren dat ze voor de video van *Peter Pan* bleven zitten ging Naäma naar de logeerkamer, zette er haar tassen neer en zag daar de grote ingelijste foto van Joram op het bordes van het Witte Huis die boven de computer hing.

Naäma ging terug naar de keuken, wat een mooie werkkamer hebben jullie gemaakt...

Ineens zag ze het. Sjlomkits zat aan tafel. Haar hoofd voorovergebogen naast de half opgedronken kop thee terwijl haar schouders op een onmiskenbare manier schokten.

Naäma ging naast haar zitten, rustig en op alles voorbereid (kanker, baarmoederhalskanker, baarmoederverwijdering, buitenbaarmoederlijke zwangerschap).

Hé Sjlomkits, lieverd, wat is er aan de hand?

Ze legde een arm om Sjlomkits' bevende schouders en vergat een klein, vluchtig moment het gehuil dat gehoorzaam en ongehoord ophield in haar eigen schouders te beven. Want hier zat Sjlomkits in die prachtige keuken van haar aan tafel en liet de korte lokken van haar nieuwe kapsel besmeurd raken door de restanten roze kwark die Itamar en Daniël zojuist op tafel hadden geknoeid.

En toen ging Sjlomkits rechtop zitten, keek strak naar een kruimel die op de tafel lag en zei, ik ga bij hem weg.

Bij wie? bij... die ene kleuterleider?

Sjlomkits keek haar even met een vage blik aan en lachte, een korte, rauwe lach die Naäma niet kende, en zei toen, nee, niet bij die ene kleuterleider, en trouwens, hij heet niet die ene kleuterleider, hij heet Natan, en we zijn al niet meer bij elkaar. Ik ga bij Joram weg.

En toen barstte ze weer in huilen uit. Weer onstuitbare, dikke, heftige tranen. En Naäma zat naast haar en onderdrukte de hartstochtelijke behoefte om haar te omhelzen en tegen haar te zeggen, hou op zeg, hou op zeg, hou op zeg, er zijn liefdes die je niet mag verspillen, en ook de niet minder dringende behoefte om te gaan plassen.

En toen begon Sjlomkits te vertellen. Alles te vertellen. Dat Joram na de verkiezingen zo, zo tamelijk somber was geweest, en toen was Chamoetal met dat idee gekomen dat hij in het buitenland zijn doctoraat zou gaan doen. In het begin was ze enthousiast geweest, in het begin was ze er echt enthousiast over geweest, of tenminste over het feit dat Joram er enthousiast over was en zelfs een aantal universiteiten in Amerika bezocht had en... Het doet er niet toe, in ieder geval, hij had zich ingeschreven en alles, en nu, ongeveer een maand geleden, hadden ze laten weten dat hij was toegelaten. En niet zomaar. Aan Harvard. En toen had ze het ineens beseft, dat ze blijkbaar weg zouden gaan en dat ze de crèche moest sluiten en ze wilde de crèche helemaal niet sluiten en Natan...

Maar toen ze dat aan Natan had verteld, was alles in duigen gevallen. Hij had haar gezegd dat het hem allemaal te veel werd, dat ze er zelfs niet aan mocht denken om bij Joram weg te gaan, en ze had tegen hem gezegd dat het niet om hem was, dat het echt niet om hem was, maar wat moest ze in Harvard? Ze wilde daar niet wonen, ze wilde de crèche niet sluiten, haar crèche, die ze nog maar pas geopend had, en dat het misschien een goed idee was dat Joram er zonder haar heen zou gaan, dat ze een tijdje apart zouden zijn, en dat had niks met hem te maken, dat had natuurlijk helemaal niks met hem te maken, dat was iets tussen haar en Joram, ze waren al sinds hun veertiende bij elkaar, ze waren nooit apart geweest...

Naäma luisterde aandachtig en snapte er niets van en toen ze ten slotte ging plassen, bleef ze langer op de wc dan nodig was, enerzijds omdat ze probeerde over te geven, het probeerde, maar het was tevergeefs, en anderzijds omdat ze de blijdschap tot bedaren moest brengen die door haar gedachten vloog als een flonkerende, bijzonder duizelingwekkende Tinkerbell. Een kleine stralende vreugde die tussen vele gerechtvaardigde droevige gedachten door manoeuvreerde, een kleine vreugde die Sjlomkits en haar voornemens wilde omhelzen, de Sjlomkits die nu zelf wist hoe groot en bedreigend de pijn is van iemand die niets meer te verliezen heeft en ook al niets meer te winnen.

En toen klopte Sjlomkits op de deur, Namoeli? Gaat het? Is alles in orde? Naäma deed deur open, ja, en Sjlomkits vroeg, weet je het zeker? Ja, zei Naäma, echt waar en Sjlomkits zei, het spijt me dat ik... dat ik zo... dat ik je zo overval met mijn onzin, ik heb zelfs niet gevraagd hoe het met je is en of je het een beetje volhoudt, en hoe zit dat nou met die arrestatie...

De verlammende ontsteltenis waardoor Sjlomkits gegrepen werd nadat Naäma haar had verteld hoe het zat met deze arrestatie en waar Oeri van werd beschuldigd, maakte dat Naäma vond dat ze een fout, een grote fout had gemaakt door het aan haar te vertellen. Ze had het in het ongewisse moeten laten. Over een paar dagen zou immers duidelijk worden dat het allemaal onzin was. Waarom zou je het over iets hebben wat helemaal niet bestond? Hij heeft het niet gedaan, hij heeft het echt niet gedaan, je weet dat hij het echt niet gedaan heeft, Naäma's woorden vulden de gang naast het toilet in Jorams en Sjlomkits' huis en Naäma zei, ik weet niet hoe ze erbij komen, waar ze die onzin vandaan halen, ik weet alleen maar dat ze het niet gedaan hebben, dat Oeri het niet gedaan heeft, je weet hoe Oeri en ik zijn, het maakt niets uit wat hij gedaan zou hebben... En Moria en Elazar, ik ken ze, het zijn goede mensen, Sjlomkits, ik weet het, ik ken ze, ze hebben het niet gedaan, ik weet dat ze het niet gedaan hebben...

Sjlomkits legde een hand op haar schouder, natuurlijk weet ik dat, Naäma, ik heb geen moment gedacht dat hij het echt gedaan heeft en Naäma zag er ineens verloren uit in die smalle gang, als Alice in Wonderland die het verkeerde drankje heeft gedronken, terwijl ze stilletjes zei, Sjlomkits, Sjlomkits, Sjlomkits, wat zou ik toch zonder jou moeten.

Toen Joram, bezweet en in zijn sportkleren thuiskwam, hadden Naäma en Sjlomkits de tafel al gedekt met wegwerpservies. Naäma! zei hij met het soort verbazing waarvan je nooit wist of die even ontspannen was als ze klonk of dat ze gewoon iets probeerde te verhullen. Sjlomkits zei, ze zijn voor sjabbat gekomen, en Joram reageerde met oprecht klinkende blijdschap, Oeri is er ook? Sjlomkits zei, enigszins in verwarring, nee, Oeri is niet hier en Naäma zei Oeri zit in... En Sjlomkits zei vlug, we vertellen je alles later wel, ga nou eerst douchen en, nee, eigenlijk niet, doe alleen even een schoon shirt aan, de kinderen zijn al bekaf. Joram zei, ik douche in een paar seconden, maar Sjlomkits zei met scherpe stem, ze zijn al bekaf, douche later maar, waarop Joram zei, goed, goed, ik zal niet in je vaarwater zitten, en liep de gang in. Hoe was de wedstrijd? riep Sjlomkits hem achterna en Joram antwoordde zonder om te kijken, we hebben gewonnen!

Daarna gingen ze eten. Joram zei, dit is onwijs lekker en Sjlomkits zei, ik heb niet gekookt, dit komt van Adriana, en Joram glimlachte, ja, dat was ik vergeten, we hebben een fromme over de vloer. Naäma zei, ik wilde vragen, fromme als ik ben, is er hier in de buurt een synagoge? Die is er, zei Sjlomkits, naast de supermarkt, en Naäma zei dat ze er misschien morgenochtend naartoe zou gaan, en terwijl Joram nog een stuk van de pastei opschepte, vroeg hij, nou, en waar hangt die andere fromme uit? Is hij soms naar Moldavië afgereisd op pelgrimage naar de graven van de wijze rabbijnen?

Naäma en Sjlomkits keken elkaar eens aan. En Sjlomkits zei rustig, hij is gearresteerd.

Weer?

Ja.

Waarvoor deze keer? Op verdenking van medeplichtigheid aan de moord op Arlosoroff?

Nee, dat wil zeggen... Nou ja, hij is beschuldigd in verband met de moord op een of ander herderinnetje.

Herderinnetje?

Een meisje uit het dorp verderop.

De ontsteltenis die door Jorams bril heen zichtbaar was, leek op die van Sjlomkits enige uren eerder, en Naäma haastte zich te zeggen, nou ja, hij heeft het niet gedaan, natuurlijk heeft hij het niet gedaan, je kent Oeri toch, je weet dat het een grote vergissing is dat hij van zoiets beschuldigd wordt, je weet hoe hij is, hij valt al flauw als... Zelfs toen ik Itamar op de wereld zette kon hij niet in de verloskamer blijven, hij kan geen bloed zien, dus juist hij? Snap je, ze hebben een zondebok gevonden...

Joram keek haar even zwijgend aan en zei toen met een stem die beschimpend opgevat kon worden, maar waar eigenlijk verdriet uit sprak, weet je, toen ik... toen heel die geschiedenis met die fondsen speelde waar ik als het ware bij betrokken was, toen... toen waren er veel mensen die zeiden dat er zonder vuur geen rook was, geen rook zonder vuur, geen rook zonder vuur – hij stopte even, keek naar Sjlomkits die naar de colavlek keek op het gele tafellaken en ging toen verder, maar dat klopt niet, soms is er rook en geen vuur, wat fijn voor Oeri dat hij zo'n vrouw heeft als jij. Sjlomkits stond vlug op en zei, zullen we een watermeloen slachten? Watermeloen of ijs, wat zeggen jullie? En Daniël riep, ijsje! IJsje! En Itamar echode hem na, sje! Sje!

Daarna maakte Sjlomkits het bed in de logeerkamer op voor Naäma en Itamar, recht tegenover de foto van Joram, die naar de rug van de premier glimlachte. Naäma legde Itamar in bed en ging naast hem liggen en Itamar, die afgepeigerd was, deed zijn ogen dicht en sliep meteen in, terwijl Naäma hem zachtjes streelde. En toen, precies toen, begonnen de stemmen in de kamer ernaast. Naäma bevroor. Ze probeerde geen adem te halen. Niet te kuchen. Niet na te denken. Ze probeerde niet te luisteren. Het kon niet waar zijn – dat zou Sjlomkits haar toch niet aandoen – ze ging toch niet bij Joram weg precies nu Naäma er was, die niet in slaap kon komen in de andere kamer. Maar dat deed Sjlomkits dus wel. Ze had zo lang in de mallemolen van de angst rondgedraaid en vandaag ineens, tijdens het eten, toen Joram het over Naäma had gehad en over rook en vuur – toen had ze het beseft. Ze moest niet bang zijn. Ze moest niet langer bang zijn. Want Joram wist het. Hij had het met zoveel woorden gezegd, wat fijn voor Oeri dat je zo van hem houdt. Hij was niet achterlijk en niet ongevoelig en niet blind, hij zag dat ze niet zo van hem hield, zoals nodig was, zoals het hoorde en zoals hij verdiende. Ze moest niet langer bang zijn, ze moest hem dat vertellen wat hij al wist.

Joram, die eindelijk permissie had gekregen om te gaan douchen, ging dat vlug doen. Sjlomkits ging stil op het bed zitten, stond toen stilletjes op, liep de badkamer in, deed geluidloos het deksel van het toilet dicht en ging er zachtjes op zitten. Een overdreven, werktuiglijk stilzijn, als een gigantisch monster uit een oude griezelfilm, met rook uit de neusgaten, terwijl een grote kalmte, de kalmte van iemand die weet dat hij alles kapot gaat maken, in haar ogen verscheen.

Joram keek uit de douche, met een nat, rood, verbaasd gezicht, Sjlomit? Is alles in orde? Sjlomkits gaf geen antwoord en toen Joram de kraan dichtdraaide en uit de douche stapte (maar niet zonder zich eerst grondig te hebben afgedroogd in de douchecel, want Sjlomkits haatte het als er op de badkamervloer gedropen werd) keek hij haar weer aan, dit keer met zijn bril op, zag dat ze op het dichte toilet zat en vroeg opnieuw, Sjlomit? Is alles in orde?

Sjlomkits haalde diep adem. Ik wil dat we uit elkaar gaan, zei ze heel zachtjes. Maar Joram hoorde het wel. Je kon zien dat hij het gehoord had, want hij stond even heel stil en keek haar met volledige concentratie aan, een concentratie die bij mensen zoals Joram alleen veroorzaakt kon worden door verbazing of uitdaging of de combinatie van beide; er waren maar weinig dingen die hem op dit uur van de avond konden verrassen, en nog minder die hem konden uitdagen.

Hij stond daar enkele ogenblikken zwijgend naar haar te kijken en vroeg toen met zachte, haast wegstervende stem, waarom? Zij kon het antwoord dat naar voren raasde niet tegenhouden, ik hou van iemand anders, Joram, ik ben verliefd op iemand anders, ik kan niet meer.

Joram ging op de badkamervloer zitten, die weliswaar droog was, maar ook koud en onaangenaam aanvoelde aan een ietwat vochtig, ongekleed lichaam en Sjlomkits zag dat hij glimlachte, dacht opgelucht hoezeer ze gelijk had gehad, hoezeer het juist was, hoezeer het juist was om hem de simpele, volledige waarheid te vertellen, er ging niets boven de simpele, volledige, echte waarheid, en nu konden ze allebei glimlachen, nu konden ze eindelijk glimlachen, opgelucht, verbonden, met de liefde van iemand die weet dat het ergste al achter hem ligt.

Maar toen zag ze ineens dat over Jorams glimlach tranen biggelden. Klein. Doorzichtig. Ze biggelden over zijn gezicht naar beneden en vulden de lucht met een geluidloos, zwiepend 'hwisj'. Misschien was het de aanraking van zijn achterwerk op de koude vloer die hem aan dat eerste moment in de douche bij Sjlomkits' ouders herinnerde. Het moment waarmee alles begonnen was. Het moment waarop het peperkoekhuisje van de heks in vlammen opging en de losse geur van uien en citroen en heimwee verspreidde. Misschien – en misschien ook niet.

Misschien besefte hij gewoon, in een koud en verrassend moment, dat ook de meest vanzelfsprekende en vaste dingen kunnen veranderen. Misschien voelde hij gewoon, met een trillende dolksteek van pijn, dat Sjlomkits niet belichaamde wat 'zijn leven' heette, dat ze niet het ijkpunt en het aangename was, maar dat ze een vrouw van vlees en bloed was, met eigen emoties en eigen wensen en eigen benen. En dat ze die gewoon kon gebruiken, al die dingen die van haarzelf waren – en kon opstaan en vertrekken. Want Joram, in tegenstelling tot wat Sjlomkits dacht of misschien hoopte, had nergens bij nagedacht en niets vermoed en de opluchting, de opluchting die Sjlomkits zo graag voor zichzelf gewenst had, was ver te zoeken; Joram zat op de koude vloer, zijn hoofd verborgen tussen zijn knieën, Sjlomkits zat naar hem te kijken terwijl diepe vermoeidheid en groot verdriet naderbij kwamen, de armen uitnodigend geopend als twee troosters in een klassiek treurspel en zonder een woord te zeggen gleed ze naar beneden en ging naast hem op de vloer zitten om hem zwijgend te omhelzen.

Toen Naäma de volgende ochtend wakker werd, was Joram al niet meer thuis. Hij was naar basketbaltraining gegaan. Hij had gezegd dat hij erna misschien terug zou komen, of misschien ook niet. Misschien zou hij naar zijn moeders huis gaan om rustig na te kunnen denken, hij wilde even rustig nadenken over alles wat ze gezegd had en wat dat allemaal betekende. Sjlomkits had geen tegenwerpingen gemaakt. Ook omdat het vooruitzicht van een hele dag met hem en met Naäma in één huis te vertoeven haar die ochtend een straf toescheen, die zelfs zo'n schuldige vrouw als zij niet verdiende. Maar van de andere kant werd ze lichtelijk onrustig van zijn formulering, waarover wilde hij nadenken en wat zou de conclusie zijn die uit dat nadenken voortvloeide? En hoe zou het 's avonds zijn? En morgen? Hoe zou het morgen zijn als ze naar de crèche ging en Natan daar zou zien, hoe zou ze het hem vertellen, hoe zou ze het hem precies vertellen, en wat het belangrijkste was, wat zou hij zeggen, wat zou hij zeggen, wat zou hij zeggen wanneer ze het hem had verteld?

Toen Naäma terugkwam uit de synagoge, was het al middag. De weg naar Sjlomkits en Jorams huis was meestal niet lang. Maar op sjabbatmiddag, terwijl iedereen in mouwloze shirts en met een klein strandtasje in de andere richting loopt en Naäma beladen is met Itamar in haar armen, gekleed in haar paarse jurk die ineens aanvoelt als een kokend blik conserven, is de weg veel langer. Naäma ging Sjlomkits' huis weer binnen en was bezweet en geïrriteerd, terwijl ze zich realiseerde dat ze te gast was in een gezin dat uit elkaar aan het vallen was en dat gasten in zo'n uiteenvallend gezin geen recht hebben om geïrriteerd te zijn, al zeker niet vanwege de zon, de zee en de afstand van het huis naar de synagoge.

Ze zaten op het balkon, Naäma met een glas water en Sjlomkits met een koude koffie, toen de telefoon ging. Ik hoop maar dat hij het niet is, zei Sjlomkits, doelend op Joram.

Hij was het niet.

Het was Balli.

Balli?

Naäma was terneergeslagen. Dat ontbrak er nog maar aan.

Wat? Ongelofelijk, gefeliciteerd!

Naäma werd nog veel terneergeslagener. Gefeliciteerd? Waarmee? En waarom moest ze zo nodig nu bellen, juist nu, juist nu zij en Sjlomkits samen op het balkon zaten...

Wat? Moment, moment, vanaf het begin.

Naäma kon het niet volgen. En ook Sjlomkits, die met Balli aan de telefoon zat en zonder tussenwerpingen aanhoorde wat ze zei, had moeite om het te volgen. Wat Balli vertelde was verward, heftig en betraand en er moest enige orde in aangebracht worden.

Eergisteren had Assaf haar ten huwelijk gevraagd. Zomaar, in-eens. Ze was thuisgekomen van haar werk en hij had op haar ge-wacht, met bloemen, wijn en een ring. Stel je eens voor! Een ring. Een prachtige ring. Echt heel mooi. En toen was hij voor haar ge-knield. Stel je voor. Ik bedoel maar, ik had nooit gedacht dat me zoiets ooit zou overkomen, ik geloof niet eens dat ik wilde dat me zoiets zou overkomen, maar het is me overkomen. Balli stopte even en snufte. Het was net een droom. Ik zweer het je. Het was net een droom waarvan ik niet eens wist dat ik die had, en nu wordt hij werkelijkheid. En toen zijn we Sjira van ballet gaan halen en hebben we het haar verteld en ze is geweldig blij, ze is echt, echt heel blij en toen vroeg ze, weten Mikki en oma het? En toen zei Assaf, willen jullie dat we erheen gaan? Kom, we gaan erheen en dan gaan we het hun vertellen...

Weer stopte Balli. Sjlomkits zuchtte. Soms is het heel vermoeiend om naar andermans geluk te luisteren. Nou? vroeg ze.

Dus toen zijn we erheen gereden en ik weet wel dat mijn ouders niet dol zijn op verrassingsbezoeken, maar ik dacht dat ze heel blij zouden zijn, ik wist dat ze heel blij zouden zijn, dus ging ik erin mee, maar toen we aankwamen... en toen we aankwamen waren ze niet thuis en toen ik naar mijn vaders kantoor belde, zei de secre-taresse, ze zijn nog steeds in het ziekenhuis. Ik had geen flauw idee waar ze het over had, snap je? Ik ben in het huis van mijn ouders en Rina, mijn vaders secretaresse, zegt dat ze in het ziekenhuis zijn en dan moet ik haar vragen, welk ziekenhuis?

Op die manier werd Naäma duidelijk wat Sjlomkits duidelijk werd – dat wat Balli duidelijk geworden was. En Rina vertelde dat drie dagen daarvoor een grote tumor in haar moeders rechterborst was ontdekt en dat ze vanochtend was opgenomen voor een operatie die lang zou duren, want het was duidelijk geworden dat de tumor in de rechterborst niet de enige was, maar dat de ingreep nu bijna klaar zou moeten zijn. Wat een geluk dat Mikki een mobiele tele-foon heeft, hier heb ik het nummer. Ik heb het nummer van mijn vaders draagbare telefoon, had Balli Rina ongeduldig onderbroken, maar die zit in de auto. Maar Rina legde uit dat dat inmiddels ver-anderd was. Sinds kort kon hij de telefoon uit de auto meenemen, en Balli had Mikki met trillende stem opgebeld.

Alles is in orde, popje, alles is in orde, we hopen dat alles in orde is... Wat? Bij ons thuis? Wat doe je bij ons thuis?

Balli was in huilen uitgebarsten. We kwamen om jullie te vertellen dat we gaan trouwen, en op de gang naast de operatiekamer probeerde Mikki tevergeefs zijn tranen in te houden. Popje! Wat een prachtig nieuws, popje! Je moeder zal zo blij zijn! Als ze wakker wordt uit de operatie is dat het eerste wat ik haar vertel, het eerste, ze zal zo blij zijn.

Waarom hadden ze het haar niet verteld? vroeg Naäma.

Weet ik niet. Heb ik niet gevraagd, zei Sjlomkits.

Na-ja, eigenlijk is mijn moeder net zo. Ze houden er niet van om zulke dingen te vertellen, onze ouders, zei Naäma, en Sjlomkits haalde haar schouders op en zei, weet ik veel? Blijkbaar.

De volgende ochtend werden drie dingen duidelijk:

Joram had besloten om van Harvard af te zien. Maar niet van Sjlomkits.

Oeri stond inderdaad op het punt om binnen een paar dagen vrijgelaten te worden.

Brenda's operatie was geslaagd voor zover verwacht kon worden dat ze zou slagen. De tumoren waren verwijderd, maar de vele uitzaaiingen – die niet.

Diezelfde dag had Naäma voor het eerst een afspraak met de nieuwe advocaat, die dit keer een stuk hartelijker was. Hij vertelde dat hij met een van de hooggeplaatste rechercheurs in deze zaak had gesproken en die had tegen hem gezegd, onofficieel natuurlijk, dat het wel goed zou komen. De advocaat haalde even adem en zei toen, hij vroeg hoe het met uw zoontje ging, en Naäma schrok, wie? De advocaat zei, Janka'le, die rechercheur met wie ik gesproken heb, en Naäma haalde zwijgend adem, ah, die, en de advocaat zei, het is een goeie vent, beseft u dat, waarop Naäma ongeduldig zei, ik weet het, ik weet het. De advocaat zei vlug en op een ietwat andere toon, maar hoe het ook zij, weet wel dat alle berichtgeving over het Huis op Net 2, en in de weekendeditie op televisie enorm veel goeds hebben gedaan, en petje af voor u. Naäma antwoordde verward, welke berichtgevingen? Wat, weet u dat niet? Er was een lang verslag met dat meisje, hoe heet ze, van het Huis van jullie, en Naäma vroeg, Anat? De advocaat zei, die schoonheid, ik was ervan overtuigd dat u dat georganiseerd had, ze noemde onophoudelijk uw naam in het verslag en ook hoe heet hij, Granot, de redacteur van de weekendeditie, vertelde me dat u een heel goede vriendin bent van iemand van Net 2...

En toen herinnerde Naäma zich die dag, toen Meni gearresteerd was en de productieassistente had opgebeld. Balli? Ze was van Balli's programma geweest? En Oeri had Anat met haar laat praten? Gaat het met u? Zal ik een glaasje water halen? De advocaat was geschrokken van haar diepe gehoest, en Naäma zei, ja graag, ik heb het een beetje benauwd en met deze hitte – en ze dronk het hele glas lauw water dat hij voor haar gehaald had leeg, en vroeg daarna, dus wat nu? De advocaat zei dat hij het zeer optimistisch inzag, heel erg optimistisch.

Binnen een week keerde Oeri naar huis terug. Naäma, die besloten had hem te vragen wat er precies aan de hand was geweest, wat er nou eigenlijk precies aan de hand was geweest die nacht in die grot, besloot ten slotte het niet te vragen. Waarvoor? Ze dacht terug aan wat Joram had gezegd, wat fijn dat Oeri – ze herinnerde zich niet precies hoe hij het verwoord had – dat zijn vrouw hem zo vertrouwt? Zo op hem steunt? Zo van hem houdt? Maar ze herinnerde zich precies dat het een uiting was van buitengewoon grote waardering, voor haar, voor haar liefde, voor hun liefde, en er zijn liefdes die je niet mag verspillen, ze had het zelf tegen Sjlomkits gezegd, er zijn liefdes die je niet door overbodige vragen mag verspillen. Wat was er nou eigenlijk precies aan de hand geweest, daar? Wat maakte dat nu nog uit, het maakt nu niet meer uit, Oeri had dat arme meisje niet vermoord, vanzelfsprekend wist Naäma dat en blijkbaar de politie nu ook. Gezien het feit dat hij vrijgelaten was. Ze sprak niet meer met hem over die ene nacht, en ook niet met Moria en Elazar. En voor de feestdagen, toen Naäma voor haar les bij Moria kwam en rustig en verontschuldigend zei, ik moet je iets verheugends vertellen, schonk Moria haar een brede glimlach en zei, ik ook. En Naäma wist: kijk, zo is het zo, zoals Oeri dat zei, zo is het zo, uiteindelijk komt alles goed.

Aan het slot van het eindfeest deelde Sjlomkits briefjes uit over een ouderavond, waarbij ze met een beheerste stem, die alle brokken verborg of althans probeerde te verbergen, de mededeling deed dat Natan had laten weten dat hij volgend jaar niet bij hen verderging. De moeders begrepen er allemaal niets van, maar waarom? Waarom dan? Is het een kwestie van geld? We zijn bereid om meer te betalen, maar Sjlomkits legde met een bevende, broze kalmte uit dat het dat niet was. Dat het was om persoonlijke redenen waarover Natan het liever niet wilde hebben...

Ze besefte dat dit het begin van het einde van haar crèche was en ergens wenste ze dat misschien ook wel. Het enige wat Sjlomkits in die zomerdagen voelde was een intense moeheid. Alsof de duisternis die over haar en over haar leven was neergedaald echt nacht was, alsof alles in orde zou komen als ze alleen maar in haar bed kon kruipen om te slapen. Alleen maar slapen. Het is beter zo, legde ze Balli uit. Tegen Naäma zei ze, ik kon niet tegen Joram zeggen, nee ik wil het niet nog een keer proberen. Naäma en Balli hadden elk apart instemmend geknikt en Sjlomkits had zich gerealiseerd dat ze er niets van hadden begrepen en dat ze zo moe was dat ze alleen maar wilde slapen, wilde slapen zonder telkens wakker te worden van dezelfde terugkerende droom waarin Natan Natan was zoals zij zich hem herinnerde, zoals ze hem niet kon vergeten, maar eigenlijk was hij ook Daniël en was ze boos op hem, was ze verschrikkelijk boos op hem, ze stopte hem in het kleine, donkere kamertje met de stiften en deed de deur dicht zoals haar moeder dat met haar had gedaan al die jaren geleden, zoals ze dat Daniël nooit aan zou doen, en op dat ene momentje, voordat haar ademhaling weer gekalmeerd was, het is maar een droom, het is maar een droom, het is mijn droom, wist ze het – ze wist dat je dit de liefde niet kon aandoen, dat je die onmogelijk kon dwingen het kleine kamertje in te gaan en dan de deur op slot doen. Zelfs niet als zij slecht is en domme dingen doet en er nooit iets goeds uit haar voortvloeit.

Aan het eind van drie verschrikkelijke weken na de operatie waarin Brenda de behandelingen onderging die een definitief einde aan de uitzaaiingen zouden moeten maken, of ze in ieder geval tot wanhoop zouden moeten drijven, stond Brenda op uit haar bed en zag er prachtig uit; ondanks alles wat ze de afgelopen maand had doorgemaakt was ze prachtig en optimistisch. Ze belde Balli op, *Hello sweety, I want you to come to dinner this Friday, I want to celebrate your* bruiloft. In diezelfde drie weken had Balli nergens aan gedacht, nergens aan gedacht, alleen maar dat het voorbij moest gaan en dat het goed moest komen, dat het alleen maar goed moest komen en tussendoor was ze een kleine onderhandeling begonnen met God: als alles goed kwam, als Brenda zou genezen en alles in orde zou komen, zouden ze de bruiloft op het gazon van Brenda en Mikki houden en dan zou alles goed zijn, en zou iedereen blij zijn, oprecht blij zijn op dat moment van genade, als dat zou gebeuren, dan beloofde ze het. Ja, dat beloofde ze. Hoor je me, God? Die belofte deed ze. Ze zou braaf zijn, dit keer was het ernst. En als verzekering van die goede bedoelingen liet ze de nieuwsafdeling weten dat ze wegging, haar moeder was ziek en ze moest bij haar zijn. De hoofdredacteur was zo verbijsterd en van zijn stuk gebracht door deze mededeling dat hij de nieuwspresentator diezelfde avond vroeg om aan het slot van de uitzending te melden dat ze Balli verzochten om niet weg te gaan, en daarvoor kreeg het journaal veel – en terechte – kritiek, want het uitgebreide nieuws van Net 2 is niet de plek voor het doorgeven van berichten tussen werknemers, hoe hooggeplaatst en geliefd ook.

*

In december wonnen Oeri, Moria en Elazar de rechtszaak tegen hen en daarmee smolten alle vragen, zo die er al waren, weg. Het bleek dat de vrouw die vermoord was een conflict met haar familie had en dat ze gewoon naar de grot was gegaan om haar geliefde te ontmoeten. Ze had zich alleen in de grot vergist. Haar broers en haar echtgenoot ontkenden bij hoog bij laag dat ze haar vermoord hadden, maar ook Oeri, Elazar en Moria ontkenden dat ten stelligste en de rechters hadden er moeite mee te beslissen welke ontkenning ze geloofwaardiger vonden. Ook de aanklaagster voelde aan dat het gebeuren zijn vaart een beetje verloren had toen Oeri's advocaat, God mag weten hoe, onthulde wat de omstandigheden waren waaronder deze arme vrouw naar de grot was gekomen, en wat het vonnis definitief overstag deed gaan was de verrassende en sympathieke getuigenis van J., een van de hooggeplaatste rechercheurs in deze zaak, die zei dat Oeri Kaplan een innemende en positieve persoonlijkheid had, en dat het tehuis dat hij en zijn vrouw gesticht hadden een instituut was dat oprechte bewondering verdiende. Echte bewondering.

In januari sloot Sjlomkits de crèche. In februari schoor ze zich kaal met Jorams scheerapparaat. In maart zei Joram dat hij het zo niet meer volhield en vertrok.

In mei kondigde de minister van Volkshuisvesting aan dat de regering besloten had om een aantal nederzettingen te ontruimen en te ontmantelen, waaronder ook het Huis. Nee, antwoordde de woordvoerder van de minister, de beslissing had niets te maken met pressie vanuit Amerika en ook niet met de stemming in het Congres over de omvang van de steun aan Israël. Nee, antwoordde de minister van Welzijn, ze had er geen enkel probleem mee dat het Huis gesloopt zou worden. Inderdaad stond de beslissing om te ontruimen volledig los van de arrestatie van de oprichters en de verdenking die ze op zich hadden geladen met betrekking tot de moord op een Arabische jonge vrouw, maar anderzijds, ben ik er niet van overtuigd dat zo'n plek de ideale plek is voor de opvang en huisvesting van kinderen die toch al uit gebroken gezinnen vol spanningen kwamen, zei de minister van Welzijn die, sinds ze tot minister benoemd was in de nieuwe regering, een Januskop bleek te zijn, er verschillende meningen op na hield en begonnen was de meningen van de premier uit te dragen, die even veranderlijk waren als de wind.

Maar Joram, die nu in het Centrum voor Vrede werkte, had een schitterend idee en hij belde Oeri op om het aan hem voor te stellen – nadat het Huis ontmanteld was, zouden Oeri, Naäma en de kinderen verhuizen naar ergens anders, hij probeerde het voorzichtig te brengen maar Oeri riep, niet in de bezette gebieden, ik heb 't begrepen, nou? En Joram vervolgde, we zoeken ergens een plek voor jullie, geloof me dat er meer dan genoeg plekken zijn, en dan brengen we daar ook Arabische kinderen heen die het systeem uitgestuurd zijn. En Oeri zei, Joram, broeder, je bedoelt het goed en alles, maar het is onmogelijk dat joodse kinderen in een huis wonen samen met kinderen die... Nou ja, dat is onmogelijk, snap je dat? Maar Joram was bijzonder in zijn nopjes en raakte steeds verder in zijn nopjes door zijn eigen fabuleuze idee, en besloot het niet op te geven.

In juni werd onder goed gesternte Ruth geboren, een mollig, rossig baby'tje, dat – omdat ze een dochtertje was – uiteraard verlost was van zwaarmoedige vernoemingen, en omdat dat zo was, koos Naäma haar naam uit en besloot haar te vernoemen naar Gadi's moeder. Juist naar haar, hoewel, of misschien wel vooral, omdat haar aanwezigheid als oma in Naäma's leven minimaal was geweest en hoewel, of misschien vooral, omdat het Galja irriteerde. Ruth? Rúth? Wie noemt zijn kind nou Ruth?

Twee weken later overleed Brenda. Iedereen was bij haar begrafenis, iedereen behalve Oeri en Naäma. Maar Oeri kwam naderhand naar de sjivve. Naäma kwam niet. Niemand rent van hot naar her met een pasgeboren baby'tje om troostbezoeken af te leggen. Het was niet gepland, maar het kwam nu eenmaal zo uit dat diezelfde middag bijna iedereen naar Balli toe kwam. Sjlomkits, Joram, Jorams nieuwe vriendin Irit, Ohad en Sharon die over waren voor hun jaarlijkse bezoek aan Israël, en Oeri.

Bijna iedereen.

Ze zaten op het keurig verzorgde grasveld van Brenda's tuin, de Koreaanse hulp serveerde watermeloen en cola, en Balli zei dat het vreemd was, het was bijna als de generale repetitie van haar bruiloft die hier had zullen plaatsvinden, maar uiteindelijk toch niet, niet hier, helemaal niet omdat ze dit hele jaar, dit hele jaar achter Brenda's gezondheid aan hadden gehold, als een idiote kat die zijn eigen staart achterna zit. Sjlomkits glimlachte, er gaat niets boven Balli's uitdrukkingen, en Irit zei, wat een prachtige tuin is dit, en Balli zei, dat is mijn moeder, ze was een hartstochtelijk tuinierster, en Oeri zei, net als haar dochter, waarop Balli lachte en Irit, de achterdochtige, keek met de blik van iemand die nieuw is en oude grapjes niet begrijpt, en Balli zei, Oeri. Hij zegt altijd dat ik Moeder Natuurs grootste vijand ben, en Ohad zei, ja, er was toch een akkefietje met een kat die je ooit hebt vermoord? En Balli zei, dat was geen kat, ben je gek? Het waren twee goudvissen en het ging per ongeluk.

Later, in de keuken, zei Sjlomkits tegen haar, wat is die Irit een suffe tut, niet? En Balli zei, het is geen suffe tut, ze is gewoon. Ze is gewoon gewoon, en Sjlomkits vroeg, hoe is het met jou? Balli zei, ik weet het niet, eerlijk gezegd weet ik het niet echt – en toen stopte ze en vroeg zachtjes, waarom is Naäma niet gekomen? Ze heeft pas een baby'tje gekregen, Balli, zei Sjlomkits, en Oeri kwam de keuken binnen en zei, hé meisjes, wat is er aan de hand? Het is niet netjes om geheimpjes te hebben in gezelschap, en Balli zei, hé, ik heb je nog helemaal niet gefeliciteerd, er komen jullie gelukwensen toe, niet? En Oeri zei glimlachend, jazeker, jazeker, zo God het wil, en Sjlomkits vroeg, hoe is ze? Fantastisch, zei Oeri. Ze lijkt als twee druppels water op Naäma, maar haar neus is van mijn kant van de familie, en Sjlomkits zei, en Naäma? Oeri zei, jij hebt eergisteren met haar gepraat, je weet het vast en zeker beter dan ik, terwijl Balli naar de zilverkleurige koelkast keek waarop in volgorde foto's hingen van haar, van Tomer en Omer, van Sjira en van Tomers zoontje, van Assaf en van Tomers vrouw en van de nieuwe vriendin van Omer. Ze hield een grote huilbui binnen en zei, willen jullie ijs? Mijn moeder heeft vast en zeker een vriezer vol ijs.

Daarna aten ze zes verschillende smaken ijs en Sjlomkits zei, Brenda's ijs. Ze zou iets moeten doen met dat fantastische ijs van haar, en Balli zei, hoe bedoel je, en Sjlomkits zei, ik weet niet, verkopen of zo, en Oeri lachte, o ja. Ik zie Brenda echt zó voor me die ijs staat te verkopen en Sjlomkits zei boos, oef Oeri, je weet precies wat ik bedoel. Maar het is wel waar, zei Balli, uiteindelijk was ze tamelijk verspild, die moeder van mij, en Sjlomkits zei, ik herinner me een keer dat we dat spelletje speelde en Balli had iemand uitgekozen, ik weet niet meer wie, ik weet alleen nog dat jij zei dat als hij ijs was, dan was hij passievruchten of zoiets, en niemand wist wat een passievrucht überhaupt was.

Iedereen moest lachen.

Wie had je gekozen? zei Ohad en Balli antwoordde, ik heb geen flauw idee, maar Oeri zei, Naäma, je had Naäma gekozen en het was niet passievrucht, maar lychee. En Sharon zei, ohhh, dat spelletje, en Ohad zei, welk anders? *No offence*, zei Sharon, maar ik snap niet hoe jullie nooit genoeg krijgen van dat spelletje, en Joram zei, ik begrijp niet hoe we nooit genoeg van elkaar krijgen, waarop Sharon zei, ja, dat ook.

Als hij 'n kleur was, welke kleur was het dan? Paars.

Als hij 'n liedje was, welk liedje was het dan? Een liedje van Chava Alberstein.

Als hij eten was? Een roomsoesje.

Als hij ijs was?

Eens, toen Balli's ouders in het buitenland waren, had Naäma bij haar gelogeerd en was zo wild enthousiast geweest over het lychee-ijs dat Brenda zelf had gemaakt, dat ze de hele doos had leeggegeten en toen had ze 's nachts over Brenda's favoriete bank gekotst.

Wat was dat lang geleden. Nu stonden er nieuwe banken. En was Brenda er niet meer. En Naäma was ook niet gekomen. Haar baby'tje is nog maar pas geboren, Balli, en niemand rent van hot naar her met een pasgeboren baby'tje om troostbezoeken af te leggen.

Joram vertelde iedereen over zijn idee. Iedereen was enthousiast, zoals te verwachten was, en Oeri zat daar met een vreemde glimlach, die op zijn gezicht geplakt was alsof het een antiek theatermasker was, en liet het gesprek om hem heen uitrazen. Sharon zei dat het briljant was, en Joram glimlachte, en Irit zei, bedenk eens wat een positieve repercussies in de wereld dat zal hebben en Balli zei dat ze ergens had gelezen dat bij de Arabische bevolking het percentage jongeren dat uit het pedagogisch systeem gestuurd was het hoogst was in Israël, of in de wereld, dat wist ze niet meer precies, en Sjlomkits zei helemaal niets.

Maar toen deed Oeri zijn masker af en stond op. Mijn vrienden, zei hij, ik ben dol op jullie, weten jullie dat? Ik ben echt dol op jullie. Op jullie en op jullie fantastische liberale ideeën. Iedereen glimlachte en Oeri ging verder, nee, echt waar. Ik meen het juist echt. En weten jullie wat ik dacht? Ik kreeg ineens een idee. Ik heb de kinderen van het Huis beloofd dat we in de maand Chesjvan, voordat we op de wind verstrooid worden, een tochtje gaan maken. Ik wil dat ze het land te voet leren kennen. Ik denk erover om ze naar de woestijn van Judea mee te nemen, jullie weten wel, waar wij ooit eens een keer zijn geweest? En toen dacht ik ineens, waarom komen jullie niet ook?

Wie? vroeg iemand, hoezo wie? antwoordde Oeri. Jullie allemaal, met jullie kinderen en alles, we maken er een familietochtje van, wat vinden jullie ervan? Is dat geen goed idee? Een tocht met z'n allen, zoals toen? Joram keek hem stralend aan. Een geweldig idee. Gewoon geweldig, Oeri. Wij doen mee. Sjlomkits stond op, God is groot tot aan september, nietwaar? Oeri glimlachte naar haar, goede Sjlomit, hij is altijd groot, en Ohad zei, ik dacht dat het formaat niet vaststond, en Joram schoot hartelijk in de lach. Wat was het fijn om met oude vrienden geintjes te maken.

Later ging iedereen naar huis. Behalve Oeri. Voordat hij vertrok zei hij tegen Balli, ik hoop dat het goed was dat ik kwam, en Balli zei, ik ben blij dat je gekomen bent, Oeri. Het is een mitswa om rouwenden te troosten en Balli zei, dat weet ik en Oeri zei, ja. Ik weet dat je dat weet.

Er volgde stilte. Balli keek naar het verlichte huis van haar ouders en Oeri legde plotseling een hand op haar schouder, en trok die meteen weer terug terwijl hij zei, Balli, er is iets wat ik je wil vertellen.

Wat? vroeg Balli met een lichtelijk geschrokken stem, maar Oeri grinnikte en zei, maak je geen zorgen, het heeft niks met jou of met die zaakjes van je te maken. De woorden 'die zaakjes van je' spuwde hij met een zekere walging uit en Balli bekroop opnieuw het oude, bekende ongefocuste schuldgevoel dat haar als mist en als licht omgaf, een schuld die haar niet kon raken maar haar tegelijkertijd niet los kon laten.

En Oeri zei, ik wil graag dat je wat ik je ga vertellen aan niemand anders vertelt, want er zijn dingen, dat weet je, die beter verzwegen kunnen worden. Balli zei zachtjes, natuurlijk, en Oeri zei, van alle mensen op de wereld ben jij de enige op wie ik kan steunen in deze kwestie; Balli, die niet wist of dit een compliment of een belediging was, zei niets en Oeri nam een diepe ademteug. En vertelde het haar.

Een ijzige, woordeloze duisternis daalde over alles neer.

EPILOOG

Balli

Koud. Ze heeft het koud. Ze rilt. Ze denkt terug aan dat ene, dat laatste moment. Oeri's mouw met de geur van het kampvuur, en die angst, en het geluid van de vleermuizen die iedere keer paniekerig krijsten als geluiden van buiten binnendrongen, en Oeri's stem vanbinnen, schor en boos, die antwoord geeft.

Ze had niet met dit tochtje mee hoeven gaan. Ze had niet gehoeven. Ze had niet tegen Naäma hoeven zeggen wat ze tegen haar gezegd had. Ze had niet gehoeven. Ze had niet hoeven zwijgen nadat hij het haar verteld had – spijt rolde met duizelingwekkende snelheid terug in de tijd.

Nadat Oeri haar had verteld wat hij haar had verteld, was ze het huis van haar ouders binnengegaan, had geen woord gezegd, had Sjira naar bed gebracht en was bij haar vader, Tomer en Omer, Tomers vrouw en Assaf op het balkon gaan zitten. Assaf had gevraagd, Balli, is alles goed? Gaat het? En Balli had gezegd ja, had hem aangekeken, zich afvragend wat hij zou zeggen als ze het hem zou vertellen, en ze had zich gerealiseerd dat hij het juiste zou zeggen, het enig juiste, je moet naar de politie gaan, Balli, dat moet je echt, maar op een of andere manier kun je niet naar je vriend toegaan en tegen hem zeggen, er is een jongen met wie ik op de kleuterschool heb gezeten en ik wil je iets vertellen wat hij mij zojuist heeft verteld. Hij heeft me verteld dat hij een keer met zijn vriend in een grot was en ze ineens buiten een stem hadden gehoord, en ze wisten niet wie het was en ze waren een beetje in paniek en toen heeft hij geschoten – mijn vriend van de kleuterschool heeft geschoten en eerst dacht hij dat hij per ongeluk op Elazar, zijn vriend, geschoten had, want Elazar begon te schreeuwen en zijn arm was gaan bloeden, maar dat kwam blijkbaar door de splinters of zoiets, en pas later, na een paar minuten zagen ze het, zagen ze haar, en het was al te laat, toen ze haar zagen, ze lag bij de ingang van de grot en ademde al niet meer, Oeri, mijn vriend van de kleuterschool, heeft op een vrouw geschoten en haar omgebracht. Hij heeft haar omgebracht en dat is geheim. Nee, dat kon je niet vertellen. Want dan zou Assaf, jouw vriend, die goede, rechtschapen man die altijd weet wat er gedaan moet worden, tegen je zeggen, je moet naar de politie gaan, Balli. Je moet het ze vertellen. Deze man heeft iemand gedood en wie iemand heeft omgebracht, moet gestraft worden.

En je kunt het niet. Zoveel schuld en verdriet drukken op die vriendschap, tussen jou en de jongen die samen met jou op de kleuterschool zat. Jij kunt nu niet degene zijn die hem zal laten boeten. Jij niet. En je houdt je mond. Je houdt gewoon je mond. Je mond houden over geheimen kun je als de beste.

En misschien heeft het er niets mee te maken, en misschien ook wel, maar als de volgende ochtend de hoofdredacteur van het journaal een troostbezoek komt afleggen, want natuurlijk komt hij om zijn medeleven te betuigen – hij was immers tot voor kort je baas –, neem je hem mee naar de kamer die vroeger van jou was, toen je nog thuis woonde, en kijkt naar het bed, waar blauwe golven uitnodigend wiegen en moeten jullie allebei lachen. En wanneer jullie de kamer weer uit gaan, moet je heel even denken aan Assaf, je vriend, jouw lieve vriend, en word je overvallen door een plotselinge boosheid, want zo gaat dat met schandvlekken, die zijn altijd boos over wat rein is.

En wanneer de sjivve van je moeder voorbij is, deel je Assaf mee dat je teruggaat naar je werk. En na een maand, als hij je op de schuchtere manier van iemand die altijd weet wat het juiste is om te doen en die aanvoelt dat zijn vriendin hem door de vingers glipt, zal vragen, wat is er gaande, Balli? Wat is er aan de hand? en dan zul je denken aan alles en aan niks en dan zul je tegen hem zeggen, ik wil dat we uit elkaar gaan, Assaf.

Want zo gaat dat. Hoe zwaarder en verschrikkelijker de geheimen, hoe meer je op jezelf vertrouwt.

Ze had niet mee hoeven gaan met het tochtje. Dat is duidelijk. Ze had moeten vertellen wat Oeri haar verteld had en zich eens en voor altijd moeten losmaken van Oeri en van Naäma en van alle schuldgevoel en verdriet. Maar in plaats daarvan had ze gezwegen. En was ze meegegaan. En toen ze het aan Naäma vertelde – nee, ze vond niet dat ze het Naäma 'verteld' had, ze was ervan overtuigd geweest dat Naäma het wist, dat Naäma het wist omdat hij het haar verteld had.

Naäma wist het niet. En weer zat Balli in die bekende, die pijnlijke positie waardoor er bloed vloeide, van degene die onbedoeld, zonder enige opzet alles kapotmaakte.

Ze stond op. Ze had het koud. Mijn God, wat had ze het koud. Ze wilde naar huis.

Ze dacht terug aan Oeri. Aan zijn mouw, geurend naar het kampvuur. Ze dacht aan de woorden die door de lucht sneden, wat weet jij eigenlijk van iemand ontwijken, Balli?

Toen ze hier waren gearriveerd, was Assaf ook gekomen. Hij had Sjira langdurig en haar kort omhelsd terwijl Sjira huilde, Safi, Safi, ik wil dat we naar huis gaan.

Ze doet de deur open, een agent en een agente zitten op de gang. Zij staat een appeltje te schillen. Hij zegt iets tegen haar. Zij glimlacht.

De agente staat op, ja?

Balli zegt zachtjes, ik... ik heb het verschrikkelijk koud hier. Wanneer mag ik naar huis?

Nog een paar minuutjes, de agente loopt op haar af en legt een quasibemoedigende hand op haar schouder. Nog een paar minuutjes, goed?

Ze gaat weer zitten. Probeert de geur van het kampvuur niet te ruiken. Van de broek. Van de angst. Van het bloed.

Als hij angst was, hoe rook hij dan?

Oeri's ogen flikkerden in het slechte, gele licht toen ze bij het kampvuur gingen zitten en hij zei, herinneren jullie je dat ene festival bij Choersjat Tal, en hij lachte, als tegen zichzelf, keek Balli recht aan en zei, dat was de eerste keer dat ik Balli heb zien huilen; Naäma zei niets, keek alleen maar naar hun kindje dat onophoudelijk huilde.

En daarna had ze gespuwd.

Naäma was vlug opgestaan en Oeri had een beetje verward geglimlacht en een beetje verontschuldigend gezegd, ze spuugt heel veel, die kleine. We weten niet hoe het komt.

En daarna. Daarna. Balli had daar gezeten, nog doorschijnender dan anders, huiverend. Ze had echt gerild. En toen had ze Naäma aangekeken en gezegd, Naäma, o, Naäma. Ze was bang geweest. Ze was er bang voor geweest dat zoiets zou gebeuren nadat hij haar verteld had wat hij haar verteld had. Ze had tegen zichzelf gezegd, in de nachten dat ze niet in slaap kon komen had ze tegen zichzelf gezegd, straks gebeurt er nog iets verschrikkelijks, dat zul je zien, er gebeurt nog iets verschrikkelijks...

Wat kan er gebeuren? Naäma vroeg het met een stem waaruit meer achterdocht dan angst klonk.

Naäma, ik weet alles. Had Balli gezegd en het was haar niet gelukt haar glimlach tegen te houden. Het was haar niet gelukt de glimlach tegen te houden die binnen in haar straalde, een beetje wraakzuchtig, de glimlach die zich Naäma's zin herinnerde, ik weet alles Balli, het is het beste als je hier nu gewoon weggaat.

Het spijt me Balli, maar ik wil nu alleen zijn. En weer stond ze daar, te lang, niet wetend wat ze met haar handen aanmoest, met haar ogen, met de smeekbedes die ter hoogte van haar middenrif bleven haken, stuur me niet weg, stuur me niet weer weg...

En toen had ze Sjlomkits gebeld. Ze was heel angstig en had een onheilspellend voorgevoel. Ze belde Sjlomkits op en zei, kom hierheen, kom vlug hierheen, en als Sjlomkits arriveerde, dan zou ze het haar vertellen. Dan zou ze haar alles vertellen. Over Oeri en over wat hij haar verteld had. En over Naäma. En samen zouden ze weten wat ze moesten doen. Klaarwakker zat ze op Sjlomkits te wachten naast de slaapzak waarin Sjira lag te slapen, ze voelde de fluweelzachte warmte, het gedeelte dat verhoogde om Sjira's lichaam heen en ze gaf een voorzichtige kus op de dikke krullen, de tere wimpers, de wangetjes waaraan de geur van zweet en stof kleefde.

En toen was Sjlomkits gearriveerd.

En vlak daarna waren de auto's gekomen. Ze schreeuwden, iedereen uit de tenten, iedereen eruit, en iedereen kwam naar buiten, Sjlomkits rende naar Daniël toe, Sjira begon te huilen, een van de jongens uit Oeri's groepje begon te schreeuwen en toen was Oeri gaan rennen. Hij was naar haar toe gerend. Linea recta naar haar.

Liefde, haat, jaloezie, vriendschap – toen ze jong waren, waren er altijd van die meisjes geweest als Shirley en Iffi, die alle gele bloemetjes in het grasveld achter Oeri's huis hadden geplukt voor dit spelletje. Een stom spelletje, zei Balli altijd, wat heeft dat arme bloemetje nou van doen met die liefde-haat-nijd-vriendschap van jullie, en Oeri zei altijd, nou ja, ze koken dat bloemetje tenminste niet in heet water en dan zei Balli altijd, oef, Oeri, hou je bek.

Oeri.

Hij was recht op haar af gerend, en het eerste ogenblik had ze het niet begrepen, wat deed hij, wat deed hij? Waarom omhelsde hij haar nu? Maar toen, zijn mouw die naar het kampvuur rook en zijn schorre geschreeuw dat niemand zich mocht verroeren, één beweging of ze gaat eraan, horen jullie? Ik maak haar af als iemand ook maar een vin verroert!

Langzaam trokken ze zich terug en Balli zag Sjira, Sjira die daar met grote, verscheurde ogen stond toe te kijken en ze probeerde zich te verzetten, probeerde zich te verzetten, maar toen hoorde ze een stalen stem boven haar hoofd en Oeri die zei, rustig, Balli, of ik schiet je dood, je weet dat ik daartoe in staat ben.

Hoelang waren ze in de grot geweest? Ze wist het niet. Het angstaanjagende gefladder van vleermuizen die je op een meter afstand pas ziet, het geschreeuw van buiten, Oeri, Jankol hier, en Oeri die terugschreeuwde, Jankol, maak dat je hier wegkomt, maak dat je hier nu wegkomt of ik schiet haar dood, en de stem van buiten die zei, Oeri, het is goed, het is al goed, we zijn niet tegen je, en Oeri's lach die zelfs de vleermuizen angst aanjoeg.

Ineens begreep ze het, het was gepland. Heel deze grot, en de kinderen van het Huis. Het was gepland en ze vroeg aan hem, dus? Dus dit hele tochtje was... wat probeer je eigenlijk te bereiken? En Oeri zei, wat maakt dat nu nog uit, Balli, en Balli zei, doe niet zo ontwijkend, waarom heb je ons meegevraagd op deze tocht, Oeri? En zijn hese stem die schor en gebroken was, wat weet jij van ontwijken, Balli?

Er komt iemand de ruimte binnen. Hij doet het licht aan. Wat is dit nou? Hebben ze u hier zo achtergelaten om te bevriezen? Ongelofelijk, zegt hij glimlachend tegen haar. Karmelli, haal eens een deken voor haar, roept hij buiten en komt naast haar zitten. Ik ben Jankol, zegt hij en Balli haalt diep adem, dus u bent Jankol, en de man zegt, de beroemde Jankol, gaat het eigenlijk wel met u? En Balli antwoordt, ik weet het niet, ik weet het niet, waarom houden jullie me hier eigenlijk vast? De man zegt, we hebben wat vragen voor u, we hebben alleen maar wat vragen voor u. En er staan twee journalisten, van de krant en van de televisie, op u te wachten, trouwens. Ze zitten in het kantoor van de commissaris. U moet ons gewoon alles vertellen wat er is gebeurd, alles wat er was, alles wat u weet.

Naäma

Koud. Ze heeft het koud. Ze rilt. Ze denkt aan de kinderen. Ze denkt aan Itamars ogen. Aan zijn gefronste, gespannen voorhoofd. Ze denkt aan Ruth. Aan de zurige, betoverende lucht van haar dekentje dat een beetje vies geworden was toen ze spuwde. Ze rilt. Wie had Ruth op de arm genomen? Breng ze naar mijn moeder, naar mijn moeder in de kibboets, goed? had ze de agente gesmeekt die haar met nietszeggende blik in de patrouillewagen had geholpen en tegen haar had gezegd, het komt goed, mevrouwtje, en daarna had ze tegen de agent voorin gezegd, rijden maar.

Eerst was er de boosheid. Daarna kwam het schuldgevoel. En nu – stilte. Stilte en diepe pijn. En de wetenschap dat het leven kapot was. Dat het in miljoenen glinsterende stukjes boosheid, schuld, tranen en einde uiteengevallen was.

En Oeri. Zijn schorre stem toen hij zei, Naäma, Naäma, Naäma. Sorry, Naäma.

Ze had in de opening van de tent gestaan en gezwegen. Van alle gebeurtenissen van deze ongewilde avond zal ze zich altijd dat ene moment herinneren. Ze had haar mond opengedaan om iets te zeggen, zelfs zij wist niet wat. Iets. Maar de woorden waren er gewoon niet geweest. De woorden waren gewoon verdwenen, in dat zwarte licht van de nacht, terwijl alle bedrog verworden was tot een bedreigende realiteit met de geur van een kampvuur, geschreeuw en bloed.

Ze had niet hoeven komen. Op welk punt had ze beseft dat dit tochtje niet zomaar een tochtje was? Dat Oeri iets van plan was? Dat weet ze nu niet. Alle besef stolt ineens in één enkel brok in haar keel die weigert tot tranen te smelten.

Op zeker moment. Had ze het geweten. Een maand geleden, misschien. Op zeker moment na de sjivve voor Brenda.

Toen hij was thuisgekomen van Brenda's sjivve met die glimlach, die verschrikkelijke glimlach die eruitzag alsof hij opgeplakt was en daar bevroren, toen had Naäma het geweten. Ze wist alleen niet wat ze wist. Ze had alleen maar beseft dat ze het niet wilde weten. Ze had zich al gerealiseerd dat ze dat wel zou moeten.

Maar ze had niets gevraagd. Ze had zijn angstaanjagende enthousiasme zich steeds hoger laten opzwepen. En ze had gewacht.

En toen, twee dagen geleden. Ze was midden in de nacht wakker geworden en hij lag niet in bed. Ze had beneden stemmen gehoord en begon de trap af te lopen, begon de trap af te lopen en ineens had ze verstaan wat ze hoorde, ze had verstaan wat ze hoorde en ze was weer naar boven gegaan. Zachtjes. En weer in bed gaan liggen.

Wat moet ik nou, wat moet ik nou, wat moet ik nou. Het afgelopen jaar had ze zich die vraag al veel te vaak moeten stellen. Veel te vaak.

Oeri zei, hij zei hun, we laten het niet toe dat ze ons Huis afbreken. Punt uit. Einde verhaal. *End of story*, zoals ze dat in Tel Aviv zeggen. We laten het niet toe. We zijn niet de eersten die ze willen wegbonjouren en ook niet de laatsten. Tot onze spijt. Maar wij – wij laten het niet toe.

En toen vroeg Anat, maar wat gaan we dan doen, en Oeri zei, we doen wat nodig is. We moeten zorgen dat we klaar zijn voor de strijd, we zullen ze wel eens een poepie laten ruiken, we zullen ze wel eens laten zien dat ze niet zomaar huizen mogen afbreken, we zullen zo'n herrie schoppen dat ze, geloof me, alleen maar willen dat we onze mond houden, alleen maar onze mond houden, en het maakt niet uit tegen welke prijs.

En toen zei Itsik, het kleine stiefbroertje van Meni, ik snap het niet.

En Oeri vroeg, wat snap je niet? En Itsik zei, geweldig, petje af voor ons, dan gaan we herrie schoppen, gaan we de strijd aan, en waarom denk je dat dat iemand wat kan schelen, en Oeri moest lachen. Dat was het moment waarop Naäma zo stil mogelijk terugliep naar boven, Oeri moest lachen en zei, het zal ze wat kunnen schelen. Geloof me maar dat het ze wat zal kunnen schelen.

Toen ze op het bed ging zitten, hoorde ze Anat vragen, maar wat gaan we dan doen? Wat gaan we precies doen? en Oeri zei, als de tijd daar is, zullen jullie het weten en Naäma had haar ogen dichtgeknepen en gedacht, wat moet ik nou, wat moet ik nou, wat moet ik nou. Ze vroeg zich af of Moria en Elazar ook bij deze zaak betrokken waren. Ze waren de laatste tijd, na de rechtszaak en nadat Moria bevallen was, een beetje uit elkaar gegroeid en Naäma wist niet of dat door de rechtszaak of door de bevalling of door allebei kwam. En eerlijk gezegd kon het haar niet schelen. Eerlijk gezegd was ze er een beetje blij om. En toen werd Ruth wakker. Naäma nam haar op de arm, ging weer op het bed zitten; wat hield ze van dit moment waarop ze met haar mondje het puntje van de tepel greep en begon te drinken. Die steek in haar borst die helemaal naar beneden doordrong, tot aan de zoom van haar onderbroek en het kleine, tevreden, geluidje van dat mondje. Ze deed haar ogen dicht. Ze zou helemaal niets doen.

Er zijn dingen die je beter niet kunt weten. Er zijn dingen die je beter niet kunt doen.

's Avonds. Ze zaten salade te snijden.

Hoe gaat het?

Prima.

Jullie kindje is onwijs lief.

Dank je.

Itamar ook.

En Sjira.

Over de kinderen praten. Kinderen is een goed onderwerp. Daarover kun je oprecht zijn zonder vernedering te voelen. Daarover kun je oprecht zijn zonder in valkuilen te stappen. Daarna was iedereen teruggekomen en was Oeri met zware stap op hen af komen lopen. Hoe zit het met de salade? De kinderen zijn uitgehongerd. Naäma was vlug opgestaan. Hier is hij. Ook Balli was opgestaan. Had de licht zwetende hand van Naäma vluchtig gestreeld en gezegd, kunnen we later praten?

Maar later was het gesprek rondom het kampvuur begonnen, en het gelach, en toen was het spelletje begonnen. Als hij een kleur was, welke kleur was hij dan? Rood, als hij een liedje was, welk liedje was hij dan? *Love of my life*, als hij een drankje was, welk drankje was hij dan? Een lege fles cola, of eigenlijk, een krat vol lege colaflessen, als hij een dier was, welk dier was hij dan? Een goudvis, als hij eten was? Oudbakken nibbits.

En Balli had gezegd, eerlijk? Ik vind dat tijdens deze tocht het edict uitgevaardigd moet worden dat dit spelletje voorbij is. Niet dan? Volgens mij is het allang achterhaald, en Irit, Jorams nieuwe vriendin, had gezegd, juist nu? Ik heb net door hoe je het moet spelen en Oeri zei, herinneren jullie je dat festival nog, in Choersjat Tal, en hij lachte. Als bij zichzelf. Balli keek naar hem met die geschrokken blik van haar, en Oeri zuchtte, pakte zijn gitaar en begon te spelen, *Die ochtend zal ik niet vergeten, jij met je hoofd in 't kussen verstopt*, en ineens moest Naäma terugdenken aan die ene les bij Moria.

Er bestond grote kameraadschap tussen twee zussen, had Moria gezegd, ondanks de ramp die hun vader over hen had gebracht. Moria had verteld dat Lea, toen ze in verwachting was, gebeden had dat ze een dochter zou krijgen. Zodat de volgende zoon die van Rachel zou zijn. Moria vertelde dat Rachel, nadat haar zus aan haar geliefde was gegeven, 's nachts naar haar toe was gekomen en haar alle tekens had laten zien die zij en Jaäkov elkaar gaven. Ze openbaarde dingen die alleen zij tweeën wisten. Ze wilde dat ze minder vreemd en vernederd zou zijn in zijn bed.

Zussen.

Ineens had Naäma het begrepen. Ze moest het aan Balli vertellen. Ze zou het aan Balli vertellen en dan zouden ze verder zien. Dan zouden ze zien. Oeri speelde verder, *alleen jou bemin ik vannacht, schemerend vol melodie, pas toen je het huis verlaten had, loste het raadsel op in mijn hart, nu pas aan het eind van de zomer dringt het door dat jij de enige bent, helder licht door de ramen die je opende, ik ben vrij, maar ik ken geen rust* – en toen had Ruth gespuwd.

En Balli was achter haar aan naar de tent gelopen. Balli was haar achterna gekomen zoals ze had geweten dat dat zou gebeuren. Zoals het moest gebeuren. Balli was haar achternagekomen en was daar gaan zitten.

Maar toen was de wereld op zijn kop gaan staan. In Moria's lessen werd nooit verteld wat er gebeurt als de wereld op zijn kop gaat staan, wanneer je iets goed bedoelt, alleen maar goed bedoelt, en je door een golf van smerige, lelijke waarheid volledig overspoeld wordt. Balli zei, o god, Naäma, ik was er al bang voor dat zoiets zou gebeuren en Naäma had tegen haar willen zeggen, nee, nee, nee, je begrijpt het niet, er gaat helemaal niks gebeuren, je hoeft alleen maar tegen me te zeggen dat er niks gaat gebeuren, dat alles in orde is, dat het Oeri en zijn onzin is, en dat alles in orde is, maar Balli had daar gezeten, nog doorschijnender dan anders en had gezegd, Naäma, o, Naäma.

Grote duisternis, en stilte.

En de boosheid. Waar moest ze die naartoe leiden.

Ze had Balli gevraagd om naar buiten te gaan. Ze had gezegd, het spijt me, maar ik moet nu even alleen zijn. Balli had daar gestaan, met die lange armen van haar en Naäma had gezegd, het spijt me, Balli, maar ik moet nu even alleen zijn, en Balli had gezegd, het spijt me Naäma, het spijt me zo verschrikkelijk... ik wist niet dat jij niet... ik wist niet dat jij er niks van wist. Naäma had haar aangekeken. Als hij verdriet was, welke smaak had hij dan? En als hij een beslissing was?

Van buiten bleven de geluiden van rond het kampvuur hoorbaar, *tussen de vingers, tussen de blikken, tussen onze plekjes, met liefde gemarkeerd*, terwijl Naäma de mobiele telefoon pakte, ernaar keek en toen, als iemand die bang is om door de bliksem getroffen te worden, als iemand die bang is om spijt te krijgen, toetste ze vlug het nummer in en zei, hallo Jankol, je spreekt met Naäma Kaplan...

En daarna, midden in de nacht. Dat verblindende licht. Iedereen werd wakker, verbaasd, gluurde door de tentopeningen met de blik van mensen die ervan overtuigd zijn dat er voor hen nooit iets verkeerd zal uitpakken. Beneden bij de auto's zag Naäma Oeri staan, omringd door tientallen agenten, en Balli die onder dwang tegen hem aan stond, achteruit, achteruit, achteruit of ik schiet haar dood!

En toen had hij naar haar gekeken. Ineens had hij geweten dat zij daar stond, daar boven, van boven naar hem stond te kijken en het zag. Hij hief zijn blik op en zei zachtjes, Naäma, Naäma, Naäma. Sorry, Naäma.

Ze rilt.

Een dikke, bebaarde man komt de ruimte binnen. Hij doet het licht aan. Hij gaat tegenover haar zitten, glimlacht niet en zegt, luister, mevrouwtje, we weten dat u niet bij deze hele zaak betrokken bent en dat u een baby'tje hebt dat thuis op u wacht...

En ook een zoontje, Naäma raakt in paniek, ik heb twee kinderen, ja, verbetert hij zichzelf onverstoorbaar, twee kinderen. In ieder geval, we wilden u dit vertellen: als u ons alles vertelt wat u weet, maar dan ook alles, kunt u vandaag terug naar uw arme kindertjes. Maar als u spelletjes met ons speelt, kunnen we u laten zitten voor alle plannen en bedoelingen van uw man.

Laten zitten? Naäma is moe. Ze ademt moeilijk. Ze wil Ruth knuffelen. Haar alleen maar knuffelen.

Ja, ja, laten zitten, in de gevangenis, u kunt vijfentwintig jaar krijgen voor wat hij wilde doen, zegt hij. Naäma wil zeggen, maar ik heb alles al verteld, ik heb alles al verteld, maar een dikke, kleverige lijm vult haar keel en blokkeert de woorden en de tranen.

De deur gaat nog een keer open. Een lange man met groene ogen komt de ruimte binnen en glimlacht naar haar. Het is in orde, Simi, zegt hij zachtjes, ik regel het verder met haar. De bebaarde man vertrekt zwijgend. Hier, ik heb een kop thee voor u meegenomen, zegt de lange man zachtjes tegen haar en geeft haar een warme beker waaruit doorzichtige damp omhoogkringelt. Hij gaat rustig tegenover haar zitten en zegt, u hebt juist gehandeld, onthoud dat u juist gehandeld hebt, u bent een zeer moedige vrouw. Onthoud dat.

Naäma pakt de beker en doet haar ogen dicht. Stille tranen dringen door de afsluiting heen.

Sjlomkits

Ze had een slecht gevoel over dit tochtje. Ze had er de hele tijd een slecht gevoel over gehad. Ze had tegen Joram gezegd, ik heb een slecht gevoel over dit tochtje, maar Joram had niet geluisterd. Joram luistert nooit. Ze had tegen Joram gezegd, je zoon wil niet mee, ze had tegen Joram gezegd, ik heb een slecht gevoel over dit tochtje, misschien moet je er nog eens over nadenken. Maar Joram wil dit uitje verschrikkelijk graag, hij heeft een idee en hij wil dat Oeri eraan mee gaat doen, en als Joram een idee heeft, kijkt hij niet naar links of rechts. Hij wil naar dit tochtje van Oeri toe, met Daniël. En Irit. Het nieuwe gezin. En hij zegt, rustig nou maar, Sjlomit, en Sjlomkits weet dat deze discussie verloren is.

Ze had voet bij stuk moeten houden. Ze had op haar eigen standpunt moeten blijven staan. Ze had zo vaak op haar eigen standpunt moeten blijven staan. En uiteindelijk komt al die standvastigheid neer op: hoe laat kom je hem halen, en hoe laat breng je hem terug. Ze had voet bij stuk moeten houden. Oeri met zijn ideeën. Inmiddels mocht het wel openbaar gemaakt worden, ze had Oeri nooit kunnen uitstaan, maar Naäma. Naäma. Hoeveel die van hem hield. Sjlomkits weet het, ze weet nu wat het is om zoveel van de verkeerde man te houden, nu weet ze het en kan ze er niets over zeggen. Maar ze had Daniël niet mee moeten laten gaan op dit tochtje. Er zijn dingen die moeders weten, en zij had het geweten.

's Middags had ze een boek gelezen. Die absolute, lege stilte als Daniël bij Joram was. Ze had op bed liggen lezen in een boek over een man die verschrikkelijk veel van zijn vrouw hield die bij hem weg was gegaan, en doordat het hem aldoor maar niet lukte om te zeggen dat ze weggegaan was, dacht iedereen inmiddels dat hij haar vermoord had. Sjlomkits dacht aan Joram. Aan Natan. Aan nog een aantal naamloze, gezichtsloze mannen die ze sinds haar scheiding had ontmoet. Geen van hen was geschikt geweest voor zo'n intimiteit. Zo'n liefde. En daarna was ze in slaap gevallen en had ze verschrikkelijk vreemd gedroomd over haar moeder die een baard kweekte en bij de buren langsliep om druiven te verkopen en de telefoon. De telefoon bij de buren die geen druiven willen, die maar niet ophoudt met rinkelen, niet ophoudt met rinkelen, Sjlomkits was wakker geworden, gedesoriënteerd, die stilte in huis als Daniël er niet was – en toen ging de telefoon weer en realiseerde ze zich meteen dat het niet in de droom was geweest, het was hier, en het had met Daniël te maken...

Ze nam op.

Sjlomkits? Balli hier.

Balli? Ben jij mee op die tocht? Is er iets aan de hand? Is alles goed met Daniël? De paniek begon in angst te veranderen, dat moment waarop je weet dat datgene waarvoor je zo bang bent, waarvan je weet dat het nooit zal gebeuren omdat je er zo bang voor bent, want je denkt er voortdurend aan – dat ding was bewaarheid.

Daniël...

Wat is er met Daniël?

Balli zei zachtjes, ik ben mee op de tocht, ja, alles is goed, dat wil zeggen met Daniël, maar... Ze stopte even, stopte een ogenblik en zei toen snel, Sjlomkits, Sjlomkits, je moet nu hierheen komen, stap gewoon in je auto en kom nu hierheen, ik weet niet wat...

En toen was ze begonnen te huilen. En Sjlomkits was van haar bed opgestaan. Oké. Ze zou erheen rijden. Natuurlijk zou ze erheen gaan. Daniël was daar en er gebeurde het een en ander... Balli, wat is er aan de hand? Vertel me wat er gaande is, vroeg ze met een stem die ze maar met moeite in bedwang kon houden, en Balli zei, Sjlomkits, Oeri heeft een vrouw vermoord en nu zegt Naäma dat hij iets van plan is tijdens deze tocht, hij is iets van plan, ze weet niet precies wat, en of wij er ook deel van uitmaken, maar hij is niet goed snik, laat ik je dat vertellen, ik weet het, want bij de sjivve van mijn moeder heeft hij me verteld...

Sjlomkits onderbrak haar. Dit hele warrige verhaal was haar te veel. Het was negen uur 's avonds. En donker. En Daniël was daar. Balli? Balli, luister, leg me uit waar het is, waar jullie zijn, ik vertrek nu.

En ze was vertrokken. Zomaar. In het groene shirt van de dienst-zonder-soldij waarin ze sliep en in de korte broek die ooit van Joram was geweest. God-o-god-o-god. Als er maar niks gebeurde. Als er maar niks met Daniël gebeurde. Alsjeblieft, God. Als er maar niks gebeurt. Laat me heelhuids arriveren. Alsjeblieft.

En daar was ze er al, naast de Dode Zee, met aan de linkerkant de nederzetting waar ze ooit geweest waren en die nu een basis was van de genie en aan de rechterkant was een tankstation, zou ze stoppen en even een kop koffie drinken of zo? Nee. Ze stopte niet. Half-elf 's avonds, de weg was leeg en lang, en de Vrouw van Lot, waar was die Vrouw van Lot, als je die hebt gepasseerd, weet je dat je vlak bij Ein Gedi bent, en vlak daarna, overdag is het er vlak na, 's nachts is het er ver na, hier is het, hier waren ze vaak naartoe gegaan op tochten. Ze weet het. Hier staan alle auto's. Daar staat Jorams zilveren auto. Daar komt Balli uit de blauwe tent en rent naar haar toe.

Ze hadden geen tijd. Ze hadden geen tijd gehad om te praten toen er ineens veel licht en veel herrie en heel, heel veel auto's waren die het kleine kampement omsingelden. Iedereen kwam uit de tenten en zij rende, wat nou rende, ze vlóóg regelrecht op Daniël af, Daniël, Daniël, Daniël, alles is goed, terwijl Joram met toegeknepen ogen naast hem stond, wat nu? Sjlomit? Wat is er aan de hand? Een man riep in een luidspreker, iedereen naar buiten, iedereen naar buiten, terwijl Oeri ineens naar Balli rende, hij rende ineens naar Balli toe terwijl Sjira erbij stond, en Sjlomkits liet Daniël alleen en ging naar Sjira toe die alleen achterbleef en met grote, verschrikte ogen naar haar moeder keek, naar haar moeder die in een grot boven aan de heuvel verdween. Sjlomkits nam haar in haar armen en zei, Sjira'lè, Sjira'lè, het komt goed, dat zul je zien, alles komt goed, terwijl Sjira zachtjes zei, waar is mama? Ik wil mama, ik wil mijn mama nu...

Later, hoeveel uur was er voorbijgegaan? Hoeveel later was het? Ze wist het niet. En al die tijd roepen ze dingen naar Oeri en hij roept vanuit de grot dingen terug terwijl boven de heuvels trillend, doorschijnend licht begint te gloren en toen, wat was er toen, toen was er opeens een verschrikkelijke herrie, geschreeuw, en stilte.

Diepe stilte en diepe duisternis die over alles neerdaalde.

Daarna hadden ze hun gezegd dat ze hierheen moesten komen. Toen ze arriveerde zag ze journalisten, fotografen en een verslaggeefster die zei: 'Vannacht is een einde gemaakt aan een gijzelingsactie en verschansing in de woestijn van Judea, bedoeld om de voorgenomen afbraak van het Huis tegen te houden. De extreem-rechtse vestiging het Huis in de buurt van Sjchem is in gebruik als internaat voor jongens en meisjes die buiten de kaders van de reguliere opvang zijn geplaatst. Onze correspondent op de Westelijke Jordaanoever laat weten dat Oeri Kaplan, die eerder verdacht werd van betrokkenheid bij de moord op een jonge Arabische vrouw, ten tijde van zijn arrestatie een bomgordel droeg en dreigde zichzelf en een van de vrouwen die bij hem was, op te blazen. Het gevolg was dat hij is doodgeschoten door scherpschutters van de anti-terreureenheid. Naast mij staat Joram Halevi, voormalig adviseur van de minister voor Arabische Zaken, hij was de eerste die...'

345

Sjlomkits greep Daniël bij de hand en ging een van de ruimtes binnen. De lange politieman, degene die de hele nacht via de megafoon met Oeri had gepraat, hief verrast zijn hoofd naar haar op.

Sorry, ik wilde gewoon... Ze staan daar te filmen en ze hebben ons gezegd dat we hiernaartoe moesten gaan, ze zeiden dat we hierheen moesten, ik weet niet waarom ze ons gezegd hebben dat we hierheen moesten.

De lange politieman glimlachte. We hebben een paar vragen voor jullie. Dat is alles, we willen gewoon alles weten over wat er gebeurd is. Over alles wat er geweest is. Alles wat jullie ons kunnen vertellen.

*

Midden september. Halftwee 's middags. Zo warm dat je er gek van wordt. Drommen mensen. Politie in uniform. Vrienden van Oeri. De kinderen van het Huis. Van alle kanten klinkt luid gesnik. Geoela en Gid'on staan samen te schommelen als in gebed. Heel veel onbekende mensen. Hun ogen schieten spiedend heen en weer. Balli loopt langzaam. Wat een hitte. Daar is Sjlomkits. Naäma staat op een afstandje, Galja geeft haar een fles water. Naäma neemt een slok en dan ziet ze Balli en Sjlomkits in de verte; heel even blijven ze zo staan, tussen al die zweters, vreemden, spijtbetuigers, politiemensen. Voorbij de muur van mensen ziet Balli fotografen op de graven staan en hun camera's richten. Iemand zegt via de luidspreker, we gaan beginnen, de gemeenschap wordt verzocht naderbij te komen. De gemeenschap komt dichterbij. Kom, laten we naar haar toegaan, zegt Sjlomkits.

Midden september. Tien voor twee 's middags. De begrafenis van Oeri Kaplan – Balli's vriend sinds de kleuterschool, zoon van Geoela en Gid'on, broer van Gili z.n., die de eerste en enige liefde van Naäma was, die samen met ons op de verkennerij zat en bij het Korps Pioniers, die het geloof vond, van wie we, ondanks alles, altijd hebben gehouden – staat op het punt te beginnen. Tussen alle zwetende mensen van wie we de namen niet kennen, die spijt betuigen, meewerken, blootleggen, verdrietig zijn, staat een drietal vrouwen. Balli, Sjlomkits en Naäma. De schone, de slimme en ik. De beste vriendinnen die er waren. Die er zijn. Die er maar kunnen zijn. Ze omarmen elkaar.

Verklarende woordenlijst

Alef-Betboek – ook wel bekend als Sefer HaMidot, voor het eerst in 1821 uitgegeven verzameling van praktische adviezen van rabbi Nachman van Bratslav (zie aldaar). De adviezen zijn op basis van de Tora (de eerste vijf boeken van het Oude Testament), gevat in puntdichten en alfabetisch gerangschikt.

bagel – rond, stevig broodje met gat, al dan niet versierd met zoutkristallen, sesam- of maanzaad. Het broodje wordt eerst kort gekookt en daarna pas gebakken, waardoor het zijn stevigheid verkrijgt.

bar mitswa – ceremonie waarbij een Joodse jongen van dertien jaar geaccepteerd wordt als religieus meerderjarig, volwaardig lid van de gemeente.

bat mitswa – ceremonie waarbij een Joods meisje van twaalf jaar geaccepteerd wordt als religieus meerderjarig, volwaardig lid van de gemeente.

Bnei Akiva – letterlijk: zonen van Akiva. Het is de grootste religieuze zionistische jeugdbeweging.

borekas – bladerdeegpakketjes met een hartige vulling van (geiten)kaas en spinazie.

briet (mila) – besnijdenis van jongetjes, op de achtste dag na de geboorte. Wanneer de baby eenmaal besneden is, krijgt hij ook zijn naam.

chala – (meervoud chalot) gevlochten sjabbatsbrood.

chanoeka – inwijdingsfeest of 'Feest van de lichtjes'. Valt in december.

Chesjvan – maand uit de Joodse jaartelling. Valt in oktober/november. Maanden uit de Joodse jaartelling lopen niet helemaal parallel aan de gregoriaanse kalender.

djallabia – (ook wel djellaba genoemd) Arabische tuniek, vaak met capuchon, die over andere kleding wordt gedragen. Kan al dan niet versierd zijn met banden en linten of borduurwerk langs de boorden.

Groene Lijn – term gebruikt om de grens van Israël aan te duiden zoals die is overeengekomen met Egypte, Libanon, Jordanië en Syrië na de Onafhankelijkheidsoorlog van 1948. De Gazastrook en de Westelijke Jordaanoever en de Golanhoogte liggen aan de andere kant van deze Groene Lijn, dus buiten het staatsgebied van Israël. In 1981 heeft Israël de Golanhoogte (die in 1967 op Syrië werd veroverd) geannexeerd.

halachische vragen – vragen met betrekking tot de halacha, de joodse wetten.

IDL – Israëlisch Defensie-leger

Jamiet – agrarische nederzetting zuidelijk van Gazastrook in de Sinaï-woestijn. In 1977 na het Camp David-akkoord moest ze ontruimd worden. In 1982 is de nederzetting ontmanteld.

kaffiya – (geruite) hoofddoek voor Arabische mannen. De geruite versie staat ook wel bekend als 'Palestijnse sjaal'.

kasjroet – de regels omtrent koosjerheid. Behelst welke voedings-middelen koosjer geacht worden, hoe de scheiding van melk- en vleeskost door te voeren, en hoe potten en pannen (en andere gebruiksvoorwerpen in joodse huishoudens) koosjer te maken.

kibboets – nederzetting waarin het hele leven collectief georgani-seerd is. Werk en eten worden gezamenlijk verdeeld, kleding en huisraad worden collectief ingekocht en vaak werden de kinde-ren collectief opgevoed en woonden ze in het kinderhuis, niet bij hun ouders. De collectieve opvoeding van de kinderen is in-middels niet meer wijdverbreid.

Korps Pioniers – in het Hebreeuws 'Nachal' geheten, afkorting van Noar Chaloetsi Locheem: Jeugd Pionierende Krijgers. Een pro-gramma, oorspronkelijk uit de begintijd van de staat toen mili-taire dienst en opbouw (oftewel pionieren) van het land even belangrijk werd gevonden. In het Korps Pioniers worden mili-taire dienst en pionierswerk (nu vaak vervangen door gemeen-schapswerk) gecombineerd. Kinderen in de laatste twee klassen van de middelbare school worden samengebracht in kern-groepen, die in een kibboets worden ondergebracht. Als hun militaire diensttijd begint, moeten de jongeren om en om een halfjaar op een legerbasis en op de kibboets zijn (dienst-zonder-soldij). Lange tijd werden door Nachal-kerngroepen observatieposten (vaak in de grensgebieden) gesticht, die later uitgebouwd werden tot kibboetsim. Nog altijd bestaat er een Nachal-brigade bij de Israëlische landmacht.

koosjer – in overeenstemming met de spijswetten die een onderscheid kennen tussen vlees- en melkkost en neutrale kost (parve). Vlees- en melkkost mag op geen enkele manier met elkaar in aanraking komen. Koosjer eten is bereid met ingrediënten die koosjer zijn, in potten en pannen die enkel voor het één of voor het ander worden gebruikt.

kvv – Kort Verband Vrijwilliger; soldaten die (na hun dienstplicht) voor een aantal jaren bijtekenen als beroepsmilitair.

mitswa – een gebod/wet binnen de joodse wetgeving, maar ook een term voor een goede daad, daad van barmhartigheid.

mohel – rabbijn, gespecialiseerd in het uitvoeren van besnijdenissen. Niet noodzakelijkerwijs medisch geschoold.

mosjav – coöperatieve (van oorsprong agrarische) nederzetting.

Na-Nach-Nachman Meoeman – leuze van de volgelingen van rebbe Jisroel Ber Odesser (1888? – 1994), die sinds 1984 een subgroep vormen binnen het Breslauer chassidisme.

Nachman van Bratslav – (1772 – 1810), ook wel bekend als Nachman van Breslau of Nachman van Breslov, een van de grote vernieuwers van de chassidische beweging. Zijn leer heeft geleid tot het Breslauer chassidisme.

peies – (Jiddisj) lokken aan de slapen van mannen en jongens die volgens de orthodoxe traditie niet geknipt mogen worden.

poeriem – ook wel bekend als het Lotenfeest, waarbij Joden vieren dat ze niet meer belaagd worden door vijanden als Haman (het verhaal van Esther in de Bijbel). Het feest gaat gepaard met veel kabaal, verkleedpartijen en drank en is het enige joodse feest waarbij men aangemoedigd wordt om dronken te worden. Valt in februari of maart.

Rode Davidster – ambulancedienst, vergelijkbaar met het Rode Kruis en de Rode Halve Maan.

Rosj Hasjana – joods Nieuwjaar. Valt in september.

sjabbat – zaterdag, de rustdag in de Joodse traditie. Sjabbat begint een uur voor zonsondergang op vrijdagavond (sjabbatavond) en eindigt (gaat uit) op zaterdagavond, een uur na zonsondergang of wanneer de eerste ster aan de hemel zichtbaar is.

Sjavoeot – Wekenfeest, valt (meestal) in mei. In de sefardische gemeenschap bekogelen de kinderen elkaar tijdens dit feest met waterballonnen (of plastic zakjes met water).

Sjchem – de Hebreeuwse naam van de stad Nablus.

sjikse – (Jiddisj) niet-joodse vrouw.

sjivve – (Jiddisj) eerste week van zware rouw na de begrafenis,
waarbij de familie bij elkaar zit (meestal in het huis van de over-
ledene) en troostbezoek ontvangt. Ten teken van rouw zit men
op de vloer of op kussens op de vloer, draagt men kleding met
een scheur erin, geen lederen schoenen en scheren de mannen
zich niet.

z.n. – zaliger nagedachtenis.